네 번째 원숭이

THE FOURTH MONKEY

by J. D. Barker

J.D. BARKER

네 번째 원숭이

THE
FOURTH
MONKEY

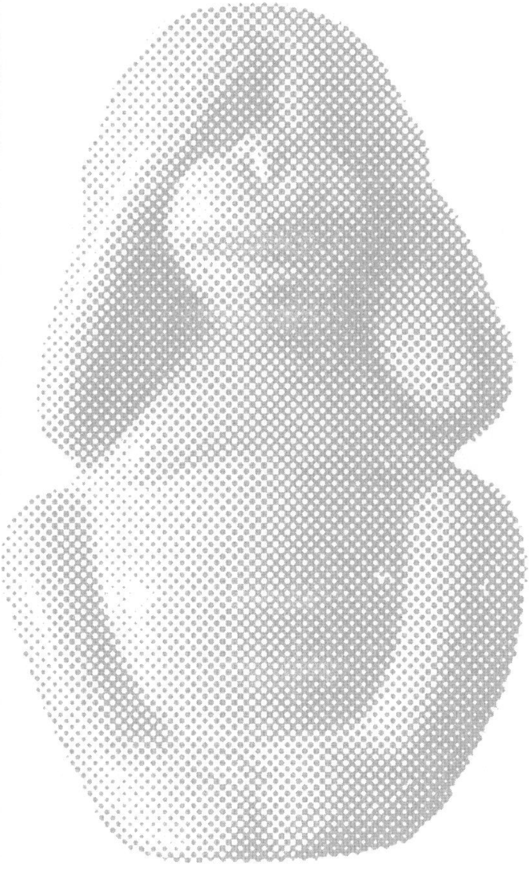

J. D. 바커 장편소설
조호근 옮김

비채

부디 계속 읽어주게.

자네는 내가 한 일을 이해해줬으면 하니까.

-일기에서

CHARACTERS

인물 소개

4MK 전담반

샘 포터: 시카고 경찰국의 형사. 네 마리 원숭이 킬러(4MK) 전담반을 이끈다. 지난 5년 동안 4MK를 추적해왔다.

브라이언 내쉬: 형사. 오랫동안 샘 포터의 파트너로 함께 수사했다.

클레어 노튼: 형사. 시카고 경찰국 최연소 흑인 여성 형사.

에드윈 클로조스키(클로즈): IT 전문가. 과거 게임 회사에서 일했다.

시카고 경찰국

톰 에이슬리: 검시관.

맷 호스먼: 경제 범죄 수사팀의 수사관.

CSI

폴 왓슨: CSI 요원.

1
샘 포터

첫째 날

오전 6:14

쉴 새 없이 울리는 아이폰 수신음.

분명 수신음을 꺼놨는데. 왜 문자 알림이 계속 들리는 거지? 대체 왜 소리가 들리는 거야?

스티브 잡스가 떠나고 나서 애플도 개판이 됐어.

샘 포터는 몸을 굴려서 침대 옆 탁자에 놓인 휴대전화를 더듬더듬 찾았다.

자명종 시계가 바닥으로 떨어지며 중국산 특유의 부서지는 소리를 냈다.

"빌어먹을."

마침내 휴대전화에 손이 닿자, 그는 거칠게 충전 케이블을 뽑고 얼굴로 가져온 다음, 간신히 눈을 뜨고 작고 빛나는 화면을 바라보았다.

전화해. 긴급.

내쉬가 보낸 문자였다.

포터는 아내 쪽 자리로 시선을 돌렸다. 텅 빈 침대에 쪽지 한 장이 남아 있었다.

우유 사러 가. 금방 돌아올게.

사랑해.

–헤더

그는 신음하며 다시 휴대전화를 바라보았다.

오전 6시 15분.

조용한 아침도 이걸로 끝인 모양이었다.

포터는 몸을 일으키고 전화를 걸었다. 내쉬는 신호가 두 번 울린 후 바로 전화를 받았다.

"샘?"

"응. 나야, 내쉬."

전화선 너머의 남자는 잠시 말을 잇지 못했다. "미안해, 포터. 사실 연락해도 될지 고민을 좀 했어. 번호를 띄워놓고 통화 버튼 누를까 말까를 열 번도 넘게 반복했는데, 결국 문자로 보내는 게 나을 것 같아서. 그러니까, 나를 무시할 수 있는 기회를 주려고 한 거라고."

"괜찮아, 내쉬. 무슨 일이야?"

다시 침묵. "자네가 직접 봐야 하는 게 있어."

"뭔데?"

"사고 현장."

포터는 관자놀이를 문질렀다. "사고? 우린 강력팀 아니었나? 우리가 왜 사고 현장에 가는데?"

"지금은 내 말을 믿어줘. 자네가 꼭 봐야 하는 현장이야." 내쉬가 강조했다. 목소리에서 초조해하는 기색이 느껴졌다.

포터는 한숨을 쉬었다. "어디야?"

"하이드파크 구역이야. 55번가 쪽. 방금 문자로 주소 보냈어."

다시 수신음이 크게 울려서, 그는 황급히 귀에서 전화를 뗐다.

빌어먹을 아이폰.

화면에 떠오른 주소를 확인한 다음, 그는 다시 휴대전화를 귀에 댔다.

"30분이면 도착할 거야. 괜찮겠어?"

"그래." 내쉬가 대답했다. "어차피 한동안 여기 있을 테니까."

포터는 전화를 끊고 천천히 침대 한쪽으로 다리를 내렸다. 쉰두 살 지친 육체는 항의라도 하듯 우두둑거리는 소리로 반응했다.

해가 떠오르며 침실 창문에 드리워진 블라인드 틈새로 빛이 스몄다. 헤더가 곁에 없는 것만으로도 이 아파트가 이렇게 조용하고 우울해 보이다니, 묘한 일이었다.

우유 사러 가.

방바닥에서 자명종 시계가 껌뻑거리며 그를 올려다보고 있었다. 깨진 디스플레이 화면에 더는 숫자로 보이지 않는 기호들이 떠올라 있었다.

오늘도 그런 날이 될 것이다.

최근 들어 아주 많았던 그런 날 중 하나가 될 것이다.

10분 후, 포터는 가장 좋은 슈트를 입고 집을 나섰다. 10여 년 전 '맨즈웨어하우스'의 떨이 매대에서 건진, 구겨진 감색 슈트였다. 그는 4층을 계단으로 내려가 비좁은 건물 로비로 걸음을 옮겼다. 그리고 잠시 우편함 앞에서 걸음을 멈추고, 휴대전화를 꺼내 아내의 번호를 입력했다.

지금 헤더 포터에게 전화를 걸고 계십니다. 이건 음성사서함이므로, 제가 당신 이름을 화면에서 보고 지금 당신과 대화하고 싶지 않다는 결정을 내렸을 가능성이 매우 높습니다. 혹시 초콜릿 케이크나 기타 달콤한 간식의 형태로 뇌물을 제공할 마음이 있다면, 자세한 내역을 문자로 확인해보고 제 마음속 목록 안에서 당신의 사회적 지위를 재고해볼 수도 있을 겁니다. 어쩌면 나중에 전화를 걸어드릴지도 모르지요. 혹시라도 제가 통신사를 바꾸기를 원하는 판매원이라면 어서 전화를 끊으세요. AT&T 통신사에 갚아야 할 돈이 적어도 1년은 남아 있거든요. 다른 분들은 부디 메시지를 남겨주세요. 제 사랑하는 남편이 분노조절장애가 있는 경찰이며, 커다란 총을 가지고 다닌다는 점을 명심하시길 바랍니다.

포터는 미소를 머금었다. 아내의 목소리를 들으면 언제나 입가에 웃음이 떠올랐다. "여보, 미안한데, 나야. 내쉬가 전화했어. 하이드파크 근처에서 일이 터졌나 봐. 가보기로 했어. 언제 돌아올지 알게 되면 바로 연락할게." 그리고 그는 덧붙였다. "아, 그리고 우리 자명종 시계에 문제가 좀 생긴 것 같아."

휴대전화를 주머니에 넣고 밖으로 나가자 상쾌한 시카고의 공기가 밀려왔다. 머잖아 찾아올 겨울에게 가을이 자리를 내주고 있었다.

2
샘 포터

첫째 날

오전 6:45

포터는 레이크파크 애비뉴를 달려 6시 45분쯤 현장에 도착했다. 경찰이 55번가와 우드론 애비뉴가 만나는 사거리를 완전히 봉쇄해놓아서 몇 블록 전부터 차량 불빛을 알아볼 수 있었다. 순찰차가 적어도 열두 대, 구급차가 한 대, 소방차가 두 대 보였다. 경관은 스무 명 이상. 방송국 차량도 보였다.

그는 닷지 차저의 속도를 늦추며 혼란의 중심으로 다가가 창밖으로 배지를 내밀었다. 애송이로밖에 보이지 않는 젊은 경관이 노란 경찰 저지선 테이프 아래로 빠져나오더니 그를 향해 달려왔다.

"포터 형사님이십니까? 내쉬 형사님이 모시고 오라고 하셨습니다. 아무 데나 주차하셔도 됩니다. 블록 전체에 저지선을 쳤거든요."

포터는 고개를 끄덕이고, 소방차 옆에 차를 댄 다음 내렸다. "내쉬는?"

젊은 경관이 그에게 커피 한 잔을 건네며 대답했다. "저쪽 구급차 근처에 계십니다."

커다란 체구의 내쉬가 검시관 톰 에이슬리와 대화를 나누는 모습이 보였다. 키가 190센티미터에 가까운 거구가 자신보다 훨씬 작은 남자를 내려다보다시피 하고 있었다. 벨트 위로 뱃살이 축 늘어진 걸 보니, 몇 주 못 본 사이 살이 더 찐 모양이었다.

내쉬가 손짓해서 포터를 불렀다.

에이슬리는 가볍게 목례하며 포터를 맞이하고는, 안경을 콧대 위로 밀어 올렸다. "어떻게 지내요?" 그의 손에 들린 클립보드는 용지 다발 하나를 통째로 끼워 넣은 것처럼 두꺼웠다. 태블릿과 스마트폰이 지배하는 오늘날의 세상에서도 이 남자는 항상 클립보드를 들고 다닌다. 그의 손가락이 초조하게 종이를 넘기고 있었다.

"내 생각에 이 친구는 어떻게 지내는지, 잘 견디는지, 뭘 하면서 보내는지, 이런 안부를 묻는 질문을 받느라 꽤 지쳐 있을 것 같은데." 내쉬가 투덜댔다.

"괜찮아. 난 잘 지내." 그는 억지로 웃었다. "물어봐줘서 고마워, 톰."

"도움이 필요하면 언제든 말해요." 에이슬리는 내쉬를 슬쩍 노려보며 말했다.

"고마워." 포터는 내쉬 쪽으로 시선을 돌렸다. "사고라고 했지?"

내쉬는 15미터 정도 떨어진 길가에 주차되어 있는 시내버스 쪽으로 고갯짓했다. "인간 대 기계였지. 가보자고."

CSI 현장감식반원이 버스 전면을 촬영하고 있었다. 움푹 우그러든 차체 그릴이 눈에 들어왔다. 오른쪽 전조등 2.5센티미터 위에 페인트가 벗겨진 자국이 있었다. 다른 수사관이 오른쪽 앞바퀴의 홈에서 뭔가를 긁어내고 있었다.

가까이 다가가자 제복 경관들 사이에 놓인 검은색 보디백과 몰려드는 군중이 보였다.

"버스가 제법 속도를 낸 모양이야. 다음 정류장은 이 길을 따라 1.5킬로미터는 가야 나오거든." 내쉬가 설명했다.

"젠장, 과속 안 했다니까요! GPS를 확인해보면 되잖아요. 이런 식으로 사람을 매도하면 안 되죠!"

왼쪽으로 고개를 돌리자 버스 기사가 있었다. 140킬로그램은 족히 나갈 법한 덩치 큰 남자였다. 거대한 살집을 힘겹게 감싸느라 팽팽해진 검은 교통국 재킷이 눈에 띄었다. 빳빳한 회색 머리카락은 왼쪽으로 쏠린 채 뭉쳐서 오른쪽 하늘을 향하고 있었다. 초조한 눈길이 포터와 내쉬와 에이슬리를 차례로 훑더니 다시 처음으로 돌아왔다. "저 미친놈이 내 앞으로 뛰어들었어요. 이건 사고가 아니에요. 자살이라고요."

"그래요, 기사님 잘못이라고 한 사람 없어요." 내쉬가 기사를 달랬다.

에이슬리의 전화가 울렸다. 그는 화면을 슬쩍 보더니 손가락 하나를 들어 보이고 인도 쪽으로 몇 발짝 나가서 전화를 받았다.

기사는 말을 이었다. "내가 과속했다는 소리가 퍼지는 순간 내 일과 연금까지 전부 날아간다 이겁니다. 내가 이 나이에 일자리나 찾아 다녀야 하겠습니까? 경기가 이렇게 개판인데?"

포터는 기사의 명찰을 슬쩍 읽고 말을 이었다. "넬슨 씨, 잠깐 심호흡 좀 하고 진정하시겠습니까?"

버스 기사의 달아오른 얼굴에 땀방울이 흘렀다. "저 빌어먹을 쪼끄만 새끼가 내 버스를 고른 덕분에 어디 가서 빗자루질이나 하게 생겼단 말입니다. 무사고 31년에 이딴 일이 일어나다니."

포터는 그의 어깨에 손을 얹었다. "어떻게 된 건지 한번 들어봅시다."

"버스 노조 변호사가 도착할 때까지 입 닫고 기다릴 겁니다."

"아무 말도 하지 않으면 도움을 드리기 힘듭니다."

버스 기사는 얼굴을 찌푸렸다. "무슨 도움을 줄 수 있다는 거죠?"

"일단 교통국의 매니 폴란스키에게 이야기를 해줄 수 있습니다. 기사님에게 아무 잘못이 없고 경찰에 협조해준다면, 면허 정지를 받을 일은 없을 겁니다."

"빌어먹을. 이딴 일로 면허 정지를 때린다고요? 젠장, 그럼 끝장인데!" 그는 이마에 맺힌 땀방울을 훔쳤다.

"수사에 협조했다는 사실을 알면 그렇게까지 하지는 않을 겁니다. 사정 청취도 필요 없을지도 모르죠."

"사정 청취라고요?"

"무슨 일이 벌어졌는지 여기서 진술하시는 게 어떻습니까? 그러면 교통국에 잘 이야기해드리죠. 어쩌면 온갖 귀찮은 일을 피할 수 있을지도 모릅니다."

"매니와 아는 사입니까?"

"경찰에 들어와서 첫 2년 동안 교통국에서 제복 경관으로 일했습니다. 제 말이라면 들어줄 겁니다. 약속하죠. 협조해주시면 그쪽에 잘 말해주겠다고."

기사는 이 말을 곱씹더니, 마침내 한숨을 내쉬고 고개를 끄덕였다. "여기 동료분께 말한 그대롭니다. 앨리스 애비뉴 정류장에 정시에 도착해서 두 명 태우고 한 명 내려줬죠. 그리고 모퉁이에서 방향을 틀어 55번가를 따라 동쪽으로 달려갔습니다. 우드론 애비뉴에 초록색 신호가 켜져 있어서 속도를 늦출 필요가 없었죠. 과속했다는 건 아니고. 속도는 GPS를 확인해보세요."

"물론 과속은 안 하셨겠지요."

"절대 아니에요. 그냥 다른 차들이 가는 대로 가고 있었을 뿐이니까요. 제한속도를 좀 넘겼을지도 모르지만, 과속은 하지 않았어요." 기사가 말했다.

포터는 개의치 않는다는 듯 손을 저었다. "그래서 55번가를 따라서 동쪽으로 가셨겠죠?"

기사가 고개를 끄덕였다. "맞아요. 모퉁이에 사람들이 서 있는 것이 보이더군요. 많지는 않고 서너 명쯤. 그런데 그중 한 놈이 갑자기 버스 앞으로 뛰어들지 뭡니까. 예고도 없이, 가만히 인도에 서 있다가 갑자기 차도로 뛰어들었단 말입니다. 브레이크를 밟았지만, 아시다시피 버스란 게 동전 위에 살포시 착지할 수 있는 물건은 아니잖습니까. 정면으로 들이받을 수밖에요. 10미터는 날아갔을 겁니다."

"신호등은 무슨 색이었습니까?" 포터가 물었다.

"초록색이었습니다."

"노란색이 아니라요?"

기사는 고개를 저었다. "아니, 초록색이었어요. 그게 바뀌는 걸 내 눈으로 똑똑히 보았으니 확실해요. 그 이후로 적어도 20초는 노란색으로 바뀌지 않았단 말이에요. 버스에서 나와 있을 때 바뀌었고요." 그는 신호등을 가리켰다. "카메라 확인해보면 될 거 아닙니까."

포터는 고개를 들었다. 지난 10년에 걸쳐 시카고의 모든 교차로에는 CCTV 카메라가 설치되었다. 그는 서에 돌아가면 영상부터 확보하자고 내쉬에게 말했다. 이미 지시해두었을 거라고 생각하면서도.

"그놈은 길을 건너려던 게 아니에요. 뛰어든 거라고요. 영상을 보면 아실 거예요."

포터는 기사에게 명함을 건넸다. "혹시 추가로 여쭤볼 내용이 생길지도 모르니, 잠시 주변에 머물러주시겠습니까?"

남자는 어깨를 으쓱했다. "매니에게 잘 말해줄 건가요?"

포터는 고개를 끄덕했다. "그럼, 잠시 실례하지요." 그는 내쉬를 한쪽으로 이끌며 목소리를 낮췄다. "의도적으로 죽인 게 아닌 건 분명한데. 자살이라도 우리가 맡을 일은 아니잖아. 왜 나를 부른 거야?"

내쉬는 파트너의 어깨에 한 손을 올렸다. "정말 괜찮겠어? 시간이 필요하다면 내가 알아서 처리할 테니……."

"괜찮아. 무슨 일이 벌어지는 건지나 말해줘."

"혹시 이야기할 시간이 필요하다면……."

"내쉬, 지금 누굴 애송이 취급하는 거야? 취급주의는 그만둬."

"좋아. 하지만 힘들 땐 언제든 도움을 요청해. 알았지? 자네가 그런다고 해도 이의를 제기하는 사람은 없을 테니."

"일이 도움이 될지도 모르지. 아파트에 죽치고 있느라 좀이 쑤셔 죽을 지경이었어."

"이건 대박이야, 포터." 그는 낮은 목소리로 말했다. "자네가 꼭 와야 하는 일이었다고."

"젠장, 말 돌리지 말고 좀 털어놓으면 안 되겠어?"

"우리 피해자의 목적지가 저쪽에 있는 우체통이었을것 같다는 생각이 들거든." 그는 벽돌 아파트 앞에 놓인 파란색 우체통을 힐끗하며 말했다.

"그걸 어떻게 알지?"

포터의 파트너의 얼굴에 환한 웃음이 퍼졌다. “검은 리본이 묶인 작고 하얀 상자를 가지고 있었으니까.”

포터의 눈이 휘둥그레 커졌다. “말도 안 돼.”

“사실이야.”

3
샘 포터

첫째 날

오전 6:53

포터는 시체를, 검은 비닐 안에 도사리고 있는 형체를 멍하니 내려다볼 수밖에 없었다.

아무 말도 나오지 않았다.

내쉬는 다른 경관들과 CSI 현장감식반원들에게 조금 물러서달라고, 포터가 희생자와 둘만의 시간을 가질 수 있도록 배려해달라고 부탁했다. 그들은 나지막이 대화를 주고받으며, 포터에게서 눈을 떼지 않은 채 경찰 저지선 테이프 뒤로 물러섰다. 그러나 포터의 눈에 다른 건 들어오지 않았다. 보이는 것은 시신이 든 검은 보디백과 그 옆에 놓인 작은 상자뿐. CSI가 붙인 '1번'이라는 라벨이 눈에 띄었다. 그들은 이미 모든 각도에서 수십 번 사진을 찍었을 것이다. 그러나 상자를 열지 않을 만큼의 분별력은 있었던 모양이다. 포터를 위해 남겨놓은 것이다.

지금까지 이런 상자를 몇 개 봤더라?

스무 개가 넘었다.

간단한 셈이었다.

희생자 일곱 명. 한 명당 상자 세 개.

총 스물한 개.

거의 5년 동안 그는 스물한 개의 상자를 봤다.

놈은 경찰을 가지고 놀았다. 절대 증거를 남기지 않았다. 오직 상자만을 남겼다.

유령 같은 범인.

포터는 전담반을 거쳐간 수많은 경관들을 떠올렸다. 희생자가 늘어날 때마다 몸집이 불어나던 전담반. 새로운 상자가 등장했다는 냄새를 맡자마자 시체 냄새를 맡은 독수리처럼 몰려들던 언론들. 도시 전체가 사냥에 나서던 날들. 그러나 결국 세 번째 상자가 등장하고, 시체가 발견되고, 범인은 종적을 감추고 만다. 도시의 어둠 속으로 사라져버린다. 그렇게 몇 달이 흐르면 언론도 더는 범인을 언급하지 않는다. 전담반 인력도 다른 급한 사건으로 빠져나가기 시작한다.

이 모든 것을 처음부터 지켜본 사람은 샘 포터뿐이었다.

그는 최초의 상자가 도착한 순간 현장에 있었고, 상자를 보자마자 그것이 연쇄살인범의 광기에 찬 살육의 시작임을 깨달았다. 그리고 두 번째 상자가 도착했다. 그리고 세 번째 상자. 마침내 시체가 발견되었을 땐 모두가 알게 되었다.

이 사건은 처음부터 잔혹하고 치밀하게 계획되었다는 것.

사악한 범죄의 막이 올랐다는 것.

포터는 이 모든 일을 처음부터 목격했다. 이제 그의 눈앞에서 종막이 펼쳐지고 있는 것일까?

"상자 안에는 뭐가 있었지?"

"아직 안 열었어." 내쉬가 대답했다. "하지만 자네라면 짐작이 갈 텐데."

작은 상자였다. 바닥은 가로 세로 10센티미터의 정사각형이고, 높이는 7.5센티미터 정도였다.

다른 상자들과 같았다.

하얀 종이로 포장되어 검은 리본으로 묶였다. 주소는 깔끔하게 손으로 쓰였다. 언제나 그랬듯 지문은 없었다. 항상 그랬다. 우표는 언제나 양면 접착식이었다. 타액도 남지 않았다.

그는 보디백을 내려다보았다. "정말로 놈이라고 생각해? 신원은 확보했고?"

내쉬는 고개를 저었다. "지갑이나 신분증은 지니고 있지 않았고, 얼굴은 포석과 버스 그릴에 갈려버렸어. 지문을 대조해보았지만 맞아떨어지는 게 없었어. 지금으로서는 신원을 파악할 수가 없어."

"그래도 뭔가 있겠지." 포터가 말했다. "장갑 남는 거 있어?"

내쉬는 주머니에서 라텍스 장갑 한 벌을 꺼내 포터에게 건넸다. 포터는 장갑을 끼고 상자 쪽으로 고갯짓했다. "내가 열어도 괜찮겠어?"

"모두 자네를 기다렸어." 내쉬가 대답했다. "이건 자네 사건이잖아, 샘. 언제나 그랬다고."

포터가 쭈그리고 앉아 상자를 향해 손을 뻗는 순간, CSI 감식반원이 달려와 어설픈 손놀림으로 작은 비디오카메라를 꺼냈다. "죄송합니다, 형사님. 기록하라는 명령을 받아서요."

"상관없어. 하지만 너만 찍어라. 준비됐지?"

카메라에서 붉은빛이 깜빡이며 켜졌고, 그는 고개를 끄덕였다. "준비됐습니다, 형사님."

포터는 상자를 돌려 보며 주소를 읽었다. 방울진 선홍색 얼룩을 조심스레 피하면서. "아서 탤벗. 디어본 파크웨이 1547번지."

내쉬는 휘파람을 불었다. "비싼 동네잖아. 부자 이웃들이 가득한 곳이지. 그 이름은 들어본 적이 없는데."

"탤벗은 투자금융 전문가입니다." CSI 감식반원이 대답했다. "부동산에도 꽤 많이 투자하고 있고요. 최근에는 호숫가 창고를 주택으로 개조하는 일에 주력하고 있습니다. 저소득층 가구들을 몰아내고 높은 월세와 스타벅스 그란데 사이즈를 감당할 수 있는 사람들을 들이는 거죠."

포터도 아서 탤벗에 대해 알고 있었다. 그는 젊은 감식반원을 올려다보았다. "이름이 뭔가?"

"폴 왓슨입니다, 형사님."

포터는 터지는 웃음을 참을 수 없었다. "자네, 언젠가는 훌륭한 탐정이 될거야, 왓슨 박사."

"전 아직 박사가 아닌데요, 형사님. 학위 논문을 쓰고 있지만, 적어도 2년은 걸릴 거예요."

포터는 또다시 웃음을 터트렸다. "요새는 아무도 책 따위는 안 읽는 모양이지?"

"샘, 상자."

"그렇지. 상자부터 보자고."

그는 리본을 당기면서, 매듭이 풀려 양쪽으로 벌어지는 모습을 지켜보았다. 리본 아래의 흰색 포장지는 네 귀퉁이에서 깔끔하게 접혀 완벽한 작은 삼각형을 그리고 있었다.

선물처럼.

놈은 *마치 선물처럼 상자를 포장했다.*

포장지가 벗겨지며 검은 상자가 모습을 드러냈다. 포터는 포장지와 리본을 한쪽으로 치운 다음, 내쉬와 왓슨을 한 번씩 바라보고, 천천히 뚜껑을 열었다.

피를 깨끗이 닦아낸 귀가 폭신하게 깔린 탈지면 위에 놓여 있었다.

다른 사건들과 똑같이.

4
샘 포터

첫째 날

오전 7:05

"시체를 봐야겠어."

내쉬는 불어나는 군중을 불안한 눈빛으로 바라보았다. "꼭 지금, 여기서 해야겠어? 저 많은 사람들이 보고 있는데."

"천막을 세우지."

15분 후, 몰려든 차량들을 좌절시키는 광경이 펼쳐졌다. 한 변이 3.6미터에 달하는 커다란 천막이 동쪽으로 난 차선 하나를 막아버린 것이다. 내쉬와 포터는 입구의 천을 젖히고 안으로 들어갔고, 에이슬리와 왓슨이 그 뒤를 따랐다. 저지선을 뚫고 들어오는 사람이 있을 경우에 대비해 제복 경관들이 천막 앞을 지켰다.

노란색 금속 삼각대 위에 설치된 1200와트 할로겐 조명 여섯 대가 반원형으로 늘어선 채 좁은 공간을 밝은 빛으로 가득 채우며 시체를 비추었다.

에이슬리가 보디백을 벗겨냈다.

포터는 무릎을 꿇었다. "시체는 처음 있던 자리 그대로야?"

에이슬리는 고개를 끄덕였다. "사진을 찍고 나서 최대한 빨리 덮었어요. 튕겨 나가서 떨어진 바로 그 자리예요."

시체는 아스팔트에 엎드려 있었다. 머리 옆에 고인 피가 텐트 가장자리로 흘러가고 있었다. 회색이 섞인, 짧게 깎인 검은 머리카락이 눈에 띄었다.

포터는 왼쪽에 놓인 상자에서 새 라텍스 장갑을 한 벌 꺼내 착용하고 조심스레 시체의 머리를 들었다. 차가운 아스팔트에서 머리가 떨어지는 순간, 과일맛 캐러멜 포장지를 벗길 때처럼 끈적거렸다. 속이 울렁거렸고, 포터는 아직 아침을 먹지 않았음을 다행으로 여겼다. "몸 뒤집는 것 좀 도와주겠어?"

에이슬리가 남자의 어깨를 붙들고, 내쉬가 발치에 자리를 잡았다.

"셋에 돌린다. 하나, 둘……."

경직이 일어나기에는 아직 일러서 몸은 쉽게 움직였다. 오른쪽 다리는 적어도 세 군데는 부러진 모양이었다. 왼팔도 마찬가지였다. 물론 그게 전부는 아니었다.

"아, 세상에. 이거 끔찍하군." 내쉬는 남자의 얼굴에서, 보다 정확하게 말하자면 얼굴이 있어야 하는 지점에서 눈을 떼지 못했다. 볼이 있어야 하는 부위에 너덜너덜한 피부 조각만 매달려 있었다. 턱뼈는 확실히 드러나 있지만 부러졌고, 입은 누가 턱 양쪽을 붙들고 벌린 양 활짝 열렸다. 한쪽 안구는 터져서 유리체의 끈적거리는 액체가 흐르고 있었다. 환한 조명 아래 녹색으로 반짝이는 반대쪽 눈이 멍하니 그들을 올려다보았다.

포터는 얼굴을 더 가까이 가져다 댔다. "얼굴을 재구성할 수 있을까?"

에이슬리는 고개를 끄덕였다. "검시실로 돌아가자마자 사람을 붙일게요."

"확실히 뭐라 말하기 힘들지만, 체격이며 살짝 회색이 섞인 모발로 보아 40대 후반, 최대로 잡아도 50대 초반일 것 같은데."

"연령대도 더 정확하게 파악할 수 있을 거예요." 에이슬리가 말하며 펜라이트로 남자의 눈을 살펴보았다. "각막은 온전하니까."

안구 내부의 물질에 탄소연대측정법을 적용하면 한두 살 오차로 연령을 측정할 수 있을 것이다.

남자는 감색 세로줄 무늬 슈트를 입었다. 왼쪽 소매는 너덜너덜해졌고, 팔꿈치 근처에서 부러진 뼈가 튀어나와 있었다.

"반대쪽 신발 찾은 사람 있나?" 오른쪽 신발이 보이지 않았다. 검은색 양말은 피로 축축했다.

"제복 경관이 주웠어. 저쪽 테이블 위에 있어." 내쉬가 오른쪽 건너편을 가리키며 말했다. "여기에 중절모를 쓰고 있었다더군."

"중절모라고? 유행이 돌아온 건가?"

"영화에서는 그렇던데."

"주머니에 뭔가 있나 봐요." 왓슨이 재킷의 오른쪽 가슴 주머니를 가리켰다. "네모난 물건인데요. 혹시 다른 상자일까요?"

"아니, 상자라기엔 너무 얇아." 포터는 조심스레 재킷 단추를 풀고 손을 넣어 책 한 권을 꺼냈다. 톱스 사에서 만든 소형 공책으로, 태블릿과 스마트폰이 등장하기 이전의 대학생들이 가지고 다녔을 법한 물건이었다. 가로 8센티미터 세로 11센티미터 크기에 표지에는 흑백 무늬가 들어갔고, 내지에는 줄이 그어졌다. 안에는 글자가 빽빽했다. 작고 깔끔한 손글씨로 한 줄에 글씨 두 줄씩 빼곡하게 쓰여 있었다. "뭔가 있을 것 같군. 일기 같은데. 잘 찾아냈어, 박사."

"저는 박사가 아닙……."

포터는 손을 저었다. "알았어, 알았다고." 그러고 나서 내쉬를 돌아보았다. "주머니는 확인해봤다고 하지 않았나?"

"지갑을 찾으려고 뒤졌을 뿐이야. 시체 확인은 자네를 기다렸지."

"그럼 나머지도 확인해봐야겠군."

그는 바지 왼쪽 앞주머니에서 시작해 차근차근 온몸을 뒤졌다. 찾아낸 물건은 조심스레 한옆에 내려놓았다. 내쉬는 라벨을 붙이고 왓슨은 사진을 찍었다.

"이게 다인가? 별로 도움이 될 만한 건 없는데."

포터는 소지품을 세심하게 살폈다.

세탁소 영수증

회중시계

다양한 동전으로 총 75센트

영수증은 평범했다. 54873이라는 번호가 찍힌 것 말고 대상을 특정할 수 있는 정보라곤 없었다. 심지어 세탁소 주소조차 없었다.

"여기 물건들 전부 지문 확인해." 포터가 지시했다.

내쉬는 얼굴을 찌푸렸다. "무엇 때문에? 본인의 시체는 확보했고, 이 친구 지문은 일치하는 데이터가 없었는데."

"운이 따르기를 기대하는 거지. 일치하는 지문이 나오면 이자의 신원을 확인할 수 있는 사람에게 연결될지도 모르잖아. 회중시계엔 특별한 점 없었어?"

내쉬는 시계를 조명 쪽으로 들어 보였다. "요즘도 회중시계를 가지고 다니는 사람이 있다니. 어쩌면 자네 생각보다 나이가 많을지도 모르겠어."

"중절모도 그런 느낌이지."

"그냥 골동품 애호가일 수도 있겠지만요." 왓슨이 지적했다. "그런 사람을 여럿 알거든요."

내쉬가 시계 꼭지를 누르자 시계가 활짝 열렸다. "어라."

"왜 그러지?"

"3시 14분에 멈춰 있는데? 사고 시각이 아니잖아."

"충격 때문에 어긋난 건 아닐까?" 포터가 되물었다.

"긁힌 자국도 없는데. 부서진 흔적 자체가 없어."

"부속 문젠가. 태엽을 감지 않았기 때문일 수도 있지. 잠깐 보여주겠어?"

내쉬는 회중시계를 포터에게 건넸다.

포터는 꼭지를 돌려보았다. "헐거워. 스프링이 제대로 작동하질 않아. 하지만 이건 장인의 솜씬데. 수작업으로 만든 물건 같아. 분명 값비싼 골동품이겠지."

"저기, 제게 삼촌이 한 명 있는데요." 왓슨이 말했다.

"흠, 그거 축하해줘야 하나?" 포터가 대꾸했다.

"시내에서 골동품 가게를 하시거든요. 뭔가 아실지도 몰라요."

"우등상이라도 받고 싶은 모양이지? 좋아. 그렇다면 임무를 내려주지. 목록에 기입한 후에 가져가서 뭔가 알아낼 수 있는지 확인해봐."

왓슨은 활짝 웃으며 고개를 끄덕였다.

"복장에 이상한 점은?"

내쉬는 시체를 다시 살펴보고 고개를 저었다.

"신발이 끝내주는데요." 에이슬리가 말했다.

포터는 미소를 머금었다. "확실히 그렇지? 저건 존 롭 수제화야. 한 켤레에 1500달러는 나가는 물건이지. 그런데 슈트는 잡화점이나 쇼핑몰에서 팔 법한 싸구려라고. 비싸봐야 수백 달러밖에 안 하는."

"그래서 그게 무슨 의미일까?" 내쉬가 물었다. "제화업계 종사자인가?"

"알 수 없지. 당장은 섣불리 결론을 내리고 싶지 않아. 그저 구두에 저렇게 돈을 들이는 사람이 슈트에는 돈을 쓰지 않다니 이상하다고 생각했을 뿐이야."

"업계 종사자라 특별 할인가로 산 게 아니라면 말이죠. 그거 참 말이 되네요." 왓슨이 말했다.

"자네와 의견이 일치하니 참으로 기쁘군, 박사. 하지만 한심한 소리를 하면 우등상을 빼앗아버릴 수도 있어."

"죄송합니다."

"걱정할 필요 없어, 박사. 그냥 괴롭히는 것뿐이니까. 평소에는 내쉬를 괴롭히는데, 저 친구는 내 헛소리에 너무 익숙해져서 이제 재미가 없거든." 포터는 다시 작은 공책으로 주의를 돌렸다. "그것 좀 이리 주겠어?"

왓슨은 공책을 건넸고, 포터는 첫 페이지를 펼쳤다. 내용을 훑는 포터의 눈이 차츰 가늘어졌다.

안녕하신가, 친구여.

나는 도둑이자 살인자이자 납치범이라네. 쾌락을 위해 죽이기도 하고, 필요에 의해 죽이기도 하고, 증오에 의해 죽이기도 했지. 시간이 흐를수록 내 마음속에서 커져가는 욕망을 충족시키기 위해 죽이기도 했다네. 이런 욕망은 마치 굶주림과도 같아서, 피를 보거나 고문당하는 이의 비명 속에서만 들리는 노랫가락을 들을 때만 충족

되게 마련이거든.

자네에게 이런 이야기를 하는 건 겁먹게 하거나 감명을 주려는 목적이 아니라네. 그저 사실을 명확하게 진술해 내 카드를 테이블 위에 모두 펼쳐놓고 싶을 뿐.

내 IQ는 156이니 어떻게 봐도 천재 수준이라 할 수 있을 걸세.

어떤 현인이 이렇게 말했더군. "자신의 IQ를 측정하여 지능의 수준을 표현하고자 하는 시도 자체가 무지를 나타낸다." 하지만 내가 원해서 측정한 것은 아니었네. 사회가 강요한 거지. 이 수치가 가지는 의미는 자네가 알아서 판단하게나.

이런 모든 설명은 내가 가진 성질을 서술할 뿐, 내가 진정으로 어떤 존재인지는 말해주지 않는다네. 내가 직접 펜을 들고 지금부터 하려는 이 이야기를 공유하려는 것도 그래서이지. 지식의 공유 없이 발전이란 존재할 수 없으니. 자네들은(그러니까, 자네들의 사회 전체는) 수많은 실수를 저지르고도 아무것도 배우지 못했지. 게다가 배울 것은 아주 많지 않은가.

그래서 내가 누구라고 생각하나?

내 이름을 친절하게 알려주는 건 너무 재미없지 않겠나?

자네는 아마 나를 '네 마리 원숭이 킬러'라고 알고 있을 테지. 일단 그대로 두는 게 어떻겠나? 뭐든 줄여 부르길 즐기는 사람들을 위해 4MK라고 해둘까. 멍청한 친구들을 배려하자는 걸세. 지능이 부족하다고 굳이 배제할 필요까진 없지 않겠나.

우리는 함께 무척 즐거운 시간을 보낼 것 같군.

"빌어먹을." 포터가 중얼거렸다.

5
일기

한 가지는 확실하게 선언하고 시작하겠네.

부모님은 잘못이 없어.

나는 노먼 록웰*조차도 모델로 삼고 싶어할 만큼 사랑으로 가득한 집에서 자랐다네.

사랑하는 우리 어머니, 어머니의 영혼에 신의 축복이 있기를, 어머니는 출판계에서 쌓아온 창창한 경력을 버리고 나를 양육하기 위해 주부의 길을 택했다네. 내가 생각하기에는 더는 일터로 돌아가고 싶어하지 않으셨고. 어머니는 매일 아침 아버지와 나를 위해 아침식사를 차렸고, 저녁식사는 정확하게 6시 정각에 시작되었지. 우리는 가족의 시간을 소중히 여겼고, 집 안에는 활기차고 유쾌한 분위기가 늘 이어졌다네.

어머니는 하루 동안 얻어낸 수확을 늘어놓고, 아버지와 나는 주의 깊게 귀를 기울였어. 어머니의 목소리는 천사처럼 사랑스러웠지. 지금도 더 듣고 싶은 마음이 간절하다네.

* Norman Perceval Rockwell, 미국의 화가. 중산층 가정의 부유하고 화목한 모습을 친근한 화풍으로 그려냈다.

아버지는 금융업에 종사하셨어. 분명 동료에게 높은 평가를 받으셨을 거야. 집에서 일 이야기를 꺼내는 분은 아니셨지만 말일세. 그분은 직장에서 일어나는 모든 일은 직장에서만 입에 담아야 한다고, 성스러운 가족의 공간으로 돌아와 돼지 여물통에 음식 찌꺼기 쏟아내듯 내뱉어서는 안 된다는 확고한 신념을 갖고 계셨거든. 일은 일터에, 응당 있어야 하는 자리에 놓고 오는 분이셨다네.

아버지는 늘 번쩍이는 검은색 서류가방을 가지고 다니셨지만, 그걸 여는 모습은 한 번도 본 적이 없어. 매일 밤 가방을 현관문 옆에 세워두셨고, 다음 날 집을 나설 때까지 그대로였지. 어머니께 사랑을 담은 키스를 하고 내 머리를 토닥여주신 다음에야 그 가방을 들곤 하셨어.

"어머니 잘 챙겨라, 아들!" 아버지는 이렇게 말하곤 했지. "내가 돌아올 때까지는 네가 우리 집 가장이니까. 수금원이 오면 옆집으로 보내라. 그런 작자들에게 신경 쓸 필요 없어. 넓은 시야로 보면 그런 작자들은 아무것도 아니야. 나중에 네 가족이 생겼을 때 그런 일로 조바심 내지 말고 지금 미리 배워두는 게 좋을 거다."

중절모를 쓰고 서류가방을 든 아버지가 미소를 띠고 손을 흔들며 문을 나서면 나는 거실 창문으로 달려가 아버지가 진입로를 내려가서(추운 겨울이면 미끄러지지 않으려고 조심하시면서) 작고 까만 컨버터블에 오르는 모습을 지켜보곤 했어. 아버지가 모는 1969년형 포르셰는 아주 훌륭한 자동차였지. 열쇠를 돌려 시동을 걸면 낮게 으르렁거리는 소리가 울려 퍼지는 게 예술 작품에 가까웠고. 부드럽게 도로로 나아가 굶주린 듯 포석 위로 질주할 때면 그 소리가 더욱 커졌다네.

아버지는 정말로 그 차를 사랑하셨어.

일요일이면 우리는 차고에서 커다란 푸른 양동이와 걸레 한 뭉치로 지붕에서 바닥까지 말끔히 세차를 했어. 아버지는 부드러운 검은 컨버터블 덮개를 꼼꼼히 살피고 금속 곡면에 왁스를 칠하며 몇 시간을 보내셨다네. 꼭 두 번씩 칠하셨지. 나는 바큇살을 청소하는 임무를 맡았는데, 항상 열성을 다해 수행했지. 작업을 끝내고 나면 차는 전시장에서 갓 나온 것처럼 반짝였어. 그러면 아버지는 덮개를 내리고 어머니와 나를 태운 다음 일요일 드라이브에 나서곤 하셨네. 2인승이었지만 나는 체구가 작은 편이라 좌석 뒤에 넉넉하게 앉을 수 있었지. 우리는 가까운 데일리 프리즈에 들러 아이스크림과 소다를 산 다음, 공원으로 가서 아름드리 떡갈나무 길과 잔디밭 위에서 오후의 산책을 즐겼다네.

나는 다른 아이들과 어울려 놀고 어머니와 아버지는 노목 그늘에서 그 모습을 지켜보셨지. 서로 손을 맞잡고 사랑을 담은 눈길을 주고받으면서. 공을 따라 달리거나 프리스비를 쫓는 동안에도 두 사람이 서로 농담을 건네고 웃음을 터트리는 소리가 들렸다네. “나 좀 봐요! 나 좀 봐요!” 나는 이렇게 소리치곤 했지. 그러면 부모님은 내 쪽을 보셨어. 부모라면 응당 보내야 하는 눈길로, 자부심을 품고. 자신들의 아들, 자신들의 기쁨을 바라보는 눈빛이었지. 그 행복했던 어린 날이 가끔 떠올라. 만면에 미소를 띠고 나무 그늘에 앉아 있던 부모님. 나는 그 시절을 돌아보며 그분들의 목을 한쪽 귀에서 다른 쪽 귀까지 베어내 상처에서 쏟아져 나온 피가 잔디밭에 고이는 모습을 상상한다네. 가슴이 절로 나부끼며 웃음이 비집고 나오는 풍경이지.

물론 한참 전의 일이지만, 분명 그게 시작이었으리라 생각한다네.

6
샘 포터

첫째 날

오전 7:31

포터는 디어본 파크웨이 1547번지 앞에 차를 대고 커다란 석조 건물을 올려다보았다. 옆에서는 내쉬가 통화를 마무리하고 있었다. "경감인데. 냉큼 서로 돌아오라는군."

"돌아가긴 해야지."

"제법 다그치던데."

"4MK가 상자를 보내려던 곳이 바로 여기야. 지금은 본부로 돌아갈 시간이 없어." 포터가 말했다. "얼마 걸리지 않을 거야. 지금은 조금이라도 앞서는 것이 중요해."

"4MK? 정말로 놈을 그렇게 부르는 거야?"

"4MK든, 원숭이 킬러든, 네 마리 원숭이 살인마든. 그 미친놈을 뭐라고 부르든 상관없어."

내쉬는 창밖을 내다보았다. "끝내주게 대단한 집이네. 한 가족이 저걸 다 쓴다고?"

포터는 고개를 끄덕였다. "아서 탤벗과 그의 아내, 첫 번째 결혼에서 얻은 10대 딸, 아마도 깽깽대는 조그만 강아지 한두 마리, 그리고 한 명에서 다섯 명의 가정부들이 있겠지."

"실종신고를 확인해봤는데, 탤벗이 신고한 내역은 없었어." 내쉬가 말했다. 그들은 차에서 내려 돌계단을 올라가기 시작했다. "어떻게 할 생각이야?"

"빠르게." 포터는 초인종을 눌렀다.

내쉬는 목소리를 낮췄다. "아내일까 딸일까?"

"뭐라고?"

"귀 말야. 아내 거라고 생각해, 아니면 딸 거라고 생각해?"

포터가 막 대답하려는 찰나 문이 아주 약간 열렸다. 방범 체인이 걸린 채였다. 키가 150센티미터 남짓인 히스패닉 여성이 차가운 갈색 눈으로 그들을 노려보았다. "무슨 일이죠?"

"탤벗 씨나 부인 계십니까?"

그녀의 시선이 포터에서 내쉬로 옮겨갔다가 다시 돌아왔다. "잠깐만요."

그녀는 문을 닫았다.

"나는 딸 쪽에 걸고 싶은데." 내쉬가 말했다.

포터는 휴대전화를 내려다보며 말했다. "이름이 카네기더군."

"딸 이름이 카네기? 농담이지?"

"부자들은 도무지 이해가 안 돼."

문이 다시 열리고, 40대 초반으로 보이는 여성이 서 있었다. 베이지색 스웨터에 달라붙는 검은 슬랙스 차림이었다. 금발 머리카락은 뒤로 넘겨 한 갈래로 묶었다. 매력적인 여자로군, 포터는 생각했다. "탤벗 부인이십니까?"

그녀는 정중히 미소 지었다. "맞습니다. 뭘 도와드릴까요?"

히스패닉 여자가 그녀 뒤에서 고개를 내밀고 그들을 보았다.

"저는 포터 형사고 이쪽은 내쉬 형사입니다. 시카고 경찰국 소속이지요. 잠시 말씀 좀 나눌 장소가 있을까요?"

그녀의 미소가 사라졌다. "그 아이가 또 무슨 짓을 했나요?"

"무슨 말씀이십니까?"

"제 남편의 끔찍한 딸내미 얘기죠. 물건을 훔치거나 난폭운전을 하거나 공원에서 자기랑 똑같은 밑바닥 인생들과 퍼마시지 않곤 일주일을 못 넘기거든요. 이 근처를 지나가는 경찰분들께 커피라도 제공해야 할까 봐요. 경관의 절반은 주기적으로 이 집을 방문하니." 그녀가 안으로 들어가며 문이 활짝 열렸다. 가구가 적절히 배치된 널찍한 현관이 모습을 드러냈다. "들어오세요."

포터와 내쉬는 그녀를 따라 안으로 들어갔다. 아치형 천장이 높이 솟았고, 반짝이는 크리스털 샹들리에가 한가운데에 매달려 있었다. 그는 반짝이는 흰 대리석 바닥 위로 걸음을 옮기며 신발을 벗고 싶은 충동을 누르려 애썼다.

탤벗 부인은 가정부를 바라보며 말했다. "미란다, 차하고 베이글 좀 가져다주겠어요? 아니, 형사님들이니까 도넛을 좋아하시려나?" 말을 맺기 전 살짝 웃음을 머금는 것이 보였다.

부자들의 농담이로군. 포터는 생각했다. 그리고 부유한 백인 여성이 가장 싫어하는 호칭은…….

"상관없습니다, 여사님."

"부디 퍼트리샤라고 불러주세요."

두 사람은 퍼트리샤를 따라 현관을 통과해 홀을 지나 커다란 서재로 들어섰다. 광을 낸 마루가 아침 햇살에 반짝이고, 커다란 석조 벽난로 위에 달린 크리스털 샹들리에에 반사된 햇빛이 점점이 박혔다. 그녀는 서재 가운데에 있는 소파를 향해 손짓했다. 포터와 내쉬는 자리를 잡고 앉았다. 퍼트리샤는 그들의 반대편에 있는, 푹

신해 보이는 의자에 앉아 옆에 놓인 작은 탁자의 찻잔을 들었다. 〈시카고트리뷴〉 조간이 손도 대지 않은 채 놓여 있었다. "지난주에 말도 안 되는 물건을 과다복용하는 바람에 한밤중에 병원 응급실까지 가서 데려와야 했다고요. 클럽에서 실신한 애를 친구들이 병원 앞 벤치에 버리고 가지 않았겠어요. 어찌나 생각들이 깊은지. 아티는 일 때문에 집을 비웠고, 그 사람 성질을 건드렸다가는 무슨 일이 생길지 모르니 제가 얼른 가서 데려올 밖에요. 의붓엄마가 말끔히 처리해서 없었던 일로 만드는 편이 모두에게 좋으니까요."

가정부가 커다란 은제 쟁반을 들고 돌아왔다. 그녀는 쟁반을 내려놓고 차를 두 잔 따른 다음, 한 잔은 내쉬에게, 다른 한 잔은 포터에게 내밀었다. 접시 두 장에는 구운 플레인 베이글과 초콜릿 도넛 하나가 놓여 있었다.

"나는 선입견 그대로인 사람이라서." 내쉬가 도넛 쪽으로 손을 뻗었다.

"뭐 이런 걸 다." 포터가 말했다.

"편하게 들어요." 퍼트리샤가 대답했다.

"부군은 어디 계십니까, 탤벗 부인? 집 안에 계신지요?"

"위튼으로 골프 치러 간다고 아침 일찍 나갔는데요."

내쉬는 포터 쪽으로 슬쩍 몸을 기울였다. "한 시간 거리야."

포터는 찻잔을 들고 천천히 한 모금 홀짝인 다음 다시 쟁반에 놓았다. "따님은 계십니까?"

"의붓딸이에요."

"네, 의붓따님 말입니다." 포터가 정정했다.

탤벗 부인은 얼굴을 찌푸렸다. "우선 그 아이가 무슨 일을 저질렀는지부터 말씀해주시면 안 될까요? 그러면 저도 그 아이와 직접 대화하시게 할지, 아니면 변호사한테 전화부터 할지 결정할 수 있을 텐데요."

"여기 있다는 말씀이로군요?"

그녀의 눈이 잠시 커졌다. 그녀는 자기 찻잔을 다시 채우고, 각설탕 두 개를 넣은 다음 스푼으로 젓고 들이켰다. 따뜻한 머그를 잡은 손가락이 뒤틀렸다. "밤새 자기 방에서 잠들어 있었는걸요. 몇 분 전에 등교할 준비를 하는 걸 봤어요."

포터와 내쉬는 시선을 교환했다. "잠시 따님과 얘기 좀 나눠도 되겠습니까?"

"애가 대체 뭘 했는데요?"

"단서를 하나 추적하고 있습니다, 탤벗 부인. 따님이 지금 이곳에 있다면 걱정하실 일은 아무것도 없습니다. 저희는 바로 떠날 겁니다. 하지만 만약 이곳에 없다면……." 포터는 상대에게 과도한 두려움을 심어줄 생각은 없었다. "……그렇다면, 걱정할 이유가 있을지도 모릅니다."

"저흰 그저 안전한지 확인만 하면 됩니다." 내쉬가 덧붙였다.

그녀는 손에 든 머그를 이리저리 돌렸다. "미란다? 가서 카네기 좀 불러주겠어요?"

가정부는 입을 열었지만 하려던 말을 고려해보고 입을 다무는 편이 낫겠다고 생각한 모양이었다. 포터는 그녀가 서재를 나가 복도를 가로질러 나선 계단으로 향하는 모습을 지켜보았다.

내쉬가 팔꿈치로 쿡 찔러서 포터는 고개를 돌렸다. 내쉬의 시선을 따라가니 벽난로 위에 놓인 사진 액자가 보였다. 금발 소녀가 승마복을 입고 밤색 말 옆에 서 있었다. 포터는 자리에서 일어나 그쪽으로 향했다. "이쪽이 의붓따님입니까?"

탤벗 부인은 고개를 끄덕였다. "4년 전이죠. 그 사진을 찍기 한 달 전에 열두 살이 됐고요. 대회에서 1등으로 들어왔죠."

포터는 그녀의 머리카락을 보고 있었다. 지금까지 네 마리 원숭이 킬러의 희생자 중 금발은 단 한 명뿐이었다. 나머지는 전부 갈색 머리였다.

"퍼트리샤? 무슨 일이에요?"

그들은 일제히 고개를 돌렸다.

머틀리 크루 티셔츠에 흰색 가운과 슬리퍼를 걸친 10대 소녀가 문가에 서 있었다. 금발 머리칼이 부스스했다.

"부디 퍼트리샤라고 부르지 말아주겠니." 탤벗 부인이 쏘아붙였다.

"죄송해요, 어머니."

"카네기, 여기 이 신사분들은 시카고 경찰국에서 나오셨단다."

소녀의 얼굴이 창백해졌다. "왜 경찰이 온 거예요, 퍼트리샤?"

포터와 내쉬는 그녀의 귀를 바라보고 있었다. 양쪽 귀 모두, 있어야 할 자리에 제대로 붙어 있었다.

7
샘 포터

첫째 날

오전 7:48

가랑비가 내리기 시작했다. 탤벗 저택을 나온 포터와 내쉬는 비에 젖어 미끄러워진 돌계단을 서둘러 내려와 갓길에 세워둔 차로 돌아왔다. 두 사람은 차문을 닫고 찌푸린 하늘을 바라보았다. "왜 하필 오늘." 포터가 투덜댔다. "비가 내리면 탤벗이 골프를 관둘 수도 있고, 그럼 그자를 놓치게 될 텐데."

"더 큰 문제가 있어." 내쉬는 아이폰을 두드리고 있었다.

"또 돌턴 경감이야?"

"아니, 더 큰 문제야. 누가 트위터에 올렸어."

"누가 뭘 했다고?"

"트위터에 올렸다고."

"트위터가 뭔데?"

내쉬는 그에게 아이폰을 건넸다.

포터는 깨알처럼 작은 글씨를 읽었다.

@4MK4EVER 이 사람 혹시 네 마리 원숭이 킬러?

오늘 아침, 아스팔트에 얼굴을 박고 있는 버스 사고 사망자의 사진이 업로드되어 있었다. 구석에 시내버스도 살짝 보였다.

포터는 얼굴을 찌푸렸다. "누가 사진을 언론에 뿌리기라도 한 거야?"

"젠장, 샘. 자네 진짜로 시대를 따라갈 필요가 있어. 누가 뿌린 게 아니라 어떤 놈이 자기 휴대전화로 사진을 찍어서 업로드한 거라고." 내쉬가 설명했다. "트위터라는 게 그런 데야."

"모두? 그 모두라는 게 몇 명인데?"

내쉬는 다시 화면을 두드렸다. "포스팅이 20분 전, 지금까지 '마음에 들어요'를 3212번 받았고 500번 이상 리트윗됐지."

"'마음에 들어요'를 받아? 리트윗? 그게 대체 어느 나라 말이야?"

"사방으로 퍼져나갔단 말이야, 포터. 바이러스처럼. 이제 놈이 죽었다는 걸 온 세상이 알고 있다고."

내쉬의 전화가 울렸다. "이번에야말로 경감인데. 뭐라고 할까?"

포터는 시동을 걸고 기어를 바꾼 다음 웨스트노스 대로를 따라 294번 고속도로를 향해 속도를 내기 시작했다. "단서를 추적 중이라고 말해."

"무슨 단서?"

"탤벗 가족."

내쉬는 영문을 모르겠다는 표정이었다. "하지만 탤벗 가족은 괜찮았잖아. 전부 집에 있었는데."

"그쪽 탤벗 가족은 아니었지. 아서와 직접 대화를 나눌 거야. 그 자의 인생에 아내와 딸을 제외한 다른 여자가 있을지도 모르잖아. 그쪽에 걸어볼 생각이야." 포터가 말했다.

내쉬는 고개를 끄덕이고 전화를 받았다. 작은 스피커를 통해 경감이 고함을 치는 소리가 들려왔다. 내쉬는 약 1분 동안 "네, 경감님"을 반복한 끝에 전화를 손으로 가리고 말했다. "자네하고 대화하고 싶다시는데."

"운전 중이라고 해. 운전하면서 전화를 받으면 위험하잖아." 포터는 운전대를 격하게 왼쪽으로 꺾으며 그들의 현재 속도인 시속 120킬로미터보다 훨씬 느리게 달리는 미니밴 한 대를 추월했다.

"알겠습니다, 경감님." 내쉬가 말했다. "지금 스피커 모드로 전환합니다. 기다려주시죠……."

아이폰이 자동차의 블루투스 스피커 시스템과 연결되며 경감의 목소리가 작은 소리에서 더 작은 소리로 바뀌더니 갑자기 차 안을 가득 메우는 굉음으로 변했다. "……10분 안에 서로 돌아와서 수사본부를 꾸린 다음 전면에 나서. 방송국이며 신문사 기자들이 죄다 몰려와서 나를 괴롭히고 있다고."

"포터입니다, 경감님. 놈이 어떤 순서로 움직이는지는 경감님도 저만큼 잘 아시지 않습니까. 놈은 오늘 아침에 귀를 배달하려 했습니다. 피해자 여성을 하루 이틀 전에 납치했다는 뜻이지요. 좋은 소식은 놈이 희생자를 즉시 죽이는 법이 없으니 피해자가 아직 살아 있을 거라는 겁니다……. 어딘지는 모르지만 말입니다. 그쪽에 시간이 얼마나 남아 있는지는 알 수 없습니다. 잠시 소포만 배달하고 올 작정이었다면 음식이나 물을 마련해두지 않았겠죠. 일반인은 물 없이 사흘, 음식 없이 삼 주를 버틸 수 있습니다. 말 그대로 시한부 인생이란 말입니다, 경감님. 운이 좋으면 사흘이고, 그마저도 힘들 가능성이 높습니다."

"그래서 자네가 돌아와주기를 원하는 거야."

"일단 이 문제부터 추적해야 합니다. 놈이 확보한 피해자의 신원을 파악하지 못하면 쳇바퀴놀음일 뿐이라고요. 경감님도 성과가 필요하시겠죠. 한 시간만 주시면 언론에 발표할 이름을 확보할 수 있을지도 모릅니다. 행방불명된 실종자의 사진을 넘기면 기자들도 잠시 물러서지 않겠습니까."

경감은 잠시 침묵했다.

"한 시간 주지. 더는 안 돼."

"그거면 충분합니다."

"탤벗 주변에서는 조심해서 움직여. 시장과 절친한 사이이니까." 경감이 대답했다.

"알았습니다. 애들 다루듯 조심하지요."

"그쪽하고 대화를 나누는 즉시 보고해." 경감이 전화를 끊었다.

포터는 294번 고속도로로 향하는 진입로로 들어섰다. 내쉬는 내비게이션에 '위튼 골프장'을 입력했다. "45킬로미터 남았군."

포터는 엑셀을 더 밟았다.

내쉬는 라디오를 켰다.

……시카고 경찰은 아직 공식 발표를 하지 않았지만, 오늘 아침 하이드파크 지역에서 시내버스 사고로 사망한 보행자가 바로 네 마리 원숭이 킬러라는 추측이 퍼지고 있습니다. 오늘 현장에서 촬영된 상자는 과거 네 마리 원숭이 킬러가 보내던 상자와 정확하게 일치합니다. 범인에게 네 마리 원숭이 킬러라는 별명을 붙인 사람은 시카고 경찰국 소속 새뮤얼 포터 형사로, 그의 행동 양식을 처음 파악한 사람이기도 합니다.

"저건 거짓말인데. 그 이름은 내가 붙인 게……."

"쉿!" 내쉬가 그의 말을 끊었다.

네 마리 원숭이라는 이름은 일본 닛코의 도쇼구 신사에서 유래했습니다. 신사 입구 위에 원숭이상 세 개가 있는데, 첫 번째 원숭이는 귀를, 두 번째 원숭이는 눈을, 세 번째 원숭이는 입을 가리고 있습니다. 이들 원숭이상은 각각 "악을 듣지 말고, 보지 말고, 말하지 말라"는 뜻을 품고 있습니다. 네 번째 원숭이는 "악을 행하지 말라"는 뜻입니다. 네 마리 원숭이 킬러의 패턴은 5년 반 전 첫 번째로 희생된 칼리 트레멜 사건 이래 항상 동일했습니다. 납치가 일어나고 이틀 후 트레멜의 가족은 우편함에서 그녀의 귀를 발견했습니다. 이틀 후에는 눈을 받았지요. 그리고 이틀 후에는 혀가 도착했습니다. 그리고 그녀의 시체는 마지막 꾸러미에 찍힌 소인의 날짜로부터 이틀 뒤 베드포드 공원에서 발견됐습니다. 그녀의 손에 쥐인 쪽지에는 단순하게 "악을 행하지 말라"고만 쓰여 있었습니다. 훗날 확인된 바에 의하면 희생자의 아버지인 마이클 트레멜은 수백만 달러의 현금을 해외 계좌에 은닉해온 지하 도박 조직 범죄에 연루되어 있었다고 전해집니다…….

내쉬는 라디오를 껐다. "늘 아버지의 범죄를 처벌하려고 아이를 납치하지. 이번에는 왜 그러지 않았을까? 왜 카네기를 데려가지 않은 걸까?"

"나도 모르겠어."

"탤벗의 재정 상태를 확인해줄 사람이 필요해." 내쉬가 말했다.

"그럴 만한 사람이 있어?"

"맷 호스먼?"

포터는 고개를 끄덕였다. "전화해봐." 그는 웃옷 가슴 주머니에서 공책을 꺼낸 다음, 내쉬의 무릎에 던졌다. "통화 마치면 이거나 큰 소리로 좀 읽어줘."

8
일기

어머니와 아버지는 이웃인 사이먼 카터와 리자 카터 부부와 가깝게 지내셨다네. 그들이 우리 이웃이 된 건 내가 열한 살 소년이던 어느 여름이었는데, 내 제한된 경험에 비추어 그들 모두를 늙은이라고 생각했지. 하지만 지금 돌이켜보면 어머니와 아버지는 30대 중반이셨을 테고, 카터 부부는 그들보다 한두 살, 많아야 세 살 정도 어렸겠지. 네 살일 수도 있지만 다섯 살 이상 차이 나진 않았을 거야. 그 사람들은 우리가 살던 조용한 거리를 공유하는 단 하나뿐인 이웃집으로 이사를 왔다네.

나의 어머니가 얼마나 아름다운 사람이었는지 이야기했던가?

그런 중요한 내용을 빼먹다니 참으로 무례했군. 사소한 일만 주절거리느라, 자네가 기꺼이 따라와주기로 한 이 이야기를 완벽하게 만드는 내용을 빼놓다니 말이야.

자네가 이 책 안으로 손을 집어넣어 한심하다고 뺨을 때릴 수 있다면 기꺼이 그러라고 권할 텐데. 나는 가끔 한심한 소리를 주절거리니까, 내 이야기를 선로로 돌려놓으려면 단호한 매질이 필요할 때도 있겠지.

어디까지 했더라?

그래. 어머니.

어머니는 아름다운 분이셨다네.

비단결 같은 머리칼. 숱이 풍성한 금발에 딱 알맞을 만큼의 건강한 윤기가 흐르고 있었지. 관능적으로 물결치며 늘씬한 등을 절반 정도 덮었다네. 그리고 그 눈! 영롱하게 빛나는 녹색 눈동자가, 흠집 하나 없는 도자기에 박힌 한 쌍의 에메랄드 같았지.

어머니의 몸매 또한 많은 사람들의 눈길을 끌었다는 사실도 부끄러움 없이 인정할 수 있다네. 어머니는 매일 조깅을 했고, 그 몸에 지방은 1온스도 붙어 있지 않았다고 단언할 수 있어. 흠뻑 젖은 상태로도 50킬로그램 이상 나가지 않으셨을 테고, 키는 아버지의 어깨 정도였다네. 그러니까 162센티미터 정도였던 셈이지.

그리고 소매 없는 여름용 원피스를 좋아하셨지.

어머니는 무더운 날이나 한겨울이나 원피스를 입으셨다네. 추위 따위는 신경도 쓰지 않으셨어. 눈이 거의 창턱까지 쌓인 어느 겨울이 기억나는군. 그날도 어머니는 하얀색 바탕에 꽃무늬가 들어간 소매 없는 짧은 원피스를 팔락이며 부엌에서 흥겹게 콧노래를 부르고 계셨다네. 카터 부인은 행복을 졸여 만든, 김이 오르는 음료 한 잔을 들고 식탁에 앉아 있었고, 어머니는 자유로운 기분이 들기 때문에 그런 옷을 입는다고 말하는 중이었네. 그리고 짧은 원피스를 고르는 이유는 자신의 몸에서 다리가 제일 훌륭하다고 생각하기 때문이라고 하셨지. 그리고 아버지가 얼마나 그 다리를 사랑하는지를 말씀하셨다네. 어떤 식으로 애무하시는지도. 어깨에 올리거나, 몸에 두르는 일을 얼마나 즐기는지를…….

그 시점에서 어머니는 나를 발견했고, 나는 자리를 떠났지.

9
샘 포터

첫째 날

오전 8:49

포터는 골프에 대해 아는 바가 거의 없었다. 작고 하얀 공을 때린 다음에 몇 시간이고 쫓아다니는 일은 그리 매력적으로 보이지 않았다. 도전이기는 해도 스포츠라는 생각은 들지 않았다. 야구는 스포츠였다. 풋볼은 스포츠였다. 하지만 나이 여든이나 먹어서 파스텔톤 슬랙스를 입고 산소탱크를 끌고 다니면서도 할 수 있는 일은 그가 생각하는 스포츠에 맞지 않았다.

그래도 레스토랑은 훌륭했다. 2년 전 결혼기념일에 헤더와 함께 이곳 시카고 골프 클럽에서 평생 먹어본 중 가장 비싼 스테이크를 시킨 적이 있었다. 헤더는 몇 주 동안이나 자기가 시킨 로브스터를 찬양했다. 경찰 수입에 과소비는 금물이지만, 아내를 행복하게 해준다면 그만한 가치는 있을 것이다.

그는 커다란 클럽하우스 앞에 차를 대고 열쇠를 주차 직원에게 넘겼다. "가까이 대놔요. 금방 돌아올 테니."

비는 그를 쫓아오지 않았다. 하늘은 찌푸린 채였지만 먹구름은 도시 위에 머물러 있었다.

널찍한 로비는 깔끔했다. 회원 몇 명이 건너편 벽난로 곁에 앉아

프렌치 윈도우 너머의 골프 코스를 바라보고 있었다. 그들의 목소리가 대리석 바닥과 마호가니 벽에 반사되어 울렸다.

내쉬가 나직이 휘파람을 불었다.

"구걸하다 걸리면 차에서 기다리게 할 거야."

"오늘은 어째 갈수록 좀 더 잘 차려입고 올걸 하고 후회하게 되는데." 내쉬가 말했다. "우리 동네 퍼팅장하고는 완전히 다른 세계야."

"골프에도 취미가 있는 줄은 몰랐는데?"

"마지막으로 클럽을 쥐었을 때는 풍차까지 가기도 전에 포기했지. 여긴 어른들의 놀이터잖아. 내 근성으로 이런 건 무리야."

로비 한가운데의 안내 데스크에 젊은 여성 접수원이 앉아 있었다. 그들이 다가가자 접수원이 랩톱 컴퓨터에서 시선을 들고 웃음 지었다. "안녕하세요. 시카고 골프 클럽에 잘 오셨습니다. 무엇을 도와드릴까요?"

포터는 순백의 미소 뒤에서 자신들을 가늠하는 날카로운 시선을 알아챘다. 예약을 했느냐고 묻지 않은 게 실수가 아닐 것 같다는 의심이 들었다. 그는 배지를 꺼내어 들어 보였다. "아서 탤벗 씨를 찾고 있습니다. 탤벗 부인이 여기 계실 거라고 말씀하시더군요."

그녀의 얼굴에서 미소가 사라지며 시선이 배지와 포터와 내쉬의 얼굴로 번갈아 움직였다. 그녀는 어디론가 전화를 걸더니 낮은 목소리로 통화하고 끊었다. "잠시 앉아서 기다리시겠습니까. 곧 도와드릴 분이 오실 겁니다." 그녀는 구석에 있는 소파를 가리키며 말했다.

"괜찮습니다. 이대로 있지요." 포터가 말했다.

다시 미소가 돌아왔다. 시선이 컴퓨터로 돌아갔고, 매니큐어를 칠한 늘씬한 손가락이 키보드를 두드렸다.

포터는 손목시계를 확인했다. 오전 9시가 다 되었다.

50대 중반 남자가 왼쪽 문을 통해 로비로 들어섰다. 뿌연 회색 머리카락은 깔끔하게 빗어 넘겼고, 군청색 슈트는 완벽하게 다림질되어 있었다. 그는 다가오며 포터에게 손을 내밀었다. "형사님. 탤벗 씨를 만나기 위해 오셨다고요?" 힘을 넣지 않은 악수였다. 포터의 아버지는 이런 걸 죽은 물고기 악수라고 부르곤 했다. "저는 수석 지배인인 더글러스 프레스콧입니다."

포터는 배지를 흔들어 보였다. "전 시카고 경찰국 소속 포터 형사고, 이쪽은 내쉬 형사입니다. 심각한 긴급상황입니다. 어디로 가야 탤벗 씨를 만날 수 있습니까?"

금발 여자가 그들을 주시하다가 프레스콧의 눈길을 느끼고 냉큼 랩톱으로 시선을 돌렸다. 지배인은 다시 포터를 보았다. "탤벗 씨 일행의 티 타임은 7시 30분이니, 지금은 코스에 계실 겁니다. 여기서 원하는 만큼 기다리셔도 좋습니다. 식당에서 훌륭한 아침 식사를 제공하고 있지요. 시가를 원하시면 저희 최고급 시가 저장고를 이용하십시오."

"기다릴 수 없는 일입니다."

프레스콧은 얼굴을 찌푸렸다. "골프 중인 손님은 방해하지 않는 법입니다."

"않는 법이라고?" 내쉬가 말했다.

"그렇습니다." 프레스콧은 단호했다.

포터는 눈동자를 굴렸다. 대체 왜 다들 일을 어렵게 만들려고 하는 걸까? "프레스콧 씨, 저희는 이런 실랑이를 벌일 시간도 인내심도 없습니다. 제가 보기에 당신은 둘 중 하나를 선택해야 하겠군요. 우리를 탤벗 씨에게 안내하거나, 혹은 제 파트너가 당신을 공무집행 방해로 체포해서 수갑을 채워 저 책상에 매달아놓은 다음, 그가 올 때까지 탤벗의 이름을 소리쳐 부르거나. 후자는 직접 본 일이 있지요. 꽤 시끄러운 친구라서요. 선택은 당신 몫이지만, 솔직히 말해 전자 쪽이 이 클럽에 악영향이 덜할 거라고 생각합니다만."

접수원의 입술에서 웃음이 새어 나왔다.

프레스콧은 그녀를 쏘아본 다음, 목소리를 낮추며 한발 다가왔다. "탤벗 씨는 당신 보스인 시카고 시장의 친구이자 상당한 후원잡니다. 두 사람은 2주 전에도 함께 골프를 쳤고요. 경찰 둘이 민간인을 위협해 시경의 명예에 흠집을 냈다가는 양쪽 모두 기분이 좋지 않을 것 같은데요. 지금 당장 그분을 불러서 댁들이 여기서 난장판을 벌일 거라고 하면, 분명 대화조차 나누기 전에 변호사에게 넘겨버릴 겁니다."

내쉬는 허리춤에서 수갑을 꺼냈다. "이 자식 체포해버리겠어, 샘. 맛 간 약쟁이들 사이에서 이놈이 얼마나 버티는지 보자고. 분명 저기……." 그는 접수원의 명찰을 흘낏하고 말을 이었다. "……파이퍼 씨도 기꺼이 우리를 도와줄 테니까."

프레스콧의 얼굴이 벌겋게 달아올랐다.

"심호흡 한번 하시고, 지금 하려던 말을 다시 생각해보십시오, 프레스콧 씨." 포터가 경고했다.

프레스콧은 주변을 둘러보더니 파이퍼에게 물었다. "탤벗 씨 일행은 지금 어디에 계신가?"

그녀는 분홍색 셸락을 칠한 손가락으로 모니터를 가리켰다. "방금 6번 홀에 도착하셨네요."

"영상이 있는 겁니까?" 내쉬가 물었다.

그녀는 고개를 저었다. "골프 카트에 GPS가 달려 있어요. 카트가 한 곳에 정체되는 것을 방지해 고객들이 효율적으로 이동하도록 돕는 장치죠."

"느릿느릿 치는 사람을 코스에서 뽑아내 아동용 코스로 옮겨버린다는 얘기로군요?"

"그렇게 극단적으로는 안 해요. 프로를 보내어 조언을 드리는 정도죠. 나아갈 수 있도록 도와드립니다."

"거기까지 좀 데려다주실 수 있을까요?"

그녀는 프레스콧을 힐끗 보았다. 프레스콧이 졌다는 듯 양손을 들었다. "얼른 가봐."

파이퍼는 책상 아래에서 핸드백을 꺼낸 다음 건물의 서쪽 끝에서 이어지는 복도로 손짓했다. "이쪽으로 오시죠, 신사분들."

잠시 후 그들은 골프 카트를 타고 자갈길을 따라 내려갔다. 파이퍼가 운전했고 포터는 조수석에, 내쉬는 뒷좌석에 앉았다. 카트가 요철을 만나 흔들릴 때마다 그는 자리에서 튕겨 오르며 욕을 했다.

포터는 주머니에 손을 넣었다. 필드로 나오니 제법 추웠다.

"조금 전엔 죄송했어요. 프레스콧 씨가 좀……." 그녀는 말을 멈추고 적절한 단어를 찾았다. "쫌생이처럼 굴거든요."

"쫌생이라뇨?" 내쉬가 물었다.

"총각 파티에 와주지 않았으면 싶은 부류의 사람들을 말하는 거야." 포터가 대답했다.

내쉬는 웃었다. "나는 한동안 총각 파티를 할 예정이 없는데요. 물론 여기 파이퍼 씨가 주기적으로 총에 맞을 위험을 무릅쓰는 대가로 박봉에 시달리는 공무원을 남편으로 맞이할 친구분을 소개해주신다면 이야기가 달라지겠지만 말입니다. 덤으로 방금 만난 사람에게 털어놓기에는 지나칠 정도로 자주 연장근무를 하고 고주망태가 되죠."

포터는 파이퍼를 바라보며 말했다. "이 친구는 무시하세요. 법집행관과 매력적인 친구 사이의 맞선을 주선해줄 법적 책임 따위는 존재하지 않습니다."

그녀는 백미러를 곁눈질했다. "꽤나 매력적인 신랑감 같으신데요, 형사님. 이따가 학생클럽 동기들한테 연락해볼게요."

"그래주시면 정말 감사하겠습니다요." 내쉬가 말했다.

포터는 눈앞의 풍경에 감탄했다. 잘 깎인 잔디밭에는 잡초 하나, 어긋난 풀잎 하나 없었다. 길 양쪽으로 작은 연못들이 이어졌고 줄지어 선 아름드리 떡갈나무가 골프를 즐기는 이들을 햇살과 바람으로부터 보호해주었다.

"저기 계시네요." 파이퍼는 크고 홀쭉한 식수대처럼 생긴 물건 근처에 몰려 선 네 남자 쪽을 향해 고갯짓했다.

"저건 뭡니까?" 내쉬가 물었다.

파이퍼는 웃음을 지었다. "저건 공 세척기랍니다."

내쉬는 관자놀이를 문지르며 눈을 감았다. "농담이 너무 많이 떠올라서 머리가 아플 지경인데."

파이퍼는 탤벗의 카트 뒤에서 멈춘 다음 브레이크를 걸었다. "기다려드릴까요?"

포터는 웃음을 지었다. "그래주시면 고맙겠습니다."

내쉬는 자리에서 뛰어 내렸다. "갈 때는 내가 조수석에 타야겠어. 자네가 뒷좌석에 타라고."

포터는 첫 타를 칠 준비를 하는 사람들 쪽으로 걸어가 경찰 배지를 보였다. "안녕하십니까, 여러분. 시카고 경찰국에서 나온 샘 포터 형사입니다. 이쪽은 파트너인 내쉬 형사고요. 즐거운 시간을 방해해서 죄송합니다만, 도저히 기다릴 수 없는 사건이 발생했습니다. 어느 분이 아서 탤벗 씨입니까?"

50대 초반에 백발이 섞인 짧은 머리를 가진 키 큰 남자가 고개를 갸웃하며, 내쉬가 정치인 웃음이라고 부르는 미소를 띠었다. "내가 아서 탤벗입니다만."

포터는 목소리를 낮추었다. "잠시 따로 이야기 좀 나눠도 될까요?"

아서 탤벗은 하얀 골프 셔츠, 갈색 벨트, 카키색 바지 위에 갈색 윈드브레이커를 걸쳤다. 그는 고개를 저으며 대답했다. "그럴 필요 없습니다, 형사님. 다들 제 동료이고 비밀이랄 게 없는 사이이니까요."

왼쪽에 서 있던 조금 더 나이든 남자가 가는 테 안경을 올려 쓰고는 공을 낮게 때려 미풍에 첫 타를 실어 보냈다. "우리 먼저 치고 있을게, 아티. 천천히 따라와."

탤벗은 한 손을 들어 그의 말을 막았다. "무엇을 도와드리면 됩니까, 형사님?"

"그쪽분 얼굴이 눈에 익은데요." 내쉬가 탤벗의 오른쪽에 선 남자에게 말했다.

포터도 같은 생각을 했지만 짚이는 데가 없었다. 키 180센티미터에 숱 많은 검은 머리. 훌륭한 체격. 40대 중반.

"루이스 피시먼이오. 몇 년 전에 만났죠. 당신들은 엘 보턴 사건을 수사하고 있었고, 나는 지방 검사실에서 근무하고 있었죠. 지금은 민간 기업으로 이직했지만."

탤벗은 얼굴을 찌푸렸다. "엘 보턴이라. 어디선가 들어본 이름 같은데."

"원숭이 킬러의 희생자 중에 그런 이름이 있지 않았나?" 세 번째 남자가 끼어들었다. 줄곧 공 세척기를 만지작거리던 사람이었다.

포터가 고개를 끄덕였다. "두 번째 희생자였죠."

"맞구먼."

"빌어먹을 미친 자식." 안경을 쓴 남자가 중얼거렸다. "범인은 잡고 있소?"

"시카고 교통국이 오늘 아침에 그놈을 끝장내버렸지요." 내쉬가 말했다.

"교통국이? 택시기사가 놈을 체포하기라도 했단 말이오?" 피시먼이 물었다.

포터는 고개를 젓고 상황을 설명했다.

"그래서 그자가 원숭이 킬러라고 생각하신다?"

"그래 보입니다."

아서 탤벗은 얼굴을 찌푸렸다. "나를 만나려 한 이유가 뭡니까?"

포터는 심호흡을 했다. 아무리 해도 싫어할 수밖에 없는 순간이었다. "사망한 남자는 길을 건너 우체통에 가려던 중이었습니다."

"흠?"

"꾸러미에는 탤벗 씨의 집 주소가 쓰여 있었습니다."

순간 그의 얼굴이 창백해졌다. 대부분의 시카고 주민들이 그렇듯, 그 또한 원숭이 킬러의 행동 패턴을 잘 알고 있었다.

피시먼이 탤벗의 어깨에 손을 얹었다. "꾸러미 안에 뭐가 있었소, 형사?"

"한쪽 귀입니다."

"안 돼. 카네기가……."

"카네기 양은 아니었습니다, 탤벗 씨. 퍼트리샤 여사님도 아니었습니다. 두 분 모두 안전합니다. 여기 오기 전에 선생님 자택에 먼저 들러서 확인했습니다. 아내분이 여기로 가라고 알려주셨지요." 포터는 최대한 빠르게 말한 다음, 목소리를 낮췄다. "말씀해주십시오, 탤벗 씨. 누가 납치됐는지를 알아야 합니다."

"좀 앉아야겠습니다." 탤벗이 말했다. "토할 것 같아요."

피시먼은 포터를 바라본 다음, 탤벗의 어깨를 잡은 손에 힘을 주었다. "아티, 카트로 돌아가지요." 그는 창백해진 탤벗을 데리고 나와 골프 카트에 앉혔다.

포터는 내쉬에게 그대로 있으라고 손짓하고 두 남자를 따라 카트로 갔다. 그리고 조용히 이야기할 수 있도록 그의 옆자리에 앉았다. "범인의 행동 양식은 알고 계시겠지요? 어떤 패턴으로 범죄를 저지르는지?"

탤벗은 고개를 끄덕였다. "악을 행하지 말라." 그가 속삭였다.

"그렇습니다. 잘못을 저지른 사람의, 잘못을 저질렀다고 여겨지는 사람의 가까운 사람을 납치합니다. 그가 아끼는 사람을요."

"나, 나는 아무 짓도……." 탤벗이 더듬거리며 말했다.

피시먼은 변호사의 말투가 되었다. "아티, 우리끼리 잠시 이야기해보기 전에는 아무 말도 하지 않는 편이 좋을 것 같습니다."

탤벗은 힘겹게 숨을 몰아쉬었다. "내 주소가 확실합니까?"

"디어본 파크웨이 1547번지." 포터가 말했다. "확실합니다."

"아티……." 피시먼은 이를 악물고 중얼거렸다.

"피해자가 누구인지, 놈이 누굴 데려갔는지 알아내야 합니다. 혹시…… 애인이 있으십니까, 탤벗 씨?" 그는 탤벗 쪽으로 몸을 기울였다. "다른 여자가 있다면 말씀해주십시오. 비밀은 반드시 지켜드리겠습니다. 납치 대상이 누굽니까."

"그런 일이 아니에요." 탤벗이 말했다.

포터는 탤벗의 어깨에 손을 얹었다. "누굴 납치했는지 알고 계십니까?"

탤벗은 그를 뿌리치고 자리에서 일어났다. 그리고 주머니에서 휴대전화를 꺼내서 카트 반대편으로 건너간 다음 거칠게 번호를 입력했다. "제발, 제발 받아……."

포터가 천천히 다가갔다. "누구에게 전화하는 겁니까, 탤벗 씨?"

아서 탤벗은 욕설을 뱉고 전화를 끊었다.

피시먼이 끼어들었다. "한번 말하면 돌이킬 수 없습니다. 알고 계시죠? 일단 입 밖에 내는 순간 언론에서 낌새를 챌 겁니다. 아내분도요. 주주들도. 사업가로서 의무가 있지 않습니까. 단순한 개인 문제가 아니란 말입니다. 잘 생각해야 합니다. 저하고 이런 문제를 상의하는 게 거북하다면 다른 변호사하고라도 상담하십시오."

탤벗은 성난 눈으로 그를 노려보았다. "지금 증권 분석 보고서나 기다리고 있으라는 건가. 어떤 미친놈이 내……."

"아티!" 피시먼이 아서 탤벗의 말을 잘랐다. "먼저 확인해보는 편이 좋겠습니다. 확실해지면 그때 대응해야죠."

"피해자의 목숨을 위험하게 만들기에 참 좋은 방법이군요." 포터가 지적했다.

아서 탤벗은 짜증을 내면서 손을 젓고 재발신을 눌렀다. 표정은 점점 더 초조해졌고, 전화를 끊을 때 화면을 너무 세게 두드려서 휴대전화가 부서지는 게 아닐까 싶을 정도였다.

포터는 내쉬에게 이쪽으로 오라는 신호를 보내고 말했다. "다른 따님이 있는 겁니까, 탤벗 씨? 혼외정사로 얻은 딸이 있습니까?"

탤벗은 고개를 돌렸다. 피시먼은 큰 한숨을 내뱉으며 쪼그라드는 것처럼 보였다.

탤벗은 포터에게서 피시먼으로 시선을 옮긴 다음, 다시 포터를 바라보고 머리를 쓸어 넘겼다. "퍼트리샤와 카네기는 전혀 모르는 일입니다."

포터는 탤벗에게 한발 다가섰다. "여기 시카고에 있습니까?"

탤벗은 얼굴이 붉어진 채 몸을 떨다가 고개를 끄덕였다. "플레어 타워. 보호자와 함께 2704호 펜트하우스에 있습니다. 경찰이 갈 거라고 연락해놓을 테니 들어갈 수 있을 겁니다."

"아이 엄마는 어디 있습니까?"

"죽었어요. 이제 12년이 되어가는군요. 세상에, 열다섯 살밖에 안 된 아이를……."

내쉬는 본부에 전화를 걸었다. 몇 분이면 플레어 타워에 경찰이 배치될 것이다.

포터는 탤벗과 함께 골프 카트로 돌아와 그의 옆자리에 앉았다. "따님의 보호자는 누굽니까?"

"암에 걸렸습니다. 아이 엄마가요. 그녀에게…… 우리 딸을 보살펴주겠다고 약속했죠. 종양이 너무 빨리 커졌고 한 달 만에 모든 일이 끝나버렸죠." 그는 옆머리를 두드렸다. "바로 여기였습니다. 수술을 할 수가 없다더군요. 부위가 너무 깊어서. 얼마든 지불했을 겁니다. 시도는 했죠. 서른 명도 넘는 의사를 찾아갔지만 아무도 집도하지 않겠다더군요. 세상에서 가장 사랑하는 여자였습니다. 퍼트리샤와 결혼한 건…… 책무를 따른 것뿐이었죠. 내가 어찌할 수 없는 일이었습니다. 하지만 정말로 카트리나와 결혼하고 싶었습니다. 때론 앞길이 막힐 때가 있죠. 형사님도 아시죠? 더 큰 의무를 위해서 포기할 수밖에 없는 그런 때."

포터는 알 수 없었다. 이해할 수조차 없었다. 지금이 1400년대쯤 되나? 강제 결혼은 과거의 일이다. 당신 기개가 부족해서 그런 거잖아. 그러나 그 말을 입 밖에 내지는 않았다. "선생님을 평가하자고 온 건 아닙니다. 따님 성함이 어떻게 됩니까?"

"에머리. 에머리 코너스."

"혹시 사진 가지고 계십니까?"

탤벗은 잠시 머뭇거리다가 고개를 저었다. "가지고 다니는 건 없습니다. 퍼트리샤의 눈에 띌 위험을 감수할 수는 없으니."

10
샘 포터

첫째 날

오전 9:23

"카네기와 에머리? 올 크리스마스에는 탤벗 가족에게 작명법 지침서라도 선물해야겠는데." 내쉬가 말했다. "게다가 애인하고 딸내미를 이 도시에서 가장 비싼 펜트하우스에 숨겨놓고 본처에게 걸리지 않는다는 게 가능하기나 해?"

포터는 그에게 열쇠를 던져준 다음 조수석으로 향했다. "자네가 운전해. 난 일기를 더 읽어야겠어. 쓸모 있는 내용이 있을지도 모르니."

"게으른 자식 같으니. 그냥 운전기사가 필요한 거지. 〈드라이빙 미스 포터〉……."

"닥쳐."

"사과나 켜볼까. 시간이 없으니." 내쉬는 대시보드 위의 스위치를 올렸다.

예전에는 민간 차량에 붙이는 자석식 경광등을 '사과'라고 불렀다. 현대 세계에서는 사라진 지 오래인 용어였다. 포터는 신참 시절 이후로 그 용어를 들어본 적이 없다. 요즘은 LED 라이트바를 창문틀을 따라 붙이는데, 워낙 얇아서 안쪽에서는 빛이 보이지도 않았다.

내쉬는 속도를 줄이지 않고 기어를 3단으로 변속한 다음 고속도로 출구를 향해 운전대를 틀었다. 타이어가 경쾌하게 끼긱거리며 차가 흔들렸고, 충격이 그들의 몸을 훑었다.

"운전을 맡긴 거지, 내 차로 GTA 게임을 하라고 한 건 아닌데." 포터가 얼굴을 찌푸렸다.

"나는 1988년형 포드 피에스타를 몬다고. 그게 어떤 기분인지 알기나 해? 차에 타서 삐걱대는 문을 닫고 괴물 같은 4기통 엔진을 점화시키는 기분 말이야. 전동 연필깎이 같은 소리가 난다니까. 나도 가끔은 이런 게 필요하단 말이야. 좀 봐줘."

포터는 손을 내저어 말을 잘랐다. "경감한테 탤벗과 대화한 다음에 전화하겠다고 하지 않았던가?"

내쉬는 왼쪽으로 커브를 틀고 규정 속도를 지키는 미니밴을 추월했다. 너무 가깝게 지나가서 유아용 카시트에 앉은 소녀가 든 아이패드 속 앵그리버드를 알아볼 지경이었다. 소녀는 고개를 들고 반짝이는 경광등을 보고 웃은 다음 다시 게임에 빠져들었다.

"위튼에 있을 때 문자 보내놨어. 우리가 플레어 타워로 간다는 건 알고 있을 거야." 내쉬가 말했다.

포터는 아이패드를 든 소녀를 생각하고 있었다. "요즘 세상에 딸을 십오 년 동안이나 숨길 수가 있는 걸까? 분명 쉬운 일은 아닐 텐데. 출생기록은 그렇다 쳐도 온라인에 넘쳐나는 정보를 관리할 방법이 있어? 소셜 네트워크는? 언론은? 탤벗은 항상 뉴스에 나오는 인물이잖아. 도시 수변 재개발을 시작한 후로는 더더욱. 그자가 실수를 저지르기만을 기다리면서 졸졸 따라다니는 카메라가 한두 대가 아닐 텐데. 누가 사진을 찍었을 법도 하고."

"돈으로 꽤 많은 것을 숨길 수 있는 법이지." 내쉬는 이렇게 지적하며 급히 좌회전해서 타이어 긁히는 소리와 함께 고속도로로 돌아왔다.

포터는 한숨을 쉬고 다시 일기장을 읽기 시작했다.

11
일기

우리 작은 땅에서 여름은 꽤나 따뜻한 계절이었다네. 6월이 되면 나는 대부분의 시간을 밖에서 보냈지. 집 뒤에는 숲이 있고, 숲으로 들어가면 작은 호수가 하나 있었다네. 겨울이면 얼어붙었지만, 여름에는 맑고 푸른 물에 몸을 담그면 더위가 씻길 정도로 시원했지.

나는 그 호수로 자주 놀러갔다네.

어머니에게는 낚시하러 간다고 말했지만, 솔직히 낚시는 취향이 아니었다네. 바늘로 지렁이를 찔러서 물에 던진 다음, 뭔가 와서 그 징그러운 벌레에 입질하기를 기다린다는 상상은 별로 유쾌하지 않았어. 자연 상태에서도 물고기들이 지렁이를 먹을까? 아무래도 의심스럽더군. 지렁이가 스스로 호수로 기어가는 모습을 본 적은 없었으니까. 내가 아는 바에 따르면 물고기는 더 작은 물고기를 먹지, 지렁이를 먹지는 않거든. 지렁이 대신 작은 물고기를 써서 더 큰 물고기를 낚는 편이 더 효과적이지 않을까? 어쨌든 그런 우스꽝스러운 놀이에 낭비할 시간은 없었다네.

하지만 호수를 즐기기는 했다네.

카터 부인도 그랬지.

처음으로 그곳에서 그녀를 본 날이 기억나는군.

6월 20일이었다네. 방학이 시작한 지도 무려 이레나 지났고, 태양은 하늘 높이 떠올라 우리 작은 땅에 노란색 사랑을 내리쬐고 있었다네. 나는 낚싯대를 들고 즐겁게 휘파람을 불며 호수까지 걸어갔다네. 나는 항상 행복한 아이였지. 아주 건강하고 솔직한 아이였어.

그리고 내가 가장 좋아하던 나무, 오랜 세월이 흘러야 도달할 수 있는 크기로 솟아오른 떡갈나무 아래에 앉았다네. 나무를 잘라 안쪽의 고리를 세어보면 백 개도 넘을 거라는 상상도 했지. 세월이 흐르는 동안 그 떡갈나무는 굳건히 서서 주변의 숲을 굽어보고 있었던 거야. 정말이지 훌륭한 나무였다네.

여름이 흘러가는 동안 나는 그 나무 아래 늘 같은 자리에 앉아 왼쪽에는 낚싯대를, 오른쪽에는 점심이 든 종이봉투를 놓았지(당연하게도 땅콩버터와 포도잼을 바른 샌드위치가 들어 있었어). 그런 다음에 주머니에서 읽던 책을 꺼내 정신없이 빠져들었다네.

그날은 한 가지 가설을 시험하는 중이었어. 한 달 전 과학수업 시간에 지구의 나이가 45억 살이라는 사실을 배웠다네. 그전에는 인류의 나이가 고작해야 20만 살이라는 것을 배웠지. 이런 작은 지식을 배우고 나니 문득 머릿속에 한 가지 생각이 떠오르더군. 그 때문에 도서관에서 책을 빌려온 거였다네. 화석에 관한 책.

바위 속에 매몰된 물체는 '화석화'되어 그 상태로…… 글쎄, 정확히 얼마인지는 모르지만, 아주 오랫동안, 이를테면 공룡의 경우에는 수백만 년 동안 보존될 수 있지 않은가. 그리고 대부분의 동물들은 애초에 화석이 되는 일도 별로 없지. 화석화되려면 우선 바위 속에 파묻혀야 할 테니까. 그런 일이 벌어지기 전에 자연의 여러 요소가 시체를 파괴해버리면, 그 동물이 존재했다는 증거는 흔적도 없이 사라져버리는 거지.

한 달 전에 나는 고양이 한 마리를 죽인 다음 빳빳해진 시체를 호숫가에 놓고 무슨 일이 벌어지는지 관찰했다네.

걱정하지 말게. 누군가의 애완동물은 아니었으니. 길고양이였을 뿐이야. 숲에 살던 작은 얼룩무늬 고양이였다네. 적어도 거기서 발견하기는 했지. 설령 주인이 있었더라도 목걸이는 하고 있지 않았다네. 애완동물인데 목걸이도 없이 돌아다니게 한 거라면 고양이가 죽은 책임은 부주의한 주인에게 물어야 하지 않겠나.

어쨌든 그날 가보니 좋은 몰골은 아니었다네. 한동안 그랬지.

처음 며칠 동안은 끔찍한 냄새가 났지만, 그 기간은 순식간에 지나갔다네. 먼저 파리가 도착했고, 구더기가 모습을 드러냈지. 초기에는 조금 더 큰 동물이 밤에 들쑤신 흔적이 있었다네. 그런데 겨우 한 달 만에 뼈밖에 남지 않더군. 비바람이 그마저 쓸어가면 완전히 사라져버리는 거겠지.

사람도 그렇게 빨리 사라져버릴 거라고 상상하곤 했다네.

처음에는 소리에 깜짝 놀랐지. 호수를 오가는 동안 다른 사람을 본 적은 없었으니. 그러나 영원한 것은 없는 법이지. 내가 있던 장소에서 30미터도 떨어지지 않은 호숫가에 누가 서서 물을 내려다보는 모습이 보였다네.

나는 발각되지 않도록 나무 옆으로 슬금슬금 몸을 옮겼지.

각도 때문에 얼굴을 볼 수는 없었지만, 그 머리카락은, 등까지 내려오는 초콜릿 빛깔의 길고 풍성한 곱슬머리는 즉시 알아볼 수 있었어.

그녀가 내 쪽을 바라보는 바람에 즉시 몸을 숨겼어. 그녀는 고개를 돌리며 주변을 살펴보더군. 마침내 아무도 없다는 확신을 얻었는지 커다란 가방에 손을 넣더니 수건을 한 장 꺼내 호숫가에 깔았다네.

사방을 다시 한 번 둘러본 다음, 그녀는 등뒤로 손을 돌려 목에 걸린 끈을 풀었어. 늘씬한 몸을 스치며 흘러내린 옷이 하얀 꽃 가득한 웅덩이처럼 그녀의 발밑에 고였지.

입이 떡 벌어졌어.

그녀는 속에 아무것도 입고 있지 않았거든.

여자의 알몸을 본 것은 그때가 처음이었다네.

그녀는 눈을 감고 태양을 향해 고개를 들며 미소를 지었다네.

정말 늘씬한 다리였어.

그리고 그 가슴은!

아, 세상에. 얼굴이 달아오르는 것이 느껴졌다네. 지금도 화끈거리는군.

그곳에, 그 특별한 작은 텃밭에 부숭하게 자라난 털이 보였다네.

카터 부인은 물가로 걸어가 안으로 들어갔지. 처음에는 머뭇거렸어. 물이 차가웠겠지.

그러나 그녀는 멈추지 않았고, 그녀의 몸은 차츰 더 깊은 곳으로 들어가며 조금씩 모습을 감추었다네.

물이 무릎께에 오는 곳에 이르자, 그녀는 몸을 숙여 물을 한 움큼 떠서 가슴에 뿌렸다네. 이윽고 호수 한가운데로 헤엄치기 시작했지.

나는 나무 뒤에 안전하게 숨어 그 모습을 지켜보고 있었고.

***

잠 못 이루는 밤이 지나갔다네.

여름과 함께 열기가 밀려왔고, 봄이 외투를 벗어던지자 내 방은 상당히 후덥지근해졌지.

하지만 내 잠을 앗아간 것은 열기가 아니었다네. 카터 부인에 대한 생각이었지. 감히 말하건대, 내게 이런 불결한 감정은 극도로 새로운 것이었다네. 눈을 감으면 아직도 호숫가에 선 그녀의 모습이, 눈부신 햇살 속에서 반짝이던 젖은 살결이 눈앞에 어른거린다네. 그 늘씬한…… 길고 보드라운 다리가. 예전에는 생각조차 하지 못했던 곳으로 혈류가 밀려드는 느낌에, 나는 마치…….

일단 사춘기의 소년으로서, 첫눈에 반했다고만 해두지.

다음 날 아침 나는 그녀의 목소리에 잠에서 깼다네.

처음에는 꿈이 다른 모습으로 찾아온 것으로만 여기고, 내 마음 속 극장에서 그녀가 옷을 벗고 호수로 들어가는 모습을 보고 또 볼 수 있다는 사실을 감사하게만 여겼다네. 그녀의 목소리는 속삭이는 것처럼 바람을 타고 흘러왔고, 우리 어머니의 웃음소리가 그 뒤를 이었지. 나는 눈을 번쩍 떴다네.

"조금 기분이 이상했어요. 예전에는 묶여본 적이 없었거든요." 그녀가 말했지.

"한 번도?" 어머니가 대답하셨어.

카터 부인은 깔깔거리며 웃었지. "그렇다고 말하면 요조숙녀 취급하실 건가요?"

"경험이 부족할 뿐이야. 조금만 지나면 남편이란 사람들이 쾌락을 위해 어디까지 갈 수 있는지를 깨닫고 깜짝 놀라게 될걸."

"정말요?"

"당연하지. 지난주에만 해도……." 어머니의 목소리가 낮아졌어.

나는 몸을 일으켜 침대에 앉았어. 집 안 어딘가에서 작아진 목소리가 들려왔지.

나는 서둘러 옷을 입고 문에 귀를 댔지만, 여전히 무슨 말인지 알아들을 수가 없었어.

그래서 조심스레 문을 열고 복도로 나온 다음, 양말 신은 발로 소리를 죽인 채 다가갔다네.

복도 끝에는 거실이 있고, 거실을 통과하면 부엌이 있었다네. 뭔가 구워지는 냄새가 났지. 사과와 빵이 구워지는 달콤한 냄새. 파이일까? 나는 파이를 정말 좋아한다네.

어머니와 카터 부인이 동시에 웃음을 터트리는 소리가 들렸지.

복도 끝에 거의 도달한 나는 벽에 바짝 붙어서 몸을 숙였다네. 말소리를 알아들을 수는 없었지만 거실로 들어갈 엄두는 나지 않았지. 그 정도 위치에서 만족해야 할 것 같았어.

"사이먼은 그 정도로 대담한 사람은 아네요." 카터 부인이 말했다네. "유감스럽지만 그 사람은 그렇게 재주가 많지는 않을 거예요. 사실 적은 편에 속하겠죠. 한두 가지 정도로 끝나는 건 아닌지 모르겠어요."

냉장고 문이 열리며 병 부딪히는 소리.

"우리 남편은 아니거든." 어머니가 말씀하셨지. "때론 그 사람이 잠자리 말고 다른 데 신경을 쓰게 하려고 수를 써야 할 때도 있다니까. 뭐 세탁실일 때도 있고, 부엌 식탁일 때도 있지만."

"말도 안 돼!" 카터 부인이 웃음을 터트리며 소리쳤다네.

"정말인데. 발정 난 짐승 같은 남자거든. 때론 뭘 해도 멈출 수가 없어."

"하지만 아이도 있으신데."

"아, 그 애는 항상 뭔가에 정신이 팔려 있거든. 그렇지 않을 때는 겨울잠 자는 곰처럼 침대에 틀어박혀 있고. 침대 밑에서 대지가 입을 벌려도 잠에 빠진 채 대학살을 그대로 넘겨버릴걸."

나는 모퉁이에서 얼굴을 빼꼼 내밀었다가, 혹시라도 보일까 봐 곧바로 집어넣었어.

어머니는 조리대 앞에서 뭔가를 섞고 있었어. 카터 부인은 커피가 담긴 머그를 손에 들고 식탁 앞에 앉아 있었지.

"조미료로 감칠맛을 내보면 어떨까? 자고로 선교사 같은 사람들은 끼리끼리 어울리는 법이거든. 침실에 장난감이나 음식을 가져가보면 어때? 휘핑크림 싫어하는 남자는 없거든."

나는 방으로 음식을 가져갈 수 없었다네. 어머니가 침대 아래에서 반쯤 비운 쿠키 깡통을 찾아내신 이후로.

카터 부인은 다시 깔깔댔지. "말도 안 돼요."

"꼭 한번 해봐."

"하지만 그이 마음에 들지 않거나 제가 변태라고 생각하면 어떡해요? 부끄러워서 견딜 수가 없을 거예요."

"아니, 반드시 좋아할걸. 남자들은 언제나 그래."

"정말요?"

"확실해."

두 사람은 잠시 아무 말도 하지 않았다네. 이윽고 카터 부인이 입을 열었지. "혹시 남편분이…… 그러니까, 혹시…… 마음먹은 대로 안 되신 경우가……."

"우리 남편?" 어머니는 즐거운 듯 목소리를 높였어. "세상에, 그럴 리가! 그 사람 상태는 언제나 최상인걸."

"술을 드셨을 때도요?"

"특히 술 마셨을 때 더하지."

나무 의자 하나가 바닥에 긁히는 소리가 들렸다네.

나는 아주 잠깐, 모퉁이에서 고개를 내밀었다네. 어머니가 카터 부인 옆에 앉아서 어깨에 손을 올리고 계셨지. "그런 일이 자주 있어?"

"술 마셨을 때만요."

"술은 자주 마시고?"

카터 부인은 적절한 단어를 찾으려는 듯 잠시 머뭇거렸지. "매일 밤은 아녜요."

어머니는 그녀의 어깨를 지그시 누르며 말했다네. "남자는 뭘 해도 남자잖아. 아직 덜 자란 것뿐이야."

"그런 걸까요?"

"당연하지. 새로운 삶을 시작할 때 남자들은 온갖 압박을 받거든. 물론 여자들도 그렇지만, 남자들이 더 심하지. 그 사람이 당신한테 그 예쁜 집을 사줬잖아. 가족계획 이야기도 했지?"

카터 부인은 고개를 끄덕였다네.

"그 모든 게 한데 모여 어깨를 무겁게 짓누르는 거야. 작은 짐이 하나씩 더해져서 마침내 걷기도, 아니 서 있기도 힘들 정도가 되는 거지. 그 상황을 버티려고 술을 마시는 것뿐인걸. 마음을 다스리려고 소스를 조금 뿌리는 정도인데 뭐가 문제겠어. 조바심 낼 필요 없어. 상황이 나아지고 압박이 사라지면 다 해결될 테니까. 기다리면 알게 될 거야."

"제 탓인 건 아니겠죠?" 카터 부인은 아이 같은 목소리로 말했다네.

“이렇게 예쁜 사람 때문에? 말도 안 되지.”

“제가 예쁘다고 생각하세요?”

어머니는 코웃음을 치셨어. “그걸 구태여 묻다니 믿을 수가 없네. 당신은 눈부시게 아름다워. 내가 지금까지 본 여자들 중에 가장 아름다운 사람이야.”

“말씀만이라도 감사해요.”

“사실인걸. 당신을 손에 넣은 남자는 정말이지 운 좋은 사람이야.”

두 사람은 다시 말을 멈추었고, 나는 생쥐처럼 조용히 모퉁이로 기어가 다시 고개를 내밀었다네.

어머니와 카터 부인의 입술이 맞닿아 있었지.

12
에머리 코너스

첫째 날

오전 9:29

암흑.

암흑이 심해의 해류처럼 그녀를 휘감았다. 차고 고요한 물결이 낯선 손길처럼 그녀의 몸 위를 느리게 가로질렀다.

어머니의 속삭임이 들렸다. "에머리. 일어나야지. 그러다 학교에 지각한다!"

그녀는 신음했다. "싫어요. 조금만 더……."

"어서 일어나! 다시 안 깨울 거야!"

"머리가 너무 아파요. 학교 안 가면 안 돼요?" 부드러운 목소리가 아련하게 들렸다. 잠 때문인지 먹먹한 느낌이 가득했다.

"교장한테 핑계 대주지 않을 거야. 대체 왜 매일 똑같은 일을 겪어야 하는 거니?"

하지만 이건 말이 안 되는 일이었다. 어머니는 아주 오래전, 그녀가 세 살 때 세상을 떠났으니까. 처음 등교하는 날, 어머니는 곁에 있지 않았다. 등교하는 그녀를 배웅한 적도 없다. 지금까지 대부분 홈스쿨링만 했으니까.

"엄마?" 그녀는 나직하게 불러보았다.

아무도 대답하지 않았다.

끔찍한 두통이 엄습했다.

눈을 뜨려 해도 눈꺼풀이 말을 듣지 않았다.

머리가 지독하게 쑤셨다. 심장 뛰는 소리가, 빠르고 강한 맥박이 눈 뒤에서 느껴졌다.

"엄마, 거기 있어요?"

그녀는 암흑 속에서 익숙한 알람시계의 붉은 숫자를 찾으려 했다. 그러나 그곳에 시계는 없었다. 방 안은 완벽하게 깜깜했다.

도시의 불빛이 흐릿하게 비치던 천장도 칠흑처럼 어둡기만 했다.

아무것도 볼 수 없었다.

그렇겠지. 여긴 네 방이 아니거든.

모르는 목소리처럼, 이런 생각이 가볍게 떠올랐다.

그럼 어딘데?

에머리 코너스는 일어나 앉으려 했지만, 통증이 왼쪽 옆머리를 망치처럼 두드려서 다시 드러누울 수밖에 없었다. 귓가로 향한 손이 두터운 반창고에 닿았다. 축축했다.

피?

다음 순간 그녀는 주삿바늘을 기억했다.

그 사람이 그녀에게 주사를 놓았다.

누구지?

알 수 없었다. 기억이 나지 않았다. 그러나 주사는 기억했다. 남자의 팔이 뒤에서 그녀를 휘감았고 목에 주사를 찔렀다. 차가운 액체가 피부 아래로 흘러들었다.

그녀는 몸을 돌리려 애썼다.

상대를 공격하고 싶었다. 아버지의 명령으로 수강한 호신술 수업에서 배운 대로 하고 싶었다. *보복하는 거야. 고간을 작살내버려. 바로 그거야, 우리 딸.*

그녀는 몸을 돌려 돌려차기를 한 방 먹이고 콧등이나 기도에, 아니면 눈에 주먹을 날리고 싶었다. 그가 자신을 해치기 전에 그를 해치고 싶었다. 할 수만 있다면…….

그러나 몸이 움직이지 않았다.

대신 온 세상이 어두워지며 잠에 휩쓸리고 말았다.

'나를 강간한 다음 죽일 거야.' 의식이 흐릿해지는 것을 느끼며 그녀는 생각했다. '도와줘요, 엄마.' 그녀는 암흑에 잠기며 이렇게 생각했다.

엄마는 없다. 죽었으니까. 그녀도 곧 엄마가 있는 곳으로 갈 것이다.

괜찮다. 나쁘지 않다. 다시 엄마를 만나게 될 테니.

그러나 아무래도 놈이 그녀를 죽이지는 않은 모양이었다. 안 죽은 게 맞겠지?

분명했다. 죽은 자는 고통을 느끼지 못하는데, 지금 귀가 이렇게 욱신거리니까.

그녀는 온 힘을 다해 자리에 일어나 앉았다.

순간, 머리에서 피가 빠져나가는 느낌에 다시 기절할 뻔했다. 방이 빙빙 돌다가 멎었다.

대체 무슨 주사를 맞은 걸까?

파티나 클럽에서 약을 맞고 의식을 잃었다가 처음 보는 장소에서 옷차림이 엉망이 된 채 아무 기억도 없는 상태로 깨어나는 여자들 이야기를 들은 적이 있다. 그러나 그녀는 파티에 간 것이 아니다. 공원에서 조깅을 하고 있었다. 그 남자는 개를 잃어버렸다고 했다. 목줄을 들고 이름을 애타게 부르는 모습이 슬퍼 보였다.

개 이름이 뭐였더라? 벨라? 스텔라?

기억나지 않았다. 머릿속이 몽롱했다. 자욱하게 낀 안개가 생각의 흐름을 막고 있었다.

"어느 쪽으로 갔어요?" 그녀는 이렇게 물었다.

그는 눈물 맺힌 눈으로 얼굴을 찌푸렸다. "다람쥐를 보고 쫓아갔어요. 저쪽으로요." 그는 동쪽을 가리켰다. "지금까지 달아난 적이 없는데. 이해가 안 돼요." 에머리는 그의 시선을 따라 고개를 돌렸다.

그리고 팔이 그녀의 목을 휘감았다.

주삿바늘이 느껴졌다.

"잘 시간이야, 공주님." 그가 귓가에 속삭였다.

처음부터 개는 없었다. 어떻게 그렇게 멍청하게 당할 수가 있었을까?

춥다.

무언가 그녀의 오른손목을 내리누르고 있었다. 팔을 당기자 금속과 금속이 부딪치는 철컹 소리가 울렸다. 왼손으로 만져보니 손목에 둘러진 매끈한 금속과 가는 쇠사슬이 느껴졌다.

수갑.

그것이 그녀가 누워 있는 물체에 연결되어 있다.

오른손은 뭔가에 수갑으로 묶여 있고, 왼손은 자유로웠다.

그녀는 심호흡했다. 공기는 퀴퀴하고 축축했다.

공포에 사로잡히면 안 돼, 에머리. 정신 차려.

눈은 주변의 어둠에 적응하려 애썼지만, 너무 완벽한, 절대적인 어둠이었다. 그녀는 손가락으로 침대 표면을 훑었다.

아니, 이건 침대가 아니야. 뭔가 달라.

금속이었다.

환자를 이송할 때 쓰는 바퀴 달린 들것.

어떻게 아는지는 몰라도, 에머리는 알 수 있었다. 그냥 알고 있었다.

세상에, 여긴 대체 어딜까?

그녀는 몸을 떨다가 자신이 벌거벗고 있다는 사실을 깨달았다.

잠시 머뭇거리던 그녀는 하체로 손을 내려 다리 사이를 더듬어 보았다. 쑤시는 느낌은 없었다.

강간을 당했다면 알 수 있지 않을까. 그렇지 않을까?

확신할 수가 없었다.

섹스는 딱 한 번 해봤을 뿐인데, 그때는 아팠다. 심하게 고통스러운 건 아니고, 처음에만 거북한 느낌이었다. 남자친구인 타일러는 부드럽게 하겠다고 약속했고, 그 약속을 지켰다. 그 역시 처음이어서인지 금세 끝나버렸다. 고작 몇 주 전에 있었던 일이다. 아버지가 왜트니 베일 고등학교에서 열리는 타일러의 홈커밍 파티에 가도 좋다고 허락해주셨다. 타일러는 학생회관의 방을 잡았고, 샴페인 한 병을 가져오기까지 했다.

세상에, 머리가 너무 아팠다.

그녀는 다시 손을 뻗어 조심스레 반창고를 만져보았다. 귀가 완전히 덮여 있었다. 일종의 테이프 같은 것으로 단단히 붙어 있었다. 그녀는 천천히 반창고를 뗐다. "젠장!"

차가운 공기가 칼날처럼 느껴졌다.

그녀는 반창고를 계속 당겨서 아래로 손이 들어갈 정도까지 떼어냈다.

눈물이 고였다. 손가락에 느껴지는 것은 너덜너덜한 잔해뿐. 꿰매놓은 말랑한 살갗이 만져졌다. “아냐……. 싫어……. 안 돼!” 그녀는 소리쳤다.

벽에 부딪친 그녀의 목소리가 조롱하듯 되돌아왔다.

13
샘 포터

첫째 날

오전 10:04

내쉬는 플레어 타워 앞 장애인 주차구역에 닷지 차저를 대고 엔진을 껐다.

"정말로 여기 댈 거야?" 포터는 얼굴을 찌푸렸다.

내쉬는 어깨를 으쓱했다. "우리는 경찰이잖아. 이런 짓을 하라고 있는 직업이라고."

"일이 다 끝나면 새 파트너 신청을 낼 생각이니, 잊지 말고 알려줘."

"환영이야. 나도 대학을 갓 졸업한 섹시한 신입하고 같은 차를 타고 싶어." 내쉬는 웃었다.

"부성애가 절실한 아가씨를 찾을 수 있을지도 모르지."

"신청서에서는 그런 항목을 본 기억이 없는데, 뭐 내가 못 보고 넘긴 걸 수도 있으니까."

도어맨이 커다란 유리문을 열어주었고, 두 사람은 프런트로 나아갔다. 포터는 배지를 슬쩍 보였다. "2704호 펜트하우스가 어느 쪽입니까?"

짧게 깎은 갈색 머리와 푸른 눈을 가진 젊은 접수원이 웃으며 대답했다. "동료분들이 25분 전에 도착했어요. 6번 엘리베이터를 타고 27층까지 가세요. 엘리베이터에서 내리시면 오른쪽에 보일 겁니다." 그녀가 키카드를 건넸다. "이걸 쓰셔야 할 거예요."

그들은 6번 엘리베이터에 올랐고, 쉭 하고 바람 빠지는 소리와 함께 등 뒤에서 문이 닫혔다. 포터는 27층에 해당하는 버튼을 눌렀지만 아무 일도 벌어지지 않았다.

"뭐더라? 저기에 카드를 읽혀야 돼." 내쉬가 말했다.

"자네 대체 무슨 수로 형사가 된 거야?"

"아침에 일일 단어장을 보지 않고 나와서 그런 거니까, 좀 봐달라고." 내쉬가 대꾸했다. "거기 카드 리더기 말이야. 신용카드 단말기처럼 생긴 거."

"알았어, 아인슈타인 씨." 포터가 키카드를 긁고 다시 버튼을 누르자 패널에 밝은 파란 불빛이 떠오르고 엘리베이터가 움직였다.

이윽고 문이 열리며 양쪽으로 뻗은 복도가 나타났다. 난간 달린 널찍한 공간을 통해 아래층의 거대한 아트리움이 보였다. 오른쪽 복도가 끝나가는 곳의 열린 문 앞에 제복 경관이 서 있었다.

포터와 내쉬는 배지를 보인 다음 안으로 들어섰다.

눈앞에 숨이 멎을 듯한 광경이 펼쳐졌다.

펜트하우스는 건물의 북동쪽 모서리 전체를 차지하고 있었다. 외벽은 바닥에서 천장까지 이어지는, 발코니 딸린 창으로 이루어져 있었다. 사방으로 도시의 풍경이 펼쳐지고, 멀리 미시간 호수까지 보였다. "내가 열다섯 살 때 살던 방은 이렇지 않았는데." 포터가 중얼거렸다.

"내 아파트 같은 건 이 거실에 통째로 들어갈 것 같군." 내쉬가 거들었다. "돌아가면 배지 반납하고 부동산 거물이나 되어야겠어."

"그게 되고 싶다고 바로 될 수가 있나? 인터넷 강의라도 수강해 봐." 포터가 대꾸했다.

내쉬는 주머니에서 라텍스 장갑 두 벌을 꺼내 포터에게 한 벌을 건네고 자신도 꼈다.

CSI 현장감식반원들이 안에서 작업 중이었다. 천장에서 바닥까지 이어진 책꽂이를 살펴보던 폴 왓슨이 그들을 알아보고 다가왔다. "저항했는지는 알 수 없지만, 일단 흔적은 없어요. 제가 지금까지 본 아파트 중 가장 깔끔한 곳인데요. 냉장고도 꽉 채워져 있고요. 쓰레기통에 이틀 전 영수증이 있더라고요. 유선전화 통화 기록도 요청했는데, 아무래도 특별한 건 나오지 않을 것 같아요. 마지막 열 건의 수신 기록을 훑어봤는데 전부 아이 아버지한테서 온 거더라고요."

"유선전화가 있었다고?"

왓슨은 어깨를 으쓱했다. "아파트에 딸려 있던 건지도 모르죠."

"아빠가 설치해준 거겠지. 집 전화로는 수신불가 지역이라거나 못 받았다는 핑계를 댈 수가 없으니." 내쉬가 지적했다.

포터가 물었다. "발신 기록은?"

"세 건뿐이에요. 지금 조회 중이고요." 왓슨이 말했다.

포터는 아파트 안을 이리저리 돌아다녔다. 하드우드 바닥에 닿은 운동화가 끼익거리는 소리를 냈다.

체리목으로 만든 부엌 조리대 위에 검은 화강암이 덮여 있었다. 다른 주방 기구는 모두 스테인리스 스틸이었다. 바이킹 스토브에서 서브제로 냉장고까지. 거실에는 커다란 베이지색 분리형 가죽 소파가 놓여 있었다. 너무 편안해 보여서 푹신한 쿠션을 슬쩍 보기만 해도 지치는 것 같았다. 텔레비전은 최소 80인치는 되어 보였다. "4K 디스플레이네요." 왓슨이 말했다.

"4K?"

"형사님이 쓰시는 일반적인 1080p HD 텔레비전보다 픽셀이 네 배는 된다는 뜻이에요."

포터는 그저 고개를 끄덕였다. 그는 19인치 브라운관을 쓰고 있었으니까. 그 오래된 물건이 작동하는 한 평면 TV로 바꾸지 않겠다고 선언했는데, 그 빌어먹을 물건은 뻗을 생각조차 하지 않았다.

커다란 오크 책상이 놓인 공부방에서 감식반원이 27인치 iMac의 파일을 복사하고 있었다.

"쓸모 있는 게 있나?" 그가 물었다.

그는 고개를 저었다. "딱히 눈에 띄는 건 없습니다. 서로 돌아가 컴퓨터 파일과 소셜 네트워크 활동을 분석할 겁니다."

포터는 침실로 들어갔다. 침대는 깔끔하게 정리되었고 벽에는 회화 작품이 몇 점 걸려 있었다. 포스터는 없었다. "이건 좀 이상한데."

내쉬는 서랍들을 열어보았다. 서랍마다 깔끔하게 개켜진 옷들이 가득했다. "그래. 거의 모델하우스 수준이야. 무슨 연극 무대 같아. 여기 진짜로 열다섯 살 먹은 소녀가 살았다면, 분명 지금까지 만나 본 가장 깔끔한 10대일 거야." 내쉬가 말했다.

침대 머리맡의 협탁에는 20대 중후반으로 보이는 여인의 사진이 든 액자가 놓였다. 나부끼는 갈색 머리카락에 포터가 지금까지 본 가장 선명한 녹색의 눈을 가진 여성이었다. "어머니인가." 그는 딱히 누구에게랄 것도 없이 중얼거렸다.

"그렇겠죠." 왓슨이 대답했다.

"탤벗 말에 따르면 에머리가 세 살일 때 암으로 죽었다더군." 포터는 사진을 살피며 말했다. "뇌종양이었던 모양이야."

"원하신다면 제가 조사해볼게요." 왓슨이 열성적으로 제안했다.

포터는 고개를 끄덕이고 사진을 제자리에 놓았다. "그래주면 고맙겠군."

"이 침대에는 동전을 떨어뜨려도 튕겨 오르겠는데." 내쉬가 말했다. "아이가 정리한 솜씨가 아니야."

욕실은 더 엄청났다. 화강암과 타일이 사방을 뒤덮었다. 세면대는 두 개였고, 샤워 부스는 파티를 벌여도 될 만큼 넓었다. 샤워 꼭지는 적어도 여섯 개는 달려 있었고, 수많은 분사기가 벽에 박혀 있었다.

포터는 세면대로 걸어가 칫솔 끝을 건드려보았다. "아직 축축해."

"그것도 가져가게 하죠." 왓슨이 말했다. "혹시 DNA가 필요할지도 모르니까요. 머리빗도."

욕실을 나서자 거실이 나왔다. 벽에 달린 선반에는 책들이 가득했는데, 수백 권은 되어 보였다. 찰스 디킨스에서 J. K. 롤링에 이르는 온갖 책들이 포터의 눈에 띄었다. 테드 맥알리스터의 소설 한 권이 푹신한 리클라이너 위에 펼쳐진 채로 놓여 있었다. "아무래도 진짜 여기 살긴 하는 모양이군." 포터는 책을 집으며 말했다. "이건 출간된 지 몇 주밖에 안 됐거든."

"그건 또 어떻게 아시나?" 내쉬가 물었다.

"헤더가 그때 샀거든. 이 작가의 열렬한 팬이라서."

"아아."

"여길 좀 보세요." 왓슨이 말했다. 그의 손에 들린 책은 영문학 교과서였다. "공부방에서 미적분학 교과서를 본 기억이 나네요. 이

〈워딩턴 스터디스〉 시리즈는 가정교사들에게 인기가 좋아요. 탤벗 씨가 아이가 어느 학교를 다니는지 알려주던가요?"

포터와 내쉬는 서로 마주보았다. "물어보질 않아서."

왓슨은 책장을 넘기며 훑었다. "어딘가 등록되어 있다면 우리 쪽에서 그 아이 친구들을 추적할 수 있을 거예요." 다음 순간, 젊은이는 얼굴을 붉혔다. "죄송해요, 형사님. 그러니까 형사님 쪽에서 친구들을 추적할 수 있을 거라는 말이에요. 그 정보가 필요하다고 생각하신다면요."

포터는 탤벗에게서 휴대전화 번호가 적힌 명함을 받아두었다. 그는 주머니를 두드려 명함이 아직 그곳에 있는지 확인했다. "여기 일이 끝나면 그 애 아버지에게 전화해서 확인할게."

그들은 복도를 따라 걸음을 옮겼다. "대체 침실이 몇 개야?"

"세 개예요." 왓슨이 대답했다. "이쪽 한번 보시죠." 그는 오른쪽 방으로 손짓하며 말했다.

포터는 안으로 들어섰다. 세탁물 바구니가 퀸 사이즈 침대 위에 놓여 있었다. 머리장 위에는 커다란 가톨릭 십자가가 걸려 있었다. 화장대는 2열로 늘어선 사진 액자들로 빼곡했다.

내쉬는 그중 하나를 손에 들었다. "이게 그 아이인가? 에머리?"

"분명 그렇겠지."

사진 속 여성의 나이대는 갓난아이부터 감색 드레스를 입은 눈부신 소녀의 모습에 이르기까지 다양했다. 마지막 사진은 긴 검은 곱슬머리를 가진 열여섯 살 남짓한 소년과 함께 찍은 것이었다. 사진 구석에 '왜트니 베일 고등학교 홈커밍, 2014'라는 메모가 작은 글씨로 쓰여 있었다.

"이 학교 학생일까?" 포터가 물었다.

"제가 확인하죠." 왓슨은 그녀 옆에 선 소년을 가리켰다. "이 애는 남자친구일까요?"

"그럴 수도 있겠군."

"좀 봐도 될까요?" 왓슨이 물었다.

포터는 그에게 액자를 건넸다.

왓슨은 액자를 뒤집고 작은 고정쇠들을 옆으로 젖힌 다음 뒷판을 열고 조심스레 사진을 꺼냈다. "에머리와 타일러." 그는 사진 뒷면을 보여주었다. 오른쪽 하단에 아주 작은 글씨로 메모가 적혀 있었다.

"기본이라네, 친애하는 왓슨*." 포터가 말했다.

"아뇨, 왜트니 베일은 고등학교인데요."

내쉬가 키득거리며 웃었다. "이 친구 마음에 드는데. 우리가 키우면 안 될까?"

"길고양이를 또 주웠다간 경감이 나를 죽이려 들걸." 포터가 말했다.

"진지하게 하는 소리야, 샘. 어차피 인력을 충원해야 하잖아. 아이를 살릴 수 있는 골든타임이 이틀, 기껏해야 사흘밖에 안 남았고, 이 친구는 어깨 위에 꽤 쓸 만한 머리통을 얹고 있다고. 우리가 전담반을 채우지 않으면 경감이 멋대로 채우려 들 거야. 선수를 쳐야 해. 아니면 머레이 같은 꼴통들이 우리 발목을 붙들 테니까." 그는 복도에 서서 볼펜 끄트머리와 눈싸움하는 경찰을 향해 고갯짓했다. "CSI와의 연락책으로 이 친구를 데려가면 되지 않을까."

포터는 그 제안을 잠시 곱씹다가, 왓슨 쪽으로 고개를 돌렸다.

* Elementary, my dear Watson. 셜록 홈스가 말했다고 전해지는 유명한 대사. elementary는 기본적이라는 의미 외에 초등학교를 뜻하기도 한다.

"이번 사건 수사에 흥미가 있나?"

"저는 민간인 신분으로 CSI와 계약을 맺었습니다. 그런데도 법 집행기관에서 일할 수가 있나요?"

"누굴 쏘지 않는 이상은." 내쉬가 말했다.

"무기는 안 써요. 애초에 총기 시험을 볼 필요를 못 느꼈거든요. 저는 책벌레 타입이라."

"시카고 경찰국과 과학수사연구소가 상호 협정을 맺고 있으니 괜찮을 거야. 자넨 공식적으로는 임대 자문위원이 될 거고." 포터가 설명했다. "부서장과 이야기를 잘 매듭지을 수 있겠나?"

왓슨은 화장대에 사진을 내려놓고 휴대전화를 꺼냈다. "조금만 시간을 주세요. 전화해볼게요." 그는 구석으로 가서 전화를 걸었다.

"영리한 녀석이야." 내쉬가 말했다.

"새로운 시각을 도입하면 분명 도움이 되겠지." 포터도 동의했다. "자네가 도움이 안 된다는 사실은 모르는 사람이 없으니까."

"친절한 동의 고마워." 내쉬는 증거물품 봉투에 사진을 넣었다. "이건 내가 사무실로 가져갈게."

포터는 머리를 쓸어 넘기며 방 안을 둘러보았다. "아직도 발견하지 못한 게 하나 있는데, 뭔지 알겠어?"

"뭔데?"

"아이 아버지 사진. 이 공간에는 두 사람의 관계를 알 만한 물건이 단 하나도 없어. 분명 기록을 훑어봐도 그를 이곳과 연결할 단서는 나오지 않을 거야. 이 아파트도 아마 어떤 회사 소속의 다른 회사 소속의 다른 회사가 소유하고 있을 테고, 그 회사는 길리건*

* 1960년대에 인기를 끈 미국 시트콤 〈길리건의 섬〉의 주인공. 배가 폭풍을 만나 열대의 무인도에 표류한다.

의 해골이 해변에 묻혀 있을 정도로 외딴섬에 있는 유령회사 소유로 등록되어 있겠지."

내쉬는 어깨를 으쓱했다. "그게 놀랄 일인가? 그자도 가족하고 인생이 있잖아. 머릿속에 선거 사무소가 들어 있는 부류의 인간이라고. 정치 캠페인에서 사생아라는 존재는 반대측 후보의 아이가 아닌 이상 도움이 안 되기 마련이고. 정부도 마찬가지지. 그냥 받아들여. 그자가 이 여자에게 마음을 쓰고 있었다 한들 딱 그 정도였던 거야. 그게 아니었다면 아내를 떠나 이 여자와 결혼했겠지, 세간의 눈을 피해 탑 꼭대기에 숨겨둘 리가 있겠어? 애가 있든 없든 말야."

왓슨이 주머니에 휴대전화를 넣으며 돌아왔다. "지금 맡고 있는 작업의 기한을 어기지만 않는다면 원하는 만큼 있어도 된대요."

"문제가 있을까?"

그는 고개를 저었다. "제가 알아서 할 수 있어요. 솔직히 말하자면 페이스를 바꾸는 것도 기분전환이 될 것 같고요. 한번쯤 연구실을 떠나 바람을 쐬는 것도 좋겠죠."

"그럼 잘됐군. 4MK 전담반에 온 것을 환영해. 서류 문제는 서에 돌아가 정리해줄게."

"별로 장중한 맛이 없는데, 샘. 연습 좀 해야겠어." 내쉬가 말했다.

왓슨은 사진을 가리켰다. "저걸로 타일러라는 소년을 추적해볼까요?"

"그래. 뭐가 나올지 한번 보자고." 포터가 대답했다.

내쉬는 화장대 맨 위 왼쪽 서랍을 열었다. 여성용 속옷이 있었다. 그는 양손으로 속옷을 당겨본 다음 휘파람을 불었다. "이건 꽤 큰데."

"이 방에는 유모나 가정부가 살았을 거야." 포터가 말했다. "에머리는 겨우 열다섯 살이었어. 이런 집에 혼자 살 수 있을 리 없지."

"좋아, 그러면 그 여자는 지금 어디 있는 거야? 어째서 아이가 실종되었다고 신고하지 않은 거지?" 내쉬가 물었다. "최소한 하루는 지났을 테고, 더 되었을 가능성도 있는데 말야."

"경찰에는 신고하지 않았지만 다른 사람을 불렀을지도 몰라." 포터가 말했다.

"탤벗?" 내쉬는 고개를 저었다. "그건 아닐 텐데. 자네 말을 듣고 진짜로 놀라고 고뇌에 빠진 표정이었다고."

"불법이민자라면 경찰에 전화하지 않았겠죠." 왓슨이 말했다. "그런 일이 벌어지면 고용주에게 연락할 거예요."

"아니면 그 밑의 다른 사람이라든가."

"좋아, 그건 그렇고, 그러면 탤벗은 왜 아무것도 모르는 척을 한 거지? 딸을 찾고 싶지 않은 거야?"

포터는 어깨를 으쓱했다. "변호사가 입 다물고 있으라고 강경하게 권하는 거 봤잖아. 어쩌면 탤벗의 입장이 그런 걸 수도 있지. 십오 년 동안 비밀로 감춰온 아이야. 이제 와서 밝힐 필요가 있겠어? 재력이 있는 사람이니 아랫사람들을 풀어 딸을 찾고 있었을 거야. 우리 손을 빌릴 필요가 없지."

"그럼 애초에 우리한테 딸 이야기를 한 이유가 뭐야? 딸을 세상에 드러내지 않는 일을 가장 중요하게 생각한다면, 잘못된 단서를 주는 편이 나은 거 아닌가?"

포터는 세탁물 바구니로 걸어가서 가운데에 놓인 수건을 만져보았다. "아직 따뜻하군."

내쉬가 천천히 고개를 끄덕였다. "그러니까 누군가 가정부에게 전화해서, 우리가 오고 있다는 사실을 알려줬고……."

"내 추측은 그래. 전화를 받자마자 내뺐겠지."

"그렇다고 해서 거대한 음모가 있었다는 얘긴 아냐. 저기 서 있는 왓슨 박사가 추측했듯 그 가정부가 불법이민자고 탤벗은 그 사람이 추방되는 걸 원하지 않았을 뿐일지도 몰라." 내쉬가 말했다.

"전 박사가……."

내쉬는 손을 저어 그의 말을 끊었다. "그렇다면 분명 근처에 있을 거야. 이곳을 감시할 사람을 남겨둬야 해."

내쉬의 전화가 울렸다. "에이슬리야." 그는 통화 버튼을 두드렸다. "내쉬입니다."

포터는 그 틈을 놓치지 않고 아내에게 전화를 걸었다. 그는 음성 사서함 목소리를 듣고 메시지를 남기지 않고 전화를 끊었다.

내쉬는 통화를 종료하고 휴대전화를 바지 주머니에 넣었다. "검시실로 와달래."

"뭘 찾아냈대?"

"직접 봐야 할 거라는데."

14
일기

"오트밀에 꿀 타줄까, 아들?"

어머니의 오트밀은 훌륭했다네. 봉지에 담겨 나오는 물건이겠거니 생각했다면 천만의 말씀. 어머니는 직접 귀리를 조리해 마법처럼 맛있는 오트밀을 만드신 다음, 토스트와 주스와 함께 부엌 구석의 아침식사 자리에 놓아두곤 하셨지.

"네, 어머니. 주스도 더 주세요."

맑은 여름날의 목요일, 아침 여덟 시를 조금 지난 때였다네.

방충망 문을 가볍게 두드리는 소리가 들려서 우리는 함께 그쪽을 돌아보았고, 현관 앞에 선 카터 부인을 발견했지.

어머니는 웃음을 머금으셨어. "어머, 들어와."

카터 부인은 마주 웃으며 문을 당겨 열었지. 밝은 햇살 덕분에 문지방을 넘는 그녀의 다리 윤곽이 치마 속에서도 드러나 보였지. 그녀는 내 어깨를 한번 지그시 누르고 웃은 다음, 어머니 쪽으로 다가가서 볼에 가볍게 키스했다네.

솔직히 말해 어제 그런 모습을 보고 난 마당이니 꽤나 건전했다고 말할 수밖에. 하지만 그들이 묘한 눈빛을 교환하는 것만은 확실히 알아볼 수 있었지.

어머니는 카터 부인의 머리를 부드럽게 쓸어 넘기며 말씀하셨다네. "오늘은 자기 머리카락이 정말 예뻐 보이네. 이런 머리카락을 가질 수만 있다면 뭐든 할 텐데. 아이리시 커피를 만들고 있었는데, 혹시 생각 있어?"

"아이리시 커피가 뭐예요?"

"세상에. 자기는 아직 알아야 할 것이 너무 많아. 아이리시 커피는 제임슨 위스키를 한 모금 넣은 커피인데, 따스한 여름 아침에 시동을 걸기에는 완벽한 물건이지."

"아침부터 위스키를요? 정말 못된 짓이네요! 저도 한 잔 부탁드려요."

어머니는 그녀에게 김이 오르는 커피를 한 잔 따라주고 내가 열면 안 되는 서랍장에서 노란 라벨이 붙은 작은 녹색 병을 꺼냈다네. 그리고 뚜껑을 열고 머그에 가볍게 두른 다음 카터 부인에게 건넸지. 두 사람의 손이 필요 이상으로 오래 붙어 있다는 생각을 하지 않을 수가 없었다네.

카터 부인은 한 모금 홀짝이고 웃음을 머금었지. "목숨을 걸 만한 맛이네요. 겨울이 되면 쓸모가 많겠어요."

어머니는 그녀를 바라보며 고개를 갸웃하셨어. "자기 그 옷, 어제도 입고 있던 것 아니야?"

카터 부인은 얼굴을 붉혔지. "유감스럽게도 그렇네요. 오늘은 정말로 빨래를 해야겠어요."

"자기가 어제 입은 옷을 오늘도 입고 다니는 걸 내가 두고 볼 수야 없지. 이리 와봐." 어머니는 자리에서 일어나 침실로 향했어. 손에는 여전히 술병이 들려 있었지. "안 입는 옷이 몇 벌 있거든. 아마 자기한테 딱 맞을 거야."

카터 부인은 나를 향해 미소 짓고는 아이리시 커피를 손에 든 채로 어머니를 따라 달려갔지. 나는 두 사람이 복도 너머로 사라지고, 어머니 방 안으로 들어가고, 문이 닫히는 모습을 바라보았다네.

아주 잠시였지만, 나는 식탁에 남아 아침식사를 마치는 것이 어떨까 하고 고민했다네. 어찌 됐든 아침식사야말로 하루에서 가장 중요한 식사 아니겠나. 성장기의 소년으로서 나는 영양소의 중요성을 충분히 이해하고 있었다네. 그러나 나는 다른 행동을 취했지. 식사를 마치는 대신 살금살금 복도를 따라 내려와 방문에 귀를 댄 거야.

아무 소리도 들리지 않았어.

나는 밖으로 나가서 건물 옆으로 돌아갔다네.

어머니 방의 창문은 동쪽에 있었고, 장미 덩굴 위로 오래된 포플러 나무가 그늘을 드리우고 있었다네. 나는 들키지 않도록 최대한 조심하면서 나무 옆에 자리를 잡고 창문 쪽을 보았어. 그러나 애석하게도 당시 나는 키가 작았고, 소년답게 마른 체구였기 때문에 그 각도에서는 방의 천장밖에 보이지 않았다네.

나는 서둘러 집 뒤편으로 돌아가서 5갤런들이 플라스틱 양동이를 가져왔지. 그걸 뒤집어 나무 옆에 놓고 위로 올라가 다시 창문을 바라보았지.

카터 부인은 내 쪽에 등을 돌린 채로, 가장 좋아하는 뼈를 묻으려고 구덩이를 파는 강아지처럼 격렬하게 옷장을 뒤지는 어머니를 바라보고 있더군. 다시 모습을 드러낸 어머니는 옷 세 벌을 손에 들고 있었어. 대화가 오갔지만 창문이 닫혀 있어서 무슨 말인지는 알아들을 수 없었지. 어머니는 한여름에도 창문을 열지 않는 분이었어.

카터 부인은 머리 뒤로 손을 돌려서 등 뒤에 묶여 있던 매듭을 풀었다네. 그녀의 몸에서 옷감이 떨어지는 순간, 숨이 멎는 것만 같더군. 얇은 하얀 면 팬티 한 장을 제외하면, 그녀는 알몸이나 다름없었거든. 어머니는 옷 한 벌을 그녀에게 건네고, 그녀는 그 옷을 머리부터 뒤집어썼지. 그러자 어머니는 한 걸음 물러서서 관찰하면서, 노란색 라벨이 붙은 녹색 병을 병째 들이켰지. 그리고 몸을 떨고 웃음 지은 다음 카터 부인에게 병을 넘겼고, 카터 부인은 잠시 망설이더니 병을 자기 입술에 대고 한 모금 홀짝였다네.

알코올이 뭔지는 알고 있었지만, 그때까지는 아버지가 드시는 모습밖에 못 봤어. 어머니는 처음이었지. 아버지가 일하고 돌아와 한두 잔 기울이는 모습은 봤지만, 어머니는 아니었어. 그것은 새로운 일, 처음 보는 일이었다네.

나의 친애하는 이웃은 어머니에게 병을 돌려주었고, 어머니는 한 모금을 홀짝이고 다시 병을 건네셨네. 두 사람은 창문 안에서 끊임없이 웃었어.

어머니는 다른 옷을 들어 보였고, 카터 부인은 열정적으로 고개를 끄덕였지. 그녀는 옷을 벗은 다음 어머니의 커다란 거울 앞으로 걸어가서, 두 번째 옷을 가슴께에 가져다 댔어.

심장 박동이 빨라지기 시작했지.

어머니는 그녀 뒤로 걸어가더니 머리카락을 한쪽으로 넘겨 목의 곡선을 드러냈어. 나는 어머니가 그녀의 목과 어깨가 만나는 바로 그 지점에 부드럽게 키스하는 모습을 훔쳐보고 있었지. 카터 부인은 눈을 감고 몸을 살짝 젖혀 어머니에게 기댔다네. 옷이 바닥에 떨어졌지. 거울 속에서 어머니의 손은 상대방 여인의 배 위를 노닐

다가 오른쪽 가슴에 닿았어.

카터 부인과는 달리, 어머니는 눈을 활짝 뜨고 계셨다네. 내 눈으로 봤기 때문에 알고 있는 거야. 거울 속 어머니의 손이 여인의 몸을 어루만지다가 팬티 속으로 사라진 그 순간, 어머니의 눈은 거울에 비친 내 모습을 바라보고 계셨거든.

15
샘 포터

첫째 날

오전 10:31

쿡 카운티 법의학 사무실은 시카고 다운타운의 웨스트 해링턴 가에 있다. 포터와 내쉬는 서둘러 플레어 타워를 떠나 건물 앞 경찰용으로 지정된 곳에 차를 댔다. 에이슬리한테는 검시실에서 만나자고 미리 말해두었다.

포터는 검시실을 좋아한 적이 없다. 포름알데히드 냄새가 방향제처럼 떠돌았지만 그곳에 가득한 발냄새와 썩은 치즈 냄새와 싸구려 향수 냄새는 감춰지지 않았다. 문으로 들어갈 때마다 고등학교에서 스칼레토 선생이 해부하라고 시켰던 돼지 태아가 떠올랐다. 늘 최대한 빨리 도망치고 싶은 곳이었다. 벽은 경쾌한 연푸른색으로 칠해졌지만, 죽은 시체에 둘러싸여 있다는 사실을 잊기에는 역부족이었다. 직원들은 모두 똑같이 태연한 표정을 짓고 있었는데, 포터는 그 모습을 볼 때마다 그 친구들의 냉장고에 무엇이 들어 있을지 궁금해지곤 했다. 반면 내쉬는 별로 신경 쓰지 않는 모양이었다. 그는 복도에서 걸음을 멈추고 자동판매기를 들여다보았다.

"대체 어떻게 스니커즈 초코바가 동날 수가 있지? 이 말도 안 되는 일은 대체 누구 책임이야?" 그는 투덜거렸다. "어이, 샘. 25센트만 빌려줘."

포터는 그의 말을 무시하고, JFK가 백악관에 있던 시절에는 새것이었을 법한 녹색 가죽 소파 맞은편의 스테인리스 스틸 문을 열고 들어갔다.

"기다려! 나 배 고프단 말이야!" 내쉬가 뒤에서 소리쳤다.

톰 에이슬리는 구석의 철제 책상 앞에 앉아 정신없이 키보드를 두드리고 있었다. 그는 고개를 들더니 얼굴을 찡그렸다. "좀 빨리 오시지."

포터는 신호고 뭐고 죄다 무시하고 최고 속도로 차를 몰아 왔다고 말해주고 싶었지만, 안 그러는 쪽이 낫겠다는 결론을 내렸다. "플레어 타워에 있었어. 희생자의 아파트를 찾아냈거든."

대부분의 사람이라면 그곳에서 뭘 발견했느냐고 물었겠지만, 에이슬리는 '대부분'에 속하지 않았다. 그가 인간에 대해 가지는 관심은 심장 박동이 멈춘 후부터 시작되니까.

문을 열고 들어오는 내쉬의 손가락에 킷캣의 잔해가 묻어 있었다.

"지금은 어때?" 포터가 물었다.

"좀 봐줘. 나는 연비가 안 좋단 말이야."

에이슬리가 자리에서 일어섰다. "장갑 끼고 이쪽으로 오시죠."

그는 두 사람을 이끌고 책상을 지나 방 뒤편에 있는 다른 더블도어를 열고 넓은 검시실로 들어섰다. 안으로 들어서자 기온이 20도는 내려간 듯했다. 입김이 눈에 보일 정도의 온도였다. 팔에 소름이 돋았다.

양쪽에 손잡이가 달린 커다란 수술용 조명이 방 가운데의 해부대와 그 위에 누워 있는 벌거벗은 남성의 시신을 비추었다. 얼굴에는 흰 천이 덮여 있었다. 배꼽에서 시작해서 대흉근에서 양쪽으로 갈라지는 커다란 Y자 절개로 가슴이 활짝 열린 채였다.

껌을 가져올걸. 냄새를 조금이나마 막아주었을 텐데.

"우리 친구인가?" 내쉬가 물었다.

"그렇죠." 에이슬리가 대답했다.

도로에서 묻은 진흙과 검댕은 깨끗이 씻겼지만, 피부 군데군데를 덮은 긁힌 자국은 씻기지 않았다. 포터는 가까이 다가가서 살펴보았다. "이건 오늘 아침에 못 봤는데."

에이슬리는 오른팔과 오른다리에 남은 짙은 자주색의 커다란 멍을 가리켜 보였다. "버스가 여기 충돌했어요. 이 선 보이죠? 차량의 그릴에 부딪혀 생긴 거예요. 현장에서 측정한 결과에 따르면 충격 때문에 6미터가 조금 넘게 날아갔고, 그다음에 보도를 따라 4미터를 미끄러졌답니다. 과연, 장기 손상이 엄청나더군요. 갈비뼈의 절반이 부러졌어요. 그중 네 개가 오른쪽 폐를 뚫었고, 두 개가 왼쪽 폐를 뚫었죠. 비장도 파열됐고, 신장도 마찬가지. 결정적인 사인은 두부 외상인 것 같지만, 다른 손상도 모두 치명적인 결과로 이어졌을 겁니다. 거의 즉사했어요. 손쓸 도리가 없었겠죠."

"그게 대단한 소식이야?" 내쉬가 투덜거렸다. "뭔가 찾아낸 줄 알았는데."

에이슬리는 눈살을 찌푸렸다. "아, 뭔가 있긴 했죠."

"나는 서스펜스를 즐기는 편이 아니야, 톰. 대체 뭘 찾은 거야?" 포터가 물었다.

에이슬리는 스테인리스 스틸 테이블로 걸어가서 갈색 밀폐용 봉지를 가리켰다. 그 안에는…….

"위장 아니야?" 내쉬가 물었다.

에이슬리는 고개를 끄덕였다. "뭔가 특이한 점을 알아보겠어요?"

"배 밖에 있다는거." 포터가 말했다.

"그 외에는?"

"이럴 시간 없어, 에이슬리 박사."

에이슬리는 한숨을 쉬었다. "여기 반점 보여요? 여기랑 여기?"

포터는 조금 더 몸을 내밀였다. "이게 뭐지?"

"위암 병변." 에이슬리가 대답했다.

"죽어가고 있었다고? 본인도 알고 있었을까?"

"꽤 진행된 상태에요. 치료가 불가능할 정도로. 아주 고통스러웠겠죠. 분명 본인도 알고 있었을 테고요. 화학 반응 검사를 해보니 흥미로운 결과가 몇 가지 나왔어요. 옥트레오타이드가 다량 검출됐는데, 보통 오심과 설사를 다스리려고 복용하는 약물이죠. 거기다 트라스투주맙 농도도 높았어요. 이건 꽤 흥미로운 약물이에요. 처음에는 유방암 치료에 사용되었는데, 나중에는 다른 종류의 종양에도 효력이 있다는 사실이 발견됐거든요."

"그 약물로 사망자의 신원을 추적할 수 있을까?"

에이슬리는 천천히 고개를 끄덕였다. "아마도. 특히 트라스투주맙 치료는 한 시간에 걸쳐 정맥주사로 진행되는데, 이걸 일주일에 1회 이상 받아야 해요. 이 정도 병세라면 더 자주 해야 할 수도 있고요. 이 약물을 개인적으로 사용한다는 이야기는 들어본 적 없으니, 분명 종합병원이나 암센터에 다녔을 겁니다. 이 도시에는 그런 조건을 만족하는 선택지가 많지 않아요. 심장 합병증을 일으킬 수 있으니 항상 환자를 가까이서 지켜봐야 하는 건 물론이고요."

내쉬는 포터를 돌아보았다. "죽음이 눈앞에 있었다면, 고의적으로 버스에 뛰어든 걸로 볼 수도 있지 않을까?"

"그럴 것 같지는 않아. 그럴 생각이었다면 왜 여자를 또 납치했겠어? 자기가 벌인 사건은 끝까지 마무리하고 싶었을 텐데." 그는 에이슬리를 돌아보았다. "얼마나 더 살 수 있었을까?"

에이슬리는 어깨를 으쓱했다. "정확히 말하기는 애매하지만 몇 주 정도. 길어야 한 달."

"진통제를 복용하고 있던 건 아니고?" 포터가 물었다.

"위장 속에 일부 분해된 옥시코돈 정제가 있었어요. 모발 검사로 그전의 복용 전력을, 그러니까 체내에 남지 않은 약물을 파악하는 중입니다. 아마 모르핀 같은 게 나오지 않을까 싶어요."

포터는 남자의 짙은 갈색 머리카락을 바라보았다. 사람의 모발에는 투약과 식생활을 추적할 수 있는 단서가 남는다. 4MK는 머리를 2센티미터 정도로 짧게 깎았다. 머리카락은 평균적으로 한 달에 1.2센티미터 남짓 자라므로, 이 안에는 적어도 한두 달 전까지의 정보가 담겨 있을 것이다. 모발을 통한 약물 검사는 소변을 이용하는 것보다 다섯 배는 정확하다. 경찰에 몸담고 있는 동안, 그는 용의자들이 크랜베리 주스부터 소변까지 온갖 것을 들이켜 몸에서 약물을 씻어내는 모습을 목격해왔다. 그러나 머리카락에서는 약물을 씻어낼 수 없다. 많은 약물중독자들이 바로 그 이유로 미리 머리를 깨끗이 밀어놓는다.

"머리카락이 있잖아." 포터가 중얼거렸다.

에이슬리는 잠시 이맛살을 찌푸리다가 곧 포터의 말뜻을 알아챘다. "화학 요법을 받은 흔적은 없었어요. 사이클 한 번 돌리지 않은 것 같아요. 암을 너무 늦게 발견해서 통상적인 치료방법이 도움이 안 되었을 가능성도 있어요." 에이슬리는 다른 테이블로 향했다.

남자의 개인 소지품이 가지런히 놓여 있었다. "바로 저기 있는 작은 깡통 안에 로라제팜이 가득 들어 있었어요." 그는 작은 은빛 상자를 가리켰다.

"그건 항불안제 아냐?"

내쉬는 웃음을 머금었다. "초조함에 시달리는 친구가 연쇄살인을 취미로 삼다니 참 묘한 선택인데."

"일반의약품인 아티반 정제예요. 위암 환자에게 위액 분비 조절용으로 처방하는 경우가 있죠. 불안을 느끼면 위액 분비가 증가하는데, 로라제팜을 복용하면 줄거든요." 에이슬리가 말했다. "우리보다 차분한 사람이었을 가능성이 높아요."

포터는 꼬리표가 붙은 채 증거품 봉투에 밀봉된 회중시계를 바라보았다. 섬세하게 세공된 뚜껑 아래로 시계바늘이 보였다. "지문은 나왔어?"

에이슬리는 고개를 끄덕였다. "손의 피부는 손상되었지만 손가락에는 피해가 없었어요. 전체 지문을 채취해 연구실로 보냈어요. 아직 소식은 없고요."

포터의 눈길이 구두에 멎었다.

에이슬리 역시 그의 시선을 좇았다. "아, 저걸 잊을 뻔했네요. 이것도 상당히 이상해요." 그는 구두 한 짝을 들고 시체로 돌아가, 남자의 맨발에 밑창을 대 보였다. "이 사람 발에 비하면 두 사이즈는 큰 신발이에요. 그래서인지 발 앞에 휴지를 채워서 신고 있었죠."

"두 사이즈나 큰 구두를 신는 사람이 어디 있어?" 내쉬가 물었다. "이 구두가 1500달러는 나간다고 하지 않았어?"

포터는 고개를 끄덕였다. "자기 물건이 아닐 수도 있지. 여기서도 지문을 채취해야겠군."

내쉬는 에이슬리를 흘긋 본 다음, 방 안을 휘 둘러보았다. "혹시 자네……. 아, 찾았어." 그는 테이블로 급히 걸어가 지문 채취 세트를 들고 돌아왔다. 그리고 숙련된 솜씨로 신발의 지문을 채취했다. "좋았어."

"그대로 연구실로 보내줘. 얼마나 급한 일인지 제대로 알려주고." 포터가 말했다.

"알았어."

포터는 에이슬리를 돌아보았다. "또 있어?"

에이슬리는 얼굴을 찌푸렸다. "설마 약물 증거로는 부족하다는 건가요?"

"그게 아니라……."

"사실 한 가지 더 있죠."

그는 포터를 이끌고 시체 반대편으로 돌아가서 오른손을 들어 보였다. 포터는 시체의 가슴에 뻥 뚫린 구멍 속을 들여다보지 않으려 애썼다.

"작은 문신이 있었어요." 에이슬리가 말했다. 그는 남자의 손목 안쪽에 박힌 검은 점을 가리켜 보였다. "내 생각에는 숫자 8 같은데."

포터는 상체를 숙였다. "아니면 무한대를 뜻하는 기호라든가." 그는 휴대전화를 꺼내 사진을 찍었다.

"새긴 지 얼마 안 됐어요. 주변에 붉게 부은 것 보이죠? 일주일도 안 됐을 거예요."

포터는 말이 되는 설명을 찾으려 애썼다. "종교적인 의미가 있는 것일지도 모르겠군. 죽어가던 사람이잖아."

"수사는 형사님들께 맡길게요." 에이슬리가 말했다.

포터는 머리를 덮은 하얀 천의 모서리를 슬쩍 들추었다. 벨크로를 뜯을 때와 비슷한 소리를 내며 천이 떨어졌다.

"얼굴 형태를 재건해볼 생각이에요."

"그게 가능해?" 포터가 물었다.

"과학산업 박물관에서 일하는 친구가 있거든요. 이런 종류의 일…… 그러니까 오래된 유해나 그런 쪽의 전문가예요. 지난 6년 동안 맥헨리 카운티 근교에서 발견된 일리니웩 부족의 유해에 매달려 있었어요. 보통은 두개골과 뼛조각만 가지고 작업하니까, 이 정도로…… 신선한 자료는 다뤄본 적이 없겠죠. 그래도 그녀라면 할 수 있을 것 같아요. 연락해볼게요."

"그녀라고 했나, 방금?" 내쉬가 끼어들었다. "설마 애인이 생긴 거야?" 그는 신발 작업을 끝내고 지문 채취 도구를 다시 싸고 있었다. "부분 지문 여섯 개에 온전한 엄지가 최소 세 개는 나왔어. 아, 오해하지는 말아줘. 우리 신원미상자 씨가 엄지가 세 개 있다는 소리는 아니니까. 물론 그렇다면 신원 판별이 훨씬 쉬워지기는 하겠지만. 이건 내가 직접 전달할게. 사무실에서 다시 만나. 한 시간쯤 후에. 경감한테도 들렀다 올게."

포터는 주머니 속 일기장을 떠올렸다. 한 시간쯤 독서하는 것도 나쁘지 않을 듯했다.

16
일기

어머니께 들켰다고 바로 도망치지는 않았다네. 가야 한다는 것은 알고 있었지. 내가 봐서는 안 되는 사적인 상황이라는 것도. 그래도 계속 지켜보고 싶었어. 설령 가고 싶었다 해도 눈을 뗄 수가 없었을 거야. 나는 어머니와 카터 부인이 시야에서 사라질 때까지 그 나무 옆에 있었다네. 정확하게 말하자면 아래로 사라졌다고 해야겠지. 침대였는지 바닥이었는지는 확신하지 못하겠네.

발밑에서 양동이가 떨리기 시작했어. 다리가 젤리가 된 것 같았지. 출렁출렁! 심장은 거리를 행진하는 군악대처럼 울려댔어. 단언할 수 있네만, 깊은 고양감으로 가득한 순간이었다네!

이 행위에 너무 푹 빠져들어서, 카터 씨의 자동차가 우리 집을 지나가는 소리조차 듣지 못했다네. 옆집의 자갈 깔린 진입로가 버석거리는 소리가 들려온 다음에야 깨닫게 되었지. 카터 부인도 그제야 차 소리를 들은 모양이었네. 겨울이 끝나는 날의 마멋처럼, 그녀의 머리가 창틀 위로 튀어나왔다네. 가슴은 위아래로 흔들리고, 입은 놀라서 쩍 벌린 채로. 내가 그녀를 본 순간 그녀도 나를 알아챘어. 나는 얼어붙은 채 그녀를 바라보고만 있었지. 그녀는 몸을 돌려 뭐라고 소리쳤고, 뒤이어 어머니가 모습을 보였지. 그러나 그분의 시선은 나를 향하지 않았어.

두 사람 모두 창문에서 모습을 감췄다네.

카터 씨의 차 문이 쾅 하고 닫히는 소리가 들렸어. 이런 이른 시간에는 귀가하는 법이 없는데. 우리 아버지와 마찬가지로 보통 다섯 시까지는 직장에 있곤 했으니. 그는 양동이 위에 선 나를 영문을 모르겠다는 듯 힐끗 보더군. 나는 손을 흔들었지. 그러나 그는 손을 흔드는 대신 정원을 지나 자기 집으로 사라졌어.

잠시 후 카터 부인이 서둘러 우리 집 현관을 나와 정원을 가로지르는 모습이 보였어. 머리와 옷매무새를 매만지고 있었지. 나는 그녀에게 인사했지만, 그녀는 답하지 않았다네. 부인은 자기 집에 들어가면서도 조심하는 듯했어. 조심조심, 소리나지 않게 문을 닫더군.

나는 양동이에서 뛰어내려 그녀를 따라갔어.

그렇다고 내가 여기저기 들쑤시고 다니는 꼬맹이는 아니었다네. 그저 호기심이 많았을 뿐. 나는 조금도 머뭇거리지 않고 카터 씨네 정원으로 건너갔어. 진입로까지 반쯤 왔을 무렵 따귀 때리는 소리가 들렸지.

그 독특한 소리를 잘못 들을 리 없어. 우리 아버지는 규율과 훈육의 신봉자였고, 내 엉덩이에 손을 대신 것도 한두 번이 아니었거든. 자세히 말하지는 않겠네만, 그런 일이 벌어졌을 때마다 내가 엉덩이 한두 대쯤 맞을 만한 일을 저질렀다는 것만은 밝혀두겠네. 내가 그분께 조금의 억하심정도 품지 않았다는 사실도. 나는 그 소리를 너무나 잘 알았고, 이어지는 고통에 겨운 비명 또한 경험자로서 바로 인지할 수 있었다네.

나는 카터 씨가 아내를 때렸다는 사실을 깨달았어. 다시 찰싹 소리가 들리고 날카로운 비명도 이어졌지.

나는 카터 씨의 차에 닿았어. 엔진은 여전히 툴툴 소리를 내고 있었지. 후드에서는 아지랑이가 오라오고 주변은 배기가스로 자욱했어.

카터 씨는 현관문을 쾅 하고 열고 나오더니 자기 차 옆에 선 나를 발견했다네. "이놈, 대체 여기서 뭘 하고 있는 거야?" 그는 으르렁거리며 나를 밀치고 우리 집 정원으로 향했지.

문가에 카터 부인이 모습을 드러냈지만 문지방을 넘지는 못했어. 얼굴 한쪽에 젖은 수건을 댔더군. 오른쪽 눈은 울어서 충혈되고 부어 있었어. 내가 있는 것을 알아채자, 그녀는 떨리는 입술로 이렇게 속삭였다네. "엄마를 때리지 못하게 막아줘."

카터 씨는 우리 부엌 뒷문에 도착해 문틀을 주먹으로 두들겼어. 그게 닫혀 있다니 이상한 일이었어. 여름에는 항상 아침부터 밤늦게까지 열어두곤 했거든. 대자연의 존재들이 집으로 들어오지 못하도록 방충망만 닫은 채로 말이야. 분명 어머니가…….

나는 한쪽 창가에 선 어머니를 발견했다네. 카터 씨를 노려보고 있었지.

"문 당장 열어, 이 갈보년!" 그가 소리쳤지. "이 빌어먹을 문 열라고!"

어머니는 그 남자를 바라볼 뿐, 꼼짝도 하지 않았지.

나는 집으로 향했지만, 어머니가 손을 들어 그대로 있으라고 신호를 보냈어. 나는 어쩔 줄 모르고 그 자리에 멈추었지. 지금 와서 생각해보면 내가 뭔가 할 수 있으리라 여겼다니 너무 순진했던 거지. 카터 씨는 덩치 큰 남자였고, 아버지보다도 우람했을 거야. 그를 막으려 든대도 머리 주변에서 윙윙대는 귀찮은 파리를 쫓아버리듯 간단히 떨쳐버렸을 테지.

"내 아내를 네년의 걸레로 만들려고 했겠다?" 그는 계속 문을 두드렸다네. "알고 있었어, 염병할, 알고 있었다고. 발정 난 암캐 같은 계집. 항상 네년 집에 가 있으니까. 네년의 악취가 났으니까. 내 아내한테서 네년 맛이 났다는 걸 알고 있나? 내 말 잘 들어. 행동에는 대가를 치러야 하는 법이야. 이에는 이, 눈에는 눈! 알아들어? 세상에 공짜가 있을 것 같아?"

창가에서 어머니의 모습이 사라졌다네.

내 뒤에서는 카터 부인의 흐느낌이 들리기 시작했지.

카터 씨는 몸을 돌리더니 부인을 향해 손가락을 흔들었다네. "닥쳐!" 얼굴이 분노로 활활 타오르고 이마에는 땀방울이 번득였지. "조금 얻어맞은 걸로 끝났다고 생각하지 마. 우리에겐 아직 나눌 이야기가 남아 있잖아? 명심해. 이쪽 일이 끝나면 그땐 네년 차례일 테니까. 아파? 그렇게 살짝 긁힌 정도로? 소란 피우지 말고 얌전히 기다리고 있어!"

바로 그때 우리 집 뒷문이 열렸다네. 어머니가 햇살 속으로 나오더니 그에게 안으로 들어오라고 손짓했어.

카터 씨는 잠시 그곳에 서서 어머니를 노려보고 있었다네. 얼굴은 정지 표지판만큼 붉고, 주름살 가득한 이마에는 땀방울이 맺혔지. 손은 굳게 주먹을 쥐었어. 처음에는 그가 어머니를 때리려 하는 줄 알았지만 주먹을 들지는 않더군.

어머니는 그의 어깨 너머로 나를 보며 잠시 눈을 맞추고 다시 그를 보았어. "기회는 한 번뿐이에요. 지금이 아니면 없어요." 그러면

서 입가에 은은한 미소를 띤 채 금발 머리타래를 손가락으로 가볍게 꼬아서 한쪽 목덜미 위로 늘어뜨리셨다네.

"무슨 수작을 부리는 거야?"

어머니는 몸을 돌려 부엌으로 가며 고개를 끄덕였지. "들어와요."

그는 어머니가 안으로 사라지는 모습을 멀거니 바라보다가, 아내를 돌아보며 말했어. "곧 2교시가 시작될 거야." 그는 자신이 최고의 농담을 했다는 듯 콧방귀를 뀌고는 우리 집으로 들어가며 문을 쾅 닫았다네.

카터 부인은 흐느꼈어.

나는 어린아이였으니 우는 여인을 어떻게 달래야 할지 알지 못했고, 딱히 그럴 필요성을 느끼지도 못했다네. 대신 나는 어머니 방의 창문이 보이는 쪽으로 달려가 다시 양동이 위로 뛰어올랐지. 방에는 아무도 없었다네.

문득 집 안 어딘가에서 끔찍한 비명이 울렸어. 어머니의 비명은 아니었지.

17
에머리 코너스

첫째 날

오전 9:31

에머리는 구역질을 했다.

걸쭉하고 쓴 액체가 목구멍을 타고 올라왔다. 그녀는 구역질을 삼키며 끔찍한 뒷맛에 얼굴을 찌푸렸다.

훌쩍이면서 천천히 호흡을 가다듬다가, 힘겹게 큰 숨을 내쉬었다.

귀를 자르다니! 대체 이게 뭐야? 무슨 이유로…….

머릿속에 정답이 떠오르자 에머리는 숨을 몰아쉬다가 사레가 들려버렸다. 눈물이 무릎으로 떨어졌다. 짜고 날카로운 눈물은 닦아도 닦아도 더 많이 흘러내렸다.

그녀의 힘겨운 숨소리 사이로 딸꾹질이 섞였다.

몸이 격렬하게 떨렸다. 콧물이 흘러 눈물과 섞였다. 진정되었다고 생각될 때마다 공포와 고통과 분노가 뒤섞인 감정이 다시 밀어닥쳐, 모든 것이 처음부터 시작되었다. 횟수가 거듭될 때마다 아주 조금씩만 나아질 뿐이었다.

격렬한 감정의 폭발이 마침내 끝나고, 들이쉰 숨을 바로 뱉지 않고 버틸 수 있게 되자 에머리는 자신이 완벽한 정적 속에 있다는 사실을 깨달았다. 마음이 고통스러울 정도로 공허하고 고요했다.

몸은 쓰라리고 근육은 쑤시고 얼굴은 벌겋게 달아오른 채 부어 있었다. 수갑을 만지작거리며 풀 방법을 찾기도 했다. 진짜 수갑이 아니라 성인용품점이나 장난감 가게에서 파는 조잡한 물건이기를 바라면서. 친구인 로리가 그런 물건들에 대해 말해준 일이 있다. 자기 남자친구가 그걸 무척 써보고 싶어했지만 자신이 단호하게 거부했다는 이야기도.

그러나 수갑을 푸는 스위치는 찾을 수 없었고, 손목을 조이는 금속 띠는 견고하기만 했다. 열쇠 없이는 풀리지 않을 게 분명했다. 자물쇠 따기를 시도해볼 수도 있겠지만, 그러려면 도구가 필요하다. 주변을 뒤져볼까.

무슨 말도 안 되는 소리야? 애초에 자물쇠 따는 법 따위는 알지도 못하면서.

수갑에는 비정상적으로 긴, 적어도 60센티미터는 되는 쇠사슬이 달려 있었다. 감옥을 배경으로 한 영화에서 악당들의 손과 발을 연결해 어둑한 복도를 따라 비척비척 걸어가게 하는, 그런 종류의 수갑. 어느 정도는 움직일 수 있지만 그 이상은 힘들도록 만들어진 물건이었다.

에머리 역시 네 마리 원숭이 킬러에 대해 잘 알았다. 시카고에 그를 모르는 사람은 없다. 어쩌면 전 세계에서도 그럴 것이다. 그가 연쇄살인범이라서가 아니라, 희생자를 죽이기 전에 고문한 다음 신체의 일부를 가족에게 우편으로 보내기 때문이었다. 처음에는 귀, 다음에는…… 에머리의 왼손이 눈가로 향했다. 방 안이 어두웠지만 희미한 형체 정도는 알아볼 수 있었다. 아직 눈은 건드리지 않은 것이었다.

그래, 아직은. 그가 돌아오면 어떻게 될지 알 수 없지만.

심장이 쿵쿵 뛰는 것이 느껴졌다.

얼마나 걸릴까…….

도저히 그런 생각은 할 수 없었다. 생각이 불가능했다.

누군가 자신의 눈을 파낸다는 생각, 산 채로 눈을 뽑는다는 것 자체를 상상할 수 없었다.

혀도 뽑아낼 거란다, 우리 아가. 혀에 대해 잊으면 안 되지. 세 번째로 혀를 뽑은 다음 그 작은 살점을 엄마 아빠한테 보내잖니. 그 다음에는 마지막으로…….

머릿속에서 울리는 목소리는 기묘할 정도로 친숙했다.

나를 기억 못 하는 거니, 아가?

에머리는 깨달았다. 바로 그 순간 알았다. 동시에 분노가 휘몰아쳤다.

"넌 우리 엄마가 아니야!" 에머리가 숨을 몰아쉬며 소리쳤다. "우리 엄마는 돌아가셨어!"

세상에. 미쳐가는 걸까. 혼자서 대화를 주고받다니. 주사에 뭔가 들어 있던 걸까? 무슨 약을 놓은 걸까? 환각을 경험하는 걸까? 어쩌면 이 모든 것이 약물 때문에 꾸는 끔찍한 악몽일지도 모른다. 그녀는…….

이해되지 않는 부분은 나중에 생각하렴. 시간이 더 있을 때 말이야. 지금은 여기서 나가는 방법을 찾는 데 집중해야 할 것 같구나. 그러니까, 그 사람이 돌아오기 전에. 너도 그렇게 생각하지?

에머리는 고개를 끄덕이려다 간신히 멈추었다.

나는 너를 위해 말하는 거야.

"그만해."

안전할 때 이야기하자꾸나. 그때까지는……. 이건 정말 힘겨운

상황이구나, 에머리. 쪽지를 써주는 정도로는 빠져나갈 수 없겠어. 교장을 상대할 때보다 훨씬 더 힘들구나.

"조용히 해!"

정적이 찾아왔다.

귀에 들리는 소리라고는 자신의 숨소리와 귀에서 울리는 따뜻하고 욱신거리는 맥박 소리뿐이었다.

귀가 있던 곳에서라고 해야겠지, 우리 아가.

"제발 그만둬. 제발 조용히……."

지금 받아들이는 편이 낫잖니. 받아들이고 움직여야지.

에머리는 병상 한쪽으로 다리를 내렸다. 바퀴가 삐걱이는 소리가 들리며, 금속 침대가 몇 센티미터 굴러가 한쪽 벽을 긁으며 멈추었다. 발에 닿는 차가운 콘크리트 때문에 순간적으로 발을 뗄 뻔했다. 바닥의 무엇이 자신을 움찔하게 만들었는지는 알 수 없었지만, 납치범이 돌아올 때까지 얌전히 앉아 기다릴 수는 없었다. 반드시 출구를 찾아야 한다.

눈도 어둠에 적응됐는지 약간이라도 앞을 보려 애썼지만, 빛이 부족했다. 눈앞으로 손을 들어도 손이 코에 닿기 전까진 보이지 않을 지경이었다.

에머리는 머릿속을 휘젓는 어지러움과 귀의 통증을 애써 무시하며, 이를 악물고 일어섰다. 그리고 심호흡을 한 다음 침대 가장자리, 수갑이 연결된 부분 바로 아래를 붙들고 몸의 균형을 잡고 서서 어지럼증이 사라지기만을 기다렸다.

지독하게 어둡다. 지나치게 어둡다.

넘어지면 어쩌니, 우리 아가? 걸음을 옮기려다가 뭔가에 걸려 넘어져버리면? 이게 현명한 행동이라고 확신할 수 있니? 잠깐 앉아

서 상황을 검토해보는 건 어떨까?

에머리는 목소리를 무시하고 머뭇거리며 손을 뻗었다. 왼팔이 어둠 속에 잠겼고, 손가락이 잡을 것을 찾아 움찔거렸다. 잡히는 것이 없자 그녀는 침대의 머리 쪽으로, 침대가 벽에 맞닿은 쪽으로 한 발짝 옮겼다. 오른손으로는 침대를 잡고, 왼손은 뻗어 더듬거리면서. 한 발짝. 다시 한 발짝. 그리고 다시…….

손가락이 벽에 닿자 에머리는 깜짝 놀라 뒤로 물러설 뻔했다. 거친 표면은 축축하고 미끈거렸다. 그녀는 조심스레 손으로 벽을 훑다가 홈을 발견하고 손가락 끝으로 그 가장자리를 따라갔다. 홈은 수평으로 이어지다 다른 홈과 만났다. 이번에는 수직이었다. 약 30센티미터마다 같은 패턴이 반복되었다. 직사각형으로.

콘크리트 블록.

있지, 벽이 하나 있으면 보통 주변에 다른 벽이 있단다. 문이나 창문 한두 개가 있을 수도 있고. 벽을 따라 주변을 한 바퀴 돌아보는 것도 좋겠구나. 어떤 곳에 갇혀 있는지는 알아내야지? 문제는 저 귀찮은 침대에 묶여 있다는 거네. 탐험하기 좋은 상태는 아니란 말이지.

에머리는 침대 전체가 움직일 때까지 끌어당겼다. 바퀴가 삐걱거리며 3센티미터 남짓 움직였다. 그녀는 난간을 붙들었다. 금속 프레임을, 아니 뭐든 붙들고 있는 것만으로도 조금이나마 안전하다는 기분이 들었다. 바보 같은 행동이라는 건 알고 있었지만, 그래도…….

이런 걸 의존 대상이라고 부른단다. 아, 이 단어가 아니던가?

"닥쳐."

왼손을 벽에 대고 오른손으로 침대를 끌면서, 에머리는 비틀거리면서도 조금씩 나아갔다. 걸음을 세면서 마음의 눈으로 공간 전체를 파악하려 했다. 첫 번째 모서리가 등장할 때까지 열두 발짝을 움직였다. 첫 번째 벽의 길이는 3미터 정도인 듯했다.

그녀는 두 번째 벽을 따라 걸었다. 콘크리트 블록이 이어졌다. 손가락으로 위아래를 훑으며 조명 스위치든 문이든 찾으려 했지만, 아무것도 느껴지지 않았다. 블록만이 가득할 뿐이었다.

에머리는 걸음을 멈추고 고개를 들었다. 궁금증을 참을 수가 없었다. 이 방의 높이가 얼마나 될까? 천장이 있기는 할까?

물론 천장이 있지, 우리 아가. 연쇄살인범들은 영리하단다. 그자의 곡예에 함께하는 여자는 네가 처음이 아니거든. 몇 명이나 납치했더라? 다섯? 여섯? 이제 그는 모든 과정을 빈틈없이 갈고 닦았을 거야. 이 방은 분명 완벽하게 밀폐되어 있겠지. 그래도 탐험은 계속하렴. 마음에 드는구나. 그가 돌아오기만을 기다리는 것보다는 훨씬 낫잖아. 그건 말도 안 되는 짓이지. 지금 이 행동은 주도적이고 목적이 뚜렷해.

에머리는 계속 방을 돌았다. 모서리를 돌자 다시 침대가 말썽을 부렸다. 그녀는 화가 나서 침대를 힘껏 끌었다.

아, 방금 한 가지 생각이 떠올랐는데. 그가 너를 지켜보고 있다면 어떨까? 만약 카메라를 설치해놓았다면?

"너무 어두운걸."

적외선 카메라는 어둠 속에서도 대낮처럼 사물을 볼 수 있단다. 지금쯤 어딘가 틀어박혀서 책상에 다리를 올려놓고 히죽히죽 웃으며 '에머리TV'를 시청하고 있겠지. 상자에 갇힌, 상자에서 도망치려 발버둥치는 나체의 소녀를. 지난번 소녀는 방 안을 돌아보기까지 30분이나 걸렸는데. 이번 아이는 서두르는 편이네. 여기까지

20분밖에 안 걸렸어. 정말 흥미진진한데. 진짜로 재밌어.

에머리는 걸음을 멈추고 어둠 속을 바라보았다. "당신 거기 있어요? 나를…… 지켜보고 있나요?"

정적.

"이봐요?"

수줍음을 타는 성격일까?

"닥쳐."

아마 팬티를 발목까지 내리고 물건을 꺼내놓고 있겠지. 문에는 '방해하지 마시오'라고 걸어놓은 채로 말이야. '에머리TV' 심야방송이 시작됐고, 파티는 이제 막 열렸으니까. 이 아이는 꽤나 즐길 만하잖아. 얼마나 높이 뛰어오르는지 봤어?

"네가 우리 어머니가 아니라는 건 확실해졌네. 어머니는 절대 그런 말씀은 안 하셨을 테니까."

글쎄, 어쨌든 그자가 지켜보고 있다고 생각하거든. 그런 게 아니면 옷은 왜 벗겼겠어? 남자들은 변태란다, 우리 아가. 다 똑같아. 빨리 알아챌수록 좋지.

에머리는 어둠 속에서 뱅글뱅글 같은 자리를 돌면서, 고개를 위로 젖히고 어둠을 바라보았다. "여기 카메라 따위는 없어. 작은 빨간 불빛이 보이지 않는걸."

물론이지. 세상 모든 카메라에는 작고 붉은 등이 있으니까. 그렇지? 1킬로미터 밖에서도 보일 수 있는 작고 붉은 등을 항상 반짝여야 하니까. 내가 카메라 제작사라면 작고 붉은 등이 없는 카메라 따위는 만들 엄두조차 내지 못할 테니까. 분명 작고 붉은 등이 달려 있는지 확인하는 규제감독위원회가 존재할 거고…….

"제발 좀 닥쳐줄래?" 에머리가 소리치고는 이내 얼굴을 붉혔다.

자기 자신과 말다툼을 벌이다니.

그저 모든 카메라에 작고 붉은 등이 달려 있는 건 아니라고 말하고 싶었을 뿐이야.

에머리는 짜증 섞인 숨을 내쉬고 다시 벽을 더듬기 시작했다. 커다란 정사각형의 방이 머릿속에 그려졌다. 두 벽을 더듬어봤지만 문은 없었다. 이제 두 면이 남았다.

그녀는 침대를 끌고 세 번째 벽을 따라 나아가기 시작했다. 이제 익숙해진 콘크리트 블록을 따라가는 손가락이 두꺼운 먼지 속에 길을 만들었다. 문은 없었다.

이제 남은 벽은 하나다.

분노가 공포를 집어삼키는 것을 느끼며, 그녀는 침대를 끌면서 걸음을 셌다. 열두 발짝에서 손가락이 모서리에 닿자 걸음을 멈추었다. 문이 있었나? 설마 놓쳤나? 모서리는 네 개고, 왼쪽으로 네 번 돌았잖아. 분명 방 전체를 돌았는데. 온전히 한 바퀴를. 그렇지?

설마 문이 없을 수도 있을까?

글쎄, 그거 참 끔찍한 설계네. 어떻게 문이 안 달린 방을 만들 수 있겠어? 분명 문틈을 지나친 거겠지.

"문은 없었어."

그럼 너는 어떻게 들어온 건데?

머리 위 높은 곳에서 딸각 하는 소리가 울렸다. 귓속으로 나이프를 쑤시듯 시끄러운 음악이 그녀의 몸을 덮었다. 에머리는 깜짝 놀라 양손으로 귀를 막으려다가, 왼손이 한때 귀가 있던 자리의 속살에 닿는 순간 벼락처럼 내리치는 통증을 느꼈다. 수갑이 오른손목을 파고들었다.

에머리는 몸을 숙이고 고통에 울부짖었다. 그러나 그 정도로는 음악 소리를 잠재울 수 없었다. 예전에 들어본 적 있는 노래다. 악마에 대해 울부짖는 믹 재거의 목소리였다.

18
샘 포터

첫째 날

오전 11:30

미시건 애비뉴에 위치한 시카고 경찰국 본부 지하, 1523호. 고작 2주 비웠을 뿐인데도 포터에게는 이 방이 기나긴 동면에 빠진 것처럼 보였다.

자신을 기다리고 있는 것 같았다.

잠든 채로.

그는 스위치를 올리고 형광등이 퀴퀴한 공기 속으로 전하를 내뿜으며 내는 웅 소리에 귀를 기울였다. 그리고 책상에 흩어져 있는 온갖 서류와 파일을 뒤적였다. 떠날 때 그대로였다.

구석의 은빛 액자 속에서 아내가 그를 바라보고 있었다. 그녀의 모습을 보니 입가에 절로 웃음이 피어났다.

책상 가장자리에 걸터앉은 채로, 포터는 휴대전화를 꺼내서 그녀의 전화번호를 입력했다. 세 번 신호가 가더니 친숙한 음성사서함 메시지가 들렸다.

지금 헤더 포터에게 전화를 걸고 계십니다. 이건 음성사서함이므로, 제가 당신 이름을 화면에서 보고 지금 당신과 대화하고 싶지

않다는 결정을 내렸을 가능성이 매우 높습니다. 혹시 초콜릿 케이크나 기타 달콤한 간식의 형태로 뇌물을 제공할 마음이 있다면, 자세한 내역을 문자로 확인해보시고 제 마음속 목록 안에서 당신의 사회적 지위를 재고해볼 수도 있을……

포터는 전화를 끊고 '네 마리 원숭이 킬러'라는 라벨이 붙은 폴더를 훑었다. 지금까지 범인에 대해 알아낸 모든 것이 이 폴더 하나에 들어 있다. 적어도 어제까지는 그랬다.

5년 동안 네 마리 원숭이 킬러를 추적해온 그였다. 젊은 여성 일곱 명이 목숨을 잃었다.

그리고 스물한 개의 상자.

그 상자를 잊을 수는 없을 것이다. 눈을 감을 때마다 선명하게 떠올라서 그를 괴롭히니까.

전담반 사무실은 그리 크지 않았다. 길이 27미터에 너비 23미터쯤 될 것이다. 포터의 책상 말고도 본부 직원들보다도 늙은 철제 책상 다섯 개가 여기저기 대충 놓였다. 반대쪽 구석에는 포터가 복도 끝 창고에서 찾아낸 낡은 회의 테이블이 있었다. 나무 표면은 긁히고 깎여나간 자국으로 가득했다. 수년 동안 테이블에 놓인 수백 개의 유리컵, 머그, 캔이 남긴 작은 동그라미들이 낡은 단풍나무색 코팅에 가득 찍혔다. 내쉬가 예수의 얼굴처럼 보인다고 말한 커다란 갈색 얼룩도 있다(포터가 보기에는 그냥 커피 자국일 뿐이지만). 변색된 부분을 닦아내려는 시도는 그만둔 지 오래다.

회의 테이블 뒤에는 세 개의 화이트보드가 서 있다. 처음 두 개에는 4MK의 희생자와 다양한 범죄 현장 사진이 붙어 있다. 세 번째 보드는 비었다. 그들은 빈 화이트보드를 브레인스토밍 용도로 쓰곤 했다.

내쉬가 들어와서 그에게 커피 한 잔을 건넸다. "왓슨은 스타벅스에 갔어. 위층에서 경감한테 보고하고 나서 여기서 만나자고 말해뒀지. 다른 친구들도 오고 있고. 자네 머릿속에서 뭔 일이 난 거야? 타는 냄새가 여기까지 나는데."

"5년이 지났어, 내쉬. 이 일이 영영 끝나지 않을 거라고 생각했는데."

"과제 하나가 남았지. 마지막 희생자를 찾아야 해."

포터는 고개를 끄덕였다. "그래. 찾을 거야. 무사히 집으로 데려와야지."

불과 6개월 전, 조디 블루밍턴 사건에서도 그는 똑같은 말을 했었다, 또다시 유가족에게 비보를 전하고 싶지는 않다. 절대 그런 일은 없을 것이다. 두 번 다시는.

"여기 있었군요!" 클레어 노튼이 문가에서 소리쳤다.

포터와 내쉬는 화이트보드에서 눈을 떼고 돌아보았다.

"선배가 없으니까 여기 완전 영안실 같았다고요! 자, 새미, 와서 좀 안겨봐요!" 그녀는 방을 가로질러 와서 그에게 팔을 둘렀다. "뭔가 필요하면 바로 전화해요. 알았죠? 약속! 항상 도와줄 수 있으니까. 연중무휴 24시간!"

포터는 다른 이들이 애정을 드러낼 때마다 당황하는 사람이었다. 그는 노튼의 등을 두드려주고 슬쩍 몸을 뺐다. 분명 신도들 앞에서 복사의 포옹을 받는 사제처럼 거북해 보였을 것이다. "알겠어, 노튼. 요새를 사수해줘서 고마워."

클레어 노튼이 경찰에 들어온 지도 거의 15년이 되었다. 그녀는 순찰 경관으로 3년을 근무한 후 시카고 역사상 최대 규모의 마약 조직을 소탕하는 데 기여한 공로를 인정받아 시카고 경찰국 최연소 흑인 여성 형사가 되었다. 조직원 전원이 18세 이하였고 모두 24명의 학생이 검거된 사건이었다. 대부분 쿨리 고등학교 학생이었지만 범죄 자체는 여섯 개의 학교에 걸쳐 일어났다. 항상 학교 건물 내에서만 움직였기 때문에 수사가 힘들었고, 결국 어려 보이는 노튼이 학생으로 위장하고 잠입한 것이다.

이 사건 덕분에 그녀는 '점프 스트리트*'라는 별명을 얻었다. 감히 그 별명을 대놓고 부르는 사람은 없었지만.

노튼은 고개를 저었다. "젠장, 선배 파트너를 돌봐준 일에 대해 감사하는 건 어때요. 돌멩이를 가득 채운 상자처럼 멍청한 사람이라고요. 그냥 방 안에 가둬놓아도, 1시간 후에 돌아와 보면 콘센트에 혀를 박은 채로 죽어 있을 걸요."

"나 지금 여기 서 있거든." 내쉬가 말했다. "다 듣고 있다고."

"알거든요." 그녀는 몸을 돌려 그의 손에서 커피를 빼앗았다. "고마워요, 귀여운 아가씨."

'클로즈'로 불리는 에드윈 클로조스키가 그녀를 따라 어정거리며 들어왔다. 한 손에 내용물이 넘치는 서류가방을, 다른 손에 먹다 남은 리틀 데비 초콜릿 컵케이크를 들고 있었다. "마침내 밴드 재결성의 시간인 겁니까? 딱 좋은 타이밍이네요. 센트럴 IT에 틀어박혀 포르노 마니아의 하드드라이브 분해하는 일을 딱 1분만 더 했다가는 정말이지 게임 업계로 돌아가버렸을 거예요. 잘 지냈나요, 새미?" 그는 손을 뻗어 포터의 어깨를 쳤다.

"여어, 클로즈."

* 1987년부터 1991년까지 폭스 TV에서 방영한 드라마 〈21 점프 스트리트〉에서 경찰이 신분을 숨기고 학교에 잠입한다.

"다시 보니 좋군요." 그는 빈 책상에 서류가방을 내려놓고 남은 컵케이크를 입에 넣었다.

포터는 문가에 서 있는 왓슨을 알아채고 안으로 들어오라고 손짓했다. "클로즈, 노튼, 이쪽은 폴 왓슨이야. 잠시 CSI에서 빌려왔지. 우리를 도와줄 거야. 그나저나 혹시 호스먼 본 사람 있나?"

노튼은 고개를 끄덕였다. "20분쯤 전에 말해줬어요. 탤벗의 재정 관계를 뒤지는 중인데 아직 아무것도 나오지 않았대요. 뭔가 찾으면 바로 연락해준대요."

포터는 고개를 끄덕였다. "좋아, 그럼 시작하지."

그들은 방을 가로질러 걸어가 회의 테이블 앞에 앉았다. 네 마리 원숭이 킬러의 희생자들이 화이트보드 위에서 그들을 내려다보고 있었다. "내쉬, 에머리의 사진은?"

내쉬는 주머니에서 사진을 꺼내 그에게 건넸다. 포터는 그 사진을 오른쪽 화이트보드에 붙였다. "일단 처음부터 되짚어보자고. 대부분 충분히 알고 있겠지만, 왓슨은 처음 듣는 이야기일 테고 우리도 기억을 되살리면 새로운 사실을 깨닫게 될지 모르니까." 그는 왼쪽 맨 위에 붙은 사진을 가리켰다. "칼리 트레멜. 20세, 2009년 3월 15일 납치. 최초 희생자였고……."

"우리가 아는 한은 말이죠." 노튼이 끼어들었다.

"4MK의 패턴을 따르는 희생자로서는 처음이었지만, 증거물을 보면 숙련된 솜씨가 엿보이니 그전에도 살인을 저질렀을 가능성이 높습니다." 클로조스키가 말했다. "처음부터 그 정도로 숙련된 살인을 저지르는 자는 없습니다. 노하우와 기술은 경험에서 쌓이니까요."

포터는 말을 이었다. "같은 주 화요일에 부모가 실종신고를 했고, 목요일에 우편으로 귀를 받았어. 일요일에 안구가, 화요일에 혀가 도착했지. 모두 검은 리본으로 묶인 하얀 상자에 들어 있었고. 손으로 쓴 발송표가 붙어 있었지만 지문은 나오지 않았어. 항상 세심하게 주의를 기울였지."

"실제로 첫 살인이 아니었다는 얘기죠." 클로조스키가 반복했다.

"마지막 상자가 도착하고 사흘 후, 조깅을 하던 사람이 아몬드 파크에서 칼리의 시신을 발견했지. 시신은 벤치에 앉아 있었고, 손에는 '악을 행하지 말라'라고 적힌 골판지가 접착제로 고정되어 있었어. 눈이 도착했을 때 범인의 행동양식을 파악하긴 했지만, 그 문장 덕분에 우리 가설이 확인된 셈이었지."

왓슨이 손을 번쩍 들었다.

내쉬는 눈동자를 굴렸다. "여기는 3학년 교실이 아니야, 왓슨 박사. 그냥 말하라고."

"박사요?" 클로조스키가 말했다. "아, 그런 건가."

"어디선지는 모르겠지만 그 이유로 희생자를 선별했다고 읽은 것 같은데요? '악을 행하지 말라'는 이유로?" 왓슨이 말했다.

포터는 고개를 끄덕였다. "엘 보턴이 두 번째 희생자가 되자 우리도 그 사실을 알아챘어. 처음에는 희생자 본인이 4MK가 잘못이라 생각한 행동을 했으며 그로 인해 목표가 되었다고 생각했지만, 엘 보턴 사건에 이르러 범인의 목표가 희생자가 아니라 그 가족이라는 사실을 알게 된 것이지. 엘 보턴은 첫 사건으로부터 거의 1년 후인 2010년 4월 2일에 실종되었어. 당시 23세. 일주일이 조금 넘어 발견된 시신은 2008년 그녀 할머니의 이름으로 발행된 세금 환급금 영수증을 들고 있었지. 조사해보니 그 할머니는 2005년에 이미 사망했더군. 3년 동안 거짓으로 환급금 신청을 해온 거지. 이 시점에서 경제 범죄 수사팀의 맷 호스먼이 합류했고, 그가 조사한 결과, 문제가 훨씬 심각하다는 사실을 알게 됐어. 엘의 아버지는 무려 열두 명이 넘는 사망자의 이름으로 환급금 신청을 해왔던 거야. 모두 자신이 운영하는 요양원의 거주자들이었지."

"4MK가 그걸 어떻게 알아낸 거죠?" 왓슨이 물었다.

포터는 어깨를 으쓱했다. "알 수 없지. 하지만 새로 들어온 증거 덕분에 우리는 이전 사건으로 돌아가 칼리 트레멜의 가족을 수사하기 시작했어."

"첫 희생자요."

"그녀의 어머니가 자신이 근무하는 은행에서 돈세탁을 했더군. 지난 10년 동안의 총액이 3백만 달러에 달했어." 포터가 말했다.

왓슨은 얼굴을 찌푸렸다. "4MK가 그들이 뭘 하는지 대체 어떻게 알아낸 걸까요? 그게 연결고리일 수 있겠네요. 그 정보에 접근할 수 있는 사람을 확인하면 4MK의 신원을 확인할 수 있지 않을까요?"

클로조스키가 코웃음을 쳤다. "그래, 그렇게 쉬운 일이라면 그랬겠지." 그는 자리에서 일어나 화이트보드 앞으로 갔다. "세 번째 희생자, 멜리사 루맥스. 아버지가 아동 포르노를 판매하고 있었어. 네 번째 희생자 수전 드보로의 아버지는 자신의 보석상에서 진짜 다이아몬드를 모조품으로 바꿔치고 있었고, 다섯 번째 희생자 바버라 매킨리의 언니는 바버라가 실종되기 6년 전에 뺑소니 사고를 냈어. 보행자는 사망했지. 4MK가 등장하기 전까지 해당 뺑소니 사고와 그 여자를 연결한 사람은 아무도 없었어. 여섯 번째 희생자 앨리슨 크래머의 오빠는 플로리다에서 불법 이민자를 저임금으로 착취하고 있었고, 마지막 희생자 조디 블루밍턴은……."

"이젠 마지막이 아니지." 내쉬가 끼어들었다.

"에머리 코너스 실종 전까지 마지막 희생자였던 조디 블루밍턴의 아버지는 카를리토 카르텔의 수하로 코카인을 밀수하고 있었지." 그는 각각의 사진을 두드리며 말을 이었다. "여기 젊은 여성들은 모두 나쁜 짓을 한 사람의 가족이지만, 각각의 범죄 행위들 사이에는 어떠한 연관도 없어. 아무런 공통점 없이 다양한 분야에 흩어져 있다고."

"일종의 자경단인 셈이네요." 왓슨이 중얼거렸다.

"그렇지, 게다가 사법당국보다 정보력이 좋아. 여기 있는 범죄들 중 우리 정보망에 걸려 있던 건 단 한 건도 없어. 전부 살인사건을 수사하다가 발견된 거지." 포터가 말했다. "4MK가 없었더라면 저 사람들은 여전히 범죄를 저지르며 세상을 활보하고 있을 거야."

왓슨은 자리에서 일어나 화이트보드 쪽으로 걸어가서는 눈을 가늘게 뜨고 사진들을 하나씩 살폈다.

"뭐가 문제인가, 박사?*" 클로즈는 이렇게 말하고는 웃음을 터트렸다.

모두 그를 물끄러미 바라보았다.

클로즈는 얼굴을 찌푸렸다. "아, 내쉬가 하면 재밌고, 공돌이가 하면 구리다 이겁니까? 여기 지하실의 권력 관계가 어떤지 잘 알겠군요."

왓슨이 화이트보드를 두드렸다. "간격이 점점 짧아지는데요. 날짜를 보세요."

"가속 중이었지. 이제 더는 살인하지 못할 테지만." 내쉬가 대답

* "What's up, Doc?" 미국 애니메이션 〈루니 툰〉 시리즈의 주인공 벅스 버니의 대표적인 대사.

했다.

“그래요, 가속 중이었죠. 다섯 번째 희생자인 바버라 맥킨리 전까지는 1년에 한 명꼴이었는데, 그 후로는 6개월에서 7개월 간격으로 일어났어요. 또 이것도 이상해요.” 그는 바버라 맥킨리의 사진을 가리켰다. “이 여성만 금발이에요. 다른 여성들은 모두 갈색머리였죠. 뭔가 이유가 있지 않을까요?”

포터는 손으로 머리를 쓸어 넘겼다. “그런 것 같지는 않아. 범인은 살인을 통해 가족의 범죄를 심판하고 있었어. 애초에 희생자 본인은 별로 중요하지 않았을 거라 생각해.”

“다른 여성들은 전부 외모가 비슷하잖아요. 예쁘장한 외모에 긴 갈색머리이고, 나이도 비슷하죠. 희생자에 관심이 없었다고 말하기에는 취향이 명확해 보이는데요. 유일하게 금발이었던 바버라만 빼고요. 이 여성의 존재는 변칙적이에요.” 왓슨은 잠시 말을 멈추었다가 다시 물었다. “성폭행을 당한 여성은 없나요?”

노튼이 고개를 저었다. “한 명도.”

“남자 형제가 있던 여성은요?”

“멜리사 루맥스, 수전 드보로, 칼리 트레멜은 남자 형제가 한 명씩 있었어. 앨리슨 크래머는 두 명 있었고.” 노튼이 말했다. “가족과 대면 조사를 할 때 대화를 나눈 적이 있지.”

왓슨은 고개를 끄덕였다. “이들 가족 중 절반에 적어도 한 명의 아들이 있었고, 무작위로 자녀를 납치했다고 가정한다면, 남성 희생자도 한두 명은 있었어야 해요. 즉, 범인이 아들보다 딸을 선호하는 이유가 있었던 셈이죠. 우리가 알지 못할 뿐.”

포터는 헛기침을 했다. “솔직히 말하자면 그런 건 이제 큰 문제가 아닐 것 같아. 미래의 희생자를 걱정할 필요가 없으니. 내쉬가 말했듯, 연쇄살인은 끝났어. 마지막 희생자를 찾는 일에 집중해야 해."

왓슨은 자기 자리로 돌아갔다. "죄송해요. 가끔 생각이 제멋대로 방황해서 목표를 놓치곤 하거든요."

"미안해할 것 없어. 그러라고 자네를 데려온 거니까. 새로운 눈으로 과거의 증거와 정보를 살펴보기 위해서."

"그렇긴 하네요." 왓슨이 말했다.

포터는 푸른색 마커를 들고 세 번째 화이트보드 상단에 대문자로 '에머리 코너스'라고 적었다. "좋아, 우리 희생자에 대해 뭘 알고 있지?"

"아파트 프런트 직원의 말에 따르면, 어제 저녁 6시가 조금 넘어서 조깅을 하러 나갔다고 하더군요." 노튼이 말했다. "평소대로였대요. 거의 매일 저녁 조깅을 한대요. 돌아오는 모습을 본 사람은 없고요."

"평소에 어디서 뛰는지 아는 사람은 없고?" 내쉬가 물었다.

노튼은 고개를 저었다. "들어오고 나가는 모습만 보았다던데요."

"그거라면 제가 대답할 수 있습니다." 클로즈가 말했다. 그는 맥북 에어의 키보드를 바쁘게 두드렸다. "피트빗 서지를 차고 있더군요."

"뭘 찼다고?"

"심박수, 소모 칼로리, 이동 거리 따위를 표시해주는 일종의 손목시계입니다. 내장 GPS도 달려 있지요. 컴퓨터를 보니 모든 정보를 기입하는 프로그램이 깔려 있더군요. 지금 정보에 접근 중입니다."

"GPS가 아직 작동하고 있을 가능성은 없나?"

클로즈는 고개를 저었다. "그런 식으로 작동하는 물건이 아닙니다. 착용하고 있으면 GPS 정보를 기록하고, 그 정보가 클라우드 서버를 통해 휴대전화의 어플리케이션에 연동되거나 컴퓨터 프로그램과 상호작용하는 겁니다. 에머리는 자기 휴대전화와 연동해놓았는데, 휴대전화도 이미 통신이 끊겼거든요. 하지만 평소 어디서 조깅했는지는 알 수 있을 겁니다." 클로즈는 다른 이들이 볼 수 있도록 컴퓨터를 빙글 돌렸다. 지도가 화면을 가득 메우고 푸른 점선이 플레어 타워를 나와서 웨스트 이리 가를 통해 강으로 향했다. 물가에 이른 점선은 커다란 녹색 공간을 둘러싸고 돌기 시작했다. "거의 매일, 같은 패턴이더군요." 그는 화면을 두드렸다. "여긴 A. 몽고메리 워드 공원입니다."

포터는 화면 쪽으로 몸을 숙였다. 시력이 갈수록 나빠졌다. "노튼, 여기 일이 끝나면 저쪽을 확인해줄 수 있겠어?"

"물론이죠, 보스."

그는 클로즈를 돌아보았다. "또 찾아낸 건 없고?"

클로즈는 다시 맥을 자기 쪽으로 돌려서 키보드를 두드렸다. "섹시한 10대 소녀의 하드드라이브를 합법적으로 살펴볼 기회를 주셨잖습니까. 두말할 나위 없이 샅샅이 뒤졌죠."

노튼은 콧잔등에 주름을 잡았다. "빌어먹을 변태 같으니."

"내 변태력에는 나름 자부심이 있거든요. 언젠가 제게 감사할 날이 올 겁니다." 그는 잠시 화면을 살폈다. "에머리의 남자친구 이름은 타일러 매서스입니다. 왜트니 베일 고등학교 3학년이군요. 그리고……." 방 안의 모든 휴대전화가 동시에 삑 소리를 냈다. "방금 그 녀석의 최근 사진, 휴대전화 번호, 거주지를 전송했습니다. 한 달 정도 어울린 모양이더군요. 에머리는 자기가 유일한 여자친구라고 생각했지만요."

"사실은 아니라는 건가?" 포터가 물었다.

클로즈는 장난기 섞인 미소를 지었다. "그 친구의 페이스북 비밀메시지를 좀 살펴봤는데, 이 녀석, 살짝 바람기가 있는 모양입니다."

모두가 그를 물끄러미 바라보았다.

"아, 왜들 그래요! 아내나 여자친구 이름을 비밀번호로 사용하면 해킹해달라고 애걸하는 거나 다름없지 않나요?"

포터는 자신의 이메일 비밀번호를 바꾸겠다고 다짐했다. "다음번에는 영장이 나올 때까지 기다려. 자네가 거들지 않아도 충분히 지저분한 사건이니까."

클로즈가 경례를 붙였다. "네, 대장!"

포터는 화이트보드에 '타일러 매서스'라고 쓰고 홈커밍 파티 사진에서 에머리와 함께 서 있는 소년에게 화살표를 그렸다. "내쉬와 내가 오후에 타일러를 만나도록 하지. 또 PC에서 나온 건 없나?"

"에머리는 맥을 썼고, 아주 훌륭한 모델이었습니다. 그런 완벽한 공학적 마스터피스를 PC라고 부르는 모욕은 부디 삼가주십시오." 클로즈가 말했다.

"용서해주게. 그래서 그 '맥'에서 나온 건 없나?"

클로즈는 고개를 저었다. "없는데요."

"발신 기록이 있는 전화번호 세 개는?"

클로즈는 손을 번쩍 들고 손가락을 하나씩 꼽았다. "피자집, 중국집, 이탈리안 테이크아웃 가게입니다. 맛을 아는 아가씨더군요."

노튼이 헛기침을 했다. "등록 방문자 목록에 T. 매서스라는 이름이 있었습니다. 다른 등록자는 A. 탤벗이에요."

포터는 화이트보드에 '아서 탤벗'이라고 적은 다음 아래에 '금융 범죄?' 라고 덧붙였다. "호스먼이 뭘 캐낼지 정말 궁금하군. 4MK는 이유 없이 여성을 납치하는 법이 없어. 분명 이자도 구린 구석이 있을 거야."

"바로 소환하지 않는 이유가 있나요?" 노튼이 물었다.

"소환하면 변호사로 틀어막겠지. 본인에게서는 아무것도 알아낼 수 없을 거야. 심문이 필요해지면, 그가 편안하게 느끼는 환경에서 기습해야 해. 그러면 그도 실수할 가능성이 높겠지." 포터가 말했다. "게다가 이 동네의 거물이잖아. 시장의 친구이고. 성급히 불러들였다가 아무 소득이 없으면, 나중에 다시 소환하려 했을 때 연줄을 동원해 훼방을 놓을 거야. 뭔가 확실한 게 나올 때까지 기다려야 해."

"흥미롭네요." 클로즈가 말했다. 그는 다시 맥북에 시선을 고정하고 있었다. "그 건물의 끝내주는 엘리베이터는 출입 카드 기록을 전부 저장해놓는 모양입니다."

포터가 신음했다. "지금 설마 그 아이 남자친구의 페이스북 페이지를 해킹할 때 사용한 것과 동일한 권한으로 살펴보고 있는 건가? 만약 그렇다면……."

클로즈는 양손을 번쩍 들었다. "너무 그러지 마세요. 제가 반복 범행을 저지를 인물로 보입니까?"

"그거야 의심의 여지가 없지." 노튼이 나직하게 중얼거렸다.

"응원의 말씀 감사합니다, 노튼 형사. 하지만 건물 관리인이 친절하게도 접근 권한을 줬습니다." 클로즈가 말했다.

"뭐가 있나?" 포터가 물었다.

그는 입술을 씹으며 눈을 가늘게 뜨고 스크롤을 내렸다. "에머리가 어제 오후 6:03에 내려왔고, 돌아온 기록은 없습니다. 오후 9:23까지는 조용하군요. 그러다 N. 버로우라는 여성이 올라갑니다. 이 여성은 오늘 아침 9:06에 내려왔습니다."

"경찰이 도착하기 직전이네요. 아슬아슬하게." 노튼이 말했다.

"우리가 놓친 가정부인 모양이로군." 포터가 말했다. "플레어 타워의 프런트에 확인해줘. 진체 성명을 일려줄 수 있는지도 물어보고."

"그러죠." 클로즈는 이렇게 말하며 메모했다.

포터는 한숨을 쉬었다. "좋아, 그럼 우리 최대의 관심사, 오늘 아침 사망한 친구로 넘어가기로 하지." 그는 에이슬리에게서 들은 내용을 사람들에게 설명했다.

"젠장, 죽어가고 있었다고요?" 클로즈가 말했다.

"한 달도 안 남았을 거라더군."

"그럼 고의로 뛰어든 걸까요?"

"그것도 하나의 가능성으로 둘 필요가 있다고 생각해." 포터는 이렇게 대답하고, 화이트보드에 '4MK'라 적은 다음 그 옆에 다음 목록을 적어 내려갔다.

세탁소 영수증

비싼 구두 – 2사이즈 큼

싸구려 양복

중절모

잔돈 75센트 (25센트 두 개, 10센트 두 개, 5센트 하나)

회중시계

위암으로 시한부

"그 개자식이 죽어가고 있었다니 믿을 수가 없어요." 클로즈는 자기 팔을 쥐어뜯으며 중얼거렸다.

포터는 화이트보드를 두드렸다. "개인 소지품에서 알아낸 건?"

"영수증은 쓸모없어요." 노튼이 말했다. "예약번호 말고는 특정할 수 있는 정보가 하나도 없는걸요. 심지어 세탁소 상호나 주소도 없고요. 웬만한 온라인몰에서 구입할 수 있는 일반적인 영수증 용지인데, 이 도시의 세탁소 절반이 이 용지를 사용할 거예요."

"클로즈, 자네가 이 건을 맡아줘. 오늘 아침 사고가 벌어진 곳에서 5킬로미터 이내의 세탁소 목록을 작성해 개별 연락을 취하고, 이 영수증 용지를 사용하는지 알아보고, 그렇다고 하면 54873번 예약번호가 발행 중인지 확인해줘. 4MK가 그 옷을 찾아가는 일은 없을 테니 일치하는 세탁물이 여럿 나와도 시간이 가면 수가 줄겠지. 일치하는 세탁물이 없으면 조사 범위를 넓히고. 하지만 도보로 이동 중이었으니 이용하던 세탁소도 그리 멀지 않을 거야."

클로즈가 손을 흔들었다. "도전을 받아들이죠."

내쉬는 화이트보드를 훑어보았다. "양복하고 구두는 어떻게 하지?"

"클로즈한테 세탁소 확인하면서 구두 가게도 확인해보라고 하면 되잖아요." 노튼이 말했다.

클로즈는 가운뎃손가락을 높이 들면서 그녀를 향해 혀를 빼물었다.

포터는 잠시 화이트보드를 바라보며 서 있었다. "내 생각에 클로즈는 세탁소 쪽에 집중하는 편이 나을 것 같아. 구두 사이즈가 찜찜하기는 하지만 지금은 위화감 정도일 뿐이니까. 나중에 연관 있는 증거가 나올 경우에 대비해 그대로 적어두기로 하지."

"동전도 딱히 단서라고는 할 수 없잖아?" 내쉬가 지적했다. "이 방 안에 있는 사람들도 모두 그 정도 잔돈은 지니고 다닐 텐데."

포터는 75센트를 지우려다가, 곧 마음을 바꾸었다. "이것도 그대로 남겨두지." 그는 왓슨 쪽으로 시선을 돌렸다. "회중시계는?"

"여기 일이 끝나면 바로 삼촌 가게로 가져가려고요." 그가 대답했다.

포터는 다시 화이트 보드로 향했다. "내 생각에는 이걸로 놈의 정체를 판별할 수 있을 것 같아." 그는 '위암으로 시한부' 항목 아래 밑줄을 그었다. "에이슬리 말로는 옥트레오타이드, 트라스투주맙, 옥시코돈, 로라제팜이 체내에서 검출됐다더군. 트라스투주맙 치료를 하는 암센터는 이 도시에 많지 않아. 4MK의 인상착의를 가지고 해당 의료기관에 접촉해서 사라진 환자가 없는지 추적해봐야 해."

"그건 제가 맡을게요." 노튼이 말했다. "중절모에 싸구려 양복 차림으로 비싼 구두를 신은 채 돌아다니는 말기 위암 환자가 몇이나 되겠어요? 그렇게 생각하면 복장도 도움이 되겠네요. 그런 식으로 차려입고 암센터 치료실을 출입했다면 꽤나 눈에 띄었을 테니."

"좋은 지적이야." 포터가 말했다. "에이슬리가 찾은 게 또 있어. 오른쪽 손목 안쪽의 작은 문신." 그는 휴대전화 화면에 사진을 띄우고 사람들에게 보여주었다. "새긴 지 얼마 안 된 문신이야. 에이슬리 말로는 지난주에 잉크를 주입했을 거라는군."

클로즈는 그 모양을 유심히 살폈다. "무한대 기호 아닙니까? 인생에서 퇴장하기 직전인 사람에게는 꽤나 역설적인 문신이로군요."

"뭔가 의미가 있었겠지." 노튼이 문신을 더 잘 보려고 그의 어깨

너머에서 몸을 기대며 말했다. "몸에 영원한 흔적을 남길 때는 잉크 안에 진지한 성찰을 담게 마련이거든."

클로즈는 웃으며 그녀를 올려다보았다. "경험에서 나오는 말인가요? 여기 사람들에게 보여줄 만한 문신이라도?"

그녀는 그에게 윙크해 보였다. "꿈도 야무지네요, 공돌이 씨."

포터는 주머니에 손을 넣어 일기장을 꺼낸 다음 테이블 위에 던졌다. "그리고 이게 있지." 모두 숨을 멈추고 일기장을 바라보았다.

"젠장, 내숴 선배가 꾸며낸 이야기인 줄 알았는데요." 클로즈가 말했다. "그 자식이 진짜로 일기장을 가지고 다녔다고요? 이것도 증거품으로 등록됐나요? 사건 기록에는 없던데."

포터는 고개를 저었다. "언론에 알리고 싶지 않아. 적어도 아직까지는."

클로즈는 휘파람을 불었다. "4MK가 직접 쓴 선언서 아닙니까? 젠장, 팔면 한 재산 건지겠는데요."

"선언문은 아니야. 그보다는 어린 시절부터 시작된 자서전에 가깝지."

클로즈는 의자에 몸을 묻었다. "그러니까, 이런 내용이라는 거죠. '오늘 베키 스미스는 내가 좋아하는 빨간 드레스를 입고 등교했다. 기분이 좋았다. 나는 그 애의 집까지 따라가서 나하고 사귈 생각이 있는지 물어보기로 했다. 그 애가 싫다고 해서 거실에서 배를 따버렸다. 내일은 급식으로 피자가 나오는 날이다. 나는 피자를 좋아하지만 햄버거가 더 좋다. 특히 치즈가 들어간 햄버거가…….'"

노튼이 그에게 펜을 던졌다.

"으악!"

내쉬는 일기장을 향해 고갯짓했다. "좋아, 그럼 내가 총대를 메고 물어볼게. 끝까지 넘겨봤어? 마지막 장에는 뭐라고 적혀 있어?"

포터는 일기장을 슬쩍 밀었다. 공책은 그대로 테이블 위를 미끄러져 그의 파트너 앞에서 멈췄다. "직접 봐."

내쉬는 눈을 가늘게 뜨며 일기장으로 손을 뻗었다. 방 안은 지독하게 조용해졌다. 그는 일기장을 넘겨 마지막 장을 펼친 다음, 큰 소리로 읽기 시작했다.

애석한 일이군, 신사 양반. 자네 어머님께서 좋은 책의 마지막 부분을 훔쳐보는 일은 치명적인 중죄라고 알려주시지 않던가? 우리가 사는 이 위대한 행성의 작가들이 무덤 속에서 몸을 뒤척이거나, 혐오감에 눈을 굴리거나, 대놓고 자네와 자네의 소중한 이들에게 저주가 내리기를 빌고 있을 거라네. 진심으로 자네에게 실망했다고 말하고 싶지만, 솔직히 그렇게 말하면 거짓말일 수밖에 없겠군. 만약 상황이 반대라서 내가 자네의 반짝이는 구두를 신고 있다면 나 역시 같은 행동을 했을 테니. 하지만 참으로 슬프게도, 자네가 원하는 해답은 이 책의 결말에서 찾을 수 있는 것이 아니라네. 따뜻한 커피 한 잔 따라서 가장 좋아하는 의자에 자네의 그 육중한 둔부를 들이대고, 다시 처음으로 돌아가는 것은 어떻겠나. 솔직히 맨 처음이야말로 시작하기에 딱 좋은 곳이라 생각하지 않나? 내가 어떻게 시작했는지를 알지 못하면서 우리 이야기가 어떻게 끝날지를 짐작할 수가 있겠나? 나를 알려면 내 사유방식을 알아야 하는데, 지금의 나에 이를 수 있는 온당한 사유방식은 여러 가지가 존재한다네. 어딜 찾아봐야 하는지만 알면 돼. 한심한 문장의 행간을 읽는 법만 익히면 된단 말일세. 그게 독서의 재미 아니겠나? 게임의 룰을 익히는 즐거움이기도 하고? 행운을 비네, 친구여. 자네를 응원하고 있어. 정말일세. 이 모든 일이 너무 즐겁지 않은가?

내쉬는 몇 장을 더 넘겨보다가 일기장을 테이블 위로 던졌다.

"개자식."

포터는 어깨를 으쓱했다. "말했잖아."

포터는 일기장을 손에 들었다. "계속 읽고 있는데, 이걸 어떻게 받아들여야 할지 모르겠어. 4MK의 생애에 대한 자전적 기록이기는 한데 아직 에머리와 연결될 만한 단서는 단 하나도 발견하지 못했어. 지금까지 읽은 것이라고는 전부 정서 장애를 앓는 사람의 헛소리뿐이야."

"개자식이 죽어서도 우리를 도발하네."

"사본을 몇 권 만드는 건 어때요. 모두 함께 읽으면 더 빨리 끝날 텐데." 노튼이 말했다.

포터는 고개를 저었다. "이곳을 독서 토론의 장으로 만들 시간은 없고, 지금은 각자 맡은 임무에 집중해주었으면 해. 이 방의 사람들 말고는 신뢰할 수가 없으니 결국 나밖에 남지 않지. 책은 제법 빨리 읽는 편이니 뭔가 발견하면 바로 전할게."

"현장에 있던 카메라는 어떤가요?" 왓슨이 물었다. "아직 녹화 기록을 살펴본 사람은 없나요?"

"요청은 넣어놓았는데 센트럴에서 아직 분석 자료가 안 넘어왔어. 내가 확인해볼게." 클로즈가 말했다.

"녹화 기록을 분석하면 최소한 놈이 고의로 버스에 뛰어들었는지, 아니면 진짜로 사고였는지를 확인할 수 있겠지." 포터가 대답했다. "운이 좋으면 얼굴을 확보할 수 있을지도 모르고."

내쉬는 어깨를 으쓱했다. "나는 자살 쪽에 걸겠어. 자살이 아니면 대체 왜 그딴 일기장을 가지고 다니겠어? 그 마지막 페이지도 머지않아 누군가 읽어줄 거라고 생각했으니 쓴 거 아냐. 암세포에 얌전히 먹히기 싫어서 자기 손으로 사형선고를 내린 거라고. 마지막으로 거하게 엿을 한번 먹이려고 그걸 우리 손에 들어오게 한 게 확실해."

"자살할 생각이었다면, 귀를 배달하기 전에 자살 시도를 한 이유가 뭐죠?" 왓슨이 물었다. "먼저 마지막 희생자를 마무리하는 편이 더 말이 되지 않을까요?"

"연쇄살인범은 세상에서 가장 논리적인 족속은 아니라고." 내쉬가 말했다. "그냥 자기가 4MK라는 사실을 우리에게 알리려고 귀를 들고 있던 걸 수도 있잖아." 그는 포터를 돌아보았다. "에이슬리의 여자친구 얘기도 해줘야지."

포터는 고개를 끄덕였다. "그래, 잊을 뻔했군. 에이슬리의 친구가 박물관에 근무하고 있는데, 두개골로 얼굴을 복원할 수 있을지도 모른다고 했대. 참고로 여성분이야. 성공하면 쓸 만한 사진을 확보할 수 있을지도 몰라."

"에이슬리 씨한테 여자친구가 있다고요? 검시실에서 일하는 남자하고 사귀는 여자가 현실에 존재한단 말입니까?" 클로즈가 큰 소리로 외쳤다.

"도움의 손길을 거절할 생각은 없어." 포터가 말했다.

왓슨은 다시 문신 사진을 들여다보았다. "이건, 혹시 유산을 남기려는 생각이었는지도 모르겠어요."

"그게 무슨 뜻이지?"

그는 휴대전화를 내려놓으며 말했다. "죽어가고 있었으니까, 일기를 쓰고 최후의 희생자를 납치한 다음 그 버스 앞으로 나아간 거죠. 상자 속의 귀를 보면 자신이 4MK라는 사실을 알게 될 거라고 생각하면서요. 무한대 기호는 그런 의미일지도 몰라요. 자신의 유산이 영원히 남고, 그를 통해 불멸의 존재가 될 거라고 생각한 걸지도요."

"연쇄살인마의 삶을 장렬하게 매듭짓겠다는 건가." 포터가 나직하게 중얼거렸다.

"진짜 똑똑한 살인범들, 오랫동안 법망을 피해온 범죄자들은 결국 사람들에게 자신을 알리고 싶어지기 마련이잖아요. 작품의 창조자로서 인정받고 싶어지는 거죠. 4MK 같은 사람이 자신의 진정한 모습을 세상에 알리지 않고 조용히 죽고 싶겠어요?" 왓슨은 고개를 저었다. "그럴 리 없죠. 그 정도로 오래 체포되지 않고 도망쳐 다닌 사람이라면 옥상에라도 올라가 소리치고 싶을 거예요. 이제 우린 그자를 잡을 수 없고, 그자는 영원히 역사책에 남겠죠."

포터는 왓슨의 말이 옳다는 사실을 알고 있었다. "그럼 에머리는 어떻게 되는 거지?"

방 안이 잠잠해졌다. 누구도 대답하지 못했다.

증거 목록

희생자

1. 칼리 트레멜, 20, 2009년 3월 15일

2. 엘 보턴, 23, 2010년 4월 2일

3. 미시 루맥스, 18, 2011년 6월 24일

4. 수전 드보로, 26, 2012년 5월 3일

5. 바버라 맥킨리, 17, 2013년 4월 18일 (유일한 금발)

6. 앨리슨 크래머, 19, 2013년 11월 9일

7. 조디 블루밍턴, 22, 2014년 5월 13일

에머리 코너스, 15, 2014년 11월 3일

조깅하러 나감. 어제 오후 6:03

타일러 매서스

에머리의 남자친구

아서 탤벗

금융 범죄?

N. 버로우

가정부? 유모?

4MK의 소지품

비싼 구두 – 존 롭/ 한 켤레 1500달러 – 사이즈 11/ 미식별자의 발 크

기는 9

싸구려 양복

중절모

잔돈 75센트 (25센트 두 개, 10센트 두 개, 5센트 하나)

회중시계

세탁소 영수증 (예약번호 54873) – 클로즈가 세탁소를 확인 예정

위암으로 시한부 – 복용약: 옥트레오타이드, 트라스투주맙, 옥시코돈, 로라제팜

오른손목 안쪽에 문신 – 8 또는 무한 기호?

필요한 정보

- 에머리가 학교에 등록되어 있었는가? 만약 그렇다면 어디인가?
- 에머리와 타일러의 관계
- 안면 재구축

임무

- 노튼 – A. 몽고메리 워드 공원, 암센터 확인
- 내쉬와 포터는 타일러 면담
- 클로즈는 세탁소 영수증 추적, 방범 카메라 녹화 기록 확인 – 얼굴을 알아볼 수 있는지?
- 왓슨은 회중시계를 가지고 삼촌을 방문. 에머리 모친의 배경 조사

19
일기

아버지는 정확히 오후 5시 43분에 집으로 돌아오셨어. 아버지의 검은 포르쉐가 저녁의 먹잇감을 사냥하는 정글살쾡이처럼, 흥분으로 엔진을 울리며 진입로를 달려오는 모습이 보이더군. 아버지는 운전석에서 뛰어내려서 서류가방을 자동차 위에 올려놓고 물으셨네. "뭘 하고 있었나, 우리 대장?"

도중에 지붕을 내리셨는지 머리가 살짝 어수선해 보였다네. 하지만 아버지의 훌륭하게 다듬은 퐁파두르 스타일은 흐트러지는 법이 없었어. 짙은 머리카락을 손으로 한번 훑으니 순식간에 원상복귀되었지.

나는 초조하게 집 쪽을 바라보았다네. 몇 시간이 지났지만 카터 씨는 나오지 않았고 카터 부인도 사라져버렸거든. 사실 후자 쪽은 다행이라 여겼지만. 현관 앞에 앉아서 질질 짜다니 카터 부인처럼 아름다운 여인의 경우라도 숙녀답지 못한 행동 아니겠나.

"배가 고픈데." 아버지가 말했어. "너는? 분명 너희 어머니가 푸짐한 식사를 차려놓고 우리를 기다리고 있을 게다. 안으로 들어가서 저녁을 먹을까?"

아버지는 커다란 손으로 내 머리카락을 헝클어트렸지. 나는 빠져나가려 했지만 아버지는 웃으며 다시 머리를 흐트렸어. "얼른 들어가자, 아들!" 아버지는 한 손으로 서류가방을 들고 다른 손으로 내 어깨를 붙들고, 나를 집 쪽으로 이끌었다네.

속이 울렁거려 쿠키가 넘어올 것 같았지만, 그런 기분은 곧 사라졌다네. 나는 최대한 느릿느릿 움직여서 아버지의 걸음을 늦춰보려 했지만, 그런 노력은 별 소용이 없었어. 그분은 계속 나를 끌고 가셨지.

우리는 뒷문 계단을 올라 문을 밀고 부엌으로 들어갔다네. 문득 뒤쪽에서 눈초리가 느껴지더군. 잠깐 고개를 돌리니 카터 부인이 창가에서 우리를 지켜보는 모습이 보였어. 옆얼굴에 뭔가를 대고 있었는데, 냉동 완두콩이 든 봉지 같았지.

어머니는 부엌 싱크대 앞에 서서 행주로 접시를 닦고 계셨지. 우리가 들어가자 따뜻하게 웃으며 아버지의 뺨에 가볍게 키스하셨어. "오늘 하루 어땠어요, 여보?"

아버지는 키스로 답하고 조리대 위에 가방을 놓으셨네. "아, 익숙한 냄새인데…… 아주 끝내주는 냄새. 대체 무슨 요리일까?" 아버지는 숨을 깊이 들이쉬고 스토브에 놓인 커다란 솥 쪽으로 걸어갔지.

어머니는 그분을 감싸안으며 말했어. "뭐긴요, 당신이 제일 좋아하는 비프스튜죠!"

내 눈은 바쁘게 사방을 살피고 있었다네. 처음에는 부엌, 그다음엔 거실, 그리고 복도. 침실과 욕실로 통하는 문들은 모두 활짝 열려 있었어. 카터 씨의 흔적은 없었지. 그가 집을 떠나지 않았다는 사실은 알고 있었어. 확신할 수 있었지. 내가 있던 곳을 지나가지 않았으니까. 그렇다면…….

"냄새가 아주 좋은데?" 아버지는 감미롭게 말씀하셨네. "테이블 준비하렴, 아들. 나는 가볍게 한 잔 따라야겠다."

어머니는 나를 보고 웃었지. "수프 그릇과 저녁식사용 식기를 챙기면 된단다. 저기 빨갛고 예쁜 그릇이 좋겠네."

내 눈이 접시만 하게 커진 느낌이었지만, 어머니는 눈치채지 못하셨다네. 그대로 휘파람을 불면서 오븐용 장갑을 끼고 솥을 가져오시더군.

나는 잠시 어머니를 바라보며 꼼짝도 못 하고 있다가, 서랍으로 가서 수프용 숟가락 세 개를 꺼냈다네. 한 해 동안 엄청나게 자라기는 했지만, 그릇이 든 찬장까지는 손이 닿지 않았어. 우리 가족은 그럴 때를 위해 작은 발받침을 부엌에 가져다놓았지. 나는 그 위에 올라가 그릇 세 개를 꺼낸 다음 식탁에 올려놓았어.

아버지는 마실 거리를 가지고 돌아와 자리에 앉은 다음, 셔츠 위에 냅킨을 걸쳤지. "그래서 오늘은 뭘 했지, 아들?"

나는 어머니를 흘끔거렸지만 어머니는 빵을 자르느라 바빠 보였지.

부엌에도, 침실에도, 거실에도 카터 씨는 없었다네. 아버지도 보지 못하신 게 분명했지. 게다가 그는 집을 떠나지도 않았어. 그건 확실했다네.

"그냥 돌아다녔어요. 별거 안 하고요." 나는 이렇게 대답했다네.

어머니가 식탁에 빵을 놓고 자리에 앉았어. 국자로 스튜를 떠서 내 그릇을 가득 채워주셨지. "많이 먹으렴 우리 아들!" 어머니는 활짝 웃으며 말씀하셨어.

나는 스튜를 멍하니 보고만 있었지.

아버지는 어머니를 향해 웃으며 말했어. "당신은 어땠어? 좋은 하루 보냈어?"

어머니는 아버지의 그릇도 가득 채워주셨지. "이 주변은 항상 조용한걸요. 딱히 언급할 만한 일도 없었어요."

나는 스튜를 멍하니 바라보았다네.

카터 씨는 사라져버렸어.

설마 어머니가…… 그럴 리가 없어. 그렇겠지?

더듬거리며 숟가락을 찾자니 속이 울렁거리기 시작했어. 배 속의 내장까지 전부 토해버릴 것 같은 기분이었어. 나는 그릇에서 올라오는 고기와 향신료의 냄새를 들이마시지 않으려 애썼다네. 사실 스튜 냄새는 아주 훌륭했어. 그렇게 생각하니 구역질이 조금 더 올라오더군.

나는 아버지가 스튜를 듬뿍 떠서 입에 넣고 즐겁게 우물거리는 모습을 바라보았다네. 어머니는 우리 두 사람을 바라보며 마찬가지로 스튜를 한 숟가락 입에 넣고, 아버지보다 훨씬 더 행복하게 맛을 음미했지. 나는 그분이 미소짓는 모습을, 그리고 냅킨으로 한쪽 입가를 가볍게 닦는 모습을 바라볼 뿐이었다네. "마음에 들어요? 새 조리법을 시도해봤는데." 어머니가 말씀하셨지.

나는 겁에 질려버렸고.

아버지는 행복하게 고개를 끄덕이셨다네.

"당신이 만든 비프스튜 중에서 최곤데. 당신은 부엌의 마술사야, 내 사랑."

"잠깐 실례해도 될까요?" 나는 속이 뒤틀리는 것을 느끼며 말했다네.

어머니와 아버지는 동시에 나를 돌아보셨네. 불쌍한 카터 씨를 우물거리면서.

그때, 지하실에서 신음 소리가 들렸어.

아버지와 나는 소리가 들린 쪽으로 고개를 돌렸지. 어머니는 꿈쩍도 하지 않았어. 그대로 그릇에 시선을 고정한 채 식사를 계속했지.

"방금 그건."

다시 소리가 들렸다네. 이번에는 의심의 여지가 없었지. 지하실에서 남자가 신음하는 거였어.

아버지는 자리에서 일어났어. "지하실에서 들렸어."

"먼저 식사부터 끝내는 게 나을 거예요, 여보." 어머니는 이렇게 말씀하셨지.

아버지는 천천히 지하실로 이어진 문 쪽으로 발을 옮겼다네. "무슨 일이 벌어지는 거지? 저건 누구야?"

"스튜 식어요. 식은 스튜는 맛이 없잖아요."

나는 자리에서 일어나 반질반질한 황동 문고리를 돌리는 아버지 뒤에 섰다네.

나는 평소 지하실로 내려가는 걸 좋아하지 않았어. 계단이 가파른 데다 무게를 조금만 실어도 큰 소리로 삐걱댔거든. 벽은 축축한 데다 지저분하고. 천장에는 집 뒤의 숲보다도 거미가 많았을 거야. 가구라고 부를 만한 건 하나밖에 없었지. 방 한가운데에 달린 백열전구. 거기 내려갈 때마다 전구가 꺼지진 않을까 하는 두려움에 사로잡히곤 했다네. 불이 꺼지면 그곳에 갇히고 말 테니까. 영원히 그곳에 갇힌 채 거미가 한 마리씩 내 몸 위로 내려오는 걸 견뎌내야 할 테니까.

지하실에는 괴물이 사는 법 아니겠나.

아버지는 문을 열고 조명 스위치를 올렸어. 전구에 불이 들어오며 긴 층계 끝에 노란 불빛이 보였지.

다시 신음이 들렸어. 이번에는 더 크고 다급했다네.

"여기 있어라, 아들."

나는 아버지를 끌어안고 고개를 흔들었다네. "내려가지 마세요, 아버지."

아버지는 내 팔을 떼어냈지. "어머니하고 같이 여기 있어."

어머니는 여전히 식탁 앞에 앉아서 노래를 흥얼거렸어. 돌이켜보니 리치 밸런스의 노래였던 것 같군.

아버지는 계단을 내려가기 시작했어. 아버지가 반쯤 내려간 다음에야, 나도 따라 내려가기로 마음먹었지.

20
클레어 노튼

첫째 날

오후 1:17

클레어 노튼은 A. 몽고메리 워드 공원의 기다란 스테인리스 스틸 조각 옆에 서 있었다. 명판에 의하면 '기념지 반지'라고 불리는 물건이었다. 이리 지역을 가로지를 때마다 멀리서 본 적은 있지만, 막상 가까이 와보니 이 커다란 금속 덩어리가 무슨 형상인지 짐작조차 하지 못하고 있었음이 명백해졌다. 노튼의 눈에는 스테인리스 스틸 주방기구 상점 창고를 통째로 삼킨 고질라가 공원 한가운데에 싼 똥처럼 보였다.

노튼은 손을 들어 햇빛을 가리고 주변을 둘러보았다.

넓은 공원은 아니었지만, 노튼은 그 공원만의 매력을 이해할 수 있었다. 특히 조깅을 즐기는 에머리 같은 사람에게는. 공원 전체를 두르는 산책로가 강의 서쪽 기슭을 따라 이어졌고, 왼쪽으로는 철책을 친 널찍한 놀이터가 보였다. 철책 안에서는 적어도 열 마리의 개들이 주인과 함께 공이나 프리스비, 가끔 등장하는 꼬맹이들을 쫓아 달리고 있었다.

개를 데리고 있는 사람을 세어보니 모두 열두 명이었다. 공원 반대편에서는 어른 여섯 명이 놀이터를 둘러싸고 다양한 유아 감독

자세를 취하고 있었다. 노튼은 마음속으로 동전을 던져본 다음 앞면이 나왔다 치고 그네 쪽으로 갔다.

그녀가 다가가자 다양한 연령대의 여자들과 남자 두 명이 경계하는 시선으로 그녀를 보았다.

"안녕하세요?" 그녀는 자신이 낼 수 있는 가장 온화한 말투로 인사를 건넸다. 하지만 충분히 온화하지 못했던 모양이다. 남자들은 억지 미소를 지으며 초조하게 주변을 둘러보기 시작했다. 어머니 세 명은 아이들의 손을 붙들었다. 한 명은 심지어 딸을 등 뒤로 숨기기까지 했다. 아무래도 이 자리에 초대받으려면 아이가 필요한 모양이었다. 혼자 공원을 어슬렁거리는 수상쩍은 성인은 환영받지 못하는 것이다. 노튼은 자신의 결정을 재고하기 시작했다. 이들이 공원 반대편에 있는 개들보다 아프게 물지도 모른다는 생각이 든 것이다. 그녀는 결국 신분증을 꺼냈다. "형사 노튼입니다. 시카고 경찰국 소속입니다. 협조 부탁드립니다."

그녀 뒤편에서 순찰차 세 대와 CSI 밴 한 대가 급정거하는 소리가 들렸다. 경고등은 켰지만 사이렌은 울리지 않았다. 열두 명의 경관이 차에서 쏟아져 나왔다. 밴이 열리면서 세 명의 현장감식반원이 합류했다.

검은색 슬랙스와 회색 스웨터를 입은 여자가 그네에서 딸을 내리고 가까이 다가왔다. "무슨 일이죠?"

4MK를 언급했다가는 질문 하나를 끝내기도 전에 모두 자기 아이를 데리고 오후의 인파 속으로 사라져버릴 것이다. 노튼은 잘 알고 있었다. *애매하게 말한다고 거짓말이 되는 건 아니니까. 애매하게만 하면 돼.* 그녀는 속으로 되뇌며 입을 열었다. "어제 이 공원에서 소녀 한 명이 실종되었습니다. 잠시 시간을 내주시면 질문 몇

가지를 드리겠습니다."

짧은 시간이 흐른 후, 모두 일제히 입을 열었다. 처음에는 서로, 다음에는 그녀를 향해 단어들이 쏟아졌다. 노튼은 한 마디도 알아들을 수가 없었다. 세 아이들이 어른들보다 더 큰 소리를 내고 싶다는 단순한 이유로 울부짖기 시작했다. "제발, 모두 조용히 좀 해주세요!" 네 번째 아이가 비명을 지르기 시작했다. 공원 반대편에서 개 한 마리가 짖고, 다른 한 마리, 이어서 두 마리가 합세했다. 순식간에 모든 소리가 한데 모여 귀청을 찢는 소음을 만들었다. "그만!" 노튼은 애인과 관계를 끝내고 각자의 길을 가게 될 때를 위해 아껴둔 목소리로 소리쳤다.

어른들은 그대로 입을 다물었고, 아이들도 금세 뒤를 따랐다. 시소 근처에 서 있던 땅딸막한 아이 하나만 빼고. 그 아이는 벌겋게 달아오른 얼굴이 눈물과 콧물로 범벅된 채 크고 묵직한 소리로 계속해서 울어대고 있었다.

회색 스웨터를 입은 여성이 딸을 안아 올리고 부드럽게 추슬렀다. "누가 여기서 아이를 데려간 건가요? 우린 아이들에게서 눈을 떼지 않으려 최선을 다하는데요. 나쁘지 않은 동네이지만 요즘은 정신 나간 사람들이 너무 많아요." 그녀는 잠시 머뭇거리다, 갑자기 입을 크게 벌렸다. "아, 세상에. 설마 앤더슨 씨네 딸아이가 유괴당한 건가요? 줄리하고 그 아이 어머니를 오늘 못 봤는데. 그렇게 착한 아이인데. 제발 그 애한테 아무 일도……."

노튼은 한 손을 들어 말을 막았다. "어린아이는 아닙니다."

안도의 중얼거림이 퍼졌다. 회색 스웨터의 여성은 자기가 알아서 하겠다는 눈빛을 나머지 사람들에게 보내고 노튼 쪽으로 시선을 돌렸다. "그럼 누군가요?" 모두가 얌전히 복종하는 모습을 보니 이 여성이야말로 모든 어머니들의 여왕이 분명했다. 심지어 아이들의 울음소리도 잦아들기 시작했다.

노튼은 클로즈가 넘긴 사진을 휴대전화 화면에 띄운 다음 보여주었다. "이름은 에머리 코너스. 15세이고, 어제 저녁 6시쯤 이곳으로 조깅하러 왔다가 납치된 것 같습니다. 혹시 보신 분이 계십니까?"

여성은 휴대전화 쪽으로 손을 뻗었다. "좀 봐도 될까요?"

노튼은 고개를 끄덕이고 휴대전화를 건넸다.

화면을 보는 그녀의 이마에 주름이 잡혔다. 그리고 눈을 가늘게 뜨더니 일행을 돌아보았다. "마틴?"

카키색 바지와 하늘색 와이셔츠를 걸친 남자가 안경을 올리면서 앞으로 나왔다. 여성은 남자에게 휴대전화를 건넸다. "그 아이 맞지?"

그는 고개를 크게 끄덕였다. "세상에, 뭔가 잘못된 것 같다고 했잖아. 그때 경찰을 불렀어야 했는데."

노튼은 휴대전화를 받아 벨트에 매단 다음, 뒷주머니에서 작은 수첩과 펜을 꺼냈다. "마틴이라고 하셨죠? 성은 어떻게 되십니까?"

"오트너입니다. 마틴 R. 오트너요." 남자는 철자를 하나하나 읊었지만, 노튼은 손을 저어 그의 말을 막았다.

"그리고 그쪽 분은?"

"티나 딜레인이에요. 여기 있는 사람들 대부분 한 주에 몇 번씩 여기 모이죠. 저는 이 계절에는 매일 나오려고 노력해요. 아직 날씨가 따뜻할 때 나와야 하니까. 아이들도 집 안보다는 여기서 에너지를 쓰는 편이 낫고요."

노튼은 옹기종기 선 아이들을 둘러보았다. 부모에게 달라붙어 있는 몇 명을 제외하면 모두가 그네 옆에 모였다. 스웨터로 콧물을 닦느라 바쁜 시소 옆 소년만 빼고. 저 아이의 부모는 어디 있는 걸까? 그녀는 다시 티나 딜레인을 바라보았다. "무얼 목격하셨습니까?"

티나는 즉시 대답을 시작했다. "그 아이는 거의 매일 여기에서 조깅했어요. 그런데 어제는 저 뒤의 모퉁이로 들어간 다음 숲 뒤편에서 나오지를 않더라고요. 평소에는 몇 초 후면 반대편에서 튀어나오는데, 어제는 안 보였죠. 저는 마틴에게 말했고, 우리는 확인해보기로 했어요. 반쯤 그쪽으로 다가갔는데 숲속에서 남자 한 명이 그 애를 안아 든 채로 나오더라고요. 발목을 접질리더니 그대로 넘어져서 머리를 세게 부딪혔다는 거예요. 아는 사이라 자기가 병원으로 데려다주겠다고 했어요. 구급차를 부르는 것보다 빠를 거라면서. 그리고 우리가 반응하기도 전에 소녀를 데리고 뛰어가서 자기 차 조수석에 태우고 그대로 출발해버렸어요."

"그런데 경찰을 부르지 않으셨다는 거지요?" 노튼은 얼굴을 찌푸리며 물었다.

"아는 사이라고 했으니까요." 마틴이 작은 소리로 대답했다.

"차종이 뭐였나요?"

티나는 입술을 깨물었다. "흰색 토요타였어요."

마틴이 고개를 저었다. "흰색은 아니었어. 베이지색이었을걸."

"아니, 흰색 토요타였어. 확실해."

"절대 흰색은 아니었는데. 베이지색 아니면 은색이었을 수도 있어. 그리고 토요타도 아니었을 거야. 내가 보기에는 포드 같았는데. 포커스나 피에스타 같았어."

“차는 어디에 세워놨죠?”

마틴은 이리 가 끝에 있는 작은 주차공간을 가리켰다. “바로 저기였어요. 저 가로등 아래요.”

노튼은 그쪽을 휙 둘러보았다. 방범 카메라는 보이지 않았다. “좋습니다, 두 분 모두 잠시만 여기 계셔주시죠. 경관 한 명을 보내서 진술 내용을 다시 확인하겠습니다.”

“초상화 그리는 사람하고 하는, 그거 하게 될까요?” 티나가 물었다. “항상 해보고 싶었는데!”

“용의자 지목도 해보고 싶어요.” 마틴이 끼어들었다.

“부디 여기서 기다려주십시오.” 노튼은 이렇게 말하고 몸을 돌려 거친 걸음으로 경관들 쪽으로 걸어갔다.

벨킨 경위가 그녀를 알아보고 손을 흔들었다. “이리 가와 킹스버리 가에 경관들을 깔아뒀어요. 목격자는 뭐라고 하던가요?”

노튼은 어머니 무리를 향해 고개를 갸웃하며 말했다. “저기 서 있는 두 명이 피해자가 평소 공원에서 조깅하는 모습을 봐왔다고 해요. 어제는 피해자가 산책로를 따라 저기 수풀 뒤로 들어갔는데, 그 후로 한참 모습이 보이지 않더니 남자 하나가 안아서 들고 나왔다더군요. 의식불명 상태였을 가능성도 있습니다. 그 남자는 피해자가 넘어져서 두부에 부상을 입었다고 말하고는, 자기가 병원으로 데려가겠다고 했다는군요. 아는 사이라고 하면서.”

벨킨은 모자를 벗고 숱 적은 금발을 손으로 넘겼다. “세상에, 그딴 식으로 뻔뻔하게 납치했다고요? 얼굴을 제대로 보기는 했답니까?”

“백색, 베이지색, 은색 중 하나인 토요타 또는 포드에 싣는 모습을 보았다더군요. 차량도 기억을 못 하는데 인상착의가 제대로 나올 리 없죠. 일단 저 두 사람하고만 대화했습니다. 저쪽 개 놀이터에 있는 사람들 쪽도 전부 탐문해야겠어요. 사람 좀 보내고 아무도 떠나지 못하게 해주세요."

경위는 CSI 밴 앞에서 어정거리는 경관 두 명을 불러서 명령을 내리기 시작했다.

노튼은 눈인사로 감사를 표한 다음, 포터에게 정보를 전하기 위해 휴대전화를 꺼냈다. 사소한 내용이기는 해도 정보는 정보였으니까.

21
일기

내가 간신히 아버지를 따라갈 용기를 그러모았을 때쯤, 그분은 이미 계단을 거의 다 내려간 상태였다네. 아버지는 얼굴을 찌푸리면서 부엌으로 퇴각해 있으라고 눈빛으로 명령했지만, 이내 내가 그러지 않을 거라는 사실을 깨닫고 눈동자를 굴리셨지.

아버지가 계단 끝까지 내려가자 다시 신음이 들렸다네. 이번에는 더 급박한 느낌이었지. 아버지는 걸음을 멈추고 지하실 구석의 뭔가를 멍하니 바라보았네. "세상에, 여보. 당신 무슨 짓을 한 거야?"

어머니는 이제 흥얼거리는 정도가 아니라 아예 노래를 부르고 계셨어. 접시 부딪치는 소리가 들렸지. 스튜를 한 그릇 더 드시는 걸까? 아버지의 질문에 대한 대답은 들리지 않았지만, 어머니가 아버지의 질문을 나만큼이나 명확하게 들었단 사실에는 의심의 여지가 없었네.

나 역시 계단을 끝까지 내려와 아버지의 시선을 따라 구석에 웅크리고 있는 남자를 보았어. 굵은 수도관에 수갑으로 묶여 있더군. 머리를 완전히 둘러서 붙인 두 줄의 덕트 테이프 밑으로 입에서 비어져 나온 옷감이 보였다네.

저 테이프를 뜯으면 머리카락도 함께 뽑히겠다는 생각이 들었지. 머리가죽에 모근까지 뽑혀 나올 거라고.

카터 씨의 눈은 애원하고 있었다네. 하얀 와이셔츠는 앞섶이 뜯겨나갔고, 단추는 바닥에 가득한 먼지나 쓰레기 속으로 떨어졌겠지. 가슴에는 길게 베인 상처가 가득했는데, 일부는 어깨에서 시작해서 배꼽 부근까지 이어지더군. 하나는 그보다 훨씬 아래까지 이어졌는데, 차마 상상하고 싶지 않았다네. 그 상처를 생각하면 지금도 고통스러워.

너덜너덜한 셔츠와 바지는 피로 검게 물들었다네. 피가 바닥에 고여서, 달큰한 구리 냄새가 공기 중에 가득했어. 양쪽 눈가는 얻어맞아서 검은 멍이 들었고, 코뼈도 부러진 것이 분명해 보였다네.

아버지는 그를 물끄러미 내려다보았어. "우린 보통 이런 식으로 이웃을 대접하지 않는데. 분명 심하게 얻어맞은 것 같구나."

나는 그 말에 대답하려 했지만, 말라붙은 목구멍에서는 힘없는 신음만 새어 나올 뿐이었지.

카터 씨는 우리 둘을 격한 눈빛으로 바라보더니, 낑낑거리는 소리를 냈어. 눈물이 흘러 뺨과 셔츠 깃을 적셨지.

어머니가 큰 소리를 내며 우리 뒤에서 계단을 내려와 방 전체를 달굴 것 같은 모멸과 분노를 뿜어내며 카터 씨를 노려보셨네. "저 남자가…… 남자다운 구석이라고는 조금도 없는 남자가, 오늘 아름다운 자기 아내를 마구 때리고 이 집으로 건너와 자기 물건을 흔들면서 나를 손봐주겠다고 지껄이지 뭐예요. 뭐, 나를 손봐줘야 할 이유는 없는 것 같은 데다, 불쌍한 리자한테 한 짓거리를 나까지 참고 견딜 생각은 없었거든요. 그녀가 남에게 상처 주는 사람이 아니라는 건 세상이 다 알 거예요. 이 한심한 핑곗덩어리조차도."

아버지는 어머니의 말을 잠시 곱씹었다네. "그래서 당신이 이 사람을 때린 다음 우리 지하실에 사슬로 묶어놨다는 거지?"

"때린 건 아니에요. 그저 계단에서 떠밀고, 수도관에 묶은 다음, 칼로 사악한 마음을 잘라내려 한 것뿐이죠. 지저분한 작업인 데다, 세 시간이나 했는데도 간신히 이가 빠진 정도인 것 같아요. 덕분에 배는 아주 고파졌죠. 저녁식사를 끝낸 다음에 계속하려고 했는데. 이렇게 대화를 나누는 동안에도 차게 식어가는 우리의 저녁식사 말이에요."

아버지는 천천히 고개를 끄덕였어. 그리고 카터 씨 쪽으로 걸어가 한옆에 무릎을 꿇고 앉았다네. "저 말이 사실인가, 사이먼? 자네, 아내를 구타한 건가? 그리고 이쪽으로, 우리 집으로 건너와서, 내가 사랑하는 여성을 협박한 건가? 저기 서 있는 저 사랑스런 아이의 어머니를? 그런 일을 한 건가, 사이먼?"

카터 씨는 격렬하게 고개를 저었어. 그의 시선이 아버지와 어머니 사이를 바삐 오갔지.

어머니는 등 뒤에서 긴 칼을 꺼내 들고 그대로 남자에게 돌진했어. "거짓말쟁이!" 그리고 남자의 복부에 칼을 박아 넣었고, 남자는 재갈 속에서 비명을 질렀지. 얼굴이 붉게 달아오르더니 창백해졌고, 어머니는 그대로 칼을 뽑았다네.

상처에서 나오는 피의 양은 놀라울 정도로 적었어. 나는 창백한 피부 안쪽에 드러난 누런 지방과 검붉은 근육에 매료되었다네. 힘겹게 숨을 들이쉴 때마다 상처가 열렸다 닫히는 모습이 보였어. 나는 조금 더 잘 보려고 한발 다가섰지.

어머니는 다시 칼을 높이 들었다네.

제지하려 했다면 분명 얼마든지 할 수 있었겠지만, 아버지는 그러지 않았다네. 카터 씨 옆에 쭈그리고 앉은 채로 차분하게 어머니를 바라보고 계셨지.

어머니는 그대로 남자의 허벅지에 칼을 꽂았어. 너무 강하게 찍어서 칼끝이 다리를 뚫고 콘크리트 바닥에 부딪치는 소리가 울렸다네. 그는 비명을 내지르고 다시 흐느끼기 시작했지. 사실 내 눈에는 조금 우스꽝스러워 보였어. 다 자란 남자는 울면 안 되는 법이지 않은가. 아버지가 그렇게 말씀하셨지.

어머니는 칼이 꽂힌 채로 한 바퀴 돌린 다음 뽑았다네. 이번에는 피가, 아주 많은 피가 뿜어져 나왔어. 움찔거리는 다리 아래에 고이는 신선한 피.

나는 웃음을 참을 수 없었다네. 전부터 카터 씨가 마음에 들지 않았거든. 도무지 마음에 드는 구석이 없었지. 게다가 카터 부인을 구타한 다음에는? 당연한 대가를 치르는 모습이 정말이지 보기 좋더군. 여성이란 항상 존중하고 아껴야 하는 존재 아닌가. 이걸로 카터 씨도 뼈에 사무치게 배웠겠지만.

22
샘 포터

첫째 날

오후 1:38

왜트니 베일 고등학교는 철골과 유리로 지은 납작한 3층 건물로, 시카고의 일리노이 주립대학 바로 북쪽에 있다. 일리노이 주에서 다섯 손가락 안에 꼽히는, 가장 인기 높은 학교이다. 학교 안전요원이 포터와 내쉬를 교무실로 안내한 다음, 교장을 데려올 테니 기다리라고 했다. 잠시 후, 머리가 벗어진 작은 남자가 들어왔다. 손으로는 아이패드를 조물락거리고 있었다. "안녕하십니까, 신사 여러분. 교장인 콜비입니다. 무슨 일이실까요?"

포터는 남자와 악수를 나누고 배지를 보여주었다. "이곳 학생인 타일러 매서스와 면담하고 싶습니다. 오늘 출석했습니까?"

콜비는 사무처 책상 뒤에 서 있는 두 여성을 초조한 눈으로 힐끗했다. 벽을 따라 놓인 의자에는 반항적인 눈빛의 학생 세 명이 나란히 앉아 있었다.

"잠시 내 사무실로 들어오는 게 어떻겠습니까?" 그는 웃으며 왼쪽에 딸린 작은 별실로 손짓했다.

별실에 들어가 책상 뒤편의 자리에 앉은 다음, 콜비는 물었다. "타일러 군에게 혹시 문제라도 있습니까?"

포터와 내쉬는 교장 맞은 편에 놓인 의자에 앉았다. 작고 땅에 붙은 듯한 불편한 의자였다. 포터는 어쩐지 난처한 기분이 들었다. 꼭 어린 시절로 돌아온 것 같았다. 손바닥에 땀이 맺히기 시작했다. 콜비 교장은 그보다 10센티미터나 작은데도 커다란 가죽 의자 덕분에 그들을 내려다보고 있었다. 그 눈빛에 서린 권위 때문에 포터는 벌받기 직전의 학생이 된 듯한 기분을 느꼈다. 그는 그 느낌을 떨치고 몸을 앞으로 내밀었다. "그런 건 아닙니다. 그 학생 여자친구 일로 물어볼 것이 있어서 그럽니다."

콜비는 얼굴을 찌푸렸다. "여자친구? 여자친구가 있는 줄 몰랐습니다만."

내쉬는 휴대전화에 사진을 띄운 다음 내밀었다. "에머리 코너스라는 이름입니다. 혹시 이 학교 학생입니까?"

콜비는 휴대전화를 들고 잠시 살펴본 다음, 컴퓨터에 이름을 입력하고 결과를 확인했다. "아니요." 그는 내쉬에게 휴대전화를 돌려준 다음, 책상에 달린 버튼을 눌렀다. "칼드웰 씨? 타일러 매서스를 찾아서 교장실로 와달라고 해주겠소?"

"알겠습니다, 교장 선생님." 띄엄띄엄 끊기는 목소리가 대답했다.

포터는 내쉬 쪽을 보았다. 평소에는 이렇게 조용한 친구가 아니었다. 내쉬는 무릎 위에 얌전히 손을 올린 채 교장과는 감히 눈조차 마주치지 못하는 모습이었다. 그가 학창시절에 어떤 문제를 저지르고 다녔는지는 몰라도, 지금 보니 분명 교장실 붙박이였을 거라고 포터는 생각했다. 콜비 또한 눈치챈 모양이었다. 그는 그 사실을 입에 올리는 대신 의기양양한 미소를 지으며 아이패드를 두드리기만 했다. "3층에서 미적분학 수업을 받고 있는 모양입니다. 몇 분이면 끝날 겁니다. 마실 거라도 드릴까요?"

포터는 고개를 저었다.

"괜찮습니다, 선생님." 내쉬가 대답했다. "감사합니다."

5분 후 문 두드리는 소리가 들리더니 열여섯 살 정도로 보이는 소년이 들어왔다. 그는 두 형사를 힐끔 보고 콜비에게 목례했다. "부르셨나요, 교장 선생님?"

콜비는 자리에서 일어섰다. "들어와라, 타일러. 문 닫고. 여기 두 분은 시카고 경찰국에서 오셨다. 잠시 너와 나눌 이야기가 있으시다는구나."

타일러의 눈이 화들짝 커졌다. 머릿속으로 최근의 일들을 재빨리 되짚어보며 경찰이 찾아올 만한 사건을 생각해내려 애쓰는 게 손에 잡힐 듯했다.

포터는 가능한 한 친절한 미소를 띠었다. "긴장 풀어도 된다. 네가 잘못한 건 아니니까. 에머리 때문에 물어볼 말이 있어서 왔단다."

소년은 영문을 모르겠다는 표정이었다. "에머리? 에머리에게 무슨 일이 생겼나요?"

포터는 콜비를 돌아보았다. "실례지만 매서스 군과 단둘이 이야기할 수 있도록 시간을 좀 주시겠습니까?"

콜비는 고개를 저었다. "유감이지만 그 학생은 미성년자입니다. 학부모의 동의 없이는 동석할 수밖에 없습니다."

"그렇군요." 포터가 대답했다. 그는 작은 의자에서 일어나 책상 모서리에 걸터앉으며 콜비와 학생이 서로 볼 수 없도록 막았다. 내쉬도 같은 행동을 취했다. 콜비는 그들 뒤에서 헛기침했지만 다른 말을 하지는 않았다.

"마지막으로 에머리를 본 게 언제지?"

타일러는 발을 이리저리 옮기며 대답했다. "토요일인 것 같은데요. 함께 시내에서 영화를 보고 저녁을 먹었어요. 에머리는 괜찮아요? 불안하게 만들지 마세요."

포터는 내쉬를 바라보았다. "우리는 그 아이가 납치되었다고 생각하고 있다."

소년의 얼굴이 창백해졌다. "누가…… 대체 왜요?"

"어제 A. 몽고메리 워드 공원에서 조깅하다가 납치된 것 같아. 여기서 1.5킬로미터 정도 떨어진 곳인데……."

타일러는 고개를 끄덕였다. "어딘지 알아요. 항상 거기서 조깅하니까. 세상에, 혼사 나가지 말라고 그렇게 말했는데……." 소년의 눈에 눈물이 고였다. 그는 소매로 눈가를 훔쳤다. "그렇게 예쁜 아이가 딱 붙는 운동복을 입잖아요. 그러면 위험하다고 늘 말했다고요. 이 도시에는 미친놈들이 많잖아요? 아, 세상에. 계속 문자를 보내도 답이 없었어요. 평소에는 그런 일이 없는데. 평소에는 몇 분만 기다리면 답장이 오거든요. 그런데 어제부터 잠잠했어요. 학교가 끝나면 바로 걔네 집으로 찾아가려고 했는데."

"그 애는 어느 학교에 다니지?"

"안 다녀요. 그러니까, 홈스쿨링을 해요. 가정교사가 가르쳐요."

"함께 사는 사람이 그 가정교사야?"

타일러는 고개를 끄덕였다. "버로우 선생님이에요."

"이름은 뭐지?"

"죄송해요, 저도 몰라요. 제가 갈 때면 아무 간섭도 안 하고 혼자 있어요. 이야기를 나눌 기회가 별로 없었어요."

"어딜 가면 찾을 수 있는지 알고 있니?"

타일러는 다시 고개를 저었다. "아무 일 없는 걸까요? 그러니까,

에머리 말이에요. 그런 짓을 하는 사람이 있다니 믿을 수가 없어요."

뒤쪽에서 콜비의 기척이 느껴졌다. 포터는 그가 함께 있다는 사실조차 거의 잊고 있었다.

"제가 도울 일이 있을까요?" 타일러가 물었다.

포터는 뒷주머니에서 명함을 꺼내 그에게 건넸다. "뭔가 소식이 있으면 이리 전화하렴."

"휴대전화는 추적해보셨어요? 경찰에서는 그런 것도 할 수 있잖아요?"

"어제 이후로 네트워크에 접속한 이력이 없어." 내쉬가 말했다. "꺼놓았을 가능성이 높지."

"둘 다요?"

23
일기

나는 샤워를 마치고, 촉촉한 머리카락에 온몸에 베이비파우더 냄새를 풍기며 침실을 나와 부엌으로 걸음을 옮겼다네. 꽤나 열심히 몸을 움직인 덕분에 비프스튜 냄새가 아주 끝내주게 느껴졌지. 나는 자리에 털썩 앉아 비프스튜를 연신 입으로 날랐다네. 씹지 않고 삼키는 일이 없도록 주의를 기울이면서 말이지. 어머니가 조금 전까지 부르던 리치 밸런스 노래가 귀에 단단히 박혀버렸는지, 음식을 먹으면서도 계속해서 그 노래를 흥얼거리게 되더군. 어릴 적부터 내 박자 감각은 완벽했지.

어머니와 아버지는 아직도 지하실에 계셨다네. 두 분의 웃음소리가 계단을 타고 올라와 메아리쳤지. 정말로 즐기고 계신 모양이야. 나는 세 번째이자 마지막으로 카터 씨가 의식을 잃었을 때 흥미를 잃어버렸어. 심장이 멎은 줄 알았거든. 그런데 그렇게 피를 많이 흘렸는데도 아직 죽을 정도는 아닌 모양이었어. 인간이 죽으려면 40퍼센트에 달하는 혈액을 잃어야 한다고 하지. 카터 씨처럼 덩치 큰 사람이라면 혈액량이 40리터는 훨씬 넘을 거야. 지금까지 흘린 피는 10에서 15리터 정도밖에 안 되었겠지. 지하실 같은 큰

크리트 바닥에 피가 고인다면 그리 어렵지 않게 측정할 수 있다네.

따라서 출혈 때문에 실신한 건 아닌 셈이지. 공포 때문이었어.

나는 계단에서 아버지가 카터 씨의 눈을 단숨에 폭 하고 뽑는 모습을 구경했다네, 카터 씨는 처음에는 무슨 일이 벌어졌는지도 알지 못했을 거야. 하지만 아버지는 잘 간수하라면서 안구를 카터 씨의 손에 쥐여주었지. 그런데 그 머저리가 그걸 너무 세게 쥔 모양이야. 아버지는 그 꼴을 보고 웃었고, 어머니는 그러는 동안에도 칼질을 계속했지. 어깻죽지를 한 1인치 정도 잘라내서 주의를 끈 다음에, 나이프를 허벅지 깊이 찌르며 비틀었어(칼 비트는 걸 아주 즐기셨거든). 눈이 없으니 언제 어디서 칼이 날아들지 짐작조차 할 수 없었겠지. 그런 긴장 속에서는 나이 든 심장이라도 미친 듯이 뛰었을 거야. 카터 씨가 쇼크 증상을 보이기 시작하자, 아버지는 각성용 스멜링 솔트를 가져오라고 나를 올려보냈다네. 이렇게 흥겨운 와중에 의식을 잃으면 곤란하니까. 기절해버리면 무슨 재미가 있겠나? 그러나 잠시 후에는 무슨 수를 써도 그의 의식을 돌이킬 수 없었다네. 정말이지 쇼크는 재미를 망친다니까.

결국 그는 깊은 헉 소리를 내뱉었어. 몸이 발작을 일으키며 수축하더니 그대로 굳어버렸고 콘크리트에 힘없이 늘어졌지. 배설물이 나온 것 같기는 했지만 이미 엉망이라 솔직히 판별할 방법이 없었다네. 어머니가 시작한 일이었으니 아버지라면 어머니께 치우라는 지시를 내릴 게 분명했어. 그게 규칙이었으니까. 아버지는 규칙을 좋아했거든.

다시 한번 지하에서 웃음소리가 들려왔다네. 대체 아직까지 뭘 하고 계신지 궁금해졌지.

스튜를 한 그릇 더 뜨려고 손을 뻗는데 누가 우리 부엌 방충망을 두드렸다네. 고개를 돌리니 방충망 너머로 카터 부인의 얼굴이 보였어. 양쪽 눈이 보라색으로 부어 있었지. 왼쪽 뺨에도 커다란 상처가 남았고, 오른손으로 왼쪽 손목을 붙들고 있었어. "우리 남편이 혹시 여기 있니?" 그녀는 나직이 물었지.

나는 냅킨을 집어 입가를 닦았다네. 사실 그럴 필요는 없었어. 흘리면서 먹는 버릇이 있는 것도 아니고. 하지만 대답을 생각할 시간이 필요했거든.

"아직도 돌아오지 않아서. 몇 시간이 지났는데." 낮고 거친 목소리였어. 아주 오랫동안 울고 있던 게 분명했지. 그를 기다리는 이유가 뭘까. 나는 궁금해졌다네. 지금까지 자기한테 온갖 폭력을 휘둘렀는데. 아무 일도 없었던 것처럼 돌아오기를 원하는 이유가 뭘까?

나는 식탁에서 일어나 문가로 걸음을 옮겼어. 문득 자물쇠에 눈이 닿았는데, 잠겨 있지 않더군. 그녀를 들어오라고 초대할 생각은 없었지만, 저쪽에서 들어오려는 시도를 하지 않으리라는 법도 없지 않겠나. 우리 집 구조를 모르는 사람도 아니고. 평소라면 문을 한두 번 두드린 다음 바로 들어왔을 거야. 안 될 것도 없잖아? 하지만 이번에는 그러지 않았다네. 그대로 뒷문 앞에 서서 비틀거리고 있었어. 정말로 감기고 싶은 것처럼 가느다란 틈밖에 남지 않은, 보랏빛으로 부어오른 눈으로 나를 바라보며 서 있었다네.

"어머니께 여쭈어볼게요. 조금만 기다려주실래요?" 나는 어른스럽고 진지한 목소리로 대답했어. 별일 아니라는 듯, 자신감 넘치는 목소리로. 나를 믿어도 좋다고, 부인을 돕기 위해서라면 뭐든 할 수 있다고 말하는 듯한 목소리로!

그녀는 고개를 끄덕였다네. 분명 고통스러운 모양이었지. 그렇게 움직이는 순간 얼굴이 살짝 일그러졌으니 말이야.

나는 미소로 답한 다음 지하로 내려갔다네.

24
샘 포터

첫째 날

오후 3:03

클로즈는 IT부서 한쪽 구석의 워크스테이션 앞에 쭈그리고 앉았다. 책상 위에는 온갖 사용설명서와 서류, 패스트푸드 포장지, 그리고 엄청난 양의 배트맨 관련 수집품이 너저분하게 널려 있었다. 배트모빌 모형으로 손을 뻗던 내쉬는 손이 닿기도 전에 플라스틱 자로 손을 찰싹 맞았다. "선배 집에 갈 때 소중한 바비 인형 안 건드리지 않습니까. 내 것도 건드리지 말라고요." 클로즈가 으르렁댔다.

"뭘 알아냈지?" 포터가 물었다.

"두 번째 휴대전화도 끊겨 있기는 합니다." 클로즈가 말했다. "하지만 이걸 보세요." 그는 늘어선 다섯 대의 모니터 중 가운데 것을 가리켰다. 스크린 오른쪽에 시내버스 한 대가 서 있었다. 왼쪽에서 한 무리의 사람들이 길모퉁이에 모여 길을 건널 준비를 하고 있었다.

포터는 몸을 기울였다. "그자를 알아볼 수 있나?"

클로즈는 검은 양복을 입은 덩치 큰 남자와 유모차를 밀고 있는 여자 사이의 좁은 공간을 가리켰다. "여기, 보이십니까? 이게 그자의 중절모 끄트머리입니다."

내쉬는 눈을 가늘게 떴다. "나는 못 알아보겠는데."

"동영상을 앞으로 좀 돌려보죠." 클로즈가 키보드를 몇 번 두드리자 영상이 움직이기 시작했다. 여자가 몸을 숙여 유모차 속 아이에게 말을 건네자 뒤에 선 그의 모습이 잠깐 드러났다. 중절모를 깊이 눌러 써서 얼굴이 보이지는 않았지만, 그인 것만은 분명했다.

"조금 더 당길 수 있어?" 포터가 물었다.

클로즈는 마우스 옆에 있는 작은 조종간을 움직였고, 화면이 확대됐다. "너무 확대하면 화질이 나빠집니다. 사실 그게 문제는 아니죠. 애초에 모자 때문에 보이지 않으니. 이걸 좀 보시죠."

그는 다시 재생 버튼을 눌렀고, 화면이 슬로모션으로 움직이기 시작했다. 포터는 기어오는 듯한 버스를 바라보았다. 화면의 오른쪽 위에서 차량 신호등이 초록색으로 바뀌었다. "기사가 거짓말을 한 건 아니군. 버스가 들어온 순간에는 분명 초록색 신호였어."

클로즈는 펜으로 화면 한쪽을 찔렀다. "우리 주인공한테서 눈을 떼지 마세요."

버스가 다가오자 중절모를 쓴 남자가 다른 이들 앞으로 나왔다. 모자로 얼굴을 가린 채로 그는 도로를, 이어 보도를 내려다보았다. 그리고 순식간에 포석을 박차며 차도로 뛰쳐나왔다. 그의 발은 두 번 다시 땅에 닿지 못했다. 어깨가 버스의 그릴과 부딪혔고, 그 충격으로 날아가버렸기 때문이다. 슬로모션으로 볼 때도 빠르게 일어나는 일이 있는 법이다. 순간 남자의 몸이 버스와 하나가 되는 것처럼 보였다. 다음 순간 남자는 그대로 허공으로 날아가며 화면에서 사라져버렸다.

"빌어먹을." 내쉬가 중얼거렸다.

버스는 그대로 지나갔고, 어안이 벙벙해진 채 길모퉁이에 서 있는 사람들만 남았다.

"경관들이 저 사람들 전부와 면담했는데, 저 남자를 기억하는 사람이 없더군요." 클로즈가 말했다. "대부분 자기 휴대전화만 내려다보면서 자동운전 모드로 걸어다니고 있었을 겁니다. 인상착의를 알려줄 만한 사람이 없었어요. 중절모 쓴 남자 정도면 꽤나 눈에 띄었을 거라고 생각하지만."

"뛰어든 거야. 분명해. 의심할 여지가 없어." 내쉬가 말했다. "애초에 우체통까지 갈 생각도 없었던 거라고. 대중교통을 이용해서 자살한 거야."

"주변 영상을 속도와 확대 정도를 바꿔가며 백 번은 돌려 봤습니다. 어디에도 얼굴이 명확하게 잡히지 않았어요." 클로즈가 말했다. "제 의견을 말씀드리면, 놈은 카메라를 '이용'했습니다. 복장 덕분에 눈에 잘 띄지만, 카메라에 얼굴이 제대로 잡힐 각도는 모자로 완벽하게 방어하고 있지요. 자기가 뭘 하는지 아주 잘 알고 있었던 겁니다. 우리가 옷만 보고, 얼굴은 보지 못하게 하고 싶었던 것 같아요."

"그러니까 4MK는 자기가 죽을 것이라는 사실을 알고 최후의 희생자를 납치한 다음, 최고의 정장을 차려입고 자신의 유산을 확고히 할 무대를 꾸몄단 말이지?" 포터는 천천히 말하며 생각을 정리했다. "우리가 귀를 발견해 자신의 정체를 알아차려주기를 기대한 거야. 일기를 남긴 이유는 자기 이력을 스스로 정리해 어린 시절의 이야기를 하고 싶었던 거고. 항상 완벽하게 마무리를 하던 사람이 저렇게 중요한 물건을 기자나 네티즌이 볼 수도 있는 곳에 펼쳐 놓은 데에는 그만한 이유가 있을 거라는 거지? 전부 의도한 그대로인 것 같군. 그렇다면 다른 소지품들, 회중시계나 세탁소 영수증, 심지어 동전까지도 전부 의도된 것일 수 있다는 생각이 드는데."

내쉬는 얼굴을 찌푸렸다. "너무 억지 같아, 샘."

"싸구려 양복에 중절모, 발에 맞지 않는 구두까지……. 우연이라는 생각은 들지 않아. 놈은 우리를 가지고 놀면서 게임을 하고 있는 거야. 이야기를 하고 있는 거지. 전부 들어맞잖아? 의미가 있는 게 분명해."

"아니면 버스하고 키스했을 때 어쩌다 가지고 있던 소지품일 수도 있고."

포터는 한숨을 쉬었다.

"그냥 모든 걸 음모론으로 해석하지는 말자는 소리야." 내쉬가 말했다.

"놈은 몇 년 동안 단 하나의 단서도 남기지 않았어. 그런데 갑자기 온갖 증거들이 사방에 널린 상태가 됐어. 뭔가 있는 게 분명해."

포터의 휴대전화가 울렸다. 그는 얼른 전화를 받았다. 그리고 연신 고개를 끄덕였다. 통화를 끝낸 포터는 클로즈의 책상 위에서 자동차 열쇠를 집었다. "플레어 타워에 있는 머레이야. 직원용 엘리베이터로 올라오는 버로우를 붙잡았다는군."

25
일기

나는 아버지와 어머니가 피칠갑인 바닥에서 서로를 끌어안은 채 뒤엉켜 구르는 모습을 발견했다네. 쉬는 시간의 학교 아이들처럼 울부짖고 계시더군. 나는 입가에 손가락을 올려서 두 분 모두 조용하게 만들었어.

"무슨 일이냐, 아들?" 아버지는 이렇게 말씀하시고는 어머니의 얼굴에 붙은 머리카락을 뒤로 쓸어 넘기셨다네. 머리카락이 있던 자리에 선홍색의 선이 남았지. 지방 조직도 조금 남았을지 모르지만, 어머니 몰골이 워낙 엉망이라 분간할 수 없었어.

"카터 부인이 위층에 와 있어요. 뒷문 앞에요." 나는 작은 소리로 말했다네. "카터 씨를 찾고 있어요. 아까 우리 집으로 들어오는 걸 봤대요. 어머니와 함께 들어오는 모습을요. 저도 마당에서 봤고요."

아버지의 얼굴은 언제나 그랬듯 생각을 읽기가 힘들었다네. 그분은 어머니를 돌아보셨지. "그 말이 사실이야? 목격당했어?"

어머니는 어깨를 으쓱하셨지. "그럴 수도 있겠네요. 애초에 이 남자는 완벽하게 비이성적으로, 거기다 폭력적으로 행동했으니까요. 나는 자기방어를 했을 뿐이에요. 리자도 이해해줄 거예요. 아주 이해심 많은 여자니까."

아버지의 눈이 재빨리 지하실을 훑으며 상황을 파악했다네. 피투성이가 된 카터 씨는 여전히 수도관에 묶인 채 누워 있고, 그의 육체는 내가 지루함을 느끼고 위층으로 돌아갔을 때보다 훨씬 심각하게 훼손되어 있었다네. 죽은 다음에도 그 일을 계속한 모양이야. 썰고 자르기. 남은 건 더는 인간으로 보이지 않는 몰골이었지. 포식자가 버리고 간 장난감이랄까, 고깃더미에 가까웠지.

"위에 있어요. 바로 지금요." 나는 반복했다네.

어머니는 한숨을 쉬었지. "어쩌나, 지금은 손님을 맞이할 상태가 아닌데."

아버지는 그 말에 웃음을 터트렸다네. "아무래도 나중에 다시 오라고 하는 게 낫겠구나."

"뒷문이 잠겨 있지 않던 것 같은데요. 들어올 수도 있어요." 내가 말했지. "지금 집 안에 들어와 있을지도 몰라요."

아버지는 어머니를 떼어내고 자리에서 일어나셨다네. "그건 유감스러운 일이구나."

나도 동의할 수밖에 없었다네.

"네가 돌려보낼 수 있을 것 같니?" 아버지가 내게 물으셨어.

"저는…… 잘 모르겠어요." 나는 더듬거리며 대답했지.

"너도 이제 다 크지 않았니, 아들. 우리 가문의 남자라고 할 수 있지. 분명 네 쪽이 그 여자보다 영리할 게다. 머리를 굴려서 방법을 생각해보렴."

이런 모습의 부모님을 보게 할 수는 없었어. 게다가 몰래 지나쳐 갈 수 있을 리도 없었지. 뒷문에 서 있으면 지하실 문이 정면으로 보였으니까.

내 안의 일부는 그녀가 집 안으로 들어왔기를, 바로 지금 계단에서서 우리 목소리를 듣고 있기를 기대하고 있었어. 호숫가에서 본 그녀의 모습이 떠올랐지. 우리 지하실에 사슬로 묶어두면 어떤 기분이 들까.

"그래서 네 생각은 어떠냐, 아들? 그 여자를 다룰 수 있을 것 같아?"

나는 고개를 끄덕였다네. "해볼게요, 아버지."

26
에머리 코너스

첫째 날

오후 3:34

에머리는 한쪽 손으로 귀를 누르고, 다른 손을 벽에 댄 채로 금속 침대 구석에 웅크리고 앉았다. 그래도 음악을 막을 수는 없었다. 소리가 너무 컸다. 지금까지 들어본 가장 시끄러운 소리였다. 지난봄에 커스티 도널드슨과 함께 올스테이트 경기장에서 열린 이매진 드래곤스 콘서트에 갔는데, 그때 무대에서 겨우 1미터 떨어진, 엄청나게 큰 앰프 정면에 서게 되었다. 앰프는 너무 강력해서 소리가 나면 실제로 머리카락이 어깨 너머로 휘날렸고, 덕분에 끝내주는 셀카를 찍을 수 있었다.

그러나 이번 소리는 훨씬 컸다. 단순히 음량이 큰 것뿐 아니라 벽에 반사되어 반향까지 더해졌다. 리듬이 뼛속까지 뒤흔들었다.

몇 시간 전쯤 음악이 처음 시작되었을 때는 목청껏 소리를 질러 보았지만 그대로 음악 소리에 묻혀버릴 뿐이었다. 그녀의 목소리는 핑크 플로이드, 재니스 조플린, 그 뒤로 이어지는 들어본 적은 있지만 이름은 알 수 없는 수많은 밴드의 음악 뒤로 사라져버렸다. 그러나 개의치 않고 소리를 질렀다. 몸속에서 타오르는 분노, 증오, 공포가 탈출구를 찾고 있었다. 에머리는 목구멍이 말라붙을 때까지 소리쳤고, 이제는 들리든 안 들리든 목소리가 나오지 않을 게 분명했다. 혀가 사포처럼 느껴지고 눈 뒤에서 편두통이 느껴질 정도였으니까.

에머리는 무릎 사이에 머리를 묻으려 했다. 한동안은 도움이 되었지만, 기묘한 자세 때문에 곧 오른쪽 어깨가 아파오기 시작했다. 그녀는 짜증을 내며 수갑을 세게 당겼지만, 수갑은 더 고통스럽게 파고들었다. 울고 싶었지만 눈물은 몇 시간 전에 말라붙었다.

너무 추웠다.

벌거벗은 몸은 어디에 닿아도 축축하고 차갑게만 느껴졌다.

"엄마?" 아무리 크게 불러도 들리지 않았다. 'The Who'가 부르는 〈CSI〉의 테마 음악에 묻혀버렸다. 아니, 'The What'이던가…….

"엄마, 아직 있어요?"

그녀는 고개를 들고 주변을 둘러보았다. 음악은 한참 높은 곳에서 들려오고 있었다. 시간이 지나니 에머리의 눈도 약간이나마 어둠에 적응되었다. 완벽한 어둠이기는 해도 금속 침대의 다리 정도는 분간할 수 있었다. 적어도 가까이 있는 쪽 다리는. 난간에 수갑으로 묶여 있는 자신의 손과, 난간도 약간은 분간이 되었다. 그녀는 수갑을 난간 한쪽 끝까지 끌어서 빼내려고 해보았지만, 수갑은 모서리를 조금 돌더니 직각으로 붙어 있는 막대에 부딪혔고 움직이지 않았다. 그다음에는…….

뭔가 발치에서 움직였다. 에머리는 소리를 지르며 다리를 몸 가까이 당겼다.

방금 그게 뭐지? 바퀴벌레?

아니, 바퀴벌레 치고는 너무 컸어. 생쥐이거나, 아니면…….

제발, 쥐는 안 돼. 에머리는 쥐가 싫었다. 가끔 하수구에서 고개를 내민 쥐를 본 적이 있다. 구슬처럼 동그란 눈과 굶주림에 덜걱거리며 부딪치는 날카로운 누런 이빨. 이윽고 쥐는 먹이를 찾아 뒷골목의 커다란 쓰레기통 쪽으로 달음박질했다. 쥐들은 뭐든 먹는다. 때론 무리를 지어 노숙자를 공격하기도 한다고 들었다. 아니, 쥐들의 집단은 무리라고 부르지 않는다. 알고 있는 단어인데. 몇 년 전에 과학 시험에 나왔었다. 미스치프. 그 단어였다. 쥐의 무리는 미스치프라 불린다. 동물의 무리를 '재앙'이나 '장난'이라고 부르다니……. 당시에는 웃기는 표현이라고 생각했고, 지금도 이상하게 들리지만, 실제로 사용하는 단어다. 한 마리 쥐보다 고약한 것은 더 많은 쥐들이다. 미스치프.

"엄마?"

뭔가 그녀의 허벅지를 스치고, 그녀는 깜짝 놀라 일어서다 침대에 머리를 부딪쳤다. 제발, 쥐는 안 돼. 쥐들은 어둠 속에서도 사물을 볼 수 있다. 아마 아주 잘 볼 수 있을 것이다. 그녀는 방구석에서 그녀를 노려보는 수많은 쥐들을, 그 작은 입마다 가득한 타액과 병균을 상상했다.

분위기를 망치기는 싫지만, 이건 물어봐야겠네. 거대한 시멘트 상자 안에 벌거벗은 소녀와 함께 갇힌 쥐 한 마리는 무얼 먹고 살까?

에머리는 신음했고, 아주 잠시였지만 그 소리가 귀에 들어왔다. 그러나 다음 순간 기타 솔로가 시작되며 다른 소리를 삼켜버렸다. 그녀는 침대 위로 기어 올라갔다.

쥐들은 편식하는 법이 없어. 뭐든 기꺼이 먹지. 하지만 말랑말랑한 소녀의 살점은 분명 만찬의 하이라이트를 차지할 메뉴일 거야. 너도 그렇게 생각하지? 말라비틀어진 노숙자에 비하면 너는 고베

와규 같을걸.

에머리는 주변의 어둠을 둘러보았다. 아래에서 자신을 지켜보고 있는 존재가 느껴졌지만, 실제로 볼 수는 없었다.

쥐들이 침대로 올라갈 수 있을지도 모르겠네.

침대 가운데 쪽으로 엉덩이를 움직이자 삐걱거리는 소리가 났다.

분명 아주 많을 거야. 자기들 몸으로 피라미드를 쌓아서 올라올 수 있을지도 모르지. 놈들은 아주 영리하거든. 언젠가 볼을 깨물어서 눈을 뜨게 만든 다음 안구를 빼간다는 이야기를 들은 적이 있는데. 일종의 유인 전술이지. 장난기 한번 대단하지. 어머, 미스치프라는 말이 여기서 온 걸 수도 있겠네. 장난기 가득한 작은 동물들이잖니.

"쥐일 리 없어." 에머리는 혼잣말을 중얼거렸다. "쥐가 여길 어떻게 들어오는데?"

아, 그게 문제지. 물론 애초에 너를 여기 넣은 사람을 감안해야겠지만. 어쩌면 쥐 한 마리나 두 마리, 혹은 세 마리 정도 함께 넣어준 걸지도 몰라. 신체 부위를 절단해서 가족에게 우편으로 발송하는 사람이잖니. 쾌락중추에 문제가 있는 사람이 분명해. 상식이 부족한 사람일 수도 있고.

에머리의 심장이 거세게 뛰었다. 쿵, 쿵, 쿵. 망가진 귀에서 리드미컬한 소리가 울렸다.

이번에는 지나가는 쥐의 모습이 명확하게 보였다. 분명했다. 아주 잠시지만, 어둠 속으로 사라지는 토실토실한 작은 설치류의 모습이 눈에 들어왔다.

27
일기

나는 열심히 머릿속 톱니바퀴를 돌리면서 달팽이처럼 느릿느릿 계단을 올랐다네. 믿을 만한 이야기를 꾸며내야 했으니까. 그 여자가 집 안에 들어오거나, 더 끔찍한…… 이를테면 지하실로 내려가는 일을 어떻게 막을 수 있을까?

그녀가 부엌 식탁에 앉아 있는 모습이 보였어. 또 울고 있던 모양이야. 축축한 냅킨으로 눈가를 닦으면서 빵 한 조각을 손에 들고 있더군.

나는 계단 위로 올라와서 지하실 문을 닫았다네. 여름이면 목제 문틀이 팽창해서, 문을 제대로 닫으려면 문고리를 세게 당겨야 했지.

부엌을 가로질러 식탁 앞에 앉은 내 눈은 차갑게 식은 스튜에 고정되어 있었다네. "보일러에 문제가 생겨서 아버지가 수리하시는 중인데, 그걸 도우려고 어머니도 내려가셨어요."

너무 나직한 소리로 말해서 나조차 듣기 힘들 정도였어. 세상에서 가장 창의적이라고는 못해도 먹힐 만한 거짓말이었지. 나는 그녀를, 그녀의 지친 얼굴을 바라보았다네.

카터 부인도 나를 바라보았지. 고작 몇 분 만에 얼굴의 멍이 더 짙어졌더군. 붓기도 심해졌고. 남자라면서 어떻게 사랑하는 사람에게 저런 짓을 할 수 있지? 그녀의 무릎이 식탁 아래에서 떨리고 있더군. 그녀의 입에서는 가녀리고 공허한 목소리가 나왔어. "그 사람, 죽은 거지?"

질문이라기보다는 선언에 가까웠다네. 억양도, 감정 한 조각도 들어 있지 않은 말투였어.

"보일러를 수리하는 중이에요. 너무 낡아서 말을 듣질 않네요." 나는 이렇게 말했지.

그녀는 고개를 젓고 한숨을 쉬었다네. "사실대로 말해도 돼. 괜찮으니까."

아버지는 내게 이 여성을 다룰 수 있겠느냐고 물었지. 방법을 찾으라고. 내가 사실대로 말하면 부모님은 그녀도 죽일까? 그녀가 죽는다면 내 책임일까?

하지만 그녀도 알아야 하는 일이었다네. 누구보다 알 권리가 있는 사람 아닌가. 내가 말해주지 않으면 어떻게 할까? 집으로 가서 경찰에 전화할까? 아니면 더 끔찍한 상상이지만, 경찰에 대고 카터 씨가 우리 집으로 가서 돌아오지 않았다고 일러바칠까? 아니, 내가 말해주는 게 나을 것 같았어. "우리 어머니를 해치려 했어요. 어머니는 방어했고요. 그랬다고 해서 비난할 사람은 없을 거예요."

그녀는 다시 한숨을 쉬었다네. 손에 든 구겨진 냅킨을 더욱 꽉 쥐면서. "그래, 네 말대로야."

"집에 데려다드릴게요." 나는 이렇게 말했다네.

카터 부인은 손등으로 코를 훔쳤어. "그러면…… 그럼 혹시 그 사람의…… 아, 세상에. 정말 죽은 거니?"

다시 눈물이 터져나왔어. 나는 한참 후에도 그 모습을 떠올리곤 했지. 여자들은 눈물을 무한대로 저장해놓는 것 같단 말야. 감정이 한 방울만 더해져도 그대로 봇물처럼 터지는 건 물론이고. 하지만 남자는 다르지. 남자는 우는 법이 별로 없다네. 적어도 감정 때문에는. 남자의 경우에는 고통이 배관을 뚫어준다네. 고통의 힘이 수도꼭지를 열지. 여성은 고통은 견디지만 감정은 다스리지 못해. 남자는 감정은 다룰 줄 알지만 고통은 못 견디지. 사람에 따라 미묘하게 다를 수도 있지만 기본적으로는 모두 동일하다네.

나는 울어본 적이 없어. 울 수 있을지조차 확신을 못 하겠군.

나는 자리에서 일어나서 카터 부인에게 손을 내밀었다네. "자, 어서요. 집으로 데려다줄게요."

28
샘 포터

첫째 날

오후 4:17

에머리의 아파트 정문에서 포터와 내쉬를 맞이한 토머스 머레이 경관은 한 손에 커피, 다른 손에 햄 샌드위치를 들고 있었다. 한쪽 입가에 마요네즈가 묻어 있고, 같은 물질이 제복 셔츠를 타고 천천히 흐르고 있었다. 포터는 자리를 이탈한 소스에 대해 말해줄까 생각하다 마음을 바꿨다. 소스가 바닥에 닿을 때까지 얼마나 오래 걸릴지 궁금했기 때문이다. 내쉬 역시 아무 말도 하지 않았다. 두 사람은 공범자의 시선을 교환했다. "요즘 편하게 지내나 봐?" 포터는 이렇게 물으며 안으로 들어섰다.

머레이는 샌드위치를 한 입 베어 물고 소매로 입가를 훔쳤다. "순찰차에 여덟 시간 틀어박혀 있는 것보다야 훨씬 낫죠." 그러고는 거실 쪽을 향해 고갯짓을 하면서 말을 이었다. "저 소파에는 마법의 손이 들어 있는 모양입니다. 눕기만 하면 쿠션이 알아서 마사지를 해줘요. 텔레비전도 사람이 근처에 오면 바로 아는 것 같고요. 방 안에 들어가면 켜지는 걸 보니. 물론, 제가 보초를 서면서 어디 앉았다거나 그런 건 아닙니다. 적어도 일이 분 이상 앉아 있지는 않았어요. 아, 그리고 아래층에 내려가니 레스토랑하고 식료품

점이 있던데요. 거기서 이걸 얻었죠. 제 인생 최고의 샌드위치 같아요." 그는 다시 한 입 물었다. 햄 한 조각이 그의 신발 위로 떨어졌다.

"그 여자는 어디 있나, 토머스?" 포터는 인내심의 한계를 느끼며 물었다.

머레이는 복도를 가리키다가 커피를 쏟을 뻔했다. "자기 방에 있습니다. 왼쪽 방이에요. 이름은 낸시랍니다. 낸시 버로우. 자존심이 하늘을 찌르던데요."

포터는 복도를 걸어가기 시작했다. 머레이가 그 뒤를 따랐다.

내쉬는 머레이의 옆으로 다가와 이렇게 말했다. "나도 그런 거 하나 갖고 싶은데."

"샌드위치요, 커피요?"

"소파 말이야."

"아, 그렇죠. 저도 그렇습니다." 머레이는 다시 샌드위치를 한 입 물다가 끝까지 흘러내린 마요네즈가 철퍼덕 소리와 함께 하드우드 바닥에 떨어지자 욕을 했다.

침실 문은 닫혀 있었다. 포터는 가볍게 노크했다. "버로우 씨? 시카고 경찰국의 샘 포터 형사입니다. 들어가도 될까요?"

"열려 있어요, 형사님." 여자 목소리가 건너편에서 대답했다. 살짝 오스트레일리아 억양이 섞인 목소리를 듣자 니콜 키드먼이 떠올랐다.

포터는 문을 열었다.

좋아, 덩치 좋은 니콜 키드먼으로 하지. 110킬로그램은 넘겠어.

낸시 버로우는 구석의 책상 앞에서, 무릎 위에 책 한 권을 얹은 채 앉아 있었다. 그녀는 포터를 향해 눈살을 찌푸렸다. "밖에 있는

원시인이 나를 방에 가둬놓고 온갖 곳을 뒤지고 다녔어요. 탤벗 씨에게도 당연히 말했고, 경찰 상부에도 항의할 겁니다. 물론 탤벗 씨도 이런 일을 용납하실 리 없겠죠. 누가 내 옷을, 개인 소지품을 뒤지기까지 했더군요. 대체 무슨 권한으로 이러는 거죠?"

포터는 최선을 다해 '우리는 평화를 원합니다'라고 말하는 듯한 미소를 지었다. "사과드립니다, 버로우 씨. 저희 모두 에머리를 찾기 위해 최선을 다하고 있을 뿐입니다. 이곳에 들어가도 좋다고 허락하신 분은 탤벗 씨입니다. 그런데 아파트에 아무도 없어서, 우리는 그분 따님을 찾는 데 도움이 될 물건이 있을지 확인하기 위해 수색한 겁니다. 부디 알아주셨으면 합니다."

그녀의 눈이 가늘어졌다. "그래서 내 속옷 서랍에서 단서를 찾기를 기대했다는 건가요?"

여기에는 대답할 말이 없었다. 그는 내쉬를 보았지만, 그 또한 어깨를 으쓱할 뿐이었다. 그는 질문을 무시하기로 마음먹었다. "오늘 오전에 어디 계셨습니까?"

"쇼핑하러 갔어요."

"장바구니를 들고 돌아왔습니다." 머레이가 문가에서 말했다. "하지만 도대체 어떻게 하면 일곱 시간 동안 장을 볼 수 있는지는 모르겠습니다."

그녀는 크게 한숨을 쉬었다. "꼭 알아야겠다면 말씀드리죠. 오늘은 개인적 용무를 처리하는 날이었어요. 머리를 하고 몇 가지 사소한 일을 처리했죠. 언제부터 아파트를 떠나는 일이 범죄가 된 건가요?"

포터는 반대쪽 다리로 몸무게를 옮겨 실었다. "마지막으로 에머리를 보신 게 언제입니까, 버로우 씨?"

"어제 저녁 6시쯤 조깅을 하러 나갔어요. 늦어봤자 6시 15분이었을 거예요." 그녀가 말했다. "비가 올 것 같았는데도 나가겠다더군요."

"그래서 귀가하지 않았는데도 걱정을 안 하신 겁니까?"

버로우는 고개를 저었다. "남자친구 집에 간 줄 알았죠. 요즘 들어 자주 함께 시간을 보내거든요."

"문제가 생긴 걸 안 건 언제입니까?"

그녀의 눈길이 손에 든 책으로 향했다. "딱히 알지 못했어요. 아까도 말했지만, 종종 남자친구 집에 가니까요."

"열다섯 살 아이인데." 내쉬가 말했다. "통금 시간이 언제죠? 8시? 9시? 10시? 나도 저만한 나이의 딸이 있습니다. 아이가 밤늦게 도시를 돌아다니게 할 리가 없잖습니까. 특히 남자와 함께라면."

"나는 그 애 엄마가 아니에요, 형사님."

포터는 그녀의 침대 옆 탁자에 놓인 사진들을 향해 손짓했다. "하지만 아이를 양육하는 데에 큰 역할을 담당하신 것은 분명하지 않습니까. 분명 신경을 쓰실 텐데요."

버로우는 한참 동안 사진을 바라보더니 형사들 쪽으로 시선을 돌렸다. "그 아이를 위해 최선을 다한 건 사실이에요. 몇 년 동안 가까운 사이가 된 것도요. 하지만 그 아이 아버지는 내가 자신의 고용인일 뿐이라고, 선을 넘으면 언제든 교체될 수 있는 사람이라고 잘라 말했어요. 제가 에머리에 대해 갖는 감정과는 별개로, 저는 이 일을 아주 좋아하고 해고되고 싶은 생각은 조금도 없어요."

"정확하게 어떤 일을 하는 거죠, 버로우 여사?" 내쉬가 물었다.

"일단 에머리의 가정교사죠. 그 아이 어머니가 세상을 뜬 후부터 함께 있었어요. 공부도 봐주고 집안일도 하죠."

"미세스 다웃파이어처럼?"

그녀는 얼굴을 찌푸렸다. "누구요?"

포터는 내쉬를 밀치며 대답했다. "신경 쓰지 마십시오. 그러니까 에머리는 학교에 다니지 않지요?"

버로우는 다시 한 번 깊은 한숨을 쉬었다. "이 나라의 교육 시스템은 여러 면에서 부족해요, 형사님. 탤벗 씨는 에머리가 최대한 훌륭한 교육을 받기를 원하셨죠. 그런 교육은 일대일 수업을 통해서만 가능하고요. 저는 옥스퍼드를 과 수석으로 졸업했어요. 심리학과 문학에서 박사 학위를 받았죠. 거기다 케임브리지의 가족관계 연구소에서 3년을 근무했어요. 저는 에머리의 지성이 활짝 피어날 수 있는 환경을 조성했어요. 지역 학교에서 무능력한 교사와 또래에 의해 저해되지 않는 환경을요. 에머리는 여섯 살 때부터 5학년 수준의 글을 읽을 수 있었죠. 수학 실력은 열두 살 때 고등학교 수준을 넘었어요. 내년에 대학에 진학할 준비를 하고 있었죠. 당신네 나라의 학생 대부분보다 2년 빠른 거예요."

버로우는 이력서를 읽듯 이런 사실들을 읊조리고 있었다. 분명 홈스쿨링을 변호해야 했던 경우가 여러 번 있었던 모양이다.

"그럼 훈육은 누가 합니까? 술을 마시면 안 된다고 알려주는 사람은? 남자친구를 걸러주는 사람은? 애초에 열다섯 살 먹은 아이가 왜 벌써 남자친구가 있는 건가요?" 내쉬가 물었다.

버로우는 눈동자를 굴렸다. "어린 시절부터 제대로 된 관점을 심어주면 보통 아이들보다 빠르게 성숙하지요. 그런 아이들은 신뢰해줄 필요가 있어요."

"그래서 밤새도록 도시를 쏘다녀도 봐줄 필요가 있으시다?"

"내쉬, 그만." 포터가 만류했다.

"미안하지만 내가 보기에는 이 아이에게 제대로 된 아버지 노릇을 할 사람이 있었다면 그렇게 컴컴해졌을 때 조깅하러 나가지 않았을 것 같은데. 아이를 조금 더 제대로 돌볼 사람이 필요했던 거 아닌가?"

버로우는 얼굴을 찌푸렸다. "에머리는 특별한 아이예요. 머리도 좋고 재능도 많죠. 내가 그만한 나이였을 때보다도 훌륭하고, 대부분의 아이들보다는 훨씬 대단하죠. 수업을 제대로 받기만 하면 그 아이의 생각을 거스를 이유가 없어요."

내쉬의 얼굴은 벌겋게 달아올라 있었다. "아이를 거슬러? 지금 누가 윗사람인 거야?"

"내쉬 형사님, 저는 탤벗 씨의 고용인일 뿐입니다. 제 의무는 그 아이의 학업에서 끝나고요. 만약 그분이 제가 부모로서의 역할 중 일부를 수행하기를 원하셨다면 저도 기꺼이 그 역할을 맡았겠지만, 제가 고용되었을 때 그분이 원하신 건 그런 일이 아니었고, 지금도 마찬가지입니다. 따라서 에머리의 교육이나 환경에 대해서 우려를 표하고 싶다면 직접 탤벗 씨에게 말씀하시는 쪽을 추천합니다. 제가 제 권한 밖의 일을 하지 않았다는 이유로 기꺼이 모욕을 감수할 거라고 생각하지 마세요. 저는 자발적으로 취조에 응하는 중인데, 형사님은 이 일을 계속할 이유를 없애고 계시는군요."

내쉬는 입을 열고 비꼬는 말을 던지려 했지만, 포터가 그의 어깨를 가볍게 눌렀다. "잠깐 산책이라도 하면서 마음을 다스려봐. 여긴 내가 마무리할게."

내쉬는 화가 난 눈으로 두 사람을 번갈아 보고는, 쿵쿵 발소리를 내며 방을 나갔다.

"죄송합니다, 버로우 씨. 직업윤리에도 어긋나고 완벽하게 불필요한 행위였습니다."

그녀는 턱을 문질렀다. "무슨 걱정을 하시는진 알지만, 탤벗 씨나 에머리가 어떤 사람인지 알지 못하면서……."

포터는 손을 들어 말을 막았다. "설명하실 필요 없습니다."

"그 아이에 대해서는 신경을 써요. 정말로요. 안 좋은 상황에 빠져 있으리라는 생각만 해도 고통스럽다고요."

"납치된 걸 안 게 언제였습니까?" 포터가 물었다.

"한 시간쯤 전에 탤벗 씨가 전화를 거셨어요." 그녀가 대답했다. "기의 히스테리에 가까울 정도로 화가 나셨더라고요. 변호사와 골프를 치고 있는데 형사 두 명이 자신을 찾아와 소식을 전했다고요." 그녀는 말을 멈췄다. "쉬는 날이라 전화를 꺼놨거든요. 그렇지 않았다면 더 빨리 왔을 거예요. 소식을 듣자마자 달려온 거예요. 조금만 더 일찍 알았더라면……."

포터는 그녀의 어깨에 손을 얹었다. "괜찮습니다, 버로우 씨. 이제 오셨으니까요."

그녀는 고개를 끄덕이고 간신히 미소 지었다.

"에머리와 부친 사이는 어땠습니까?"

버로우는 한숨을 쉬었다. "사실 오늘 아침까지 그 남자가 보인 감정은 분노가 전부였어요. 평소에는 거리를 두려 애쓰고, 에머리에게는 더욱 그랬죠. 방문하는 일도 거의 없었어요. 저는 매주 학업 진척도를 보고서로 작성해 제출했죠. 그런 식으로 감시한 거예요. 늘 거리를 두면서요. 물론 감출 이유가 있다는 건 알지만, 그래도 아버지잖아요. 그보다는 더 관여해야 하지 않겠어요?"

"전화 통화는 했겠지요?"

그녀는 어깨를 으쓱했다. “통화는 했지만 아버지와 딸의 대화는 아니었어요. 아버지라기보다는 후원자 같은 사람이었고, 에머리도 그 사실을 잘 알고 있죠. 두려워하고 기쁘게 해드리고 싶지만, 사랑이라 할 만한 감정은 거의 존재하지 않았어요. 그래서 그런 반응이 놀라웠던 거예요.”

그녀는 몸을 숙이고 목소리를 낮췄다. “일주일 전에 물으셨다면, 그 남자가 딸이 납치된 걸 알고도 눈물 대신 미소 지을 거라고 말했을 거예요. 사생아 딸을 데리고 사는 건 돈만으로 해결할 수 없는 위험 요소이고, 분명 그 때문에 전전긍긍했을 테지요. 자신이 통제할 수 없는 것들을 혐오하는 사람이거든요. 때로는 아주 냉혹해질 수도 있고요.”

“그 사람이 관여했을 수도 있다고 생각하십니까?”

그녀는 잠시 생각을 하다가 자세를 바로잡았다. “아니요. 냉혹한 개자식이기는 하지만 자기 혈육을, 아니 다른 누구라도 의도적으로 해칠 사람이라고 생각하지는 않아요. 그 아이를 제거하고 싶었다면 오래전에 했겠죠. 그 아이는 아무것도 원하지 않았어요. 그 남자는 딸이 세계 최고의 것만 받도록 주선했고.”

“침묵의 대가로 말입니까?” 포터가 물었다.

“협조의 대가겠죠.” 그녀가 대답했다. “관계를 비밀로 하라고 직접 명령하는 걸 들은 적은 없거든요. 두 사람은 나름 서로 이해하고 있던 거예요.”

문가에서 머레이가 감자칩을 우적거리는 소리가 들렸다. 포터가 쏘아보자 경관은 손을 번쩍 들더니 방을 떠났다. 그는 버로우에게 시선을 돌렸다. “어제 납치 사건이 벌어지기 전까지, 며칠 또는 몇 주 안에 이상한 일이 있지는 않았습니까? 이상한 이야기를 꺼내지는 않던가요? 누가 미행한다거나, 이상한 전화가 걸려온다거나? 평소와 다른 일이 벌어지지는 않았습니까?"

버로우는 고개를 저었다. "생각나는 게 없네요."

"있었다면 말했을까요?"

"당신 파트너 생각과는 반대로, 에머리와 나는 가까운 사이였어요. 아니, 가까운 사이예요. 어떤 종류의 일에서는 완전히 나를 믿었죠. 이상한 일이 있다면 반드시 내게 말했을 거예요."

"어떤 종류의 일이라면?"

그녀의 얼굴이 붉어졌다. "여자들의 문제 말이에요, 형사님. 굳이 얘기할 필요는 없겠죠."

"에머리를 납치한 남자는 오랫동안 주변에서 관찰하고 있었을 가능성이 높습니다. 그 아이 주변에 새로 모습을 보인 사람이 있던가요? 최근에 건물 안에서 얼굴을 모르는 사람을 마주친 일은 없으십니까? 아니면 여기 또는 다른 곳에서, 이를테면 오늘 장을 보다가 같은 사람을 여러 번 보진 않았나요?"

"제가 미행당했다고 생각하시는 건가요?"

포터는 어깨를 으쓱했다. "모릅니다. 극도로 주의를 기울였으리라는 점은 확실합니다. 절대 행운에 기대지 않는 자니까요. 공원에서 납치한 것이 우발적인 행동이었을 거라고는 생각하지 않습니다. 그보다는 계속 에머리를 추적하며 동선을 알아낸 다음 언제 어디서 행동할지 주도면밀하게 계획을 세웠을 겁니다. 당신도 미행당했을 가능성이 높습니다."

그녀는 손을 내려다보며 고개를 저었다. "그런 사람은 떠오르지 않아요. 이 건물은 보안이 철저하고요. 이 안에 들어왔을 거라고 생각하시나요?"

"이보다 훨씬 삼엄한 보안도 뚫은 자입니다. 안에 들어와야 하는 이유가 있었다면 분명 방법을 찾아냈을 겁니다."

버로우 씨는 입술을 오므렸다. "책이……."

포터는 얼굴을 찌푸렸다. "무슨 책 말입니까?"

버로우는 자리에서 일어나 문가로 나가다가 복도에 서 있던 머레이와 거의 부딪칠 뻔했다. 포터는 서둘러 그녀를 따라가면서 그 날렵한 동작에 놀랄 수밖에 없었다. 그녀는 공부방의 책상 앞에서 멈췄다. 손에 미적분학 교과서를 들고 있었다.

"이걸 사흘 전에 발견해서 에머리한테 물어봤어요. 미적분은 2년 전에 끝냈거든요. 이런 주제에 대한 책을, 그것도 이렇게 진부한 책을 사다니 이상하다고 생각했어요. 이 교과서가 제공해줄 수준은 이미 한참 전에 넘었거든요. 에머리는 자기가 산 게 아니라고, 어디서 온 건지도 모르겠다고 말했어요."

포터는 경계하는 눈빛으로 책을 보았다. "그대로 내려놓아주십시오, 버로우 씨."

29
일기

카터 씨의 집 뒤쪽의 스크린 도어는 열려 있었다네. 바람의 손길에 놀아나 갈라져 떨어지는 흰색 페인트를 칠한 문틀에 거칠게 부딪치고 있었지. 나는 카터 부인이 들어올 때까지 문을 붙들어주었다네. 그녀는 나를 지나쳐 어둑한 부엌으로 들어갔지. 나도 그녀도 여기까지 걸어오는 내내 입을 열지 않았어. 훌쩍이는 소리가 아니었다면 내 뒤에 있다는 사실조차 알지 못했을 거야.

나는 문을 닫고는 걸쇠를 잠갔다네. 문 밖의 바람이 항의하듯 울부짖었지.

카터 부인은 식당 조리대에 손을 짚은 채 고개를 숙이고 싱크대를 보았어. 흐린 눈이 생각에 잠겨 있었지. 나는 식탁 위, 스누피와 우드스톡이 새겨진 낡은 유리잔 옆에 놓인 버번 위스키 병을 곁눈질했다네. 나는 식탁으로 가서 위스키를 2.5센티미터쯤 따랐지. 아버지께서 언제나 말씀하시듯, 손가락 두 개 깊이로.

"그걸 마시기에 넌 너무 이르지 않니?" 카터 부인이 말했다네. 고개를 돌려 나를 바라보고 있더군.

나는 유리잔을 그녀에게 건네며 말했지. "당신을 위한 거예요."

"아니, 못 마시겠어."

"마셔야 할 것 같은데요."

아버지는 하루 종일 땀흘려 일하신 다음에는 술 한 잔을 사양하는 법이 없었다네. 덕분에 나도 칵테일 한두 잔이 긴장을 풀어준다는 사실을 알고 있었지. 지금 이 자리에 긴장을 풀어야 할 사람이 있다면 그건 카터 부인이었고.

그녀는 갈색 액체를 바라보며 잠시 머뭇거리다, 유리잔을 받아 들고 부어오른 입가로 가져갔다네. 그리고 단숨에 버번을 들이켜고 유리잔을 거칠게 내려놓았지. 온몸이 떨리면서 나직한 소리가 새어 나왔다네. "아, 세상에."

나는 웃을 수밖에 없었어. 이거야말로 어른의 시간 아닌가. 부엌에서 잔을 기울이는 두 술친구. 나도 조금 마셔보고 싶은 마음이 간절했지만, 애써 자제했다네. 지금은 정신 똑바로 차려야 하니까. 오늘 밤은 아직 끝나려면 멀었으니.

"한잔 더 하실래요?"

그녀가 고개를 끄덕이자, 이번에는 아까보다 손가락 한 마디 정도 더 따라주었지.

이번에는 첫 잔보다 훨씬 빨리 비운 데다, 몸을 떨지도 않고 살짝 웃음마저 머금었다네. 그녀는 식탁 의자에 앉으며 이렇게 말했지. "사이먼은 좋은 남자였어. 거의. 정말로 나를 해치려 한 건 아니야. 그건…… 전부…… 사는 게 힘들어서 그랬던 거야. 그런 일을 당할 것까지는……."

나는 그녀 옆에 자리를 잡고 앉았다네.

학교에서는 여자아이한테 연필을 빌려달라고 할 때도 한 시간이나 용기를 그러모아야 했는데. 하지만 카터 부인에게는 어딘가 마음을 편하게 해주는 구석이 있었다네. 평소에 느끼는 배 속이 울렁거리는 기분이나 목 뒤의 열기도 찾아오지 않았어. 나는 그녀의 뺨에 난 상처를 어루만졌다네. 20분 전에 비해 상당히 어두워져 있더군. "더 심한 상처를 입히거나 당신을 죽였을지도 몰라요."

그녀는 고개를 저었네. "사이먼은 안 그래. 그런 사람이 아니었어."

"그런 사람이었다니까요. 당신한테 한 짓을 좀 봐요."

"그럴 만했으니까."

어머니와 함께 있는 카터 부인의 모습이 내 마음속에 어른거렸다네. 내가 그걸 봤다는 사실을 알고 있을까? "당신이 뭘 했든 이런 식으로 맞을 이유가 되진 못해요. 남자는 절대 여자한테 손을 대서는 안 된다고요. 진짜 남자라면요."

그녀는 키득거리며 웃었지. "아버지가 그렇게 가르쳐주셨니?"

나는 고개를 끄덕였다네. "여성은 존중하고 아껴야 하는 존재니까요. 신이 주신 선물이니까요." 아버지는 또한 여성은 연약하며 물리적 혹은 언어적 폭력에 대해 자신을 지킬 수 없는 존재라고도 말씀하셨지만, 그 부분은 빼놓기로 했다네.

"아버지는 좋은 분이로구나."

"네."

카터 부인은 병에 손을 뻗어 자기 잔을 채운 다음, 내 쪽으로 병을 밀었어. "너도 한잔할래? 마셔본 적 없지?"

나는 고개를 끄덕였다네. 사실 거짓말이었어. 지난 생일에 아버지가 마티니를 만들어주셨거든. 어머니는 가장 좋아하는 레드 와인을 한 잔 따랐고, 셋이 함께 축배를 들었지. 물론 나는 대부분 식탁 위에 뱉어버렸고, 입안에 남은 것만으로도 목구멍이 타버릴 지경이라 더 마실 수가 없었다네. 어머니는 웃음을 터트렸고, 아버지는 내 등을 두드렸지. "이런 건 익숙해져야 하는 거다, 아들. 언젠가는 좋아하게 될 거야. 애석하게도 그날이 오늘은 아닌 모양이로구나!" 그리고 아버지 또한 웃음을 터트리셨지. "어쩌면 맥주파가 될 지도 모르지."

그녀는 다시 내게 술병을 밀었다네. "자, 겁낼 필요 없어. 해치지 않을 테니. 나 혼자 마시게 할 생각은 아니겠지? 그건 너무 무례한 일이잖니." 그녀의 목소리에 날카로운 기색은 남아 있지 않았다네. 아직 혀는 꼬이지 않았지만, 나처럼 경험이 부족한 아이조차 머지않아 그렇게 될 것이라는 사실을 짐작할 수 있었지.

방법을 생각해봐, 아들.

나는 병을 받아 뚜껑을 열었다네. 검은색 라벨에 에번 윌리엄스 켄터키 버번이라고 적혀 있었지. 식탁 조명을 받은 갈색 액체가 꼭 녹아내린 사탕처럼 보였다네. 나는 병을 입가로 가져가 한 모금 홀짝였지. 입안이 타는 것 같았지만 마티니를 마셨을 때처럼 심하지는 않았어. 이번에는 마음의 준비를 해서일 수도 있고, 조금이나마 내성이 생긴 것일 수도 있겠지. 그리…… 나쁘지 않았어. 선호하는 음료라고는 할 수 없겠지만, 싫어한다고 할 정도도 아니었지. 사실 몸이 조금 따뜻해지며, 배 속에 열기가 오르기도 했고. 나는 한 모금을 더, 이번에는 처음보다 조금 더 마셨다네.

카터 부인은 웃음을 터트렸지. "어머나! 아주 능숙하구나. 시가 한 대에 멋진 카우보이모자만 있으면 어른들과 포커판에서 어울려도 되겠어."

나는 웃으며 병을 그녀 쪽을 향해 기울여 보였다네. "조금 더 마실래요?"

"어머, 지금 나를 취하게 만들려는 거니?"

"아뇨, 부인. 전 그냥……."

"이리 줘보렴." 그녀는 병을 향해 손을 뻗었다네. 이번에는 유리잔 따위는 사용하지 않았어. 내가 한 것처럼 병째 들이켰지.

"사탕은 좋지만, 술은 빠르다."* 내가 말했지.

그녀는 웃음을 터트렸어. "그런 말은 어디서 들었니?"

"아버지요. 그날 밤은 꽤나 취해 계셨죠."

"너희 아버지는 상당히 흥미로운 남자인 것 같구나."

나는 한 잔 더 마실까 고민했다네. 첫 모금은 나를 따뜻하고 차분하게 만들어줬어. 차분한 건 좋은 일이지. 나는 병을 향해 고갯짓했고, 그녀는 병을 내게 돌려주었다네. 그녀의 입술에 차츰 미소가 피어오르더니 이윽고 큰 소리로 웃음을 터트렸어.

"왜요? 내가 뭘 했는데요?"

그녀는 나를 향해 손을 저으며 웃다가 사레까지 들려 쩔쩔매기 시작했어. 나도 그녀와 함께 웃기 시작했지만, 뭐가 그리 우스운지는 알 수 없었지. "말해요! 나도 알아야죠!"

카터 부인은 손바닥을 위로 한 채 양손을 식탁에 올려놓고 웃음을 멈춘 다음, 입술을 깨물었다네. 그러고는 이렇게 말했지. "그러니까, 취한 너를 집으로 돌려보내면, 너희 부모님이 나를 죽일 거라는 생각이 들었거든."

나는 잠시 그녀와 시선을 마주한 채로 멍하니 바라보았다네. 그러다 우리 둘은 동시에 웃음을 터트리고 눈물이 나올 정도로 웃었지. 배가 아파올 정도로.

* Candy is dandy but liquor is quicker. 미국의 시인 오그든 내시의 시 〈친해지는 법(Reflections on Ice Breaking)〉의 구절.

그녀는 병을 들고 다시 한 모금 홀짝였어. "이건 사이먼이 제일 좋아하는 술이었어. 하지만 버번을 마시면 사람이 난폭해졌지. 이걸 마신다고 너도 고약해지는 건 아니겠지?"

나는 고개를 저었지.

"나도 고약해지지는 않는 것 같네. 그런데 그 사람은 왜 그랬던 걸까? 내가 이 병을 건드릴 때마다 화를 내면서 나를 아프게 한 이유가 뭘까? 지금 우리처럼 할 수는 없었던 걸까? 재밌네. 아아, 그 사람이 정말로 죽었구나. 나의 사이먼이 사라졌어. 정말로 죽은 게 맞겠지?"

두 번째 모금은 실수였는지도 모르겠어. 내 앞에 카터 부인이 두 명 앉아 있었거든. 눈을 가늘게 떠서 초점을 맞추면 다시 하나로 합쳐지는데, 다음 순간 다시 두 명이 되는 거야. 나는 한쪽 눈을, 반대쪽 눈을, 다시 처음 눈을 번갈아 가려보았다네.

카터 부인은 조용히 있다가, 문득 나직이 말했다네. "호수에서 나를 지켜보고 있었지? 알고 있어."

아드레날린이 몸속을 격렬하게 맴돌더니 두 명의 카터 부인이 하나로 합쳐져서 더 이상 흔들리지 않게 되었다네. "알고…… 있다고요?"

그녀는 천천히 고개를 끄덕였지. "응."

얼굴이 뜨겁게 타올랐다네. 그녀에게 맞출 수 없는 시선이 테이블로, 그리고 술병으로 향했지. 병으로 손을 뻗었지만, 병에 닿기 전에 카터 부인의 손이 먼저 내 손을 잡았다네. 떨고 있더군. "네가 봐주기를 원했던 것 같아. 네가 낚싯대를 들고 호수로 나가는 모습을 봤거든. 거기 있을 거라고 생각했어."

"왜 그런……."

"여자는 가끔 갈망의 시선을 원하거든. 그게 전부야." 그녀는 다시 술을 한 모금 마셨다네. "내가 예쁘다고 생각하니?"

나는 고개를 끄덕였어. 그녀는 내가 지금까지 본 가장 예쁜 여자였어. 게다가 제대로 된 여자였지. 주니어용 브라와 프릴 달린 팬티를 입는, 수업시간에 쪽지나 돌리고 최신 유행 밴드에 괴성을 지르는 여자애들과는 달랐어. 진짜 여자였지. 진짜 여자가 나한테 이런 말을 하고 있는 거야. 뜨듯한 피가 한데 몰리며 아래쪽의 그 느낌이 돌아왔다네. 그녀가 식탁 아래를 볼 수 없다는 건 알고 있었지만, 그래도 부끄러워지기는 하더군. 나는 그녀의 손에서 내 손을 빼내고 술병을 입가로 가져갔다네. 이번에는 타는 느낌은 없었어. 그저 기분 좋을 뿐이었지.

나는 그녀에게 술병을 건넸고, 그녀도 사양하지 않았다네. 마침내 그녀가 병을 식탁 위에 내려놓으려 했을 때쯤에는 내용물의 4분의 1 정도가 사라져 있었고, 조준은 제대로 빗나갔지. 병은 그대로 바닥에 떨어져 큰 소리와 함께 깨져버렸고, 유리와 술이 사방으로 퍼졌어.

"아, 세상에…… 엉망을 만들어버렸네. 어쩐다."

"괜찮아요, 내가 치울게요." 나는 자리에서 일어나 걸레를 찾아 주변을 둘러보았다네. 방이 그대로 빙 돌더군. 나는 의자 등받이에 기대어 선 다음 부엌이 제자리를 찾을 때까지 천천히 심호흡했다네. 카터 부인은 노란 의자에 앉은 채로 나를 바라보다가, 식탁에 기댄 팔 사이로 머리를 묻어버렸어.

나는 완벽한 정적 속에 서 있었다네. 호흡이 그대로 잠자는 사람의 리듬으로 잦아들 때까지 꼼짝도 않고 서 있었지. 그런 다음 뒷문을 열고 갈수록 싸늘해지는 밤공기 속으로 나갔다네.

부모님을 모셔올 때였지. 그녀를 묶어놓으려면 두 분의 도움이 필요할 테니까.

30
샘 포터

첫째 날

오후 4:49

"오래된 책이네요. 절판된 건데요." 왓슨은 포터와 내쉬와 함께 에머리의 책상 위에 놓인 교과서를 내려다보며, 아이폰의 작은 화면에 떠오른 글자를 읽었다. "현대 미적분학. 저자는 윈스턴 길버트, 토머스 브로딩턴, 카멜 소튼. 1923년에 초판이 나왔고, 마지막 판본은 1987년에 출간된 모양이에요."

그는 옆에 놓인 묵직한 검은 공구함에서 작은 붓과 지문 감식용 가루를 꺼냈다. 그리고 붓을 가루 속에 담갔다가 짧고 뻣뻣한 털로 종이 위를 문지르기 시작했다. 손이 원을 그리며 검은 가루를 표지 위에 골고루 펼쳤다.

"그러면 도서관에서 안 받아줄 텐데." 내쉬가 얼굴을 찌푸렸다.

왓슨은 그 말을 무시하고 가방에서 커다란 손전등을 꺼내 켠 다음 다시 책 위로 몸을 숙였다.

"규격품인가?" 포터가 물었다.

왓슨은 고개를 저었다. "페닉스 750이에요. LED 전구가 2900루멘의 출력을 내죠. 밝기는 보급품의 두 배이고 적외선 출력과 스트로보 기능도 달려 있어요."

내쉬는 휘파람을 불었다. "진짜 끝내주는 손전등이네. 경찰들이 크리스마스가 되면 산타에게 새 총을 달라고 애원하는 것처럼, 그쪽에서는 손전등을 부탁하는 모양이야."

"뭔가 있나?" 포터가 물었다.

왓슨은 몸을 더 숙였다. "지문은 한 사람 것밖에 안 보이네요. 버로우 씨 것 같은데요. 그녀의 지문을 배제하려면 우선 지문을 채취해야겠죠. 그리고 여기 책등 좀 보세요. 주름이 하나도 잡히지 않았어요. 읽은 적이 없는 책 같아요. 상태가 아주 좋아요."

"음모론으로 빠지려는 건 아니지만, 혹시 놈이 손댄 물건은 아닐까?" 내쉬가 물었다.

포터는 얼굴을 찌푸렸다. "손을 대다니?"

"그러니까 속을 파내서 폭탄을 심거나 뭐 그런 식으로 말이야."

왓슨은 표지를 열기 시작했다.

"아니, 잠깐!" 내쉬가 소리치며 벽에 몸을 붙였다.

부드러운 소리를 내며 표지가 책상 표면에 부딪쳤다. 내쉬는 눈을 질끈 감았다.

포터는 첫 장을 읽었다. "평범한 책이야. 폭탄은 없어."

"물 좀 마시고 올게." 내쉬는 이렇게 말하고 복도를 따라 부엌으로 사라졌다.

포터는 책장을 넘겼다. 왓슨의 말대로였다. 1987년에 마지막으로 출판된 책 치고는 꽤나 새것으로 보였다. 반짝이는 페이지들이 서로 들러붙을 정도였다. 아직도 남아 있는 '새 책' 냄새가 3학년 영문학 시간을 떠오르게 했다. 그가 유일하게 새 교과서를 받았던 때였다. "4MK가 이걸 여기 뒀다면 그게 무슨 뜻일까?"

왓슨은 한숨을 쉬었다. "저도 모르죠. 애초에 그자가 단서를 남긴 일이 있기는 했어요?"

"없었지."

"분명 뭔가 말하고 싶었겠죠. 아니면 왜 이런 수고를 했겠어요?"

"이 책은 어디서 손에 넣었을까?"

왓슨은 책장을 넘겼다. "이 도시에도 중고 서점은 제법 있지만, 교과서를 취급하는 곳은 몰라요."

"낡은 수학책을 원하는 사람이 있을까?"

"수학 교사?"

"학교에서 나왔다고 생각하나?"

왓슨은 잠시 그 말을 곱씹더니 고개를 저었다. "학교에서 사용된 책이라면 이런 상태로 남아 있지 못할 거예요. 교과서는 얌전히 두는 물건이 아니니까요. 사용해서 망가지는 물건이죠."

"그렇군. 그럼 유통 업체일까?"

왓슨은 처음 몇 쪽을 넘겨보았다. 그는 둘째 장에 적힌 글을 손가락으로 훑으며 읽어내리다가 책을 돌려 포터가 볼 수 있도록 놓았다. "여기 시카고에서 제본된 책이네요. 이 주소는 여기서 5킬로미터도 떨어지지 않은 풀턴이고요."

포터는 미간을 찌푸렸다. "거기 책장 모서리는 자네가 접었나?"

"아뇨."

하지만 누군가 접었던 게 분명했다. 잘 보이지는 않지만 분명 접은 선이 있었다. 4MK는 이 정보를 찾아내기를 원했던 것이다.

포터는 휴대전화를 꺼내 클로즈에게 전화를 건 다음, 주소를 불러주었다. 그리고 잠시 후 전화를 끊고 말했다. "이 주소지에는 모레 철거될 예정인 폐창고가 있다는데."

포터와 내쉬는 중요성을 바로 알아차렸다. 네 마리 원숭이 킬러는 세 번째 희생자인 미시 루맥스의 시체를 버려진 창고 한가운데의 방수포 아래에 두었다. 그 건물 또한 철거 예정이었다. 그 건물 또한 풀턴 리버 구역에 있었다.

31
일기

잠이 든 기억은 나지 않았지만 쓰러진 것은 분명했다네. 일어나 보니 가장 좋은 잠옷을 입고 침대에 누워 있는 데다, 엄청난 두통이 세상의 모든 두통을 끝장낼 기세로 관자놀이를 두드려댔지. 블라인드 틈새를 뚫고 들어온 아침햇살이 눈을 찔러서 눈이 머는 게 아닐까 싶을 정도였다네.

어젯밤 아버지는 내가 술을 마신 일을 꾸짖었어. 나는 그럴 수밖에 없었던 이유를 설명하려 했지만, 그분은 조금도 귀를 기울이지 않았지. 아니, 기울이긴 하셨을지도 모르겠군. 어젯밤 일은 기억이 흐릿해서.

나는 담요를 젖히고 바닥에 발을 디뎠다네.

조심스레 발을 내렸다고 생각했는데, 그 충격이 내 몸속을 휘돌아 머리까지 올라오더군. 나는 따스한 이불 속으로 돌아가 1년 정도 잠들어 있는 게 어떨까 진지하게 고려해봤지만, 지금 일어나지 않으면 부모님이 찾으러 오실 게 분명했어. 우리 집에서는 9시까지 아침 식탁에 앉지 않으면 식사시간이 끝나버려서, 텅 빈 접시와 꼬르륵거리는 배를 붙든 채 냉장고 앞에 선 신세가 되거든. 어머니는 항상 냉장고를 잠가놓으셨다네. 오전 9시 정각이 되자마자 냉장고의 걸쇠를 채우고 반짝이는 신형 스탠리 자물쇠로 단단히 잠가버리셨지. 그렇게 잠긴 냉장고는 점심시간까지 열리지 않다가, 다시 저녁까지 같은 상황이 반복되었다네. 물론 정오까지 먹지 않고 버틸 수는 있었지만, 왠지 배를 채우면 어젯밤의 술판이 남긴 이 괴로움을 다스릴 수 있고 남은 하루를 버틸 기력이 생길 것 같다는 생각이 들었다네.

어제 입었던 옷이 발치에 쌓여 있더군. 그걸 다시 입을까 생각했지만 티셔츠에서 올라오는 토사물 냄새에 그만두었지. 구토한 기억은 없었지만, 저 끔찍한 냄새의 책임이 내게 있다는 사실에는 의심의 여지가 없었어. 구태여 내 방까지 쳐들어와서 토할 사람이 누가 있겠나? 속을 게워낸 사람은 분명 나였어. 어제 마신 버번이 내 몸이 너무 좁다며 들어온 문으로 다시 나가려 하는 것 같았다네.

나는 바닥에 널린 옷가지를 태워버리자고 다짐하고는, 옷장에서 깨끗한 셔츠와 청바지 한 벌을 꺼냈다네. 그리고 복도를 따라 부엌으로 향했지.

"우리 아들이 오는군!" 아버지는 계란과 소시지가 가득 쌓인 접시 너머에서 활짝 웃으셨다네. "어서 앉아라, 아들. 기름진 음식을 먹으면 성난 위장을 다스리는 데 도움이 될 거다. 아직 숙취를 경험하기에 어린 건 사실이지만, 어젯밤 섭취한 알코올의 양을 가늠하기에는 숙취만큼 도움이 되는 게 없지."

나는 자리를 찾아가면서 뒤틀리는 배 속에 내용물을 그대로 담아두려고 최선을 다했다네. 버번은 남자의 음료이니까, 나 또한 마지막 한 방울까지 남자답게 배 속에 담아두어야 하지 않겠나. 아버지의 날카로운 눈초리 앞에서 나약한 모습을 보일 생각은 추호도 없었다네.

아버지는 오렌지주스가 든 유리병을 들고 내 잔을 채워주셨네. 그러고는 마술사가 검은 중절모에서 토끼를 꺼낼 때의 팡파르 소리와 함께, 냅킨 아래에서 술잔 하나를 꺼내셨지. "바로 너를 위해 준비한 거란다. 켄터키 최고의 물건이고, 문명 세계에서 쓰는 최고의 숙취 해소법이기도 하지." 그분은 장난기 섞인 웃음을 띠며 내 쪽으로 술잔을 미끄러트리셨다네.

술잔을 바라보는 나는 분명 핏발선 눈에 창백한 얼굴이었을 거야. 나는 아버지의 농담이 끝나기를 기다리고 있었지만, 그런 일은 일어나지 않았다네. 그분은 잔을 조금 더 내 쪽으로 밀었어. "쭉 들이켜라, 아들. 해장술 한 잔이면 기분이 훨씬 나아질 게다."

"진짜요?"

아버지는 고개를 끄덕였지.

나는 잔을 들었다네. 머리가 맥박에 맞춰 쑤셨지. 따스한 캐러멜과 알코올에 절인 바닐라 냄새가 코를 간지럽혔어.

"자, 얼른. 진짜 남자는 한 방울도 흘리지 않고 단번에 넘길 줄 알아야 한다."

나는 심호흡을 하고 그대로 내용물을 털어넣고 꿀꺽 삼킨 다음, 뜨거운 기운이 식도를 타고 위장까지 내려가는 것을 느끼며 얼굴을 찌푸렸다네. 내려가는 경로를 그대로 느낄 수 있다니, 정말이지 기묘한 느낌이었어. 그때까지는 내가 먹고 마신 음식물이 어떤 여행을 할지 생각해본 적도 없었거든. 알코올은 참 묘한 물건이야.

"자, 이제 잔을 쾅 하고 식탁에 내려놓아라." 아버지는 즐거운 듯 이르셨다네.

나는 그 말씀에 따라 술잔을 세게 내려놓았지. 내 손 안에서 부서질 거라고 확신할 정도로 강하게.

아버지는 즐겁게 박수를 쳤지. "그래야 내 아들이지!"

나는 옷소매로 입가를 닦았어. 숨결에 남은 버번의 기운이 느껴졌지. 타버린 토스트와 당밀의 맛.

아버지는 잔을 가져가서 한 잔 더 따르셨어. 이번에는 자신이 드신 다음 거칠게 잔을 내려놓았지. 그리고 신음에 이어 한숨을 쉬며 몸을 떨더니, 문득 진지한 얼굴로 나를 바라보았다네. "바로 이 순간을 네가 처음으로 술을 마신 때로 기억해줬으면 좋겠다. 그럴 수 있겠지, 아들? 나이를 먹어서 살아온 인생을 회상하면서, 금지된 주스를 마신 첫 순간을 바로 지금으로, 아버지와 잔을 나눈 때로 생각해달라는 말이다. 진정한 부자의 순간으로. 어젯밤은 잊어버려. 우리 귀여운 이웃과 함께 보낸 밤은 잊으란 말이다. 그렇게 술을 마신 이유도 잊어버리고. 나이가 들어서도 카터 부인과 함께 술에 취했던 기억을 가지고 있지는 않았으면 한다. 아예 그 여자에 대해서는 전부 잊고, 이 순간만 기억해라. 어때, 아들? 그래줄래?"

나는 그분의 말을 곱씹어보고 고개를 끄덕였네. "그럴게요, 아버지." 나는 웃으며 말했지. "당연히 그래야죠."

"새끼손가락 걸고 약속?"

나는 작은 손을 아버지에게 내밀었고, 우리는 함께 약속했다네.

"좋아. 첫 술은 항상 그렇게 기억해야 하는 법이란다. 아빠와 함께 보내는 행복한 순간이어야 하지. 미친 암캐 같은 이웃과 시시덕거리는 시간이 아니라." 나는 그때까지 아버지가 나쁜 말을 사용하시는 것을 들어본 적이 없었다네. 어머니도 마찬가지였고. 절대 욕을 하지 않는 분들이거든. 처음 듣는 단어는 아니었어. 학교에서나 다른 어른들에게서 들어본 적이 있었으니. 하지만 아버지의 목소리로 듣는 건 전혀 다른 느낌이었지.

"미안하다, 아들. 네 앞에서는 그런 단어를 쓰면 안 되는 거였는데. 사람을 그런 식으로 불러서는 안 되는 법이지. 특히 여성일 경우에는. 아주 잘못된 본보기를 보이고 말았구나. 내가 항상 말했듯 여성은 항상 소중하게 여기고 최대한 존중해야 하는 대상이란다."

나는 방 안을 둘러보았다네. 어머니의 모습이 보이지 않았어.

"어머니는 우리 손님과 함께 지하에 있단다." 아버지가 말씀하셨지. 때론 내 마음을 읽는 것 같았어.

카터 부인이 아직 살아 있는지 궁금해졌다네. 솔직히 아직 살아 있다면 오히려 놀라운 일일 테지. 어머니와 아버지가 어젯밤에 최고의 정신 상태가 아니기는 했지만, 평소에는 기밀을 유지해야 하는 일에 상당히 주의를 기울이셨거든. 항상 모든 일에 매듭을 짓는 분들이셨지.

"카터 부인이 한동안 우리 집에 머물까요?"

아버지는 잠시 생각에 빠지셨다네. "그래, 아들. 아무래도 그럴 것 같구나. 사실 그 남편의 행동 때문에 카터 부인을 비난하는 건 옳지 못하지만, 그래도 그 사람을 그렇게 초조한 상황으로 몰아넣은 데에 그 부인의 잘못도 있을 테니까. 그렇지 않았더라면 애초에 네 어머니를 위협하러 우리 집에 오지도 않았을 테고, 네 어머니도 그런 가벼운 곤경에 처하는 일이 없었을 거 아니겠니. 그를 해칠 필요도 없었을 테지. 그랬더라면 카터 씨는 지금쯤 자기 베란다에 앉아서 사랑스러운 아내와 함께 여름의 산들바람을 즐기고 있을 테고, 너희 어머니도 지하실 바닥을 기면서 온갖 지독한 것들을 닦아낼 필요가 없었을 거다." 아버지는 고개를 저으며 웃음을 터트렸다네. "정말 피가 많이도 나더구나. 그렇지?"

나는 동의할 수밖에 없었어. 내 입가에도 미소가 떠오르더군.

아버지는 손으로 머리를 쓸어 넘기셨다네. "자, 이제 문제는 카터 부인이 무슨 일을 했기에 남편이 그렇게 화를 냈느냐는 것이 되겠구나. 그 남자가 뭘 본 걸까? 혹시 너는 뭔가 보았니, 아들?"

너무 빠르게 화제를 전환해서 순간 당황하고 말았다네.

목구멍이 막혀서, 말을 하려 해도 소리가 되어 나오지를 않았다네. 나는 고개를 젓고 간신히 대답했지. "없는 것 같아요, 아버지."

그분은 눈을 가늘게 떴지. "없는 것 같다고?"

이 말에는 대꾸하지 않았다네. 혀가 입 안에서 부어올라서 뛰쳐나오려고 안간힘을 쓰는 단어들을 막아버리는 것만 같았어. 아버지는 타오르는 눈으로 나를 바라보았다네. 그 시선 속에 분노는 없었지만, 내가 눈을 깜빡이는 모습이며 코를 움직이는 모습 하나하나를 전부 읽어내는 것 같더군. 나는 시선을 피하지 않았다네. 그랬다면 앞으로 내가 거짓말을 할 거라는 신호로 받아들였을 테니까. "그러니까 그 사람이 뭔가를 봤을 리가 없을 것 같다는 뜻이에요, 아버지. 저야 당연히 아무것도 못 봤고요."

그분은 고개를 한쪽으로 기울인 채로 한동안 나를 바라보았네. "그래, 진실은 언제나 순식간에 밝혀지기 마련이지. 항상. 그때가 오면 최고의 속도로 일을 해결할 거다. 하지만 지금은 해가 반짝이고 공기 속에는 생명이 충만한 쾌청한 여름날을 낭비하고 싶지 않구나."

나는 토스트를 집었다네. 이미 식어 있었지만, 배 속에 뭔가 들어가는 것만으로도 기분이 좋아지더군.

"머리는 좀 어떠냐?"

나는 두통이 거의 사라져서 이제 왼쪽 눈 뒤에서 살짝 욱신거리는 정도로밖에 느껴지지 않는다는 사실을 깨달았다네. 어지럼증도 사라졌고. "훨씬 나은데요!"

그분은 손을 뻗어 내 머리를 헝클어트렸다네. "그런 거다. 잘 먹어둬. 식사를 끝내면 아래층에 있는 우리 손님에게도 식사를 가져다줘라. 오렌지주스도 한 잔 곁들이면 좋겠구나. 아마 배가 고플 테지. 나는 카터 씨네 집 쪽으로 가서 상황을 조금 정리해야겠다. 여행 가방을 꾸려주는 편이 낫겠지. 누가 확인하러 올 수도 있으니, 차를 몰아 여행을 떠난 것처럼 보이는 게 최선일 거다."

"차도 빼놓는 게 좋겠어요." 나는 토스트를 우물거리며 이렇게 덧붙였다네.

그분은 다시 내 머리를 헝클어트렸지. "그 아버지에 그 아들이구나!"

나는 얼굴 가득 웃음을 머금었다네.

32
에머리 코너스

첫째 날

오후 5:00

음악이 멈췄다.

아무 일도 없던 것처럼.

허리케인에 휘말린 방호 셔터처럼 '스위트 홈 앨러배마'가 머리를 두드려대더니, 순식간에 아무것도 들리지 않게 되었다.

그러나 방은 적막과는 거리가 멀었다. 시끄러운 웅웅 소리가 음악의 자리를 대신했고, 에머리는 그 소리가 마음속에만 존재한다는 것을 알면서도 가장 큰 스피커를 요란하게 틀어놓은 것 정도는 된다고 생각했다. 음량은 늘거나 줄지 않고 유지됐다.

이명이었다.

3년쯤 전에 처음으로 메트로 시카고에서 열린 '잭스 마네킹' 콘서트에 갔을 때였다. 버로우 선생님은 에머리에게 소음의 위험성에 대해 알려주었다. 이제 와서 돌이켜보면 그저 겁을 주고 싶었던 게 분명했다. 버로우 선생님은 시끄러운 음악에 장기적으로 노출되었을 때 청각이 얼마나 간단하게 영구적으로 손상될 수 있는지, 특히 폐쇄된 공간에서 얼마나 위험한지 설명했다. 귓속에 있는 작은 털들이 해진 전선 끝처럼 망가져서 뇌로 하여금 존재하지 않는 소리를 감지하게 만든다는 것이다. 대부분의 경우 그런 현상은 일시적인 것으로 끝난다.

대부분의 경우.

버로우 여사가 귀마개를 주었을 때, 에머리는 기꺼이 그걸 받아 들고 집을 나섰다. 물론 사용하지는 않았다. 분홍색 물건을 귀에 꽂은 한심한 모습을 친구들에게 보일 수는 없었으니. 귀마개는 계속 주머니 안에 있었고, 그녀는 딱 지금처럼 귀가 울리는 상태로 귀가했다.

그때는 지금 같지 않았잖니, 우리 아가. 기억나? 그땐 간신히 들릴 정도였고 금세 사라져버렸어. 어쨌든 그 콘서트는 별로 시끄럽지 않았고, 오래 계속되지도 않았으니. 방금 전까지 네가 당한 소리 폭격과는 달랐던 거야. 방금 그 음악은 얼마나 지속되었을까? 다섯 시간? 열 시간? 게다가 벌써 귀 한쪽은 없어져버렸잖니. 상황에 도움이 될 것 같지는 않구나.

"닥쳐!" 에머리는 소리치려 했다. 그러나 그녀의 입에서는 웅얼거리는 소리만이 나올 뿐이었다. 메마른 목이 음절 하나하나를 발음할 때마다 거세게 저항했다.

그러니까 내 말은, 귀마개 하나만 있어도 도움이 되었을 거라는 얘기야. 한쪽은 꽁꽁 싸매져 있잖니. 그 끔찍한 음악이 돌아오면, 반창고를 좀 찢어서 귓구멍에 쑤셔넣는 편이 나을지도 몰라. 안전한 게 좋잖아? 여기서 빠져나가면 너는 귀 한 짝만 남은 아가씨가 될 텐데, 남은 귀라도 잘 간수해야 하지 않겠어? 귀가 하나밖에 없는 아가씨보다 더 나쁜 게 뭔지 아니?

"제발 조용히 좀 해."

더 나쁜 게 뭔지 알아?

에머리는 눈을 감아 어둠에서 더 짙은 어둠으로 피신한 다음, 제시 J의 '잇츠 마이 파티'를 부르기 시작했다.

귀가 하나밖에 없는 아가씨보다 더 끔찍한 건, 바로 귀가 하나뿐이고 눈도 없는 아가씨란다. 내 사랑. 아무래도 우리 여행의 다음 역이 그곳일 것 같네. 음악이 멈췄다는 말은 그렇게 조작한 사람이 있다는 뜻 아니겠니.

에머리는 순간 숨을 멈추고 머리를 오른쪽에서 왼쪽으로, 다시 왼쪽에서 오른쪽으로 돌렸다. 주변을 둘러싼 어둠의 장벽 너머를 보려고 애쓰면서.

눈은 어둠에 적응하려 애쓰고 있었지만, 이미 패색이 짙었다. 에머리는 무릎을 가슴께로 단단히 끌어안은 채 금속 침대 위에 앉아 있지만 자기 발조차 제대로 알아볼 수 없었다. 반짝이는 은빛의 금속 침대조차도 흐릿한 형체 정도였다. 그렇다고 해서 움직임이 없다는 뜻은 아니었다. 사방의 모든 것이 움직이고 있었다. 어둠이 물결치듯 요동치며, 거의 맛을 볼 수도 있을 것처럼 진하게 공기 중에 흘러다녔다.

그자가 이미 방 안에 있더라도, 그녀는 알지 못할 것이다. 몇십 센티미터 떨어진 곳에 손에 칼을 들고 서 있을지도 모른다. 그대로 칼날을 눈에 박고 손목에 가볍게 힘을 주어 퐁 하고 눈알을 빼낼 준비를 하고 있을지도 모른다. 반응하거나 맞서 싸울 시간은 없을 것이다. 적어도 그가 시각을 빼앗는 작업을 시작하기 전에는.

에머리는 계속 노래했지만 음정도 박자도 맞지 않았다.

"나, 나는 호, 홀로 춤을 춰. 멈추라고 말할 때까지." 그녀는 자유로운 왼손을 앞으로 뻗고 천천히 앞뒤로 어둠 속을 더듬었다. "거…… 거기 있어요?"

마음의 눈에 그가 보였다. 크고 비쩍 마른 남자 하나가 한 손에 칼을, 다른 손에는 숟가락을 들고 벽 앞에 서 있었다. 칼날로 숟가락 가장자리를 긁으며, 손가락으로는 칼 손잡이를 부드럽게 쥐었다 폈다 하고 있었다. 양쪽 모두 피가 잔뜩 말라붙어 있었다. 그녀 이전에 같은 운명을 맞은 이들이 남긴 유산이었다. 이렇게 어두운데도 분명 에머리 쪽을 정확하게 보고 있었다. 그의 발치에 하얀 상자가 놓였고, 그 옆에는 검은 리본이 차례를 기다리고 있었다. 그는 오른손을 들어 검지와 중지를 V모양으로 펴서 자신의 눈을 가리킨 다음, 그녀의 눈 쪽으로 방향을 돌리며 입가에 미소를 머금었다. 바짝 마르고 갈라진 그의 입술이 눈에 띄었다. 그의 혀가 즐기듯 천천히 그 위를 가로질렀다. "이제 볼 가치가 있는 것이 남아 있지 않구나." 그는 낮은 목소리로 말했다. "네 젊은 안구는 이 세계의 악에 물들었으니 이제 자리를 비워줘야 한단다. 본 것을 취소할 방법은 그것뿐이니까. 너를 정화하는 방법은 그것뿐이란다."

에머리는 뒤로 물러나며 벽에 바짝 붙었다. "당신은 진짜가 아니야. 난 여기 혼자 있어!"

음악이 돌아왔으면.

그가 여기 있다면, 정말로 해칠 마음을 품고 이 방에 서 있다면, 다가오는 소리를 듣고 싶지 않았다. 차라리 모르는 편이 나을 것이다.

이명이 조금 덜해졌고, 그녀는 망가진 쪽 귀에서 느껴지는 맥 뛰는 소리를 무시하려 애쓰며, 주변의 소리에 귀를 기울였다.

놈이 있다면, 숨 쉬는 소리가 들리지 않을까?

"날 해칠 거라면 지금 당장 끝내란 말야, 이 변태 자식아!" 그녀는 외쳤다. 문제는 외침이 되어 나오지 않았다는 것뿐. 목이 너무도 말라서 높고 갈라지는 소리밖에 나오지 않았다.

소리가 들렸다.

전에도 이런 소리가 들렸던가.

규칙적인 똑, 똑, 똑 소리가 1초 간격으로 들려왔다.

하지만 어디서?

그녀는 이미 방을 한 바퀴 돌았다. 벽은 전부 확인했다. 맨발로. 어딘가 물이 새고 있다면 분명 그때 찾아냈어야 했다.

물 생각만 해도 목구멍이 아렸다.

너무 목이 말라서 환청을 듣는 걸지도 몰라, 우리 아가. 인간의 정신이란 그 정도로 우스꽝스러운 물건이거든. 내 생각에는 물을 마시게 해주고 싶었다면 처음부터 그냥 물을 줬을 것 같은데.

에머리는 눈을 감고 소리에 집중하려 애썼다. 우스운 행동이라는 것은 알고 있었다. 애당초 아무것도 볼 수 없었으니까. 그러나 이유는 몰라도 눈을 감는 행동이 도움이 되었다. 보다 크게, 보다 명확하게 소리가 들리기 시작했다.

똑…… 똑…… 똑.

그녀는 고개를 기울여 성한 귀를 물방울이 떨어질 때마다 천천히 돌리며, 가장 크게 들리는 방향을 찾았다. 소리가 다시 약해지자, 움직임을 멈추고 천천히 고개를 다시 돌렸다.

소리는 왼쪽에서 들렸다.

에머리는 침대에서 내려와 차가운 콘크리트에 섰다. 온몸에 소름이 돋았고, 조금이라도 온기를 느끼려 왼팔을 몸에 둘렀다. 오른손으로는 침대를 당기면서.

쥐 떼를 잊으면 안 된다, 우리 아가. 그 작은 녀석들이 주변을 돌아다니고 있을 테니까. 아마 한참 전에 물을 발견했을 테니, 이제

저녁식사만 찾고 있지 않겠니. 여자아이 살점 같은 거 말이야. 내가 쥐였다면 분명 물 바로 옆에 자리를 잡았을 거야. 물을 지키려고 애쓰겠지. 온 힘을 다해 지킬 거야.

에머리는 한 걸음, 다시 한 걸음, 침대를 질질 끌면서 나아갔다.

벽에서 손을 떼고 싶지 않았다. 벽에 붙어 있는 것만으로도 담요라도 두른 듯 안전하다는 느낌이 들었지만, 결국 손을 떼야 했다. 그녀는 벽을 떠나 걸음을, 작은 걸음을, 발을 끌다시피 하며 움직였다. 앞에 무엇이 있는지 알 수 없으니 그보다 빨리 움직일 수는 없었다.

그놈이 깨진 유리조각이라도 뿌려놓았다면 어쩌지? 아니면 녹슨 못? 바닥에 구멍이 뚫려 있다면? 떨어져서 다리가 부러지기라도 한다면? 지금 이 상황보다 훨씬 끔찍할 거야. 그러고 보니, 귀찮게 하고 싶은 건 아니지만, 이 말을 해야 할 것 같구나. 누가 음악을 껐는지는 아직 확인 못 했지? 만약 그자가 근처에 있다면, 물이나 마시러 가는 건 그리 중요한 일이 아닐 것 같아서.

"해치고 싶으면 해치라지." 에머리는 쏘아붙였다. "얌전히 앉아서 그쪽에서 먼저 행동하기를 기다리지는 않을 거야."

에머리는 발을 끌면서 전진했다. 앞으로 나아갈 때마다 발가락 끝의 감각이 먹먹해졌다.

콘크리트가 점점 차가워지는 걸까?

"내게 볼일이 끝나기 전까지는 죽이지 않을걸? 뉴스에 나온 여자들은 살해당하기 전까지 적어도 일주일은 살아 있었어. 나는 여기 갇힌 지 기껏해야 하루밖에 안 됐고. 아직은 내가 필요할 거야."

그 말에도 일리가 있는 것 같네. 하지만 죽이지 않고도 할 수 있는 일이, 불쾌한 일이, 정말로 많거든. 벌써 귀 한 쪽을 가져갔잖아.

다음은 눈이라는 것도 알고 있겠지. 하지만 그게 그렇게 나쁜 일일까? 그러니까, 지금도 앞을 볼 수 없는 건 똑같잖아? 솔직히 말해서 혀를 잃는 쪽이 더 걱정되는걸. 어둠 속에서야 더듬거리면서라도 앞으로 나갈 수 있지만, 말을 못하게 된다면? 세상에, 그건 진짜 힘들겠지? 넌 수다스러운 아이잖아.

에머리는 귀를 기울였다. 이제 꽤 가까워졌다. 몇 센티미터만 더 가면 될 것이다.

쥐 한 마리가 발등을 넘어갔다. 그녀는 비명을 지르며 침대 위로 넘어질 뻔했다.

그녀는 안간힘을 쓰며 심호흡했다. 침착해. 발가락 위로 지나가는 작은 발들이 느껴졌다. 이번에는 큰 비명이 터져 나왔다. 목이 마른 정도로는 억누를 수 없었다. 사금파리를 토한 것처럼 목이 따끔거렸지만 멈추고 싶은 마음에도 비명은 계속되었다. 모든 것을 담은 비명. 쥐나 납치나 감금 때문이 아니었다. 아버지와 그녀 주변의 인간들, 홈스쿨링과 몇 안 되는 친구들에 대한 비명이었다. 귀에 느껴지는 고통, 먹먹한 발가락, 낯선 곳에서 강제로 벌거벗겨져 있다는 무력감이 단숨에 끓어올랐다. 그녀를 지켜보는 낯선 눈에 대한 비명이었다. 그녀를 납치한 사람, 몇 킬로미터 떨어진 곳에 있을 수도 있고, 어둠 속 바로 곁에 숨어 있을 수도 있는 그자에 대한 비명이었다. 자신이 이 모든 것을 홀로 겪도록 남겨두고 먼저 떠난 어머니에 대한 비명이었다.

비명을 멈추자 목구멍에서 끓는 납을 삼킨 후 눌어붙은 찌꺼기를 녹슨 칼로 긁어낸 것 같은 통증이 느껴졌지만 개의치 않았다. 덕분에 머리가 맑아졌다. 정신을 차려야 했다.

생각해야 했다.

이명은 사라졌다.

에머리는 성한 귀를 기울여, 망가진 귀에서 들리는 맥박 뛰는 소리 너머를 들으려 애썼다.

똑.

왼쪽에서 부드럽게 긁작이는 소리가 들렸다. 발톱으로 콘크리트 긁는 소리. 작은 발톱이 굴을 파는 소리.

무시해. 그녀는 속으로 중얼거렸다.

그냥 무시하면 되는 거야.

에머리는 온 힘을 다해 조금씩 나아갔다. 발을 끌면서, 한 걸음. 다시 한 걸음. 그리고…….

발가락이 뭔가에 부딪혔다. 표면이 콘크리트보다 차가웠다. 차고 축축했다. 에머리는 오른팔을 뒤로 길게 뻗은 어색한 자세로 무릎을 꿇고 앉았다. 침대를 당기니 조금 여유가 생겼다.

금속일까? 그런 것 같았다. 제법 큰 금속판이 분명했다. 가장자리를 손으로 더듬으니 폭이 1미터쯤 되는 듯했다. 10센티미터마다 나사가 튀어나와서 콘크리트에 고정되어 있었다.

에머리는 표면을 손으로 훑었다. 분명 젖어 있다.

똑.

이번에는 가까운 곳에 물방울이 떨어졌는지, 그녀에게까지 튀었다. 자잘한 물방울이 피부 위로 안개처럼 퍼지는 것이 느껴졌다. 그녀는 손가락으로 금속판을 훑어서 입술로 가져갔다. 맛보기 전부터 금속 냄새가 났다. 녹이나 다른 잔여물이 섞인 것이 분명했다. 그러나 그녀는 물을 맛보았다. 뇌에서 빨리 물을 얻지 못하면 다른 어떤 걱정도 쓸모없게 될 거라고 명령하고 있었다.

맛은 끔찍했지만 분명 촉촉했고, 더 많이 필요했다.

에머리는 금속판 쪽으로 고개를 숙이며 침대를 끌어 조금이라도 더 가까워지려고 애썼다. 침대가 더 움직이지 않자 목을 빼고 혀를 내밀었다. 보이지는 않았지만 물이 분명 그곳에, 몇 센티미터 앞에 있었다. 느낄 수 있었다. 혀끝이 어둑한 허공을 더듬으며 길게 뻗었다.

다시 긁는 소리가 들렸다. 작은 발톱 소리.

나라면 그 혀를 도로 집어넣을 텐데. 물이 있든 없든 굶주린 쥐에게는 맛난 간식으로 보이지 않겠니? 그러지 않더라도 우리 집주인이 그 귀찮은 물건을 냉큼 잘라버리기 딱 좋게 만들고 있는 건 분명하잖니.

에머리는 물러섰다. 망가진 귀로는 긁는 소리가 어디서 들리는지를 분간할 수 없었다. 바로 옆에서 들리는 것만 같았는데, 고개를 살짝 기울여도 방 반대편에서 들리는 것처럼 느껴졌다.

똑.

떨어진 물방울이 그녀의 손과 볼에 튀었다.

"빌어먹을." 에머리는 최대한 몸을 뻗으며 수갑을 당겼다. 손목이 똑 하고 부러질 것처럼 느껴질 때까지 몸을 뻗었다. 수갑의 금속이 손목의 살을 씹었지만, 그녀는 단 한 가지에만, 오직 물에만 집중하며 고통을 무시하려 애썼다.

몸이 앞으로 움직였다.

혀가 아주 잠시 동안 금속판의 표면을 쓸었다. 길어야 1초 정도였지만, 금속의 맛을 확실히 느꼈다. 너무 빨리 일어난 일인 데다 금속판이 너무 차가워서, 실제로 물을 맛보았는지 차가운 금속을 물이라고 착각했는지조차 알 수 없었다. 어쨌든 갈증을 해소하기에 충분하지 못한 것은 분명했다. 덕분에 갈증이 더 심해질 뿐이었다.

울지 않을 거야.

에머리는 최대한 몸을 숙이고 온 힘을 다해 수갑을 당겼다. 금속이 손목을 파고들었지만 개의치 않았다. 에머리는 몸무게를 전부 실어 앞으로 나아가려 했다. 뭔가 떨어져 나가는 소리와 함께 얼굴이 앞으로 움직였다. 혀가 물에 닿았다. 차갑고, 상쾌하고, 더럽고, 녹슨 맛이 나는 물이 금속판 가운데에 고여 있었다. 그러나 혀가 웅덩이에 잠긴 것은 아주 잠시 뿐이었다. 침대가 기울더니 그대로 등 뒤로 넘어지며, 그녀의 머리를 바닥에 처박아 더욱 깊은 어둠 속으로 빠트려버렸기 때문이다.

33
일기

나는 선반 위에서 아침식사용 쟁반을 찾아내 토스트 몇 조각과 바나나 하나, 오렌지 주스, 치리오스 한 컵을 담았다네(내가 좋아하는 아침식사 메뉴였지). 치리오스에 우유를 따르고 싶었지만 냉장고를 열어 보니 한 컵 정도밖에 남아 있지 않더군. 아버지는 우유를 좋아하기 때문에, 남은 우유를 써버려 그분을 거스를 생각은 없었다네. 어머니가 지난번에 장을 보러 갔을 때 새로 사지 않았다는 사실을 알고 있기도 했고.

지하실로 내려가는 계단은 지난번에 내려갔을 때보다 가팔라진 것만 같았다네. 나는 쟁반 위에 위태롭게 놓인 가득 찬 주스컵을 보았어. 액체가 앞뒤로 요동치며 찰랑거리다가 내가 다음 걸음을 옮기면 반대편으로 옮겨갔지. 주스가 넘치기라도 한다면 분명 토스트가 축축해질 텐데, 그런 짓을 저지를 수는 없지 않겠나. 이미 어젯밤 카터 부인을 속인 것만으로도 충분히 죄책감이 들고 있는데, 축축한 토스트를 줘서 그 죄책감을 더욱 복잡하게 만들 필요는 없겠지.

내가 거의 다 내려왔을 때쯤 어머니가 계단을 올라오기 시작했다네. 양동이 하나, 걸레 몇 장, 그리고 커다란 솔을 들고 계셨어. 팔꿈치까지 오는 노란색 긴 비닐장갑을 끼고 계셨지.

"안녕히 주무셨어요, 어머니."

그분은 나를 힐긋 보더니 미소를 지었다네. "어머나, 정말 친절한 아이로구나! 우리 손님이 너를 보면 분명 얼굴이 분홍색으로 물들 거야. 계속 뭔가 중얼거리고 있더라. 아무리 봐도 훌륭한 식사며 입을 적실 음료를 원하는 것 같던데."

어머니는 내 옆을 지나가시며 토스트 조각을 한 입 물고 남은 것을 접시에 돌려놓았다네. "규칙을 이해하도록 제대로 말해주렴. 도착한 지 얼마 안 되어 실수하는 모습을 보고 싶지는 않으니까."

나도 동의할 수밖에 없었다네.

"그리고 불도 너무 많이 켜면 안 된단다. 전기요금이 많이 나오면 아버지가 화를 내지 않겠니."

"네, 어머니."

나는 그분이 층계를 올라가는 모습을 지켜보면서, 날카로운 후각으로 공기 중에 맴도는 축축한 구리와 표백제가 섞인 냄새를 맡았다네.

나는 카터 부인이 이쪽을 알아챈 것보다 조금 빨리 그녀를 발견했지. 어머니(아버지일 수도 있겠지만)가 그녀의 왼쪽 손목을 몇 시간 전까지 남편이 매달려 있던 바로 그 수도관에 수갑으로 연결해놓았더군. 그녀는 차가운 바닥 대신 아버지의 낡은 간이침대 위에 웅크리고 있었어. 오른손이 그 침대의 반대편에 수갑으로 묶였지. 예전에 아버지께서 그 침대를 전쟁이 끝날 때 가져왔다고 말한 적이 있었어. 그 삐걱대는 모습으로 보아 먼 옛날 나름 치열한 전투를 거쳤을 것 같더군. 두꺼운 캔버스 천은 여기저기 찢어지고 닳았고, 빛바랜 녹색 천에는 구멍이 숭숭 뚫렸지. 새것이었을 때는 반짝였을 금속 다리도 칙칙해지고 녹이 잔뜩 슬었다네. 그녀가 살짝 왼쪽으로 몸을 돌리자 그 무게에 침대 전체가 삐걱대는 소리를 울렸지.

그게 편해서인지, 아니면 필요한 자세이기 때문인지는 모르겠지만 그 여자는 누워 있었어. 조명은 침침했지. 어머니는 조명을 천장 한가운데에 전선으로 연결한 알전구만 빼고 전부 꺼놓았다네. 바람이 없는데도 전구는 천천히 앞뒤로 흔들리며 벽과 바닥 위로 춤추는 짙은 그림자를 드리웠어.

어머니(또는 아버지)가 그녀를 수도관의 오른쪽에 두어서, 카터 씨가 차지하고 있던 왼쪽의 자리가 말끔하게 드러났다네. 어젯밤 그토록 자유롭게 흘러내리던 선홍색의 피는 이미 사라졌고, 콘크리트 위에는 검은 자국밖에 남아 있지 않았어. 어머니께서 그걸 만드셨을 때와 똑같은 열의로 솔을 벅벅 문지르시는 모습이 떠올랐지만, 혈액이란 고집 센 여주인 같아서 한번 원하는 물건에 그 앙상한 손을 뻗으면 절대 놓는 법이 없거든. 나는 어머니에게 고양이 화장실용 모래를 써보면 어떻겠느냐고 제안해보기로 했다네. 흡수력이 좋을 뿐 아니라 냄새를 감추는 데에도 도움이 될 테니까.

카터 부인이 자기 남편의 피나 땀냄새를 구별할 수 있을지 궁금해지더군.

그녀가 자리에 일어나 앉아 나를 바라본 순간, 거의 쟁반을 떨어트릴 뻔했다네. 크게 뜬 눈에 핏발이 서 있었어. 재갈 뒤에서 뭐라 웅얼거리기는 했는데 알아들을 수는 없었지.

"잘 잤나요, 카터 부인. 아침식사 드시겠어요?"

그녀는 재갈 뒤에서 숨쉬려고 애쓰고 있었다네. 그렇게 울었으니 콧물 때문에 코가 꽉 막혔겠지만, 그런 생각은 하지 않으려 애썼다네. 분명 최상의 밤을 보낸 것은 아니었을 텐데도 여전히 예뻤어. 나는 온갖 상처와 검게 변한 오른쪽 눈 속에 감춰진 그녀의 진정한 모습을 알아볼 수 있는 사람이었다네. 왼쪽 눈은 조금 나아진 것 같았어. 아직 정상은 아니지만, 몇 시간 전처럼 심하게 부어오른 상태는 아니었지.

나는 침대 가장자리에 쟁반을 내려놓은 다음, 오늘 아침 나를 반겼던 두통을 떠올리며 그녀의 머릿속은 그보다 훨씬 심할 거라 추측했다네. 구타당한 건 감안하지 않는다 쳐도 나보다 훨씬 많이 마셨고, 경험이 좀 있다고 해도 숙취가 없는 사람으로는 보이지 않았거든. "술해장 어때요?"

그녀가 당황한 모습을 보고 나는 내 잘못을 깨달았다네. "죄송해요. 해장술 한잔할래요?"

그녀는 여전히 놀란 듯 나를 바라보고 있었다네. 고개를 살짝 왼쪽으로 꼰 채로. 적어도 비명은 멈춘 모양이었어.

"두통이 있지 않나요? 위층에 아버지의 버번이 있는데, 한 모금 마셨더니 순식간에 나았어요. 조금 이른 시간이기는 하지만 하루 종일 고통에 시달리며 보낼 필요는 없잖아요."

카터 부인은 내게 시선을 고정한 채 천천히 고개를 저었다네.

나는 쟁반을 향해 고갯짓을 했지. "아침을 만들어야 했는데, 아버지도 나도 요리 실력은 없거든요. 아마 내일은 어머니가 준비해 주실 거예요. 그건 정말 맛있을 거예요. 식사 좀 할래요?"

그녀는 고개를 끄덕이고 조금 더 편한 자세로 앉으려 애썼다네. 수갑 때문에 왼쪽 손목을 움직일 수가 없는 모양이더군. 그녀는 성난 눈으로 나를 쏘아보고는 재갈 뒤에서 뭐라고 웅얼거렸다네.

나는 가까이 다가갔지. "재갈을 풀어도 비명을 지르지 않겠다고 약속할 수 있나요? 사실 비명을 질러도 비난할 수는 없겠지만, 아무 소용도 없을 거예요. 아무리 질러도 위층까지도 안 들리거든요. 밖에 있는 사람에게 들릴 리는 조금도 없고요." 나는 손가락을 재갈 안으로 넣어 끌어내렸다네. 그 여자의 피부에는 어딘가 신비로운 구석이 있었어. 살짝 스쳤을 뿐인데도 온몸이 얼얼해지더군. 볼이 달아오르고 가슴이 뛰놀았다고 조금도 부끄럼 없이 말할 수 있다네.

재갈이 목으로 내려오자, 카터 부인은 깊이 숨을 들이쉰 다음 힘겹게 내쉬고, 뒤이어 다시 계속 헉헉대며 숨을 쉬었어. 나는 과호흡 증상을 보이는 것이 아닐까 걱정이 되어 위층으로 올라가 종이봉투를 가져올까 했지만, 다음 순간 낮고 거친 목소리로 말하기 시작했어. 목이 말라서 그런 것이 분명했지.

"아무리 질러도?"

나는 고개를 갸웃했다네.

"'아무리 비명을 질러도 위층까지도 안 들린다'고 했지. 예전에도 그런 일이 있었던 것처럼. 너희 부모가 이런 일을 예전에도 한 적이 있는 거야?"

"뭘 해요?"

"이거." 그녀는 수갑을 잡아당겨 수도관에 대고 짤랑거리며 울리게 했어.

"아." 나는 아침식사 쟁반 쪽으로 시선을 내렸다네. "잘 몰라요."

그녀는 얼굴을 찌푸렸지. "너희 부모가 예전에도 지하실에 여자를 묶어놓은 적이 있는지를 잘 모른다고?"

나는 오렌지 주스로 손을 뻗었어. "입안이 바싹 말랐을 거예요.

이 주스는 유리컵에 담은 햇살처럼 달콤해요."

"주스 따윈 필요 없어. 내보내줘. 제발 부탁이야, 날 보내줘."

"그럼 바나나는 어때요? 나도 하나 먹고 싶어지네요. 이틀 전에 산 건데, 지금 녹색에서 노란색으로 익어가는 중이에요. 살짝 덜 익은 느낌이 입맛을 돋우죠."

"내보내달라고!" 카터 부인이 소리쳤고 말라붙은 목청에서 긁히는 소리가 울렸지. "내보내줘! 보내줘! 보내줘!"

나는 한숨을 쉬었다네. "잠시 규칙을 설명하는 동안 재갈을 채울게요. 유감이네요, 카터 부인."

그녀는 몸을 빼려 했지만, 나는 이미 대비하고 있었지. 재빨리 손을 뻗어 머리카락을 움켜쥐고 거칠게 당겼어. 상처를 입히고 싶지는 않았지만 다른 방도가 없게 만든 건 그쪽이 아니겠나. 내 작은 로저 벅 나이프는 오른손에 간단히 숨길 수 있는 크기였다네. 나는 순식간에 그걸 빼들었지. 손목을 가볍게 젖히면 칼날이 나오거든. 나는 눈 깜빡할 새 그녀의 목을 가볍게 찌르고는 피 묻은 칼날 끄트머리를 그녀가 잘 볼 수 있도록 눈앞에 들어 보였어. 깊은 상처는 아니었지. 그저 피를 내서 내가 원한다면 더 심한 상처를 입힐 수도 있다는 사실을 그녀가 이해하도록 돕고 싶을 뿐이었어.

카터 부인은 칼날을 보더니 신음하며 얌전해졌다네.

나는 반대쪽 손으로 재갈을 다시 물리고 그녀를 놓아주었어. 순식간에 끝나기는 했지만, 내 논점이 충분히 날카롭다는 점은 입증한 셈이지(사소한 말장난은 용서해주게나). 가볍게 손목을 퉁기자 칼날이 다시 칼집 안으로 들어가 시야에서 사라졌고, 나는 나이프를 셔츠 주머니에 넣었다네. "규칙은 간단해요, 카터 부인. 설명하는데 일 분밖에 안 걸릴 테니까, 그다음에 아침식사를 먹게 해줄게요. 분명 배가 엄청나게 고플 테니까요."

그녀의 얼굴이 분노로 붉어지더군.

"규칙을 설명하는 동안 얌전히 굴겠다고 약속하겠어요?"

"엿이나 먹어!" 그녀는 재갈을 문 채로 소리쳤다네.

나는 깜짝 놀랐지. 아니, 참으로 무례한 행동 아닌가? 나는 도우려 했을 뿐인데?

"우리 집에서는 그런 종류의 언어는 용납하지 않소, 리자. 그건 손님의 경우라도 마찬가지요." 등 뒤에서 아버지의 목소리가 울렸어.

뒤를 돌아보니 아버지가 한 손에 뜨거운 커피를 든 채 계단 아래에 서 계시더군. 아버지가 다가왔어. "처음에는 그런 부적절한 단어로 시작하지. 그런 말은 무례함으로, 그리고 분노와 증오로 이어지게 마련이고……. 문명사회에서 그런 행동은 조금도 필요 없소. 알아차리기도 전에 우리 모두 벌거벗은 채로 거리를 뛰어다니며 도끼를 휘두르게 될 테니까. 그런 꼴로 전락할 수는 없지 않소? 우리는 아들을 올바른 성인으로 키우려 하는 중이라오. 아이는 주변의 어른들을 보고 배우게 마련이지." 그분은 앞으로 나와서 내 머리를 헝클어트렸지. "이 아이는 아직 작지만 주변의 모든 것들을 스펀지처럼 흡수하며 쑥쑥 자라고 있다오. 아이 어머니와 나는 크고 고약하고 아름다운 우리 세계에 이 아이를 풀어놓기 전에 최선의 가치를 불어넣기 위해 애쓰고 있고. 그 때문에 규칙이 필요한 거요."

"세 마리 원숭이에서 온 규칙이에요." 내가 말했다네. 흥분 때문에 절로 박수가 나오더군. "세 마리 원숭이 이야기라고 부르는 사람도 있지만 사실 네 번째 원숭이가 있거든요. 그 원숭이의 이름은……."

"천천히 해라, 아들. 핵심을 빼놓으면 곤란하겠지?"

나는 고개를 끄덕였다네.

"훌륭한 이야기도 마찬가지란다. 처음에는 배경을 설명하고, 필요하다면 역사도 언급한 다음, 이야기의 핵심으로 들어가 마지막으로 작은 매듭을 만들며 이야기를 마무리하는 거란다. 서두르면 안 돼. 훌륭한 스테이크나 가장 좋아하는 아이스크림을 먹을 때처럼 이야기를 하는 순간을 음미해야지."

물론 아버지 말씀이 옳았다네. 그분은 항상 옳았지. 나는 조금 참을성이 부족한 경향이 있었는데, 그 나쁜 습관을 기꺼이 고칠 생각이었다네. "아버지가 말씀해주시면 안 될까요? 나보다 훨씬 잘하시잖아요."

"저보다라고 해야지, 아들. 저보다."

"죄송해요. 저보다요."

"우리 손님이 예절을 지키겠다고 약속한다면, 잠시 두 사람과 함께 시간을 보내면서 이야기할 수 있을 것 같구나. 어쨌든 처음부터 전부 듣고 규칙을 이해하는 게 최선일 테니까. 그렇지?"

나는 고개를 끄덕였어.

카터 부인은 아무 표정 없이 굳은 얼굴로 우리 두 사람을 바라보았다네. 검고 푸른 멍 아래 발그레하게 달뜬 뺨을 보니 어젯밤 생각이 나더군.

아버지는 거꾸로 놓인 양동이를 가져와 내 옆에 앉고는, 커피를 콘크리트 바닥에 내려놓았다네. 약간 흘러넘친 커피가 핏자국 속으로 스며들더군. "일본 닛코의 도쇼구라는 유명한 신사의 문 위에 현명한 원숭이를 새긴 조각이 있소. 17세기에 히다리 진고로라는 사람이 새긴 건데, 사람의 인생을 나타낸 부조요……. 사실 모든 부조들이 인생의 일면을 나타내는 거고, 그중 두 번째 부조에만 현명한 원숭이들이 등장하지만. 공자의 가르침에 근거해 인생을 설명하는 거요."

"포춘 쿠키에서 한마디하는 공자가 아니라, 진짜 공자요." 내가 끼어들었지. "진짜 공자는 중국의 스승이자 정치가이자 철학자였어요. 기원전 551년에서 479년 사이에 살았고요."

"아주 훌륭하구나, 아들!" 아버지가 활짝 웃으며 말했어. "공자는 중국에서 가장 영향력 있는 고전과, 중국뿐 아니라 세계 곳곳에서 여전히 통용되는 생활 규범을 저술했소. 현인이 분명하지. 어떤 이들은 세 마리 원숭이의 개념이 센다이의 불교 전설을 통해 일본에 전해졌다고 생각하기도 한다오. 솔직히 나는 누구도 확신하지는 못할 거라고 생각하오. 그런 강렬한 진리는 어떻게든 세월의 흐름을 버티기 마련이니까. 언젠가 일본과 중국 양쪽 모두 더 고대의 시조로부터 그 지혜를 얻었고, 그 문명은 더 고대의 존재로부터 전해진 지혜라는 증거가 나와도 놀라지 않을 거요. 현명한 원숭이들 이야기는 인류의 기원부터 존재했을 수도 있을 테지."

카터 부인은 아버지를 물끄러미 바라보고 있었다네. "도쇼구 신사에 새겨진 이야기는 전부 여덟 개의 부조로 이루어져 있다오. 원숭이는 두 번째 부조에만 등장하지. 혹시 그 이름을 아는 사람이 여기 있을까?"

나는 물론 답을 알고 있었고, 열정적으로 손을 들었다네. 카터 부인은 알고 있더라도 참여하지 않기로 마음먹은 모양이었어.

아버지는 내게서 카터 부인으로, 그리고 다시 내게로 시선을 옮겼다네. "자, 네가 손을 들었구나. 이름을 말해주겠니?"

"미자루, 기카자루, 이와자루예요."

"정확하구나! 상을 줘야겠어." 아버지는 웃음을 머금었다네. "그 이름의 뜻을 말할 수 있다면 보너스 점수를 주마……."

물론 그분도 내가 안다는 사실을 알았지만, 아버지는 놀이를 즐기는 분이셨다네. 따라서 나도 장단을 맞춰드렸지. "미자루는 악을 보지 말라는 뜻이고, 기카자루는 악을 듣지 말라는 뜻이고, 이와자루는 악을 말하지 말라는 뜻이에요."

아버지는 천천히 고개를 끄덕이고 카터 부인의 무릎을 툭툭 쳤다네. "당신도 본 적이 있을 거요. 첫 번째 원숭이는 눈을 가렸고, 두 번째는 귀를, 세 번째는 털이 숭숭한 앞발로 입을 막고 있지."

"따라서 나쁜 말을 사용한 카터 부인은 이와자루의 규칙을 위반한 거예요." 나는 자신있게 말했지.

아버지는 고개를 저었어. "아니다, 아들. 고약한 어휘를 사용하는 건 나쁜 일이고 자신의 저능함을 드러내 보이는 일이기는 하지만, 이와자루의 규칙을 어기려면 다른 사람에 대한 험담을 해야 하는 거란다."

"아하." 나는 고개를 끄덕였지.

카터 부인은 낮게 신음하며 수갑을 당겼다네.

"자, 자, 리자. 나중에 차례가 오겠지만, 일단 그러려면 손을 더 빨리 들어야 할 거요." 아버지가 이르셨다네.

카터 부인은 다시 수갑을 잡아당겼지. 수도관과 침대에 수갑이 철컹거리며 부딪쳤어. 분노 섞인 신음이 새어 나왔다네.

"그럼 발을 드는 건 어떻겠소?"

"네 번째 원숭이도 있는데, 그 원숭이에 대해서는 알려진 게 별로 없어요."

아버지는 고개를 끄덕였지. "처음 세 마리의 원숭이는 우리가 모두 따르며 살아가는 규율을 상징하지만, 사실 가장 중요한 것은 네 번째 원숭이이지."

"시자루예요. 이름이 시자루라고요."

"악을 행하지 말라는 뜻이오. 그리고 물론 그게 제일 중요한 거요. 악을 보거나 듣게 되더라도 사실 할 수 있는 일은 별로 없으니까. 물론 악을 말하는 건 자신의 책임이겠지만, 악을 행하는 데까지 오면……. 뭐, 사실 악을 행하는 사람에게는 용서할 여지가 거의 없지 않겠소."

"그런 사람들은 결백하지 못한 거예요. 그렇죠, 아버지?"

"그렇지, 아들. 당연한 얘기지만 조금도 결백하지 않단다." 아버지는 카터 부인을 돌아보며 말했다네. "불운하게도 당신의 남편은 후자에 속하는 사람이었고, 우리 위대한 행성에 그런 사람은 필요 없소. 이 세계에서 그의 오물을 씻어내는 일을 내가 맡았더라면 나의 훌륭한 아내보다 더 은밀한 방법을 택했겠지만, 이미 일어난 일을 두고 속을 태울 필요는 없겠지. 또한 당신이 어젯밤 우리 속임수를 알아채지 못했더라면 훨씬 나았겠지만, 애석하게도 당신이 꽤나 훌륭한 탐정 기술을 발휘해서 발견해버리지 않았소. 따라서 지금 우리는 곤경에 처한 거요. 우리가 당신을 어떻게 해야 할까?"

"이 여자는 결백한가요, 아버지?" 답을 모르기 때문에 물을 수밖에 없었다네. 물론 악을 보고 듣기는 했지만, 아버지는 예전에 그런 규칙 위반은 용서받을 수 있다고 말씀해주셨다네. 하지만 악을 말했을까? 악을 행했을까? 나는 알 수 없었다네.

아버지는 눈가로 내려온 카터 부인의 머리카락을 넘겨주었어.

그리고 한참 동안 아무 말 없이 그녀를 바라보다가, 이윽고 입을 열었지. "나도 모른다, 아들. 하지만 밝혀낼 생각이다. 카터 씨가 부도덕한 남자였다는 사실에는 의심의 여지가 없지만, 그를 폭발하게 만든 원인이 있을 테니까. 결정적으로 그를 자극한 계기가 있을 거란 말이지." 그분은 손을 뻗어 카터 부인의 검은 눈을 검지 끝으로 건드리셨네. "그 계기가 무엇이었을지, 그리고 우리 친애하는 카터 부인이 그 배후에 있었는지 궁금해서 견딜 수가 없구나."

머릿속에 카터 부인과 함께 있던 어머니의 모습이 떠올랐다네. 아버지께 그걸 말할 수는 없었어. 아직은. 카터 부인의 행동이 카터 씨가 규칙을 깨도록 만든 거라면, 어머니가 카터 부인의 행동에 부분적으로 책임이 있다는 뜻이 되지 않겠나? 만약 어머니가 규칙을 깨신 거라면…… 도저히 그런 생각을 감당할 수 없더군.

아버지는 나를 찬찬히 뜯어보았다네. 알고 계신 걸까? 이미 들킨 건 아닐까? 그러나 더 캐묻지는 않았어. 그저 자리에서 일어나서 아침식사 쟁반을 향해 손짓할 뿐이었지. "애석하게도 아침식사가 차게 식어버렸을 것 같소. 어쩔 수 없는 일이지. 다음번에는 이렇게 풍족한 아침식사를 받으면 거칠고 부정적인 태도가 아니라 미소와 함께 맞이하도록 하시오." 그분은 내 어깨를 두드려주고 말했다네. "명심해라, 아들. 손님에게는 포크나 나이프를 주면 안 된다."

"저도 알아요, 아버지."

"훌륭하구나."

그분은 계단 쪽으로 물러났지.

나는 카터 부인을 돌아보며 재갈로 손을 뻗었다네. "다시 시도해봐도 되겠죠?"

그녀는 고개를 끄덕였지만, 그 시선은 계단을 오르는 아버지의 등에 못 박혀 있었다네.

34
샘 포터

첫째 날

오후 5:23

루프 지역 북서쪽, 시카고 중심가와 맞닿아 있는 풀턴 리버 구역은 도시 재개발의 핵심이었다. 낡은 창고는 임대료가 높은 고급 아파트로 바뀌었고, 신발공장은 스파와 카페가 되었다. 그리고 힙스터의 메카가 된 건물들 사이사이에 몇몇 폐건물이 남아 있었다. 포터는 만약 그 건물들이 생각을 할 수 있다면 주변을 둘러보며 자신도 안티에이징 시술을 받게 되기를, 철거 고지가 붙기 전에 집행유예 통지가 날아오기를, 그리하여 새로운 역할을 맡을 수 있기를 초조하게 기다릴 거라는 생각이 들었다.

그런 폐건물 중 하나가 데스플레인스 1483번지였다.

3층 높이에 너비는 1천 제곱미터쯤 되어 보이는, 주변에 비해 땅딸막한 건물이었다. 자세히 살피면 처음에 사용한 붉은 벽돌 무늬 베니어판이 여기저기 튀어나온 모습을 볼 수 있지만, 대부분 겹겹이 칠해진 녹색이며 노란색, 하얀색 페인트 아래 감추어져 있었다. 창문 또한 대부분 판자를 덧대거나 깨져 있었다.

분명 당당하게 서 있던 전성기도 있었겠지만, 역사의 흔적은 가혹했다. 그야말로 최악의 시대를 버텨온 건물들이었다. 정치꾼들의 뱃속에서 꽃핀 금주법은 창문마다 지키고 서 있던 갱단의 손에 짓눌렸다. 이 건물은 도시의 탄생을 지켜보았고, 강 건너편의 건물들이 시카고 대화재로 전소되는 모습도 목격했다. 포터는 여전히 주변을 감도는 화염과 그을음의 냄새를 맡을 수 있었다. 지금까지 백 번의 겨울이 그 악취를 씻어내려고 노력했는데도 아무 소용이 없는 모양이었다.

건물 꼭대기에 '멀리팩스 출판'이라는 나무 글자가 박힌 색 바랜 간판만이 건물의 옛 영광을 알려주었다.

"딱히 볼 만한 구석은 없는데." 내쉬가 조수석에서 말했다. 그들은 건물 전체가 보이는 건너편 교차로에 주차해놓았다. 문자메시지가 와서 내쉬는 휴대전화를 보았다. "노튼이 2분 후에 SWAT*팀을 끌고 도착한다는군."

포터는 백미러로 뒷좌석을 확인했다. 왓슨이 휴대전화를 열심히 두드리고 있었다. 포터는 손가락이 그렇게 빨리 움직이는 모습을 본 적이 없다. "세상에, 박사, 그러다 불이라도 붙는 거 아닌가."

"멀리팩스 출판은 1999년에 폐업했어요. 그 후로는 아무도 입주하지 않았죠." 왓슨은 고개도 들지 않고 말했다. "모기업에서 2003년까지는 유지비를 지불한 모양이에요. 그 회사까지 도산하자 시가 건물을 인수했죠. 임대를 시도했지만 아무도 나서지 않았어요. 2012년에 폐기 신고를 내렸죠."

"다른 건물들처럼 재개장하지 않을 이유가 있었던 거야?" 내쉬가 물었다. "이 주변은 돈이 넘치잖아. 경찰 봉급으로 들어올 수 없는 동네라는 건 확실한데."

* 경찰특공대. 총기와 특수장비로 중무장하고 위험한 임무를 수행한다.

포터는 멀리팩스 쪽을 향해 고갯짓했다. “그 마법의 휴대전화로 저 안에 뭐가 있는지 알아볼 수는 없으려나?”

내쉬가 대꾸했다. “안에 뭐가 없는지는 말해줄 수 있지. 네 마리 원숭이 킬러. 그분은 우리 시체안치소에 평화롭게 누워 계시니까.” 그의 시선이 주변 거리를 훑었다. “이제 1만 달러짜리 질문을 던져볼까. 애초에 우리가 SWAT를 기다리는 이유가 뭐지? 살인마도 죽고 없는데.”

포터는 어깨를 으쓱했다. “경감 명령이야.”

“SWAT 팀이 먼저 들어가기를 원하는 이유를 말씀하시던가?”

“함정일지도 모른다고 했어. 책을 그렇게 두는 건…… 그자답지 않다는 거지. 어딘가 이상하다는 거야.”

“자네 생각은 어때?”

“어디서부터 생각해야 할지도 모르겠어.”

“여기 좀 보세요.” 왓슨이 포터에게 휴대전화를 건넸다. 위키피디아 페이지였다. “여기서 밀주 양조를 했었다네요. 건물 안팎으로 비밀 터널이 잔뜩 뻗어 있대요.”

“그걸 이용해 눈에 띄지 않고 드나들 수 있었겠군.”

녹색 혼다 시빅이 그들 뒤에 주차했다. 클레어 노튼이 차에서 내리더니 몸을 낮추고 내쉬 쪽 창으로 다가왔다. 내쉬는 창을 내렸다.

“뭔가 보이던가요?” 그녀는 건물 쪽으로 고갯짓하며 물었다.

“전혀. 계속 조용하던데.”

“저 흰색 세단은요?”

포터가 도착했을 때부터 있던 차였다. 뷰익 후기형인데, 운전석 쪽 후면 흙받이에 플라스틱으로 때운 자국이 눈에 띄었다. “운전자는 보이지 않았어."

포터는 왓슨에게 휴대전화를 돌려주었다.

"터널을 사용했을 거라고 생각하세요?"

"밀주 터널?"

노튼은 주변 건물을 한번 둘러보고 다시 자동차 쪽으로 시선을 돌렸다. "몇 년 전에 이스트사이드에서 밀거래 단속을 할 때, 범인들이 오래된 터널을 이용해서 이동하는 모습을 봤어요. 통신사에서 케이블을 설치하려고 터널을 확장했다는 소문도 있었고, 심지어 철길을 깔았다는 얘기도 들었죠. 강에서 도시 중심부까지 햇빛 한번 보지 않고 이동할 수 있다는 거예요. 터널 중에는 트럭이 다닐 정도로 큰 것도 있다죠. 길을 알기만 하면 터널을 통해 도시 전체를 돌아다닐 수 있어요. 게다가 지독하게 춥죠. 중심가의 영화관 중에는 아직도 지하의 차가운 공기를 환풍구로 빨아올려서 냉방을 하는 곳도 있어요."

"A. 몽고메리 워드 공원에서 여기까지 터널로 올 수 있을까?"

"무슨 말을 하고 싶은지는 알지만, 그건 좀 무리 아닐까? 그 애를 납치할 때 차를 쓰기도 했거니와 소녀를 짊어지고 배수구로 내려가려 했다면 분명 저지하는 사람이 있었을걸."

노튼은 눈동자를 굴렸다. "그 공원의 증인들을 못 봐서 하는 소리죠."

포터는 계속 머리를 굴렸다. "좋아, 그럼 처음에는 자동차로 납치했어. 그다음에는? A. 몽고메리 워드 공원에서 한 블록만 가면 시카고 강의 북쪽 지류야. 거기서 차를 가지고 터널 미로 속으로 들어갈 수 있을까?"

왓슨은 다시 휴대전화를 두드렸다. "가능할 것 같은데, 자세한 이미지는 찾을 수 없네요. 하지만 말은 되잖아요? 그 옛날 터널을 만든 사람들은 터널이 도시의 모든 주요 수로에 연결되기를 원했을 테니까요. 소녀를 태운 채 지하로 사라져서는 누구의 눈에도 띄지 않고 여기까지 옮겼을 수 있겠죠. 물론 조금 걸어야 하겠지만요."

"모든 희생자를 그런 식으로 옮겼을지도 모르겠군. 그렇다면 그렇게 오랫동안 누구의 눈에도 띄지 않고 도시를 돌아다닌 것도 설명이 되겠어." 내쉬가 덧붙였다.

"……저 안에 있을 수도 있겠네요." 노튼이 나직이 말했다.

"그래." 포터가 말했다.

'톰린슨 배관설비'라는 밝은 노란색 스텐실 글씨가 박힌 남색 밴이 교차로를 건너 세단 뒤에 주차했다.

"우리 애들인가?" 포터가 물었다.

"조용히 움직이는게 나을 것 같아서요." 노튼의 전화가 울렸고, 그녀는 주머니에서 휴대전화를 뽑아서 받았다. 그리고 몇 번 고개를 끄덕이고 말했다. "확인 완료. 3분 후에 진입한다." 그러고는 내쉬와 포터를 돌아보았다. "준비 됐어요? 우린 나중에 갑니다. 저쪽에서 건물을 확보하면 우리는 후방에서 따라 들어갈 거예요."

내쉬는 엄지로 뒷좌석을 가리켰다. "저 친구는 어쩌지?"

포터는 몸을 돌려 후면경으로 왓슨을 보았다. "총기는 없겠지?"

왓슨은 고개를 끄덕였다. "네, 형사님."

"혹시 방탄조끼 가져왔나?" 시카고 경찰국에서는 범죄 현장에 방탄조끼 없이 진입하는 일을 금지하고 있었다.

"저희 부서에서는 지급하지 않아서요."

"그럼 여기에서 기다려야겠군. 유감이야."

포터와 내쉬는 차에서 내려 걸어갔다. 포터는 트렁크에서 방탄 조끼 두 벌과 산탄총 한 정, 커다란 손전등 하나를 꺼냈다. 그는 산탄총과 조끼 한 벌을 내쉬에게 건네고 남은 한 벌을 입었다. 내쉬는 산탄총을 꺾어 연 다음 약실을 확인하고 총신이 제대로 고정되고 밀폐되었는지 확인했다. 포터는 스페어타이어 뒤에서 9밀리미터 베레타 92FS를 꺼내 탄창을 확인했다. 슬라이드를 당기자 약실에 한 발이 장전되는 감촉이 느껴졌다.

"여벌 총?" 내쉬가 자신의 발터 PPQ를 점검하며 물었다.

포터는 고개를 끄덕였다. "아직 경감을 못 만났으니. 내 총은 아직 돌려받지 못했어."

"엄밀히 말해 자넨 아직 복직한 게 아니야. 총에 맞지 않도록 노력해봐. '달고 다니던 민간인 부상' 사고는 '파트너 부상'보다 작성할 서류가 훨씬 많단 말이야."

"자네가 뒤를 맡아줘서 정말 든든해."

노튼의 휴대전화가 울리며 문자 메시지가 도착했다. "10초 후에 진입해요." 그녀는 자신의 글록에 총알을 장전했다.

밴이 잠깐 덜걱이며 흔들리더니 뒷문이 활짝 열리며 중무장한 남자들이 쏟아져 나왔다. 처음 두 명은 검고 커다란 금속 충각을 들었고, 다른 사람들은 AR-15 소총을 들었다. 그들은 재빨리 한데 모여 건물을 향해 이동했다.

내쉬는 그들 뒤를 따라 재빨리 달려갔다. 옆에는 포터가, 뒤에는 노튼이 함께했다.

충각은 정문을 간단히 파괴했다. 문은 한 번의 충격도 버티지 못했다. 자물쇠가 금속 문틀에서 바닥으로 떨어졌고, 밀고 들어오는 발길에 채여 한쪽으로 굴러가버렸다. 충각을 들고 있던 병력은 다른 이들이 지나갈 수 있도록 한쪽으로 몸을 피한 다음, 등에서 소총을 꺼내 들고 뒤따라 들어갔다.

충격 수류탄이 터졌다. "경찰이다!"와 "이상 무!"라는 외침이 안쪽에서 들려왔다. 포터는 베레타를 굳게 쥔 채 햇살 가득한 거리를 지나 건물의 어둠 속으로 진입했다.

"아무것도 안 보이는데." 내쉬가 안을 들여다보며 투덜댔다.

"창문을 전부 막아놨으니까요. 꼭 무덤 같네요." 노튼이 말했다.

포터는 문틀 너머를 두리번거렸다. 거리에서 흘러든 빛이 입구 안쪽에 고여 있지만, 칠흑 같은 검은색에 포위된 1제곱미터에 지나지 않았다. 그림자가 빛을 몰아내는 것처럼 보였다.

그는 손전등을 꺼내 빛줄기를 이리저리 휘두르며 건물 안을 훑었다. 텅 빈 창고 내부가 보일 거라 기대했지만, 보이는 건 썩은 나무로 사방을 두른 비좁은 현관이었다. 천장에서는 방음 타일이 무너져 떨어져 있었고, 회반죽을 바른 벽은 금이 가고 바스라졌으며, 바닥은 수년에 걸쳐 떨어진 잔해로 뒤덮여 있었다.

건물 깊은 곳으로 들어간 SWAT의 소리가 들렸다. 방을 하나씩 수색하는 발소리가 콘크리트 바닥에 쿵쿵 울렸다.

그리고 정적이 찾아왔다.

"방금 들었어?"

"뭘 들어?"

"SWAT가 이동을 멈췄어."

"깊이 들어가서 소리가 안 들리는 것뿐일 수도 있지."

"아니, 그건 아니야. 분명 움직임을 멈췄어."

"뭔가 발견한 걸까?"

"그럴 수도."

"너무 조용해요." 노튼이 말했다.

"가자고." 포터가 말했다. "서로 떨어지지 말고."

그들은 어둠을 가르는 손전등 불빛을 따라 천천히 움직였다. 현관이 복도로, 복도가 종이상자와 나무상자와 다양한 물건들이 쌓여 있는 비좁은 통로로 바뀌었다. 포터는 처음 15미터를 이동하는 동안 최소 다섯 개의 매트리스를 발견했다. 다 썩어서 곰팡이가 피고 벌레들이 뚫린 구멍 사이로 기어다녔다. 콘크리트 바닥에는 진흙과 먼지가 가득했고, 곳곳에 오줌 냄새가 나는 물이 고여 있었다. 발을 옮길 때마다 들리는 바늘 부러지는 소리만으로도 충분히 끔찍했다. 발밑에서 부스러지는 작은 설치류 뼈의 모습이 머릿속에 떠올랐다.

3미터마다 문이 하나씩 있었지만, 목조 문틀은 부서지고 뒤틀려 있었다. SWAT가 발로 차거나 충각으로 간단히 부수고 들어갔을 것이다. 포터는 지나가는 방마다 손전등을 비추어 살펴보았다. 아무것도 없다는 건 알고 있었다. 그저 조심성을 발휘했을 뿐.

세 번째 문에서 그는 걸음을 멈추고 귀를 기울였다.

물 떨어지는 소리가 들렸다.

몇 발짝 뒤에서 내쉬와 노튼의 숨소리가 들렸다.

손목시계가 째깍거리는 소리도 들렸다.

그러나 SWAT의 소리는 들리지 않았다.

포터는 걸음을 늦췄다. "뭔가 이상한데. 마음에 들지 않아."

건물 깊은 곳에서, 뭔가 부서지는 소리에 이어 두 발의 총소리가 울렸다.

"이동!" 포터는 지시를 내리고 총성이 들린 쪽으로 달려가기 시작했다.

노튼과 내쉬도 흔들리는 손전등 불빛을 쫓아 달려갔다.

포터는 소리가 난 곳으로 빠르게 움직였다. 곰팡이 냄새에 숨이 막힐 것 같았다. 그들은 망가진 화물용 엘리베이터와 지하로 난 계단을 발견했다. 목소리는 아래쪽에서 울리고 있었다.

그들은 한 번에 두 단씩, 쓰레기와 잔해를 피하고 미끄러지지 않으려 애쓰며 계단을 내려갔다.

"빌어먹을, 이게 뭐야!" 누군가 소리쳤다.

"어디서 나오는 거지?"

"어떻게 알아!"

"후퇴!"

"잠깐, 기다려!"

밝은 적색 불빛이 층계 아래에서 일렁였다. 누가 조명탄을 터트린 모양이었다. 포터는 눈을 찌푸리며 밝은 빛 속을 바라보았다. 그리고 총구를 위로 올려 천장을 향하게 했다.

아래쪽에서 목소리가 들렸다. "흩어진다!"

"한 발 더 터트려. 저쪽 구석으로!"

내쉬가 포터의 어깨를 붙들어 바닥까지 몇 단을 남겨놓은 곳에서 멈추게 하고는 아래로 소리쳤다. "에스피노사? 내쉬, 노튼, 포터 형사야. 층계에 있어. 쏘지 말라고!"

"그 자리에 있어, 형사 양반들!" 에스피노사가 마주 소리쳤다.

"확인!" 다른 누군가 소리쳤다.

"사방에 깔렸다!"

조명탄이 하나 더 날아오르더니, 이글거리는 소리와 함께 층계 아랫단에 떨어졌다.

적어도 대여섯 마리는 되어 보이는 쥐들의 작은 발이 포터와 내쉬의 신발을 밟고 지나갔다. 노튼이 작은 비명 소리를 냈다.

"젠장!" 내쉬는 이렇게 소리치며 벽 쪽으로 껑충 뛰었다.

포터는 여섯 마리가 추가로 지나가는 모습을 경탄의 눈빛으로 바라보았다.

"됐어, 이제 내려와도 좋아. 조명탄 구역에서 나가지만 마." 에스피노사가 말했다.

"난 절대로……." 내쉬가 말했다.

노튼이 그를 밀었다. "가실까요?"

그들은 널찍한 지하실로 들어섰다. 건물의 대지 면적과 거의 비슷한 크기로 보였다. 붉은 조명탄 불빛 속에 콘크리트 바닥과 붉은 벽돌벽이 보였다. 바닥에는 쓰레기가 가득했다. 상자, 종이 쪼가리, 탄산음료 캔, 그리고.

"이렇게 많은 쥐를 본 건 처음인데." 포터는 조명이 닿는 영역 바로 바깥쪽 땅에 시선을 고정한 채 말했다. 바닥이 일렁이며 움직였다. 쥐로 만들어진 살아 있는 담요 같았다. 서로의 몸을 덮으며 빛에서 탈출하려 했지만, 유감스럽게도 도망칠 곳이 없었다. 작은 발톱이 콘크리트 위로 잘각거리는 소리가 가득했고, 물러나려 애쓰며 서로의 등에 발톱을 박는 모습이 보였다.

"밖에서 기다리라고 했을 텐데." 에스피노사가 얼굴을 찌푸리며 말했다. "적어도 이 아래에 뭐가 있는지 확실해질 때까지 말이야."

"빌어먹을 쥐 떼 아닙니까." 다른 SWAT 대원이 투덜대며 조명탄을 멀찍이 던졌다.

"그러면 이쪽으로 오잖아. 계속 밀어내야 해."

"어디로 밀어내요?"

"총은 쥐를 향해 쏜 거였나?" 포터가 물었다.

"그건 브로건 짓이야. 머저리 같으니."

"다 들리거든요!"

"망할 쥐들이 사방에 가득해. 수천 마리는 되겠어." 에스피노사는 이렇게 말하며 쥐 한 마리를 걷어찼다. 쥐는 허공을 날아가 반대편 벽에 부딪치더니 구석으로 달려갔다.

내쉬는 꼼짝도 못하고 서 있었다. 쥐들이 발치를 스치고 지나가는 모습을, 눈이 멀고 당황해서 작고 싯누런 이빨을 드러내고 달려가는 모습을 창백한 얼굴로 바라보고 있었다.

노튼은 터널에 대해 SWAT 팀에 알려주고, 쥐들도 그 터널을 통해 드나드는 것일지도 모른다고 말했다.

에스피노사는 고개를 끄덕이고는 어깨에 달린 무전기 버튼을 눌렀다. "벽을 수색한다. 수색 목표는 터널 입구다."

"굳이 찾을 필요 없어." 포터는 쓰레기더미를 헤치고 달려가는 쥐들을 눈으로 좇으며 말했다. "놈들을 따라가면 되지." 그의 눈이 건너편 구석으로 향했다. 쥐들은 무작위로 뛰어다니는 것이 아니라 한쪽 방향으로 움직이고 있었다. 질병과 오물의 강물처럼. "조명탄 좀 줘봐."

에스피노사는 벨트에서 조명탄 하나를 끌러 포터에게 건넸다.

포터는 조명탄 뚜껑을 열고 점화장치를 당긴 다음 사물함 뒤를 향해 던졌다. 조명탄은 포물선을 그리며 날아가 20미터 너머에 덜컹 소리를 내며 떨어졌다.

"와! 팔 힘 대단한데!" 에스피노사가 소리쳤다.

포터는 조명탄을 쫓아 달려갔다.

쥐들은 조명탄을 피하면서도 한쪽 방향으로만 달려갔다. 쥐들이 향한 곳 오른쪽 아래에 작은 구멍이 뚫린 채 닫힌 문이 있었다. 꼭 쥐 한 마리가 들어갈 수 있을 정도의 크기였고, 쥐 떼는 바로 그 짓을 하고 있었다. 한구석으로 몰린 채 한 마리씩 구멍으로 빠져나가고 있었다.

포터는 문에 도착했지만, 에스피노사가 그의 손을 붙들었다. "물러서, 저 방은 아직 확인하지 않았어." 거의 들리지 않을 정도로 낮은 목소리였다.

포터는 고개를 끄덕이고 한옆으로 물러섰다.

에스피노사는 팀원 두 명에게 문 양쪽에 붙으라고 지시했다. 그리고 3미터쯤 물러나 무기를 쥐구멍에 겨냥한 채 손가락 세 개를 들고 하나씩 접기 시작했다.

3, 2, 1, 0. SWAT 대원이 문을 걷어차고 몸을 숙인 채 안으로 들어가서, 재빨리 왼쪽 위치를 잡았다. 다른 팀원은 무기를 높이 들고 총신으로 방 안을 한번 훑은 후 진입했다. 다른 두 명이 그 뒤를 따랐다.

"이상 무!"

다른 목소리가 뒤를 이었다. "이상 무!"

에스피노사가 총을 들고 진입했고 잠시 후 밝은 붉은색 불꽃이 안쪽에서 타오르기 시작했다.

"포터, 들어와!" 에스피노사가 소리쳤다.

포터는 내쉬와 노튼을 돌아본 다음, 발치에서 정신없이 뛰어다니는 쥐들을 피해 안으로 들어섰다.

방은 지금까지 있던 지하실보다 서늘했고, 곰팡내와 썩은 냄새가 가득했다. 그는 그 냄새를, 구역질나고 달큰한 썩어가는 시체 냄새를 즉시 알아챘다. 악취 때문에 코와 입으로 손이 올라갔지만 소용없었다.

다섯 명의 남자가 그의 앞에 서서 뭔가를 홀린 듯 보고 있었다.

"모두 나가 있어." 포터는 짓눌린 목소리로 중얼거렸다.

에스피노사는 뭐라고 항의하려 했지만, 이내 그러지 않는 편이 낫겠다고 결정한 모양이었다. 그는 부서진 문을 통해 밖으로 나가며, 부하들에게 따라오라고 손짓했다.

포터는 방 안으로 들어갔다.

벽과 바닥에 수백 자루의 양초가 있었지만, 이제는 대부분 녹아내린 촛농 덩어리로 변해 있었다. 아직 남은 양초들이 발하는 희미한 빛이 강력한 조명탄 앞에서 힘없이 일렁였다.

전부 꺼버리고 싶었다. 조명탄도, 양초도.

모든 불빛을 꺼서 이 장소를 다시 어둠에 잠기게 하고 싶었다.

보고 싶지 않았다.

눈앞의 그 무엇도.

방구석에 낡은 병원용 금속 침대가 뒤집혀 있었다. 프레임에 선홍색 녹이 가득했다.

침대 아래에, 수갑으로 침대 난간에 묶인 벌거벗은 시체가 보였다. 수천 마리의 굶주린 설치류의 먹잇감이 되어버린 시체가.

뼈가 드러난, 엉망으로 헤집어진 고깃덩이가.

35
일기

재갈을 풀어줘도 소리를 지르지 않는 걸 보니, 카터 부인도 규칙을 이해한 모양이었네. 머릿속에 나쁜 생각이 가득해도 입 밖으로는 내지 않을 생각이었겠지. 그녀는 대신 지친 눈으로 나를 바라보았다네. "목 말라."

나는 그녀의 갈라진 입술로 컵을 가져가 오렌지 주스(이제 미지근해진)를 딱 입에 머금을 만큼 흘려 넣은 다음, 그걸 삼키도록 시간을 주었다네.

"더 줄래?"

나는 오렌지주스를 더 주었지. 그녀가 마지막 한 방울까지 다 마시고 나자, 나는 빈 컵을 침대 옆에 내려놓았다네. "바나나가 좋아요, 치리오스가 좋아요?"

그녀는 깊이 숨을 들이쉬었다네. "날 내보내줘."

"우유 없는 치리오스가 별로 맛이 없어 보이기는 하지만, 사실 끝내줘요. 이 작은 귀리 조각이 정말 맛있거든요. 제가 제일 좋아하는 거예요." 사실 나도 조금 먹고 싶었지만, 그녀도 영양분이 필요할 테니. 나야 나중에 위에서 먹으면 될 테고.

카터 부인은 내 쪽으로 몸을 기울였다네. 볼에 그녀의 따스한 숨결이 느껴졌지. "너희 부모가 날 죽일 거야. 너도 알지? 그렇게 되기를 원하는 거니? 난 네게 상냥하게 대해줬잖니. 나를 보게 해주기도 했고…… 거기 호수에서 말야. 우리 둘이 함께한 특별한 순간이었잖아. 너만을 위한 순간. 날 풀어주면 더 많은 걸 줄게. 원하는 건 뭐든. 동갑내기 여자애들은 상상조차 못할 걸 해줄게. 그냥 나를 내보내주기만 하면 돼."

"바나나가 좋아요, 치리오스가 좋아요?" 나는 반복했어.

"제발."

"그래요, 그럼 바나나로 하죠." 나는 바나나 껍질을 벗겨 그녀의 입가로 가져갔다네. 그녀는 잠시 눈꺼풀을 파르르 떨더니, 몸을 내밀고 바나나를 깨물었어.

"맛있다고 했죠?"

"너는 좋은 아이야." 그녀가 말했다네. "좋은 아이니까, 나한테 아무 일도 일어나지 않도록 날 지켜줄 거야. 그렇지?"

나는 다시 바나나를 내밀었지. "뭘 좀 먹어야죠."

그녀는 다시 한 입을, 아까보다 천천히 먹었다네. 그녀의 붉은 입술이 바나나 위로 미끄러져서 떨어지기 전까지 잠시 그 자리에 머물러 있었지.

36
샘 포터

첫째 날

오후 5:32

에스피노사와 SWAT 대원들이 모두 나간 후 포터가 소리쳤다.

"내쉬, 노튼, 손전등 들고 들어와!"

그는 시체 옆에 무릎을 꿇고 앉아 힘껏 손뼉을 쳤다. 커다란 소리가 방 안 전체를 울리며, 화들짝 놀란 쥐들이 시체 아래에서 기어나와 사방으로 도망쳤다. 다시 손뼉을 치자 두 마리가 더 나왔다. 세 번째 손뼉에 나온 쥐는 앙다문 입에 살점을 물고 있었다. 귀의 일부 같았다.

손전등 불빛이 벽 위에서 춤추었다. 고개를 돌리니 내쉬가 외투 소매로 입을 막고 있었다. "이런 세상에!"

"이리 줘봐." 포터는 손전등을 가리켰다.

내쉬는 그 자리에서 한 걸음도 움직이지 않고, 팔만 뻗어 손전등을 건넸다.

"이런 빌어먹을." 노튼 역시 입을 가린 채 콜록거렸다. "저게 설마 에머리예요?"

포터는 돌아보지 않은 채 대꾸했다. "노튼, 지상으로 올라가. 왓슨에게 CSI를 부르고 이리 내려 보내라고 해. 검시관 사무실에도 연락하고."

"알았습니다." 노튼은 대답하자마자 달려나갔다.

"브라이언, 여기 있을 필요 없어. 나도 이해하니까."

내쉬는 고개를 저었다. "괜찮을 거야……. 조금만 시간을 달라고."

포터는 시체 쪽으로 불빛을 비추었다.

금속 침대와 콘크리트 바닥 사이에 끼인 허여멀건한 살덩이 주변으로 파리 떼가 웅웅거렸다. 머리 쪽으로 몸을 숙이자 머리 선에서 0.5센티미터가량 내려온 이마에 두개골 골절이 눈에 띄었다. 골절 주변의 피부는 깨끗이 먹혔다. 상처에서 출혈이 일어나 쥐들이 냄새를 맡고 다가왔을 가능성이 높아 보였다. "침대에서 떨어지며 충격으로 머리가 깨진 것 같군. 얼마나 오래 여기 이렇게 있었던 걸까."

"오른팔을 수갑으로 침대에 묶어놨는데, 넘어지면서 침대가 몸 위로 무너진 것 같아. 우리가 찾는 소녀는 맞아?"

포터는 불빛을 위아래로 비추고 다시 머리 쪽을 자세히 살폈다. "아니, 짧은 갈색 머리카락에 나이도 많은 것 같아. 턱의 남은 부분을 보니 회색 반점이 있고 주름살도 제법 있어. 에머리는 나이도 어리고 머리카락 색도 더 짙지."

"여자이긴 한가?"

"판단하기 힘들군. 시체를 돌릴 테니 좀 도와줘."

왼쪽 다리 아래에서 다른 쥐 한 마리가 튀어나와 문으로 달려갔다. "빌어먹을……." 내쉬는 뒤로 껑충 물러섰다.

포터는 눈을 굴리며 그를 바라보고는 손전등을 내밀었다. "내가 몸을 돌릴 테니 그냥 이거 들고 내 손이 가는 곳만 비춰."

내쉬는 손전등을 받아 앞을 비췄다. "미안해. 그냥 좀 놀라서 그래."

"어릴 때 애완용 햄스터나 저빌 키워본 적 없어? 이놈들도 다를 건 없어. 조금 클 뿐."

"쓰레기를 먹는 데다 마르디 그라 축제판의 헤픈 여자보다 더 많은 질병을 옮기는 놈들이기도 하지. 저 빌어먹을 짐승한테 물리기라도 하면 밤새 응급실에 틀어박혀 배때기에 광견병 주사를 맞으며 보내야 할걸. 난 사양할래."

"팔에 맞는 거야." 포터는 이렇게 말하며 주머니에서 녹색 라텍스 장갑을 꺼냈다.

"뭐라고?"

"광견병 주사 말야. 요즘엔 상완부에 놔."

"이거야말로 진보네."

"게다가 쥐는 광견병을 옮기지 않아. 미국에서 쥐에 물려 광견병에 감염된 사례는 단 한 건도 보고되지 않았어. 도시전설일 뿐이지. 쥐를 죽일 때 죄책감이 줄도록. 쥐가 돌아다니며 쓰레기를 먹어주지 않으면 이 도시가 어떤 꼬락서니가 될지 상상할 수 있어? 내가 보기에 진짜로 세상에 해가 되는 동물은 인간이야. 인간은 이런 짓을 하니까." 그의 시선은 시체에 고정되어 있었다. "시체를 돌리는 동안 침대를 붙들어줘. 반대편으로 가서."

"자네가 쥐새끼 편일 줄은 꿈에도 몰랐다고." 내쉬는 겨드랑이에 손전등을 끼고 장갑을 낀 다음, 시체를 빙 둘러 돌아가서 침대를 잡았다. "셋에 갈까?"

그는 카운트다운을 했다. 내쉬가 침대를 들자 포터는 왼손으로 어깨를 붙들고 오른손으로 다리를 잡은 다음 자기 쪽으로 끌어당졌다. 나이를 먹은 그의 등골이 움직임에 저항했고, 허벅지로 통증 한 줄기가 흘렀다. 시체는 기분 나쁜 쩍 소리를 내며 콘크리트 바닥에서 떨어졌다. 시큰하면서 동시에 달큰한, 축축한 부패의 악취가 퍼졌다. 시체를 돌려 똑바로 눕힌 포터는 내장이 절반 정도 사라졌다는 사실을 깨달았다. 소장과 복막이 있었을 자리에는 커다란 구멍만 뻥 뚫려서 구더기가 들끓는 분홍색 지방이 흘러내렸다.

내쉬가 급히 밀친 침대가 포터의 머리를 아슬아슬하게 비껴갔다. 내쉬는 몸을 숙여 토하기 시작했다. 반쯤 소화된 킷캣의 잔해가 콘크리트 블록으로 만든 벽에 튀었다. 전등 불빛이 오락가락했고, 포터는 이 순간 어둠이 찾아온 것에 진심으로 감사했다. 다시 그 모습을 마주하기 전에 잠깐이나마 마음의 준비가 필요했다.

정신을 차린 내쉬가 사과하려 했으나, 포터는 손을 저어 막았다.

"손전등이나 줘."

내쉬는 고개를 끄덕이고 손전등을 건넨 다음 옷소매로 입가를 훔쳤다.

빛줄기가 천천히 시체 위를 지나갔다. 남아 있는 얼굴에서 발끝으로, 그리고 다시 얼굴로 돌아오며 훑었다. "남성이고, 아마 50대일 거야."

"세상에, 그걸 어떻게 아는 거야?"

쥐들이 생식기를 완전히 먹어치운 모양이었다. 고기는 깨끗이 사라졌고, 뼈와 질긴 근육과 텅 빈 공간만 남아 있었다. 짙은 녹색과 흰색과 적갈색이 섞인 기묘한 빛깔이었다. 피부층 사이에는 들끓는 구더기들이 쥐들이 남긴 잔치를 끝내는 중이었다.

"눈을 해치웠군." 내쉬가 말했다.

포터는 얼굴 쪽으로 불빛을 돌렸다. 해치운 것은 안구뿐이 아니었다. 이제 다시는 감을 수 없는 텅 빈 눈구멍이 그를 똑바로 마주하고 있었다. 가운데 하얗게 남은 시신경과 사라진 눈꺼풀 때문에 만화 캐릭터처럼 보였다. 옛날 신문에 실리던 〈리틀 오펀 애니〉* 가 떠올랐다.

"여기 얼마나 있었을까?"

포터는 한숨을 쉬다가 고약한 공기가 허파로 밀려들자 바로 후회했다. "최소한 이틀은 됐겠지. 숨이 끊어지기까지 적어도 이틀은 살아 있었을 거야."

"그건 왜?"

포터는 남자의 목을 가리켰다. "수염 자란 것 보여? 저만큼 자라려면 최소한 이틀은 걸리지. 머리는 짧고 잘 정돈되어 있는 데다 심지어 눈썹까지 다듬은 남자야. 이런 남자들은 최소 하루에 한 번, 때론 두 번 면도를 해. 그런데 이건 적어도 이틀, 어쩌면 사흘 동안 면도하지 않은 모습이야. 검시관이 도착하면 분명 더 자세한 결과를 알게 되겠지."

"짐작되는 사인은?"

그는 다시 한 번 불빛으로 시체를 훑었다. "눈에 띄는 부상은 없지만, 아마도 복부를 찔렸겠지. 쥐에 의한 손상이 가장 큰 부분이 복부니까."

"두개골 골절 부위와 마찬가지로 상처의 출혈을 우선 노린 거로군."

"그렇지."

내쉬는 한 걸음 다가서서 시체의 왼손을 가리켰다. "저건 뭐지?"

* Little Orphan Annie. 1920년대부터 2010년까지 연재된 미국의 신문 만화. 등장인물의 눈에 눈동자를 그리지 않는 그림체로 유명하다.

포터는 그의 시선을 쫓았다. 굳게 닫힌 주먹이 뭔가를 쥐고 있었다. 그는 손가락을 펴려고 노력했다.

"사후강직?"

"그 단계는 이미 지났지. 쥐들이 손가락을 물어뜯어서 마른 피가 접착제처럼 엉겨붙었어. 이거 좀 다시 들어줘." 그는 손전등을 내쉬에게 돌려주었다.

양손이 자유로워진 포터는 손가락을 붙들고 하나씩 떼어냈다. 시체의 손에 쥐인 것은 반짝이는 종이였다. 12센티미터 길이에 말아 피우는 담배처럼 돌돌 말려 있었다. 포터는 두꺼운 종이를 빼내서 조심스레 펼쳐 보았다. "광고지인데."

"무슨 광고?"

포터는 색색으로 화려한 종이를 손전등 불빛 쪽으로 들어 보였다.

내쉬는 몸을 숙이고 큰 소리로 내용을 읽었다. "무어링 레이크사이드, 탤벗 부동산 개발. 요트와 컨트리클럽의 삶이 하나로 모이는 곳."

"탤벗 부동산?"

"아니면 건설회사. 혹은 둘 다일 수도." 내쉬는 광고지로 손을 뻗었다. "이 장소는 광고에서 본 적이 있어. 호숫가의 창고며 산업시설 몇 채를, 그러니까 딱 이런 건물들을 불도저로 밀어버리고 맥도널드에서 찍어낸 것 같은 맨션으로 대체할 모양이더라고. 집들은 큰데 주택 경계선이랄 게 없어. 미친 짓이지. 호반의 저택에 살 돈이 있으면 대체 왜 옆집이랑 다닥다닥 붙어 살겠어? 항만 쪽에 일하는 친구가 있는데, 그 친구 말로는 호수에 인접한 대지에는 부두가 딸려 있기는 한데, 충분히 깊이 준설하지 않았대. 낚싯배 정도밖에 댈 수 없다는 거야. 더 큰 보트를 끌고 오려면 엄청난 대금을 지불하고 더 깊이 파야 한대. 하지만 이웃들이 전부 똑같은 짓거리를 하면 그조차도 소용없는 일이 되지. 파낸 토사가 되밀려 올 테니까. 2년만 지나면 처음부터 시작해야 하는 거지."

포터는 지친 몸을 일으켰다. 무릎이 무게를 이기지 못하고 삐걱이는 소리를 냈다. "나가서 호스먼에게 연락해야겠어. 4MK가 탤벗을 노린 이유는 이 부동산 개발과 연관이 있을 거야."

"회계 쪽으로 수상쩍은 구석이 있을까?"

"이런 거대한 프로젝트라면 가능하지. 대규모 부동산 개발을 하려면 온갖 사람들의 발을 밟고 다녀야 하니까."

"포터?"

두 사람이 동시에 뒤를 돌아보았다. 에스피노사가 서 있었다. "SWAT 대원들이 터널을 발견했어. 들어가보니 널판을 덧대어 막은 흔적이 있는데, 최근에 누가 들어갔는지 상자를 쌓아놓았더군. 지하 2층에서 출발해서 북쪽으로 이어지는 터널이야. 여기 일이 끝났다면 우리 팀은 터널로 들어가서 어디까지 이어지는지 확인할게."

포터는 밖으로 나가고 싶었다. 이 방, 이 시체, 이 쥐, 이 난장판에 얽힌 모든 것들이 폐소공포증을 유발하는 것 같았다. "내쉬, 여기서 검시관을 기다려. 왓슨을 불러서 현장 수색도 시작하고. 나는 에스피노사의 SWAT 팀과 함께 지하로 들어갈게. 터널이 어디로 이어지는지 확인되면 본부 쪽으로 연락할게." 그리고 그는 에스피노사를 돌아보았다. "앞장서."

37
일기

"어이, 아들. 좀 도와줄래?"

아버지는 뒷문 옆에서, 내 작은 붉은색 손수레 위에 1세제곱피트 크기*로 싸서 덕트 테이프로 밀봉한 검은 꾸러미들을 쌓아올린 채 서 계셨다네.

그 손수레를 몇 년 동안 보지 못했다는 사실은 솔직히 인정하지. 마지막으로 보았을 때는 잔디밭 정비용품과 아버지가 시어즈의 창고정리 세일에서 구입한 바비큐 장비 아래 파묻힌 채 공구창고에 처박혀 있었거든. 아버지가 그 바비큐 장비를 좋아한 이유는 가스를 사용하기 때문이었어. 어머니가 싫어한 이유는 숯을 사용하지 않기 때문이었고. 나로 말할 것 같으면 버거는 버거일 뿐 어떤 식으로 조리했는지는 조금도 신경 쓰지 않았다네. 기왕이면 케첩을 뿌리고 머스터드 조금, 마요네즈도 곁들이면 좋았지.

하지만 아버지가 내게 묻지도 않고 내 손수레를 마음대로 쓴 건 마음에 들지 않았다네.

* 한 변이 약 30센티미터 길이인 정육면체.

말도 안 되는 생각이라는 건 알고 있었어. 애초에 아버지가 사주신 수레이니까. 그래도 그건 내 물건이고, 허락 없이 다른 사람의 손수레를 마음대로 사용하는 건 무례한 행동 아닌가. 나라면 절대 그런 짓을 하지 않았을 거야. 어린 나이에도 나는 불편한 느낌이 들었다네.

"네가 좀 도와줘야겠다. 여기 이 봉지들을 호수로 가져가서, 테이프로 무거운 돌을 붙인 다음 최대한 멀리 던져버리렴. 이 아버지를 위해 그 정도는 해줄 수 있지?" 아버지는 내게 반쯤 남은 덕트 테이프를 건넸지. "내가 하려고 했는데, 사무실에서 호출이 왔단다. 하지만 이 일을 오늘 밤까지 미루었다가는 집에 악취가 밸 거고, 손님까지 모시고 있는 상황에서 그런 일은 용납할 수가 없으니까."

나는 손수레 손잡이를 잡고 한번 끌어보았다네. "무겁네요."

이 말에 아버지는 웃음을 머금으셨네. "상한 쇠고기가 80킬로그램이나 되는구나. 조그만 물고기 친구들이 매우 행복해하겠지?"

물고기가 쇠고기도 먹던가? 피라냐 같은 이국의 물고기들이 살점을 좋아한다는 이야기는 들었지만, 우리 호수에 피라냐가 없다는 사실은 확신할 수 있었다네. 송어와 배스는 있지만, 학교에서 그런 물고기들이 무얼 먹고 사는지는 배운 적이 없어. 솔직히 지금까지도 놈들이 지렁이를 먹는지조차 의심스럽다네.

"나이프 있지? 물에 던지기 전에 살짝 구멍을 뚫는 게 좋을지도 모르겠구나. 안에 어떤 별식이 기다리고 있는지 맛볼 기회를 줘야지. 아주 끝내줄 게다."

"알겠어요, 아버지."

"아, 그건 그렇고." 아버지는 카터 씨네 집을 흘낏하며 말을 이으셨다네. "가방도 꾸리고 집도 정돈해놔야 하는데."

"제가 할 수 있어요." 나는 열성적으로 말했어.

그분은 나를 내려다보며 고개를 갸웃했지. "할 수 있겠니?"

나는 고개를 끄덕였어. "물론이죠, 아버지. 저를 믿으셔도 좋아요!"

아버지는 눈을 가늘게 뜨고 곰곰이 생각하셨다네. 그러다 마침내 고개를 끄덕이셨지. "좋다, 아들. 이번에는 네 유능한 손에 남자의 일을 맡기마. 짐을 싸서 그 사람들 차에 채워놓으면 내가 오늘 밤에 처리하고 오마."

"차를 어디에 두실 거예요?"

아버지는 어깨를 으쓱하셨지. "아직 잘 모르겠구나. 공항까지는 꽤 멀고…… 말로우에 있는 버스 터미널에 주차해놓을 생각이었는데, 다른 좋은 생각이 날 수도 있겠지."

그분은 현관으로 가다가 문득 걸음을 멈추었어. "한 가지만 더 부탁하자, 아들. 어머니를 좀 지켜봐줄 수 있겠니? 이런 일이 벌어지고 나면 너희 어머니가 어떻게 되는지 너도 알 테니……."

나는 고개를 끄덕였어. 실제로 어머니가 어떤 모습을 보이는지 알고 있었으니까.

아버지의 입가에 미소가 떠올랐다네. "우리 꼬마가 어른이 다 되었구나. 이럴 줄 누가 알았을까? 나는 몰랐는데." 그러고는 몸을 돌려 집 모퉁이를 돌아 나갔다네. "그래, 나는 짐작조차 못 했어. 절대로." 시야에서 사라지는 순간까지도 아버지는 중얼거렸지.

사람을 죽이고 나면 어머니는 조금 감정적이 되곤 했어. 행동을 예측할 수가 없었지. 완전히 주변에 신경을 끄고, 방에 틀어박혀 며칠 동안 나오지 않기도 했어. 그러다 방에서 나올 때면 다시 건강해져 있었지만, 일단 그 며칠 동안은 건드리지 않는 게 상책이었다네. 때론 기쁨에 겨워서 웃고 농담을 던지며 즐겁게 보내기도 했어. 그럴 때면 부엌에서 춤을 추고 거리를 깡총거리며 뛰어다녔지. 나는 이런 어머니를 가장 좋아했다네. 재잘거리는 어머니, 명랑한 어머니, 웃음 가득한 어머니……. 살인 후 어떤 어머니가 등장할지는 아무도 알지 못했어. 다만 한 번에 한 명씩만 등장했고, 며칠 후 원래의 어머니가 돌아오곤 했지.

나는 호수로 떠나기 전 어머니를 한번 확인해볼까 생각했지만 결국 그러지 않기로 했다네. 재잘거리는 어머니가 나온 날이라면 내가 지금 하려는 일을 듣고 다른 어머니가 등장할 가능성도 있는데, 그러면 누구도 기뻐하지 않을 테니까. 혼자 아침 심부름을 처리한 후 남은 시간을 어머니와 보내며 어젯밤 벌어진 일에 대처하도록 돕는 게 좋을 것 같았지.

나는 손수레를 힘껏 당겨 계단에서 내린 다음, 호수로 난 오솔길로 걸음을 옮기며 〈에디 앤드 크루저〉의 경쾌한 주제가를 휘파람으로 불었다네. 내리막길이라 다행이었어. 카터 씨는 꽤나 덩치 큰 남자였거든.

38
샘 포터

첫째 날

오후 6:18

포터는 에스피노사를 따라 사건 현장을 나와 주 지하실로 들어섰다. 에스피노사의 대원들이 반대쪽 오른편 구석에, 쌓여 있는 나무 상자 옆에 웅크리고 모여 있었다. 가까이 가자 제복에 수놓인 이름을 읽을 수 있었다. 브로건, 토머스, 티버도우.

티버도우가 먼저 입을 열었다. "말씀하신 그대로였습니다. 쥐들을 따라가보니 시체에서 이쪽 구석으로 일렬로 이동하고 있었습니다. 여기 쓰레기더미 뒤로 이동하는 걸 보고 뭔가 있구나 싶었죠. 상자 뒤에 터널 입구가 묻혀 있었습니다." 그는 시멘트벽에 뻥 뚫린 구멍 쪽으로 손짓하며 말했다.

둥그렇게 뚫린 입구는 높이 2미터에 너비가 1.8미터쯤 되었고, 둘레는 석재로 보강해놓았다. 입구 안쪽에서 시작된 작은 철길이 안쪽으로 이어지며 시야에서 사라졌다.

"할아버지가 이런 곳이 있다고 말씀해주셨죠. 1900년대 초에 강에서 도심의 건물까지 석탄을 운송할 때 사용했다고요." 브로건이 말했다. 그는 시멘트 벽에 뚫린 구멍 안으로 손전등을 넣어 쇼핑카트보다 조금 큰 궤도차 하나를 비추어 보여주었다. 백 년도 더

된 물건이 분명했지만, 바퀴에는 새로 칠한 기름이 반짝였다.

"여기 지문 채취 도구 가진 사람 없나? 이 물건, 아직 누가 쓰는 것 같은데."

토머스가 고개를 끄덕였다. "제가 하죠." 그는 벨트에서 작은 꾸러미를 꺼내더니 궤도차 옆에 무릎을 꿇고 가루를 칠하기 시작했다. 움직임이 숙련된 프로의 것이었다. 이 남자는 SWAT에 들어오기 전에 어떤 직업을 가지고 있었을까, 포터는 궁금해졌다.

포터는 오랫동안 이 도시에 살았지만, 이런 터널이 존재한다는 사실은 알지 못했다. 그의 생각이 과거로 돌아가 4MK의 희생자들이 어디서 납치되고 어디서 발견되었는지를 되짚고 있었다. 만약 이런 터널이 도시 전체에 퍼져 있다면, 놈이 시체를 나를 때마다 이용했다고 볼 수 있다. 놈이 어떻게 모습을 드러내지 않고 도시 곳곳을 돌아다닌 걸까, 그는 늘 궁금했었다. 엄청나게 붐비는 구역에 누구의 눈에도 띄지 않고 등장한 시체도 있었다. 수전 드보로의 시신은 유니언 역 한복판의 벤치에 지저분한 담요를 덮은 채 놓여 있었다. 이런 터널 중 하나가 유니언 역으로 연결되었을 것이다. 만일 지상으로 시체를 날랐다면 보안 검색대와 열 개가 넘는 가판대, 엄청나게 많은 사람들의 눈을 속여야 했을 것이다. 한밤중에도 북적이는 길이니까. 하지만 지하로 움직인다면? 그쪽이 분명했다.

"깨끗이 닦였군요." 토머스가 말했다. "하지만 여기 왼쪽 뒷바퀴에 부분 지문이 남아 있습니다. 시스템에 등록된 지문이라면 대조 감식이 가능할 겁니다."

토머스는 지문을 채취한 다음 봉투에 잠재지문 감식용지를 넣어 포터에게 건넸다. "여기 있습니다, 형사님."

포터는 용지를 조명에 비춰 보았다. 손가락 끝의 절반 이상이니

감식하기에 충분했다. "수고했어, 토머스." 그는 봉투를 주머니에 넣고 경사 쪽을 향했다. "에스피노사, 통신기 작동돼?"

에스피노사가 고개를 저었다. "저 계단을 내려온 순간 통신이 끊겼어. 휴대전화도 안 터지고."

"터널을 따라가다 길을 잃으면 어쩌지?"

포터는 수많은 방향으로 갈라진 수십 개가 넘는 터널을, 지하 미궁을 머릿속에 그려보았다. 시청에 지도가 있겠지만, 그게 과연 정확할까? 밀수 용도로 사용한 터널이라면 기록조차 남아 있지 않을 것이다.

에스피노사가 배낭 주머니에서 작은 스프레이 깡통을 꺼냈다. "내가 보이스카우트였다고 말했던가?"

"그럼 앞장서."

에스피노사가 먼저 들어가고, 토머스와 티버도우가 그 뒤를 따르고, 포터와 브로건이 후미를 맡았다. 2열 종대로 터널 속 궤도차 옆으로 비집고 들어가자 공기가 축축하고 서늘해졌다. 포터는 이곳의 기온이 10도 중반 정도일 거라 추측했다. 석회암을 깎아 만든 벽은 매끈했다. 오늘날의 기술로도 이런 터널을 만들기란 쉽지 않을 것이다. 백 년 전 사람들은 어떻게 이런 일을 해낸 걸까? 이 아래에서 얼마나 많은 사람들이 목숨을 잃었을까?

적어도 한 명의 영혼이 최근에 더해진 셈이로군. 포터는 생각했다.

천장 여기저기에서 물이 떨어졌다. 걱정할 정도는 아니었지만 바닥을 미끄럽게 만들기에는 충분했다. 동굴 탐험 장비 같은 건 착용하지 않았고, 포터의 로퍼는 마찰력이 부족했다.

20분 후 모퉁이를 돌아 삼거리에 닿자, 다섯 명은 걸음을 멈추었다. 에스피노사는 손전등을 높이 들어 가능한 경로를 하나씩 비추었다. "제안 있는 사람?"

포터는 교차로 한복판에 무릎을 꿇고 앉았다. "이 아래 좀 비춰 봐."

빛줄기가 방향을 바꾸었고, 이내 다른 손전등도 합류했다. 포터는 남은 흔적을 확인해보았다. 최근 사용한 흔적이 있는 통로는 왼쪽으로 휘어진 하나뿐이었다. "이쪽이야."

에스피노사는 페인트 캔을 한번 흔들어 그들이 온 길로 화살표를 그렸다. 그리고 다시 전진했다.

포터는 뒤쪽으로 펼쳐진 어둠을 바라보았다. 칠흑처럼 컴컴했다. 빛 한 점 들어오지 않았다. 지옥의 입구가 이런 모습이 아닐까. 뒤쪽의 터널이 무너져버리면 어떻게 될까? 갑자기 공기가 희박해진 느낌이 들었다. 현실 세계로부터 얼마나 멀리 떨어진 걸까?

그는 아이폰을 내려다보았다. 신호가 잡히지 않았다.

에스피노사는 오른손을 주먹 쥔 채로 들더니 걸음을 멈추고 총으로 전방을 겨누었다. "방금, 전방에 빛이 보였어." 그는 낮은 소리로 말했다.

"바깥 불빛일까요?" 토머스가 물었다.

"아닐걸. 그 정도로 밝지는 않았어. 따라와. 나머지 인원은 여기서 대기한다."

포터는 몸을 숙이며 어깨의 홀스터에서 베레타를 꺼낸 후, 총구를 천장 쪽으로 돌리고 안전장치를 풀었다.

이 안에서 총알이 사방으로 날면 어떻게 될까? 이 돌벽에 튕긴 도탄이라면 충분히 살상력이 있을 것이다. 방탄조끼를 입고 있기는 해도 중상을 입을 수 있는 부분은 충분히 드러나 있다. 다른 사람들의 눈빛을 보니 다들 비슷한 생각을 하고 있는 모양이었다. 브로건은 허벅지의 칼집에서 큼직한 단도를 꺼냈다. 등에 짊어진 MP5보다는 백병전용 무기가 낫다고 여긴 듯했다. 티버도우는 글록을 들었다.

"포터!"

앞쪽에서 에스피노사의 목소리가 매끈한 돌벽에 반사되어 울렸다.

포터는 자리에서 일어나 빛이 보이는 통로를 향해 달려갔고, 다른 이들도 뒤를 따랐다. 에스피노사와 토머스는 커다란 방처럼 생긴 곳의 한가운데에 서 있었다. 한쪽 벽에 설치된 커다란 투광조명이 방 전체를 환히 밝혔다. 방법은 알 수 없지만, 도시 전력을 빼내 쓰는 모양이었다. 반대쪽 끝에는 석회암에 단단히 고정된 사다리가 보였다. 그 꼭대기에 맨홀 뚜껑이 있었다. 에스피노사는 총으로 바닥을 가리켰다. "여기 좀 봐."

검은 리본으로 묶인 흰 상자 세 개가 나란히 놓여 있었다. 가운데 상자 위에 끼적인 단어 하나가 눈에 들어왔다. 포터에게.

"장갑 있나?"

티버도우가 웃옷 주머니에서 장갑을 꺼내 건넸다. 포터는 장갑을 끼고 조심스럽게 첫 번째 상자의 리본을 당겼다. 그리고 뚜껑을 열자…….

탈지면 위에 인간의 귀 한 쪽이 놓여 있었다.

"아, 끔찍한데요." 브로건이 한발 물러서며 말했다.

포터가 두 번째 상자를 열자 안구 한 쌍이 모습을 드러냈다. 푸른 눈동자. 파삭하게 말라붙은 시신경 일부가 아직도 안구에 매달린 채, 탈지면 위에 가느다란 핏줄기를 그렸다.

마지막 상자에는 혀가 들어 있었다.

포터는 멀리팩스에 있던 시체에 혀가 남아 있는지 확인하지 않았다. 눈과 귀는 사라졌지만, 쥐들이 먹었을 거라고만 생각했다. "지하실에 있던 희생자의 신체 일부인 모양이군. 확실히 하려면 검시관에게 가져가야겠지만."

"저는 빼주세요." 브로건이 내뱉었다. "제가 들고 가진 않을 겁니다."

"저도 마찬가집니다, 보스. 저건 저주받은 물건이에요." 티버도우가 말했다.

"무슨 계집애들도 아니고." 토머스는 이렇게 말하고 비닐봉투 세 개를 배낭에서 꺼내 포터에게 건넸다. "포장해주시면 제가 가져가죠."

포터는 고개를 저었다. "일단은 그대로 놔두지. 먼저 CSI가 방 전체를 수색하는 게 순서야."

그리고 몸을 일으켜 사다리를 가리켰다. "우리가 저 위로 올라가기를 원한 모양이야. 아니라면 저기 사다리를 뒀을 리 없지. 이곳은 보물지도의 X자야."

"그럼 가볼까." 에스피노사는 총을 어깨에 메고 사다리를 오르기 시작했다. "엄호해, 브로건."

"네, 경사님." 브로건은 사다리 아래 무릎을 꿇고 앉아 MP5로 맨홀을 겨누었다.

꼭대기에 도착한 에스피노사는 금속 뚜껑을 밀었다. 그 자세로 두꺼운 강철에 힘을 가하는 일은 쉽지 않을 것이다. 포터는 그런 뚜껑이 50킬로그램은 족히 나간다는 사실을 경험으로 알았다. 에스피노사가 신음하며 뚜껑을 열자 햇빛이 들어왔다. 포터는 눈을 가렸다.

에스피노사는 허벅지의 권총집에서 글록을 꺼내 사격 준비를 한 다음, 날렵한 몸동작으로 단숨에 구멍을 나가 오른쪽으로 몸을 굴렸다.

브로건은 사다리 아래 서서 위쪽으로 무기를 겨누고 있었다.

"이상 무!" 에스피노사의 목소리가 들려왔다.

"먼저 가시죠, 형사님." 브로건이 말했다.

포터는 지친 몸을 이끌고 사다리를 올랐다. 따스한 햇살이 한기를 씻어내주는 듯했다. 지상으로 고개를 내밀자 주택가 교차로 한복판의 풍경이 그를 맞이했다. 차량이나 사람은 보이지 않았고, 주택들은 단계는 저마다 달랐지만 전부 미완성 상태였다.

"여기가 무어링 레이크사이드인 모양이로군."

39
일기

고양이의 악취는 완전히 사라져 있었다네. 놀랍고 다행스러운 일이었지. 나는 그쪽으로 다가가서 신발 끝으로 털가죽을 슬쩍 건드려보았어. 다양한 종류의 파리들이 날아오르고, 기분 나쁘게 생긴 벌레 몇 마리가 시체 아래에서 튀어나오더군. 얼마 남지 않은 살점은 흰색과 검은색의 곰팡이가 가득 핀 상한 육포처럼 보였다네. 두개골은 비바람을 맞아 쪼그라든 듯 보였지. 물론 말도 안 되는 생각이었어. 고양이를 물에 넣는다고 해도 빨래처럼 줄어들지는 않으니까. 하지만 그런 논리에도 실제로 작아진 것처럼 보였다네. 꼬리는 누가 가져간 모양이었지. 대체 꼬리를 가지고 뭘 하려는 걸까? 대자연과 그 피조물들은 항상 나를 놀라게 만든다네.

나는 손수레를 끌었어. 수레의 한쪽 바퀴가 드러난 나무뿌리를 타고 넘는 바람에, 아슬아슬할 정도로 가득 실린 짐들이 그만 쏟아질 뻔했다네. 나는 얼른 손을 뻗어 꾸러미를 고정시켰지. 마치 물풍선처럼 물컹한 감촉이 느껴졌다네. 순간 내 손가락이 봉지를 뚫고 들어가는 광경이 떠올랐고, 나는 잠시 짬을 내서 장갑을 가져오지 않은 자신의 어리석음에 저주를 내뱉었다네. 집으로 돌아가서 장갑을 가져올까 하는 생각도 했지만, 아버지라면 분명 맨손으로 일을 끝내는 쪽을 선호하실 거라는 생각이 들었다네. 장갑을 끼면 그 때문에 증거나 증거로 이어지는 실마리가 생길 수 있으며, 따라서 장갑을 처리하는 문제가 새로 생기는 셈이지 않겠나. 장갑을 집으로 가져가서 원하지 않는 사람의 눈에 띄게 해도 안 되고 (지하실 바닥에 말라붙은 카터 씨의 혈흔처럼 다른 사소한 문제가 있기는 하지만) 호수로 던졌다가 다른 사람의 눈에 띄어 내게 실마리가 연결되도록 만들어도 안 되겠지. 아버지는 언젠가 경찰이 장갑 안쪽에서 지문을 뜰 수 있다고 말씀해주시기도 했다네. 장갑 없이 작업한 다음에 손에 묻은 오물을 씻어내는 편이 안전했지. 그 오물의 종류가 뭐든.

물가에 도착한 나는 손수레 손잡이를 놓고 호수 주변을 둘러보았다네. 낚시나 수영을 하러 온, 주변을 어슬렁거리는 관객들을 내 작은 파티에 초청할 생각은 없었어. 호수는 고요했다네. 물속에도, 물가에도 다른 인간은 찾아볼 수 없었어.

혼자라는 사실에 만족한 나는 나이프를 꺼내 칼날을 빼든 다음 첫 번째 꾸러미를 집었다네. 봉투에 칼집을 내자 지독한 악취가 코를 간질여서 고개를 돌려야 했지.

자, 아버지, 고기 떼가 맛있는 간식을 즐기기를 기대해보자고요.

나는 호수 가운데 쪽으로 온 힘을 다해 꾸러미를 던졌다네. 학교 럭비 팀에 들어갈 정도로 팔힘이 좋은 건 아니었네만, 제법 멀리 날아가더니 첨벙 소리를 내며 수면 아래로 들어가버렸다네.

"완전 병신 같아!" 나는 욕을 했어. 테이프로 돌을 붙인다는 걸 잊은 거야.

호수를 바라보며 비닐로 싼 꾸러미가 다시 떠오르기를 기다렸지만, 결국 모습을 보이지 않았다네. 몇 분이 지나도 수면은 잔잔하기만 했지.

손수레로 시선을 돌리자 적어도 서른 개가 넘는 꾸러미들이 눈에 들어왔다네. 돌이, 그것도 아주 많은 돌이 필요했어. 나는 손수레 옆에 돌을 모아 쌓기 시작했다네. 그리고 충분히 모였다는 생각이 들자 덕트 테이프로 꾸러미에 단단히 붙였다네. 떨어지지 않도록 두 번씩 돌렸어. 그리고 하나씩 칼집을 낸 다음에 호수 가운데 쪽으로 던졌다네. 무게가 더해졌지만, 제법 멀리까지 날아가더군. 예전에 여기서 수영을 한 적이 있어서 (물론 앞으로는 절대 하지 않을 테지만) 호숫가에서 조금만 떨어지면 갑자기 수심이 깊어진다는 사실을 알고 있었다네. 호수 한가운데가 얼마나 깊을지는 몰라도, 3미터만 걸어 들어가도 턱밑까지 물이 찼다네. 한 걸음만 더 가면 헤엄치거나 가라앉게 될 상황이었지. 꾸러미들은 모두 4미터에서 6미터쯤 날아갔고, 두말할 것 없이 즉시 바닥까지 가라앉았다네.

임무를 모두 마치도록 40분 가까이 걸렸어. 텅 빈 손수레를 내려다볼 때쯤에는 어깨와 등이 비명을 지르고 나이프는 선홍색으로 번들거렸지. 나는 칼날을 물에 담그고 금속의 광택이 돌아올 때까지 엄지와 검지로 열심히 문질렀지. 그리고 나이프를 주머니에 넣고 마지막으로 호수를 한 바퀴 둘러보았어. 꾸러미가 단 하나도 다시 떠오르지 않았다는 사실에 제법 자부심이 솟았지만, 맨 처음의 꾸러미가 마음에 걸리지 않았다면 거짓말이겠지. 오후나 저녁때쯤 확인할 겸 산책을 나와야겠다는 생각이 들었어.

남은 덕트 테이프를 손수레에 넣은 다음, 나는 손잡이를 잡고 오솔길을 따라 집으로 돌아가기 시작했다네. 아직 카터 씨네 집에서 할 일이 남아 있었으니까.

40
샘 포터

첫째 날

오후 9:12

포터는 멀리팩스 출판사 건물의 컴컴한 입을 빠져나왔다. 뒤에는 내쉬가 따라오고 있었다. 두 사람 모두 신선한 공기를 깊이 들이쉬며, 호수에서 풍기는 시큼한 비린내와 골목에서 나는 쓰레기 썩는 냄새와 문 밖에 놓인 축축한 침낭의 곰팡내를 흠뻑 들이켰다.

환상적이었다.

포터가 지금까지 맛본 가장 신선한 공기였다.

터널의 끝에서 맨홀에 도달한 이후, 그는 에스피노사의 팀에게 무어링 주택개발을 철저히 수색하라는 지령을 내렸다. 그리고 길을 되짚어 지하 2층의 사건 현장까지 돌아와서, 왓슨이 열심히 현장을 수색하고 검시관이 시체를 살펴보고 있는 모습을 마주했다.

이후 추가로 세 시간을 건물 안에서 보낸 입장에서, 포터는 가까운 시일 내에 저 건물 안으로 돌아갈 생각은 조금도 없었다.

노튼이 등을 돌린 채 주변을 거닐며 통화를 하고 있었다. "전부 탤벗하고 연관돼 있습니다. 그를 소환해야 합니다. 이건 단순한 문제가……." 그녀는 휴대전화를 머리 위로 높이 들고는 포터가 부두 노동자조차 입에 담지 않을 것이라 생각한 단어들을 줄줄이 쏟아냈다.

그리고 다시 휴대전화를 귀에 가져다 댔다. "하지만 경감님, 저는……."

"경감이 저걸 가지고 트집을 잡고 있다니, 농담 아니지?" 내쉬는 노튼에게 시선을 고정한 채로 이렇게 중얼거렸다.

포터는 탤벗과 대화를 나누고 싶었다. 골프장에서 잠시 한담을 나누는 정도가 아니라, 자리에 앉혀놓고 지나치게 밝은 조명을 얼굴에 들이민 채로, 한쪽 벽에 단방향 거울이 걸린 방에서 진솔한 대화를 나누고 싶었다. 이 모든 일의 중심에 분명 탤벗이 있었다. 혼외정사로 낳은 딸을 4MK에게 납치당했기 때문만이 아니다. 이제 납치 사건은 탤벗의 부동산 개발사 중 하나인 무어링 레이크사이드로 연결되었다. 포터는 살인범을 증오했지만, 동시에 그가 이유 없이 움직이지 않는다는 사실도 명확히 알고 있었다. 이전 희생자들도 제각기 가족이 저지른 불법적인 행위에 대한 보복으로 납치되었던 것이다.

탤벗에게는 분명 구린 구석이 있다.

어떤 식으로 구린지를 알 수 있다면 제때에 에머리를 구해낼 가능성도 높아질 것이다.

마음속 일부는 에스피노사가 무어링 구역의 주택 중 하나에서 아이를 발견하기를, 묶이고 안대를 한 채로 지하실이나 공사 중인 침실에서 찾아낼 수 있기를 기대하고 있었지만, 그럴 리 없다는 것도 알고 있었다. 4MK라면 그렇게 간단하게 발견할 수 있는 곳에 그녀를 두지 않았을 것이다. 공사 현장에 둔다면 길을 잘못 든 인부가 발견할 가능성이 항상 존재했다. 아니, 심지어 노숙자가 발견할 수도 있었다. 그 동네에는 셀 수 없을 만큼 노숙자가 잔뜩 깔려 있으니까.

4MK는 탤벗으로 그들을 이끌고 있었다. 에머리가 아니라.

이제 실종된 지 하루가 지나버렸다. 분명 음식도 물도 없는 상태일 것이다. 그 아이가 지금 겪고 있을 고통은 상상조차 할 수 없었다. 4MK가 귀를 잘라낸 다음 약물을 투여했더라도, 지금쯤이면 분명 약기운이 떨어져버렸을 것이다.

“네, 제가 전달하겠습니다.” 노튼이 휴대전화에 대고 말했다. “네, 확실히 전하죠. 경감님도요.” 그녀는 전화를 끊은 다음 휴대전화를 집어넣었다. “배짱이라고는 눈곱만큼도 없는 개자식 같으니라고!”

내쉬는 제복 경관에게서 갈취한 커피 한 잔을 그녀에게 내밀었다. “내가 맞혀볼까. 경감님은 시장 나리와 골프를 치는데, 그분은 탤벗 일가와 절친한 관계라서, 후원금 보트 바닥에 구멍을 뚫을 만한 일은 절대로 피하고 싶은 거겠지.”

흑인의 얼굴이 시뻘개질 수 있다면, 분명 눈앞의 노튼 같은 모습일 거라고 포터는 생각했다. 순간 그녀가 내쉬에게 커피를 끼얹는 것이 아닐까 하는 생각이 들 지경이었다. “뒷구멍이나 빨아대는 병신 광대 새끼.”

“우리 노튼은 투덜댈 때 제일 멋지다니까.” 내쉬는 그녀의 어깨를 지그시 누르며 달랬다.

그녀는 마침내 한숨을 쉬었다. “순찰차를 이쪽으로 열두 대, 무어링으로 열 대 더 보낸대요. 건물과 터널 안팎을 수색할 거고요. 경감은 우리 모두 집으로 가서 쉰 다음 상쾌한 기분으로 아침에 출근하라고 하더군요. 우리가 밤을 새면 좀비가 될 거라고 생각하는 거죠. 뭔가 찾으면 즉시 현장으로 복귀하게 해줄 테니, 더 이상 이 근처에서 어정거리지 말라는 거예요. 게다가 탤벗을 소환하지도 않을 거라네요. 아직은 안 된대요. 일단 호스먼이 장부 추적을 끝내야 한다는 거예요." 그녀는 팔을 활짝 벌리고 건물 쪽을 향해 손짓해 보였다. "덤으로 이 건물도 그 자식 소유라더군요. 3주 전에 경매에서 구매했대요."

"그거 놀라운데. 우리가 여기 서 있는 3분 사이에 우리 집까지 사버린 건 아닐지 모르겠어." 내쉬가 말했다.

"누가 고분고분 집으로 갈 줄 알고." 노튼이 말했다. "경감은 얼어죽을, 병신 새끼."

"탤벗에 대해서는 경감의 생각도 나름 일리가 있어. 재정 문제를 확실히 파악하고 움직이는 쪽이 정황 증거만으로 움직이는 것보다 나으니까. 아직 그를 붙들어두기에는 자료가 부족하지." 포터는 손으로 머리를 쓸어 넘기며 멀리 주택 단지 쪽을 바라보았다. "적어도 아직은. 공격할 수 있다면 아마 기회는 단 한 번뿐일 거야."

"그래서 어쩌고 싶어?"

"노튼, 자네는 무어링으로 가서 수색 작업을 총괄해. 내쉬, 자네는 여기를 맡고. 나는 탤벗의 집 앞으로 가서 감시하고 있을게. 대화는 나누지 못할지라도 지켜보는 정도라면 문제없겠지. 게다가 나는 아직 정식으로 복귀한 게 아니잖아. 경감이 직접 나와도 내 주차구역까지 지시할 권한은 없다고. 동이 트면 사무실에서 만나." 그는 점점 많아지는 경찰 병력을 둘러보며 말했다. "왓슨은 어디 있지?"

"아직 터널 안에 있어. 상자들을 발견한 그 방을 처리하고 있지." 내쉬가 말했다. "적어도 한 시간은 더 걸릴 거라던데."

포터는 주머니에 손을 넣어 지문 채취지가 담긴 봉투를 꺼냈다.

"이걸 왓슨에게 전해줘. 혹은 여기 일이 끝난 다음에 제복 경관 한 명 잡아서 차로 직접 연구실에 전달해달라고 해주면 더 좋고."

"어디서 뜬 거야?"

"지하 2층 후면의 궤도차에서."

내쉬는 봉투를 조명에 비춰 보고 그대로 주머니에 넣었다. "내가 가져갈게." 그러고는 노튼의 자동차 쪽으로 몸을 돌리다가, 잠시 머뭇거리고는 포터 쪽으로 몸을 숙였다. "자네가 돌아와서 다행이야, 샘."

포터는 고개를 끄덕였다.

"나도 슈렉 선배와 같은 의견이에요. 돌아와줘서 기뻐요." 노튼이 미소 지으며 말했다.

포터는 내쉬가 인파 속으로 사라지고 노튼이 시빅에 올라타 속도를 내며 사라지는 모습을 지켜본 다음, 길을 건너 자신의 닷지 차저로 향했다.

41
일기

카터 씨의 차는 여전히 진입로에 주차되어 있었어. 사실 다른 곳에 있으리라 기대한 건 아니었어. 카터 씨는 이제 운전석에 앉을 수 없는 신세고, 카터 부인은 가까운 미래에는 운전할 예정이 없을 테니. 하지만 자동차가 서 있는 모습을 보니 누가 집 안에 있을 것만 같더군. 빈집이라는 사실을 알고 있는데도 말이야.

나는 수레를 우리 쪽 진입로에 두고 그 집으로 향했지.

방충망 문을 열면서도 누가 안에 있다는 느낌을 떨칠 수 없었다네. 문이 잠겨 있지 않으니 누가 들어갔을 수도 있다는 생각은 들었지만, 도무지 그럴 이유를 생각해낼 수 없더군. 우리 동네는 꽤 안전한 곳이었거든. 항상 문을 열어놓고 살 수 있는 동네. 사실 카터 씨도 어제 자기 차에 열쇠를 두고 간 것 같았어. 우리 부모님도 종종 그러셨거든.

하지만 뭔가 이상했어.

방충망을 열자 약간이지만 끼익 소리가 났어. 침입자에게 내가 들어왔다는 사실을 알리기에는 충분했겠지.

부엌은 조용하고 어젯밤과 달라진 점은 없어 보였다네. 말라가는 버번 웅덩이에 떠 있는 깨진 유리조각도 그대로였지. 개미 떼가 잔뜩 들러붙었더군. 개미도 술에 취할까? 그럴 수도 있겠다 싶었어. 나는 끈적이는 액체에 몰려들어 이리저리 움직이는 개미들을 유심히 바라보았다네. 보도블럭을 돌아다니거나 바위 밑에 붙어 있는 개미들과 조금도 다르지 않아 보였지만, 지금 이 개미들의 몸은 알코올로 가득 차 있는 게 아니겠나. 한두 잔 마신 정도로 세상이 빙빙 돌 지경이었는데, 이렇게 술에서 헤엄을 치고 있으니 술주정 마을로 가는 편도열차를 탄 거나 다름없는 상황이었지. 그러나 개미들은 아무 영향도 받지 않은 듯했어.

놈들에게 성냥불을 대고 싶은 마음이 굴뚝같았어. 그대로 타버리는 모습을 지켜보고 싶었어. 작은 육체가 알코올의 힘을 빌려 타오르는 불길 속에서 우그러들고 타닥거리며 연소되는 모습. 생명이 순식간에 잿더미가 되는 광경. 그걸 보면 신이 된 기분이 들지 않을까.

나는 카터 부인이 의식을 잃고 쓰러진 작은 식탁을 둘러보았다네. 그곳에 앉아 있는 그녀의 모습이 눈에 선했어. 흐릿한 눈길로 나를 바라보며, 혀가 풀린 채로 그날 호수에서 내가 자신을 봐주기를 원했다고 말하는 모습. "여자는 때로 갈망의 시선을 원하거든. 그게 전부야."

그 생각을 하니 피가 끓어오르는 것 같았다네.

하지만 집중해야 했어. 순간 뭔가 느껴졌거든.

집 안 어디선가 소리가 들린 거야.

달각거리는 소리, 어쩌면 금속 부딪히는 소리였는지도 모르겠어.

집에서 저절로 나는 그런 소리가 아니었어. 집이 자리를 잡거나 목재가 수축하며 나는 끼익 혹은 삐걱 하는 소리가 아니었어. 뭔가 다른 소리였지.

다시 아까보다 더 큰 소리가 들렸다네. 집의 반대쪽, 부엌을 나가 복도를 따라가면 있을 침실이나 욕실에서 들리는 소리였지. 카터 씨의 집에 그렇게 깊이 들어가본 적은 없었으니, 부엌을 나가면 무엇이 기다리고 있을지는 알 수 없었지. 그저 비슷한 크기와 양식인 우리 집의 구조를 바탕으로 추측해보았을 뿐.

나는 주머니 속 나이프를 꺼냈어. 단번에 날을 뽑진 않았어. 그랬다가는 큰 소리가 나서 내 위치를 집 안에 있는 사람(인지 뭔지)에게 알리게 될 것이기 때문이었지. 나는 날을 한 손으로 잡고 버튼을 눌러 천천히 칼날을 빼면서, 스프링의 압력을 늦추지 않은 채 칼날이 소리 없이 나와 고정되도록 만들었다네. 최근에 세척하고 날을 세워서 날카로운 빛을 발하는 금속이, 커튼을 뚫고 들어오는 은은한 빛 속에서 흐릿하게 반짝이며 집 안을 비추었다네.

다시 철컹이는 소리.

집 안쪽에 있는 사람(이든 뭐든)은 내가 있다는 걸 모르는 게 분명했지. 부주의하게 소리를 내며 집 안으로 들어오기는 했지만, 분명 듣지 못한 모양이야. 뭔가 훔칠 거리를 찾아 들어온 좀도둑이 분명했어.

아버지는 어릴 적부터 사냥하는 법을 가르쳐주셨다네. 숲속을 노니는 엘크처럼 소리를 내지 않고 발끝으로 걷는 법을 알려주셨지. 나는 그 기술에 의지해 조금도 소리 내지 않고 부엌을 가로질러 문틀에 기댄 다음 복도를 엿볼 준비를 했어.

오른쪽으로 거실이 이어지고, 왼쪽 너머로 작은 욕실이 있었다네. 복도 끝에 다른 문이 두 개 있었어. 분명 침실로 통하는 문이겠지.

나는 눈을 감고 귀를 기울였어.

천 펄럭이는 소리.

종이 부스럭거리는 소리.

서랍 열리는 소리.

계속되는 천 소리.

오른쪽 침실 쪽에서 들렸어. 카터 부부의 방인지 손님용 방인지는 알 길이 없었지.

나이프를 너무 꽉 쥐어서 손에 땀이 뱄어.

곤란했지.

땀이 차면 나이프를 놀리기가 어렵거든. 미끄러져서 목표를 놓칠 수도 있지.

나는 청바지에 손을 문질러 닦고 심호흡했다네. 심장 박동이 잦아들기를, 몸이 진정되기를 기다렸지. 그리고 본능에 몸을 맡겼어.

내 안의 사냥꾼에게.

나이프를 가슴에 대고 날을 앞으로 내민 채로, 나는 복도를 따라 걸음을 옮겼어. 나이프 쥐는 법은 아버지께서 가르쳐주셨지. 필요하면 팔의 근육을 최대로 사용해서 총을 겨눈 것처럼 정확하게 나이프를 앞으로 뻗을 수 있지. 위에서 내리찍는 동작과는 달리 전방 찌르기는 막기가 힘들거든. 게다가 이렇게 쥐고 있으면 위아래로 방향을 틀어 바로 심장이나 복부를 노릴 수도 있지. 위에서 내려찍는 동작으로는 한 방향으로밖에 공격할 수 없어. 그러면 보통 깊게 찌르지 못하고 빗맞거든.

아버지는 아주 솜씨가 좋았어.

나는 벽에 몸을 바짝 붙이고 벽의 회반죽 속으로 녹아들 것처럼 천천히 열린 문으로 다가갔다네.

천 펄럭이는 소리가 이어지더니 나직이 욕설이 들렸어.

방 안에서 움직이는 그림자가, 아침 공기 속에서 짐을 뒤지는 침입자의 실루엣이 슬쩍 지나갔지.

나는 문 바로 옆까지 도착했어.

언젠가 아버지는 누군가에게 몰래 다가가 기습하면 반응하기 전까지 1초 이상 시간을 벌 수 있다고 말했지. 인간의 뇌는 주변 상황을 느리게 인식하기 때문에, 내가 등장했다는 사건을 받아들이기 전까지 잠시 동작이 멈춘다는 거야. 특히 자신이 홀로 있다고 여길 때 그런 경향이 심해지지. 어떤 사람들은 텔레비전을 보듯 움직이지 못하고 상대방의 행동을 지켜보기만 한다더군. 다음에 무슨 일이 일어날지 구경하는 거지. 물론 다음에 무슨 일이 일어날지 모르는 편이 더 나을 때도 있지만.

서랍 하나가 닫히고 다른 서랍이 열리는 소리가 들렸지.

나는 심호흡을 하고 나이프 손잡이를 굳게 쥔 다음 열린 문으로 들어가 침입자에게 그대로 돌진했다네.

어머니는 가볍게 옆으로 움직여 내 공격을 피한 다음, 오른손으로 내 팔을 짓누르고 왼손으로 나이프를 낚아챘어. 움직임을 멈추려 했지만 관성이 너무 강했어. 그대로 침대에 부딪힌 다음 옆으로 굴러서, 결국 반대쪽 벽에 도착해서야 멈추는 신세가 됐지.

"숨어서 접근할 때는 천천히, 멈추지 않아야 해." 어머니가 말했지. "특히 네가 기습의 이점을 가질 때는 말야. 천천히, 쉬지 않고 왔다면 나를 잡았을지도 모르지. 하지만 네가 내 쪽으로 오기 전에 숨을 헐떡이는 소리가 들렸단다. 물론 그래도 제대로 반응하지 못하는 사람도 있겠지만, 가볍게 발을 놀릴 수 있는 사람이라면 어렵지 않게 피할 거야."

바닥에 머리를 부딪친 탓에 아침의 두통이 복수라도 하려는 듯 더욱 고약하게 돌아왔어. 나는 정신을 추스르고 자리에서 일어나 청바지에 손을 문질렀지. "어머니가 계신 줄 몰랐어요. 여기 아무도 없을 줄 알았거든요."

그녀는 고개를 갸웃하며 말씀하셨지. "그래서 정확하게 뭘 찾고 있었니? 훔쳐갈 물건이 가득한 빈집?"

"아버지께서 짐을 꾸려서 카터 부부가 떠난 것처럼 꾸며놓으라고 부탁했어요. 차에 짐을 실어둘 생각이었어요. 아버지께서 오늘 밤에 돌아와 차를 멀리 가져다놓을 거라고 했어요."

어머니의 눈이 가늘어졌지. "그게 전부니?"

"정말이에요."

"그래, 그럼 좋을 대로 하렴. 나 때문에 심부름을 못 하면 곤란하지."

나는 뒤통수를 문질렀어. 혹이 솟고 있었지. "제 나이프 돌려주세요."

"네 힘으로 되찾아야지. 다음에는 이런 소중한 물건과 쉽사리 떨어지면 안 된다."

"네, 어머니."

왼쪽에 옷장이 보였다네. 나는 양쪽으로 당겨 문을 열고는 구석의 낡은 여행 가방을 발견했다네. "좋았어!" 나는 힘겹게 가방을 들어 침대 위에 올렸어.

어머니는 화장대 서랍으로 돌아갔어. 어두운 색 오크 목재로 만든 커다란 화장대, 다섯 개의 서랍 중 세 번째 것을 찬찬히 뒤졌지. 스웨터가 들어 있더군.

"뭘 찾으시는 거예요?"

어머니는 서랍을 닫고 네 번째 서랍을 열었다네. "신경 쓰지 마." 그러고는 침대 위에 놓인 여행 가방을 바라보았지. "신발 넣는 걸 잊으면 안 된다. 여자들은 신발을 가지고 여행하거든. 적어도 두 켤레, 더 많이 가져갈 때도 있고. 한 켤레면 어딜 가도 충분한 남자들과는 다르지. 외투도 넣는 게 좋을지 모르겠구나."

"외투요? 하지만 여름이잖아요. 외투를 입기에는 너무 더운데요."

어머니는 웃었지. "그게 짐 싸기의 미학이란다. 한여름에 외투가 든 여행 가방을 발견하면 그 주인이 어디로 갈 작정일지 궁금해지지 않겠니? 이해할 수 없는 물건을 넣어두면 계속 생각하게 되거든. 내가 그런 여행 가방을 발견하게 되면 어딘가 머나먼 곳으로 떠날 거라고 생각하게 될 것 같구나. 그린란드라던든가."

"아니면 남극."

어머니는 고개를 끄덕였다네. "그래, 남극이라든가."

"수영복도 넣어야겠어요. 그럼 정말로 헷갈릴 테니까요."

"글쎄, 그건 좀 어리석은 생각 같구나. 외투와 수영복이 동시에 필요한 곳으로 가는 사람은 없을 테니까."

"남극 호텔에 실내 수영장이 있을 수도 있잖아요?"

"남극에 그런 호텔은 없을 것 같은데. 그린란드에는 있을지도 모르겠지만."

나는 옷장에서 적당히 옷을 꺼내 가방에 넣기 시작했다네. 카터 씨의 셔츠, 카터 부인의 드레스, 바지 몇 벌, 넥타이 하나.

"민망한 옷가지도 잊지 말아야지. 그리고 양말도. 양말은 많이 챙기렴. 사람들은 항상 양말을 필요 이상으로 챙긴단다."

"어느 서랍에 있어요?"

어머니는 옷장 옆에 있는 작은 서랍장 쪽으로 고갯짓하며 말씀하셨다네. "두 번째하고 세 번째 서랍이야."

나는 그쪽으로 걸음을 옮겨 서랍을 당겼다네. 둘 다 가득 차 있었어. 하나는 남성용, 다른 하나는 여성용. 나는 양쪽 모두 한아름 가져다 가방에 내려놓았다네. 이제 공간이 거의 남지 않았지.

"서랍 한두 개는 열어놔. 정리가 안 되어 있으면 서둘러 떠났다는 인상을 줄 테니." 어머니가 말했지.

"세면용품은요?"

어머니는 고개를 끄덕이고 다른 서랍을 열었다네. "칫솔, 면도칼, 데오도란트……."

나는 옷장에서 작은 소지품 가방을 꺼내어 복도를 따라 욕실로 갔다네. 카터 부인은 깔끔하게 청소하는 사람이었어. 세면대에는 치약 얼룩 하나 없고, 거울에도 먼지 한 점 없었지. 수납장에도 모든 물건이 깔끔하게 정리되어 있었어.

나는 초록색 도자기 컵에서 칫솔 두 개와 치약을 뽑아서 전부 가방에 넣었다네. 그리고 전기면도기와 데오도란트 한 캔, 살짝 라일락 냄새가 나는 분홍색 롤온 한 병, 노그제마 세안제 한 병, 치실, 그리고 욕조 가장자리에서 찾아낸 여성용 면도기를 챙겼지. 약품 수납장에서는 아스피린 약간과 종합비타민제 두 병, 그리고 처방약 세 병을 꺼냈다네. 혈압약과 두통약, 피임약까지.

나는 약품 수납장을 열어놓은 채 작은 가방을 들고 침실로 돌아와 여행 가방 옆에 내려놓았어.

"제가 도와드릴게요, 어머니. 뭘 찾는지만 알려주세요."

어머니는 짜증 섞인 동작으로 나를 보지도 않고 손을 내저으신 다음, 계속해서 서랍 안에 쌓인 옷들을 뒤적이셨다네.

테드 맥알리스터의 《콜러스 게임》 한 권이 침대 머리맡에 놓인 모습이 문득 눈에 들어왔어.

휴가를 가면 사람들은 책을 읽곤 하잖아? 분명 그럴 거라는 생각이 들었지.

책을 집어 여행 가방 쪽으로 던졌는데, 문득 페이지 사이로 사진 모서리가 비죽 나와 있는 게 보였어.

카터 부인과 어머니의 사진이었어. 두 사람 다 홀딱 벗은 채로, 서로 팔다리가 뒤얽혀 껴안고 격렬히 키스하고 있었다네. 두 사람이 누워 있는 이불이 아직도 침대에 깔려 있는 것으로 보아, 카터 부부의 침대에서 찍힌 사진이 분명했지.

나는 믿지 못하겠다는 눈으로 그 사진을 내려다보면서, 머릿속으로는 어제 목격한 광경을 다시 떠올리고 있었어. 그게 두 사람 사이에 처음으로 벌어진 일이라고만 생각했는데, 내가 틀렸던 모양이야.

이건 언제 찍은 걸까? 사진을 아무리 들여다봐도 단서를 찾을 수가 없었어. 하지만 최근인 것은 분명했어. 그러다 문득 머릿속에 다른 질문이 하나 떠올랐다네.

'언제' 찍은 것인지는 사소한 문제일 뿐이야. '누가' 찍은 것인지가 훨씬 궁금해졌지.

어머니가 뒤에서 다가오는데도 전혀 알아차리지 못했다네. 내 손에서 사진을 빼앗은 순간까지도. "이건 어딜 봐도 네 물건은 아닌 듯하구나." 어머니는 이렇게 말하고 사진을 주머니에 넣었네. 그리고 여행 가방을 가리켰지. "저걸 차에 옮겨 싣자."

나는 입을 떡 벌리고 멍하니 있었다네. 아버지가 이걸 알면 무슨 생각을 할까?

“너희 아버지한테 일러바쳤다간 무슨 일이 벌어질지 알겠지.”
어머니는 이를 악물고 나직이 내뱉었어.

42
샘 포터

둘째 날

오전 4:58

포터는 그의 아파트에서 세 블록 떨어진 곳에 간신히 주차한 다음 집을 향해 걸었다. 거의 밤새도록 탤벗의 집 앞에 앉아 있었지만 2시가 조금 지나 비틀거리며 들어가던 카네기를 제외하면 움직임은 없었다. 탤벗은 낌새조차 느껴지지 않았다.

클레이와 내쉬의 보고도 들어왔지만, 멀리팩스 건물과 무어링 건설현장 양쪽의 수색대 모두 에머리의 자취는 발견하지 못한 모양이었다.

막다른 골목이었다.

탤벗 일가를 감시하기 좋은 곳에 자리 잡은 후 일기를 조금 더 읽기도 했지만, 어린 시절의 사소한 이야기가 계속될 뿐 딱히 도움이 될 만한 내용은 없었다. 경찰이 시간을 낭비하게 만들려고 꾸며낸 소설이 아닐까 하는 생각이 들 정도였다.

이쪽 또한 막다른 골목이었다.

에머리는 아직도 행방불명 상태인데, 아무것도 찾아내지 못했다.

자신의 '안전 가옥'에 접근하자, 활짝 열린 채 바람에 덜렁거리는 정문이 보였다. 게다가 계단 맨 아랫단에는 제법 큰 개똥 무더기가 뜨끈한 김을 피우고 있었다. 2C호의 핏불이 남긴 것이 분명했다. 개 탓을 하고 싶은 생각은 없지만, 개 주인을 마주친다면 그 축 늘어진 얼굴을 배설물 무더기에 처박고 문질러주고 싶었다. 주민들은 모두 2C호 남자가 개를 끌고 나와 바로 그 자리에서 변을 보도록 한다는 사실을 알고 있다. 절대 배설물을 치우는 일이 없다는 사실도.

그의 이름은 카르미네 루포였다.

53세의 전직 욕조 세일즈맨으로, 하루 종일 집에서 비디오 게임만 하다가 장애연금을 수령하거나 쇠고기 육포 재고를 채우거나 사랑스러운 개를 꼬드겨 현관에서 똥을 싸게 할 때만 집에서 나오는 사람이었다.

지난달에는 현장을 포착하려고 이웃 여섯 명이 번갈아 보초를 서기도 했는데, 그는 무슨 수를 썼는지 모든 눈길을 피하는 데 성공했다. 거의 180킬로그램은 되어 보이는 몸집이니만큼 은밀하게 행동하는 데 익숙하진 않겠지만, 마법의 개똥은 신비롭게도 바로 그 자리에 평소와 마찬가지로 모습을 드러냈다.

카메라를 달자는 이야기까지 나왔다.

포터는 www.poopertv.com 도메인을 구입한 다음 촬영한 동영상을 스트리밍해서 광고 후원을 받아보자고 제안했다.

그는 우편함에 열쇠를 꽂고 우편물 다발을 꺼내 가볍게 훑었다. 청구서 세 통, 세탁소 광고지 하나, 〈TV 가이드〉.

포터는 〈TV 가이드〉를 제외한 다른 우편물을 전부 던져버렸다. 그는 〈TV 가이드〉를 좋아했다. 텔레비전을 보지는 않았다. 사실 켜는 일조차 없었다. 필요한 모든 정보는 이 잡지에서 얻을 수 있었으니까. 그에게 있어 텔레비전은 1982년 5월에 〈인크레더블 헐크〉 방영을 취소한 이래로 예전의 매력을 잃었다. 3층을 걸어 올라가는 일은 내려올 때보다 조금 더 힘들기는 했고, 마침내 자신의 층에 도착했을 때는 숨이 턱까지 차 있었다. 채식주의자인 헤더는 그가 식습관을 바꾸면 체중도 줄고 원기도 솟을 거라 주장하곤 했다. 그는 아내의 말이 옳을 거라고 생각했지만, 자신이 육즙이 가득한 고기를 해치우는 동안 콩고기와 새싹 샐러드를 넣은 버거를 오물거리는 헤더를 보노라면 적어도 한동안은 채식 같은 건 잊어야겠다고 생각하곤 했다. 소의 살점을 포기하느니 갈수록 두툼해지는 뱃살을 안고 다니는 편이 나았다. 그는 자신의 결정을 받아들이고 그 대가 또한 겸허히 받아들이기로 했다. 지금 그가 들고 있는 봉투에는 다 식은 빅맥 두 개와 라지 사이즈 감자튀김이 있었다.

그는 손가락을 민첩하게 놀려 단 하나의 물건도 떨어트리지 않은 채 아파트 문을 열고 들어섰다. 그리고 맥도날드 봉투를 부엌 조리대에 올려놓고 외투를 벗은 다음 침실로 향했다.

헤더의 쪽지는 여전히 침대 옆에, 어제 아침에 두고 간 그대로 붙어 있었다.

우유 사러 가. 금방 돌아올게.

포터는 그 옆에 누워 숨을 크게 들이쉰 다음, 휴대전화를 들어 헤더의 번호를 눌렀다. 인사말이 재생된 다음 삑 하는 소리가 울렸다.

"안녕, 여보." 원했던 것보다 훨씬 작은 목소리가 나왔다. 목 깊은 곳에서 울컥하는 기운이 밀려왔다. "정신없는 하루였어. 잘 수는 없을 것 같지만 시도는 해봐야지. 에머리 코너스라는 소녀가 납치됐는데, 내가 찾아주기만을 기다리고 있어. 아직 열다섯 살밖에 안 된 아이야, 여보. 네 마리 원숭이 킬러가 납치했고. 빌어먹을 개자식. 내가 아니라, 내쉬가 오늘 아침에 그런 식으로 불렀다고. 그래서 그렇게 일찍…….” 숨을 쉴 수가 없었다. 그는 소매를 들어 눈가를 훔쳤다.

포터는 흐느끼는 소리를 듣고 입을 막으려 했지만, 다음으로 찾아온 흐느낌은 더욱 격렬했다. 다 큰 남자는 울어서는 안 된다. 멈추려 했지만, 밀려든 감정이 그의 지친 몸을 휘감고 놓았다. 배 속이 울리며 눈물이 흐르기 시작했다. 처음에는 나지막하게, 다음에는 큰 소리로, 더욱 큰 소리로. 마침내 그는 휴대전화를 떨어트리며 두 손으로 얼굴을 감쌌다.

43
일기

아버지는 내 짐 싸는 솜씨에 만족했다네.

아버지가 평소보다 한 시간 일찍 귀가했을 때, 나는 야구공을 든 채 밖에서 기다리고 있었지.

딱히 야구를 좋아한 건 아니었다네. 스포츠 자체를 좋아하지 않았거든. 하지만 아버지에게 겉모습의 중요성을 배운 이래로 나는 항상 주의를 기울여 평범한 아이의 외관을 유지하려 애썼지. 어머니께서 파수꾼 임무를 맡겼는데, 멀거니 서서 땅만 보고 있어서야 되겠나? 그래서 야구공이 필요했지. 나는 공을 허공으로 던졌다가 왼손으로 받고, 다음에는 오른손으로 받고, 다음에는 왼손으로 받는 행동을 반복했다네. 숙련된 전문가가 즐거운 한때를 보내듯.

사진에 대해서는 떠올리지 않으려 애썼지만 눈을 감을 때마다 그 모습이 떠올랐어. 벌거벗은 채로 뒤얽힌 어머니와 카터 부인. 나는 공을 던지고 받은 횟수를 세기 시작했지. 그 사진으로 생각이 향하는 것을 막으려면 계속 다른 생각을 해야 했어. 물론 헛된 시도였지만.

차를 몰고 돌아온 아버지는 만족했다는 듯 고개를 끄덕이더니 손을 번쩍 들었어. 나는 아버지에게 야구공을 던졌지. 아버지의 팔이 하늘로 솟구치더니 메이저리그 선수의 솜씨로 허공에서 공을 잡아챘어. 그리고 손가락 사이에서 공을 돌리며 내 쪽으로 걸어왔다네. "바쁜 하루였지?"

아버지는 때론 암호를 사용해서 말하곤 했다네. 나와 함께 연습하는 기술 중 하나였지. 아버지와 나는 전혀 다른 이야기를 하면서 특정 주제에 대해 완벽하게 대화를 나눌 수 있었어.

"그렇죠, 뭐, 이런저런 일이 좀 있어서요." 나는 웃지 않으려 애쓰며 대답했지.

나는 눈을 깜빡이는 사이에 거의 알아볼 수 없을 정도로 재빨리 카터 부부의 차로 시선을 돌렸고, 아버지는 내 신호를 알아챘다네. 입가에 보일락말락 떠오르는 미소를 보니 분명했지.

아버지는 하늘로 시선을 돌렸다네. 태양이 밤을 맞이해 잠들 준비를 하며 저물고 있더군. "상쾌한 밤이 될 것 같구나, 아들. 어머니에게 잠시 드라이브를 즐기자고 해야겠다. 큰 도시로 나가서 데이트하는 거지. 우리가 나가 있는 동안 집을 봐줄 수 있겠니?"

행간에 숨은 말뜻은 상당히 명확했어. 아버지는 카터 부부의 차를 어딘가로 끌고 가서 버리려는 거였지. 집으로 돌아오려면 어머니가 다른 차를 몰고 따라가야 할 테고. 그래서 집을 떠나 있는 동안 카터 부인을 감시하는 일을 내게 맡기려는 거였어.

"물론이죠, 아버지! 절 믿으셔도 돼요!"

아버지는 내 쪽으로 야구공을 가볍게 던지고 내 머리를 헝클어트렸다네. "당연히 믿고 있다, 아들."

나는 아버지가 집으로 들어가 10분 후 어머니와 함께 나오는 모습을 지켜보며 서 있었어. 어머니는 내 곁을 지나가며 염려하는 눈빛을 힐긋 던지고는 카터 부부의 차에 올랐지. 삐걱 하는 소리와 함께 차 문이 닫히자 어머니가 운전석 백미러를 조절해 나를 노려보더군. 아버지는 포르쉐 옆에 서서 손가락으로 열쇠를 돌리고 있었어. "오래 걸리지 않을 거다, 아들. 기껏해야 한두 시간 정도겠지. 저녁식사를 준비하기 전에 어머니를 가로채서 미안하구나. 혼자서도 적당히 차려 먹을 수 있지?"

나는 고개를 끄덕였다네. 어머니가 낮에 구워서 창틀에 올려 식힌 훌륭한 복숭아 파이가 있었거든. 찬장에는 피넛버터와 잼도 있겠다, 아무 문제 없었다네. "즐거운 시간 보내세요!" 나는 최대한 어른스러운 목소리로 말씀드렸지.

아버지는 웃음을 머금으며 가장 좋아하는 모자를 쓰고 운전석에 앉았다네. 차는 엔진에서 굉음을 울리며 진입로를 따라 가볍게 나아가더니 베이커 가를 따라 언덕 너머로 사라져버렸지. 어머니는 처음에는 따라가지 않았어. 내가 카터 씨네 집 쪽으로 몸을 돌릴 때까지도 시동조차 걸지 않았다네. 어머니는 내게서 시선을 떼지 않고 운전석에 앉은 채 날카로운 눈으로 나를 바라보더군. 고통이 느껴질 정도였어. 거짓말이 아니야. 어머니의 눈에서 가느다란 레이저 빔이 나와서 내 살갗을 태우는 느낌이었지. 나는 어머니의 눈을 마주보려 노력했어. 아버지는 상황이 얼마나 불편하든 눈을 똑바로 바라보는 것이 중요하다고 말씀하셨거든. 하지만 불가능했어. 눈을 돌릴 수밖에 없었지. 내가 시선을 돌리자 어머니는 카터 부부의 차의 시동을 걸고, 덜걱거리는 소리와 함께 기어를 넣더니 그대로 아버지를 좇아 도로로 달려가셨다네.

카터 씨네 진입로에는 먼지가 자욱했어. 저무는 태양이 정면으로 내리쬐어 자갈길이 눈부시게 반짝였지.

나는 야구공을 떨구고 집으로 들어갔다네.

부엌 문으로 들어가는데 금속이 맞부딪히는 시끄러운 소리가 지하실에서 울리더군.

나는 지하실 문이 잠겨 있기를 바라며 문고리로 손을 뻗었어. 그런데 잠겨 있지 않더군. 황동 문고리가 그대로 돌아가며 문이 열렸어. 아래쪽에서는 깡, 깡, 깡 때리는 소리가 줄기차게 울렸고.

나는 계단을 내려갔다네.

카터 부인이 핏자국 옆에 서 있더군. 팔로 침대 프레임을 감아 들고 야구방망이처럼 휘둘러 수도관을 때리고 있었다네. 휘두를 때마다 신음 소리가 뒤따랐어. 그리고 침대를 내리더니 다시 반대쪽으로 뺐다가 몸을 틀며 체중을 실어 수도관을 때렸다네. 한쪽 손목은 수갑으로 수도관에 묶였고 반대쪽 손목은 침대에 고정되어 있다는 것을 생각하면 팔이 부러지지 않은 것이 기적이라 할 만했다네.

침대가 수도관을 때리는 순간 그녀의 몸이 움찔하는 모습이 보였어. 진동만으로도 고통스러웠을 거야.

나를 봤는지는 모르겠지만 어쨌든 아무 말도 하지 않더군. 머리는 산발이 되었고, 이마에는 땀방울이 흘렀어.

"지하실이 물에 잠길 텐데요." 나는 지적했지. "그런 굵은 수도관을 어떻게든 부러트릴 수 있다면 말이지만, 한 시간이면 이 지하실이 통째로 잠길 거예요. 그리고 당신은 수도관과 침대에 묶인 채 수면 아래에서 허우적거리는 신세가 되겠죠."

그녀는 깊이 숨을 들이쉬고 자세를 바로잡으며 다시 휘두를 준비를 했다네. "파이프를 부러트릴 수 있다면 그 부러진 끝으로 수갑을 빼내서 탈출할 수 있을 거야."

"하지만 부러지기 훨씬 전부터 물이 새기 시작할 텐데요? 그러다가 결국 물이 강하게 밀려나오겠죠. 지금 상태로도 침대를 휘두르는 게 쉽지 않잖아요. 얼음처럼 차가운 물이 쏟아져 나오면 얼마나 힘들어질지 생각해봤나요? 나쁜 계획이라고 지적하려는 게 아니에요. 그저 약간 결함이 있다고 생각할 뿐이죠. 어쩌면 계속하기 전에 조금 생각을 가다듬는 게 나을지도 모르겠어요. 어차피 휴식을 취해야 할 것 같으니까요."

그녀는 침대를 내려놓았다네. 수갑이 손목을 끌어당겼지만, 그녀는 당당하게 서 있었지. "나를 막을 생각은 없는 거니?"

나는 어깨를 으쓱했다네. "솔직히 말하자면, 무슨 일이 벌어질지 보고 싶거든요."

그녀는 눈물 고인 붉은 눈으로 나를 노려보았다네. 숨을 몰아쉬고 있었어. 이 작은 계획을 얼마나 오랫동안 실행한 걸까. 솔직히 궁금해졌다네. 어머니는 그녀가 뭘 하든 무시했겠지. 아무래도 몇 시간이고 수도관을 두드렸을 것 같더군.

"그래서 내가 이 아래에서 죽어도 넌 신경 안 쓰겠다는 거야?"

나는 아무 말도 하지 않았다네.

"내가 익사하거나 너희 부모가 나를 죽여도, 너한테는 아무 상관없다는 거지? 내가 뭘 했다고 이러는 거야? 누굴 해친 것도 아니잖아. 나는 남편한테 맞았을 뿐이야. 기억하긴 해?"

그녀는 분하다는 듯 침대 가장자리에 주저앉았다네.

재밌는 모습이었어. 나보다 나이가 많은데도 그녀의 표정이나 동작에서는 어린 소녀의 모습이 엿보이곤 했지. 두려움에 사로잡히고 미심쩍어하는, 어른(또는 소년)이 뛰어들어 위기에서 구해주기를 원하는 모습.

이제 어른이 된 나는 지금껏 그런 표정을 수도 없이 목격했다네. 곤경에 처한 사람은 권위 있는 누군가가 등장해 자신을 도와주기를 기다리거든. 아무래도 영화나 텔레비전에서 항상 그런 식으로 일이 진행되어서라고 생각하네. 주인공은 늘 마지막 순간에 도착해서 범죄 계획을 무너뜨리고, 죽음만을 기다리는 이들을 구출하지 않던가. 이후에는 눈물의 상봉이 이어지고, 잘하면 포옹할 수도 있고, 그다음에는 프로그램을 마무리하기 직전의 광고 시간이 찾아오지.

현실은 그런 식으로 돌아가지 않는다네. 셀 수 없이 많은 생명이 끝을 맞이하는 모습을 지켜봤지만, 모두들 마지막에는 항상 같은 기대를 품더군. 문 쪽을 힐끔거리며 구원자가 도착하기를 기다리더란 말이지. 하지만 결국 아무도 오지 않아. 현실에 존재하는 구원자는 자기 자신뿐이야.

그녀는 고작해야 수도관의 페인트를 벗기는 정도밖에 하지 못했어. 흠집조차 못 냈지. 하지만 시도는 한 셈이고, 결국 시도가 중요한 것 아니겠나. 포기해버리면 게임이 무슨 재미가 있겠나.

그녀도 결국은 포기할 게 분명했지. 모두가 항상 그렇거든.

"여기서 나가도 아무것도 말하지 않을게." 그녀는 내게 말했다네. "약속해. 사이먼은 나쁜 남자였어. 그런 꼴이 된 것도 당연해. 너희 부모님은 나에게 은혜를 베푼 거야. 날 자유롭게 해준 거라고. 내가 빚을 진 셈이지. 그러니 나 때문에 걱정할 필요는 없어. 맹세해. 우리 모두 이 상황에서 빠져나갈 수 있어."

"규칙을 어겼잖아요. 애석하지만 그 대가를 치러야 할 거예요."

"내가 뭘 했다는 건데? 남편이 때리는 대로 맞은 게 문제라는 거야?"

"남편분이 왜 때렸는지 생각해봐야 하지 않을까요?"

그녀의 눈에서 다시 한 줄기 눈물이 흘러내렸다네. 닦으려 했지만 수갑 때문에 손이 얼굴에 닿지 않았지.

나는 침대 가장자리에 앉아 뒷주머니에서 손수건을 꺼내 눈물을 닦아주었다네. 그녀는 나를 바라보면서도 아무 말도 하지 않았어.

"사진을 봤어요."

"무슨 사진?"

"아, 무슨 사진인지 알 거라고 생각했는데요."

그러자 그녀의 얼굴이 새파래졌다네. "숨겨야 해."

"어머니가 함께 계셨어요. 지금 가지고 계시죠. 그걸 어떻게 하셨을지는 모르겠네요."

"아버지는 못 봤지?"

"아직은요. 하지만 앞으로도 못 보실 거라는 말은 아니죠."

"네가 일러바치지만 않으면 되잖아. 그렇지?"

나는 아무 말도 하지 않았지만, 침묵이 그녀에게는 나름의 대답이 된 모양이었어.

"네 아버지가 사진을 보면 나를 해치는 것에서 끝나지 않고 너희 어머니도 쫓을 거야. 그걸 원하니?"

나는 아무 말도 하지 않았다네.

44
샘 포터

둘째 날

오전 6:53

포터가 전담반 사무실에 도착했을 때 내쉬와 노튼, 왓슨이 책상을 둘러싸고 서서 랩톱 화면을 주시하고 있었다. 내쉬가 고개를 들고 그를 향해 손짓했다. "잠은 좀 잤나?"

"도무지 안 오더군. 자네는?"

푸석하고 붉은 눈을 보니 누구도 잠을 이루지 못한 게 분명했다. 포터는 외투를 책상 위에 두고 그쪽으로 향했다. "뭔가 건졌어?"

"물론 뭔가 건졌지. 사실 꽤 이것저것 건졌다고. 우선, 에이슬리의 여자친구가 해냈어. 여길 좀 봐." 내쉬는 랩톱 화면을 포터 쪽으로 돌렸다.

"마담 투소의 밀랍 인형 박물관에서 온 머리통?"

왓슨이 화면을 가리키며 설명했다. "두개골을 삶아서 이물질을 제거한 다음 보강재를 이용해 21개 지점에서 근육과 조직을 재구성하고 찰흙으로 나머지를 메꾼 거죠. 법인류학자가 이런 식으로 얼굴 형태를 재구성한다는 이야기를 들었는데, 실제로 보는 건 처음이네요. 대단해요. 이런 일을 이렇게 빨리 해내다니……. 에이슬리 씨 말로는 어젯밤까지는 손도 대지 않았다던데요."

포터는 얼굴을 찌푸렸다. “잠깐, 이게 4MK라고?”

왓슨은 포터의 반응을 알아차리지 못한 채 말을 이었다. “머리카락에 대한 정보는 확보한 상태였죠. 얼굴만큼 심각하게 손상되지는 않았으니까요. 치아 또한 남아 있어서 그 자료도 사용할 수 있었대요. 눈동자 색은 이미 알고 있었으니 아마 크게 다르지 않을 거예요. 웹사이트에서 읽었는데, 평소에는 고고학 발굴지에서 발견되는 미국 원주민의 두개골로 작업한대요. 그쪽에는 미확인 정보가 훨씬 많으니 추측에 의존하게 되죠. 이 정도의 정보가 있으면 아주 정확할지도 몰라요.”

“아무래도 왓슨이 에이슬리의 여자친구에게 홀딱 반해버린 것 같은데.” 내쉬가 말했다.

왓슨은 그를 곁눈질로 노려봤다. “저는 이것이 원숭이 킬러의 정확한 모습이라 생각하고, 놀라울 정도로 짧은 시간 안에 복원해냈다는 사실을 지적하는 것뿐입니다. 훌륭한 기술과 예술적인 감각이잖아요. 컴퓨터 렌더링으로는 이 정도로 섬세한 복원은 불가능해요. 이렇게 정확하게 복원하려면 장인의 손길이 필요하다고요.”

“나는 혼이 빠질 정도로 기분이 나쁜데.” 내쉬가 대꾸했다. “꼭 나를 지켜보는 것 같다고. 눈동자가 움직이는 초상화처럼 말이야. 아주 오싹해.”

“노튼, 이 사진을 출력해서 어제 거론된 암센터를 전부 방문해. 약물 기록과 이 사진을 통해 신원을 확보할 수 있을지도 몰라.” 포터가 말했다.

“아, 발견한 게 더 있는데요, 대장.” 노튼이 말했다. “대장이 집에서 뻗어 있는 동안 나머지 사람들은 죽어라 일했거든요.”

포터는 손목시계를 힐끔 확인했다. “아직 7시도 안 됐는데.”

"하루의 절반이 날아간 셈이죠."

그는 눈동자를 굴렸다. "그래서 또 뭘 발견했나?"

"멀리팩스 건물에서 발견된 희생자 있죠? 이름은 건터 허버트. 탤벗 종합상사의 CFO 그러니까 최고재무관리자인데, 그 회사에는 탤벗 부동산 개발, 무어링 단지, 그 외에 열두 개 정도의 사업체가 소속되어 있죠. 닷새 전에 아내가 실종신고를 냈어요. 출근하려고 집을 나섰고 직장에는 도착하지 못했더군요. 에이슬리가 한 시간 전에 신원을 확인했어요. 추정한 사망시각은 닷새 전이니, 사무실로 가는 길에 납치당했을 가능성이 높죠."

"경감에게는 보고했나?"

"더 있다고, 샘." 내쉬가 말했다. "얼른 말해줘, 클레어 베어."

노튼은 환하게 웃으며 말을 이었다. "첫 번째 사망자가 버스와 키스했을 때 신고 있던 구두 있죠? 내쉬가 채취해서 연구소로 가져간 지문의 주인이 확인됐어요."

"누구?"

내쉬는 책상 가장자리를 손가락으로 타닥타닥 두드렸다. "아서 탤벗."

"방금 날 클레어 베어라고 부른 거예요?"

포터는 내쉬가 대꾸하기 전에 막으며 말했다. "탤벗의 구두라고?"

"1500달러짜리 구두를 살 만한 작자로 보이지 않던가?"

"4MK가 왜 탤벗의 구두를 신고 있는데?"

"탤벗의 딸을 납치한 것과 같은 이유겠지. 탤벗이 범죄를 저질렀다는 사실을 우리에게 알리려는 것 아니겠어? 유종의 미를 거두는 최후의 무대였으니. 우리가 단서를 놓치지 않도록 모든 것을 적소에 배치했겠지." 내쉬가 말했다. "무슨 수를 썼는지는 몰라도 일단 탤벗의 구두는 훔쳤는데 자신의 발에는 맞지 않아 앞코에 신문을 쑤셔 넣고 신고 나간 거라고."

"노튼, 호스먼에게 전화 걸어봐. 재정 기록을 얼마나 확보했는지 확인하고. 속도를 내야겠어." 포터가 지시했다.

노튼은 휴대전화를 들고 구석으로 걸어갔다.

포터는 왓슨을 돌아보았다. "회중시계는?"

왓슨은 고개를 저었다. "삼촌에게 사진을 보여드렸는데, 물건을 봐야 알겠다고 하시더라고요. 증거품 보관소에서 시계를 가져가려고 했는데 포터 형사님이나 내쉬 형사님만 반출할 수 있대요."

포터는 눈동자를 굴렸다. 이런 상황에서 업무 절차에 발목이 잡힐 수는 없었다. "여기 일이 끝나면 자네와 함께 그리로 가보지."

"한 가지 더." 내쉬가 말했다. "연방수사국에서 끼어들고 싶은 모양이야. 이 동네 FBI에서 밤새 전화를 걸어댔다고. 하지만 에머리는 12세가 넘었고 다른 주로 이동한 증거가 없으니 이건 명백하게 우리 관할이지."

"호스먼이 어디까지 했는지부터 보자고. 탤벗의 장부를 뒤질 때 도움이 될 수도 있잖아. 무어링이나 멀리팩스에서 새로 발견된 건 없어?"

내쉬는 고개를 저었다. "주택이란 주택은 다 뒤졌는데 불법 거주자 한두 명의 정보를 찾았을 뿐이야. 4MK가 거기 숨겼더라도 이미 다른 곳으로 옮겼겠지. 터널을 뒤지고는 있는데, 도시 전체에 걸쳐 몇 킬로미터씩 뻗어 있으니 쉽지 않겠지. 아무리 어둠 속에서 헤매도 그 아이는 발견하지 못할 거야. 우리에겐 단서가 필요해. 시체를 발견한 걸 빼면 멀리팩스는 완전 허탕이었어."

"4MK가 우리를 그리로 끌고 갔으니 이유가 있겠지. 아마도……."

"금융 범죄 이야기라면 그만둬." 내쉬가 끼어들었다. "FBI에, 호스먼에, 재정 문제에…… 그쪽은 지금으로도 충분하니까."

"포터? 잠시 대화 좀 할 수 있나?" 아무도 들어오는 모습을 못 봤는데, 헨리 돌턴 경감이 어느새 문 앞에 서 있었다. 샤워한 지 얼마 안 되었는지 아직 촉촉한, 얼마 안 남은 머리숱을 뒤로 넘겼고, 깔끔하게 다린 양복을 입었다.

포터는 내쉬와 왓슨을 슬쩍 보며 말했다. "잠시 실례할게."

경감은 그의 어깨에 한손을 올리고 복도로 이끌었다. 그리고 양쪽을 둘러본 다음, 다른 사람이 없다는 것이 확실해지자 낮은 목소리로 말했다. "잘 듣게. 51번가의 경찰서 친구들이 어젯밤에 강도 미수범을 하나 잡았어. 38구경 권총을 들고 이스트사이드의 세븐일레븐을 털려고 했지. 우연히 비번인 경관이 그곳에 있어서 총 한 발 쏘지 않고 제압했어. 그리고 범행에 사용한 총을 확인했는데, 그게…… 헤더 사건에서 사용된 총과 일치한다는군."

포터의 배 속이 뒤틀리며 구토가 밀려왔다. 그는 심호흡을 하며 참고 넘기려 했다. 자신의 어깨에 매달린 권총이, 지금 가지고 있어서는 안 되는 물건의 무게가 그를 짓눌렀다. 공식적으로는 아직 휴가 중이다. 검사를 완료하고 정신과 의사가 오케이 사인을 내리기 전까지는, 준비가 끝났다는 결정을 내리기 전까지는 총을 가지고 다니면 안 된다는 뜻이다. 4MK 사건에 급반전이 일어나지 않았다면 그는 여전히 집에서 새로운 소식을, 그가 일상을 버틸 수 있도록 돕는 소식만을 기다리고 있었으리라. 그러나 사건이 터졌고, 사람들은 그를 불러들였다. 포터는 정신을 쏟을 만한 일거리를 기다리고 있었다. 뭘 하든 홀로 기다리는 것보다는 훨씬 나았다.

그는 주머니에 손을 넣어 휴대전화를 꾹 쥐었다. 아내에게 전화를 걸고 싶었다. 그녀의 목소리를 듣고 싶었다.

지금 헤더 포터에게 전화를 걸고 계십니다. 이건 음성사서함이므로, 제가 당신 이름을 화면에서 보고 지금 당신과 대화하고 싶지 않다는 결정을 내렸을 가능성이…….

"가봐야겠군요." 포터가 말했다. 자신의 목소리가 어린아이의 것처럼 들렸다. 어린 시절의 목소리, 나쁜 일이라곤 없고 인생과 좋은 일이 눈앞에 펼쳐져 있던 시절의 목소리.

"알겠네." 돌턴 경감이 말했다. "이미 자네가 갈 거라고 말해뒀네."

포터의 눈에 눈물이 고였고, 그는 서둘러 떨리는 손으로 눈가를 훔친 다음 주머니에 쑤셔 넣었다.

돌턴은 그 모습을 눈치채고 우려 섞인 미소를 보냈다. "아무래도 누가 좀 태워다줘야 할 것 같군."

포터는 항의하려다가 마음을 고쳐먹었다. 그러나 내쉬나 노튼의 주의를 흐트리고 싶지는 않았다.

"왓슨에게 데려다달라고 하겠습니다."

돌턴 경감은 방 안을 힐끔 보고는 고개를 끄덕였다. "어젯밤에 현장에서 강도미수로 체포하긴 했는데, 아직 범인에게 총에 대해서는 말하지 않은 모양이야. 내가 자네 상황을 설명했더니 자네가 오기 전까지 미뤄두겠다더군. 자네는 참관만 할 거라고 약속해놨네. 한쪽에 얌전히 서서 그쪽에서 자기네 식으로 일하도록 놔두게.

분명 자백을 받아낼 수 있을 거야."

"알았습니다, 경감님."

돌턴은 그의 어깨에 손을 얹었다. "자네가 이런 일을 겪게 되어 유감이야. 진심으로 애통하게 생각하네."

"고맙습니다, 경감님."

돌턴은 한숨을 쉬고 고개를 끄덕인 다음 전담반 사무실로 향했다. "내쉬! 보고서는 어디다 팔아먹은 건가? 내 사무실 밖에 기자가 열 명은 진을 치고 있단 말일세. 저놈들한테 던져줄 음식 찌꺼기가 필요하다고."

내쉬는 어깨를 으쓱했다. "어젯밤에 쉬라고 하셨잖습니까. 서류 작업을 할 시간이 없었다고요. 우리가 작업을 배분하는 동안 여기 앉아 계셔도 좋습니다."

돌턴은 문가에서 걸음을 멈추고 고개를 돌렸다. "아, 그리고, 포터?"

"네?"

"자네 예비 권총은 차에 두게. 지금 가지고 있다는 기록을 남기고 싶지 않아. 나중에 따로 등록해주겠네."

포터는 고개를 끄덕였다. "알았습니다, 경감님."

노튼이 전화를 끊고 걸어왔다. "호스먼이 뭔가 찾았나 봐요. 위층으로 와달라네요."

"내쉬와 함께 가줘. 난 51번가 서에서 처리할 일이 있어. 왓슨도 데려갈게."

"나하고 저 원시인만 남기고 가신다고요?"

포터의 눈에 눈물이 고였다. 그는 몸을 돌렸다. 노튼은 경감을 힐끔거렸다. "아." 그녀는 나직하게 말을 이었다. "알았어요. 그럼…… 필요한 일이 있으면 꼭 전화해요."

포터는 억지웃음을 흘리며 고개를 끄덕였다. "고마워, 클레어 베어."

그녀는 포터의 팔을 때렸다. "선배까지 이러기예요. 둘 다 아주 개자식들이야."

포터는 그녀에게 윙크를 보내고는 사무실로 고개를 들이밀었다. "왓슨? 나하고 함께 시계나 가지러 가지."

증거 목록

희생자

1. 칼리 트레멜, 20, 2009년 3월 15일
2. 엘 보턴, 23, 2010년 4월 2일
3. 미시 루맥스, 18, 2011년 6월 24일
4. 수전 드보로, 26, 2012년 5월 3일
5. 바버라 맥킨리, 17, 2013년 4월 18일 (유일한 금발)
6. 앨리슨 크래머, 19, 2013년 11월 9일
7. 조디 블루밍턴, 22, 2014년 5월 13일

에머리 코너스, 15, 2014년 11월 3일

조깅하러 나감. 어제 오후 6:03

타일러 매서스

에머리의 남자친구

아서 탤벗

금융 범죄?

멀리팩스 출판사 건물(탤벗 소유)에서 시체 발견

: 탤벗 종합상사의 CFO인 건터 허버트로 식별

무어링 개발사(탤벗 소유)에 수상한 느낌

N. 버로우

~~가정부? 유모? – 둘 다~~ 가정교사

4MK의 소지품

비싼 구두 – 존 롭/ 한 켤레 1500달러 – 사이즈 11/ 미식별자의 발 크기는 9 – 탤벗의 지문이 찍혀 있음

싸구려 양복

중절모

잔돈 75센트 (25센트 두 개, 10센트 두 개, 5센트 하나)

회중시계

세탁소 영수증 (예약번호 54873) – 클로즈가 세탁소를 확인 예정

위암으로 시한부 – 복용약: 옥트레오타이드, 트라스투주맙, 옥시코돈, 로라제팜

오른손목 안쪽에 문신 – 8자 또는 무한 기호?

미적분 교과서 – 4MK가 남기고 감 – 단서 추적 –

멀리팩스 출판사 창고

터널 입구의 궤도차에서 부분 지문 발견. 시체를 옮기는 데 사용했을 가능성.

상자에 담긴 귀, 눈, 혀 (건터 허버트) – 시체에서 발견된 광고지와 상자를 추적 –

무어링 레이크사이드 개발

포괄적 수색 – 발견된 사항 없음

방범 카메라 영상 – 4MK는 자살한 것으로 보임. 얼굴은 식별 불가능

필요한 정보

- 에메리 모친의 배경
- 안면 재구축 – 성공

임무

- 내쉬와 노튼이 호스먼 쪽을 확인
- 노튼 – 미확인 범인의 사진을 가지고 암센터 방문 조사를 지휘
- 클로즈는 세탁소 영수증 추적
- 왓슨은 포터와 함께 회중시계를 가지고 삼촌을 방문

45
일기

부모님이 돌아오셨을 때 나는 잠들어 있었어. 솔직히 말하면 잠든 척하고 있었다고 해야겠지. 그렇지 않았다면 소리를 들었을 리 없으니까.

처음에는 고함이 들렸지만 무슨 말인지 알아들을 수 없었어. 부모님은 싸우는 법이 없었고, 더군다나 이웃이 들을 수도 있는 바깥에서 말다툼을 벌일 거라고는 상상조차 할 수 없었으니까. 하지만 두 분은 진입로에서 소리를 지르고 있었어.

어제 카터 부인과 어머니를 향해 소리 지르던 카터 씨를 떠올리지 않을 수 없더군.

두 사람이 자제력을 발휘했는지 갑자기 사방이 조용해졌다네. 문이 열리고 닫히는 소리에 이어, 성난 발소리가 거실에 울렸지. 아버지가 자동차 열쇠를 집어던졌는지, 뭔가가 부엌 조리대에 맞고 바닥으로 떨어지는 소리가 들렸다네. 어머니는 그저 "원하는 대로 해요. 나는 끼어들지 않을 테니까"라고 말하고, 쿵쿵거리며 내 방 앞을 지나 침실로 들어가서 거칠게 문을 닫아버렸네.

정적이 흘렀지.

내가 들어본 가장 시끄러운 정적.

달아오른 얼굴로 부엌에 선 아버지가 눈앞에 그려졌지. 주먹을 단단히 쥐었다가 펼치고 다시 쥐는 모습도.

나는 이불을 젖히고 침대에서 나왔다네. 그리고 발끝으로 걸어가 내 방문에 귀를 댔지.

"아들?" 문 너머에서 아버지의 목소리가 울렸지.

나는 발이 꼬여 넘어질 뻔했다가 간신히 균형을 잡았어. 다시 침대로, 안전한 이불 속으로 뛰어들까 고민하는 동안 심장이 쿵쿵 뛰더군.

하지만 그럴 시간이 없었어.

"아들? 일어나 있지?"

나는 단호하고 빠르게 문고리를 돌린 다음 문을 열었다네. 아버지의 몸이 문틀을 가득 채우고 있었어. 등 뒤의 환한 부엌 조명 때문에 그림자 속 얼굴이 어두워 보이더군. 한쪽 손은 방금 전까지 문고리가 있던 위치에, 다른 손은 등 뒤에 있었어. 뭔가를 숨기고 있었다네.

"늦게까지 공부하던 중이었니?"

어머니와 말다툼할 때 목소리에 배어 있던 분노는 사라졌거나 교묘하게 감춘 모양이었어. 흔적조차 느껴지지 않았거든. 아버지의 얼굴에는 미소만이 떠올라 있고, 눈은 흥분에 차 반짝였지.

언젠가 아버지는 내게 감정을 발산하는 일의 중요성을 가르치셨다네. 항상 현재 상황에 어울리는 감정이 무엇인지 알고, 속으로는 무슨 생각을 하든 바로 그 감정을 전면에 당당하게 띄워야 한다고 하셨지. 우리는 이 기술을 수도 없이 연습했다네. 우리가 키우던 개 리들리가 강아지를 낳았을 때 아버지는 그중 한 마리의 목을 내 앞에서 비틀어버리고 날더러 웃으라고 했지. 내가 그 명령에 따르지 못하자 다른 강아지를 손에 들었고, 나는 다른 강아지가 죽는 모습을 보고 싶지 않아서 웃음을 터트렸다네. 하지만 그걸로는 충분치 않았어. 내 웃음이 진짜처럼 들리지 않는다고 하더군. 네 번째 강아지까지 와서야 나는 감정을 조절하는 법을 익혔다네. 행복에서 슬픔으로, 분노에서 우울함으로, 진지한 표정에서 장난기 넘치는 표정으로 그분의 손가락 튕기는 소리에 맞춰 변할 수 있었어. 그로부터 얼마 지나지 않아 리들리도 우리 가족을 떠났다네. 어디로 갔는지는 알 수 없지. 그때 나는 다섯 살이었고, 어릴 때의 기억은 띄엄띄엄 남을 뿐이니.

아버지는 짓궂은 미소를 짓고 있었지만, 나는 아버지가 실제로 무슨 감정을 느끼는지 알아챌 도리도 없고, 알고 싶지도 않았어. 내가 행복 이외의 다른 감정을 얼굴에서 읽어냈다는 사실을 아버지가 알아챈다면 어머니와 나는 분명 아주 고약한 밤을 보내게 되겠지.

"아버지가 오실 때까지 자고 싶지 않았어요. 혹시 도울 일이 있을지도 모르니까요."

아버지는 손을 뻗어 내 머리를 헝클어트렸어. "아주 훌륭한 꼬마 병사로구나. 그렇지?"

나는 고개를 끄덕였지.

"사실 네 도움이 필요한 사소한 일이 하나 있단다. 물론 네가 준비가 되어 있다면 말이지만. 재밌는 일 하나 해볼래?"

나는 다시 고개를 끄덕였다네.

"부엌 찬장에서 너희 어머니가 쓰는 커다란 플라스틱 샐러드 볼을 가져와라. 지하실로 먼저 내려가 있으마. 우리 손님을 깜짝 놀라게 해주고 싶거든." 그분은 등 뒤에서 작은 종이봉투를 꺼내 가볍게 흔들어 보이셨다네. 안에서 뭔가 긁작이는 소리가 들렸지. "아주 끝내줄 거야!" 아버지는 환히 미소 지었네.

이번에는 아버지가 진짜로 즐거워하신다는 것을 느낄 수 있었어.

46
클레어 노튼

둘째 날

오전 7:18

“왜 간다곤 말 안 했고?” 내쉬는 엘리베이터 번호판에서 시선을 떼지 않고 물었다.

노튼은 눈동자를 굴렸다. “벌써 세 번이나 말했잖아요. 그냥 51번가 경찰서에서 할 일이 있다고만 했어요. 비밀 악수도, 쪽지 교환도, 아무것도 안 했어요.”

“하지만 분명 헤더하고 관련 있는 일이야. 그렇지?”

“우리에게 말하고 싶었다면 직접 말했겠죠.”

5층에서 엘리베이터 문이 열렸다. 그들은 다닥다닥 붙은 칸막이 안에 플로피 드라이브가 달려 있을 정도로 낡은 컴퓨터가 놓인, 쓰러지기 직전의 책상들 사이로 걸어갔다.

내쉬는 서류 상자와 폴더 무더기 사이의 비좁은 통로로 가기 전, 슬쩍 주변을 둘러보았다. “그런데 대체 왜 왓슨을 데려간 거야? 우리 중 한 명을 데려가지 않고?”

“헤더 때문인지 아닌지도 모르잖아요.”

“헤더 일인 게 뻔하잖아.”

노튼은 내쉬의 말이 옳다는 사실을 알았다. 경감은 평소 절대 지하까지 내려오는 법이 없었으니까. "뭐, 아마 그렇겠죠."

"근데 왜 왔슨이야?"

"가지고 다니라고 준 그 금속 덩어리에 따르면 선배도 형사인 모양인데요. 선배는 왜 포터가 우리 중 하나를 데리고 가지 않았을 거라고 생각하죠?"

"제일 친한 친구는 난데."

세상에, 이 남자 지금 울먹이는 거야? "어쩌면 아무것도 모르는 사람이 곁에 있어주기를 원했을 수도 있잖아요. 그게 덜 부담스러우니까요. 그러니까, 대놓고 말하진 않았지만, 포터 선배는 우리가 알고 있다는 사실을 아는 것만으로도 긴장하고 있을 거예요. 이 모든 것들에 둘러싸여서 무력감을 느껴야 한다면 복직이 쉽지 않을 거예요. 내 생각에 선배는 최선을 다해 버티고 있어요. 내가 그런 상황에 처했다면 절대 그렇게 못했을 걸요. 완전히 망가졌을 텐데."

호스먼의 사무실이 보였다. 복도 왼쪽 끝에서 두 번째 문이었다. 열린 문 안에서 호스먼이 손짓했다. "산수할 준비 된 사람?"

노튼은 내쉬를 가리켰다. "여기 대령했어. 내쉬 선배는 고등학교 시절에 3년 연속으로 주에서 벌이는 수학 경진대회에서 우승했다던데."

호스먼은 눈썹을 치켜올린 채 내쉬를 올려다보았다. "정말이야?"

"당연한 소리를. 장대높이뛰기에서 금메달을 딴 바로 다음의 일이었지." 내쉬는 고개를 끄덕이며 대답했다. "거기다 끝내주는 체리파이도 만들 줄 알거든. 내가 받은 표창장을 자네가 봐야 하는데."

"그러니까 수학 좋아하는 사람은 없다 이거지?"

"말하자면 그렇지."

"폰지 사기가 뭔지는 아나?"

노튼이 손을 번쩍 들었다. "개인 또는 사업체가 실질 이득이 아닌 신규 투자자를 통해 조성한 자본으로 투자자들에게 분배금을 주는 것."

내쉬는 휘파람을 불었다. "우리 노튼 형사는 똑똑해 보일 때 가장 매력적이라니까."

노튼은 내쉬의 어깻죽지를 주먹으로 때렸다.

호스먼은 책상 위에 놓인 서류 다발을 두드렸다. "내 생각에 여기서도 그런 일이 벌어지고 있는 것 같아. 무어링 부지뿐 아니라 탤벗의 사업체 전체에서 말야."

노튼은 얼굴을 찌푸렸다. "그런 게 어떻게 가능해? 탤벗이야말로 이 도시에서, 어쩌면 이 나라에서 가장 부유한 사람 중 한 명일 텐데."

"부자이지. 서류상으로는 끔찍할 정도로 부자지만, 몇 가지 중대한 문제가 있거든. 무어링 쪽에 문제가 생기기 시작한 게 벌써 2년 전이야. 그 동네 땅을 전부 사들였는데, 건물을 불도저로 밀어버리기 일주일 전에 시카고 도시계획국 역사보존부서에서 금지명령을 내리고 프로젝트를 중단시킨 거야. 그 동네를 보존할 필요가 있다고 여긴 거지. 금주령 시대에 밀매점이 적어도 열 군데 넘게 있던 곳이거든. 도시계획국에서는 건물을 보존하고 동네를 활성화시켜서, 수변을 주요 관광지로 개발하는 쪽이 도시에 더 이득이라고 판단한 거야. 그중 하나는 알 카포네가 단골로 드나들던 술집이거든. 갱스터는 관광객을 불러모으는 법이니까."

노튼은 고개를 갸웃했다. "하지만 충분히 예측할 수 있던 일이잖아. 도시계획국이 낡아빠진 개자식들 집합소이기는 해도 도시 전역에 그런 소규모 보존 구역을 지정해온 게 어디 하루이틀인가. 요령 있는 부동산 개발자라면 협상을 위한 재정과 시간을 따로 빼놓았을 것 같은데."

호스먼은 스프레드시트 하나를 두드리며 대답했다. "맞아. 이 친구들하고 싸우려고 제3자 기탁금으로 2천만 달러를 빼놓았더군. 금지명령이 떨어질 것을 예측한 정도가 아니라, 그 친구 변호사들이 아예 법정에 진을 치고 대기하고 있었지."

"도시계획국을 고소하려고 했다고?" 내쉬가 물었다.

호스먼은 웃음을 머금었다. "그 이상이야. 아예 시를 상대로 소송을 걸었지. 기업 변호사들은 주류밀매점이 당국의 허가 없이 지어진 건물이기 때문에 그걸 보존하는 일 자체가 불법이며, 따라서 시가 해당 건물들을 규정에 맞게 개조하거나 철거할 의무가 있다고 주장했어."

노튼은 휘파람을 불었다. "세상에. 시청에서는 어떻게 반응했어?"

"뭐, 당연히 기분이 좋지는 않았을 테고, 시에서도 반격을 준비했지. 바로 다음 날 도심에서 한창 올라가던 고층 건물 두 채가 중지 명령을 받았어. 하나는 사무 건물, 다른 하나는 주거 건물. 내부 고발자가 등장해 건설사가 품질 미달 콘크리트를 사용하고 있다고 폭로한 거지. 그리고 배합물을 확인한 결과 사실로 드러났어. 모래가 너무 많이 들어갔다던가 뭐 그런 내용이었대. 자세한 내용은 아직 파악 중이야. 사무 건물은 43층 높이에 6억 8천 8백만 달러가 들어갈 것으로 추정, 주거 건물은 64층에 10억 달러 근처에서 오락가락하는 물건이었지."

"그래서 그게 무슨 뜻인데? 통째로 철거하고 다시 지어야 한다는 거야?" 내쉬가 물었다.

노튼은 호스먼이 출력한 사무 건물의 사진을 유심히 살폈다. "당국에서 처음부터 불량 콘크리트에 대해 알고 있다가, 보복을 하려고 위반 사실을 끄집어낸 거라고 생각하는 거야?"

호스먼은 손을 들어 보였다. "양쪽 모두 알 길이 없지."

"무어링에 주택들이 들어선 모습은 직접 확인했으니, 어떤 식으로든 해결책을 도출한 것 아닐까?" 내쉬가 지적했다. "그러니까 그 건물을 전부 헐어버리고 장난감 단독주택을 채워놓은 것으로 보아 누군가 눈을 감아준 거겠지."

호스먼은 다른 스프레드시트 하나를 가리켰다. "바로 그게 가장 큰 수수께끼야. 지난 5월에 거의 4백만 달러가 계좌에서 빠져나간 걸 확인했는데, 수취인이 누군지는 알아내지 못했거든. 하지만 그로부터 얼마 지나지 않아 무어링에서는 건축이 재개되었고, 시 당국에서는 매우 비싼 보강재 장착 공사의 허가를 내줘서 고층건물을 계속 지을 수 있게 됐거든."

"그러니까 공무원에게 뇌물을 먹였다?"

"내 추측으로는 그래. 소송도 전부 취하되었고."

내쉬는 얼굴을 찌푸렸다. "내가 재정분석가나 뭐 그런 건 아니지만, 지금까지 들은 건 전혀 폰지 사기처럼 들리지 않는데. 그냥 부자가 돈을 써서 더 부자가 되는 이야기일 뿐이잖아."

"더 부자가 되었다고 하기는 힘들지." 호스먼은 다양한 서류 뭉치를 이리저리 뒤적이며 대꾸했다. 이내 그는 서류 한 장을 내쉬에게 건넸다.

내쉬는 그걸 슬쩍 훑어보고 돌려주었다. "난 재정분석가가 아니라고 했을 텐데?"

호스먼은 눈동자를 굴렸다. "탤벗은 지금 열여섯 건의 대규모 프로젝트를 진행 중이야. 주거용 건물부터 콘도에 호화 사무실까지 온갖 것을 짓고 있지. 죄다 완공까지 몇 달은 남아 있는데, 계속 돈이 줄줄 새고 있어. 아까 말한 구조적 결함이 있는 고층건물들이 특히 그렇고. 투자자들은 문제가 있다는 냄새를 맡자마자 발을 빼기 시작했어. 지난달에만 3억 달러를 상환했지. 거기다 앞으로 2주 안에 1억 8천만 달러를 추가로 상환해야 하는데, 돌아가는 꼴을 보면 그런 돈이 없는 게 분명해. 아무래도 신규 투자자들로부터 들어오는 자금을 유용해서 예전 투자자들에게 지급하면서, 융자를 받은 돈으로 건설비를 충당하는 모양이야."

"그래서 폰지 사기라는 거로군." 내쉬가 말했다.

"아니, 그것만으로는 폰지 사기가 아니야." 호스먼이 대답했다.

"그럼 뭐가……."

노튼이 내쉬의 입을 막았다. "폰지 사기가 되려면 위조 사업을 위한 자금을 모아서, 다른 사업의 투자자들에게 투자금을 상환하기 위해 그 돈을 사용해야 하거든요."

"여기서 무어링으로 돌아가게 되는 거지." 호스먼은 탤벗의 CFO인 건터 허버트의 시체에서 찾아낸 광고지를 꺼냈다. "이게 사기거든."

"하지만 건물이 멀쩡히 서 있잖아." 내쉬가 지적했다.

"자네들이 본 건 총 6단계 중에서 1단계에 속하는 주택들이야. 아직 팔지 않은 것들뿐이지. 진짜 문제는 2단계인데, 아직 아무것도 짓지 않은 대지를 팔아넘기고 있었어. 심지어는 내년 가을에 완공 예정인 골프코스와 컨트리클럽까지 땅에 말뚝만 박은 채로 팔고 있다고. FBI 화이트칼라 범죄 전담반의 테리 헨쇼에게 전화를 걸어봤는데, 그쪽에서도 전부터 탤벗을 주시하고 있었다더군. 2단계에서 벌어들인 돈을 해외 차명계좌를 통해 빼돌린 다음에, 그걸 탤벗 종합상사의 이름으로 다시 들여와 다른 사업의 투자자들에게 배분하고 있다는 거야."

노튼은 손가락을 저었다. "그래도 폰지 사기는 아니잖아. 부도덕한 행동일 수는 있지만, 그 사업들이 전부 그 회사 소유고 적법하기만 하다면, 서류에 깨알처럼 글자를 박아 넣는 정도로 무사히 넘어갈 수 있다고."

호스먼은 천천히 의자를 돌리면서 입가에 웃음을 머금었다. "그 말은 맞지만, 한 가지 더 발견한 게 있거든."

"뭔데?"

"2단계 착공을 시작하려는 대지가 그 친구 소유가 아니야. 다른 사람의 땅에 건설하는 단지를 팔아먹고 있어."

"누구 건데?"

호스먼의 얼굴에 점점 웃음이 번졌고, 그의 시선은 두 형사를 번갈아 바라보았다. "어디 한번 추리부터 들어볼까……."

내쉬의 얼굴이 붉게 달아올랐다. "얼른 말하지 못해, 수학천재 씨."

"에머리 코너스." 호스먼은 책상을 탕 하고 때리며 말했다. "그 아이 어머니가 유산으로 남긴 모양이야. 그 아이 몸값이 상당히 높은 셈이지. 탤벗이 아니라 그 아이가 땅 주인인 이상, 상황은 폰지 사기보다 훨씬 심각해졌어. 게다가 그게 다가 아니야. 이것도 좀 보라고." 그는 밑줄 친 법률 서류를 가리켰다.

내쉬는 그걸 읽고 휘파람을 불었다. "이 정도면 경감도 탤벗을 소환하게 해주려나?"

47
일기

나는 한 손에 어머니의 커다란 샐러드 볼을, 다른 손에는 물 한 잔을 들고 삐걱거리는 계단을 내려갔어. 어머니는 내가 그릇을 찾는 모습을 뚫어져라 지켜보고 있었지. 심지어 한번은 "그거 못 하게 해"라고 직접적으로 말하기도 했고. 물론 나는 신경도 안 썼는데, 내가 아버지가 뭔가를 '못 하게' 만드는 일이 애초에 불가능할 뿐더러, 굳이 어머니의 의중을 전달해서 아버지의 좋은 기분을 망칠 생각도 없었거든. 볼은 아버지가 달라고 한 물건이었고, 물은 카터 부인이 몇 시간 동안 아무것도 마시지 못했기에 분명 목이 마르리라는 생각에서 가져간 거였지. 어머니가 이제부터 벌어질 일을 진심으로 막고 싶다면 언제든 직접 말하면 되는 거였어. 아버지는 이미 지하실에서 침대 옆에 무릎을 꿇고 앉아 있었어. 다가가니 3겹 나일론 밧줄로 카터 부인의 발을 침대 프레임에 묶고 있었지. 풀려 있던 쪽 손은 벌써 고정해두었더군. 그녀는 열심히 밧줄을 당기며 몸부림쳤지만 헛된 발버둥이었네. 아버지는 매듭을 단단히 묶는 일에 능숙했거든.

걸레를 문 입에 카터 씨의 셔츠로 만든 재갈이 단단히 덮여 있었다네. 옷감에 박인 작은 선홍색 점들이 눈에 띄더군.

아버지는 마지막 매듭을 단단히 마무리하고 카터 부인의 다리를 토닥였네. “아주 편해 보이는구려.” 그리고 그분은 크리스마스의 아이들처럼 반짝이는 눈으로 나를 돌아보셨다네. “나이프 가지고 있지?”

내 나이프는 여전히 어머니 수중에 있었어. 집 안을 샅샅이 뒤졌지만 찾을 수가 없었지. 나는 고개를 저었어.

아버지는 얼굴을 찌푸리셨지. “나이프는 항상 가지고 다녀야 한다.” 그분은 뒷주머니에 손을 넣더니 자신의 나이프를 꺼내어 내게 건넸다네.

“이걸로 골로 보내는 거예요?”

“그런 말을 하면 못써. 죽이거나 살해한다고 해야 한다. 똑똑한 아이라면 그런 단어를 쓰면 안 돼.”

“죄송해요, 아버지.”

“주변 사람들에게 네가 실제보다 지능이 낮아 보이게 하고 싶지 않다면 그런 말을 해선 안 된다. 방 안에서 가장 똑똑한 사람이 되지 않는 편이 나을 때도 있지. 자기보다 지능이 높은 사람을 두려워하는 자들도 있거든. 자기들과 같은 수준으로 어리석게 굴어야 받아들여주는 사람들. 그럴 때는 그렇게 하면 무리에 섞이기가 쉽단다. 하지만 네 아빠와 사랑스런 이웃만 있는 상황에서 그럴 필요는 없겠지. 친구와 가족 곁에서도 본모습을 보일 수 없다면 그런 위장이 다 무슨 소용이겠냐, 그렇지?”

나는 동의할 수밖에 없었다네. “이 사람을 죽일 거예요, 아버지?”

아버지는 내 손에서 나이프를 받아 들고 빛에 칼날을 비췄다네.

"그거 아주 좋은 질문이구나, 아들. 하지만 그 질문의 답을 아는 사람은 내가 아니란다. 이번 게임에서 패를 쥐고 있는 쪽은 카터 부인인데, 이 사람은 자기 패를 꽁꽁 감추고 있거든. 개인적으로는 죽이고 싶지 않아. 조금 더 오래 데리고 있고 싶거든. 카터 부인은 파티를 좋아한다고 들었는데, 아직 그런 미덕을 직접 경험하진 못했거든." 그분은 다시 그녀의 다리를 토닥였네. "내 말이 맞지 않소, 리자? 기쁨이 흘러나오는 옹달샘 같은 사람이라고 들었는데?"

그녀는 나이프 칼날에서 눈을 떼지 못하고 있었다네. 천장에 달려 있는 60와트 전구의 불빛에 황홀할 정도로 날카롭게 빛나고 있었으니 이해할 수 있는 일이지.

아버지의 종이봉투가 콘크리트 바닥에서 부드럽게 흔들렸다네. 그분은 내게 나이프를 건넸지. "이제 너도 다 큰 남자 아니냐. 이번 영광을 맡겨도 되겠지?"

카터 부인은 눈을 크게 뜨고 발버둥 치며 꿈틀거렸다네. 재갈 안쪽에서 뭐라고 웅얼대는데 도무지 알아들을 수가 없더군. 아버지가 왜 재갈을 물렸는지 이해할 수 없었어. 이런 일을 할 때는 반응에 귀를 기울이는 것도 나름의 재미 아니겠나?

아버지는 카터 부인의 하얀 블라우스 자락을 청바지에서 빼냈어. "네가 이걸 잘라줬으면 좋겠구나. 아직 새 옷인 것 같아 유감이지만, 이렇게 침대에 단단히 묶인 상태로는 다른 방법이 없으니까. 단추 달린 옷을 입지 않다니 참 애석한 일이야."

카터 부인은 격렬하게 고개를 저었지만, 아버지는 그녀에게는 투표권을 주지 않았다네. 나는 최선을 다해 안심하라는 미소를 지어 보이고는 칼날을 그녀의 얇은 블라우스 안으로 넣어 가볍게 당겼어. 날카로운 칼날이 면직물을 가볍게 자르는 것이 느껴지자 그대로 쭉 당겼지. 나의 손등이 그녀의 매끈한 배를 쓸었고, 순간 얼굴이 붉어졌다네. 순간 내 마음속을 휘감은 감정이 드러날까 봐 아버지도, 카터 부인도 마주볼 수가 없더군. 분명 그때 날 만졌다면 꽤나 따끈했을 걸세. 순간 체온이 상승하는 느낌이 들었거든. 손등이 브래지어를 스치는 순간에는 폭발할 것만 같았다네. 나는 그대로 나이프를 쥔 손에 힘을 실어 칼날이 목깃으로 나올 때까지 잘라냈고, 블라우스는 양쪽으로 갈라졌지. 카터 부인은 울고 있었어.

"팔과 어깨도 잘라라. 저 귀찮은 걸 완전히 치워버려." 아버지는 이렇게 지시했다네.

나는 시키는 대로 했고, 잠시 후 내 옆에는 넝마가 된 블라우스가 놓였어. 카터 부인은 재갈 속에서 숨을 몰아쉬며 갈수록 초조해하는 모습이었어. 가슴이 바삐 오르내렸지. 이대로 기절하는 건 아닐까?

"재갈을 풀어줘야 하지 않을까요?"

아버지는 카터 부인을 잠깐 힐끗하고는 고개를 저었네. "공포 때문에 지르는 비명도 골치 아프지만, 고통 때문에 지르는 비명은 한 수 위란다. 아예 다른 종류지. 그리고 이건 꽤나 아플 테니까. 그건 확실해." 그분은 다른 밧줄을 꺼내서 그녀의 가슴 바로 아래에 두르고, 그대로 침대를 빙 둘러 묶어 단단히 매듭 지었다네. 밧줄이 더 남지 않을 때까지 네 번을 반복했지.

카터 부인은 조금도 진정되지 않았어. 기운이 돌아왔는지 묶인 다리로 발버둥을 치고 침대를 걷어차더군. 아버지는 그녀의 무릎을 힘껏 누른 다음, 다른 밧줄을 꺼내어 침대에 묶었어. 일이 끝나자 카터 부인은 옴짝달싹 못하는 신세가 되었지. "이제 시작하는 게 좋겠구나. 그 봉투하고 샐러드 볼 좀 주겠니?"

나는 고개를 끄덕이고 종이봉투로 손을 뻗었다네. 제법 묵직하더군. 안에 뭐가 들었는지는 몰라도 200그램은 나갔을 거야. 안에서 뭔가 미끄러지며 돌아다니는 걸 느낄 수 있었지. 게다가 오줌까지 쌌더군. 봉투 밑단이 축축하게 젖은 데다 뜨끈한 암모니아의 악취가 밀려왔거든.

아버지는 내게서 봉투를 받아서 그걸 카터 부인의 배 위에 올려놓으셨네. 그녀는 축축한 봉투가 닿는 걸 느끼자 크게 숨을 들이쉬고는 일어나 앉으려고 애썼지만, 밧줄이 워낙 단단하게 묶여 있어서 헛수고였지. 목을 빼고 봉투를 보려고 했지만, 자세가 영 어색해서 금세 머리를 내릴 수밖에 없었다네.

아버지는 봉투를 열어 잠깐 공기가 들어가게 한 다음, 재빨리 샐러드 그릇을 그 위에 덮어서 봉투가 그릇과 카터 부인의 배 사이에 갇히게 만들었다네.

그리고 그분은 덕트 테이프를 감아 그릇을 그녀의 몸에 단단히 고정했어. 투명 플라스틱 그릇이라 안에서 무슨 일이 벌어지는지 아주 잘 볼 수 있었지.

그러고는 그릇을 가볍게 두드리며 말했어. "이건 흔히 볼 수 있는 평범한 들쥐요. 집 밖에서 트라이클로로메탄을 뿌린 치즈를 먹여 손쉽게 주워 왔소. 하지만 이제 약 기운이 떨어지는 모양이니 머지않아 잔뜩 화가 나고 두통에 시달리며 깨어날 테지. 쥐는 좁은 곳에 갇혀 있는 걸 좋아하지 않으니, 분명 그릇에서 나가고 싶어질 테고. 플라스틱을 긁어대기 시작하겠지만, 표면이 매끄러워 제대로 성과를 보기 힘들지 않겠소. 그 방법을 포기한 다음에는 분명 바닥으로 주의를 돌릴 거요. 그러면 그때부터 진짜 재밌는 일이 시작되지. 플라스틱과는 달리, 당신의 보드라운 피부라면 날카롭고

뾰족한 발톱이 손쉽게 파고들 수 있을 테니까. 그리고 이 녀석이 그 안으로 작은 입을 들이밀고 씹어대기 시작하면…….” 아버지는 활짝 미소 지었어. “자, 이런 이빨은 애초에 훨씬 단단한 먹이를 위해 만들어진 거라고만 해둡시다.”

카터 부인은 다시 몸부림치기 시작했고, 숨이 턱끝까지 차올랐다네. 숨을 한껏 들이쉬려고 애썼지만 입이 막힌 탓에 영 부족했지. 눈물이 볼을 타고 흘러내렸어. 충혈된 눈가는 부어 있었고.

나는 가까이 몸을 기울였다네. 쥐는 봉투 안에 웅크린 채로 거의 움직이지 않았지만, 약효가 떨어지고 있다는 것만은 명백했다네. 꼬마 검은쥐가 봉투 꼭대기로 고개를 내미는 순간에는 깜짝 놀라 뛰어오를 뻔했지.

아버지는 웃음을 터트리셨다네. “걱정할 것 없다, 아들. 저게 너를 쫓아오지는 않을 테니까. 저기서 탈출하면 배가 가득 불러 있을 테니, 저 조그만 머릿속에 식사 생각 따위는 떠오르지 않을 거다.”

“카터 부인이 기절할 것 같아요.”

아버지 역시 이 가능성을 생각하지 않았을 리 없지만, 그런 내색은 조금도 하지 않으셨네. 처음에는 영문을 모른 표정이다가 곧이어 얼굴을 찌푸리셨지. “네 말이 맞구나, 아들. 아무래도 조금 자극이 과한 모양이다. 하지만 이제 거의 끝났으니까.” 그분은 카터 부인의 머리를 쓸어 넘겼지. “몇 분 정도는 견딜 수 있겠지. 그렇지 않소, 리자? 그 정도는 할 수 있을 만큼 강인한 여성이니까?”

머리가 움직이기는 했지만 그녀가 동의하며 고개를 끄덕인 건지, 아니면 격렬하게 고개를 저은 건지는 알 수 없었다네.

쥐는 봉투에서 기어 나와서 분홍색 발을 바둥거리며 간신히 일어섰다네. 얼이 빠졌는지 몸의 균형조차 제대로 잡지 못했지만, 간신히 이승으로 돌아오는 길을 찾아냈는지 천천히 정신을 차리더군. 녀석은 처음에는 봉투를, 다음에는 그릇을, 다음에는 카터 부인의 배꼽 냄새를 맡았다네. 앙증맞은 주둥이가 잠시 구멍 속으로 사라졌다가 다시 나오더군.

"꼬마 친구가 나왔군." 쥐는 그릇 가장자리를 따라 돌아다니기 시작했다네. "아무래도 우리 아들 말이 맞을 것 같소. 재갈 때문에 숨쉬기가 힘들 테니, 일단 풀어서 숨을 가다듬을 기회를 주리다. 그런 다음 아주 간단한 질문을 하나 할 텐데, 정직하게 대답해준다면 이 모든 것을 끝내겠소. 어떻게 생각하시오?"

이번에는 카터 부인도 명확하게 고개를 끄덕였다네.

아버지는 그 모습을 보며 잠시 생각에 잠기더니, 몸을 숙여 그녀의 귓가에 입술을 붙이고 속삭였지. "당신 남편이 내 아내와 잤소?" 나에게는 거의 들리지 않을 정도로 작은 소리였다네.

카터 부인은 눈을 크게 뜨고 아버지를 마주보았다네. 아버지는 재갈로 손을 뻗어 그녀의 입을 막고 있던 천을 당겼지. 그녀는 입 안에 들어 있던 단단하게 말린 헝겊을 뱉어내고 숨을 헐떡였는데, 꼭 몇 시간 동안 물에 빠져 있던 사람 같더군. "이거 당장 치워!" 그녀는 소리쳤어. 그리고 다시 몸부림을 쳤지만 물론 아무 소용도 없었지. 꽁꽁 묶인 상태라 1인치 이상은 움직일 수 없었어. 목을 빼려 애썼지만 무슨 일이 벌어지는지 볼 만큼 고개를 들지는 못했다네.

물론 나야 볼 수 있었지. 아주 잘 볼 수 있었어.

쥐는 빠른 속도로 정신을 차리고 있었다네. 졸음을 이겨내고 몸의 균형을 잡기 시작했지. 만일 쥐도 공황 발작을 일으킨다면, 나는 털이 부숭한 이 귀염둥이가 머지않아 그런 상태에 빠질 것이라고 확신할 수 있었다네. 녀석은 그릇 가장자리를 따라 뱅글뱅글 돌면서, 벌름거리는 작은 주둥이를 플라스틱과 카터 부인의 피부 사이로 들이밀려고 애썼다네. 몇 걸음마다 멈춰서 플라스틱을 확인하고는 다시 주변을 돌기 시작했지. 쥐의 움직임은 시간이 갈수록, 도는 횟수가 늘어날수록, 다급해졌어.

"원 세상에, 이 녀석 아무래도 폐소공포증이 생기는 것 같은데. 네 생각은 어떠냐, 아들?"

나는 고개를 끄덕였다네. "확실히 그런 것 같네요, 아버지! 저기 움직이는 것 좀 보세요! 화를 내기 시작하는 것 같아요!"

"주님의 피조물 중에서 감금 상태를 좋아하는 존재는 없단다. 벌레든, 설치류든, 가장 강한 인간도 마찬가지지. 살아 있는 생물을 감금하면 가장 좋아하는 음식과 머리를 뉘일 편안한 공간으로 우리를 채워줘도 나가고 싶어한단다. 이 꼬마는 자유를 얻기 위해서라면 우리 사랑스런 이웃의 몸을 뚫으려 할 거야. 상상이 가지? 몸통을 파고들어 구멍을 내는 거야. 사실 그 정도로는 죽지도 않겠지. 적어도 한동안은 말이다. 몸을 관통하는 총상을 입고도 사흘을 살아 있는 남자를 본 적이 있는데, 손전등을 비추면 맞은편에서 보일 정도였지. 물론 이번 구멍은 훨씬 클 테니 며칠 동안 살아 있을 거라고는 기대하기 힘들겠지. 하지만 이삼십 분 정도는 너끈히 버틸 것 같구나." 아버지는 몸을 떨고 말을 이었다네. "그 정도의 고통을 상상할 수 있겠니? 남자의 주먹만큼 커다란 구멍이라니."

카터 부인은 밧줄을 당기고 묶인 상태에서 가능한 최대한 발버둥 쳤지만, 그런 움직임은 쥐를 더 초조하게 만들 뿐이었다네. "제발 이거 좀 치워줘요! 제발! 원하는 건 뭐든 말할게요!"

아버지는 그녀에게 몸을 숙였다네. "방금 한 질문은 상당히 단순했던 것 같소만, 아무래도 너무 흥분해서 잊어버렸거나 제대로 듣지 못한 모양이오. 그럼 되풀이해주리다. 당신 남편이 내 아내와 잤소?"

카터 부인은 고개를 저었다네. "아뇨! 아뇨, 아뇨, 아니에요!"

아버지는 내 쪽으로 윙크를 보내셨다네. "네 생각은 어떠냐, 아들? 정직하게 말하는 걸까, 아니면 살짝 거짓말을 섞은 걸까?"

"아아악!" 카터 부인이 비명을 질렀다네. 눈이 튀어나올 듯 커지고 얼굴이 시뻘겋게 달아올랐어.

나는 쥐 쪽으로 시선을 돌렸다네. 카터 부인의 배꼽 한쪽을 아주 살짝 뜯어본 모양이더군. 피가 나진 않았지만 붉게 부을 정도는 되었지. 고개를 높이 들고 주둥이를 오물거리는 모양이 마치 훌륭한 와인을 맛보는 듯했다네.

아버지가 박수를 치자 녀석은 아주 잠시 음식에 대해서는 잊어버리고 그쪽으로 고개를 돌렸어. "배가 고파지는 모양이로군. 게다가 고기를 좋아하는 놈인 모양이오. 아주 좋은 징조로군! 당신은 맛이 아주 감미로울 테니까. 딱 좋을 정도로 부드럽고 톡 쏘는 맛도 있잖소."

"당신들 전부 미쳤어!" 카터 부인이 소리쳤다네. 다시 헐떡이며 숨을 가다듬었지. 재갈을 빼낸 게 다행이었어. 그러지 않았다면 분명 실신했을 테니까.

"제발, 이거 치워줘." 그녀는 눈물을 줄줄 흘리며 애원했어. "그 빌어먹을 질문에 대답했잖아. 이제 치워줘."

"이런, 욕설은 곤란하지 않겠소, 부인."

"원하는 대로 뭐든 할 테니까, 뭐든 말할 테니까, 제발……."

쥐가 그녀를 다시 깨물었고, 그녀는 즉시 고약한 비명을 질렀다네. 이번에는 쥐도 망설이지 않았어. 처음에는 단순히 시험 삼아 깨물어본 거였지만, 이번에는 순수한 굶주림으로 벌인 행동이었으니까. 아버지 말씀이 옳았어. 이 작은 꼬마는 고기 맛을 아는 모양이었다네. 녀석은 그녀의 배에서 살점을 몇 밀리미터 떼어냈어. 나는 그 부위가 분홍색으로, 붉은색으로 변하다가 이윽고 피가 고이는 모습을 경탄한 눈빛으로 바라보고 있었지.

"오호!" 아버지가 탄성을 올리셨지. "이제 상황이 꽤나 달라지겠구나."

카터 부인은 침대 가장자리를 붙들었어. 침대 틀을 부여잡은 손가락이 하얗게 보일 정도로 세게. 숨을 한 모금 간신히 들이쉬더군. 조금 전에 '눈이 튀어나올 듯'이라는 표현을 썼지만, 이번에는 그녀의 눈이 진짜로 튀어나오고 있었어. 그대로 머리에서 퐁 하고 나올 것처럼 보이더군.

그때 아버지가 물이 든 컵으로 시선을 돌리셨다네.

"아들, 이걸 잘 봐라." 아버지는 컵을 기울여 물을 아주 조금 그릇 위에 떨어트렸어. 물은 그릇을 타고 내려가 플라스틱과 피부가 만나는 곳에 고였지. 바로 그 순간 쥐도 물의 존재를 느낀 모양이었어. 그릇 가장자리로 달려와서 주둥이를 들이밀었으니까. 하지만 물에 닿을 수는 없었지. 아버지는 그릇을 완벽하게 고정해서 밀봉해놓으셨거든. 덕분에 쥐는 짜증이 났는지 작은 발톱으로 카터 부인의 배를 긁으며 파고들기 시작했다네. 물론 그녀의 비명 따위에는 조금도 귀를 기울이지 않은 채 말이야. 정말이지 대단한 비명이었어. 물렸을 때의 비명도 어지간하다고 생각했는데, 이건…….

아버지는 내 머리를 헝클어트렸어. "정말 재밌는 광경 아니냐!" 그러고는 카터 부인을 돌아보며 말했지. "있잖소, 리자, 사실 내 아내가 종종 그쪽 집으로 간다는 건 알고 있었소. 때론 몇 시간이나. 게다가 돌아올 때는 성적인 냄새가 고약하게 풍기더군. 더러운 성교의 악취를 잔뜩 풍기며 돌아와 아무 일도 없었던 것처럼, 아무 죄도 짓지 않은 것처럼 나를 보고 웃더란 말이오. 자, 우리 둘 다 그게 사실이 아니라는 건 알고 있잖소? 우리 둘 다 상황이 어떻게 돌아가는지 아는 것 같소. 아내는 당신을 보호하기 위해 당신 남편을 죽인 게 아니오. 자신을 보호하기 위해 죽인 거지. 내 말이 맞소?"

카터 부인에게 아버지의 말씀이 들렸을 것 같지는 않았다네. 숨을 계속 헐떡거리기만 하더군. 목구멍으로 흘러든 눈물과 콧물이 공기와 섞여서, 헐떡일 때마다 훌쩍이는 소리가 들리더군. 눈은 천장에 고정되어 있었어. 더 이상 나도 아버지도 보지 않았다네.

"쇼크를 일으키는 것 같은데요." 나는 말했다네.

쥐는 굴 파기를 관뒀지만 주변을 상당히 엉망으로 만들어놓았다네. 마지막으로 깨문 곳을 제외하면 상처가 그리 깊지 않았지만, 꽤나 여러 곳이었지. 물 주변으로 긁힌 상처가 가득했는데, 마치 면도날로 복부를 가볍게 여러 번 그은 것처럼 보였어.

아버지는 테이프를 뜯어내고 그릇을 한쪽으로 던졌다네. 쥐도 함께 지하실 저편으로 날아가버렸지. "빌어먹을 쥐새끼…… 너무 빠르잖아……." 그분은 이렇게 중얼거리며 물컵을 들고 내용물을 카터 부인의 얼굴에 부어버렸어. 헐떡이는 소리가 멎었지. 그녀는 우리 둘을 바라보며 비명을 질렀어.

아버지가 따귀를 때렸고, 그녀의 얼굴에는 붉은 자국이 선명하게 남았다네. 그녀는 격렬하게 몸을 떨면서 입을 다물었지. "진정하시오. 그렇게 나쁘진 않았잖소." 그분은 종이봉투로 상처를 몇 번 누르셨네. "내 말이 맞지 않소? 조금 긁혔을 뿐인데. 부모님께 편지로 알려드릴 정도의 상처는 아니잖소." 그분은 다시 몸을 숙여 그녀의 귀에 입술을 댔다네. "내가 당신에게 고통을 주고 싶다면, 그러니까 진심으로 상처를 입히고 싶다면, 이보다 훨씬 끔찍한 일도 할 수 있소. 한번은 사람 손가락에 칼을 대고 뼈가 보이도록 가죽을 발라낸 적도 있었지. 우선 가운데를 긋고 아주 가느다란 조각으로 하나씩 잘라내는 거지. 첫 손가락을 끝내는 데 한 시간이 걸리더군. 시작하고 몇 분도 되지 않아 쇼크 상태에 빠져서 아드레날린 주사를 한 대 놔줬지. 그러면 바로 정신을 차릴 뿐 아니라 느끼는 고통도 몇 배가 된다오." 아버지는 카터 부인의 손등을 만지작거리셨지. 그녀는 수갑을 철컹이며 손을 빼려 했고. "인간의 손에 스물일곱 개의 뼈가 있다는 사실을 알고 있소? 큰 뼈도 있고, 작은 뼈도 있지. 하지만 모두 부러뜨릴 수 있다오. 그 시점에서는 이미 가죽과 조직과 힘줄을 모두 발라낸 상태였으니 그 사람이 뭔가를 제대로 느낄 수 있었을지는 잘 모르겠지만, 그래도 꺽꺽거리며 울기는 했다오. 내가 당신한테도 그런 일을 한다면, 그러니까 손가락 가죽을 하나씩 발라낸다면, 분명 당신도 제법 빨리 진실을 알려줄 것 같은데. 그렇게 생각하지 않소?" 그분은 그녀의 손등을 부드럽게 쓰다듬으며 내려와 손목을 단단히 붙들었다네. "내가 칼을 놀리면, 그러니까 여기서 시작해서 이쪽까지 쭉 내려온 다음에 여기 척골신경이 있는 곳에서 손등 쪽 분지신경 주변으로 한 바퀴 빙 돌리면, 흡사 젖은 장갑처럼 온전하게 가죽을 떠낼 수 있을 것 같소. 혈관을 건드리지 않으려면 주의를 기울여야겠지만, 아무래도 할 수 있을 것 같은데. 네 생각은 어떠냐, 아들? 한번 해볼까?"

그 모습이 내 머릿속에 떠올랐다네.

아버지는 카터 부인의 복부 상처에 손바닥을 대고 눌렀지만, 이번에는 그녀도 비명을 지르지 않았다네. 눈동자가 위로 밀려 올라가서 흰자위가 눈을 가득 채우더니, 머리를 옆으로 떨구더군.

"죽었어요?"

아버지는 경동맥을 만져보고는 말했네. "아니, 실신한 거다. 결국 이렇게 될 일이긴 했지." 그분은 자리에서 일어나 계단으로 걸음을 옮겼다네. "풀어주는 건 상관없지만 수갑은 채워놔라. 그리고 위로 올라와서 눈 좀 붙이고. 제법 긴 밤이었구나. 나는 너희 어머니하고 대화를 좀 나눠야겠다."

"쥐는 어떻게 해요?" 나는 아버지의 등 뒤에 대고 물었다네. 하지만 그분은 이미 올라가버렸고, 나는 손님과 단둘이 남게 되었지.

48
에머리 코너스

둘째 날

오전 8:06

우리 아가? 이제 진짜 일어나야 한단다. 낮잠을 이렇게 자면 건강에 해로워.

에머리는 멍하니 주변을 향해, 머릿속을 뒤덮은 자욱한 안개를 향해 손사래를 쳤다. 눈을 깜빡이다 떴지만 아무것도 보이지 않았다. 눈을 떴다는 것을 알 수 있는 요소는 눈이 엄청나게 건조하다는 것밖에 없었다. 눈동자에 느껴지는 차가운 공기가 너무 따갑게 느껴져서 바로 다시 눈을 감아야 했다. 그녀는 몸을 뒤척이려 했지만, 그럴 수 없었다.

누군가 자신을 짓누르고 있다! 누군가 등에 올라타서 그녀를 콘크리트 바닥으로 밀어 붙이고 있었다. 안 돼, 눈을 뽑게 놔두진 않겠어! 혀를 내놓진 않을 거야! 그녀는 마음을 다잡고 칼날이 각막을 뚫고 들어와 눈을 뽑아가는 고통이 느껴지기를, 아니면 손이 목을 붙들고 적절한 압박을 가해 입을 벌리게 만든 다음…….

진정하렴, 우리 아가. 이건 그냥 침대야. 기억나? 네가 뒷골목 유기견처럼 하수도 물을 할짝이려고 안간힘을 쓰는 와중에 그 커다란 괴물이 네 위로 넘어져버렸잖니.

모든 일이 순식간에 떠오르며, 지독한 두통이 밀려들었다. 너무 끔찍해서 다시 기절할 것만 같았다. 에머리는 이마를 만져보았다. 손가락 끝에 말라붙은 피가 끈적하게 느껴졌다.

세상이 머리 위로 무너져내리기 전에 물을 마시기는 한 거니, 아가? 너는 어떤지 잘 모르겠지만 나는 목이 너무 타는데.

목 상태를 보니 마시지 못한 모양이었다.

처음에는 손목 쪽은 아프지 않았다. 자세를 바꾸어 침대 아래에서 기어나오려 할 때까지는 아무것도 느끼지 못했다. 그러나 일단 느껴지자 순식간이었다. 손목 부근에서 손이 잘려나가는 격통이, 피부와 뼈를 이로 격렬하게 물어뜯는 듯한 통증이 습격했다. 비명을 지르려 했지만 말라붙은 목에서는 가는 신음만 흘러나올 뿐이었다.

타박상을 입은 머리와 손목에서 느껴지는 고통 때문에, 그녀는 다시 컴컴한 무의식 속으로 빨려 들어갈 뻔했다. 그러나 그녀는 이겨냈다. 에머리는 고통을 느끼는 한 자신은 살아 있는 것이며, 살아 있기만 하다면 지금 어떤 끔찍한 일이 벌어져도 결국 회복할 수 있다고 되뇌었다.

그래, 좋은 자세구나, 우리 딸. 여성의 힘이란 그런 거지. 귀 한쪽이 날아가고 손목 한쪽은 뭉툭하게 잘린 소녀가 자신이 생존자라고 세상에 선포하다니, 텔레비전 방송국에서 정말 좋아할 장면 아니겠니. 매트 라우어 같은 앵커들이 목을 매달걸. "손이 날아가고 사방으로 피가 뿜어져 나가는 순간 어떻게 마음을 다잡으셨습니까? 분명 자유의 몸이 되어 기분은 좋으셨겠지만, 세상에, 많이 아팠을 텐데요, 그렇죠?"

피가 나는 걸까?

에머리는 성한 쪽 손을 뻗어 수갑이 닿은 곳의 지독하게 부어오른 근육과 조직을 만져보았다. 피가 나기는 했지만 양이 많지는 않았다. 수갑 때문에 손목 피부가 거의 까졌지만, 가장 신경 쓰이는 쪽은 그곳이 아니었다. 그녀가 가장 큰 공포를 느낀 순간은 기묘한 각도로 튀어나와 있는 손목뼈를 만졌을 때였다. 피부를 뚫고 나오지는 못했지만 제법 시도는 한 모양이었다. 손목을 움직이려 하자 그 부위는 고통으로 화답했고, 그녀는 순식간에 온몸에 힘이 빠진 채로 이를 악물고 숨을 몰아쉬었다.

손목이 부러진 것은 확실했다. 그녀는 처음으로 아무것도 보이지 않아 다행이라고 생각했다.

일어나야 한다는 생각이 머릿속을 휩쓸었고, 다른 목소리가 그러지 말아야 할 이유를 알려주기 전에 그 생각을 행동에 옮겼다. 망가진 손목의 힘없는 손으로 침대를 붙든 채, 몸을 일으켜 끌면서 제대로 네 바퀴로 서게 만들었다. 그리고 에머리는 몸을 일으켜 떨리는 몸을 침대에 기대 균형을 잡은 다음, 완전한 침묵 속에서 끔찍한 고통을 기다렸다.

통증이 파도처럼 몰려왔다. 손목뿐 아니라 팔다리에서도 고통이 밀려들었다. 얼마나 오래 정신을 잃었는지는 모르지만, 몇 분이 아닌 몇 시간이었을 것이다. 몸 구석구석이 저리다가 핀과 바늘로 찌르는 것처럼 따끔거렸고, 뒤이어 깊숙이 쑤셨다. 아무래도 한동안 떠나지 않을 것 같았다.

이번에는 비명을 지르지도 못했다. 너무 충격이 심해서 이곳에서 정신을 차린 이후 처음으로 소변을 지렸다는 사실도 눈치채지 못할 지경이었다. 뜨끈한 느낌이 다리를 타고 흘러내려 발밑에 고였다.

별안간 로드 스튜어트의 목소리가 머리 위에서 쩌렁쩌렁 울리기 시작했다. '메기 메이'의 코러스 부분이었다.

에머리는 얼마나 기다려야 죽을 수 있을까 생각하기 시작했다.

49
일기

나는 카터 부인의 상처에 차갑게 젖은 천을 대어주었어. 생각만큼 심각하지는 않더군. 네오스포린 연고와 반창고로 처리하지 못할 정도는 아니었지만 불운하게도 둘 다 없으니 젖은 천 정도로 만족해야지 별 수 있겠나.

곧 깨어날 줄 알았는데, 20분이 지나도록 얌전히 잠들어 있더군. 분명 그뿐일 거라고, 그러니까 잠든 거라고 생각했지. 쇼크란 신체에서 조율을 위해 사용하는 방어기제일 뿐이잖은가. 몸이 대응하려고 스위치를 내리는 거지. 여기에 연수에서 분비한 엄청난 양의 아드레날린이 더해지면 신진대사에 과부하가 걸리면서 대규모의 충돌이 발생하는 거라네.

그러니 휴식을 취하고 나면 깨어날 것이 분명했지.

나는 세탁기 위에 놓인 담요를 가져와 그녀의 가녀린 몸에 덮어준 다음, 계단을 올라갔다네.

아버지는 소파에 쓰러져 있었어. 바닥에는 빈 버번 한 병이 굴러다녔지. 나는 삐걱대는 소리도 내지 않을 정도로 조심해서 그곳을 지나 방으로 숨어든 다음, 곧바로 문을 닫았다네.

그리고 눈을 감고 문에 이마를 댄 채로 한동안 서 있었지. 이렇게 지친 건 처음이었거든.

"사진 이야기 했어?"

몸을 돌려보니 어머니가 구석에 서 있었어. 그림자 속에 몸을 숨기고, 어둠 속에서 흐릿한 윤곽만 보이는 채로.

"사진 이야기 했냐니까?" 그분은 다시 물어보셨다네. 낮은 목소리 속에 살기가 서려 있었어.

"아뇨." 나는 의도한 것보다 훨씬 겁먹은 것처럼 들리는 목소리로 대답했다네. 그래서 터프한 느낌을 주려고 덧붙였지. "아직 안 했어요."

어머니가 내 쪽으로 다가왔다네. 문득 나는 어머니의 손에 칼이, 부엌에서 고기 자를 때 사용하는 커다란 칼이 들려 있다는 사실을 깨달았지. 내가 가지고 놀면 안 된다고 금지한 바로 그 칼.

"그 여자가 너희 아버지에게 뭐라고 했어? 아버지는 알고 있는 거야?" 어머니가 손목을 돌리자 칼이 달빛에 번득였지.

나는 고개를 저었어. "어머니가 카터 씨와 잤다고 생각하고 계세요."

'잔다'라는 표현을 이런 식으로 사용하는 걸 어디서 배웠는지는 모르겠네. 올바른 용법으로 사용하고 있다고 확신하면서도, 직접 말하니 어딘가 묘한 기분이 들었지. "아버지는…… 설득력 있게 물어보셨지만 카터 부인은 대답하지 않았어요."

"뭘 했는데?"

나는 지하실에 아직 쥐 한 마리가 돌아다니고 있다는 사실만 빼고 모든 것을 알려드렸다네. 쥐가 계단을 오를 수 있던가?

"너도 이르지 않을 거지? 우리의 작은 비밀로 감춰줄 거지?"

나는 이 질문에는 침묵을 지켰다네.

어머니는 칼을 치켜들고 달빛 속으로 걸어나왔다네. 충혈된 눈이 퉁퉁 부어 있었어. 설마 울고 계셨던 걸까?

"너희 아버지한테 이르지 않으면 카터 부인한테 원하는 대로 하게 해줄게. 은밀한 것들 말이야. 네 나이의 소년들이 꿈속에서나 할 수 있는 그런 것들. 어떻게 생각하니?"

이번에도 나는 아무 말도 하지 않았다네. 내 눈은 칼날에 고정되어 있었어. "이게 들키면 너희 아버지가 나한테 무슨 짓을 할지 알고 있지? 카터 부인한테 무슨 일을 할지도? 네 행동 때문에 그런 일이 벌어지는 건 싫을 거 아냐?"

"거짓말하면 안 돼요, 어머니." 내가 무슨 말을 하는지 깨닫기도 전에, 내 실수를 알아차리기도 전에, 이런 말이 내 입에서 흘러나왔다네.

어머니는 칼을 높이 들고 내게 뛰어들었다가 얼굴에서 몇 센티미터 떨어진 곳에서 멈추셨다네. "너희 아버지한테 일렀다가는 네가 잠들어 있는 동안 빌어먹을 돼지처럼 배를 따버릴 거야. 무슨 말인지 알지? 설탕 스푼으로 눈을 파내서 그 가느다란 목구멍에 쑤셔 넣어서 통째로 삼키게 할 거라고. 방금 딴 포도알처럼 넘어가게 할 거야."

칼날이 두 개로 보일 정도로 코에 가까워졌지.

어머니는 지금까지 내게 손을 대신 적이 없었어.

상처를 입히신 적도 없었지.

하지만 그 순간 나는 어머니 말씀을 믿었다네.

단어 하나까지 완벽하게 믿게 되었어.

어머니는 나직하지만 내 귀에는 쩌렁쩌렁 울리는 목소리로 말을 이었어. "뭐든 너희 아버지한테 이르기만 하면 너도 함께 있었다고 말할 거야. 한두 번이 아니었다고. 네가 동물원 원숭이처럼 자기 물건을 붙들고 구석에 서서 카터 부인을 바라보며 침을 질질 흘리고 있었다고 말할 거야. 네가 가장 은밀한 순간에 창문으로 자기 어머니를 어떤 눈으로 지켜보고 있었는지도. 이 끔찍하고 한심한 애새끼 같으니, 부끄러운 줄 알아야지."

이런 식으로 협박만 당하고 있을 생각은 없었다네. 이번에는 절대로. "그 사진을 찍은 사람은 누군가요, 어머니?"

"뭐라고?"

"못 알아들은 척하지 마세요. 누가 사진을 찍었죠? 카터 씨? 아버지 말씀이 옳은 건가요? 어제 그런 일이 있기 전에도 두 사람 사이에 뭔가 있었나요? 그래서 그렇게 간단하게 따라온 건가요?"

치솟는 분노 때문일까. 어머니 손에 들린 칼이 떨리기 시작했다네. 어머니를 몰아붙이고 있다는 것을, 이제 멈춰야 한다는 것을 알고 있었지만, 도저히 억누를 수 없었어. "카메라 셔터를 누른 사람이 있을 텐데, 제 생각에는 카터 씨였던 것 같네요. 그래서 그 사람을 죽인 건가요, 어머니? 카터 부인을 보호하기 위해서 우리 집으로 끌어들인 게 아니었네요. 그냥 흔적을 지우고 싶으셨던 거죠. 아버지가 결국 진실을 밝혀내실 테니 준비하시는 게 좋을 거예요. 중간에 멈추는 분이 아니라는 건 아시잖아요. 부부는 서로에게 충실해야 하는 거예요, 어머니. 누군지도 모를 사람하고 뭔지도 모를 일을 하면서 다니는 게 아니라요."

어머니의 얼굴은 시뻘겋게 달아올라 있었다네. "나쁜 말을 하면 안 되지, 아들."

"나쁜 일을 하면 안 되죠, 어머니. 오늘 밤에는 우리 모두 규칙을 어겼네요."

어머니는 나이프를 아래로 향하게 한 다음, 그대로 떨어트렸다네. 칼날이 내 발에서 3센티미터도 떨어지지 않은 바닥에 깊이 박혔지. 그러고는 내 방문을 열고 복도로 뛰쳐나가 침실로 돌아가버렸어. 아버지는 이 모든 것을 알아차리지 못한 채로, 소파에서 꼼짝도 않고 크게 코를 골았고.

나는 바닥에서 칼을 뽑고 문을 닫은 다음, 책상 의자를 문고리 아래 밀어 넣어 최대한 단단하게 봉쇄했다네. 문에 자물쇠가 달려 있었지만 나조차도 다섯 살 때 아버지께 문 따는 법을 배웠으니 어머니도 단순한 퀵셋 자물쇠를 처리하지 못할 리 없었지. 창문도 전부 닫은 다음 잠가버렸어. 찌는 듯 더운 밤이었지만, 다른 수가 없었거든. 어머니가 창문으로 들어와 내 침대로 오는 모습이, 한 손에는 스푼을, 다른 손에는 칼을 들고 있는 모습이 보이는 듯했어. "좋은 아침이네, 아들. 아침 먹을 거지?" 어머니가 내 눈에 스푼을 넣고, 배에 칼을 찔러 비틀면서 이렇게 말하는 소리가 들리는 것만 같았어. "네가 제일 좋아하는 음식을 준비했단다."

나는 그 생각을 애써 떨치고, 침대에서 담요와 베개를 끌어내 옷장으로 들어갔다네. 그리고 테니스 신발과 축구공을 비롯해 소년이 가지고 있을 법한 온갖 물건들 사이에 쭈그리고 앉았지.

잠들고 싶지는 않았지만 자야 했어. 끝나려면 멀었으니 휴식을 취해야 했지.

눈을 뜨고 자는 법은 몰랐지만 최소한 시도는 해봤다네. 나는 그렇게 멍하니 침실 문을 바라보면서 악몽 속으로 빠져들었지. 고기용 식칼을 손에 쥔 괴물이 돌아오기를 기다리면서.

50
샘 포터

둘째 날

오전 8:56

"묻고 싶은 게 있으면 물어도 돼."

왓슨은 포터를 돌아보다가, 다시 도로 쪽으로 시선을 돌렸다. "그냥, 말씀하고 싶으시면 말씀하실 거라고 생각했어요. 꼭 그러지는 않으셔도 돼요." 그리고 왓슨은 한참 입을 다물고 있다가, 머뭇거리며 말을 이었다. "내쉬 형사님한테서 이런저런 이야기를 주워듣기는 했어요. 애도의 말을 해야 한다고 생각하기는 했지만 기회가 오지 않았어요. 유감이에요."

"나한테 말할 기회가 없어서 유감이라는 건가, 아니면 내 아내가 죽은 게 유감이라는 건가?"

왓슨의 얼굴이 창백해졌다. "전 그냥."

포터는 의자에 몸을 묻으며 고개를 저었다. "미안. 말이 헛나왔어. 신경이 예민한 탓이지. 정신과 치료를 받아야 하는 걸 알면서도, 필요하다는 걸 알면서도, 몸이 거부했어. 어릴 적에 부모가 뭔가 하라고 명령하면 그게 옳은 말이라는 걸 알면서도 그저 따르고 싶지 않아서 정반대의 일을 하게 되는 느낌이랄까. 내 머릿속에 고집 센 개자식이 들어 있는 거지."

왓슨은 살짝 고개를 끄덕였다. 그는 손에 든 증거품 봉투를 만지작거렸다. 안에 든 회중시계가 달각거렸다. "내쉬 형사님 말로는…… 총에 맞으셨다고요."

포터는 가볍게 고개를 끄덕거렸다. "아침마다, 각자 직장에 가기 전, 함께 커피를 마셨거든. 그날 밤에 보니까 우유가 다 떨어져서, 아내가 커피에 넣을 우유를 사러 가게에 갔지. 나는 침실에서 텔레비전을 보다가 곯아떨어져버렸고. 아내가 집을 나서는 소리도 듣지 못했어. 아마 나를 깨우지 않으려고 했겠지. 일어나 보니 아내의 베개 위에 어딜 간다고 적힌 쪽지가 있더군. 시간이 열한 시 반인데 아내가 오 분 전에 나갔는지 두 시간 전에 나갔는지 알 도리가 없었지. 잠들어 있던 시간은 세 시간이 넘었으니까. 이 일을 하다보면 그런 날이 있어. 뛰고 또 뛰다 쌓인 피로가 단숨에 덮쳐와 무너지는 날. 어쨌든 자리에서 일어나 거실로 나가서 책을 읽으면서 아내를 기다리기로 했지. 20분이 지나자 슬슬 걱정이 되기 시작했어. 보통 한 블록 떨어진 구멍가게로 가는데, 아무리 오래 걸려도 편도 5분이면 충분하니까. 가게 안에서 5분 정도 머문다고 해도 너무 오래 걸리는 셈이었어. 돌아올 시간이 지난 거지. 전화를 걸어보니 음성사서함으로 연결되더군. 나는 직접 그리로 가기로 했어."

그는 눈앞의 도로에 시선을 고정한 채로 잠시 말을 멈추었다.

"번쩍이는 불빛이 있었어. 모퉁이를 돌아 윈저 가로 들어서자마자 점멸하는 불빛이 보였고, 그냥 저절로 알게 되더군. 헤더 때문이라는 걸. 뛰기 시작했지. 가게에 도착하니 건물 전체에 테이프를 붙여서 통제해놓았더군. 순찰차 여섯 대가 도로를 막고 있었어. 나는 테이프 아래로 들어가서 문으로 달려갔는데, 제복 경관 중 하나가 나를 알아본 모양이었어. 내 이름을 외치는 소리가 들렸으니까. 그리고 누군가 내 팔을 잡았고, 뒤이어 다른 손이, 또 다른 손이…… 실제로 일어난 일이 아니라 악몽처럼 느껴지더군."

"쇼크 상태셨을 거예요."

포터는 고개를 끄덕였다. "아마도."

"강도 사건이었나요?"

"그래. 그냥 10대 아이가 벌인 일이었지. 야간 점원으로 근무하던 타레크 말로는, 강도가 들어와서 자기 얼굴에 총을 들이미는 순간 헤더가 가게 뒤편에 있었다더군. 타레크와 내가 알고 지낸 지는 사 년이 넘었어. 좋은 친구야. 20대 후반에, 집에는 아내와 아이 둘이 있지. 어쨌든 타레크 말로는 녀석이 자기 쪽으로 총을 겨누고 계산대를 비우라고 했다더군. 전에도 강도를 당한 적이 있어서 시비를 걸지 않는 편이 낫다는 걸 알았고, 따라서 현금을 꺼내기 시작했다고 했어. 대충 300달러 남짓에 잔돈이 조금 있었다더군. 타레크 말로는 그 꼬마가 끔찍할 정도로 떨고 있었다는데, 가장 위험한 부류의 강도지. 차분한 놈들은 사업상 거래를 하듯 일을 처리하거든. 모두가 자기 역할을 충실히 수행하기만 하면 안전하게 끝내고 나갈 수 있는 거야. 하지만 불안에 떠는 놈들은 완전히 달라. 타레크 말로는 그놈은 총을 똑바로 들지도 못할 정도여서, 쏴버릴 게 분명해 보였다는 거야. 실제로 그런 일이 벌어지긴 했지만, 총에 맞은 사람은 타레크가 아니었지. 시야 구석에서 움직이던, 가게에 들어올 때에는 보지 못했던 여자를 쏴버린 거야. 너무 깜짝 놀라서 그만 방아쇠를 당겨버린 거지. 총알은 헤더의 오른쪽 가슴 아래로 뚫고 들어가 쇄골하동맥을 뚫고 반대편으로 빠져나왔어."

왓슨은 고개를 숙이고 자기 손을 바라보았다. "출혈 때문에 순식간에 사망하셨을 거예요. 어쩔 수 없었을 거예요."

포터는 코를 훌쩍인 다음 루스벨트 가로 거칠게 좌회전을 했다. "총을 쏜 녀석은 돈도 안 챙기고 도망쳐버렸어. 타레크는 911에 신고하고 출혈을 막으려 했지만, 자네가 말한 대로…… 어찌해볼 수가 없었고."

"정말 안타까워요."

"진짜 재밌는 게 뭔지 알아? 그날 밤 퇴근하는데 우유가 거의 떨어졌다는 게 떠올랐어. 잠깐 가게에 들러서 사려다가 가까이 가보니 가게가 너무 북적이는 것 같아서 그냥 집에 왔어. 조금 있다 사러 와야겠다고 생각하면서. 믿을 수 있나? 줄 서서 몇 분 기다리기 귀찮아서, 내가 그 정도로 빌어먹게 게을러서…… 헤더를 잃은 거야."

"그런 생각 마세요."

"지금은 무슨 생각을 해야 할지도 모르겠어. 뭘 하지 말아야 할지도 모르겠고. 아파트에 앉아 버틸 수도 없었고. 복도에서 마주치는 이웃은 전부 동정하는 눈빛으로 날 보고, 모두가 어떻게든 날 건드리지 않으려고 최선을 다하고. 전부 어딘가 엇나가 있어. 심지어 지금 이 짓거리도." 포터는 그들 사이의 공간에 대고 손을 흔들어 보였다. "자네를 데려오는 게 내쉬나 노튼을 데려오는 것보다 견딜 만할 거라고 생각했는데, 별로 다를 게 없군. 마음속 한켠에서는 그녀에 대해 알지 못하던 사람에게 이 일을 털어놓고 싶어하는데……. 다른 쪽에서는 아예 이야기를 꺼내는 것조차 싫어해. 나머지는 뭘 할지 감조차 잡지 못하고. 강력반에서 일하면서 지금까지 수많은 사람들에게 사랑하는 사람의 죽음을 알려왔는데, 정작 나는 먹먹하기만 하고 도저히 마음을 가다듬을 수가 없어. 23년 동안 사람들한테 나쁜 소식을 알리면서 살아왔는데. 이런 종류의 고통은 삶의 일부가 된 줄만 알았는데. 즉석에서도 두세 가지 방식으로 부고를 알릴 수 있을 정도였다면 믿겠어? 내쉬하고 나는 25센트 동전을 던져서 누가 할지 정하곤 했어. 지는 쪽이 부고를 전하는 거지. 무슨 일이 일어났는지 알리고, 그들의 가족이 더 나은 곳으로 갔다고 말하고, 이제 접어두고 개인적 비극을 견뎌내야 한다고 설득하고, 시간이 약이 될 거라고 말하곤 했지. 그런데 이런 상황이 되니까 그게 전부 개소리로밖에 들리지 않는거야. 내가…… 내가 헤더를 잃게 되니까……. 젠장, 말만 꺼내는데 목이 메잖아. 아내는 이런 모습을 보고 싶지 않을 텐데. 좋은 추억만 생각하고 지난 몇 주 동안 있었던 일은 잊어버리라고 말할 텐데. 그동안의 일이 우리 관계의 전부처럼 생각하지는 말라고 할 텐데. 하지만 그럴 수가 없어. 그러고 싶지. 아내의 물건을 볼 때마다, 다 읽지는 못할 책을, 누구도 다시 사용하지 않을 칫솔을, 던져놓은 빨랫감을, 우편물을 볼 때마다……. 일주일에 한 번씩 스크래블을 했는데, 마지막으로 한 게임이 아직도 테이블 위에 펼쳐져 있어. 도저히 치울 수가 없더라고. 계속 그녀의 알파벳 조각을 보면서 다음으로 어떤 단어를 만들었을까 하는 생각만 해. 한밤중에 깨어나서 아내의 자리 쪽으로 손을 뻗어서는 차갑게 식은 시트만 발견한다고."

그는 기어를 바꾸고 우회전하려고 속도를 줄이던 택시 한 대를 거칠게 추월한 다음, 버거킹에서 빠져나오는 미니밴을 피해 왼쪽으로 핸들을 꺾었다.

"경찰등을 켜는 게 좋을지도 모르겠네요." 왓슨이 제안했다. "원하신다면 제가 운전해도 되고요."

포터는 셔츠 소매로 눈가를 훔쳤다. "아니, 괜찮아. 괜찮을 거야.

자네가 차에 오르기 전에 경고했어야 했는데. 이런 이야기는 초보 CSI 요원이 아니라 정신과 상담의한테 해야 하는 거지. 자네가 이런 일까지 하려고 월급을 받는 건 아니잖아."

"누군가에게는 털어놔야 하잖아요. 그래야 상처가 낫죠. 그렇게 품고 있으면 종양처럼 커져가는 거예요."

포터는 웃음을 지었다. "자네 정말로 정신과 의사처럼 말하는군. 우리가 만난 이후로 가장 길게 말한 것 같은데."

"심리학 학위도 있거든요." 왓슨은 수줍게 말했다.

"진담인가? 잠깐, 학위'도'라고?"

젊은이는 고개를 끄덕였다. "지금 세 번째 학위를 준비하는 중이에요."

포터는 바뀌기 직전의 노란 신호등을 그대로 뚫고 나가 대로로 합류하는 폭스바겐을 피하기 위해 거칠게 꺾었다.

포터가 3단 기어를 넣고 맨 왼쪽 차선에서 우회전을 시도하며 빨간 뷰익을 거의 스치고 지나가는 동안, 왓슨은 손이 하얗게 될 정도로 주먹을 꾹 쥐었다. "아무래도 제가 몰아야 할 것 같은데요. 경감님이 저보고 운전하라고 하셨어요."

"거의 다 왔어."

"애초에 가는 게 형사님에게 최선인지도 잘 모르겠어요."

"가지 않는다는 선택지가 없을 뿐이야. 놈이 범인이라면 내 눈으로 확인해야겠어."

그들은 50번가로 진입해 경찰서 앞에서 급정거했다. 포터는 차저를 장애인 주차구역에 간신히 세우고 경찰 표지판을 대시보드 앞에 놓았다. 그리고 어깨 권총집에서 베레타를 꺼내 운전석 밑으로 넣었다. 그는 왓슨이 든 회중시계를 흘끔거리며 물었다. "자네 삼촌 가게가 어디라고 했지?"

"웨스트벨몬트 가에 있는 '시간에 묻힌 골동품과 수집품'이라는 이름의 가게예요."

"그건 가지고 가지." 포터가 말했다. "증거품을 차에 두고 가고 싶지는 않으니까."

왓슨은 포터에게 시계를 건넸고, 포터는 주머니에 넣었다.

"이게 정말로 좋은 생각일까요?" 왓슨이 물었다.

"끔찍한 생각이 분명하지만, 그래도 내 눈으로 직접 봐야겠어."

51
일기

나는 거칠게 문 두드리는 소리에 잠에서 깨어났어.

차가운 나무 바닥에서 쪼그리고 잔 덕분에 목과 등이 빼근하더군. 나는 억지로 자리에서 일어나 기지개를 켜면서 사지에서 고통을 몰아내려 했다네. 손가락은 아직도 고기용 식칼을 쥐고 있었지. 손잡이를 너무 꽉 쥐고 있어서 말 그대로 반대쪽 손으로 하나씩 떼어내야 할 정도였어.

나는 칼을 침대 옆 탁자에 내려놓았다네. 어제 입은 옷을 그대로 입고 있었지. 해는 떠 있었지만 몇 시인지 알 수 없었어.

다시 문 두드리는 소리가, 처음보다 더 크게 들렸다네.

현관에서 들려오고 있었어.

나는 문고리 아래 의자를 빼고 문을 아주 살짝 열어보았다네.

아버지(와 빈 버번 병)의 모습은 보이지 않았어. 복도 맞은편에 있는 부모님 침실은 열려 있고, 침대도 정리되어 있더군. 침대를 쓴 사람이 있어도 이미 자리를 뜬 것이 분명했지. 집은 묘할 정도로 조용했어.

"어머니? 아버지?"

불길한 정적 속에서 내 목소리는 의도한 것보다 더 크게 울리는 것 같았다네.

아버지는 출근하신 걸까? 날을 세는 것도 잊어버렸어. 월요일 같았지만 확신할 수 없었지.

다시 문 두드리는 소리가 들렸어.

나는 현관 쪽으로 가서 창문 커튼을 젖혔어. 베이지색 트렌치코트에 구겨진 양복을 입은, 일흔 살 정도 되어 보이는 덩치 큰 남자가 현관에 서 있더군. 그는 나를 내려다보더니 반짝이는 은빛이 보이도록 왼손에 배지를 들었어.

나는 커튼을 놓고, 심호흡한 다음, 문을 열었지.

"좋은 아침이다, 얘야. 부모님 계시냐?"

나는 고개를 저었다네. "아버지는 출근하셨고, 어머니는 장을 보러 가셨어요."

"어머니가 돌아오실 때까지 잠시 기다려도 될까?"

두 분 모두 어디로 갔는지 모르는 상황이어서 괜찮다고 말하는 건 현명한 행동이 아닐 것 같았어. 어머니가 지하실에서 짐작도 안 되는 일을 카터 부인에게(아니, 함께?) 하고 계실지도 모르잖아. 위로 올라오셔서 집 안에 낯선 사람이 있는 걸 발견하면 어머니가 어떻게 하실까? 배지를 가진 낯선 사람을?

"얼마나 있어야 돌아오실지 모르겠는데요." 나는 이렇게 말했지.

그는 한숨을 쉬고 코트 소매로 이마를 훔쳤다네. 이렇게 날이 더운데 양복에 코트까지 입고 있다니 참 이상해 보이더군. 혹시 총을 숨기기 위한 건 아닐까? 나는 그의 투실투실한 팔 아래 겨드랑이 권총집에 44구경 매그넘이 들어 있는 모습을 상상해보았다네. 옛날 영화 속에서 더티 해리가 가지고 다니다가 핀을 떨어트리는 소리만 나도 바로 뽑아 쏘던 그런 총. 모든 경찰은 속으로는 더티 해리처럼 되고 싶은 것 아니던가?

눈앞의 경찰은 더티 해리와는 조금도 닮은 구석이 없었다네. 심각할 정도로 과체중이었고, 오래전 머리카락이 떠난 자리에는 주름살과 검버섯으로 뒤덮인 커다란 머리만 남아 있었지. 눈은 젊은 시절에는 푸른색이었겠지만 이제는 물 탄 유리 세정제 같았고. 턱에는 수없이 주름이 잡혀 있었는데, 구겨진 피부가 마치 샤페이 강아지나 볕에 내놓은 채 잊어버린 사과처럼 보였다네.

"제가 도와드릴 일이 있나요?" 나는 그가 사양할 거라는 걸 잘 알면서도 이렇게 물었다네. 어른들은 아이의 도움을 받아들이는 법이 없거든. 애초에 존재 자체를 알아채지 못하는 어른들도 많다네. 어린아이는 애완동물이나 노인과 마찬가지로 삶의 배경 속으로 녹아들지. 아버지는 언젠가 열다섯 살부터 예순다섯 살 사이의 사람은 세상의 눈에 뚜렷하게 보이게 마련이라고 말씀하셨다네. 그보다 더 나이를 먹으면 천천히 흐릿해지다가 망각 속으로 사라지는 거지. 그보다 어리면? 글쎄, 아이는 투명한 상태에서 시작해서 천천히 형체를 갖추어가다가, 10대 중반이 되면 가시영역에 들어서며 세계와 합류하는 거겠지. 어느 순간 세상에 짠 하고 등장해서 사람들의 관심을 끌고, 고려할 만한 존재가 되는 거야. 그 순간이 내게도 다가오고 있다는 걸 알았지만, 아직 도래한 것은 아니었다네.

"글쎄, 그럴지도 모르겠구나." 유감스럽게도 남자는 이렇게 말했다네. 그는 소매를 머리로 들어올려 귀를 타고 흘러내리는 땀을 닦아내고는, 카터 부부의 집을 향해 고갯짓했지. "너희 이웃을 마지막으로 본 게 언제냐?"

나는 최대한 무관심을 가장하며 그쪽으로 고개를 돌렸다네. "이틀 정도 됐는데요. 여행을 간다고 해서, 카터 부인한테 화분에 물을 주겠다고 약속했어요."

나쁘지 않은 이야기였어. 말이 되는 이야기였지. 하지만 문제가 하나 있었어. 말이 입 밖으로 나오자마자 나는 이런 생각을 할 수밖에 없었다네. 카터 부인이 화분을 가지고 있던가? 지금 집 안을 볼 수는 없지만 아버지는 마음의 눈으로 주변 사물을 기억하는 법을 가르쳐주셨고, 그에 따르면 그 집에 화분은 단 하나도 없었다네.

"꼬마 식물학자인 모양이지?"

"뭐라고요?"

"식물학자. 식물을 연구하는 사람 말이다." 그는 이렇게 대답했다네. 머리 옆으로 땀이 더 흘렀고, 나는 그쪽을 바라보지 않으려고 애썼다네. 사실 어디에도 시선을 두지 않으려 애썼지.

"아뇨, 식물을 연구하지는 않아요. 물만 주죠. 물 주는 데 과학 같은 건 필요 없잖아요."

"그렇겠지." 그의 시선이 나를 지나쳐 거실을 훑더군.

어머니가 거기 계신 걸까? 계속 지하실에 계시다가 이제 올라오는 걸까?

"물 한 잔 줄 수 있겠니?"

입가에서 흘러내린 땀이 턱선을 타고 내려가다 셔츠로 떨어지는 모습이 보였다네. 문득 손을 뻗어 그의 옆 머리에 남은 끈적한 소금물의 궤적을 닦고 싶다는 충동이 들었지만, 행동에 옮기지는 않았다네. "알았어요, 하지만 밖에서 기다리셔야 해요. 낯선 사람을 집에 들이면 안 된다고 하셨거든요."

"정말 조심성 많은 아이로구나. 가정교육을 훌륭하게 받은 모양이야."

나는 남자를 문가에 남기고 물을 가지러 부엌으로 갔다네. 싱크대까지 가기 전에 문을 닫지 않았다는 사실이 떠오르더군. 닫은 다음에 단단히 잠가놓았어야 했는데. 원한다면 얼마든지 집 안으로 들어올 수 있을 텐데. 그렇게 대담하게 무단침입할 만한 사람이면 당연히 지하실에도 가볼 테고, 그러면 지난 며칠 동안 무슨 일이 있었는지 알려주고 싶어 안달이 나 있는 카터 부인을 만나게 되겠지.

비명을 지르면 어쩐다?

지금 비명을 지르면 안 되는데. 문가에 서 있으면 확실히 들을 수 있을 텐데.

그 남자를 해치고 싶지는 않았지만 어쩔 수 없는 상황이 될지도 모르지. 그런 상황이 오면 충분히 실행에 옮길 생각이었다네.

나는 뒤를 돌아보고 싶은 욕구를 간신히 눌렀다네. 그랬다가는 내 눈빛 속 두려움이 읽힐 테니까. 아버지는 그런 감정을 감추는 법을 가르쳐주셨지만, 경찰을 속일 정도로 잘할 자신은 없었거든. 저렇게 흐리멍덩한 눈에 폭신한 배를 가진 사람이라도 경찰은 경찰이니까.

나는 건조대에서 유리컵을 하나 꺼내어 시원한 수돗물을 받은 다음 현관 쪽으로 돌아가면서, 남자가 여전히 현관에 선 채 수첩에 뭔가 적는 것을 보고 느낀 안도감을 애써 숨겼다네.

"여기 있어요, 아저씨." 나는 이렇게 말하며 컵을 건넸어.

"정말 예의 바른 아이로구나." 그는 이렇게 대답하며 컵을 받았지. 그리고 이마에 대고 누른 다음 주름진 피부를 따라 천천히 굴리고는, 마침내 입가로 내려서 한 모금 홀짝이고 입가를 닦았다네. "아, 딱 이런 게 필요했어." 그는 이렇게 말하고 컵을 다시 내게 건넸다네.

정말로 물이 필요했던 걸까, 아니면 우리 집 안을 조금 더 세세히 살펴볼 시간이 필요했던 걸까?

"어디로 간다고는 말하더냐?"

나는 얼굴을 찌푸렸지. "말씀드렸잖아요. 아버지는 출근하셨고 어머니는 장 보러 가셨다고요."

"아니, 너희 이웃 말이다. 휴가를 갔다고 하지 않았니. 어디로 간다고 말하지 않더냐?"

"여행 간다고만 했는데요. 휴가를 간 건지는 몰라요. 휴가를 간 걸 수도 있겠네요."

그는 슬쩍 고개를 끄덕였다네. "네 말이 맞구나. 그런 식으로 함부로 결론을 내리면 곤란하겠지."

맞는 말이었다네. 딕 트레이시 만화를 많이 읽은 덕분에 훌륭한 수사관은 함부로 결론을 내리지 않는다는 사실은 잘 알고 있었지. 수사관은 증거를 추적하는 사람이니까. 증거는 사실로 이어지고, 사실은 진실로 이어지게 마련이지.

"그게, 카터 씨의 직장에서 우리 쪽으로 연락을 했단다. 출근도 하지 않고 전화도 안 한 데다, 그쪽에서 전화를 걸어도 받지 않는다고……. 걱정이 된 모양이라 가서 상황을 확인하고 별 일 없는지 알아보겠다고 했지. 창문으로 들여다보기는 했는데 딱히 염려할 만한 느낌은 없던데. 큰일이 난 낌새는 없었어."

"여행을 갔어요."

그는 고개를 끄덕였다네. "여행을 갔다. 그래, 아까 그랬지." 그는 코트를 벗어서 한쪽 팔에 걸었다네. 겨드랑이에 땀자국이 크게 번져 있더군. 총은 없었어. "문제는, 화분에 물을 주라는 말은 했는데 우편물이나 신문을 챙겨달라는 말을 안 했다는 게 조금 이상하다는 거다. 슬쩍 보니 우편함은 넘쳐 흐르고, 진입로에는 신문이 두 통이나 나뒹굴고 있더구나. 집을 비울 때 사람들이 제일 먼저 신경 쓰는 게 그쪽이거든. 우편물하고 신문을 챙겨줄 사람을 구한단 말이지. 우편물이 쌓이면 도둑에게 빈집이라는 신호를 주는 거나 다름없으니까."

"차가 없잖아요." 왠지는 모르지만 나는 이렇게 불쑥 내뱉었다네. "자기네 차를 타고 떠났다고요."

그는 빈 진입로를 바라보며 말했지. "차를 타고 떠났다 이거지."

상황이 골치 아파지기 시작했어. 나는 바지 주머니에 손을 넣어 손에 익은 나이프를 쥐려 했지만, 그곳에 없었다네. 있었다면 그의 목을 그어버렸을 텐데. 잘게 접힌 턱살을 단숨에 잘라서 피가 분수처럼 나오게 했을 텐데. 나는 손이 빨랐거든. 빠르다는 걸 알고 있기도 했고. 하지만 충분히 빠르기는 한 걸까? 이 뚱보 남자 정도는 반응할 틈도 주지 않고 죽일 수 있겠지? 아버지라면 내가 이 남자를 죽이기를 원하셨을 거야. 어머니도 그렇고. 분명 그러셨겠지. 하지만 내 손에는 나이프가 없었어.

그는 내 쪽으로 몸을 기울였어. "열쇠는 있지?"

"무슨 열쇠요?"

"카터 씨네 집 열쇠 말이다. 안에 들어가야 할 것 아니냐? 화분에 물을 주려면?"

배 속이 울렁거리기 시작했어. "그렇죠."

"안에 좀 들여 보내줄 수 있겠니? 슬쩍 한번 둘러보려고 그런

다."

그럴 수 있겠다는 생각이 들었어. 아버지가 원하시는 일 아닐까? 그래서 집 안을 꾸며놓은 게 아닐까? 문제는 하나. 열쇠가 있다고 말은 했는데 실제로는 가지고 있지 않았던 거야. 아버지께서 종종 하시던 말씀대로, 말 앞에 수레를 매단 꼴이었지. 생각을 하지 않고 지껄이다 보면 항상 자기 무덤을 파게 된다니까.

"사람들이 걱정하고 있단다. 무슨 일이 벌어졌을 수도 있으니까."

"여행을 갔어요."

그는 고개를 끄덕였지. "아까도 말했지."

"아저씨는 경찰이잖아요. 그냥 문을 따고 들어가면 안 되나요?" 나는 이렇게 물었다네.

그는 고개를 갸웃했지. "내가 경찰이라고 말했던가?"

그랬던가? 생각해보니 직접 말하지는 않은 것 같았어. "경찰처럼 보이잖아요."

그는 손을 올려 턱을 문질렀다네. "그런 모양이로구나."

"게다가 카터 씨가 출근하지 않았다고 연락을 했다면서요. 경찰이 아니면 또 누굴 부르겠어요?"

"초보 식물학자일 뿐 아니라 탐정이기도 한 모양이로구나."

"그래서 왜 그냥 문을 따고 들어가지 않는 건데요?"

그는 어깨를 으쓱해 보였다네. "우리 경찰이 움직이려면 그럴 만한 사유가 필요하거든. 진입할 만한 사유 없이 들어갈 수 없단다. 물론 네가 나를 들여 보내준다면 이야기가 달라지지. 네가 자발적으로 나를 들여 보내준다면 일은 모두 해결되고 아무 문제도 생기지 않는 거란다. 그냥 잠시 보고 떠날 테니까."

"그런 건가요?"

"그런 거지." 그는 윙크를 건넸다네. 땀은 멎었지만 얼굴에는 아직도 붉은 반점이 가득했어.

나는 잠시 생각해보았다네. 나쁘지 않은 제안 같았어. 분별 있는 제안이었지.

그런데 이 사람이 경찰이라면, 왜 총을 가지고 있지 않은 걸까?

"배지 다시 보여주실 수 있나요?" 돌이켜보니 그가 꺼낸 물건은 그 순간 배지처럼 보였고, 색깔과 모양도 비슷했지만, 그게 진짜라는 보장은 어디에도 없었다네. 애초에 텔레비전에서 본 것 말고는 진짜 경찰 배지를 본 적도 없고. 보통 멋지게 생긴 지갑 안에 신분증과 함께 지니고 다니지 않던가? 그런데 그의 배지는 지갑에 들어 있지 않았지. 물론 진짜일 수도 있지만, 15센트면 살 수 있는 장난감 배지일 가능성도 있었어.

그는 고개를 갸웃하며 입술 끝으로 슬쩍 미소 짓더군. 그러고는 다시 뒤춤으로 손을 가져가다가, 잠시 머뭇거리더니 팔을 내렸다네. "그게 말이다, 아무래도 조금 있다 너희 부모님이 계실 때 돌아와서 대화하는 편이 나을 것 같다. 카터 부부가 어디로 그…… 여행을 갔는지를 알아내야 하니까."

그의 표정도 어딘가 달라졌다네. 얼굴은 험악해지고, 눈에는 불길한 기운이 깃들었지. 나는 물러서고 싶은 충동을 애써 눌렀다네. "그게 나을지도 모르겠네요."

그는 나를 향해 고개를 까딱해 보이고 자동차 쪽으로 걸음을 옮겼다네. 오래된 플리머스 더스터였지. 에메랄드색이었어. 경찰이 탈 만한 차는 아니라는 생각이 들더군. 하지만 좋은 클래식 자동차이기는 하지. 디트로이트의 최상품 중 하나니까.

카터 씨네 정원을 절반 정도 가로지르다, 그 남자는 걸음을 멈추고 뒤를 돌아보며 소리쳤다네. "여기 신문 치우고 우편함도 정리하는 게 좋겠구나. 골치 아픈 친구들이 이 집에 사람이 없다는 걸 알면 곤란하니까. 게다가 바로 옆집에 네가 혼자 있다는 것까지 들킬지도 모르지. 이 동네에도 고약한 사람들이 있거든. 알겠지, 꼬마 친구."

나는 문을 닫은 다음 단단히 잠갔다네.

52
클레어 노튼

둘째 날

오전 9:23

노튼은 탤벗이 취조실의 알루미늄 의자에 앉은 채 몸을 뒤척이는 모습을 단방향 거울 뒤에서 지켜보았다. 그는 의자를 테이블 쪽으로 끌려고 했지만, 의자는 바닥에 단단히 고정되어 있었다. 노튼은 종종 그것이 설계자의 의도가 아닐까 의심하곤 했다. 의자를 편안하게 앉을 수 있는 거리보다 살짝 더 떨어진 위치에 고정해놓아서, 좁은 방에 갇혀 있다는 불편한 상황을 증폭시키는 것. 내쉬와 포터가 어제 휘튼에서 만난 변호사 루이스 피시먼이 그 옆에 앉아 있었다. 골프복 대신 깔끔한 암회색 양복을 차려입었는데, 그녀의 혼다 시빅보다도 더 비싸 보였다. 탤벗은 흰색 와이셔츠에 카키색 바지를 입고, 눈부시게 반짝이는 롤렉스를 차고 있었다.

"포터가 이 자리에 있었어야 하는데." 내쉬는 탤벗에서 눈을 떼지 않은 채로 노튼 옆자리에 앉으며 말했다.

"그러게요."

피시먼은 몸을 숙이고 자기 고객의 귓가에 뭔가를 속삭인 다음, 단방향 거울 쪽을 불안이 섞인 눈초리로 바라보았다.

"자기가 왜 여기 있는지 아는 것 같아?" 내쉬가 물었다.

노튼은 어깨를 으쓱했다. "저런 사람이 저질렀을 만한 온갖 죄 때문에? 분명 지금 머릿속으로 자신이 저지른 짓을 열심히 훑고 있겠죠. 변호사는 법률 청구서를 생각하며 군침을 흘리고 있을 테고요. 벌써 레이크 제네바에 새 여름 별장을 골라놓았을지도 몰라요."

비좁은 관찰실에 우겨넣은 테이블에서, 기술팀 직원이 그들에게 고개를 끄덕였다. "녹음 시작했습니다. 준비되면 바로 들어가시죠."

내쉬는 그쪽으로 고개를 끄덕이고 노튼을 돌아보았다. "어떤 식으로 갈까?"

"평소대로 하죠. 굿 캅, 배드 캅." 그는 이렇게 대답하며 먼저 자신을, 그다음엔 내쉬를 엄지로 가리켰다. 그리고 내쉬가 미처 반응하기도 전에 커다란 서류함을 들고 문을 열고 취조실로 들어섰다.

탤벗과 변호사는 함께 고개를 들고 그녀를 바라보았다.

"신사분들, 갑작스런 소환 요청에 응해주셔서 정말 감사합니다." 노튼은 이렇게 말하며 테이블에 상자를 내려놓고 그들 맞은편에 앉았다. 내쉬도 그 옆에 앉았다.

"에머리를 찾은 겁니까?" 탤벗이 불쑥 물었다.

"아직 아닙니다. 하지만 많은 사람들이 따님을 찾고 있습니다."

피시먼은 커다란 상자를 힐끔 바라보았다. "그럼 탤벗 씨를 왜 이리 부른 거죠?"

"마지막으로 건터 허버트를 보신 게 언제입니까?"

탤벗은 고개를 꼬았다. "우리 CFO? 나도 모릅니다. 며칠 됐을 텐데, 내가 그동안 출근을 안 해서. 왜 묻는 겁니까?"

내쉬는 마닐라 폴더를 탁자에 내려놓고는 활짝 펼쳤다. 광택 나는 사진들이 그들을 마주보았다. "우리가 최근에 만나봤는데, 상태가 별로 좋지 않더군요."

"아, 세상에." 탤벗은 사진을 정면으로 보지 않으려고 고개를 돌렸다.

피시먼은 내쉬를 쏘아보았다. "당신 대체 뭐가 문제인 거요? 이게 건터가 맞기는 한 거요, 아니면 장난을 치고 싶은 거요?"

"아, 건터는 맞아요."

"무슨 일이 벌어진 겁니까?" 탤벗은 사진을 내려다보고 싶지 않은지, 앞을 응시하며 물었다.

노튼은 어깨를 으쓱했다. "검시관이 사인을 알아내기 위해 노력하고 있습니다만, 적어도 자살한 것이 아니라는 점은 거의 확신할 수 있습니다. 호안에 있는 멀리팩스 건물을 알고 계십니까, 탤벗 씨?"

피시먼은 손을 들어 고객의 말을 가로막았다. "왜 묻는 거요?"

내쉬는 앞으로 몸을 기울였다. "그쪽 CFO가 그곳 지하실에서 쥐 떼에게 먹히고 있었기 때문이죠."

탤벗의 얼굴이 창백해졌다. "그래서 저렇게…… 어쩌다 그렇게 된 겁니까?"

피시먼은 그를 쏘아보고 내쉬 쪽으로 시선을 돌렸다. "탤벗 씨 소유의 사업체가 그 건물을 구입했습니다. 그곳을 방문하셨을 거라는 말은 아닙니다만, 설령 그랬다 해도 단순히 건물의 가치를 평가하기 위해서였을 겁니다."

"사실인가요, 탤벗 씨?" 노튼이 물었다.

"그렇다고 말했잖소." 피시먼이 소리쳤다.

"직접 듣고 싶은데요."

탤벗은 피시먼을 돌아보았다. 변호사는 잠시 생각하다 고개를 끄덕였다.

"몇 달 전에 건터를 데리고 갔습니다. 루이스가 말한 것처럼 우리 회사에서는 그 지역의 건물 몇 채를 매입할 계획이었고, 시에서 철거 예정지로 지정해놓은 지역이었습니다. 건물을 개조해 아파트로 사용할지, 아니면 시에서 철거한 다음에 대지를 매입할지를 결정해야 했습니다." 그는 설명했다.

"피해자가 홀로 그곳에 갈 만한 이유를 생각하실 수 있습니까?"

"원숭이 킬러가 한 짓 아닙니까?"

"제 질문에 대답하지 않으셨습니다, 탤벗 씨."

"설령 이유가 있었다 해도 그런 요구를 한 적은 없습니다. 그곳에 갔다면 자발적으로 한 일이었겠죠."

"원숭이 킬러 짓입니까?" 피시먼이 고객의 질문을 반복했다.

노튼은 어깨를 으쓱했다. "그럴 수도 있고, 아닐 수도 있습니다."

"그게 무슨 뜻입니까?"

"그쪽 고객께서 CFO를 제거할 만한 이유가 있었을지도 모른다는 거죠. 딸내미도 그렇고." 내쉬가 말했다.

탤벗의 입이 떡 벌어졌다. "어떻게 감히 그런 말을! 내가 대체 왜!"

노튼이 그의 말을 잘랐다. "왜 지금까지 에머리의 존재를 숨기신 겁니까, 탤벗 씨?"

피시먼이 손을 들었다. "대답할 필요 없습니다, 아서."

노튼은 그가 어제 사용했다고 기록된, 보다 친근한 호칭인 '아티'를 더는 사용하지 않는다는 점에 주목했다.

"숨긴 게 아닙니다." 탤벗은 성난 눈으로 변호사를 노려보며 대답했다. "에머리는 자기 엄마가 죽은 후 아주 힘든 시간을 보냈습니다. 그 아이가 내 곁에 있지 않는 쪽이 나을 것이라고 결정했습니다. 나는 항상 언론에 노출되죠. 기자들이 아이 사진을 타블로이드지 표지마다 뿌렸을 겁니다. '억만장자의 사생아 등장!' 이런 헤드라인과 함께. 도시 곳곳으로 아이를 쫓아다니면서 괴롭혔을 겁니다. 대체 왜 딸아이를 그런 위험에 노출시켜야 한단 말입니까? 그런 꼴을 당하는 건 카네기만으로 충분하지 않습니까? 나는 에머리에게 정상적인 삶을 주고 싶었습니다. 훌륭한 교육을 받고, 가족을 꾸리고, 내 그림자에 짓눌리지 않고 자기 힘으로 뭔가를 이루게 하고 싶었습니다." 그는 노튼을 정면으로 바라보며 말했다. "하지만 만약 그 아이가 자신의 존재를 드러내고 싶었다면 나는 두말않고 그 아이를 지지했을 겁니다. 어쩌다 이런 빌어먹을 상황이 된 거죠. 혹시 형사님은 아이가 있습니까?"

"없습니다만."

"그렇다면 형사님은 이해하지 못할 것 같군요. 아이를 갖게 되면 삶은 자기 자신에 대한 것이 아니라 오로지 아이를 위한 것이 됩니다. 아이를 위해서는 뭐든 하게 되죠. 버로우 여사와 이 주제로 대화한 적이 있는데, 나한테 아주 단순한 질문을 던지더군요. '에머리가 도로 한가운데에 서서 차에 치이기 직전이라면, 목숨을 던져서 그 아이를 구하실 건가요?' 나는 조금도 망설이지 않고 그럴 거라는 사실을 깨달았습니다. 하지만 내 아내에 대해 같은 질문을 던지자 망설이게 되더군요. 그 대화 덕분에 많은 것을 깨달았습니다. 세상에서 자기 아이만큼 소중한 사람은 존재하지 않는다는 것. 심지어 자기 자신보다도요. 아이를 보호하기 위해서라면 뭐든 할 수 있게 됩니다."

"따님이 납치된 이유가 뭐라고 생각하십니까?" 노튼이 물었다.

피시먼은 눈을 가늘게 떴다. "원숭이 킬러가 납치한 이유를 묻는 거요?"

"원하신다면 그걸로 가죠." 노튼은 어깨를 으쓱했다. "원숭이 킬러가 굳이 혼외관계에서 가진 따님을 목표로 삼은 이유가 뭘까요?"

탤벗은 얼굴이 붉게 달아올랐지만 평온한 목소리를 유지했다. "그쪽이 수사관일 테니 내게 말해주는 편이 어떻습니까."

노튼은 흰 상자에 손을 올려놓았다. "지금까지 몇 년 동안 원숭이 킬러를 추적하며 알게 된 일 중 하나는, 그가 명확한 목적이나 염두에 둔 결말 없이 일을 벌이지 않는다는 겁니다. 일단 목표가 되었다는 건 그자가 보기에 죄가 있고 처벌이 필요한 사람이라는 뜻이지요. 직접적으로 해를 입히는 대신 딸을 납치하는 겁니다. 묘한 점은 그자가 아무도 모르던 딸을, 적법한 탤벗 가문의 상속녀 대신 탤벗 제국에서 완벽하게 유리되어 있던 아이를 선택했다는 겁니다. 다른 따님인 카네기 양은 상당히 사교적인 아이더군요. 버릇없고 돈 많은 애송이인 데다……."

"말조심하시오, 형사." 피시먼이 말했다.

"버릇없고 돈 많은 애송이인 데다 도시를 구석구석 헤집고 다니며 아빠 돈을 멋대로 뿌리지요. 그 아이를 납치하면 대중매체의 관심을 끌 수 있었을 겁니다. 보통 많은 관심이 쏠린 게 아니었을 테니 필리핀에서 신문을 사도 기사 한두 건은 발견할 수 있었을 테죠. 범인이 원하는 게 그런 거 아닙니까? 다른 사건을 검토해보면 최대한 큰 충격을 줘서 언론의 주목을 받도록 노력했습니다. 그런데 이번에는 평소의 행동 방식을 깨고 알려지지 않은 딸을 납치했죠. 세상에서 동떨어진, 탑 속에 가둬놓은 에머리 양 말입니다. 그 이유가 무엇이라 생각합니까?"

탤벗은 자기 변호사를 힐끗하고 다시 노튼을 보았다. "대중매체에서 에머리에 대해 알아내고 그 아이가 누군지를 알리게 되면 카네기를 데려갔을 때보다 더 큰 이야깃거리가 될 거라고 생각해서가 아니겠습니까."

노튼은 고개를 한쪽으로 기울이고 그 말을 곱씹어보았다. "물론 저라도 그런 생각부터 했겠지만, 저는 그자가 그보다는 영리하다고 생각합니다. 카네기 대신 에머리를 선택한 이유가, 애초에 선생님을 목표로 정한 이유까지 설명해줄 수 있는 명확한 이유가 존재할 거라고 생각하거든요." 그녀는 손을 뻗어 상자 뚜껑을 두드렸다. "무어링 쪽에서 무슨 일이 벌어지고 있는지 말씀해주실 생각 없으십니까, 탤벗 씨?"

탤벗은 불편한 듯 몸을 뒤척였다. 그리고 피시먼과 시선을 교환하고 상자를 노려보았다. "무어링 말입니까?" 그는 갈라지는 목소리로 되물었다.

"한 마디도 하지 마십시오, 아서. 단 한 마디도." 피시먼이 말했다. "형사, 우리는 에머리를 찾는 일을 도우려고 여기 온 거요. 탤벗 씨는 자발적으로 출두한 거고. 사태를 마녀사냥으로 몰고 갈 생각이라면 즉각 진술을 종료하겠소."

노튼의 입가에 장난기 어린 미소가 떠올랐다. "피시먼 씨, 이번 일은 그쪽 고객이 처음 말씀해주신 것보다 훨씬 더 에머리와 관련이 많습니다. 지금 고객을 보십시오. 머릿속에서 톱니바퀴가 돌아가는 게 보이는 것 같지 않나요?" 그녀는 자리에서 일어나 몸을 숙여 피시먼의 귓가에 대고 속삭였다. "지금 고객께서는 자신이 아직 당신 회사에 대한 지불 능력이 있다고 설득하려 애쓰는 중입니다. 그러니까, 당신 쪽에서 이분의 재정을 검토해본 다음에도 말이죠."

내쉬는 탁자로 다가서서 상자를 내려다보았다. 피시먼과 탤벗 양쪽 모두 그 쪽으로 고개를 돌렸다. "당신 친구 아티는 스니커즈 하나 살 능력도 없거든요. 내 말 틀립니까, 아티?"

"열심히 다양한 사업들 사이로 돈을 돌려 막고 있더군요." 노튼이 말했다. "계좌는 전부 막혀 있고, 대출금 납기일은 다가오고, 투자자들이 문을 두드리기 시작하고 있습니다. 아마 자동차에 짐을 실어놓고 도시를 뜰 준비를 하고 있을지도 모르죠. 거기다 무어링 쪽의 2지구에도 작은 문제가 있지요." 그녀는 피시먼 쪽으로 고개를 갸웃했다. "당신도 그 사업에 투자하고 있지 않던가요?"

피시먼은 얼굴을 찌푸렸다. "그게 무슨 관계가 있다는 거요?"

"투자자라면 지금 건설 중인 부지가 탤벗 씨 소유가 아니라는 사실을 알면 조금 걱정되지 않을까요?" 노튼이 물었다.

"뭐라고?"

"나는 내 딸을 찾아주기만을 바랄 뿐입니다." 탤벗이 중얼거렸다.

"분명 그러시겠지, 아티." 내쉬가 말했다.

"지금 이 사람들이 무슨 소리를 하는 겁니까, 아서?"

"카네기 소유로 등록된 부동산은 없겠지요, 탤벗 씨? 에머리하고는 다르게 말입니다." 노튼이 말했다. "여기 친구분께 원숭이 킬러가 카네기 대신 에머리를 선택한 이유를 알려주시는 게 어떻습니까?"

피시먼은 고객을 노려보았다. "아서?"

탤벗은 그를 향해 손을 흔들었다. "벨셔에서 몽고메리에 이르는 호안 재개발 지구를 원래 소유하고 있던 사람은 에머리의 모친입니다. 죽으면서 에머리에게 유산으로 물려줬죠. 하지만 그건 그냥 형식상의 절차였을 뿐, 에머리가 내게 팔겠다고 동의했습니다. 이번 사업에 전적으로 지지를 표했고요."

피시먼의 얼굴이 벌겋게 달아올랐다. "미성년자 아닙니까, 탤벗. 앞으로 삼 년은 부동산 매매를 할 수 없을 텐데요. 그 사업은 15개월 안에 종료될 예정이잖습니까."

탤벗은 고개를 저었다. "그건 해결할 수 있습니다. 내가 그 아이의 재산을 신탁 관리하니까. 서류는 몇 달 전에 완성되었습니다. 법적 보호자로서 그 아이 대신 언제든 서명할 수 있고요."

내쉬는 호스먼이 복사해준 법적 서류 사본을 주머니에서 꺼내서 탤벗에게 건네준 다음, 표시된 문장을 가리켰다. "그쪽 재정 담당은 죽었어. 선취특권 이전의 증인으로 그 친구 서명이 들어가 있더군. 이 문제를 들춰낼 수 있는 유일한 사람이 세상을 뜨다니, 뭔가 너무 타이밍 좋게 퇴장한 거 아닌가? 에머리의 부친인 당신은 그 아이가 죽으면 유산 전체를 움직일 수 있게 되겠지. 신탁 관리 따위는 아무 소용 없어지겠지. 그냥 토지를 확보한 다음 무어링 개발을 진행하면 되니까. 사실 나는 이게 원숭이 킬러와 관계가 있는지조차 의심이 드는 참이야. 내가 보기에는 모든 일이 너무 당신 좋을 대로만 진행되는 것 같거든."

"범행 동기는 확보된 셈입니다, 탤벗 씨." 노튼이 지적했다. "실행에 옮길 방법이야 수없이 많을 테지요."

탤벗은 고개를 저었다. "아니, 아니, 잘못 생각한 겁니다. 그런 식으로 돌아가지 않는다고요."

"그런 식으로 돌아가는 것 같습니다만."

"아니, 내 말은 신탁 재산이 그런 식으로 돌아가지 않는다는 말입니다." 탤벗은 심호흡을 한 다음 말을 이었다. "에머리가 죽으면 그 땅은 시카고 시에 귀속된단 말입니다."

노튼은 눈살을 찌푸렸다. "뭐라고요?"

탤벗은 눈동자를 굴렸다. "그 아이 어머니가 한 일이죠. 처음에 신탁 초안을 마련할 때 그 점을 명확히 했습니다. 에머리에게 일이 생기면, 그러니까 18세 생일이 되기 전에 목숨을 잃으면, 그 아이 소유의 모든 부동산은 시에 귀속되고, 남은 재산은 다양한 자선재단에 분배되도록 되어 있습니다. 내가 그 땅을 손에 넣을 수 있는 유일한 방법은 에머리의 동의를 얻는 것뿐입니다." 그는 미소를 지어 보였다. "알겠습니까? 나는 딸이 무사히 돌아와야만 하는 가장 큰 동기를 가진 사람입니다."

노튼은 그의 변호사를 돌아보았다. "그 말이 사실입니까, 피시먼 씨?"

피시먼은 양손을 들어올리며 어깨를 으쓱했다. "우리 사무소에서는 신탁 재산은 다루지 않소. 나야 모르지."

"사본을 확인해야겠습니다." 노튼은 탤벗에게 이렇게 말했다.

그는 고개를 끄덕였다 "비서에게 말해서 이메일로 보내게 하지요." 그리고 그는 두 형사를 번갈아 바라보며 덧붙였다. "다른 일이 없다면 이만 사무실로 돌아가봐야겠습니다. 물론 나를 기소할 생각이 없다면요. 그런 경우라면 보석금을 내야 할 테니까요."

"파산 상태일 텐데, 탤벗." 내쉬가 말했다. "보석금은 어떻게 낼 생각이신가?"

탤벗은 입을 꾹 다문 채 적대적인 신음을 흘릴 뿐이었다.

노튼은 끙 소리를 내며 몸을 돌려 옆에 붙은 작은 방으로 들어갔다. 내쉬는 탤벗과 피시먼과 함께 취조실에 남았다. 녹음하던 기술자가 그녀를 올려다보았다. “제법 매끄럽던데요.”

“됐어.” 노튼은 이렇게 말하며 탁자 위에서 사진 한 장을 들고 다시 취조실로 들어갔다. 그리고 탤벗 앞에 사진을 떨어뜨렸다. “이 물건 기억하십니까?”

“기억나는 물건이어야 합니까?” 그는 얼굴을 찌푸렸다. “존 롭스 구두처럼 보이는데. 검은색 가죽 수제화로군요.”

“선생님 물건입니까?”

“그거야 모르죠. 신발이 한두 켤레가 아니니까. 필요하다면 시내에 괜찮은 취급점을 소개해주겠습니다.”

“교활하기는.” 내쉬가 말했다. “원숭이 킬러가 어제 아침에 버스 앞으로 뛰어들 때 이 구두를 신고 있었어. 당신 지문도 나왔지. 이건 어떻게 설명할 거야?”

피시먼은 다시 손을 들고는 탤벗 쪽으로 몸을 숙여 귀에 대고 속삭였다.

“설명할 길이 없군요.” 탤벗이 말했다. “누군가 내 소유의 건물 중 하나에서 훔친 것일지도. 존 롭스는 꽤 많이 가지고 있습니다. 상당히 편한 구두죠.”

거들먹거리는 미소가 그의 얼굴을 가득 메웠다. 노튼은 그 면상에 한 대 먹이고 싶은 마음이 간절했다. “신발 사이즈가 어떻게 되십니까?”

탤벗은 변호사를 흘끔 바라보았고, 그가 끄덕이자 노튼을 돌아보며 대답했다. “11.”

“이 구두와 일치하는군요.”

탤벗은 사진을 들더니 한쪽으로 던져버렸다. “지금 나를 쫓으며 시간을 낭비하고 있는 겁니다, 형사님. 안 믿어도 어쩔 수 없지만 나는 딸아이를 사랑하고, 그 아이에게 피해를 입힐 수 있는 행동은 절대 하지 않을 겁니다. 나를 냉혹한 개자식이라고 생각하고 싶다면 말릴 수 없지만, 내 딸이 살아 돌아와야만 무어링 지구 사업을 성공적으로 완수할 수 있다는 사실은 잊지 말아주길 바랍니다. 어쨌든 당신들이 여기서 나를 붙들고 있다는 말은 그 아이를 찾고 있지 않다는 뜻인데, 그거야말로 용납 못 할 일이 아니겠습니까."

피시먼은 탤벗의 어깨를 가볍게 누르며 말했다. "그 정도면 충분합니다, 아티."

다시 아티가 됐군.

"이 정도면 내 고객의 시간은 충분히 낭비한 것 같은데, 노스트럼 형사." 피시먼이 말했다.

"노튼입니다."

"아, 그렇던가. 실례했소." 그가 대꾸했다. "기소하실 생각이신가? 아니라면 이만 떠나도록 하겠소."

노튼은 짜증 섞인 한숨을 쉬고는 내쉬에게 옆방으로 따라오라고 손짓했다. 내쉬는 따라 들어온 다음 문을 닫았다. "한 마디라도 했다가는 용서하지 않겠어." 그녀는 기술자에게 말했다.

기술자는 웃음을 참으며 양 손을 들어 보였다.

"완전히 실패한 건 아니었어." 내쉬가 말했다. "적어도 훌륭한 신발 가게 정도는 알려줄 것 같으니."

노튼은 그의 명치에 주먹을 꽂았다.

"세상에, 클레어 베어!" 내쉬는 숨을 헐떡이며 말했다. "나는 좋은 편이라고, 까먹은 거야?"

"빌어먹을 시간낭비였어." 노튼이 말했다. "분명 연관이 있는데……. 있을 수밖에 없는데."

내쉬는 고개를 저었다. "너무 깊이 생각한 거야. 한발 물러서서 생각해보자고. 내 생각에는 4MK가 우리를 가지고 노는 것 같아. 탤벗은 그놈의 목표일 뿐이잖아. 그렇다고 자동으로 우리 목표도 되는 건 아니란 말씀이야. 신탁 재산에 대한 그자의 말이 사실이라면 제대로 피해 간 거라고. 그가 자기 CFO를 그런 식으로 죽였을 거라고 생각해? 나는 그렇게 생각하지 않는데. 그 상자는 4MK가 처음부터 사용해온 것들과 같은 종류였다고. 탤벗 같은 사람이 정확하게 어떤 종류의 상자가 필요한지 무슨 수로 알겠어? 뭔가 사건을 묻으려고 자기 CFO를 살해하고 싶으면, 사람을 고용해서 제거한 다음 사고처럼 보이게 하겠지. 물에 빠뜨리거나 교통사고를 내거나. 심장마비일 수도 있고. 조사해보면 그 CFO도 금융 범죄에 연루되어 있을 거야. 그 정도면 4MK가 손을 댈 만한 이유가 되지. 그보다 가벼운 죄에도 살인을 저지른 놈인데."

노튼도 내쉬의 말이 옳다는 사실을 알았지만, 도저히 인정하고 싶지 않았다.

"이 건에서 빠져나간 것뿐이지, 아직 금융 범죄에 탤벗을 엮어 넣을 가능성은 있잖아. 일단은 에머리를 수색하는 일에 집중해야 해."

"열두 시간 전에 비해서 조금도 다가서지 못한 셈이죠. 이대로 가면 우리가 찾아내기도 전에 에머리는 탈수로 죽을 거예요. 시간이 없어요."

내쉬는 취조실 탁자에 놓인 흰 상자 쪽으로 고갯짓했다. "저건 뭐야?"

노튼은 어깨를 으쓱했다. "빈 상자예요. 저런 게 있으면 불안해할 것 같아서."

"금융 범죄 쪽은 연방 수사국에서 알아서 하게 하자고. 우리는 아래로 내려가서 증거부터 정리해야지."

노튼의 휴대전화가 진동했고, 그녀는 화면을 내려다보았다. "벨킨이네." 그녀는 통화 버튼을 누르고 스피커 모드로 돌렸다.

"노튼 형사? 시카고 대학병원에 나와 있는데. 여기 간호사 한 명이 4MK의 안면 재구축 사진을 알아봤대요."

"확실하답니까?" 노튼이 물었다.

"그런 모양이에요. 항상 중절모를 쓰고 치료시간 내내 구식 회중시계를 들여다보고 있었다고 하더군요. 우리가 찾는 사람이 맞아요. 이름은 제이콥 키트너. 주소도 확보했는데, 지금 문자로 보내줄게요."

"SWAT 팀의 에스피노사한테도 전송해줘요. 그쪽에서 합류하자고 말해줘요. 지금 움직이겠습니다." 그녀는 전화를 끊고 내쉬에게 미소 지었다. "선배가 그렇게 못생기지만 않았어도 지금 당장 키스라도 할 텐데요."

53
일기

"감자 좀 주시겠어요?" 나는 딱히 누구에게랄 것도 없이 이렇게 말했다네.

어머니는 두 시간 전쯤 돌아와 저녁 준비를 시작했고, 아버지는 어머니께 인사도 건네지 않고 들어와 식탁 앞에 앉았지. 내 머리를 쓰다듬으며 "우리 대장은 잘 지냈나?"라고 물으셨지만, 마음에 없는 말이란 게 뻔히 보였지.

무거운 긴장감이 감돌고 있었다네.

감자 그릇이 내 앞까지 오지 않자, 나는 손을 뻗어 직접 감자 그릇을 들고 한 국자 듬뿍 펐다네. 부모님은 내가 그날 야채를 먹지 않아도, 브로콜리를 빼놓고 미트로프를 한 조각 더 먹어도 아무 말도 하지 않았어.

포크가 그릇에 부딪쳐 땡그랑거리는 소리가 너무 커서, 이웃집에서도 들릴 것 같은 밤이었다네. 물론 한 명은 죽고 한 명은 우리 지하실에 묶여 있으니 들어줄 사람이 없지만.

나는 우유를 꿀꺽꿀꺽 마신 다음 손등으로 입가를 훔쳤지.

"오늘 어떤 남자가 왔었어요. 카터 부부를 찾던데요. 처음에는 경찰이라고 생각했는데 지금은 잘 모르겠어요."

아버지는 접시에서 고개를 들고 어머니를 슬쩍 보았다네. 눈이 마주치자 이번에는 내 쪽을 돌아보더군. 앞니 사이에 삐져나온 브로콜리 조각이 보였지. "경찰이라고 부르면 안 된다. 경찰관 아저씨라고 해야지. 직업으로 부르는 건 예의 없는 행동이야."

"네, 아버지."

"자기 입으로 경찰관이라고 하더냐?"

조금 전에 곰곰 생각해본 질문이었다네. "배지는 가지고 있었지만 그런 말은 하지 않았어요. 하지만 경찰관 아저씨처럼 행동하기는 했어요. 적어도 처음에는요. 나중에는 안 그랬지만요."

"그게 무슨 뜻이냐?"

나는 기억을 되살려 우리 대화를 요약해 보고했다네.

"플리머스 더스터라고? 확실한 거니?" 내가 말을 끝내자 어머니는 이렇게 물었지.

"네, 어머니. 제 친구 보 리들리의 아버지가 딱 그렇게 생긴 차를 몰아요. 그쪽은 노란색이지만요. 그 차는 어디서든 알아볼 수 있어요."

아버지는 어머니를 돌아보며 물었다네. "그게 무슨 의미가 있는 거야? 아는 사람이야?"

어머니는 잠시 머뭇거리더니, 고개를 저으며 대답했어. "아뇨." 그리고 자리에서 일어나서 접시를 치우기 시작했지.

아버지와 나는 서로 마주보았다네. 그분 또한 확신한 거야.

어머니가 거짓말을 하고 있다는 것을.

54
샘 포터

둘째 날

오전 9:23

포터와 왓슨은 제복 경관을 따라 51번가 경찰서의 복도를 걸어가다가, 2층 문 앞에서 멈추었다. "담당 형사는 로널드 바움허트입니다. 안에서 기다리고 계십니다." 그는 잠시 자기 구두를 내려보다가, 포터 쪽으로 시선을 돌렸다. "위로가 될 수는 없겠지만, 진심으로 유감으로 생각합니다."

포터는 그를 향해 고개를 끄덕이고 작은 방으로 들어섰다.

바움허트 형사는 40대 중반에 회색으로 변해가는 머리카락과 염소수염을 기른 다부진 체격의 남자였다. 탁자에 걸터앉아 파일을 훑어보던 중인 것 같았다. 포터는 그에게 손을 내밀며 말했다. "형사님, 오늘 참여하게 해주셔서 고맙습니다."

바움허트는 악수하며 말했다. "많이 힘드시지요? 제가 도울 수 있는 일이 있다면 뭐든 하겠습니다." 그러고는 왓슨을 힐끗 보았다. "처음 뵙는 분이신데?"

"폴 왓슨입니다. 시내에 있는 CSI 범죄 연구소 소속입니다. 다른 사건에서 포터 형사님을 돕고 있습니다."

"네 마리 원숭이 킬러 사건 말입니까?" 바움허트는 휘파람을 불었다. "그거 참 끔찍한 일이지요. 지금까지 몇 년이나 쫓았죠? 오륙 년? 그런데 갑자기 시내버스 앞으로 뛰어들었다면서요. 납세자들이 낸 세금을 아끼게 해주려던 걸까요? 그 버스 기사가 후진기어를 넣고 그 개자식 위로 한 번 더 지나가줬다면 좋았을 텐데."

"그대로 튕겨져 즉사했어요." 왓슨이 말했다. "버스 기사도 그 이상은 할 수 없었을 거예요."

"아, 그렇다더군요." 바움허트는 묘한 눈빛으로 왓슨을 바라보며 대답했다.

포터는 손에 든 파일을 향해 고갯짓했다. "그래서, 상황이 어떤 겁니까?"

바움허트는 탁자 위에 파일을 펼쳐놓았다. "이름은 하넬 캠벨입니다. 어젯밤 10시 15분에 여기서 한 블록 떨어져 있는 세븐일레븐에서, 점원의 얼굴에 38구경을 들이밀고 금전출납기와 금고 속 내용물을 요구했지요. 똑같은 짓을 반복한 셈인데, 이번에는 범행 장소의 선택이 형편없었어요. 여기 근무자의 절반이 퇴근길에 그 가게를 들르거든요. 카풀 탑승지역에서 말 그대로 대각선 건너라서 말입니다. 비번인 경관 한 명이 뒤편의 맥주 냉장고 앞에 있었는데, 손에 들고 있던 쿠어스 라이트 식스팩에서 캔 하나를 꺼내어 잘 흔든 다음 가게 문 쪽으로 투척했습니다. 우리 강도미수범이 놀라 몸을 돌렸고, 폭발하는 맥주캔을 멍하니 보느라 경찰이 뒤로 다가와 머리에 권총을 겨누는 것도 몰랐죠. 맥주로 현행범을 체포한 첫 사례라고 해야 할 겁니다."

"쿠어스 라이트를 제대로 된 맥주로 봐야 할지 모르겠습니다만."

"그렇지요, 우리 아내는 그걸 훈련용 맥주라고 부릅디다. 하지만 적어도 전술적 무기로서는 효용이 있는 모양이지요. 어쨌든 절차에 따라 38구경에서 탄환을 확보했는데, 일치하는 기록이 있어서……."

"제 아내를 죽인 총알이었다는 거죠." 포터가 말했다.

바움허트는 고개를 끄덕였다. "그쪽 경감과 같이 학교를 다녔기 때문에, 바로 연락해서 알렸습니다."

"덕분에 참관하게 되었군요. 여러 모로 감사합니다."

벽에 걸린 전화가 울렸다. 바움허트는 수화기를 들었다. "바움허트다. 좋아, 지금 들여보내."

잠시 후 관찰실 문이 열리며 타레크가 들어왔다. 포터를 본 그의 얼굴이 굳어졌다. 다음 순간 그는 손을 내밀며 말했다. "정말 미안해요, 새미. 그 아이가 진짜로 쏠 거라는 걸 알았다면 전…… 잘은 모르겠지만, 뭔가 다른 행동을 했을 거예요. 원래 강도들은 진짜로 총을 쏘지 않잖아요. 들어왔다 나갈 뿐이죠. 세상에…… 정말…… 미안해요."

죄책감을 느끼는 사람이 사방에 가득했다.

포터는 그와 악수를 하고 어깨를 지그시 눌렀다. "자네 탓이 아니야, 타레크. 사람들이 자네가 얼마나 열심히 아내를 도우려 했는지 말해줬어. 아내의 마지막 순간에 함께 있어줘서 고마워. 적어도 아내가 마지막으로 본 모습이 친구의 얼굴이었다는 것만으로도 위안이 돼. 세상을 떠날 때 혼자가 아니었다는 것만으로도."

타레크는 고개를 끄덕이고 소매로 눈가를 훔쳤다.

바움허트가 다가와 자신을 소개한 다음, 앞으로 무슨 일이 벌어질지 설명했다. "이제 여섯 사람이 들어와서 저기 일렬로 설 텐데, 각자 번호판을 하나씩 들고 있을 겁니다." 그는 탁자 위의 서류를 힐끗 보았다. "당신 진술에 따르면 범인은 '현금 전부 가방에 넣어. 지금 당장'이라고 말했다더군요. 사람들에게 한 명씩 앞으로 나와서 그 문장을 말하라고 할 겁니다. 여섯 명 모두를 아주 자세히 살펴봐주시기 바랍니다. 범인이 여기 없을 수도 있으니, 꼭 한 사람을 고를 필요는 없다는 걸 명심해주십시오. 정확하게 범인이라고 100퍼센트 확신하면 말씀해주세요. 미심쩍은 구석이 있거나 범인으로 보이는 사람이 없어도 상관없습니다. 그냥 그렇게 말씀해주시면 됩니다. 알겠습니까?"

타레크는 고개를 끄덕였다.

"저쪽에선 우리 쪽을 볼 수 없으니 그 걱정은 하지 않으셔도 됩니다. 아무 걱정 말고 범인만 지목해주십시오."

"알았어요." 타레크가 말했다.

바움허트는 벽에 붙은 내선 버튼을 눌렀다. "들여보내."

포터는 그들 뒤에 서 있었다. 손은 차갑고 축축하게만 느껴졌다. 바지에 손을 문질러봐도 마찬가지였다. 목의 혈관이 쿵쿵대는 것이 느껴지고, 귀 뒤에서 맥박 뛰는 소리가 들렸다. 옆에 서 있는 왓슨은 창문 너머 하얀색 방의 문이 열리고 제복경관 두 명이 여섯 남자를 밀어 넣는 모습을 지켜보았다.

"4번이에요." 타레크가 말했다. "저놈이에요. 확실해요."

바움허트는 포터를 슬쩍 바라보고는 타레크에게 시선을 돌렸다. "일렬로 늘어서게 할까요? 진술이 효력을 가지려면 확실히 확인해야 합니다."

타레크는 고개를 끄덕였다. "저 자식 얼굴은 절대 잊지 못할 거예요. 저놈이 맞아요."

포터는 자세히 보려고 한발 다가섰다.

벽에 그린 눈금에 따르면 182센티미터가 조금 안 되는, 10대를 갓 탈출한 나이에, 머리를 밀고 양쪽 귀에 피어싱을 잔뜩 단 백인 소년이었다. 오른팔에는 문신이 가득했는데, 어깨에는 용, 손목 아래에는 트위티 버드가 그려져 있었다. 왼팔은 묘하게 깨끗했다. 그는 입을 꽉 다물고 눈을 똑바로 뜬 채로 그들을 바라보고 있었다.

바움허트는 다시 폴더를 뒤적였다. "진술 내용에 문신에 관한 이야기는 없었습니다만."

"그때는 외투를 입고 있어서 팔을 볼 수 없었어요." 타레크는 대답했다. "하지만 오른쪽 귀에 있던 문신은 봤어요. 그건 기억나요. 경찰에게도 말했어요."

"너무 떨고 있어서 총을 제대로 잡기도 힘들 지경이라 하셨지요. 그런데 지금은 별로 초조한 모습이 아니로군요." 바움허트가 지적했다. "아주 냉정해 보입니다."

"분명 저자가 맞아요. 귀를 확인해보세요."

바움허트는 인터컴 버튼을 누르고 말했다. "4번, 앞으로 나와서 왼쪽으로 돌아라."

포터는 소년이 앞으로 나오기 전 마치 상황을 즐기는 듯 씩 웃는 모습을 보고 욕을 내뱉었다. 몸을 돌리자 귓바퀴 안쪽의 글씨를 알아볼 수 있었다. "저기 보이는군요."

"어디 말입니까? 피어싱에 가려서 잘 보이지도 않는데." 바움허트가 말했다.

"아니, 안쪽입니다. 피어싱 아래에 검은 잉크로."

바움허트는 유리창 쪽으로 다가가 눈을 찌푸렸다. "세상에, 저게 보인단 말입니까? 거의 분간도 안 되는데." 그는 신원 확인 서류를 들고 말했다. "여기 보니 'FILTER'라고 문신을 새긴 모양이군요."

타레크는 그들을 돌아보며 말했다. "그거예요! 저 사람이라고 말했잖아요."

바움허트는 한숨을 내쉬었다.

포터는 타레크의 어깨에 손을 얹었다. "고마워, 타레크."

타레크는 포터를 돌아보았다. "어떻게든 도움이 되고 싶어요."

"자네 탓이 아니야."

누가 뭐래도 내 탓이 더 클 테니까.

바움허트는 제복 경관에게 손짓했다. "4번 용의자를 취조실로 데려가. 대화를 나눠야겠어." 그리고 타레크를 돌아보며 말했다. "최대한 빨리 댁으로 보내드리겠습니다. 서류 작성만 해주시면 됩니다."

포터는 왓슨에게 말했다. "이제 자네 삼촌한테 가서 그 시계 이야기나 들어보지."

왓슨은 얼굴을 찌푸렸다. "취조실 참관은 안 하시고요?"

포터는 고개를 저었다. "피가 끓어오를 것 같아. 여기 있으면 안 되겠어. 꼭 봐야 한다고 생각했는데…… 가는 게 낫겠어."

바움허트는 몇 미터 떨어진 곳에서 서류를 정리하고 있었다. "나중에 연락드릴까요? 상황을 알고 싶으십니까?"

"그래주면 고맙겠습니다."

"터프한 척하고 있지만 금방 자백할 겁니다. 자백하지 않아도 탄흔 증거와 타레크의 진술이 있지요. 이보다 부족한 증거에도 유죄를 선고한 배심원들이 많습니다."

포터는 손을 뻗어 악수를 했다. "정말 고맙습니다."

왓슨은 그를 보며 얼굴을 찌푸렸다.

"왜?"

"그냥, 조금 안색이 안 좋으셔서요."

"괜찮아. 바람만 좀 쐬면 돼." 포터가 대답했다. "슬슬 가지."

그는 문을 열고 북적이는 복도로 나오다가, 스타벅스 커피 넉 잔을 나르는 덩치 큰 형사와 충돌했다. 뜨거운 액체가 두 사람을 덮고 바닥으로 쏟아졌다. 왓슨은 펄쩍 뛰어 커피를 피했다.

"이런 빌어먹을!" 형사가 으르렁거렸다. "눈 좀 뜨고 다녀요!"

"미안합니다. 그게……."

"누굴 화상 입히려고 작정했습니까?" 그는 짜증이 가득한 몸짓으로 한 장 있는 냅킨을 뽑아 셔츠에 남은 자국을 열심히 찍어댔다.

포터의 꼴도 별로 낫지 않았다. 커피가 소매와 외투로 흘렀고, 바지에도 자국이 큼지막하게 남았다. 신발로 흐른 커피가 양말에 스미는 느낌이 들었다. 그는 가슴 주머니에 손을 넣어 축축해진 명함을 하나 꺼냈다. "시카고 경찰국 강력팀에 있습니다. 세탁비는 내 앞으로 청구하면 알아서 처리하죠."

"그렇게 하겠습니다." 남자는 명함을 낚아채며 말했다. "ATM에서 돈 뽑아서 스타벅스에 다녀오라고 하지 않은 것만으로도 운 좋은 줄 아십쇼." 그는 식당 커피에 대해 중얼중얼 불평하면서 복도를 따라 쿵쿵거리며 걸어가버렸다.

포터는 왓슨에게 말했다. "이만 가지. 자네 삼촌 가게로 가는 길에 우리 집이 있어. 잠깐 들러서 옷을 갈아입어야겠는데."

55
클레어 노튼

둘째 날

오전 10:59

"포터를 불러야 하는데……." 내쉬가 말했다.

그들은 키트너의 아파트에 도착했다. 평범한 3층짜리 벽돌 건물로, 15가구가 살고 있었다. 에스피노사와 팀원들은 이미 자리를 잡고 돌입할 준비를 마쳤다. 두 사람도 방탄조끼를 착용하고 SWAT 팀을 따라 정문으로 들어가 2층으로 올라갔다. 오른쪽 맨 끝이 키트너의 집이다.

노튼은 글록 권총의 탄창을 확인한 다음 복도에 있는 내쉬 옆으로 붙으며 자세를 잡았다. "지금 당장은 선배를 방해하지 않는 게 좋을 것 같아요."

"무슨 일이 벌어지고 있는지 알고 싶을 텐데." 내쉬가 말했다.

"선배에게는 시간이 필요해요."

"준비해. 다섯에 돌입한다." 노튼의 이어폰에서 에스피노사의 목소리가 울렸다.

"시작됐어요." 노튼이 말했다.

내쉬는 복도 모퉁이에 선 채 브로건과 토머스가 충각을 들고 키트너의 문을 부수는 모습을 지켜보았다. 나무가 부서지는 굉음과 함께 문이 반대쪽 벽까지 날아가 부딪쳤다.

"진입! 진입! 진입!" 에스피노사가 외치며 달려 들어갔다.

"가죠." 노튼은 내쉬에게 이렇게 말하고 총구를 바닥으로 향한 채 달려갔다. 문에 도착하자 이어폰에서 치직거리는 목소리가 들렸다.

"브로건, 이상 무."

"토머스, 이상 무."

"티버도우, 침실 이상 무."

"에스피노사, 전부 이상 무. 아마도."

내쉬는 노튼을 앞질러 들어갔다. "세상에."

거실에 가구가 있는지조차 파악할 수가 없었다. 바닥에서 천장까지 쌓인 신문 더미가 수십 개는 됐다. 세월의 흐름에 누렇게 변색된 신문도, 빳빳한 새 신문도 있었다. 그러나 신문을 압도하는 것은 양장본과 문고본이 섞인 책 무더기였다. "장르별로 분류했군. 이쪽은 서부극이고, 이쪽은 로맨스와 SF. 저쪽은 호러. 대체 어떻게 이렇게 살 수가 있지?"

"TV 프로그램 생각나네요. '호더스'였나." 노튼이 말했다. "아무것도 못 버리는 사람이 물건들을 모으는데 시간이 흐를수록 심각해져요. 선배 포르노 보관함도 이런 꼴일 텐데." 순간 그녀는 한쪽으로 고개를 갸웃했다. "고양이 소리 못 들었어요?"

"고양이 냄새는 나요." 브로건이 말했다.

"이쪽 뒤에서 들립니다." 티버도우가 말했다. "며칠 동안 화장실을 안 비워줬나 봐."

"여기서 고양이가 화장실을 찾을 수나 있나?" 내쉬가 말했다.

에스피노사가 욕실에서 나왔다. "거실만 이런 것 같아. 나머지

방은 비교적 깨끗해."

티버도우가 덩치가 제법 큰 러시안 블루 고양이를 안고 침실에서 나왔다. 고양이는 팔에 안긴 채 야옹거리며 방탄조끼를 핥았다. "불쌍한 녀석, 배가 고파 죽을 지경일 겁니다."

내쉬는 그에게서 한발 물러섰다. "저리 치워. 난 알레르기가 있다고."

노튼은 신문 더미를 파헤치다가, 〈시카고트리뷴〉을 꺼내 들었다. "6년 전 신문인데요."

"무더기를 보니 분명 10년 분은 되겠어." 에스피노사가 대답했다. "그래서 뭘 찾아야 하지?"

"뭐든. 에머리가 있을 만한 장소의 단서가 될 물건이라면." 내쉬가 지시했다.

노튼의 전화가 울렸다. "클로즈야." 그녀는 통화를 스피커폰 모드로 두고 받았다.

"이상한 점이 하나 있어요." 클로즈는 인사도 없이 대뜸 말을 시작했다.

"뭐가?"

"키트너의 은행 기록을 뽑아봤는데, 포터, 미리 말해두는데 영장은 제대로 받았습니다."

"포터는 여기 없어."

"어디 간 겁니까?"

노튼은 눈을 굴렸다. "다른 일이 생겨서. 그래서 뭘 찾았어?"

"닷새 전에 당좌 예금 계좌에 25만 달러가 입금된 기록이 있어요. 하지만 이상한 건 그게 아닙니다. 어제 오후에, 그러니까 이 사람이 죽은 다음에 25만 달러가 추가로 들어왔어요."

"어디서 온 돈인지 추적할 수 있어?"

"케이먼 제도에 있는 무기명 계좌입니다. 예금주를 알아내려고 시도 중인데, 쉽게 협조해주는 동네가 아니어서요. 조세국에서 일하는 친구를 통해 조금 겁을 주려고 합니다. 통화가 끝나면 바로 그쪽으로 연락해볼게요."

내쉬는 노튼을 쿡쿡 찔렀다. "탤벗이 보낸 돈일까?"

"무엇 때문에요?"

"나도 모르지. 일종의 보수?"

노튼은 다시 전화에 대고 말했다. "클로즈, 케이먼 제도에 탤벗의 계좌는 있고?"

"그자라면 온 사방에 계좌가 있지요. 이 돈은 RCB 로열 은행에서 왔는데, 바로 그 특정 지점과 탤벗의 다양한 사업체 사이에 돈이 오간 흔적이 있습니다. 그런데 계좌 번호가 일치하지 않아요. 그렇다고 가능성을 배제할 수는 없겠지만요." 잠시 키보드 두드리는 소리가 들렸다. "이런!"

"뭔데?"

"다른 송금 기록이 있어요. 닷새 전에 들어온 25만 달러로부터 정확히 한 달 전에 5만 달러가 들어왔어요. 이게 보수라면 적어도 한 달 전에 거래를 튼 겁니다."

"키트너에 대해 아는 건 더 없어?" 노튼이 물었다.

"56세. 한 달 전까지 UPS에서 일하다가, 장기휴가를 제출했군요. 근로기록 제출을 요구하긴 했는데, 아무래도 암 진단을 받은 일과 관련이 있을 것 같습니다."

"휴대전화는 없었어? 행적을 추적할 방법은?"

"없어요. 키트너 명의의 휴대전화는 존재하지 않고, UPS에서 받은 기기도 없어요. 휴대전화를 사용했다면 분명 선불폰이었을 겁니다. 아파트에 등록된 유선전화는 있네요. 지금 통화기록을 조회하는 중입니다."

"가족은?"

다시 키보드 두드리는 소리가 들렸다. "여동생이 있긴 한데 5년 전에 교통사고로 죽었어요. 어밀리아 키트너입니다. 결혼 후 성은 매서스고요."

내쉬가 끼어들었다. "매서스라고?"

"네. 왜 그러시죠?"

"에머리의 남자친구 이름이 타일러 매서스였어. 그, 왜트니 베일 고등학교에 다니는 아이 말야."

"잠깐 기다려봐요. 그 여자 기록을 불러오고 있어요." 클로즈가 말했다.

노튼이 눈을 크게 떴다. "에머리가 4MK의 조카와 사귄다고요?"

클로즈가 돌아왔다. "맞아요! 바로 그 녀석입니다. 16세. 시내에서 아버지와 함께 살고 있어요."

"여러분!"

노튼과 내쉬가 고개를 돌려보니 에스피노사가 침실 문 앞에 서 있었다. 그의 손에 휴대전화 하나가 들려 있었다. "에머리의 휴대전화야."

"클로즈? 금방 다시 걸게." 노튼은 전화를 끊었다. "보여줘요."

에스피노사가 휴대전화를 건넸다. 노튼은 장갑 낀 손으로 받아서 화면을 건드렸다. 아무 일도 벌어지지 않았다. "어떻게 알았죠?"

"배터리를 빼놨더군. 기기 등록번호를 조회해보니 에머리가 사용자로 지정된 탤벗 법인 등록 휴대전화였어. 그제 밤 6시 43분에 통신이 끊겼다고 나오고." 에스피노사가 설명했다.

노튼은 휴대전화를 증거품 봉투에 넣고 내쉬를 돌아보았다. "그 아이를 만나야 해요. 그 아이가 에머리가 있는 곳을 알고 있을지도 몰라요."

56
일기

다음 날 아침이 되자 참으로 아름다운 여름 하늘이 펼쳐졌고, 나는 비좁은 집 안에 앉아 있느니 산책하는 게 낫겠다 싶었다네. 그리 오래 나가 있진 않았어. 길어야 한 시간 남짓이었지. 고양이를 살펴보고, 물수제비를 띄우고, 물에 잠긴 카터 씨가 평온하게 잠들어 있는지 확인했을 뿐이라네.

그런데 녹색 플리머스가 돌아와 있더군.

차는 카터 부부의 집 앞에 텅 빈 채로 서 있었어. 나는 가까이 가보았지. 엔진은 아직 따뜻했고 주변에는 배기가스 냄새가 감돌았어. 하지만 어제 온 남자는 보이지 않았지.

나는 무성한 수풀과 숲의 나무 뒤에 몸을 감추려 애쓰면서 천천히 다가갔다네.

차에 꽂힌 채 반짝이는 열쇠가 보이더군.

사람을 믿는 편인 모양이야.

열쇠가 꽂혀 있다면 당연히 문 또한 잠겨 있지 않겠지.

나는 아주 잠깐 고개를 내밀고 카터 부부의 집 쪽을 살폈다네.

현관문은 닫혀 있지만 뭔가 어색했어. 집이 빈 것처럼 보이지 않더군.

그 남자가 안에 있는 게 분명했지. 아니면 달리 어디에 있겠어?

운전석 쪽 문은 카터 부부의 집을 향하고 있었지만, 조수석 문은 도로 쪽에 있었다네.

나는 심호흡을 한 다음 오로지 용기에 의지해서 숨어 있던 장소에서 뛰어나와 조수석까지 달려가 자갈 위로 미끄러져 멈췄다네. 차 너머로 카터 씨네 집이 아주 잘 보였지. 즉, 집에서 나오는 사람도 나를 볼 수 있다는 뜻 아니겠나. 하지만 다른 방도가 없었어. 재빨리 움직여야 했지.

나는 손잡이를 살짝 올린 다음 최대한 조심해서 문을 열었어. 문은 항의하듯 날카로운 삐걱 소리로 화답했지. 그 소리가 너무 커서 들렸을 거라고 확신하고, 문은 열린 채로 두고 몸만 숙인 채 차 밑으로 집 쪽을 보았어. 1분이 지나도 남자가 나오지 않자 나는 다시 일어나서 차 안으로 들어갔다네.

널찍한 검은색 가죽 의자가 있고 변속레버에는 8번 당구공이 박혀 있었지. 내가 만난 세계 최고의 변속레버라 부를 만했다네. 나는 훗날 내 차를 갖게 되면 저 레버도 사겠다고 맹세했지. 당시에는 먼 일이었지만, 자동차 구매부터 불법 침입까지, 모든 일에는 제대로 된 계획이 필요한 것 아니겠나.

하지만 이번 불법 침입은 제대로 계획할 시간이 없었지. 그래서 조수석 글로브박스로 손을 뻗으면서도 잠겨 있지 않기만을 기도했다네. 잠겨 있다면 내 자물쇠 따기 도구가 필요할 테니까. 그리고 그건 침대 옆 협탁의 첫 번째 서랍 속 스파이더맨 신간 아래에 있거든.

폭 하는 소리와 함께 글로브박스가 열렸다네.

남자의 신원을 추측할 만한 등록증이나 서류가 들어 있기를 기대했는데, 그런 운은 따르지 않은 모양이었어. 종이 한 장 눈에 띄지 않더군. 대신 큼지막한 총이 한 자루 있었다네. 나는 총에 대해서는 아는 게 없으니 어떤 총인지 대번에 알아차렸다고 말하면 거짓말일 거야. 하지만 이 총은 알아볼 수 있었다네. 몇 달 전에 더티 해리 영화를 몰아서 봤는데, 클린트 이스트우드가 즐겨 쓰던 총과 같은 종류였거든.

세상에서 가장 강력한 권총, 44구경 매그넘이었다네. 한 방으로 머리를 날려버릴 수 있는 물건. 대상이 운 없는 꼬맹이라면 훨씬 끔찍하겠지.

나는 운 없는 꼬맹이가 아니었다네. 영리한 꼬맹이였지. 나는 실린더를 밀고 총신을 뒤로 기울여 총알을 내 손으로 떨어뜨렸어. 총알을 주머니에 넣고, 실린더를 원래대로 되돌린 다음, 매그넘을 글로브박스에 돌려놓았지.

낯선 남자가 돌아와서 총을 겨눌 때(머지않아 그런 일이 일어날 게 분명해 보였어) 그 총이 물총만큼이나 쓸모없다는 사실을 알고 있으면 기쁘지 않겠나. 만일 내게 도구가 있었다면 격발장치를 제거하고 총알은 놔두었겠지만. 사실 그렇게 할까 싶기도 했지만, 그러려면 카터 부부네 집에서 훤히 내다보이는 정원을 건너 집까지 왕복해야 하지 않았겠나. 그런 위험을 감수할 수는 없었어. 기회가 생기면 다시 생각해볼 수도 있겠지만.

총을 원래 자리에 둔 다음, 나는 글로브박스를 닫고 좌석 아래를 뒤졌다네. 머스터드 냄새를 풍기는 샌드위치 포장지 외에는 아무것도 없었어. 뒷좌석도 마찬가지로 비어 있었지.

경찰일 수도 있지만 아닐 가능성이 더 높은 낯선 남자의 정체는 여전히 수수께끼였고, 나는 그 수수께끼를 풀겠다고 단단히 마음먹었다네.

트렁크도 뒤지고 싶었지만, 내 감각과 분별력에 따르면 상황은 이미 충분히 위험했어. 따라서 나는 차에서 나와 조용히 조수석 문을 닫고, 왔던 길을 되짚어 안전한 숲속으로 들어갔지.

가장 큰 떡갈나무만 골라 조심스레 몸을 숨기면서, 나는 천천히 카터 부부의 집으로 다가갔어. 현관과 평행이 되는 위치를 잡은 다음, 잔디밭을 달려가 거실 창문 아래에 무릎을 꿇고 앉았지.

그리고 눈을 감고 귀를 기울였다네.

아버지 말씀에 따르면, 우리의 감각은 평소에는 서로 협력 관계에 있지만, 감각을 하나 이상 막으면 나머지 기관이 그만큼 예리해진다네. 나는 종종 이 말이 사실이라는 것을 확인했고, 이번에도 눈을 감는 것만으로도 숨어 있던 감각이 깨어나는 것 같더군.

누가 집 안을 뒤지며 다니는 소리가 들렸어. 그것만은 분명했지. 바로 내 위쪽 거실 안에 있다는 것도.

갑자기 깨지는 소리가 들렸다네.

꼭 거실에서 들린 것 같았는데, 그 장소에서 그런 소리를 낼 만한 물건은 본 기억이 없지. 나는 기억력이 아주 좋거든. 아버지는 때로 나를 낯선 방에 들여보낸 다음 곧바로 눈을 감고 모든 물건과 장소에 대해 떠올리며 말하는 훈련을 시키셨다네. 우리는 오픈하우스 세일을 하는 집을 찾아가서 이 기술을 연마하며 방마다 쑤시고 돌아다녔지. 집 하나를 끝내면 다음 집을 찾아갔고, 시간이 남으면 또 다른 집으로. 하루에 여섯 채를 돌아다닌 날도 있었다네. 방 안의 물건에 대해서만큼은 사진을 찍듯 기억할 수 있었어. 아버지는 이런 나를 자랑스럽게 여기며 칭찬하셨지. 그러나 아버지의 기억력은 훨씬 좋았어. 집 여섯 채를 돌아다닌 그날 밤 저녁식사를 하며 아버지는 두 번째 집의 어떤 방 안의 물건을 기억하느냐고 물었다네. 나는 두 번째 시험이 있을 거라고는 예상하지 못했고, 일부는 기억했지만 모든 물건을 기억하지는 못했지. 그러나 아버지는 모든 것을 기억했다네. 그분은…….

"물 주러 온 거냐?"

그 목소리에 혼이 빠질 정도로 놀란 나는 고개를 돌려 목소리의 주인을 마주했다네. 낯선 남자가 바로 내 뒤에 서서, 눈을 가늘게 뜨고 잔주름 가득한 얼굴을 찌푸리고 나를 보고 있더군. 땅딸막한 손가락으로 망치를 빙빙 돌리고 있었어.

"집 안에서 누가 움직이는 모습을 본 것 같아서요." 나는 재빨리 둘러댔다네. 핑계로는 나쁘지 않은 것 같았지. 때로는 가장 단순한 답변이 제일 나은 법. 거짓말로 대화를 이어가다 보면 그 거짓말이 목구멍을 비틀고 숨을 막아버리는 때가 찾아오거든.

"나와 같이 사업하는 동료 스미스 씨였을 게다." 낯선 남자는 이렇게 대답했다네. "나와 내 고용주와 마찬가지로, 스미스 씨도 너희 이웃이 며칠 동안 일터에 모습을 보이지 않아 걱정하고 있거든. 카터 씨가 여행을 떠나기 전에 휴가계도 제출하지 않았다는 사실은 예전에 말한 것 같은데. 아주 걱정되는 상황 아니겠니."

전에 대화할 때 그런 이야기를 했는지는 기억나지 않지만, 어쨌든 나는 고개를 끄덕였지. "그래도 들어가시면 안 돼요. 경찰을 부르는 게 나을지도 모르겠네요."

"아주 좋은 생각이로구나." 낯선 남자가 말했다네. "이 집에서 전화할 거냐, 아니면 너희 집으로 가서 전화할 거냐?"

젠장.

낯선 남자의 손이 내 어깨로 다가왔다네. 나는 몸을 숙여 손을 피하고, 몸을 돌려 빠져나왔지.

그는 키득키득 웃고 창문을 두드린 다음, 손가락을 까닥이며 이리 오라는 신호를 보냈어. "진정해라, 꼬마야. 스미스 씨에게 나오라고 신호를 보낸 것뿐이야."

우리 집 쪽에서 우르릉 하는 소리가 들리고 아버지의 포르쉐가 들어오는 모습이 보이기 시작했어. 아버지는 운전석에, 어머니는 조수석에서 내렸지. 부모님은 나직한 목소리로 대화를 나누면서 나와 낯선 남자 쪽을 바라보더니, 천천히 다가왔다네. 아버지는 방안을 밝힐 정도로 환한 미소를 띠고, 어머니는 아버지의 팔짱을 꼈지. 어머니는 아름다운 녹색 꽃무늬 드레스를 입었는데, 가볍게 발을 놀릴 때마다 옷깃이 다리를 감싸고 휘돌았다네. 잡지에 나올 법한 모습이었어.

아버지는 손을 내밀고 남자와 악수를 나눴어. "안녕하십니까, 선생. 카터 부부의 친구분 되십니까?"

낯선 남자도 미소로 화답했지. "사실 카터 씨의 고용주 밑에서 일하는 신셉니다. 카터 씨가 화요일부터 출근하지 않았는데, 조금 걱정된다는 말이 나오기 시작해서 말입니다. 어떻게 된 일인지 알아보려고 잠시 와봤습니다."

카터 씨네 집 현관에서 방충망 닫히는 소리가 나서, 우리 모두 그쪽을 돌아보았지. 긴 금발에 두꺼운 안경을 쓴, 말랐지만 억세 보이는 남자가 현관으로 나오고 있었어. 그는 이쪽으로 오는 대신 난간에 기대어 말보로 레드를 꺼냈지. 그가 성냥을 긁은 다음, 어느새 입에 물려 있는 담배에 불을 붙이는 모습을 나는 멍하니 지켜보았어. 애초에 담배를 담뱃갑에서 빼지도 않은 것 같았는데.

"저쪽은 내 동료인 스미스 씨입니다."

스미스 씨는 모자라도 쓰고 있는 양 손을 이마로 올려 까닥이더니 거리를 두고 우리를 살펴보았어. 예절바른 행동이라고 보기에는 어머니에게 조금 오래 시선이 머물렀고, 덕분에 아버지는 화가 난 것 같았지만, 그분은 자신의 감정을 대놓고 보이는 분이 아니었지. 아버지는 그저 싹싹하게 "만나서 반갑습니다"라고 말하고는 낯선 남자 쪽으로 주의를 돌렸어. "이쪽분 성함은 못 들은 것 같은데요."

낯선 남자는 웃음을 머금었지. "그럴 겁니다. 존스라고 합니다."

"경찰관이신 거지요, 존스 씨?"

낯선 남자는 고개를 갸웃했다네. "무슨 말씀입니까?"

아버지는 낯선 남자의 눈에서 시선을 떼지 않았다네. "우리 아들 말로는 어제 배지를 가지고 오셨다면서요."

낯선 남자는 나를 내려다보았다네. "아이가 왜 그런 말을 했는지 모르겠군요. 분명 잘못 보았을 겁니다." 그는 이렇게 말하며 재빨리 내게 윙크하더니 내 머리를 헝클어트리고 다시 아버지를 보았지. "카터 부부가 어디로 간다고 말했습니까?"

아버지는 고개를 저었다네. "그 정도로 가까운 사이는 아닙니다."

"언제 돌아올지는?"

"방금 말했듯이……."

"그 정도로 가까운 사이는 아니다?"

"그렇습니다."

스미스 씨는 꽁초를 바닥에 떨어트린 다음 검은 부츠 굽으로 밟아 껐어. 지금 우리 앞에 선 키 작은 남자보다는 오토바이 폭주족에 어울리는 신발이었지. 스미스 씨는 나보다 한참 크지는 않았지만, 살짝 쉰 목소리는 겉모습으로 짐작한 것보다 훨씬 중후했어.
"카터 씨는 우리 고용주 밑에서 꽤나 민감한 작업 중에 있었습니다. 그런데 휴가계도 내지 않고 연락도 닿지 않으니, 우리는 그가 자기 의무를 저버렸다는 결론을 내리게 된 겁니다. 그런 상황에 처한 이상, 그가 가진 서류를 즉각 돌려받을 필요성이 생겼죠. 우리는 그 서류가 이 집에 있으리라 생각했는데, 아무래도 그렇지 않은 모양입니다. 적어도, 여기 있더라도 보이는 곳에 있지는 않은 셈이죠. 카터 씨가 직장 이야기를 한 적이 있습니까? 어떤 일을 하는지 정도는 이야기했을 테죠?"

"그 정도로 가까운 사이는 아닙니다." 아버지는 같은 말을 반복했다네. "유감스럽지만 카터 씨의 직업이 뭔지도 몰랐습니다."

"회계사였죠." 낯선 남자가 말했지.

나는 그의 눈이 아주 잠시 어머니를 향하는 모습을 지켜보았고, 어머니도 그를 마주보았다네. 그 단순한 시선만으로 뭔가 대화를 주고받은 것이 분명했지만, 정확히 무슨 내용인지는 알 수 없었지.

스미스 씨는 허공에 정사각형을 그리며 말을 이었지.

"그는 서류를 높이 30센티미터, 너비 60센티미터의 베이지색 방화 금속 상자에 보관합니다. 커다란 금고 비슷한 물건인데, 상자는 침대 밑에서 찾았지만 주정뱅이의 술잔처럼 비어 있더군요. 그 내용물을 어떻게 했는지를 알고 싶습니다."

그때 지금까지 침묵을 지키던 어머니가 입을 열고 단호하게 말했다네. "카터 부부가 허락하지 않은 이상 집을 뒤지고 다닌 걸 알면 기분이 나쁠 것 같은데요. 찾는 물건이 뭐든 말예요. 신사분들께서는 이만 떠나주셨으면 좋겠어요. 카터 부부가 돌아오면 카터 씨에게 직장으로 연락하라고 제가 직접 알리죠. 휴가계를 제출하지 않은 건 그저 실수일 뿐일 테고, 이 모든 일은 아주 평범하고 단순하게 설명할 수 있을 거예요."

낯선 남자는 웃었지만, 어딜 봐도 억지웃음이었다네. 쓴맛 나는 디저트를 앞에 놓고 예의 바르게 굴 때 짓는 웃음. "분명 부인 말씀이 맞고 우리가 지나치게 예민하게 반응하는 거겠죠." 그는 조롱하듯 깊이 고개를 숙였다네. "아드님이 아주 훌륭하더군요. 카터 씨에게 돌아오자마자 사무실로 전화해달라고 전해주십시오."

"물론입니다." 아버지가 대답했다네.

두 남자는 포석 앞에 세워둔 플리머스를 향해 경쾌하게 발을 옮겼다네. 뒤도 돌아보지 않았지. 아버지와 어머니, 나는 그 자동차가 시야에서 사라질 때까지, 자욱한 먼지만 남을 때까지 그 자리에 서 있었다네.

57

에머리 코너스

둘째 날

오전 11:57

에머리는 무릎을 가슴으로 당겨 자유로운 쪽 팔로 안고 체온을 유지하려 했다. 몸이 걷잡을 수 없이 떨리고, 윗니와 아랫니가 부딪히는 소리가 두개골을 울렸다. 부러진 쪽 손목을 만지다 깜짝 놀라 손을 뗐다. 손목이 너무 심하게 부어서 흡사 피부가 수갑을 감싼 듯 느껴졌다. 뜨겁고 축축한 맥박이 날카로운 강철에 울리는 것이 느껴졌다. 나갈 길을 못 찾으면 한 손을 잃을지도 모른다는 생각이 들었지만, 어찌해야 할지 알 수 없었다.

나갈 길은 없다.

문도 없고.

천장도 없고.

주변을 둘러싼 차가운 콘크리트뿐.

음악이 쿵쿵 울리기 시작했다. 모르는 노래였다.

일관된 생각을 유지하는 것도 힘들어지고 있었다. 영양과 수분이 부족해서라는 것은 알았지만, 그렇게 되뇐다고 도움이 되는 것도 아니었다. 머리에는 지끈거리는 두통이 계속되고 정신은 안개 속에서 길을 잃은 듯 흐릿했다.

언젠가 술에 취한 적이 있었다.

콜린 맥두글과 함께.

콜린의 집 부엌 찬장 아래에서 와일드터키 한 병을 찾아내 마셔 보기로 했다. 술 마시는 법을 연습해두지 않으면 주량을 알지 못할 테고, 그러면 파티에서 만취하기 전에 멈출 수 없을 테니까. 에머리의 주량은 상당히 적었고, 예상보다 한 시간 일찍 돌아와 그들을 발견한 콜린의 어머니는 즐거운 기색이 아니었다. 에머리는 정확히 얼마나 마셨는지 기억할 수 없었지만, 다음 날 아침 매우 독특한 종류의 두통을 겪었다. 눈 뒤에서 시작되어 갈수록 강렬해지는 두통이었다.

지금 겪고 있는 두통이 그랬다.

그래, 언제 일인지 기억나. 무슨 수를 써도 똑바로 걷지 못했었지. 그래도 시도는 했잖니. 너도 콜린도. 그 아이 어머니가 알아차리지 못하기를 빌면서.

"작년이었어요, 엄마. 엄마는 한참 전에 돌아가셨고요."

그렇다고 해서 지켜보지 않았다는 뜻은 아니란다, 우리 딸. 내가 있었다면 정말이지 혼쭐을 내줬을 텐데! 컴퓨터며 휴대전화, TV까지 압수했을 테고. 내가 오빠와 처음으로 술을 마시다가 어머니한테 걸린 날 우리 어머니가 한 그대로 했을 텐데. 로저 삼촌은 기억하지? 로저와 내가 5분의 1갤런들이 보드카 병을 가지고 있다가 걸렸는데, 어머니는 우리 둘이 그걸 바닥까지 비우게 하셨어. 며칠을 끙끙 앓았고, 그날 이후 거의 3년 동안 알코올은 입에도 안 댔단다. 그나저나 로저는 요즘 어떻게 지내니?

"로저가 누구예요? 로저 삼촌이라는 사람은 기억 안 나요."

로저 삼촌을 어떻게 잊을 수가 있니? 네가 태어나고 거의 1년을

같이 살았는데.

순간 에머리는 로저를 기억해냈다. 살짝 과체중에, 검은 머리를 헝클어트려서 정수리 근방이 비어가는 것을 숨기려 헛되이 시도하던 사람. 버로우 선생님이 음식분쇄기에 파스타를 쑤셔넣어 막혔을 때 싱크대를 수리해준 사람이었다. 지갑 속에 두었던 출입증이 휴대전화에 눌려 망가졌을 때 새것을 발급해주었다. 잠깐……. "로저 삼촌은 없어. 로저는 아파트 관리사무소 직원이잖아."

내가 로저라고 했던가? 어머, 세상에. 로버트 삼촌 이야기였어.

"삼촌 같은 건 없어. 엄마 쪽 친척을 만났더라도 분명 기억하지 못할 테고." 에머리는 작은 소리로 중얼거렸다. 원한다면 크게 소리칠 수도 있었겠지만, 크림이 '본 언더 배드 사인'을 쩌렁쩌렁 노래하는 와중이니 아무도 듣지 못할 게 뻔했다.

스티브 삼촌은 기억 안 나? 아주 서운해할 텐데. 네가 아기일 때 요람을 흔들며 재워주곤 했단다. 그 노래가 어떻게 시작되더라? 혹시 기억나니? 음악이 죽은 날에 대한 내용이었는데…….

"셰비를 몰고 강둑으로 갔지만 강은 말라 있었네요." 에머리는 말라붙고 갈라진 입술로 힘겹게 노래를 부르다, 갈라진 입술을 혀로 핥았다. "……그날이 내가 죽는 날일 거라고."

그거야! 라이언 삼촌은 그 노래를 좋아했단다.

"나한테 삼촌 따윈 없어. 어머니도 없고. 넌 실제로 존재하지 않아. 제발 나한테 말 걸지 말아줘."

오늘일까?

"뭐?"

방금 말해놓고선. 네가 죽는 날 말야.

에머리는 손가락을 관자놀이에 대고 눌렀다.

슬슬 네 미래에 끝이 있다는 걸 받아들이는 게 좋을 것 같구나. 우리 딸. 원숭이 킬러가 너를 당장 죽이지 않더라도, 몇 주 동안 먹지도 마시지도 못했잖니. 이대로 얼마나 버틸 것 같아?

"몇 주는 아냐. 이틀밖에 안 됐어. 기껏해야 사흘이라고."

어머, 최소 일주일은 된 것 같은데.

에머리는 격하게 고개를 흔들다가, 귀가 잘려나간 자리가 덜렁거리며 찾아온 통증에 얼굴을 찌푸렸다. "저 음악은 아무래도 타이머 같아. 하루에 한 번씩 들려오는 거지. 그렇다면 오늘은 이틀째야."

네 허술한 이론이 사실로 밝혀진다 해도, 물론 나는 그렇게 생각하지 않지만, 사람이 음식이나 물 없이 얼마나 버틸 수 있을까?

"간디는 21일이나 버텼어." 에머리가 말했다.

음식 없이 21일을 버틴 거지. 물은 마셨어.

"정말?"

당연하지. 솔직히 누가 초코바 한두 개쯤 몰래 넣어줬어도 별로 놀랍지 않을 것 같은데. 연예인들이 어떤지는 너도 잘 알잖니.

"간디는 연예인이 아니야. 그 사람은……." 왜 이런 대화를 하고 있는 걸까? 그녀는 실제로 존재하는 사람이 아니다. 그저 마음이 장난을 치는 것뿐인데. 어쩌면 정신이 나가고 있는지도 모른다. 수분 부족으로 몸이 쓰러지기 전에 마음이 먼저 무너질 것이다. 뇌가 햇볕에 널어놓은 스펀지처럼 수분을 잃고 있었다. 내장 기관도. 오줌이 마려웠지만, 아무것도 나오지 않았다. 신장과 간이 말라비틀어지는 광경이 머릿속에 떠올랐다. 얼마나 있어야 신부전증이 올까? 움직이지 않는데도 심장 박동은 계속 빨라지며 가슴 속에서 쿵쿵댔다. 처음에는 상상이라고 생각했지만 몇 시간 전에 맥을 재니 분당 90회에 가까웠다. 매우 높은 수치였다. 달릴 때도 80회를 넘는 경우가 거의 없는데.

에머리는 목에 손가락을 대고 다시 맥박을 재보았다. 15초 동안의 심장 박동을 셌더니 26회였다. 26 곱하기 4는…… 젠장, 집중할 수가 없어, 26 곱하기…….

거의 200이잖니. 맥이 빠르구나, 우리 아가.

"104야." 에머리는 목소리를 무시하며 소리 내어 말했다. 평소의 안정기 심박수는 55 정도였다. 지금은 아무것도 하고 있지 않은데도 심장이 격렬하게 뛰었다. 에머리는 그게 정확히 무슨 의미인지 몰랐지만, 좋지 않다는 것만은 확실했다.

원숭이 킬러가 돌아오면 단숨에 죽여달라고 부탁하는 게 나을지도 모르겠네. 너의 눈하고 혀를 가지고 장난치게 두는 것보다는 훨씬 낫지 않겠니?

에머리는 입안에서 혀를 굴려보았다. 미각을 거의 잃었지만, 톱밥 비슷한 맛이 맴돌았다. 입에 톱밥을 가득 문 느낌이었다.

울고 싶었지만 눈물도 나오지 않았다. 어둠을 바라보는 눈이 타오르듯 뜨거웠다.

머리 위 어딘가에서 지미 헨드릭스가 기타를 들고 괴성을 지르기 시작했다.

58
일기

쥐는 숙어 있었어.

어머니와 아버지를 쫓아 지하실 계단을 내려가자마자 처음 깨달은 게 바로 그거였지. 축 늘어진 작은 몸이 마치 눈 달린 축축한 행주 같더군. 고개는 뒤로 돌아갔고, 사지는 사방으로 뻗었다네. 엉망이 된 쥐 사체는 카터 부인이 앉아 있는 침대 옆의 작은 피웅덩이 속에 누워 있었어. 그녀의 묶이지 않은 손이 죽음으로 빨갛게 물들었더군.

우리가 내려오는 모습을 보며 그녀는 웃었다네. 몇 시간 전 눈에 가득하던 공포는 이미 사라졌고, 얼음처럼 차가운 시선이 그 자리를 채웠지.

"이제 끝났어. 그가 우릴 전부 죽일 거야." 목소리조차 달라졌다네. 차분하고 침착했지. 단호했어.

"누구 말이오?" 아버지는 이렇게 대꾸했지만, 나는 아버지가 정답을 알고 있다고 생각했어. 내 마음속을 채운 의문은 그 사실을 카터 부인이 어떻게 알아냈느냐였지만.

그녀는 우리가 내려온 이유를 정확히 알고 있었어.

"그 사람 떠났어? 어차피 금세 돌아올 테지만." 카터 부인은 피투성이 손을 침대 바닥에 닦고, 죽은 쥐를 걷어차서 지하실 구석으로 날려버렸어. 붉은 자국이 남았지. "내 남편을 죽이면 안 되는 거였어."

아버지는 손을 쳐들었고, 난 아버지가 카터 부인을 때리려 하는 줄 알았어. 아버지가 그런 일을 하는 건 상상조차 할 수 없었어. 여자가 때리더라도 반격해서는 안 된다고 말하는 분이셨거든. 설사 무거운 물건으로 때리더라도 말이야. 여성을 때리는 일에는 핑계가 용납되지 않는다고 하셨지. 절대로.

그분은 손을 내리고 세탁기 위에 놓인 수건을 집어 그녀에게 던졌다네.

그녀는 감사의 미소를 흘리고, 손의 피를 최대한 닦아냈어. "나를 풀어주면 그에게 무슨 일이 벌어졌는지 설명해보겠지만, 내 말을 믿어주지 않을지도 몰라. 설령 믿는다 해도 결과가 달라질 리 없고."

"그들은 당신 남편이 가진 서류를 원하고 있소. 그의 보스 밑에서 일한다고 하던데." 아버지가 말했어.

그녀는 살짝 고개를 갸웃했지. "뭐, 거짓말은 아니네."

"그 서류가 어디 있는지 알고 있소?"

카터 부인은 다시 미소 지었지만 입을 열지는 않은 채, 수갑을 당기기만 했어.

듣고만 있던 어머니가 카터 부인에게 달려들었어. 침대 위로 뛰어오르는 어머니를 아버지가 잡아챘지. 어머니는 아버지에게 붙들린 채 카터 부인 앞의 허공을 격렬히 할퀴었어. "우리 집에 뭘 끌어들인 거야!"

카터 부인은 코웃음을 쳤어. "나를 데려온 건 너였잖아. 내가 부탁한 것도 아니고. 우리 남편을 죽여달라고 부탁한 적도 없어, 이 미친년아."

어머니는 이 말에 폭발해버렸고, 나는 아버지가 어머니를 놓칠 거라고 생각했지만, 아버지는 해냈지. 어머니의 목에 팔을 둘러 프로레슬러들이 팔꿈치로 목을 조르는 슬리퍼 홀드 자세를 취했거든. 의식을 잃을 정도로 죄진 않고 그저 그럴 수 있다고 알리는 정도였지만 어머니는 포기하고 멈췄다네. 하지만 아버지는 손을 풀지 않았어. 그 이유는 나도 잘 알지. 아버지께서 이 기술을 가르쳐주며 말씀하시길, 상대가 의식을 잃은 척하거나 협조적인 모습을 보여서 팔을 풀어주었다가는 곧바로 반격당할 수 있다는 거야. 아버지는 내게 슬리퍼 홀드를 제대로 구사하는 법뿐 아니라 내가 당했을 경우의 대처까지 가르쳤어. 기절한 척하는 방법도. 아버지는 극도로 현명한 분이었거든.

"놔주면 예의를 지키겠다고 약속해." 아버지는 어머니의 귓가에 부드럽게 속삭였다네.

어머니가 고개를 끄덕이자, 아버지는 천천히 팔을 풀었지. 다시 덤벼들면 바로 잡아챌 준비를 했지만, 어머니는 그러지 않았어. 대신 세탁기에 등을 기대고 카터 부인을 노려볼 뿐이었지.

아버지는 카터 부인에게 시선을 돌렸어. "그쪽 남편이 누구 밑에서 일하는 거요?"

"'일했던 거요'라고 물어야 하는 거 아니야?"

아버지는 상관없다는 듯 손을 흔들었지. "무슨 상관이오."

카터 부인은 말을 멈췄고, 그녀의 눈 속에 오늘 처음으로 전과 같은 공포가 깃들었어. 감정을 억누르고 강한 척하려 해도 숨길 수 없는 공포. 아버지 또한 그 모습을 봤지. 마침내 입을 연 그녀의 목소리는 부서질 듯 가늘게 떨리고 있었다네. "여길 떠나야 해. 우리 모두."

아버지는 침대 옆에 무릎을 꿇고 앉아 그녀의 손을 자기 손으로 덮었어. "누구 밑에서 일한 거요?"

그녀는 어머니를, 이어서 나를 보고는 아버지 쪽으로 시선을 돌렸어. "범죄자. 열 명, 아니 더 많을지도 몰라. 제노베제 패밀리* 사람들도 몇 명 있어. 남편은 그들의 돈을 숨기는 일을 도왔어."

아버지는 바로 다음 질문을 던졌어. "남편이 그들에게서 뭘 빼낸 거요?"

카터 부인은 숨을 깊이 들이쉬고 눈을 감더니, 내뱉듯 대답했지. "전부. 동전 한 닢까지."

* 뉴욕에 근거지를 둔 범죄 조직. 이탈리아계 마피아 중 가장 오래되고 규모가 크다.

59
샘 포터

둘째 날

오후 12:18

"편하게 있어." 포터는 현관문 근처의 작은 탁자에 집 열쇠를 떨어트리며 왓슨에게 말했다. "냉장고도 맘대로 뒤져도 되고. 그 안에 뭐가 있는지도 모르겠지만."

집으로 오는 내내 두 사람은 침묵했다. 왓슨은 자기 자리에서 옴찔거리기만 했고, 포터는 아내에게 총을 쏜 젊은이의 얼굴을 잊으려 안간힘을 썼다.

그러나 소용없는 일이었다.

자신의 몸을 구성하는 세포 하나까지도 그에게 차를 돌려 51번가로 돌아가라고, 베레타를 그놈의 턱에 들이밀라고, 약실에 총알이 남지 않을 때까지 방아쇠를 당기라고, 그런 다음에도 머리라고 부를 만한 부분이 남아 있다면 흠씬 두들겨 패라고 소리쳤다.

자부심을 느낄 만한 생각은 아니었다. 원하던 생각도 아니었다. 포터는 폭력적인 사람이 아니고, 조금이라도 증오를 품었다가는 헤더의 호된 질책을 들을 것이 분명했다. 헤더는 분명 그런 생각을 극복하라고, 분노에 굴하지 말라고 말할 것이다. 분노와 증오가 자신을 살릴 수는 없으며, 그런 생각은 포터의 영혼을 더럽힐 뿐이라고.

물론 그녀가 옳다. 헤더는 항상 옳은 말을 하는 사람이었다. 그러나 그 말이 옳다고 해서 달라질 것은 아무것도 없었다.

"괜찮으세요?" 왓슨이 그를 물끄러미 바라보았다.

포터는 고개를 끄덕였다. "괜찮아. 그냥 호흡을 좀 가다듬고 진정하면 돼." 그리고 머뭇거리다 한마디 덧붙였다. "함께 가줘서 고마워."

"저야 언제든 괜찮아요. 저…… 부인이신가요?" 그는 소파 옆 작은 탁자에 놓인 사진으로 손짓하며 물었다.

1년 전쯤 찍은 헤더의 사진이었다.

포터는 사진을 들었다. "그래. 그날 아내가 정말 자랑스러웠지. 항상 작가가 되고 싶어했고, 언제나 공책에 뭔가를 끼적이고 있었거든. 늘 그랬지. 아내의 단편을 셜리 잭슨상에 응모했는데, 정말로 수상해버렸지 뭔가. 그날, 시상식 직후에 찍은 사진이야."

포터는 왓슨이 더 묻지 않는다는 점에 속으로 감사했다. "금방 돌아올게. 뭐라도 먹고 있어." 그는 부엌 쪽으로 고갯짓한 다음, 왓슨이 걸어가는 모습을 바라보았다.

침실에 들어가는 순간 전화가 울렸다. 그는 음성사서함으로 가게 둘까 하고 생각하다가 마음을 바꿨다. 화면을 힐긋 보니 클로즈였다. 그는 휴대전화를 귓가로 가져갔다.

"선배?"

"응?"

"문제가 생겼어요."

"무슨 일이야?"

"어제 터널 속 궤도차에서 채취한 지문 있잖습니까?"

"그래."

"일치하는 지문이 나왔습니다."

포터는 옷장으로 가서 재킷을 벗고 셔츠 단추를 하나씩 끌렀다. 차갑고 끈적이는 커피가 팔의 절반을 적셨다. 그냥 버리는 게 나을지도 모른다는 생각이 들었다.

"그 지문은 왓슨 거였어요. 문제는 왓슨이 왓슨이 아니라는 겁니다. ViCAP(강력범 체포 프로그램)에는 앤슨 비숍이라는 이름으로 기록되어 있습니다. 방금 법의학 연구소에 전화해봤어요. 겉보기로는 문제가 없어 보였는데, 파고드니 구멍이 숭숭 뚫려 있더군요. 그가 제시한 신분은 가짜예요. 폴 왓슨이라는 사람은 존재하지 않아요. 앤슨 비숍의 가명입니다. 아직 상황을 파악하려고 노력 중이지만, 그가 선배나 SWAT가 들어가기 전에 궤도차를 만진 사실 자체에는 의심의 여지가 없어요. 이 사건에 연루되어 있단 말입니다. 그의 정체가 뭔진 몰라도 적어도 경찰은 아니에요. 선배하고 내쉬가 처음 만났다고 했죠?"

"그런가."

"젠장. 지금 같이 있는 거죠?"

"그렇지."

"지금 어딥니까? 단둘이 있어요?"

포커는 침실에서 고개를 내밀고 부엌 쪽을 힐끗했다.

"선배, 듣고 있어요?"

"왓슨?" 포터는 큰 소리로 말했다. "냉장고에 맥주 남았어?"

"집? 지금 집에 있어요?"

"그래, 그건 사실이라 봐야겠지."

부엌 또는 거실에서 왓슨의 인기척이 느껴졌지만, 대답은 없었다.

포터는 구두를 벗은 다음 발소리를 죽인 채 침실을 나와 복도로 들어섰다. 그의 눈은 재빨리 텅 빈 거실을 훑고 열린 부엌 문 쪽으로 향했다.

"왓슨?" 포터는 천천히 손을 올려 권총집의 가죽끈을 끌렀다. 그리고 손가락으로 베레타 손잡이를 감싸 쥔 다음 뽑았다. "아직 이른 시간이지만, 정신을 가다듬으려면 아무래도 한잔해야겠어."

클로조스키가 명령을 내리는 소리가 흐릿하게 들렸다. "놈을 붙들어둬요, 선배! 그리로 사람을 보냈어요."

"물론이야, 클로즈. 이리 오라고. 왓슨하고 나는 조금 있다가 골동품 가게에 들를 생각이야. 자네도 함께 가지."

"가장 가까운 순찰차가 도착하려면 4분 걸립니다. 어디 있어요? 시야가 확보된 상태입니까? 우리 대화를 들을 수 있어요?"

"왓슨, 피자 남은 걸 혼자 다 먹었다가는 화낼지도 몰라."

포터는 총을 겨눈 채로 문을 걷어차고 작은 부엌으로 들어갔다.

아무도 없었다.

시야 구석에 앤슨 비숍의 모습이 보이는가 싶더니 커다란 식칼이 그의 허벅지를 파고들었다. "움직이면 안 돼요." 비숍이 등뒤에서 속삭였다. "이 칼은 지금 총장골동맥에 박혀 있거든요. 폐동맥계에서 가장 굵은 혈관 중 하나죠. 이걸 뽑으면 몇 초 안에 출혈로 목숨을 잃어요. 눕는 걸 도와드릴게요. 총을 내려놓으세요."

"넌 대체……." 포터는 악문 이 사이로 간신히 한 음절씩 뱉었다.

"총은 내려놔요. 전화도."

포터는 시키는 대로 한 다음 움직이지 않았고, 비숍은 총을 걷어찬 다음 휴대전화를 구두굽으로 밟아 부숴버렸다.

"왓슨?"

"쉬잇. 말하지 말아요." 비숍이 말했다. "자, 천천히. 먼저 무릎을 댄 다음에, 배를 깔고 엎드리는 거예요…… 좋아요. 칼 조심하고."

포터는 그의 도움을 받아 엎드렸다. 다리에 꽂힌 칼의 무게가 느껴졌지만, 비숍은 포터가 하드우드 바닥에 얼굴을 댈 때까지 한쪽 손으로 칼을 잡고 있었다.

"분명 경찰이 오고 있겠죠. 오래 기다릴 필요는 없을 거예요. 피는 별로 안 났거든요. 칼을 뽑지 않는 한 그대로 유지될 거예요. 전문가를 불러요. 어떻게 뽑으면 되는지 아는 사람으로. 몇 바늘만 꿰매면 빗방울처럼 가볍게 움직일 수 있을 거예요. 당신을 해치게 되어 정말이지 유감이에요. 진짜로요. 조금 더 시간을 보내고 싶었는데. 정말 즐거웠거든요. 하지만 좋은 일에는 끝이 있게 마련이죠. 이제 우리 게임을 결산할 순간도 아주 가까이 다가왔거든요."

"에머리는 어디 있어?"

비숍은 웃었다. "내쉬하고 노튼한테 안부 전해줘요. 별로 위안은 안 되겠지만, 아내분 일, 진심으로 유감이에요."

포터는 간신히 고개를 틀어 복도로 나가는 그의 모습을 바라보았다. 멀리서 사이렌이 울렸다.

60
일기

"뭐, 일단 계획은 그랬어. 훔쳐서 도망치는 거. 하지만 성공했는지는 모르겠어. 사이먼은 허풍쟁이이지만 계획을 실행할 때면 미진한 구석이 있었거든."

"당신 침대 아래에서 베이지색 방화 상자를 발견했다던데. 거기에 넣어놓았던 것 아니오?" 아버지가 물으셨어.

카터 부인은 어깨를 으쓱했지. "몰라."

어머니가 다시 그녀에게 달려들었고, 이번에는 아버지보다 빨랐어. 그녀의 머리카락에 손이 닿자마자 머리채를 움켜쥐고 마구 잡아당겼지. 카터 부인은 비명을 지르며 어머니의 팔을 때렸어. 그녀의 손톱이 어머니의 팔에 붉은 자국을 남겼지.

"그만!" 아버지가 소리치며 두 여자 사이로 끼어들었어.

어머니는 머리채를 놓고 코웃음을 치더니 한발 물러났어. "이 여자 때문에 우린 다 죽을 거예요."

"정확하게 뭘 가져온 건데요?" 내가 물었다네. 상황에 맞는 질문이었지만, 주된 목적은 긴장을 완화하는 거였지.

카터 부인은 두피를 살짝 만지더니 얼굴을 찡그렸다네. 그리고 눈을 가늘게 뜨고 어머니를 봤지. "어차피 우린 모두 죽은 목숨인 걸."

아버지는 그녀를 침대로 밀치며 말했어. "내 아들의 질문에 대답하시오."

그녀는 아버지를 향해 비웃음을 흘리더군. "지하실에 여자 하나 묶어놓고 밀치기나 하고, 참 터프하시네." 그녀는 손톱 사이에 말라붙은 피를 파내며 말을 이었어. "사이먼은 사업에 대해 그쪽 사람들보다 잘 알았어. 그러니 그가 도망쳤다면 분명 그들도 걱정을 하겠지." 그녀는 우리 부모님을 책망하듯 바라봤어. "당신들 둘이 그가 도망친 것처럼 보이게 하려고 훌륭한 솜씨를 발휘한 모양이던데. 결국 당신들이 이리로 불러들인 거야."

"당신 남편이 뭘 훔친 거요?" 질문을 되풀이하는 아버지의 목소리에 분노가 배어 있었다네. 세 번째 질문은 말로 끝나지 않을 것이 분명해 보였지.

카터 부인은 손톱 파기를 포기하고 심호흡을 했어. "남편이 한 달쯤 전에 사업체의 공동 소유자 두 명이 비밀을 숨기는 것 같다고 말했어. 그러니까, 평소보다 더. 반드시 참여해야 하는 회의에서 그를 배제시켰다는 거야. 근무 시간이 아닌데도 사무실에 남아 있고. 몇 번은 자기 물건을 뒤지기도 했다고 했어. 사람들이 등 뒤에서 수군거리는 느낌이 드는 게, 쫓겨나거나 그보다 더 끔찍한 꼴을 당할 거라는 예감이 들었다는 거지. 그래서 서류를 집으로 가져와 사본을 만들기 시작했어. 나는 미쳤냐고 했지. 하지만 그는 내 말을 듣지 않고 수십 개의 사본을 만들었고, 그걸 두고 자신의 보험이라고 했지. 그를 해치려 들거나 업계에서 퇴출시키려 하면, 그 서류를 공개할 거라고."

아버지는 머리카락을 쓸어 넘기며 말씀하셨지. "그것 참 위험한 장난으로 들리는군."

카터 부인은 고개를 끄덕였어. "지난주에 자기가 맡고 있던 가장 큰 계좌에 접근을 금지당했다고 했어. 남편은 자기가 모은 정보를 이용해 해외 은행으로 돈을 빼돌릴 거라고 했고. 연기처럼 사라질 거라고 했지."

"실제로 그렇게 했는지는 모른다는 거요?"

그녀는 고개를 끄덕였다. "했어도 나한테는 말 안 했을걸. 지난주 내내 싸우기만 했으니. 앞으로도 영영 말해주지 않을 생각이었을지도 모르지."

그녀의 눈가에 눈물이 고였고, 나는 불편한 기분이 되었다네. 그래서 바닥을 내려다보며 발로 먼지를 뒤적이기만 했지.

"서류 사본은 어떻게 했소?" 아버지가 물으셨다네.

카터 부인은 어깨를 으쓱했어. "나도 몰라. 말해주지 않았으니까. 이제 물어볼 수도 없어."

아버지는 어머니를 돌아보았어. "그런 사람들은 더러운 비밀이 드러나는 꼴을 보느니 목격자를 죄다 죽여버리지. 떠나는 게 나을지도 모르겠어."

"우리가 먼저 죽이면 되잖아요." 어머니는 나직이 대꾸하셨다네.

"그 남자가 어떤 사람인지 알기나 해? 이건 시작일 뿐이야. 분명 머잖아 돌아올거야. 다른 사람들을 끌고서. 이제 도망칠 수밖에 없어."

61
클레어 노튼

둘째 날

오후 1:23

“대체 무슨 일이 벌어지고 있는 겁니까?” 콜비 교장의 집무실로 들어오는 스티븐 매서스의 얼굴이 붉게 달아올라 있었다.

콜비 교장은 양손을 들었다. “진정해요, 스티븐. 이 사람들이 등장하자마자 당신을 부른 거니까요.”

스티븐 매서스의 시선이 구석에서 머리를 감싼 채 앉아 있는 아들에게 향했다. 그는 두 형사를 돌아보며 말을 이었다. “내 아들한테서 뭘 원하죠?”

노튼은 커다란 떡갈나무 책상 앞 빈 의자를 손짓하며 말했다. “잠시 앉으시지요, 매서스 씨.”

매서스는 그 말을 듣자 더 화가 나는 모양이었다. “내가 지금 할 일은 당장 내 아들을 데리고 여길 떠나 이놈을 아파트에 가둬놓고 변호사 세 명을 그쪽 책임자 사무실로 보내는 거요. 바로 그렇게 해주지.”

노튼은 숨을 깊이 들이쉬고 대꾸했다. “선생님 아드님이 에머리 코너스-탤벗 양의 납치 및 살인 시도에 연관되어 있을지 모릅니다.”

매서스는 얼굴을 찌푸렸다. "탤벗? 부동산업자 말이오?"

내쉬가 고개를 끄덕였다. "그쪽 아드님이 그 사람 딸과 사귀는 사이라서."

"데이트와 납치는 꽤나 거리가 있는 것 같소만, 형사."

"부디 앉아주시죠, 매서스 씨." 노튼이 다시 권했다.

이번에는 매서스도 서류가방을 내려놓았다.

"제이콥 키트너에 대해 아는 게 있으십니까?" 그녀가 물었다.

"내 처남?"

노튼은 고개를 끄덕였다.

"5년 넘게 그와 말도 섞지 않았습니다. 아내 어밀리아가 죽은 이후로 말이죠."

"아드님은요? 마지막으로 키트너 씨와 대화한 게 언제였죠?"

"아들 또한 그와 접촉한 적 없습니다. 애초에 외가와 왕래가 없으니." 매서스가 말했다.

세 사람은 함께 구석에 앉아 있는 타일러를 돌아보았다. 여전히 손에 얼굴을 묻고 있었다.

"내 말이 맞지, 타일러?" 매서스가 말했다.

마침내 고개를 든 타일러의 눈은 붉게 충혈되고 퉁퉁 부어 있었다. "전부 제 잘못이에요. 아무도 다칠 사람은 없을 거라고 생각했는데."

매서스는 자리에서 일어나 아들 쪽으로 향했다. "지금 무슨 소릴 하는 거냐?"

"제이크 삼촌이 에머리가 다칠 일은 없다고 하셨어요."

노튼과 내쉬는 서로 마주보다가 다시 타일러 쪽으로 시선을 돌렸다.

"제이크 삼촌? 언제부터 그자를 그렇게 부른 거지?"

타일러는 한숨을 쉬었다. "엄마하고 같이 자주 만나러 갔어요. 이야기하지 않은 건 삼촌하고 아버지 사이가 나빴고, 엄마는 그 일을 가지고 싸우고 싶지 않았기 때문이에요. 삼촌이 죽을 병에 걸렸다고 털어놓은 후로 잔심부름을 조금씩 했어요. 방과 후에요. 그게 전부예요."

"죽을 병에 걸렸다고?"

노튼은 교장을 올려다보았다. "콜비 씨, 실례지만 잠시 자리를 비켜주실 수 있으십니까?"

교장은 얼굴을 찌푸렸지만 순순히 나갔다. "바로 밖에 있을 테니, 필요한 게 있으면 부르세요."

교장이 떠나자 노튼은 다시 매서스에게 주의를 돌렸다. "선생님 처남은 위암 말기였습니다. 다른 일이 없었어도 몇 주 안에 목숨을 잃었을 겁니다."

매서스는 고개를 젓고 있었다. "잠깐, '다른 일이 없었어도'라니 무슨 뜻입니까? 대체 무슨 일이 있었죠?"

내쉬는 머리를 쓸어 넘기며 대답했다. "어제 아침 6시경 제이콥 키트너가 55번가와 우드론 대로가 만나는 모퉁이의 우체통으로 걸어가다가 CTA 버스에 치여 목숨을 잃었습니다. 우리는 그 사람이 작고 하얀 상자를 배달하려던 것으로 생각하고 있고, 그 상자에는 사람의 귀가 들어 있었고……. 에머리의 귀였죠. 당신 처남이 네 마리 원숭이 킬러예요."

매서스는 얼굴이 창백해져서 몸을 뒤틀었다. "제이크가? 그럴 리 없어."

내쉬는 고개를 끄덕였다. "에머리는 그에게 납치되었고, 여전히 어딘가에 감금되어 있습니다. 음식도 물도 없이, 돌봐줄 사람도 없이…… 그리 오래 버티지는 못하겠죠. 그 소녀가 어디에 있는지 아는 살아 있는 사람은 당신 아들뿐일지도 모릅니다."

얼굴이 창백해져서 가쁜 숨을 몰아쉬는 매서스의 모습이 자기 아들보다 끔찍해 보였다. "타일러, 저 사람 말이 사실이냐?"

타일러는 숨을 들이쉬었다. "삼촌은 원숭이 킬러가 아니에요. 생각하시는 거랑 달라요."

노튼은 방을 가로질러 가서 그의 의자 앞에 무릎을 꿇고 앉았다. "삼촌을 생각하는 마음은 알지만, 끔찍한 짓을 저지른 사람이라는 사실은 변하지 않아. 하지만 지금은 에머리를 찾는 일에 집중할 때야. 어디로 데려갔는지 알고 있다면 말해줘."

"삼촌은 원숭이 킬러가 아니에요."

매서스가 자리에서 일어나 다시 아들 쪽으로 갔다. "지금 무슨 말을 하려는 거냐?"

"제이크 삼촌은 우리 가족을 도우려고 했을 뿐이에요."

"돕다니?" 노튼이 물었다.

타일러는 아버지를 슬쩍 올려다보더니 바닥으로 시선을 떨어뜨렸다. "아버지는 돈 때문에 힘들어하고 계세요. 작년에 사업 규모를 축소했는데, 그 후로 생활비 지출을 감당하기 힘들어서 제 대학 학비로 떼어놓은 돈에 손대기 시작하셨어요."

"너 그걸 어떻게 알았……."

노튼은 손을 들어 매서스를 막았다. 타일러는 말을 이었다.

"제 성적이면 충분히 아이비리그에 진학할 수 있는데, 장학금을 받을 정도는 아니에요. 지원금을 신청하기에는 또 아버지 수입이 너무 많아서 학비를 전액 내야 하죠. 학자금 대출로는 다 메울 수가 없어요. 제이크 삼촌은 자신이 돕지 않으면 다른 방법이 없을 거라고 했어요. 생명보험을 들려고 했지만 보험사에서 거부당했죠. 그런 와중에 삼촌이 다른 방법이 있다고 말씀하신 거예요.

한 달쯤 전에, 어떤 남자가 자기 일을 도와주면 많은 돈을 주겠다고 했대요. 제이크 삼촌에게는 불법이 아니라고만, 그러니까 완전히 불법적인 일은 아니라고 했고요. 삼촌이 병에 걸려서 살 날이 얼마 남지 않은 걸 안다고 했대요. 게다가 그 일을 하면 나뿐 아니라 수많은 사람을 도울 수 있다는 거예요. 하지만 제이크 삼촌 혼자서는 안 되고, 제 도움도 필요하다고 했어요."

매서스의 얼굴이 다시 붉게 달아올랐다. "그 개자식이 너한테 뭘 시킨 거냐?"

"매서스 씨, 진정하십시오." 노튼이 말했다.

타일러는 한숨을 쉬었다. "뭘 시킨 건 아니에요, 아빠. 적어도 제가 하기 싫은 일은 없었어요. 그는 저한테 에머리 코너스와 가까운 사이가 되고, 데이트를 하라고 시켰어요. 예쁜 애니까, 그래, 안 될 게 뭐야? 하고 생각했죠. 한두 번 데이트하고, 우리 홈커밍 파티에 데려오고……." 그의 시선이 다시 노튼 쪽으로 향했다. "처음에는 과연 내가 꼬실 수 있을까 궁금했을 뿐인데, 일단 가까워지고 나니까 정말로 그 애가 좋아진 거예요. 함께 있는 게 너무 즐거웠어요. 말이 통하는 아이거든요? 정말 똑똑하고요. 심지어 제 공부를 도와주기까지 했어요. 모두 잘되고 있었는데. 그러다 제이크 삼촌이 구두를 훔치라고 시킨 거예요."

"탤벗 씨의 구두 말이지?" 노튼이 물었다.

"네. 지난주 목요일에 함께 영화를 보고 있는데, 탤벗 씨가 한 20분 정도 들렀어요. 옷에 진흙이 잔뜩 묻었더라고요. 이유는 말하지 않았어요. 그냥 빨리 샤워하고 옷을 갈아입어야 한다고 말하면서 들어왔죠. 더러운 옷은 가정부가 처리하도록 손님용 침실에 뒀고요. 그때 제이크 삼촌에게서 전화가 왔어요. 탤벗 씨의 구두를 가져오라는 거예요. 왜인지는 말하지 않고, 그 남자가 가져오라고 지시했다는 말만 했어요. 괴상한 요구라서 오싹했죠. 아파트에 카메라를 설치해놓은 것 같다는 생각도 들었어요. 어쨌든 에머리가 화장실에 간 사이에 그의 구두를 배낭에 넣었어요. 다음 날 제이크 삼촌에게 가지고 갔죠. 그런데 그걸 어디다 쓰려고 하는지는 말하지 않고, 그자가 제 학비를 치르고도 남을 정도의 돈을 보내왔다고만 하는 거예요. 구두 한 벌인데요! 믿을 수 없었죠. 저하고 삼촌은 그가 돈을 회수할지도 모른다고 생각했는데, 그런 일은 일어나지 않았어요. 다음 날 제이크 삼촌이 미적분 교과서를 받아 왔어요. 절더러 그걸 에머리네 아파트에 두고 오라고 했죠. 이상한 요구이기는 했지만, 안 될 게 뭐야? 라고 생각했죠. 괴상한 사람이 구두 한 벌을 가져오고 책을 가져다두는 대가로 수십만 달러를 지불하고 싶어한다면……."

"얼마라고?" 매서스가 불쑥 물었다.

타일러는 아버지를 돌아보았다. "제이크 삼촌이 처음에 돕겠다고 동의하자 그가 5만 달러를 줬고, 구두하고 다른 것들을 도와주자 25만 달러를 더 줬다고……."

매서스는 형사들 쪽을 돌아보았다. "변호사가 오기 전까지는 아무 말도 하면 안 될 것 같은데요."

노튼은 눈동자를 굴리고 물었다. "타일러, 에머리는 어디에 있지?"

"저도 몰라요."

"형사, 내 말 못 들었습니까?" 매서스가 말했다.

"그 남자는 어떻게 생겼지?"

타일러는 어깨를 으쓱했다. "만난 적은 없어요. 사실 제이크 삼촌도 본 적은 없을 것 같아요. 전화로만 대화했거든요."

"우리는 묵비권을 행사할 수 있소, 형사!"

"잠깐 실례하죠." 노튼은 내쉬의 어깨를 잡아끌면서 비좁은 교장실에서 복도로 나왔다. "저 말, 믿어져요?"

"이제 뭘 믿어야 할지도 모르겠는데. 말이 되는 구석이 하나도 없잖아."

노튼의 휴대전화가 진동했다. 화면을 내려다보자 문자메시지가 떠올라 있었다.

전화줘요!

–클로즈

62
일기

우리는 카터 부인을 지하실에 남겨뒀어.

그들이 돌아올 거라는 그녀의 말 그대로였어. 한 시간이 못 되어 아까 본 플리머스 더스터가 달려오며 굉음이 들렸다네. 그는 액셀을 두세 번 밟은 다음에 엔진을 껐지. 자신들이 밖에 있다는 사실을 알리고 싶었던 거야.

우리 세 사람은 창가에 모여서 5분 가까이 그 초록색 자동차를 바라보고 있었다네. 마침내 아버지가 거칠게 한숨을 내쉬더니 부엌 문을 밀치고 도로로 걸어갔지.

나는 열린 문가에 어머니와 함께 서서, 우리 집 진입로와 카터 씨의 진입로 사이에 선 플리머스 쪽으로, 잔디밭을 헤치며 걸어가는 아버지를 보고 있었다네. 차에서 3미터 거리로 다가가자 낯선 남자는 갑자기 기어를 올리고 속도를 내 달려가버렸어. 흙과 자갈이 사방으로 튀었지.

아버지는 그 자리에 서서 자동차가 있던 자리를 한참 보다가, 결국 집으로 돌아왔어. 그리고 문을 닫고 빗장을 단단히 채웠지. 우리 집은 여름에는 문을 닫는 법이 없었어. 에어컨이 없으니 작은 집은 순식간에 찌는 듯 더워졌어. 창문과 문을 죄다 열어 바람이 통하게 하는 것이 더위에 맞서는 유일한 방법이었거든.

아버지는 어머니와 나를 돌아봤어. "끝이 안 좋겠어."

"그 여자가 여기 있다는 걸 모르잖아요." 어머니가 대꾸했지.

"아니, 알아. 어떻게 아는지는 모르겠지만, 알고 있어."

"그럼 그 여자를 넘기면 안 돼요? 원하는 걸 주면 되잖아요?"

아버지는 잠시 그 말을 곱씹다가 고개를 저었다네. "내 생각에 저 여자는 서류가 있는 곳을 정확하게 아는 것 같아."

어머니는 커피포트 스위치를 켰어. 그리고 찬장에서 PT로스팅 컴퍼니의 갈색 종이봉투를 꺼내어 필디에 커피 두 스푼을 떠 넣고 버튼을 눌렀지. 1분 후 훌륭하게 로스팅된 행복의 향기가 방을 가득 채웠고, 내가 커피를 마시기에 너무 어리다고 아버지가 경고했음에도(아버지는 카페인이 성장을 저해하고 성인이 된 후 불면증에 시달리게 만든다고 말했지) 나는 그 향기를 즐겼다네. 마음이 편안해지고 부엌에도 평온함이 깃드는 것 같았어. 어머니는 머그 두 잔을 준비해 커피를 가득 따르고, 아버지와 내가 앉아 있던 식탁으로 돌아왔다네.

"호수에 데려가 빠트려 죽이는 게 나을지도 모르겠어요. 사고처럼 보이게 만들어서요." 어머니가 제안했지.

"그러면 사태가 골치 아파질지도 몰라. 카터 씨가 지금 그 호수 바닥에서 고기밥이 되어 있잖아. 그 호수로 시선이 쏠릴 일은 하지 않는 게 좋겠어." 아버지가 대답했어.

"그 집 욕조에서 죽일까요?"

아버지는 커피를 한 모금 홀짝이고 머그를 손에 쥔 채로 빙빙 돌렸어. "이미 그쪽 집은 수색했으니 여자가 없다는 건 알고 있을 거야. 부부가 서둘러 떠났는데 부인이 목욕하러 돌아올 가능성은 별로 없겠지."

순간, 한 가지 생각이 떠올랐다네. 어디서 난 생각인지는 몰라도 제법 말이 되는 것 같아서 제안해보기로 했지. "목을 졸라 죽인 후 시체를 자동차 트렁크에 넣는 건 어때요? 주변을 꾸며놓으면 카터 씨가 부인을 죽인 다음 도망친 걸로 보일 텐데."

두 분은 멍한 눈으로 동시에 나를 바라보았어. 안 좋은 상황이 분명했지. 아무 말도 하지 말았어야 했는데. 아무래도 얌전히 내 방으로 가서…….

"아주 훌륭한 생각이다, 아들!" 아버지가 말씀하셨어. "자동차는 기차역에 두고 왔으니 그러면 도주하는 남편의 모양새가 완벽하게 갖춰지지."

어머니도 동의하며 고개를 끄덕였어. "하지만 서류를 어디에 숨겼는지부터 알아내야 해요."

아버지의 눈은 커피에 고정되어 있었어. "일종의 보험으로?"

어머니는 다시 고개를 끄덕였지. "보험이죠. 그들이 우리 위장을 믿지 않을 경우에 대비해 거래할 거리를 준비해야 해요. 돈도 훔쳤다면 우리가 유용하게 쓸 수 있을 거예요."

"우린 도둑이 아니야." 아버지가 말씀하셨다네.

"다른 곳으로 이주해서 정착하려면 그 돈이 필요할 거예요. 이 일이 어떤 식으로 끝날지 누가 알겠어요. 우리가 엮인 건 어디까지나 그들 잘못이에요."

어머니가 카터 씨를 죽였고 지금은 카터 부인을 지하실에 묶어놓은 상황임을 고려하면, 이 상황이 어떻게 '그들 잘못'이 되는지 알 수 없었어. 하지만 아버지는 더 반박하지 않았지.

어머니는 커피를 다 마시고 자리에서 일어나 머그를 싱크대에 가져다놓았다네. "오늘 밤에 할까요, 내일 할까요?"

"낮에 가는 게 낫지. 기차역은 밤에는 너무 조용해지는 데다 눈에 띌 가능성도 높거든." 아버지가 말했지.

어머니는 다음 질문을 던졌어. "그 여자에게 무슨 수로 서류를 숨긴 곳을 알아낼 거예요?"

아버지는 커피를 비우고 머그를 어머니 옆에 놓았다네. "도전할 만한 일이지. 상당히 굳센 여자니까. 혹시 당신이 해보고 싶어?"

세상에서 가장 환한 미소가 어머니 얼굴에 피어났지. "그럼요, 물론이죠!"

63
클레어 노튼

둘째 날

오후 3:56

노튼은 빈 펩시 캔을 우그러트려 내쉬 옆의 쓰레기통으로 던졌다. "얼마나 지났어?"

"들어간 후로 말인가요, 아니면 마지막으로 나한테 물어본 후로 말인가요?" 클로즈가 대꾸했다.

그녀는 고개를 저었다. "어느 쪽이든…… 둘 다…… 나도 모르겠어. 왜 이렇게 오래 걸리는 거야?"

"마지막으로 물어본 후로 12분이 지났습니다. 병원에 도착한 지는 3시간 반이 지났고요. 수술실로 들어간 후로는 3시간 12분이 지났죠."

"내 잘못이야." 내쉬가 중얼거렸다. "내가 그 녀석이 CSI라고 지레짐작했거든. 현장을 촬영하고 있었다고. 증명서도 갖추고 있었고. 주변에 다른 CSI들이 열 명도 넘게 돌아다니는데, 그 꼬맹이가 가짜라고 지적하는 사람은 아무도 없었어."

"가짜가 아니었으니까요." 클로즈가 말했다. "적어도 서류상으로는 제대로 된 CSI였습니다. 부서장에게 확인해봤죠. 근무 기록에 따르면 두 달 전에 투손에서 전입해 왔더군요. 전화상으로 전입 사실을 확인해본 사람은 없었고요. 전부 전산으로만 처리됐죠."

"근데 그게 위조였다?"

클로즈는 고개를 끄덕였다. "제가 본 최고의 솜씨였습니다. 그쪽 상사 말로는, 왓슨, 아니 비숍이 전입 후 열 건이 넘는 사건을 해결했답니다. 동료들은 그 친구가 일종의 슈퍼 CSI라고 생각했다는군요. 혈흔을 슬쩍 본 것만으로 살인사건 두 건을 해결했답니다. 젠장, 여기 있었다면 한두 해 안에 부서를 통째로 손아귀에 넣었겠죠."

노튼은 당황한 표정이었다. "하지만 지문으로 확인한 이름은 달랐다고 했잖아. 어떻게 그걸 알았어? 법의학 연구소나 근무 기록에서는 밝혀지지 않았잖아?"

"그 지문으로 검색하니 두 사람이 나왔어요. 하나는 폴 왓슨이라는 인물이고, 다른 하나는 앤슨 비숍의 청소년기 기록이었죠. 제 생각에는 신원 조회를 피하기 위해서 ViCAP을 해킹해 성인 지문 기록을 조작한 것 같습니다. 그쪽에서는 청소년 기록까지 찾을 수 없으니까요."

"넌 할 수 있고."

클로즈는 눈을 굴렸다. "뭐, 공식적으로는 저도 무리죠. 청소년기 기록은 봉인해놓으니까요. 그냥 어딜 찾아봐야 하는지만 알면 됩니다만…… 제가 뭘 했는지는 부디 잊어주시죠. 요는 파일에 실제로 접속하지 않으면 청소년 기록을 확인할 수 없으니, 그쪽에서는 그게 폴 왓슨의 것이라고 생각했을 겁니다. 상점에서 들치기한 기록인데, 법의학 연구소에 들어가지 못할 정도의 중범죄는 아니니까, 파일을 검색한 사람은 그냥 죄목만 기록해놓고 넘어갔겠죠. 물론 이건 애초에 기록을 볼 수 있었을 경우의 이야기입니다. 그러지 못했을 가능성이 더 높아요. 솔직히 그 누구도 이렇게 깊이 파고들 생각은 안 했을 겁니다. 애초에 전입문서가 있는걸요."

"앤슨 비숍에 대해서는 아는 게 있어?" 노튼이 물었다.

클로즈는 코웃음을 쳤다. "아무것도. 이걸 확인하자마자 포터 선배에게 전화했어요. 젠장, 내 잘못이라고 생각하는 거죠, 다들? 그러니까, 내가 선배에게 전화하지 않았더라면 두 사람은 아직 함께 단서를 추적하고 있을 테니까요. 비숍한테는 포터를 다치게 할 이유가 없었을 테고. 젠장, 내가 이렇게 만든 거예요."

침묵이 흘렀다.

클로즈는 고개를 들고 다른 사람들의 얼굴을 살폈다. "아, 좀! 내 잘못이 아니었다고 말해줘야 하는 순간이잖아요. 어차피 언젠가는 일어날 일이었다고 말해달라고요."

내쉬가 그의 어깨를 세게 때렸다.

클로즈는 펄쩍 일어나며 맞은 자리를 문질렀다. "뭐 하는 거예요?"

"포터가 죽으면 그 낯짝을 걷어차버리겠어." 내쉬가 으르렁거렸다.

"원시인처럼 굴지 말아요." 노튼은 이렇게 말하고, 클로즈를 돌아보며 덧붙였다. "물론 네 잘못은 아니야. 경고해주려고 한 거잖아. 우리 중 누구라도 같은 행동을 했을 거야."

검은 머리카락에 가는 테 안경을 쓴 의사가 들어와 두 남자를 묘한 얼굴로 바라보고 노튼을 향했다. "노튼 형사님?"

노튼이 자리에서 일어섰다. "네?"

"동료분은 방금 무사히 수술실에서 나왔습니다. 아주 운 좋은 사람이에요. 칼이 대동맥에서 0.3센티미터 떨어진 곳에서 멈췄습니다. 칼이 아주 조금만 벗어났어도 출혈로 1분 만에 목숨을 잃었을 겁니다. 하지만 상처 자체는 그리 깊지 않아요. 조직에 피해를 입었을 뿐입니다. 하룻밤 정도는 상태를 지켜봐야겠지만, 그 이상 입원하실 필요는 없을 겁니다."

노튼이 끌어안는 바람에 의사는 클립보드를 떨어트릴 뻔했다.

"지금 만나볼 수 있습니까?" 내쉬가 물었다.

의사는 당황한 표정으로 노튼을 떼어내며 고개를 끄덕였다. "방금 의식이 돌아왔는데, 계속 여러분을 찾고 있어요. 평소라면 수술 직후엔 면회 금지이지만 환자분께서 말하길, 지금 중요한 수사를 하는 중이라 여러분을 병실로 데려오지 않으면 자기가 나가겠다더군요. 그럴 수는 없으니 예외를 인정해야 할 것 같습니다. 부디 짧게 해주세요. 휴식이 필요한 환자니까요." 그는 복도를 향해 손짓하며 말을 이었다. "따라오시죠."

307호는 준 특실이었고, 문 옆의 침대는 비어 있었다. 두 번째 침대에 누워 있는 포터를 보는 순간, 노튼은 가슴이 내려앉는 것만 같았다. 심박 측정기가 가슴으로 이어지고, 손목에는 정맥주사가 꽂혀 있었다. 그는 병실로 들어오는 사람들을 공허하고 흐린 눈빛으로 바라보았다.

"십 분 드리죠." 의사는 이렇게 말하고 간호사실로 나갔다.

노튼은 침대 옆으로 와서 포터의 손을 잡았다. "좀 어떠세요?"

"자기 집 식칼에 다리를 찔린 기분이지." 그는 이렇게 대답했다. 거칠고 응어리가 진 것처럼 들리는 목소리였다.

"놈을 잡을 거야." 내쉬가 말했다.

클로즈는 머뭇거리다가 고개를 숙인 채 다가갔다. "죄송해요, 선배."

"자네 잘못이 아니야." 포터가 말했다. "낌새를 챘어야 했는데. 어딘가 어색한 구석이 분명 있었는데."

"어색한 구석 따윈 없었어." 내쉬가 말했다. "우리 모두 놈에게 속은 거라고."

"뭐 알아낸 거라도?"

클로즈는 지문과 청소년기 기록에 대해 설명했다. "그거 말고는 없습니다. 신분증에서 사진을 빼내서 언론에 뿌리기는 했어요. 시간이 날 때마다 얼굴 사진을 띄울 겁니다. 경감님은 기자회견을 세 번 하셨고, 6시 뉴스에 출연할 예정입니다."

노튼의 휴대전화가 울리자 그녀는 화면을 내려다보았다. "타일러 매서스를 본부 유치장에 잡아놓고 있대요. 최대한 붙들어두려고 노력 중인데, 그래봤자 몇 시간 후에는 풀려나겠죠. 지금까지 말한 것 외에는 아무것도 모른대요. 비숍의 사진도 보여줬는데 알아보지 못한대요."

"타일러 매서스?" 포터는 얼굴을 찌푸렸다. "그 애는 무슨 관계인데?"

노튼은 지금까지 알아낸 사실을 설명해주었다. 키트너가 자살하는 대가로 돈을 받았으며, 타일러가 탤벗의 구두를 훔치고 단서를 심어놓았다는 것까지.

"왓슨이 4MK야." 내쉬가 나지막하게 말했다. "비숍이든, 또 다른 이름이 있든. 그 개자식이 우리가 빤히 보는 앞에서 모든 걸 지휘하고 있었어."

포터는 혈관으로 들어오는 진통제의 기운을 억누르고 모든 정보를 받아들이려 애썼다. "자네들이 여기 있어주면 좋겠지만, 지금은 서로 돌아가서 조사해주었으면 해." 그는 몸을 뒤척였다. "아직 그가 에머리를 데리고 있어. 가면이 벗겨졌으니 속도를 내려 들 테지. 에머리에게도, 우리에게도 시간이 없어. 근로기록에 있는 주소는 찾아봤어?"

클로즈는 고개를 끄덕였다. "네. 그런데 그 주소는 키트너의 아파트더군요."

포터는 침대 위에서 몸을 움직이다가 얼굴을 찡그렸다.

"조심해, 샘. 그러다 덧날 수도 있어." 내쉬가 걱정 가득한 얼굴로 말했다.

"그 자식은 내 움직임을 막는 방법을 정확하게 알고 있었어. 죽고 싶을 정도로 아프기는 했지만 일곱 바늘 꿰매는 걸로 끝났어."

"죽이고 싶었다면 죽였겠죠." 클로즈가 말했다.

포터는 다시 중심을 옮겼다. "자네들 중 한 사람을 데려갔어야 했는데. 그 일 때문에 힘들어서 도저히 어떤 이야기도 편하게 할 수 없을 것 같았어. 그를 데리고 가는 게 가장 쉬워 보였어."

노튼은 그의 손을 잡았다. "우린 한가족이잖아요, 샘. 말해도 되고, 말하지 않아도 돼요. 그냥 필요할 때 우리가 곁에 있을 거라는 점만 알아줘요."

포터는 말을 이었다. "놈을 잡았어. 아내를 쏜 놈 말이야. 다시 강도짓을 하다가 잡혔고, 가게 점원도 그 놈을 지목했지. 다 끝났어."

노튼은 그의 손을 지그시 눌렀다. "그런 일일 거라고 짐작했어요. 필요한 게 있으면 그냥 말해요. 알았죠?"

포터는 고개를 끄덕였다. "사건으로 돌아가서, 우리가 알고 있는 내용을 점검해보지."

"벌써?" 내쉬가 물었다.

"마취제 기운 때문에 좀 나른하고, 진통제가 잘 듣는 것 같기는 해. 덕분에 지능이 자네 수준으로 떨어진 것 같은데, 자네도 나름 할 일은 다 하고 다니지 않나."

"칼에 찔리지 않을 정도는 되지."

포터는 내쉬를 향해 손을 저었다. "노튼, 현황을 점검해줘."

그녀는 고개를 끄덕이고는 휴대전화를 들어 보였다. "전부 이 안에 들어 있어요." 그녀는 메모장 앱을 열었다. "좋아요, 지금 검시소에 누워 있는 사람은 네 마리 원숭이 킬러가 아니라는 거죠. 대신에 앤슨 비숍이라는 수수께끼의 인물이 등장했고." 그녀는 클로즈를 보았다. "클로즈는 서로 돌아가 그자에 대한 모든 정보를 파헤쳐줘. 특히 이 도시에서의 행동반경을 중심으로. 운이 좋으면 그자의 휴대전화 GPS 자료를 이용해 에머리를 찾을 수 있을지도 몰라. 영장은 내가 신청할게."

"아마 선불폰을 썼을 거예요." 클로즈가 지적했다.

"그럴 수도 있고 아닐 수도 있지. 우리가 이렇게 빨리 자기 정체를 파악해낼 거라고는 생각하지 못했을 거야. 폴 왓슨이라는 신분에 대해서도 파헤쳐보는 게 좋겠어. 뭔가 나올 수도 있으니까."

"기록도 확인해야 해." 포터가 말했다.

노튼은 얼굴을 찌푸렸다. "무슨 기록요?"

"51번가 경찰서에 들어갈 때 신원을 기록했어. 즉 연락 가능한 전화번호와 주소를 써놨다는 뜻이지."

내쉬는 휴대전화를 꺼내 번호를 누르기 시작했다. "내가 할게."

노튼은 말을 이었다. "비숍이 키트너를 이용해 신발을 단서로 심어놨다는 사실을 알아냈어요. 그 신발을 신고 죽어서, 우리가 단서를 따라 탤벗에 이르기를 바랐던 거죠. 그렇다면 키트너가 가지고 있던 다른 모든 물품 또한 단서일 가능성이 있어요."

"거스름돈에, 세탁소 영수증, 중절모, 회중시계……. 그게 다 무슨 뜻일까?"

"퍼즐을 맞춰보라는 건가." 포터가 중얼거렸다.

"뭐라고?"

포터는 고개를 저었다. "일기장에 몇 번 등장한 문장이야. 그것 좀 이리 줘봐. 내 바지 주머니에 있었는데."

노튼은 방 안을 훑다가 화장실 오른쪽 옷장 서랍에서 비닐봉투에 담긴 포터의 소지품을 발견했다. 그녀는 일기장을 포터에게 건넸다.

"여기 틀어박혀 있어야 할 모양이니 이거나 마저 읽으려고. 얼마 남지도 않았고."

내쉬는 전화를 끊고 포터 곁으로 돌아왔다. "라살에 있는 주소를 적어놨다는데. 키트너의 주소가 아니라 새로운 장소야. 버윈 아파트래."

"좋아, 그것도 뭔가 의미가 있겠지. 에스피노사를 불러서 거기서 합류하자고 해."

"놈이 생각하는 결말이 뭘 것 같아? 탤벗에 대한 정보는 잔뜩 있지만, 기소할 만큼의 정보는 하나도 없어. 즉, 비숍의 일이 아직 끝나지 않았다는 얘기잖아. 우리가 놓친 게 있어."

"탤벗이 호반 건설 사업을 마무리하려면 에머리가 살아 있어야 해요." 노튼이 말했다.

"애기가 어떻게 그렇게 되지?" 포터가 물었다.

그녀는 탤벗을 취조한 내용을 설명했다.

"그게 비숍이 그 아이를 살려둘 이유가 되진 않아." 내쉬가 반박했다. "사실 그 사업을 파국으로 몰고 가려는 의도만으로 죽일 수도 있다고."

포터는 잠시 그 말을 곱씹었다. "내쉬 말에 동의해. 4MK는 항상 범죄를 저지른 자의 사랑하는 가족을 죽이지. 탤벗을 파국으로 몰 수 있다면 에머리에 대해서는 눈곱만큼도 신경 쓰지 않을 거야. 우리 집을 나가자마자 바로 그 아이에게 향했을 거라고 확신해. 이번 일을 마무리하고 싶겠지. 그에게는 에머리의 생명이 끝나는 순간이 게임도 끝나는 것일 테고."

증거 목록

4MK = 폴 왓슨 = 앤슨 비숍

희생자

1. 칼리 트레멜, 20, 2009년 3월 15일
2. 엘 보턴, 23, 2010년 4월 2일
3. 미시 루맥스, 18, 2011년 6월 24일
4. 수전 드보로, 26, 2012년 5월 3일
5. 바버라 맥킨리, 17, 2013년 4월 18일 (유일한 금발)
6. 앨리슨 크래머, 19, 2013년 11월 9일
7. 조디 블루밍턴, 22, 2014년 5월 13일

에머리 코너스, 15, 2014년 11월 3일

조깅하러 나감. 어제 오후 6:03

타일러 매서스

에머리의 남자친구 – 삼촌 –

제이콥 키트너 – 버스에 치인 사람

아서 탤벗

금융 범죄?

멀리팩스 출판사 건물(탤벗 소유)에서 시체 발견

: 탤벗 종합상사의 CFO인 건터 허버트로 식별

무어링 개발사(탤벗 소유)에 수상쩍은 느낌

에머리가 무어링 개발사의 토지 소유

N. 버로우

~~가정부? 유모? – 둘 다~~ 가정교사

4MK의 소지품

비싼 구두 – 존 롭/ 한 켤레 1500달러 – 사이즈 11/ 미식별자의 발 크기는 9

– 탤벗의 지문이 찍혀 있음

싸구려 양복

중절모

잔돈 75센트 (25센트 두 개, 10센트 두 개, 5센트 하나)

회중시계

세탁소 영수증 (예약번호 54873) – 클로즈가 세탁소를 확인 예정

위암으로 시한부 – 복용약: 옥트레오타이드, 트라스투주맙, 옥시코돈, 로라제팜

오른손목 안쪽에 문신 – 8자 또는 무한 기호?

미적분 교과서 – 4MK가 남기고 감 – 단서 추적 –

멀리팩스 출판사 창고

터널 입구의 궤도차에서 부분 지문 발견. 시체를 옮기는 데 사용했을 가능성.

상자에 담긴 귀, 눈, 혀 (건터 허버트) – 시체에서 발견된 광고지와 상자를 추적 –

무어링 레이크사이드 개발

포괄적 수색 – 발견된 사항 없음

방범 카메라 영상 – 4MK는 자살한 것으로 보임. 얼굴은 식별 불가능

임무

- 노튼과 내쉬는 라살의 주소지 방문 (4MK/비숍의 아파트)
- 클로즈는 왓슨/비숍/4MK에 대해 조사
- 포터는 일기 끝까지 읽기

64
에머리 코너스

둘째 날

오후 4:18

에머리의 세계가 침묵 속에 잠겼다.

귀가 먹을 정도로 울려대는 침묵이 붉은 열기와 함께 두 눈 사이의 공간을 찢어발기며, 성한 쪽 귀로 파고들었다가 끓는 기름처럼 고통스럽게 반대쪽으로 흘러나왔다. 그녀는 자유로운 쪽 손으로 머리를 누르며 묶인 손을 향해 욕을 했다.

왜 이 악몽이 끝나지 않는 걸까?

"제발 그냥 죽여." 에머리는 자신의 것이 아닌 목소리로 중얼거렸다. 가늘고 말라붙은, 목구멍을 거칠게 긁으며 나오는 목소리였다. 친해지기 꺼려지는 소녀의 목소리였다.

음악이 끊기고, 자기 마음속에만 존재한다는 것을 알고 있지만, 거대한 웅웅거리는 소리가 그 자리를 채웠다. 그 소리가 편두통을 일으켰고, 편두통은 머리가 쪼개지는 두통으로 이어졌다. 이런 지옥을 한 시간이라도 더 겪느니 그냥 죽는 편이 낫겠다는 유일한 소망에서 생겨난 두통이었다.

음악이 사라졌다. 그러나 또 돌아올 것이다. 음악은 항상 돌아오니까.

마지막 음악은 레드 제플린의 '홀 로타 러브'였다. 아는 노래였지만 어디서 들었는지는 알 수 없었다. 오늘이 무슨 요일인지도 모르는데 밴드 이름은 그렇게 간단하게 떠오른다는 게 놀라웠다. '스테어웨이 투 헤븐'도 있었는데, 그녀는 그 노래를 기다리고 있었다. 여기서 깨어난 후로 이미 네 번 들었는데, 그 노래를 하루가 지나갔다는 표식으로 여겼다. 그런데 오늘은 들리지 않았다. 아니, 이미 지나갔던가? 마지막으로 들은 게 언제더라? 기억할 수가 없었다. 이제 아무것도 기억할 수가 없었다.

탈수 증세가 있구나, 우리 아가. 이제 손도 감염된 것 같아. 정말이지 꼴이 엉망이야. 이런 상태로는 아무도 파티에 초대해주지 않겠네. 그거 하난 확실하지.

손은 이미 감염되었을 것이다. 욱신거리는 고통이 머리에서 느껴지는 고통과 맞먹었다.

손목을 만지고 싶지 않았다.

만지지 않을 것이다.

절대로.

마지막으로 손목을 만졌을 때는 몸의 일부라는 생각조차 들지 않았다. 속을 꽉 채운 장갑처럼 느껴졌다. 부어올라서 원래 크기의 두 배는 되었고, 수갑이 닿은 부분은 전부 축축하게 으깨진 느낌이었다. 묘하게도 그 부분은 손목만큼 아프지 않았고, 그녀는 그 이유를 떠올리려고 애써보았다. 수갑이 신경을 잘라버린 것일까?

뼈가 기묘한 각도로 꺾인 덕분에, 비정상적인 방향을 가리키는 손가락들이 만화 속 인물들이나 가능할 법한 모양을 만들었다. 이래선 곤란하다.

심박수를 다시 재봐야 할지도 모르지만, 이제 그런 건 중요하게 느껴지지 않았다.

이 정도면 쥐를 먹을 수도 있을 것 같네.

"쥐는 절대 안 먹을 거야." 에머리는 관자놀이를 문지르며 대답했다. "차라리 죽겠어."

그렇게 생각하니? 나라면 차라리 쥐를 먹을 텐데. 내가 네 상황에 처했다면 조금도 고민하지 않고 쥐를 먹을 거야. 그 조그만 목을 비튼 다음 침대의 날카로운 모서리로 배를 딸 수 있어. 재빨리 움직이면 고기에 온기가 남아 있을 때 먹을 수 있어. 남은 치킨을 먹는 거랑 다르지도 않겠지. 그건 해봤잖아. 내가 봤는걸.

"쥐는 안 먹어." 에머리는 더 큰 소리로, 더 단호하게 말했다.

이렇게 어두우니 그냥 다른 걸 먹는 척하면 되잖니. 갈빗살이라고 생각하면 어때? 너 갈빗살 좋아하잖아.

에머리의 배가 거칠게 응답했다.

어차피 네 친구들은 알지도 못해. 어쩌다 알게 된다 해도 그걸로 널 탓하겠어? 오히려 그 용기와 지혜를 칭찬하겠지.

쥐를 볼 수는 없었지만, 에머리는 자신의 감옥에 쥐가 적어도 한 마리 이상 있다고 확신했다. 바닥에 누워 있으면 발이나 다리를 건너가는 것이 느껴졌다. 침대 위에 앉아 있는 지금도 무언가 자신을 지켜보고 있는 것이 느껴졌다. 목덜미에 소름이 돋았다. 쥐들은 어둠 속에서도 볼 수 있을까? 아까도 이런 생각을 했던가? 아무것도 기억할 수가 없었다.

물론 먹으려면 우선 한 마리 잡아야겠지. 한번 해봐. 우리끼리만 아는 비밀로 해줄게. 절대 아무에게도 말하지 않을게. 약간이라도 속을 채우면 상황이 훨씬 나아질 거야. 힘이 돌아오고, 집중도 할 수 있겠지. 어쩌면 나갈 방법을 찾아낼 수도 있어. 쥐는 뇌에 아주

좋다던데. 특히 기억력 향상에.

에머리는 눈을 감고 심호흡을 한 다음 10에서부터 거꾸로 숫자를 세기 시작했다. 1에 도달하자 목소리는 완벽히 잠잠해졌다.

눈알은 분명 사탕 맛일 거야.

"닥쳐!" 그녀는 소리쳤다. "난, 절대, 쥐는, 안, 먹어!"

원하는 대로 하렴, 우리 딸. 하지만 그러다 굶어 죽으면, 쥐들은 조금도 망설이지 않고 너를 먹을 거야. 누가 맨 처음 한 입을 먹을지를 정하려고 제비를 뽑고 있을지도 몰라.

달각거리는 큰 소리가 들렸다.

갑자기 하얀 빛이 에머리의 시야를 가득 메웠다. 눈을 질끈 감았지만, 그 정도로는 충분하지 않았다. 얼굴을 다리 위로 묻고 팔로 감쌌다. 그러나 소용없었다. 사방을 분홍색이 가득 채웠고, 눈꺼풀 안쪽의 모세혈관이 보였다. 주변에 빛이 가득해서, 너무 밝아서, 피부가 타는 것만 같았다.

누군가의 비명 소리가, 아주 끔찍한 고함이 들렸다. 숨을 삼킨 후에야 에머리는 그 비명이 자신의 입에서 나오고 있다는 것을 깨달았다. 그녀는 비명을 삼키고 입을 다물었다. 심장 뛰는 소리와 숨을 들이쉴 때의 쌕쌕 소리만 남았다.

에머리는 억지로 눈을 뜨려고 애썼다. 눈물이 가득한 눈으로도 밝은 빛이 높은 곳에서 쏟아진다는 사실을 알 수 있었다. 그녀는 몸을 젖히고 고개를 들어 빛 쪽을 올려다보았다.

높은 곳에서, 믿을 수 없을 정도로 높은 곳에서 그림자 하나가 움직였다. 그리고 그 그림자에서 목소리가 나왔다. 그녀를 향해 내려와 벽에 반사되어 울리며, 마치 몇 미터 떨어진 곳에 서 있는 것처럼 똑똑히 들리는 목소리였다.

"안녕, 에머리. 오랫동안 안 들러서 미안. 내가 요 며칠 바빴거든."

65
일기

잠이 든 기억은 나지 않았지만, 옆으로 누워 있는 네다 베개에는 침이 고인 걸 보니 나도 모르게 곯아떨어진 모양이야. 어제 입은 옷을 그대로 입고 있더군. 신발만은 벗고 있었는데, 침대에 누울 때는 커버를 씌운 상태든 아니든 절대 신발을 신어서는 안 되기 때문이었어. 아버지는 어머니와 내게 옷을 입고 쉬라고 했어. 낯선 남자가 한밤중에 돌아오면 재빨리 행동할 수 있도록.

침대 옆 탁자에 있는 시계를 보니 8시가 다 되어 있었어.

나는 자리에서 일어나 기지개를 켜고 문으로 향했지.

어젯밤에도 문고리 아래에 의자를 대놓았어. 어머니가 더는 나를 해치려 들지 않으리란 건 확신했지만, 그래도 만약을 대비해 경계를 늦추지 않는 게 좋겠지.

의자를 빼자 삐걱거리는 소리가 나더군. 나는 문을 열고 복도로 나왔어.

아버지는 오늘도 소파에서 잠들어 있었어. 술에 취해 곯아떨어졌겠지. 빈 캡틴 모건 병이 소파 옆에 굴러다니고, 코를 심하게 골고 있었으니까.

부모님 침실은 닫혀 있었어. 어머니 또한 깊게 잠들어 있을 가능성이 높았지. 두 분 모두 현 상황을 놓고 토의하느라 늦게까지 깨어 있었으니. 나도 두 분과 함께 있고 싶었지만, 아버지는 내가 쉬어야 한다고 말했어. 어머니와 단둘이 대화하고 싶으셨던 것 같아.

자라나는 성실한 청소년에게 엿듣는 일이 적절한 행위가 아니라는 사실은 잘 알지만, 그래도 귀를 기울이기는 했어. 애석하게도 두 분은 내가 그러리라는 것을 짐작했는지 낮은 목소리로 말했어. 어머니는 침실에서, 아버지는 소파에서 자는 날이 이틀 연속 반복된 것으로 보아, 이번에도 대화가 좋게 끝나지는 않은 느낌이었어. 물론 아버지가 보초를 서겠다고 나선 거라면 이야기가 다르지만, 그렇다면 임무를 수행하고 있다고는 볼 수 없는 상황이었지.

어머니가 아직 침실에 있다면, 카터 부인과의 즐거운 시간은 아직 시작되지 않았다는 뜻이겠지. 그 또한 좋은 일이었는데, 허락해주신다면 나도 그 대화에 끼고 싶었거든.

아버지가 곧 깨어나겠지. 잠에서 깨자마자 엄청난 두통을 겪을 테고, 왕성한 식욕도 따라올 게 분명해 보였어. 나는 부엌으로 가서 아침을 준비하기로 했어. 20분 후 나는 버터를 치덕치덕 바른 토스트와 얇게 썬 오렌지가 담긴 접시와 치즈를 넣은 스크램블드에그가 담긴 프라이팬을 우리 작은 식탁에 올려놓았다네.

피리 부는 남자에게 이끌리는 어린아이처럼, 어머니가 하품을 하며 침실에서 나와 자리에 앉았어. "커피도 끓였니?"

물론 끓였지. 나는 어머니 앞에 컵을 놓고 커피를 찰랑찰랑할 정도로 따른 다음, 설탕 두 조각과 크림 약간을 더했어.

"고맙다."

소파에서 아버지가 신음하며 일어났다네. 두 발을 바닥에 내리고 피곤이 가득한 충혈된 눈을 문질렀지. "지금 몇 시냐?" 거칠고 까끌까끌한 목소리였다네.

"8시 7분이에요." 내가 대답했어. "아침식사 드시겠어요, 아버지?"

아버지는 고개를 끄덕이고 자리에서 일어나, 커다란 거실 창 앞에서 기지개를 켰어. "이런, 세상에!"

아버지는 멍하고 창백해진 얼굴로 바깥을 내다보고 있었어. "저것 좀 봐라!"

어머니와 나는 그쪽으로 가서 아버지 옆에 섰지. 순간, 누가 내 심장을 손으로 움켜쥐고 쥐어짜는 느낌이 들더군.

카터 부부의 차가 진입로에 돌아와 있었다네. 양쪽 문이 모두 열려 있고, 내가 세심하게 준비한 여행 가방의 내용물이 마당과 진입로에 흩어져 있더군. 카터 씨네 집만이 아니라 우리 마당과 진입로에도. 마당 구석의 커다란 팽나무 위에 셔츠가 한 벌 걸려 있는 것이 눈에 띄었어. 테니스화와 샌들이 어머니가 아끼는 장미 덤불을 장식한 모습도. 그리고…….

아, 세상에! 아버지의 포르쉐! 검은색 컨버터블 지붕이 걷혀 있고 조수석은 활짝 열려 있었어. 아버지는 차고에 넣을 때가 아니면 절대 밤중에 지붕을 내리지 않았지. 어떤 상황에서도 문을 열어놓는 일은 용납하지 않았고.

아버지는 우리를 밀치고 밖으로 달려갔어. 이런 일을 벌인 자들이(낯선 남자와 그 동료 짓이겠지만, 섣불리 결론을 내리고 싶지는 않았다네) 아직 부근에 있을까 봐 아버지를 막으려 했지만, 역부족이었지.

차에 다가간 나는 지붕을 내린 게 아니라는 사실을 알았어. 지붕이 사라진 거야. 칼로 뜯기고 구겨진 지붕이 운전석 뒤에 쑤셔 박혀 있었지.

그뿐만이 아니었어.

타이어 네 개 모두 펑크가 나 있었다네. 살펴보니 칼로 쑤신 자국을 어렵지 않게 찾을 수 있었지. 구멍을 두 개씩 뚫어서 절대로 떼울 수 없게 만들어놨더군. 타이어를 갈아야 할 지경이었지. 다른 타이어도 마찬가지일 테고.

양쪽 전조등도 모두 박살이 났지. 범퍼 위며 진입로에 유리 조각이 가득했다네. 후미등도 마찬가지. 발로 차거나 방망이로 때린 모양이었지.

어떻게 아무 소리도 내지 않고 이런 일을 했을까? 이런 짓을 벌였다면 분명 소리가 들렸을 텐데.

페인트로 휘갈긴 낙서가 눈에 들어왔다네. 나쁜 말, 고약한 말이었어. 좌석은 또 어떻고? 지붕과 타이어를 찢은 바로 그 칼로 푹신한 검은 가죽을 찌른 다음 잘게 잘라내고 내장재를 바닥에 잔뜩 뿌려놓은 모양이었지.

아버지와 나는 자동차 후드가 살짝 열려 있다는 사실을 거의 동시에 깨달았어. 우리는 함께 후드를 들었지. 배터리로 이어진 전선이 죄다 뽑혀서 거꾸로 꽂혀 있더군. 그 모습을 보니 모든 부품이 망가졌으리라는 생각이 들었지. 허공에 유황 냄새가 맴돌았다네. 전기 부품들은 순식간에 망가졌겠지만, 그걸로 부족했는지 거꾸로 연결한 상태로 전선을 고정해 피해를 극대화했다네. 과부하 때문에 배터리는 터져버렸고, 끓어오른 황산이 흘러넘쳐 앞쪽 트렁크에 보관된 스페어타이어와 공구용기로 흘렀지.

뒤쪽 트렁크도 열려 있었어. 윤활유 뚜껑과 냉각수 용기 뚜껑이 사라져 있더군. 양쪽 모두 거의 500그램에 가까운 설탕이 용기 바깥에 묻어 있었어. 설탕을 부은 게 분명했지.

주유구 근처에도 설탕이 잔뜩 묻어 있었어.

아버지는 말없이 그저 바라보고 있었지.

사랑하는 포르쉐에 시선을 고정한 채 꽉 쥔 주먹을 부르르 떨며.

어머니의 차도 마찬가지였다네. 포드 템포 역시 타이어가 죄다 펑크 나고, 후드는 열려 있었지.

나는 녹색 플리머스를 찾아 주변을 살폈지만, 보이지 않았어.

어머니는 카터 부부의 집을 바라보고 있었다네. 현관문이 열려 있더군.

66
샘 포터

둘째 날

오후 4:40

병상 옆 탁자에서 전화가 울렸다. 그 소리가 너무 갑작스럽고 커서 그는 몸을 움찔했다. 순간 다리에서 통증이 밀려왔다. 그는 얼굴을 찡그리며 허벅지의 꿰맨 자국을 쓰다듬은 다음, 팔을 뻗어 수화기를 들었다. “여보세요?”

“기분이 어떤가요, 샘?” 한때 폴 왓슨이었고 지금은 앤슨 비숍인 남자가 그에게 물었다. 그 목소리에 전에 없던 묘한 자신감이 담겨 있었다. 포터는 이게 그의 진짜 모습이며, 왓슨이라는 인격은 그가 꾸며낸 가짜임을 깨달았다.

“살인범의 손에 죽을 뻔한 기분이지.” 포터는 대꾸하며 무의식적으로 다리의 상처를 만졌다.

“죽이려고 한 건 아니에요, 샘. 그럴 생각이었다면 당신은 이미 죽어 있겠죠. 이 게임의 플레이어 중 가장 마음에 드는 사람을 내가 왜 죽이려 하겠어요?”

포터는 휴대전화를 찾아 병실 선반과 탁자 위를 두리번거리다가 비숍이 집에서 밟아 부숴버렸다는 사실을 기억해냈다. 수사 본부로 연락할 수만 있다면 통화를 추적할 수 있을 텐데.

"선불폰이에요, 샘. 잡화점에서 파는 싸구려 일회용 휴대전화 말예요. 한 달 전에 현금으로 구입한 기프트카드로 개통했고요. 원한다면 추적이야 가능하겠지만, 그게 무슨 소용이겠어요? 몇 분 후면 이 휴대전화는 온갖 쓰레기와 함께 시카고 강에 떠 다니고 나는 몇 킬로미터 밖으로 벗어났을 텐데."

"에머리는 어디 있지?"

"어디 있을까요?"

"살아 있기는 한 건가?"

대답이 없었다.

포터는 고통을 무시하고 일어나 앉았다. "다치게 할 필요까진 없잖아. 탤벗에 대해 알려줘. 우리가 그자를 처리할게. 약속해."

비숍은 너털웃음을 터트렸다. "그 말 믿어요, 샘. 정말로. 하지만 우리 둘 다 이 게임이 그런 식으로 흘러가지 않는다는 정도는 알잖아요?"

"다른 사람을 죽일 필요는 없어."

"물론 있죠. 죽는 사람이 없으면 교훈도 없어요."

"그 아이를 죽이면 자네가 악을 행하게 되는 거야, 비숍. 다른 이들과 똑같은 악인이 되는 거라고."

"탤벗은 쓰레기예요. 녹색 거품을 뿜는 종양이죠. 주변의 조직을 파괴하기 전에 잘라내야 하는 존재일 뿐이에요."

"에머리를 해치는 이유는 뭐지? 그자를 죽이지 않고?"

비숍은 한숨을 내쉬었다. "킹이 몰락하려면 폰의 희생이 따르는 법."

"이건 게임이 아니야."

"모든 것이 게임이에요, 샘. 우리 모두는 체스판 위의 말일 뿐이고요. 내 일기장에서 배운 게 없나요? 당신 내면의 싸구려 심리학자가 이미 조각을 맞추었을 거라고 생각하고 있었는데. 오래전에 배운 바에 따르면, 아버지의 죄를 처벌하려면 아이에게 고통을 주는 편이 제일 낫다더군요. 탤벗 같은 자는 언젠가 자신이 저지른 죄의 대가를 받게 되리라고 각오하고 있어요. 정신적으로 준비되어 있다고요. 그날이 오기를 기다리는 거죠. 그런 사람은 감옥에 들어간들 아무것도 배우지 못하죠. 더 나은 사람이 되지도 않고, 교정될 리도 없어요. 형기를 채우고 나와 더 끔찍한 일을 벌인다고요. 하지만 자신이 저지른 행동의 대가로 아이를 데려간다면? 상황이 완전히 달라지죠. 매 순간 자신의 행동을 저주하면서 여생을 보내게 되겠죠. 자신의 죄로 인해 아이가 죽었다는 사실을 한 시간에 한 번씩 되새기며."

"에머리한테는 죄가 없어." 포터가 말했다.

"아주 용감한 아이예요. 그 아이의 희생으로 세상이 어떻게 더 나은 곳이 될지 설명해줬죠. 아버지가 무슨 죄를 저질렀기에 그런 일을 겪어야 하는지도요. 나름 이해하는 것 같더라고요."

비숍은 에머리에 대해 현재형으로 서술했다. 아직 살아 있다는 뜻일까?

"당신도 이해하려 노력해줬으면 좋겠어요. 당신이 이해해주는 게 정말 중요하거든요. 내가 준 퍼즐 조각들을 잘 맞춰봐요. 해답은 당신 손 안에 있어요. 아니, 있었다고 해야 하나."

"내게 필요한 모든 것이 일기장 안에 있다고 하지 않았나."

비숍은 한숨을 내뱉었다. "내가 그렇게 말했어요?"

포터는 일기장의 남은 분량을 넘겨보았다. "거의 다 끝났어."

"그런 셈이죠, 샘. 거의 끝났어요." 그는 숨을 깊이 들이쉬고 천천히 내쉬었다. "아마 당신 친구들이 지금쯤 내 아파트에 있을 것 같은데요. 그게 실마리가 될 수 있지 않을까요?"

"에머리는 어디 있지?"

"당신이 어제 말한 것처럼, 기본적인 추리예요. 우리의 상황극을 생각보다 일찍 끝내게 되어 유감이에요. 친구들과 함께하는 탐정 놀이도 즐거웠는데. 법의학 연구소 동료들도 보고 싶을 거고요."

"왜 그런 일을 한 거지? 왜 CSI인 척했어? 키트너한테는 왜 자살하라고 시킨 건가? 대체 그게 무슨 의미가 있지?"

비숍은 다시 웃음을 터트렸다. "글쎄요, 왜일까요." 그는 잠시 머뭇거리다 말했다. "아무래도 당신에 대해 호기심이 생겼던 것 같아요, 샘. 지금까지 5년이나 나를 쫓았잖아요. 이 작은 술래잡기를 함께하는 동안 나는 당신에 대해 더 많이 이해하고 싶었어요. 아버지는 언젠가 '얼굴을 아는 악마와 춤추는 쪽이 더 낫다'라고 하셨죠. 나는 당신을 알고 싶었어요. 솔직히 말하면, 그 도전에 흥분되기도 했고요. 도전이 유익하다는 점에는 당신도 동의하겠죠?"

"네놈이 제대로 미쳤다는 점에는 동의해." 포터가 대답했다.

"자, 자. 욕할 필요까진 없잖아요. 우리 아버지의 가르침을 따라 봐요. 악을 입에 담으면 더 많은 악을 불러올 뿐이고, 이 세상에는 이미 악이 창궐하고 있거든요."

"그 아이를 풀어줘, 비숍. 제발 이 짓거리를 끝내."

비숍은 목청을 가다듬었다. "당신을 위해 준비한 상자가 몇 개 더 있어요. 갓 만든 상자들이죠. 애석하지만 그건 배달할 시간이 없을 것 같아요. 그냥 적당한 곳에 두는 정도로 봐줄래요? 당신이 찾을 수 있는 곳에 둘 테니."

"에머리는 어디 있지?"

"어쩌면 이미 상자에 담겼을지도 모르죠. 노튼이나 내쉬한테 확인 한번 해보세요."

"에머리를 해치면 네놈을 죽일 거야."

"시간 다 됐어요, 샘. 째깍째깍."

전화가 끊어졌다.

포터는 잠시 수화기를 든 채 작은 스피커에서 되울리는 자신의 숨소리를 들었다. 그는 수화기를 내려놓았다.

째깍째깍.

비숍은 이번에도 게임을 하고 있다.

포터는 상처에 손을 댄 채 천천히 일어섰다. 봉합한 곳이 당겼지만 아직 붙어 있긴 했다. 그는 옷장으로 가서 신발이 담긴 비닐봉투를 꺼냈다. 옷은 보이지 않았다. 바지를 잘라낸 건 기억났다. 분명 셔츠와 함께 버려졌을 것이다.

젠장.

그는 서랍을 하나씩 열다가 녹색 수술복 한 벌을 발견하고 입었다. 조금 작은 듯했지만 충분했다. 그는 구두 쪽으로 손을 뻗다가 다른 비닐봉투를 발견했다. 회중시계가 들어 있는 증거품 봉투.

형광등 아래에서 반짝이고 있었다.

심장이 쿵쿵대며 호흡이 빨라졌다.

그렇게 단순한 일일 수가 있을까?

67
일기

잔디밭은 여전히 아침 이슬로 촉촉해서 버석이는 스펀지를 밟는 기분이었어. 나는 별 생각 없이 카터 씨네 집으로 향했고, 소리는 들리지 않았지만 부모님도 몇 발 뒤에서 따라오고 있다는 걸 알았지. 부모님 중 어느 쪽도 내게 멈추라고 하거나 자기 뒤로 숨으라고 말하지 않았어. 아버지는 충격에서 헤어나지 못한 듯했고, 어머니의 머릿속에 어떤 생각이 오가는지는 짐작조차 할 수 없었지.

지나가면서 카터 부부의 차를 보니, 아버지의 포르쉐와는 사뭇 다른 상태였다네. 움직일 수 없게 해놓기는 했지만, 파괴한 방식이 아버지 차에게 한 것만큼 개인적인 모욕으로 느껴지지 않더란 말이지. 좌석을 긋거나 전조등이나 유리창을 깨지 않고, 차를 움직이지 못하게만 만든 거야. 아버지의 포르쉐에 대해서는 차뿐만 아니라 아버지 본인도 공격했는데 말이지. 그건 일종의 메시지였어.

별로 깔끔하게 싸지 않았던 작은 여행 가방이 뜯겨나가서 내용물이 카터 씨네 집 베란다에 널려 있었어. 처방약이며 칫솔, 데오도란트 따위가. 누가 밟았는지 크레스트 치약이 바닥에 잔뜩 뭉개졌더군. 신이 난 개미들이 열심히 치약을 나르고 있었어. 밟아버리고 싶었지만 생각을 고쳐먹었지. "치약은 밟지 마세요. 발자국이 남을 테니까요." 나는 숨죽여 중얼거렸어.

아버지가 뒤에서 신음했어. 분명 내 충고에 만족했겠지만, 상황이 상황인 만큼 칭찬의 말을 하지 않았다고 비난할 수는 없었지.

안쪽 문과 방충망이 모두 열려 있었어. 부엌 안을 똑바로 들여다볼 수 있었지.

나는 고개를 돌려 녹색 플리머스가 돌아오지 않았는지 확인한 후 안으로 들어갔어.

버번 웅덩이는 완전히 말라붙었고, 술 취해 죽은 개미 시체들만 나뒹굴었지. 술이 흐른 자국 한 줄기가 부엌 싱크대 뒤로 이어졌어. 누가 유리조각을 쓸었는지 한구석에 쌓인 모습도 보였어.

부엌 식탁에 여섯 장의 사진이 한 줄로 놓여 있었어. 처음 보는데도 눈에 익었지. 어머니와 카터 부인이 벌거벗은 채로 침대에 누워 있는 사진들.

68
클레어 노튼

둘째 날

오후 4:47

노튼은 혼다 시빅의 액셀러레이터 페달이 바닥에 붙도록 밟아 웨스트 밴 뷰런 가를 질주했다. 붉고 푸른 경찰등이 터널 벽의 허옇게 뜬 콘크리트에 반사되어 일렁였다.

"에머리를 자기 아파트에 가둬놨을 확률이 얼마나 될 것 같아?" 이렇게 묻는 내쉬의 손가락은 손잡이를 너무 꽉 잡아서 하얗게 질려갔다.

노튼은 코웃음을 쳤다. "운전이 마음에 안 드세요?"

내쉬는 얼굴을 붉히며 손잡이를 놓고 손가락을 옴찔거렸다. "저녁 러시아워가 시작되는 시간에 루프 지역을 시속 130킬로미터로 달리면서 잘도 그런 말이 나오는군. 행인을 치지 않은 게 놀라울 뿐이라고."

노튼은 핸들을 꺾어 중년 남자가 모는 BMW를 추월했다. 남자는 경적을 길게 누르면서 가운뎃손가락으로 차창을 때렸다. "응급차량은 우선권이 있다고, 이 개자식아!" 노튼은 백미러를 보며 소리치고 창문으로 손가락을 내밀어 응수했다.

"내 질문에 대답하는 게 어떨까." 내쉬가 말했다.

"내 의견이 필요해요? 나는 왓슨인지 비숍인지 그 이름도 모를 개자식이 우리를 가지고 놀고 있다고 생각해요. 문짝을 걷어차고 들어가면 방이 우리 면전에서 통째로 폭발해버릴 거라고도 생각해요. 그게 내 의견이에요. 하나 더 알려줄까요? 만약 에머리가 거기 있을 가능성이 있다면 그 정도 위험은 감수할 만하다는 거예요. 처음부터 그놈한테는 이 모든 게 게임이었어요. 우리는 놈이 만든 미궁을 기어다니는 생쥐들이고요. 아파트로 가는 건 놈이 그러기를 원하기 때문이에요. 단순명쾌하죠. 그게 목적이 아니라면 왜 주소를 적어놨겠어요? 내 생각에는……."

"젠장!" 내쉬가 소리쳤다.

노튼은 핸들을 거칠게 꺾어 포석 위로 올라서서 쓰레기 수거 트럭을 간발의 차로 피했다. 핸들을 다시 왼쪽으로 꺾자 차는 덜컹거리며 차도로 돌아오며 아슬아슬하게 핫도그 가판대를 스쳤다. 내쉬가 창밖으로 손을 뻗으면 저녁거리를 확보할 수도 있을 것 같았다. "내 생각에는, 놈이 우리를 꼭두각시처럼 부리는 동안에는 에머리가 어딘가에 살아 있다고 생각해도 될 것 같아요."

"아무 일도 없었던 척 넘어갈 생각이야?"

노튼은 고개를 끄덕였다. "그렇죠."

내쉬는 눈을 굴렸다. "사이렌하고 경찰등은 끄자고. 거의 다 왔어. 곧 비숍이 사는 건물이 나올 거야."

"저기 에스피노사가 보이네요." 노튼은 두 블록 앞에 있는 남색 배관수리 차량을 가리켰다. 그녀는 차 세 대 거리를 두고 주차한 다음 스피커폰으로 에스피노사에게 전화를 걸었다.

에스피노사의 치직거리는 목소리가 대답했다. "앞에 붉은색 캠리가 주차되어 있는 2층 건물이야."

노튼과 내쉬는 동시에 고개를 들었다. "확인."

"진입 위치를 확보했어. 비숍의 방은 1층에서 거리를 향해 있는 오른쪽 두 번째 문이야. 블라인드를 전부 내려놨어. 안에 감지되는 열원은 없지만, 저 두꺼운 벽돌을 뚫고 읽어내는 건 쉽지 않아. 진입해서 안전을 확보한 다음 따라오라고 신호를 보낼게. 알겠지?"

"알았어요." 노튼이 대답했다. "준비됐으면 바로 돌입해요."

에스피노사는 소리쳐 명령을 내렸다. 남자 세 명이 밴에서 빠르게 뛰어내렸다. 에스피노사와 다른 한 명은 현관으로, 세 번째 남자는 건물 측면을 돌아 뒷문으로 움직였다. 문에 도착한 첫 번째 남자는 "경찰이다!" 하고 소리치고 에스피노사의 엄호를 받으며 작은 충각으로 문을 때렸다. 그리고 몸을 숙인 채 건물 속 어둠으로 사라졌다.

곧 에스피노사의 목소리가 다시 들렸다. "확보 완료!"

노튼과 내쉬는 시빅에서 내려서 무기를 든 채로 도로를 가로질렀다.

현관에 다가선 그들은 걸어 나오는 에스피노사와 마주쳤다. "우리가 오는 걸 알고 있었군. 이리 와주기를 원한 모양이야."

"왜요? 안에 뭐가 있길래?"

그는 어깨너머로 고개를 까닥거렸다. "직접 봐."

노튼은 얼굴을 찌푸리며 현관을 통해 아파트로 들어갔다.

별로 큰 방은 아니었다. 대충 74제곱미터쯤 되어 보였다. 문으로 들어가니 한쪽에 작은 부엌이 딸린 거실이 등장했고, 오른쪽의 욕실과 그 너머로 통하는 문이 보였다. 가구는 하나도 없고, 부엌에는 사용한 흔적이 없었다. 벽에는 아무것도 걸려 있지 않았다.

방 한가운데에 검은 리본으로 묶인 흰색 서류상자 하나가 덩그러니 놓여 있었다.

69
일기

나는 사진을 모아 얼른 주머니에 넣었어. 그 순간 어머니와 아버지가 내 뒤를 따라 부엌으로 들어왔지.

"냄새가 고약한데." 어머니는 이렇게 소리치며 콧잔등을 찡그렸어.

아버지는 냉장고 쪽을 가리켰지. "누가 문을 열어놨어. 냉장고 속 음식들이 상한 모양이야."

나는 여전히 주머니에 손을 깊이 찌른 채였지. 사진이 바닥으로 떨어졌을지도 모른다는 생각에 아래를 내려다보기가 두려울 정도였지만, 전부 내 주머니 안에 안전하게 들어간 모양이었어.

아버지는 휘파람을 불었지. "상당히 공들여 꾸며놓았는데."

그 말은 사실이었어. 부엌 서랍과 찬장은 전부 열렸고, 내용물이 바닥과 조리대에 널려 있었다네. 거실 소파는 누더기가 되었지. 쿠션은 전부 잘라서 속을 살펴봤는지, 쿠션 솜이 서부극 속 잡초뭉치처럼 굴러다니고 있었다네. 텔레비전 화면에는 커다란 X자를 그려놓았더군. 카터 부인의 책은 모두 책꽂이에서 꺼내서 갈기갈기 찢어놓았고. 찢어진 종이쪽이 바닥에 나뒹굴었지. 제자리에 있는 물건은 하나도 없었다네.

"느낌이 안 좋아요. 돌아가야겠어요." 어머니가 말했지.

아버지는 슬쩍 복도 끝 부부 침실을 건너다보고 부엌으로 돌아왔다네. "저들이 원하는 물건이 여기 있었다면 분명 찾아냈을 거야. 모든 방을, 숨길 수 있는 공간은 죄다 뒤졌을 테니까."

"여길 떠나고 싶어요." 어머니는 초조하게 발을 구르며 말했다네.

아버지보다 내가 차 소리를 먼저 들었지만, 방충망에 먼저 도착한 쪽은 아버지였어. 나는 아버지 옆에 몸을 붙인 채 녹색 플리머스 더스터가 도로를 나와 자갈 깔린 진입로를 따라 이쪽으로 향하는 모습을 발견했지. 아침햇살이 앞유리에 반사되어 반짝이는 바람에 내부를 볼 수는 없었다네.

"집으로 돌아간다, 당장!" 아버지가 명령했어.

우리 셋은 문을 뛰쳐나가 전력으로 정원을 가로질렀어. 어머니가 맨 앞에, 아버지가 내 뒤에 서 있었지. 아버지가 걸음을 멈추고 포르쉐의 복수를 정확하게 같은 방식으로 해주기를 내심 기대했지만, 그런 일은 벌어지지 않았어. 아버지는 영리한 분이어서 분노에 휘둘리는 법이 없었거든.

계단을 뛰어올라 집 안으로 들어가자마자 플리머스가 우리 뒤 어딘가에 급정거하는 소리가 들렸어. 자동차 문이 삐걱이며 열리는 소리에 이어, 소총의 노리쇠를 당기는 것이 분명한 철컥 소리가 들렸다네. 그리고 낯선 남자의 목소리가 우렁차게 울렸지.

"잘 지내셨나, 이웃분들! 우리가 보고 싶었겠지?"

70
샘 포터

둘째 날

오후 4:57

병원을 나서던 포터는 승객을 내려주는 택시를 보고 손가락 두 개를 입에 물고 휘파람 소리를 냈다. 그 소리가 너무 컸는지 옆에 있던 나이 든 신사가 깜짝 놀랐다. 포터는 억지웃음을 지으며 그를 향해 고개를 끄덕한 후 택시 쪽으로 절룩이며 뛰어갔다.

포터가 뒷좌석에 털썩 앉자 택시기사가 씩 웃었다. "혹시 도망치는 겁니까?"

포터는 문을 닫은 후 봉합한 자국이 당기는 것을 느끼며 얼굴을 찡그렸다. "무슨 말이죠?"

"수술복을 입고는 있는데, 수술실에 들어가기에는 조금 거칠어 보여서요."

"사고가 있었어요. 직장 동료가 식칼로 다리를 찌른 후 날 부엌에 둔 채로 튀지 않았겠습니까. 옷을 못 찾아서 잠시 수술복을 빌린 겁니다."

"영리하시군요." 기사는 다시 웃었다. "그래서, 어디로 가십니까?"

"시간에 묻힌 골동품과 수집품. 벨몬트 가에 있는 가게예요."

"주소는요?"

포터는 자신이 주소를 가지고 있지 않다는 걸 깨달았다. 그는 휴대전화를 찾다가 비숍이 그걸 밟아 부쉈다는 사실을 다시 기억해냈다. "나도 몰라요. 벨몬트 가에 있다고만 들었죠."

택시기사는 눈동자를 굴리고 자기 휴대전화를 꺼내 화면을 두드렸다. "웨스트벨몬트 가 316번지로군요. 벨몬트 에지 아파트 맞은편에 있는 모양입니다."

"맞는 것 같군요." 포터는 몰려드는 러시아워의 차들을 흘낏하며 말했다. "내가 경찰이라고 말하면 더 빨리 도착할 수 있을까요?"

기사는 택시를 큰길로 몰며 백미러에 비친 포터를 힐끔거렸다. "배지 좀 보여주시죠."

포터는 뒷주머니로 손을 뻗다가 자신이 수술복을 입고 있다는 사실을 깨달았다. "그건 내……."

"칼에 찔린 바지에 있다는 거죠?"

"맞아요."

"어디 한번 가보죠."

포터는 일기를 꺼내어 읽다 만 부분을 펼쳤다.

71
일기

총소리를 듣기도 전에 총알을 느낀 것만 같았어. 총알이 내 머리통 바로 옆을 지나 오른쪽으로 15센티미터 떨어진 문틀에 박혔지. 작은 나무 파편들이 튀고 그중 하나가 내 뺨을 스치며 상처를 냈지. 상처를 만지기도 전에, 아버지가 뒤에서 뛰어와 나를 밀쳤어. 나는 균형을 잃고 미끄러져 소파 옆에 부딪혔지. 어머니도 소파 옆에 쭈그리고 앉은 채 사나운 눈으로 나와 현관문을 번갈아 보고 있었어. 등뒤에서 아버지가 문을 걷어차 쾅 닫는 소리가 들렸고.

아버지는 바닥에 엎드렸어. 빗장을 채우자마자 몸을 숙이는 모습이 보이더군.

"총에 맞았잖아!" 어머니가 비명을 질렀어.

나는 고개를 저었지. "아뇨, 어머니. 나무 파편에 다친 거예요. 대단한 상처는 아녜요. 괜찮을 거예요."

나는 곧 어머니가 나를 보고 말한 게 아니었다는 사실을 깨달았다네. 그 시선을 따라가보니 아버지를 향해 있더군. 아버지는 왼손으로 오른쪽 어깨를 누르고 계셨어. 그의 손가락 사이로 붉은 얼룩이 커지고 있었지.

어머니는 일어나서 아버지 쪽으로 다가갔어.

"몸 숙여!" 아버지가 말했지.

어머니는 아버지 옆에 무릎을 꿇고 앉았어. "어디 좀 봐요."

"스쳤을 뿐이야. 심각한 상처는 아니야."

어머니는 아버지의 셔츠 단추를 풀고 상처를 확인했어. "구급함과 적신 수건 한 장을 가져오렴. 절대 고개를 들지 말고." 어머니가 내게 말했지.

나는 살금살금 부엌으로 들어가 싱크대 아래에 있는 빨간색 작은 상자를 챙겼다네. 같은 상자가 침실과 욕실에도 있었지. 나는 자주 무릎이 쓸리거나 팔꿈치를 부딪히는 편이었는데, 어머니는 그럴 때마다 이 상자를 갖고 와서 날 치료해주셨지. 혹시 내용물이 부족한 건 아닐까 하는 걱정이 들었고, 다른 상자를 가져갈까 잠시 고민했지만 일단 이걸 드리고 나중에 더 챙겨야겠다고 생각했어. 나는 싱크대 옆 서랍에서 깨끗한 수건을 꺼내서 수도꼭지를 열어 적신 다음 거실로 달려갔다네.

아버지의 이마에는 땀방울이 맺혀 있었어. 그분이 마지막으로 땀을 흘리신 게 언제인지도 기억나지 않는데.

어머니는 구급함을 받아 한 손으로 걸쇠를 열고 알코올 병을 꺼냈어. 흐른 피를 수건으로 닦아내고 살점이 뜯긴 부위에 알코올을 부었지. 아버지는 이를 악문 채 숨을 들이쉬었어.

탄환이 스치면서 붉은 참호를 파놓았더군. 나는 더 자세히 관찰하려고 몸을 숙였지만, 어머니가 손을 저어 나를 쫓아냈어. "그림자가 생기잖니."

"죄송해요, 어머니."

어머니는 피를 다시 닦고 거즈 두루마리를 꺼냈다네. 1분 후에는 상처가 완벽하게 싸매져 있었지. 붕대가 분홍색으로 변했지만, 출혈은 줄고 있었어. 아버지는 이제 괜찮으실 것 같았지.

그분은 어머니를 올려다보며 미소 지었어. "고마워."

어머니는 고개를 끄덕이며 남은 알코올과 거즈를 구급함에 넣고는, 상자를 구석으로 밀어놓았다네. "이제 어떻게 하죠?"

"이 상황을 끝내야지."

72
클레어 노튼

둘째 날

오후 5:09

“열어봤어요?”

노튼의 질문에 에스피노사는 고개를 저었다. “자네들한테 영광을 양보하고 싶어서. 뭔가 위험한 물건일 수도 있다고 생각한다면 폭발물 처리반을 부를게.”

내쉬는 하얀 상자 앞에 무릎을 꿇고 앉아서 라텍스 장갑을 착용한 후, 검은 리본으로 묶인 상자 뚜껑을 가볍게 두드렸다. “그건 이 친구 스타일이 아닌걸. 상자에 신체 부위를 남기는 쪽을 즐기는 친구인데. 물론, 이렇게 큰 상자를 쓴 적은 없지만…….”

“열어요, 선배.” 노튼이 말했다.

“동전을 던져서 정하면 어때. 지난번 상자를 연 건 나였다고.”

“그건 거부할래요. 〈세븐〉이라는 영화를 봤거든요. 저 안에 기네스 펠트로의 머리가 들어 있다면 앞으로 몇 달 동안 그 모습이 잊히지 않을 거예요. 양보하죠. 남자답게 저질러버리라고요.”

내쉬는 눈동자를 굴리고 상자를 돌아보았다. “기록을 위해 말해두는 건데, 이건 일반적인 서류상자 크기야. 아무 사무용품점에서나 살 수 있는.” 그는 상자 쪽으로 몸을 숙였다. “딱히 냄새가 나진 않고, 축축하거나 새는 느낌도 없고. 표면에는 아무것도 적혀 있지 않아."

그는 리본을 당겨 매듭을 풀었다. 매듭이 풀리며 리본이 흘러내렸다. 그가 뚜껑으로 손을 뻗는 순간, 노튼과 에스피노사가 한발 물러섰다.

"아무래도 CSI가 도착하기를 기다리는 게 나을 것 같은데." 내쉬가 제안했다.

"열어요. 에머리가 있는 곳을 알려줄지도 모르잖아요."

내쉬는 마지못해 고개를 끄덕인 다음, 뚜껑을 열어 내려놓고 안쪽을 보았다. "어라?"

73
일기

문 두드리는 소리에 나는 몸을 움찔했어.

"혹시 맞은 거야?" 문 밖에서 낯선 남자의 목소리가 들렸지. "이거 미안하게 됐군. 너무 신이 났나 봐. 사냥을 나온 게 정말이지 오랜만이어서, 도시를 떠난 순간부터 콩알탄을 쏘고 싶어서 안달이나 있었거든."

"창문에서 떨어져 있어." 아버지가 나직이 말씀하셨네.

나는 고개를 끄덕이고 소파 구석으로 조금 움직였어. 겁을 먹은 건 아니었어. 좋아, 솔직히 말하자면 조금은 겁먹었을지도 모르지만, 적어도 그 사실을 부모님께 들키지는 않을 작정이었어. 나이프를 돌려받고 싶었으니까.

낯선 남자가 다시 거칠게 문을 두드렸어. 주먹을 쓰는지 소총 개머리판을 쓰는지 알 수 없었지만, 어쨌든 움찔했다는 점은 달라질 게 없었지.

낯선 남자의 목소리가 울렸어. "지난번에 왔을 때는 점잖게 물어봤지만 이번에는 그러지 않을 거야. 내가 원하는 건 그쪽 이웃이 훔쳐간 서류뿐이야. 그쪽이 가지고 있다는 건 알고 있어. 안 그런 척하느라 시간을 낭비하지는 말기로 하지. 그쪽에서 무슨 일이 벌어지고 있는지 모르는 데다, 솔직히 그리 신경 쓰고 싶지도 않으니. 그 서류만 건네주고 카터 부부가 어느 바위 아래 숨어 있는지만 알려줘. 그러면 우리는 더 묻지 않고 가던 길 갈게. 그리 나쁜 거래는 아니잖아? 우리가 꽤 친절하고 공정하게 행동하고 있다고 생각하는데."

"둘 다 살아 있다고 생각하나 봐요." 어머니가 말했어. 그동안 나는 슬금슬금 아버지에게서 떨어져서 창밖을 내다보려 했지.

"물론 그 바위가 그 집 안에 있고 그들을 숨겨주고 있다면 이야기는 달라지겠지. 설마 진심으로 범죄자들을 품어줄 생각이야? 그는 말 그대로 범죄자야. 직장에서 뭘 훔치는 자는, 그 물건이 정보일 뿐이더라도 확실한 범죄자 맞잖아? 강간범이나 살인자 같은 부류 말야. 그 아내도 딱히 나은 사람은 아니야. 자기 옷장에 온갖 구린 것들을 가득 담은 상자를 숨겨두고 있었어."

쩌렁쩌렁 울리면서도 고르게 이어지는 목소리였다네. 그들이 현관문 바로 앞에 서 있다는 느낌이 들었지. 총을 쏘면 목재를 뚫고 맞힐 수 있겠다 싶었지. 그들은 우리가 총을, 그것도 아주 큼지막한 총을 가지고 있을 거라 생각하는 모양이었어. 그렇지 않다면 이미 문을 박차고 들어왔을 테니. 나라도 그랬을 테고. 하지만 아버지는 총을 신뢰하지 않았고, 그런 무기를 집 안으로 가지고 들어오는 걸 용납하지 않았다네. "총이 있으면 사고가 일어나." 아버지는 항상 이렇게 말했지. "하지만 칼은 그렇지 않아. 사고로 다른 사람을 찌르는 일은 벌어지지 않거든. 칼을 다룰 때는 오발사고가 일어나지 않는단다." 문득 아버지가 여전히 같은 생각을 고수하는지 궁금해졌다네. 그분의 표정을 읽을 수는 없었어. 거의 움직이지도 않으셨고. 물론 찰과상에 불과한 총상 때문은 아니었지. 아버지는 집중하고 있었던 거야. 그분이 계획을 꾸미고 있다는 생각이 들었어. 아버지는 당황하는 법이 없었어. 과한 행동을 하는 법도 없었고. 항상 언제 어떤 행동을 해야 할지 알고 있는 분이었지.

어머니는 소파 뒤 창문으로 기어갔어. 정원이 보이는 쪽이었지. 그러고는 창틀 너머를 내다보려고 살짝 고개를 들다가 불쑥, 얼굴 하나가 나타나자 물러나며 비명을 질렀어. 긴 금발에 두꺼운 안경을 쓴 남자가 등장했거든. 얇고 붉은 입술에 흐릿한 웃음을 머금고 있더군. 그는 소리 없이 입 모양으로 안녕이라고 인사한 다음 손바닥을 판유리에 붙였어. 나는 손 주변으로 습기가 차서, 손을 떼도 손바닥 모양이 남는 광경을 멍하니 보고 있을 뿐이었어. 남자는 곧 소총 개머리판을 들고 유리창을 두드렸어. 그러다 재빨리 고개를 내려 숨는 얼굴에 더 큰 미소가 떠올라 있더군. 어머니와 나는 서로 마주보고 지시를 바라는 얼굴로 아버지를 돌아보았지.

다시 현관문 두드리는 소리가 들렸어. "아직 그 안에 있나?"

아버지는 입가로 손가락을 올렸어.

낯선 남자는 말을 이었어. "저 집 사람들 자동차를 살펴봤지. 하나부터 열까지 괴상하더라고. 차를 기차역에 남겨두고 간 것 자체는 제법 말이 되는 것 같았어. 여행을 떠난 것처럼 보이니까. 하지만 가방을 차에 두고 가다니? 가방을 두고 여행 가는 사람도 있나? 차를 발견하고 가방을 본 순간 누군가 상황을 꾸미려 했다는 확신이 들었어. 처음에는 카터 부부가 가짜 단서를 심은 건 아닐까, 그러니까 냄새를 쫓는 여우들을 한쪽으로 유도한 다음 반대 방향으로 달아나려 하는 게 아닐까 생각했어. 결국 그 가설은 포기할 수밖에 없더군. 사이먼은 그리 영리한 친구가 아니거든. 물론 숫자

감각은 탁월하지만, 책벌레들이 흔히 그렇듯 상식도 없고, 뒷골목에 어울리는 영리함도 없지. 도망쳐야 한다면 그냥 내뺐을 거야. 따라서 기차역에 차를 둔 사람이 정말로 그라면, 가방도 가지고 갔을 게 분명하단 말이지. 이 작은 위장을 알아차리고 나니 당신들이 연루되어 있다는 결론에 어렵지 않게 도달했지. 여기 외따로 떨어진 길에는 이 집 두 채밖에 없잖아. 그들이 어딜 갈 수 있었겠어? 지난번에 왔을 때 그쪽 꼬맹이는 아주 오줌을 지릴 뻔하던데. 똑똑한 아이라는 건 인정해. 하지만 거짓말 쪽으로는 조금 연습이 필요하겠어. 인생이라는 거대한 서커스에서 몇 년 구르면 나아지겠지."

아버지는 어머니를 손가락으로 가리키고, 이어 부엌을 가리키며 허공을 칼로 찍는 시늉을 했어. 어머니는 이해하셨는지 칼을 가지러 갔어.

"어쨌든, 말이 너무 길어졌군. 뭐, 내가 자네 현관 앞에 어떻게 도착하게 됐는지는 별로 중요한 일이 아니야. 그저 내가 여기 있고 자네가 거기 있고, 내게 필요한 물건은 그 사이의 어딘가에 존재한다는 것이 중요하지. 당신들도 그깟 종잇조각 때문에 목숨을 잃고 싶진 않겠지. 범죄자 이웃을 숨겨주는 것은 물론이고. 솔직히 말해서, 그런 자들을 위해 목숨을 걸 필요가 있어? 다른 사람 때문에 아이를 죽게 할 필요가 있느냔 말이야. 얼른 나오지 않으면 바로 그런 일이 여기서 벌어질 거야."

어머니는 도마에서 큼직한 식칼 두 자루를 들고 돌아왔어. 한 자루를 아버지에게 건네고, 다른 한 자루는 본인이 들었지.

낯선 남자는 목청을 가다듬었어. "아까도 말했지만, 점잖게 부탁하는 건 끝났어. 이제 그런 일은 일어나지 않아. 우리가 즐겁게 대화하는 동안, 우리 스미스 씨가 이 예쁘장한 집에 가솔린을 몇 통

뿌렸거든. 냄새가 제법 나지? 벽에도 넉넉하게 뿌리고, 마루 밑도 충분히 적셨고, 집 주변 나무에도 좀 뿌렸지. 이 집이 통째로 아주 밝고 환하게 타오르도록 말야."

지붕 꼭대기에 무언가 부딪치더니 몇 초 동안 구르고 멈추는 소리가 들렸지.

"휴! 자네들이 이 모습을 볼 수 있으면 좋을 텐데! 깡통 하나를 통째로 지붕 위로 던졌는데, 가솔린이 비처럼 집 전체를 적시며 쏟아졌거든. 세상에, 홈통을 타고 내려오는군. 옥탄가 93도짜리 액체가 지붕부터 바닥까지 이 집을 흠뻑 적신 셈이야." 낯선 남자는 흥분했는지 점차 높아지는 목소리로 킬킬 웃었어. "이제 내가 점잖지 않은 부탁을 하나 할게. 5분 내로 카터 부부를 데리고 나와. 5분이 지나자마자 우린 성냥을 그어 모닥불을 피우고 캠프파이어를 벌일 테니까. 물론 우리도 서류고 자네 이웃이고 다 잃겠지만 그 정도는 감수할 수 있어. 이 모든 게 여기서 끝났다는 것만 확인하면 발 뻗고 잘 수 있겠지. 도망칠 생각은 마. 사격 연습장의 비둘기들처럼 하나씩 쏴버릴 거야. 명심해, 5분이야. 1초도 더 안 줄 거야."

74
샘 포터

둘째 날

오후 5:12

택시는 웨스트벨몬트 가의 벨몬트 에지 아파트 맞은편에 급정거했다. 택시 기사는 오른쪽에 보이는 건물을 엄지로 가리켰다. "도착했습니다. 이거 신기록인데요?"

포터는 자리에 앉은 채 몸을 기울여 창밖을 내다보았다. 골동품 가게가 있는 건물은 이 동네에 흔히 보이는, 일반적인 양식으로 보였다. 20세기에 막 진입했을 무렵에 지어진 벽돌 건물로, 상점이 있는 1층은 통유리로 되어 있고 2층에는 거주 공간이 있는 듯했다. 이 근방의 상점 주인들은 대부분 가게 건물에 살았다. 그렇지 않은 사람들은 한 재산 날릴 각오로 근처 아파트를 임대했다. 이곳은 돌을 던지면 닿을 정도로 미시간 호수에서 가깝고, 호반 풍경이 보이는 부동산은 늘 프리미엄이 붙기 때문이다. 걸어서 갈 수 있는 거리에 각종 시설이 있다는 점도 가격 상승을 부채질했다.

포터가 차에서 내리려 하자 택시 기사가 소리쳤다.

"잠깐! 26달러 22센틉니다!"

"지금은 가진 돈이 없어요. 하지만 시카고 경찰국에서는 당신의 협조에 지대한 감사를 표합니다."

"얼어죽을 감사는!" 기사가 안전벨트를 풀고 문을 열었다.

포터는 손을 들어 보였다. "진정하세요, 농담한 거라고요. 파트너를 불러서 현금을 가져오라고 할 테니 기다려줘요."

기사의 얼굴색이 갑자기 변했다. "저…… 다리에서 피가 나는데요?"

포터는 허벅지를 내려다보았다. 5센티미터 크기의 검은 얼룩이 퍼지고 있었다. "젠장, 꿰맨 곳이 터졌나."

"칼에 찔렸다는 게 정말입니까?"

포터는 허벅지를 지그시 눌렀다. 피가 축축하게 배어났다.

"아무래도 병원으로 다시 가야겠는데요."

포터는 고개를 저었다. "괜찮을 거예요."

기사는 마지못해 고개를 끄덕이고 택시에 몸을 기댔다.

포터는 상점을 돌아보았다.

'시간에 묻힌 골동품과 수집품' 가게는 어두워 보였다. 그는 정문으로 가서 문을 당겼다. 잠겨 있었다. 그는 손그늘을 만들어 햇빛을 가리고 얼굴을 유리문에 붙여 안을 들여다보았다.

"닫았나 봐요." 기사가 뒤에서 말했다. "문에 운영시간이 붙어 있잖아요. 5시에 문을 닫는답니다. 15분 차이로 놓친 모양이에요."

포터는 한 걸음 물러나서 살펴보다가 운영시간이 적힌 작은 붉은색 글씨를 발견했다. 기사의 말이 옳았다. 그는 다시 유리창에 얼굴을 대고 안을 들여다보았다. 벽에는 시계가 빼곡하게 붙어 있었다. 소형 디지털시계에서 우뚝 선 괘종시계까지 온갖 종류가 있었다. 수많은 시계추가 쉴 새 없이 좌우로 흔들렸다. 일부는 다른 시계들과 함께, 일부는 독자적으로. 최면에 걸릴 것만 같았다. 정각을 알릴 때 저 안은 어떻게 될까?

포터는 주먹을 쥐고 문을 두드리다가, 한 걸음 물러나서 위층의 아파트를 바라보았다. 혹시 저 위에 가게 주인이 사는 건 아닐까?

"충고할 생각은 없지만, 이 가게에 다급한 용무가 있다면…… 다리에서 피를 흘리면서 문을 두드리는 걸 보니 그래 보입니다만, 옆집에 물어보면 어때요? 지배인이나 가게 주인에게 연락할 방법을 알지도 모르잖습니까."

포터는 몸을 돌려 기사의 시선을 따라갔다. 이웃 가게에서 드라이클리닝 가방 세 개를 들고 나오는 여자가 보였다. 그녀는 주차 미터기를 돌아 자기 차 트렁크로 가다가 포석에 발이 걸려 넘어질 뻔했다.

포터는 심장이 쿵쿵대는 것을 느꼈다. 그는 택시 앞 주차 미터기로 가서 요금표를 읽었다.

한 시간에 0.75달러.

"휴대전화 좀 빌릴 수 있을까요?"

"세상에, 농담이죠?"

포터의 얼굴에 농담이 아니라고 쓰여 있기라도 했는지, 남자는 어깨를 으쓱하고는 운전석으로 돌아가 대시보드에 고정된 휴대전화를 뽑았다. 포터는 번호를 입력했다.

"클로즈스킵니다." 반대편 목소리가 말했다.

"클로즈, 포터야."

"휴대전화 바꾸셨어요?"

"사정이 좀 있었어. 근처에 증거 상황판 있나?"

"네. 왜요?"

포터는 심호흡했다. "우리가 버스 사고 사망자의 주머니에서 거스름돈을 얼마 찾았지?"

"그러니까 옛날 4MK를 말씀하시는 거죠? 75센트입니다. 왜요?"

그는 이웃한 세탁소로 향했다. "세탁소 영수증의 번호는 몇 번인가?"

"지금 뭘 하시는 겁니까? 회복 중인 거 아니에요?"

"클로즈, 영수증 번호!" 그는 세탁소 문을 열고 들어가 카운터로 직행했다.

검은 머리에 두꺼운 안경을 끼고 커다란 세탁물 가방 두 개를 든 뚱뚱한 남자가 그를 싸늘하게 보았다. 카운터에 앉아 있던 점원이 말했다. "줄 서요, 아저씨." 그러다 포터의 바지에 번져가는 핏자국을 발견했다. "젠장, 의사 불러야 하나요?"

포터는 뒷주머니에서 배지를 꺼내려다가 배지가 없다는 걸 오늘 두 번째로 깨달았다. "시카고 경찰국에서 나왔습니다. 세탁물 번호 하나를 확인해줘요." 그리고 휴대전화에 대고 말했다. "클로즈, 번호!"

"네, 54783번입니다!"

그는 여전히 미심쩍어하는 점원에게 번호를 불러주었고, 그는 컴퓨터에 번호를 넣었다. "잠깐만 기다리세요." 그는 가게 뒤로 통하는 문을 열고 들어갔다.

포터의 뒤에 선 뚱뚱한 남자가 세탁물 가방 두 개를 내려놓고 한숨을 쉬었다.

"미안합니다."

남자는 투덜댈 뿐 아무 말도 하지 않았다.

꼬마는 옷걸이 세 개를 한데 뭉친 꾸러미를 들고 돌아왔다. 그는 카운터 한쪽에 달린 고리에 꾸러미를 걸었다.

포터가 비닐을 벗기자 조깅용 반바지, 흰색 탱크톱, 양말, 속옷이 나왔다. 모두 세탁 후 다림질까지 되어 있었다. 다른 비닐에는 흰색과 분홍색이 섞인 나이키 운동화가 옷걸이에 고정되어 있었다.

꼬마는 신발을 가리키며 말했다. "이걸 두고 간 사람에게 운동화 세탁은 안 한다고 했는데, 그냥 이 빨래들하고 같이 보관만 해달랬어요."

"선배, 말 좀 해봐요." 클로즈가 말했다. "무슨 일입니까?"

"에머리의 옷을 찾았어."

75
일기

"가서 카터 부인을 데리고 와." 아버지가 어머니에게 지시했어.

어머니는 고개를 끄덕이고 부엌으로 들어갔어. 지하실 문이 끼익 하고 열리는 소리와 계단을 내려가는 소리가 들렸지. 아버지는 나를 보고 말했어. "아들, 부엌으로 가서 수프 솥을 꺼내라. 어느 걸 말하는지 알지? 유리 뚜껑이 있는 커다란 솥."

나는 고개를 끄덕였어.

"솥에 기름을 3센티미터 정도 따르고 스토브에 올린 다음 불을 최대로 키워. 할 수 있겠지?"

나는 다시 고개를 끄덕였어.

"그럼 서두르자!"

나는 부엌으로 달려가 찬장에서 수프 솥을 꺼낸 다음 스토브에 올렸어. 스토브 바로 옆 찬장에 식용유가 있었는데, 거의 4리터는 남아 있더군. 나는 뚜껑을 비틀어 열고 4분의 1리터를 솥에 따른 다음, 화력을 최대로 올렸다네. 하지만 아무 일도 벌어지지 않았지. 다음 순간 가스 냄새가 나기 시작했고. "세상에." 나는 혼잣말로 중얼거리며 스토브 옆 서랍에서 성냥갑을 꺼냈어. 점화용 불씨가 곧 잘 꺼지곤 했거든. 어머니는 거의 매주 성냥갑을 꺼내야 했을 거야. 나는 청바지에 한 개비를 그어서 불이 붙은 것을 확인한 다음 천천히 솥 아래로 가져갔어. 불이 확 올라왔지. 푸른 불꽃이 날름거리며 솥 바닥을 핥았어. 나는 성냥갑을 주머니에 넣고 거실로 돌아가 아버지께 엄지를 들어 보였어.

다시 문 두드리는 소리가 들렸어. "너무 조용한 것 아닌가. 다들 괜찮은 거야? 내 시계로는 4분 남았는데."

"사이먼 카터는 죽었어!" 아버지가 소리쳤어. 바깥에서 한동안 침묵이 이어지다가 이윽고 이런 소리가 들렸지. "어쩌다가?"

"운이 나빠 사고를 당했지."

"그럴 수도 있겠지." 낯선 남자가 대답했어. "어차피 그 친구의 안부에 그리 신경을 쓴 건 아니라서. 부인은 어떻게 됐나?"

어머니와 카터 부인이 거실에 등장했어. 어머니가 그녀의 어깨에 수건을 걸쳐 가슴을 가렸더군. 수갑 찬 손이 앞으로 모여 있었어. 그 모습을 보니 뺨이 저절로 붉어지더군. 며칠 동안 지하실에서 자신의 오물에 더럽혀지며 살았는데도, 그녀는 여전히 아름다웠어. 어머니의 칼끝이 그녀의 갈빗대에서 3센티미터 아래를 지그시 누르고 있었지.

아버지는 그녀를 힐긋 보고는 현관에 서 있는 남자에게 주의를 돌렸어. "지금까지 며칠 동안 우리 손님으로 지냈는데, 애석하게도 호의를 과용한 것 같아. 이 여자를 그쪽 차에 태워 돌아갈 생각이라면 기꺼이 보내줄게. 우리 가족과 나는 이런 일과 아무런 관련도 없고, 그저 아무도 다치지 않기를 바랄 뿐이야. 평화롭게 이곳을 떠나. 그러면 누구에게도 이 일을 언급하지 않겠어. 당신은 원하는 걸 얻고, 우리도 원하는 걸 얻고. 모두 이기는 거야."

"그게 그렇게 되나?"

카터 부인은 다급하게 고개를 저었다. "나를 저쪽에 넘기면 우리를 모두 죽일 거야. 당신 아이까지 포함해서. 일을 매듭 짓지 않고 남겨두는 사람들이 아니야. 믿어선 안 돼."

"3분 남았어!" 낯선 남자가 소리쳤어.

"이 여자는 사라진 서류에 대해서는 아무것도 몰라. 남편이 무슨 일을 했는지는 모르지만, 아내와 자세한 내용을 공유하지는 않았던 모양이야." 아버지가 말했지.

"나보고 그 말을 믿으라는 거야?"

"사실이에요!" 카터 부인이 소리쳤다네.

"그 안에 있나, 리자?" 낯선 남자가 말했다네. "당신을 지켜주는 대가로 그 사람들에게 한몫 떼어주겠다고 약속한 모양이지? 그냥 이리 나와서 대화로 풀어보는 건 어떤가? 문 밖에서 소리치느라 목이 쉴 지경인데."

아버지는 문 쪽으로 고개를 돌렸어. "아까 말했듯, 이 여자는 기꺼이 넘길 수 있어. 당신이 이 여자한테 뭘 하든 상관하지 않겠어. 그쪽 문제는 우리하고는 아무 상관 없으니까."

"그 말에는 동의할 수 없는데."

"당신 보스에게 사이먼이 죽었다고 말해요!" 카터 부인이 소리쳤어. "무슨 비밀을 숨기고 있었는지는 몰라도 비밀 또한 그 사람과 함께 사라졌다고요."

"애석하게도 그 말을 믿으면 업무 방기가 되어 버려서 말야."

뒤쪽에서 유리 깨지는 소리가 들렸고, 우리 모두 부엌을 돌아보았어. 뒷문 옆에 달린 좁은 창문을 깨고 손이 하나 들어와서 자물쇠를 찾아 더듬거리더군. 아버지는 그쪽으로 달려가 칼을 높이 들더니 손가락을 빠르고 부드럽게 내리쳐 두세 개를 베어버렸어. 문 건너편에서 고통의 비명이 들리기도 전에 피가 고이기 시작했지. 손은 다시 밖으로 사라졌어. 아버지는 앞문으로 돌아오면서 끓는 식용유가 담긴 솥을 가져왔지.

낯선 남자는 웃고 있었어. "스미스 씨가 제대로 걸렸군! 그런 식으로는 절대 들어가지 못할 거라고 했는데, 말을 듣지를 않더라고. 자기 식으로 해야 성이 차는 사람이라. 요즘 젊은 세대하고 똑같지 않은가? 나이 든 사람들 말을 들어먹지를 않아요. 자네나 내가 젊었을 때와는 완전히 다르지. 안 그런가, 친구? 우리가 어릴 적부터 배운 존경심 따위는 전혀 찾아볼 수가 없다니까. 그쪽 아들은 다를지도 모르지. 옛날식 예절을 염두에 두는 아이 같더군. 분명 기회가 주어진다면 이 사회의 기둥으로 자라나겠지. 물론 그런 일이 실제로 일어날지는 자네가 지금 어떤 행동을 하느냐에 달려 있지만."

"저 개자식, 죽여버리겠어!" 스미스 씨가 어디선가 소리 지르고 있더군.

나는 창가로 기어가서 앞뜰을 힐끔거렸어. 긴 금발에 안경을 쓴 남자가 현관 가장자리에 서 있었다네. 발밑에 피가 고였더군. 티셔츠 밑단을 뜯어서 부상당한 손을 감싼 모양이었어. 순식간에 붉게 변했지.

낯선 남자는 나를 알아보고 윙크했어. "재미난 일이 벌어지는 바람에 시간 재는 것도 잊었네." 그는 큰 소리로 말했어. "대충 30초쯤 남은 것 같은데. 자네들 생각은 어때?"

나는 고개를 내리고 창가에서 물러났어. "밖에는 두 사람뿐이에요, 아버지. 일부는 뒷문으로 나가고 일부는 앞문으로 나가면 모두 붙잡지는 못할 거예요."

"그래서 어디로 가게? 우리 차는 전부 망가졌는데."

"저 사람 차를 쓰면 되죠."

아버지는 이미 고개를 흔들고 있었다네. "여기서 끝내야 해. 아니면 계속 도망 다니는 신세가 될 거야."

"저쪽에는 총이 있잖아요."

"우리가 더 영리해. 생각해서 이 문제를 풀어야 해. 퍼즐을 맞춰야 해."

어머니는 묘하게 조용하고 차분했어. "리자를 죽인 다음에 시체를 던져주는 건 어때요."

그 말에 카터 부인이 마구 몸부림 쳤지만, 어머니는 그녀의 눈앞에 칼을 들이댔어. 그녀는 움직임을 멈추고 은빛 칼끝을 응시했지. "남편은 해외 계좌로 거의 1400만 달러를 옮겨놨어. 나를 무사히 빼내주면 절반을 넘길게."

아버지는 문가를 떠나 그녀 쪽으로 걸음을 옮겼다네. "서류는 어떻게 됐지? 저들이 진짜로 원하는 건 서류일 텐데."

카터 부인은 깊은 한숨을 내쉬었지. "미들턴 시내에 있는 안전금고. 네 곳에 나눠놨어. 그 정보만 있으면 손쉽게 1억 달러를 얻을 수 있어."

"열쇠는 어디 있지?"

카터 부인은 아무 말도 하지 않았어.

아버지는 그녀의 머리채를 붙들고 식용유가 끓는 솥으로 끌고 갔어. 그리고 솥 위에 대고 머리를 누르기 시작했지. 카터 부인은 등을 젖히고 발길질하며 저항했지만 아버지의 힘이 더 강했지. 카터 부인의 얼굴이 기름에서 고작 몇 센티미터 떨어진 곳까지 내려갔어. "한 번 더 묻고 그대로 누를 거야. 열쇠는 어디 있지?"

카터 부인은 고개를 마구 휘저으며 몸을 빼려 했지만, 아버지는 그녀의 발길질 따위에는 신경도 쓰지 않고 단단히 잡고 있었어. 애초에 양손이 수갑으로 묶인 상태에서는 뭘 해도 소용없는 일이었지. "안 돼……." 그녀는 간신히 이렇게 말했어.

아버지는 어깨를 으쓱하고 그녀의 머리를 눌렀다네.

기름이 지글거리며 튀었고, 작은 기름방울이 그녀의 피부에 닿아 작고 붉은 물집들을 남겼어. 그녀는 비명을 지르며 온 힘을 다해 아버지를 밀치려 했지. 기름방울이 그녀의 머리카락에 닿아 치직거리는 소리를 냈어. "고양이 아래에 있어! 제발, 멈춰! 고양이 아래에 있다고!"

"무슨 소리지?" 아버지는 힘을 빼고 카터 부인의 얼굴과 솥 사이에 몇 센티미터를 벌려주었어.

나는 그녀가 무슨 말을 하는지 알아들었어. 무슨 뜻인지 아주 정확하게 알아들었지. "호숫가에요? 내 고양이요?"

카터 부인은 다급하게 고개를 끄덕였어.

"지금 이 여자가 무슨 소리를 하는지 아는 거냐?"

"네, 아버지."

아버지는 눈을 가늘게 뜨고 카터 부인을 바라보았다네. "이제부터 내가 시키는 대로 정확하게 실행에 옮기는 거야. 알겠지?"

다시 거칠게 문 두드리는 소리가 들렸다네. "여러분, 시간 다 됐어요!"

76
클레어 노튼

둘째 날

오후 5:12

"그게 뭐죠?" 노튼이 물었다.

"서류 잔뜩, 그리고 쪽지 한 장." 내쉬는 대답하며 상자 안으로 손을 넣어 고무줄로 묶인 수천 장의 서류 위에 놓인 쪽지를 꺼냈다.

노튼이 몸을 숙였다. "뭐라고 적혀 있어요?"

내쉬는 큰 소리로 읽기 시작했다.

친애하는 동료 여러분!

마침내 이곳에 도착하다니 정말 반가운 일이네요! 여러분과 함께 이 순간 바로 여기 있고 싶은 마음이 간절하지만, 운명이 우리를 갈라놓고 말았어요. 여기 있는 자료가 여러분의 믿음직한 손에 들어갔다는 사실을 알게 된 것만으로 위안을 삼아야겠죠. 여러분이라면 분명 이 자료를 금융 범죄 부서의 전우에게 가져가, 탤벗과 그의 사업체의 범법행위에 대한 증거에 더해줄 테니까요. 이 상자에 있는 자료면 유죄 선고를 받아내기에 충분하리라 믿지만, 애석하게도 재판을 기다리고 싶지 않아서 앞질러 선고를 내려버렸어요. 그 정도 범죄에 적절한 형벌이라고 생각해요. 그의 오랜 사업 파트너인 건터 허버트와 마찬가지로, 탤벗 씨도 오늘 정의를 대면해 자신의 행동의 대가를 가장 빠른 방식으로 치르게 될 거예요. 어쩌면 최후가 찾아오기 전에 딸에게 마지막으로 키스할 기회를 줄 수 있을지도 모르겠네요. 안 주는 게 나으려나. 그냥 서로 피 흘리는 모습을 지켜보게 해주는 편이 나을지도요.

그럼 이만, 앤슨 비숍

내쉬는 눈을 가늘게 떴다. "아직 탤벗의 차에 미행 붙어 있지?"

노튼은 이미 휴대전화를 꺼내 들었다. "확인해볼게요."

내쉬는 상자로 돌아가 서류 한 뭉치를 꺼냈다. 한 뭉치가 5센티미터 두께로, 300장 가량인 것으로 보였다. 맨 윗장은 녹색 줄이 들어간 흰 종이였고, 줄마다 작고 단정한 글씨가 가득했다. "장부처럼 보이는데. 게다가 꽤 오래된 거야. 여기 적힌 날짜는 거의 20년 전이잖아. 아직도 종이 장부를 쓰는 사람이 있기는 한가?"

노튼은 손을 저어 그의 말을 막고 등을 돌리더니, 휴대전화를 귓가에 댄 채 방 안을 서성였다.

내쉬는 어깨를 으쓱하고 다시 서류를 살폈다. 첫 줄에는 163. WF14. 2.5k. JM이라고 적혀 있었다.

"암호인가?"

그는 다른 장부들을 꺼내기 시작했다. 전부 열두 묶음이었다. 모두 비슷하게 기입되어 있었다. 바닥에는 서류봉투가 있었다. "이제 좀 알 만한 게 나오는군." 그는 중얼거리며 봉투를 꺼냈다.

노튼은 전화를 끊고 내쉬 쪽으로 돌아왔다. "순찰차에 전화해보니 음성사서함으로 연결돼요. 본부에서도 연락이 안 되고요. 탤벗의 자택으로 직접 가봐야겠어요."

내쉬는 상자를 손짓하며 말했다. "이건 어쩌고?"

"다른 사람 시켜서 클로즈한테 가져가게 해요."

내쉬는 고개를 끄덕이고 봉투를 열었다. 봉투 안에는 폴라로이드 사진이 가득했다. 그는 사진을 한 장 꺼냈다. 열서너 살 정도로밖에 보이지 않는 소녀의 나체 사진이었다.

77
일기

문을 연 사람은 나였어. 아버지도 어머니도 아니고 물론 카터 부인도 아닌, 바로 나. 문을 여니 낯선 남자가 며칠 전 우리 집에 처음 왔을 때처럼 외투를 걸치고 현관에 서 있더군. 이마에서 줄줄 흐르는 땀을 하얀 손수건으로 훔치고 있었지. 투실투실한 오른손은 어제 글로브박스에 있던 44구경 매그넘을 쥔 채였고. 총구는 바로 내 머리를 향하고 있었지.

"안녕, 꼬마야. 그동안 잘 지냈니?"

그 뒤에는 스미스 씨가 헝겊으로 다친 손을 싸쥔 모습이 보였어. 그의 신발 앞코며 주변의 땅에 피가 웅덩이를 이루고 있었지. 팔과 옆구리 사이에 소총 한 자루를 끼고 있더군. 군데군데 붉은 반점이 떠오른 얼굴은 분노로 붉어졌다네. "내게 이런 짓을 하다니, 너희 빌어먹을 아비의 배때기를 따줄 테다." 그는 내가 '이런 짓'의 의미를 모를 거라 생각했는지 손을 들고 흔들었어. 얼룩 하나 없는 하얀 현관에 작은 핏방울이 튀었어. 어머니가 좋아하지 않을 텐데.

"자, 자." 낯선 남자가 말했어. "적의를 앞세울 필요는 없잖아. 이 선량한 사람들은 자기 집을 지키려 한 것뿐이야."

"없기는 뭐가 없어."

낯선 남자는 다시 손수건으로 땀을 닦았어. 셔츠 옷깃은 이미 흠뻑 젖었더군.

가솔린 냄새가 났어. 현관에서 아지랑이가 피어오르고 지붕에서도 뚝뚝 떨어지고 있었지. 진입로에 가솔린 통이 네 개 있는 것도 보였고.

"이렇게 더운데 왜 외투를 입고 있어요?" 아주 단순한 질문이었지만, 지금의 상황에도 불구하고 반드시 답을 얻어야 한다는 느낌이 들었어. 해결되지 않은 의문을 안은 채로는 앞으로 나아가기가 힘들 때가 있지.

낯선 남자의 입술에 웃음이 떠올랐다네. "글쎄, 왜일까? 정말이지 호기심 많은 꼬마로구나. 질문이 아주 많아. 그냥 내가 제일 좋아하는 외투고, 네가 이 행성에 자리를 잡기도 전, 아주 오래전부터 가지고 있던 물건이라고 대답하면 어떻겠냐. 게다가 내 행운의 외투고, 오늘은 행운이 좀 필요한 날인 것 같아서 특별히 옷장에서 꺼내어 날씨 따위엔 신경 끄고 일을 처리하는 동안 입고 있을 생각이라면. 넌 뭐라고 대답할 거냐?"

"끔찍하게 안 어울리는 외투인 데다 계속 땀을 흘리고 계시니 천국에 닿을 정도로 냄새가 고약할 거라고 말하겠어요."

낯선 남자는 여전히 웃고 있지만, 눈빛은 험악해졌어. "이렇게 대화를 주고받고 있자니 기시감이 느껴지는데. 그러니 처음 만났을 때와 같은 질문을 해야겠구나. 그래야 이 모든 일이 매듭지어질 테니까. 부모님 집에 계시냐?"

당연히 알고 있을 테니 한심한 질문이라 생각했다네. 그래도 나는 고개를 끄덕이고 문을 슬쩍 밀어 활짝 열리게 했지.

몇 발 뒤에 카터 부인이 서 있었어. 그 뒤에는 아버지가, 한쪽 팔로 그녀의 허리를 끌어안고 다른 팔은 어깨에 두른 채였고. 그녀의 목에 식칼을 대고 있더군. 날카로운 칼끝이 경정맥을 살짝 눌렀어. 그녀는 칼을 피하려는 듯 고개를 반대쪽으로 기울인 채 문가의 남자를 응시했지.

"리자." 낯선 남자가 그녀를 불렀지. "남편 일은 참으로 안됐어요."

그녀는 아무 말도 하지 않았어. 수갑 찬 손을 브래지어 위로 모아 쥐고 있을 뿐.

낯선 남자는 소파에 기댄 채 양손을 늘어트린 어머니를 보고 인사했어. "다시 보게 되어 반갑군요, 부인."

어머니는 키득키득 웃을 뿐 대꾸하지 않았지.

낯선 남자는 손수건을 주머니에 넣고 44구경을 아버지에게 겨누었어. "그 칼 내려놔."

아버지는 고개를 저었지. "싫은데."

"그럼 어쩔 건가?"

"서류는 안전금고 안에 있어. 우리 아들이 이 여자가 열쇠를 숨긴 장소를 알아. 우리가 기다리는 동안 가서 열쇠를 가져올 거야. 칼은 내려놓지 않을 거야. 당신이나 당신 친구가 조금이라도 위협적인 행동을 하면 이 여자 목을 그어버릴 거거든. 순식간에 끝날 거야. 동맥을 겨누고 있으니까. 나를 쏘면 쓰러지면서 그을 수도 있어. 아내나 아들을 해칠 경우에도 이 여자는 죽는 거야. 그렇게 되면 안전금고가 있는 은행을 알려줄 사람은 남지 않겠지."

스미스 씨는 무언가 대꾸하려는 듯 입을 열었지만, 낯선 남자가 손을 들어 그를 막았어. "저 아이가 경찰을 부르러 가는 게 아니란

걸 어떻게 알지?"

아버지는 어깨를 으쓱하셨다네. "우리가 사이먼을 죽였으니까. 우리 모두 한 발씩 걸치고 있는 셈이야. 아들이 30분 안에 열쇠를 가지고 돌아올 거야."

낯선 남자는 카터 부인에게 시선을 향했다네.

"이 사람들은 미쳤어요." 카터 부인이 말했어, "남편을 죽이고 날 거의 일주일 동안 지하실에 묶어놨다고요."

칼이 목에 너무 바싹 붙어 있어서, 말하려고 움직인 것만으로도 칼날을 타고 핏방울이 흐르기 시작했지.

낯선 남자는 아버지를 돌아보며 입을 열었어. "그래서 우리가 여기서 서로 무기를 겨누고 있는 동안, 꼬맹이가 어딘가로 달려가 안전금고 열쇠를 가지고 돌아온다는 거지? 그러면 리자를 이쪽으로 넘기고 우리는 물러가고, 댁들은 평온하게 여생을 즐길 거라고? 아무도 죽을 필요는 없다는 거겠지? 은행 이름을 알아내자마자 우리가 댁들을 이 자리에서 죽이지 않을 거라 생각하는 이유가 뭐야?"

아버지는 살짝 어깨를 으쓱해 보이셨다네. "어느 시점부터는 서로 신뢰해야 하는 게 아닐까."

낯선 남자는 그 말을 잠시 곱씹다가 고개를 저었다네. "아니, 그 계획은 마음에 안 들어." 그러고는 44구경 매그넘을 아버지 머리 높이로 들어올렸지.

"그거 장전 안 돼 있어요! 내가 총알을 다 뺐으니까!" 나는 소리쳤다네.

아버지는 카터 부인을 남자 쪽으로 밀치고는 손을 들었고…….

매그넘에서 귀를 찢는 굉음이 울렸다네.

78
샘 포터

둘째 날

오후 5:22

"에머리의 옷을 확보했다니 무슨 소립니까?" 클로즈가 물었다.

포터는 고리에 걸린 꾸러미를 들고 밖으로 나가려 했다.

"이봐요! 돈은 내고 가야죠!" 카운터에서 점원이 소리쳤다.

"포터? 듣고 있어요?"

"지금 벨몬트의 세탁소에 있어. 영수증 번호와 일치하는 물건이 있는데……."

"잠깐. 지금 병원에 있는 게 아닙니까? 포터, 제발 병원을 떠나지 않았다고 말해줘요."

점원이 커터를 들고 뛰쳐나왔다. "당장 들어와서 돈 내. 안 그러면 상황이 심각하게 돌아갈 줄 알아."

택시기사가 다가와 점원의 손에서 칼을 뺏고 뒤통수를 때렸다. "이 사람 경찰이야, 이 머저리야. 공무집행 방해로 감방에 들어가고 싶어?"

점원은 뒤통수를 문질렀다. "경찰이라고요? 근데 왜 잠옷을 입고 있어요?"

포터는 세탁소 쪽을 향해 고갯짓했다. "안으로 들어가."

점원은 몸을 돌려 문으로 들어가버렸다.

"포터?"

그는 휴대전화를 다시 귓가에 대고, 비숍에게서 걸려온 전화와 시계를 추적해 여기까지 온 경위를 설명했다. 머리가 빙빙 돌기 시작했다. "여기 주차 미터기는 1시간에 75센트씩 들어가고, 바로 앞에 세탁소가 있었어. 처음부터 길을 알려준 거야. 우리가 알지 못했을 뿐."

"좋습니다. 그래서 거기가 어딥니까? 에머리는 어디 있어요?"

포터는 주머니에서 시계를 꺼내 들고 이리저리 돌려보았다. 시계 위에 달린 꼭지를 누르자 뚜껑이 탁 하고 열렸지만, 봉투 때문에 완전히 열리지 못했다. 시계바늘은 여전히 멈춰 있었다.

3시 14분.

그는 택시기사를 돌아보며 물었다. "이곳 주소가 몇 번지였죠?"

"웨스트벨몬트 가 316번지."

포터는 왼쪽을 돌아보았다. 공사용 장애물이 맞은편 건물 입구를 막고 있었다. 적어도 오륙십 층은 되어 보이는 고층건물이었다. "클로즈, 웨스트벨몬트 가 314번지는 누구 소유지?"

"잠깐만요." 키보드를 두드려대는 소리가 들렸다. "작년에 인트린식 밸류 LLC라는 회사에서 구입했는데, 그 회사는 커먼코어 파트너십 소유고, 그건 또 A.T. 마켓 주식회사의 계열사로군요. 탤벗 소유의 회사죠. 내부를 수리하는 중이라 봄에나 다시 문을 열 모양입니다."

"당장 이리로 SWAT 보내."

79
일기

나는 아버지가 허공을 날아 낯선 남자의 목으로 손을 뻗는 모습을 지켜보고 있었어. 입을 크게 벌리고 얼굴이 벌겋게 달아오른 모습이, 마치 분노를 연료 삼아 타오르는 듯했지.

총이 발사된 순간, 총신이 뒤로 젖혀지며 총알이 날아간 순간, 시간이 느려진 것처럼 느껴졌어. 총구에서 나오는 총알이 보이더군. 총알이 천천히 허공을 가로지르는 모습도. 아버지의 왼쪽 눈 위 이마로 들어가며 작고 붉은 점을 남기는 모습도. 아버지의 얼굴에 떠오르는 충격도. 그리고 그분의 뒤통수가 붉은 안개를 피우며 터지는 모습도.

아버지는 움직임을 멈추고 땅으로 무너졌어.

"아버지?"

내 목소리라는 생각조차 들지 않았어. 가늘고 약하고 공허하게 들리더군. 마치 물속에서 말하는 것처럼. "내가…… 내가 총알을 뺐는데."

남자는 약실을 탁 하고 뺐다가 다시 집어넣었어. "훌륭한 병사는 전투를 치르기 전에 무기를 확인하는 법이란다, 꼬마야." 그는 발치에 쓰러진 카터 부인에게 총을 겨누며 말했어. "일어나."

카터 부인은 천천히 자리에서 일어났어.

어머니는 꼼짝도 않고 서 있었어. 깊이 숨을 들이쉬느라 입을 벌린 채로.

내 눈은 생명을 잃은 아버지의 육신을 떠나지 못했어. 죽었다는 사실을 알고 있었지만, 마음으로는 도저히 인정할 수 없었지. 나의 아버지가 어서 일어나 목숨을 위협한 남자를, 우리 집에 침범한 남자를 끝장내버리기를 기대하고 있었어.

목구멍에서 비명이 일어났다네.

너무 날카롭고 새된 비명이라 내 몸 속 깊은 곳의 심지가 떨리는 것을 느낄 수 있을 정도였어. 손가락이 주머니 속 나이프를 감싸 쥐었지. 은손잡이를 쥐니 마음이 편해지더군. 따뜻했어. 아니, 뜨거울 정도였어. 나는 나이프를 뽑아 단번에 날을 폈어. 그리고 바로 달려들었지. 그는 총을 쏘려고 했지만 내가 더 빨랐어. 나는 나이프를 높이 들어 남자의 턱 아래 부드러운 피부에 깊이 찔러 넣었어. 살점과 뼈를 뚫고 입까지 들어가 혀를 꿸 때까지. 마침내 입천장에 박혀 나이프가 더 들어가지 않자, 나는 다시 나이프를 빼내어 목을 그었다네. 근육과 힘줄과 동맥을 한칼에 베어버렸지. 내 얼굴에, 머리카락에, 눈에 피가 튀었어. 물론 나는 신경 쓰지 않고 다시 칼을 꽂았지. 마침내 남자의 몸이 땅으로 무너지자, 나는 그 위에 올라타고 가슴을 찌르고 또 찔렀어. 수십 번, 아니 수백 번. 찌르고 또 찌르다가 마침내…….

눈을 떴어. 나는 생명이 사라진 아버지의 시체를 내려다보고 있었어. 1센티미터도 움직이지 못한 거야. 손을 주머니에 넣었지만 나이프는 없었거든. 어머니가 가져가버렸으니. 내 손이 찾은 것은 작은 성냥갑과 카터 부부의 집에서 가져온 사진들뿐이었어.

"천천히 주머니에서 손 빼라, 꼬맹아." 낯선 남자의 목소리가 들렸어. 44구경 매그넘의 총구가 머리 옆에 닿는 것이 느껴졌어. 아직 뜨거웠지.

나는 손을 뺐어. 성냥갑과 사진은 남긴 채로.

총구가 내 머리를 짓눌렀지.

총성이 들렸고, 나는 눈을 질끈 감았어. 아버지에게 그랬듯 총알이 내 두개골을 꿰뚫고 지나가기를, 내 생명을 앗아가서 망각의 어둠에 빠트리기를, 그 어둠 속에서 아버지와 재회하기를 기다리면서 뻣뻣하게 굳은 채로 서 있었어.

그러나 어둠은 찾아오지 않았어.

내 옆에서 낯선 남자가 쓰러지더군. 뒤통수에 뚫린 커다란 구멍에서 연기가 피어오르고 있었다네.

80
클레어 노튼

둘째 날

오후 5:26

순찰차의 경관들은 죽어 있었다. 둘 다 총에 맞았다. 운전석의 경관은 왼쪽 관자놀이 바로 아래에 맞은 근접총격이었다. 그의 파트너는 가슴에 세 발을 맞았다. 노튼이 아는 한, 4MK는 총으로 사람을 죽인 적이 없다. 대시보드 위에 9밀리 베레타 92FS가 놓여 있었다. 포터의 예비 총기였다.

마무리 단계로군. 노튼은 생각했다.

내쉬가 노튼의 어깨를 툭툭 쳤고, 그녀는 차에서 시선을 돌렸다. 내쉬가 총을 든 채로 탤벗의 집 현관을 가리켰다.

현관문이 몇 센티미터쯤 열려 있었다.

해 질 무렵이라 정원에 드리운 그림자가 슬금슬금 길어졌다. 충분히 어두워졌는데도 집 안에는 불빛 한 점 보이지 않았다. 소리도 들리지 않았다. 열린 문만 보일 뿐.

"아직 안에 있을지도 몰라요." 노튼은 글록을 뽑으며 말했다.

"어제 포터하고 같이 여기 왔었지. 탤벗한테는 아내와 딸이 있어. 가정부도 적어도 한 명 있고. 더 많을 수도 있어."

노튼은 본부에 전화를 걸었다. 그녀는 잠시 후 전화를 끊고 고개를 저었다. "병력을 보내기는 했는데 러시아워에 갇혔대요. 최소 10분에서 15분은 걸린다는군요. 에스피노사의 팀은 아직 그 아파트에 있고요."

내쉬가 문을 향해 걸어가기 시작했다. "엄호해."

노튼은 어두운 얼굴로 고개를 끄덕였다. 기다릴 수는 없었다. 비숍이 아직 안에 있다면 가족에게 무슨 짓을 벌이고 있을지 짐작도 가지 않았다. 경관들의 죽음은 전담반의 머리를 정통으로 후려친 것과 같았다. 탤벗에 대해서는 동정심이 들지 않았지만, 탤벗이나 그 가족의 피해를 막을 가능성이 있는 상태에서 방치할 수는 없다. 내쉬도 같은 생각이었다.

그들은 문 앞에 도착했다.

내쉬는 문틀에 기대어 자세를 잡았다. 잠시 후 그는 고개를 젓고 속삭였다. "커튼을 쳐놨어."

노튼은 고개를 끄덕이고 입술에 손가락을 댔다.

내쉬는 슬쩍 문을 열다가 경첩에서 울리는 끼익 소리에 얼굴을 찌푸렸다.

가로등이 켜지기 시작했고, 노튼은 조명이 생겨 다행이라 생각했다. 집 안 바닥에 자신과 내쉬의 그림자가 드리운 것을 보기 전까지는. 내쉬 또한 그 사실을 눈치챘는지, 몸을 숙이고 문 안으로 뛰어 들어가 모퉁이를 돌아서 어둑한 현관의 그림자에 몸을 숨겼다. 노튼도 거리를 유지한 채 따라가며 어둠 속에 인기척이 있는지를 살폈다.

홀 건너편에서 입을 막힌 듯한 신음이 들려왔다.

내쉬는 권총을 단단히 쥐고 아래와 앞을 겨누며 재빨리 움직였다. 그는 집 안 구조를 확실히 기억하는지 복도에 놓인 작은 테이블을 가뿐하게 피해 갔다. 노튼이라면 분명 부딪쳤을 법한 위치였다. 바깥 가로등 불빛은 문가에서 멈춘 채 들어오기를 거부하는 것처럼 보였다.

작은 테이블을 지나자 널찍한 공간이 나왔다. 서재나 응접실 비슷한 곳으로 보였다. 석조 벽난로에서는 아직 남은 불꽃이 타닥거렸다. 작은 테이블 하나가 박살 나 있고 주변에 깨진 유리조각이 잔뜩 널려 있었다. 크리스털 디캔터나 꽃병의 잔해로 보였다. 소파는 뒤집혀 옆면을 아래로 한 채 뒹굴고 있었다. 깔개 한가운데에 여자가 쓰러져 있었다.

내쉬는 방 안을 훑어보고는 여자 옆에 무릎을 꿇고 앉았다. 노튼은 여자의 옷을 보고 가정부로 추측했다. 그녀는 시선을 여자에게 향한 채로 복도 쪽을 향해 총을 겨누었다.

여자는 전화선으로 손발이 묶인 데다 입에 재갈도 물려 있었다. 노튼은 여자의 눈동자가 흐릿한 조명 속에서 두 사람을 올려다보며 이리저리 움직이는 모습을 알아보았다. 내쉬는 여자에게 조용히 하라는 신호를 보낸 다음, 재갈을 풀어주었다. 기침을 하는 여자의 눈에 눈물이 고였다.

"놈이 아직 이 안에 있어요?" 내쉬는 소리 죽여 물었다.

81
일기

"20분 전에 저 개자식을 박살냈어야 했는데." 스미스 씨가 말했어. 현관에서 성한 쪽 손에 소총을 들고 있었지.

"안 그런 이유가 뭐야?" 어머니가 물으시더군.

"당신 남편을 어떻게 처리해야 할지 몰라서. 이런 식으로 끝날 일은 아니었는데."

"때론 임기응변이 필요한 법이지." 어머니가 말했어. "손은 어때?"

스미스 씨가 어머니 쪽으로 다가서자마자 카터 부인이 수갑으로 묶인 양손을 동시에 휘둘러 어머니의 따귀를 때렸어. 어머니는 거의 넘어질 뻔했지.

"뭐 하는 짓이야?" 어머니가 소리쳤어. 입가에 피가 흐르고 있더군.

"며칠 전에 전부 끝낼 수 있었잖아. 저 자식이 쥐를 가지고 나한테 무슨 짓을 했는지 알아? 죽을 뻔했다고!"

스미스 씨는 몸을 숙이더니 낯선 남자를 집 안으로, 지하실 문 쪽으로 끌고 들어갔어. "말다툼은 관둬. 시간이 없어. 브릭스가 이리 오는 길에 증원을 요청했어."

생명을 잃은 아버지의 육신은 바닥에 널브러져 있었지.

나는 움직이지 않았어.

움직일 수가 없었어.

카터 부인은 천천히 내 쪽으로 걸어와서 머리를 쓸어주었어. "너 괜찮니?"

나는 고개를 끄덕였지. 안개가 낀 것처럼 뿌옇고 끈적거리는 머릿속에 온갖 생각이 느릿느릿 움직이고 있었어. 나는 주머니에서 사진을 꺼내 그녀에게 건넸어. "그쪽 물건이에요."

그녀는 사진을 받아들고는 천천히 한 장씩 넘겨보다가 이내 얼굴이 붉어졌다네. "이건 어디서 찾았어?"

"오늘 아침에 그쪽 집 식탁에 놓여 있었어요. 누가 두고 갔나 봐요."

스미스 씨는 미소 지었어. "브릭스 짓이야. 그 변태 자식이 냉장고 위 요리책 속에서 찾아서 늘어놨다고."

아버지의 시체.

어디에선가 신음이 들렸어. 나는 그 소리가 내 입에서 나오고 있다는 사실을 깨달았어. 목구멍 깊은 곳에서 깊게 흐느끼는 소리가 흘러나오고 있었어.

"그 아이 망가졌다고 했잖아. 정상이 아니야. 늘 그랬어." 어머니가 말했지. 그 시선이 너무 차갑고 어두웠어. 내가 필요로 하는 어머니가 아니었지. 다른 어머니였어. 지금의 어머니는 바닥에 널린 시체를 보지 못하는 모양이었어. 존재하지 않는 것처럼 저 너머만 보고 있었지.

카터 부인은 어머니를 향해 얼굴을 찌푸렸어. "그런 말 하면 안 돼."

어머니는 내 앞으로 걸어와 내 턱을 잡고 고개를 올렸지. "마지막으로 약을 먹은 게 언제야?"

"모…… 모르겠어요."

"모르겠어요, 모르겠어요, 모르겠어요." 그분은 노래하듯 내 말을 따라했어. "호수로 뛰어가서 카터 부인이 숨겨놓은 장소에서 열쇠를 가져와. 그래줄 수 있겠니?"

나는 고개를 끄덕였지. "네, 엄마."

"그렇게 부르지 마. 그렇게 부르는 걸 싫어한다는 걸 알면서."

"네, 어머니."

"그럼 얼른 가. 서둘러야 하니까. 다른 사람들이 등장하기 전에 여길 떠야 해." 어머니는 낯선 남자의 시체 쪽으로 고갯짓하며 말했어.

나는 스미스 씨와 카터 부인을 밀치고 달려갔어. 뒤를 돌아보자 어머니가 카터 부인의 수갑을 풀어주는 모습이 보였지. 수갑이 떨어지고 카터 부인이 손목을 문지르는 모습도. 두 사람은 내게서 시선을 떼지 않고 귓속말을 나눴어. 스미스 씨는 아버지의 시체를 옮기기 시작했고.

나는 아무 말도 하지 않고 숲으로 이어진 오솔길을 따라 달려갔지.

82
샘 포터

둘째 날

오후 5:27

포터는 택시 운전사에게서 골판지 커터를 받아 주머니에 넣었다. "기사님 이름이 뭐죠?"

"마커스입니다. 마커스 잉그램."

"마커스, 혹시 총 있어요?"

클로즈의 목소리는 스피커 모드가 아님에도 쩌렁쩌렁 울릴 정도로 커졌다. "건물 안으로 들어가면 안 됩니다! 지원이 도착할 때까지 기다려요. 방금 칼에 찔렸잖아요! 서 있는 것 자체가 불가능하다고요. 계속 그러고 있으면 노튼이 상처에 총알을 박아줄 겁니다."

"총 있어요, 마커스?" 포터는 다시 물었다.

마커스는 고개를 저었다. "총은 싫어해서요. 대신 이걸 가지고 다니죠." 그는 운전석 아래에서 '시카고 컵스'라는 글자가 다양한 색깔로 화려하게 찍힌 야구방망이를 꺼냈다. "2008년에 디비전 시리즈에서 다저스와 붙었을 때 샀죠. 물론 시합에선 졌지만, 요 녀석이 수많은 강도와 무임승차자를 때려눕히는 일을 도와줬어요. 싸구려 기념품 방망이와는 차원이 다르거든요. 물푸레나무로 만든 거라 절대 쪼개지지 않아요."

"포터? 통제실에 알렸어요. 지금 그리로 순찰차를 보냈대요. 꼼짝 말고 기다려요."

포터는 방망이를 받아 손으로 무게를 가늠해보았다. 살짝 묵직한 게 마음에 들었다. "손전등도 있어요?"

마커스는 고개를 끄덕였다. "물론." 그는 차 안에서 작은 LED 손전등을 꺼내어 포터에게 건넸다. "작지만 아주 밝죠."

"클로즈? 가능한 한 통화 상태를 유지할 거지만 양손을 써야 하니 주머니에 넣어둘 거야. 최대한 조용히 있어. 놈이 저 안에 있다면 내가 왔다는 걸 알리고 싶지 않아."

그러나 비숍은 그가 온다는 걸 알 것이다. 포터는 확신했다. 한때 왓슨이었던 이 남자는 빵조각을 흘리면서 사라졌다. 그가 올 걸 아는 정도가 아니라, 기다리고 있을 것이다.

"놈은 내가 혼자 오기를 원하고 있어, 클로즈. 그 아이가 살아서 저 안에 있다면, 무사히 확보할 수 있는 유일한 길은 내가 직접 가는 거야. 놈이 원하는 대로 말이지."

클로즈는 한숨을 쉬었다. "선배를 죽일 겁니다. 그건 알고 있죠?"

"그럴 거였으면 이미 죽이고도 남았지. 놈은 내가 이 모든 일의 결말까지 함께해주기를 원한다고."

"대단원의 막을 내리면서 죽이려는 거겠죠. 여기가 그 자식의 마지막 챕터 아닙니까. 선배한테 배역을 맡긴 거예요. 그래서 마지막까지 살려둔 거라고요. 막이 내려가고 배역이 끝나면 더 볼 일은 없을 겁니다. 밖에서 지원을 기다려요. 10분 안에 도착할 거예요. 혼자 가는 건 자살행위예요."

포터는 망설이지 않았다. 헤더가 떠난 이상, 그렇게까지 살아야 하는 이유도 없다.

"마커스를 찾으라고 해. 길에서 SWAT를 기다리고 있을 거야. 마커스가 내가 어느 건물로 들어갔는지 알려줄 거야." 그리고 포터는 클로즈가 대답하기도 전에 휴대전화를 주머니에 넣고 웨스트벨몬트 가 314번지로 향했다. 한 손에는 손전등을, 다른 손에는 야구 방망이를 들고.

83
일기

눈앞에 다가오는 호수가 묘하게 잔잔해 보였다네. 호수 한가운데에 나른하게 떠 있는 오리가 만드는 작은 물결 말고는 아무런 움직임도 없었지. 단 한 번도 쉬지 않고 달려온 나는 힘겹게 숨을 몰아쉬며 물가에 쓰러질 뻔했어. 달리면 머릿속이 개운해질 거라고 생각했었지. 내가 방금 무얼 봤는지, 무슨 일이 일어났는지 잊는 데 도움이 되리라 생각했지. 그러나 눈을 감으면 총알이 아버지를 관통하는 모습이 다시 선명하게 떠올랐어. 아버지가 목숨을 잃는 순간에도 꼼짝 않고 서서 무심하게 구경만 하는 어머니의 모습도. 나는 몸을 숙이고 무릎에 손을 짚은 채로 잠시 기다린 다음, 고양이를 찾았다네.

남은 것은 털가죽과 골격뿐이더군. 마지막으로 여기 왔을 때 본 얼마 안 되는 살점도 깨끗이 발라먹은 모양이야. 사체 아래에도 개미 한 마리 보이지 않았지. 더 크고 맛있는 먹이를 찾아 떠나갔을 거라 생각했어. 숲에서는 언제나 새로운 생명이 태어나고 다른 생명이 죽음을 맞이하니까.

나는 발끝으로 고양이를 툭툭 건드렸어. 딱정벌레 혹은 다른 낙

오자가 기어 나오기를 기대했지만, 정말로 아무것도 없더군.

서두르라는 어머니의 말이 떠올랐어.

나는 무릎을 꿇고 앉아 고양이를 밀어놓고 가녀린 골격 아래의 흙을 파기 시작했어. 양파와 썩은 시금치를 뒤섞은 듯한 악취가 나더군. 나는 고양이가 부패하면서 몸 아래 흙으로 스며들었을 지방과 담즙에 대해서 생각하지 않으려 애썼어. 구역질이 날 것만 같았기 때문이고, 내 옆의 호수 바닥에 카터 씨의 시체가 잠들어 있기 때문이지. 여기에 구토의 흔적을 남겼다가는 나중에 그가 영면을 취한 장소를 방문한 경찰들이 알아볼 수도 있을 테니.

15센티미터쯤 파고 들어간 손끝이 비닐봉투를 스쳤어. 지퍼락이 달린 종류였지. 나는 그걸 꺼내 흙을 털었어.

내 나이프가 들어 있더군.

안전금고 열쇠는 없었어.

나의 수렵 나이프. 다른 건 아무것도 없었어.

배에 응어리가 맺히는 것이 느껴졌어. 주먹이 내장을 강하게 움켜쥔 것만 같았어.

나는 봉투를 들고 집으로 달리기 시작했어. 숲에서 나와 정원으로 들어서려는 순간, 목소리가 들리더군.

남자들의 목소리.

흰색 밴 두 대가 우리 진입로에 서 있었어. 두 대 모두 문에 붉은색 활자체로 '탤벗 엔터프라이즈'라고 적혀 있더군. 우리 현관 근처에 남자 세 명이 서 있었네.

플리머스 더스터는 보이지 않았어.

어머니와 카터 부인은 스미스 씨와 함께 떠난 거야.

나는 혼자가 된 거야.

84
샘 포터

둘째 날

오후 5:31

웨스트벨몬트 가 314번지는 1층 전면이 유리로 되어 있고 창문 대부분이 합판으로 봉해져 있었지만, 커다란 유리 회전문은 그대로 드러나 있었다. 포터는 잠겨 있으리라 생각하며 회전문을 슬쩍 밀었다. 기대를 배신하듯 회전문이 매끄럽게 움직였다. 포터는 마지막으로 마커스를 한번 돌아보고 회전문을 밀며 건물 안으로 들어갔다. 도시의 소음과 냄새가 순식간에 사라지고, 정적과 합판 벽에서 떨어진 가루 냄새가 그 자리를 메웠다. 그는 건물 로비로 들어섰다.

포터의 머릿속에 처음 떠오른 생각은 무슨 수를 써도 이 건물은 내년 봄에 재개장할 수 없으리라는 거였다. 벽 대신 콘크리트가 그대로 드러나 있는 데다, 여기저기 2x4 크기의 철근 콘크리트 기둥이 서 있었다. 언젠가는 벽이나 방이 되겠지만, 지금 이 공간에 존재하는 것은 계산된 혼돈뿐이었다. 바닥에는 수십 개의 발자국이 가득했다. 등 뒤의 커다란 유리창으로 가로등 불빛이 들어오기는 했지만, 일단 해가 지자 시야는 빠른 속도로 나빠졌다.

포터는 무릎을 꿇고 앉아 발자국을 살폈다. 손전등을 켜고 불빛으로 바닥을 훑는 그의 움직임이 만을 비추는 등대의 불빛처럼 느리고 꾸준했다. 발자국은 모두 작업화로 보였다. 단 하나만 빼고. 그는 자리에서 일어나 발자국 쪽으로 다가가 몸을 숙였다. 남성용 구두였다. 그 옆에는 먼지 속으로 뭔가를 끌고 간 자국이 이어졌다.

그는 발자국을 따라 훗날 로비가 될 공간 뒤의 서쪽 구석으로 걸음을 옮기다가 뒤쪽 벽을 따라 줄지어 선 여섯 개의 엘리베이터 기둥을 마주했다. 버튼을 눌러도 아무 일도 일어나지 않았다. 애초에 기대한 것도 아니었다. 전원이 꺼진 것으로 보였으니까. 강철 문은 붉은색 안전 테이프로 봉해졌고, 이렇게 쓰여 있었다.

위험.
엘리베이터 없음.

먼지 위의 흔적은 엘리베이터 앞을 지나 왼쪽의 홀로 이어졌다. 모퉁이를 돌자 문이 하나 나왔다. 포터는 문 너머가 비상계단일 거라 추측했다. 색 바랜 녹색 페인트 위로, 선명한 붉은 글씨가 쓰여 있었다. 악을 보지 말라. 발밑에 인간의 안구 두 개가 놓여 있었다. 기분 나쁠 정도로 차분한 시선으로 포터를 올려다보고 있었다.

85
클레어 노튼

둘째 날

오후 5:31

"미란다, 놈이 아직 집 안에 있어요?" 내쉬는 단호하게 다시 물었다.

가정부의 눈가에는 눈물이 마른 흔적이 가득했다. 그녀는 힘없이 신음하며 고개를 젓고, 어깨를 으쓱하고, 다시 재빨리 고개를 끄덕인 다음 대답했다. "몰라요. 어디로 갔는지 못 봤어요."

"마지막으로 본 지 얼마나 지났죠?"

이 질문에는 당황한 듯했다. 동공이 살짝 확장되었다. "나…… 나도 몰라요."

"그가 약물을 썼나요?"

그녀는 내쉬를 보며 이 질문의 의미를 곰곰 생각해보는 듯했다. "몰라요. 그런 것 같아요. 묶인 기억이 없어요. 전부 흐릿해요."

"집 안에 또 누가 있죠?" 내쉬가 물었다.

가정부는 심호흡을 하고 계단을 흘낏했다. "퍼트리샤 부인과 탤벗 씨는 방에 계세요." 다음 순간 그녀의 눈이 더욱 커졌다. "그자가 그리로 올라갔어요. 계단으로 가는 걸 봤어요!"

내쉬는 그녀의 시선을 따라 어둠 속에 잠겨 거의 보이지도 않는 계단을 바라보았다. "카네기 양은?"

"집에 있는지 모르겠어요. 오늘 아침 이후로 본 적이 없어요. 자기 방에 있을지도 몰라요."

노튼은 여자 옆에 무릎을 꿇고 앉았다. 시선과 권총의 총구는 여전히 복도를 향해 있었다.

"미란다라고 했죠?"

그녀는 고개를 끄덕였다.

"미란다, 이제 묶인 걸 풀어줄 거예요. 풀어주면 바로 밖으로 나가요. 내 차가 보일 거예요. 녹색 혼다예요. 문은 잠겨 있지 않아요. 그 안에서 경찰이 올 때까지 기다려요. 몸을 숙이고, 경찰이 도착할 때까지 모습을 보이지 않도록 해요. 할 수 있겠어요?"

미란다는 고개를 끄덕였다.

노튼은 재빨리 미란다의 발을 묶은 전화선을 풀어주었고, 내쉬는 손을 맡았다. 미란다가 일어나려다 비틀대며 넘어질 뻔하자, 내쉬가 붙들어주었다. "무슨 약을 썼는지는 몰라도 약효가 사라질 때까지 시간이 걸릴 거예요. 천천히 움직여요."

"토할 것 같아요." 미란다는 잿빛으로 질린 채 중얼거렸다. 그러고는 작은 탁자를 짚고 간신히 균형을 잡았다.

"천천히 해요. 곧 도와줄 사람이 올 거예요." 노튼이 말했다.

두 사람은 여자가 벽을 짚으며 걸음을 옮기다 마침내 현관에 도착해서 밤이 찾아오는 하늘 아래로 나가는 모습을 지켜보았다. 그녀가 시야에서 사라지자 그들은 동시에 몸을 돌려 계단을 마주했다. 손에 권총을 쥔 채로.

86
샘 포터

둘째 날

오후 5:32

포터는 페인트를 손가락으로 쓸었다. 아직 축축했다.

눈동자는 푸른색이었다.

에머리의 이름을 소리쳐 부르고 싶은 마음이 굴뚝같았지만, 그래봤자 자신의 위치를 알릴 뿐이다. 안구를 증거품 봉투에 넣어야 하겠지만 지금은 봉투가 없다. 포터는 무릎을 꿇고 앉았다. 비숍은 시신경을 포함한 안구 전체를 깔끔하게 파냈다. 쉬운 작업이 아니다. 안구는 자칫 잘못하면 터지기 마련이라 상처 없이 안와에서 꺼내려면 안구 뒤까지 넣어 적출할 수 있는 적절한 도구와 숙련된 기술이 필요하다. 눈은 갓 꺼내진 것으로 보였다. 혈액이 이제 막 응고되기 시작한 참이었다.

포터는 주머니로 손을 넣어 휴대전화를 꺼냈다. "클로즈? 진입했어. 1층 비상계단 밖에서 에머리의 안구를 찾았어. 구급차도 불렀나?"

대답이 없어서, 포터는 화면을 바라보았다. 신호가 잡히지 않았다.

"젠장."

그는 휴대전화를 다시 주머니에 넣었다.

포터는 방망이를 단단히 쥔 채로 안구를 넘어가 천천히 걸쇠를 풀고 문을 연 다음, 층계참으로 걸음을 옮겼다. 말라붙은 안개처럼 공기를 가득 메운 먼지와 잔해 위를 손전등 불빛이 훑었다. 그는 기침을 하고 싶은 기분을 억누르려 애썼다. 여기서는 흔적을 추적할 수가 없었다. 첫 계단부터 수많은 발자국이 겹겹이 찍혀서, 얼마나 많은 사람들이 이곳을 지나갔는지조차 파악할 수 없었다. 어쩌면 수십 명은 될지도 모른다.

포터는 불빛을 바로 위로 비추었다.

클로즈가 이 건물이 얼마나 높다고 했던가? 말해주기는 했던가? 밖에서 볼 때는 최소 50층은 되어 보였다. 성한 몸으로도 50층을 올라갈 자신이 없는데, 지금은 허벅지에 신선한 상처까지 하나 달고 있다. 그는 녹색 수술복을 내리고 허벅지의 상처를 살폈다. 조금 전까지 피가 나고 있었지만 일단 출혈은 멎은 듯했다. 여전히 욱신거렸다. 사실 식칼이 박혔을 때보다 지금이 더 아팠다. 붕대와 테이프 가장자리로 보이는 상처 주변은 이미 검푸르게 변해 있었다.

포터는 주머니에서 골판지 커터를 꺼내 셔츠를 길게 찢어낸 다음, 아직 붙어 있는 붕대에 둘러 단단히 고정했다. 그리고 한 줄을 더 찢어 상처 바로 위를 꽉 죄었다. 지혈대까지는 못 되어도 혈류를 느리게 하는 정도로는 충분할 것이다. 운이 좋으면 이걸로 조금 더 정신을 유지할 수 있을지도 모른다. 적어도 당분간은.

포터는 계단을 오르기 시작했다.

87
클레어 노튼

둘째 날

오후 5:33

내쉬가 앞장서서 민첩하고 유연한 동작으로 복도를 가로질렀다. 노튼은 뒤에 바짝 붙어 따라갔다. 해가 지자 집 안이 어둠에 잠겼을 뿐만 아니라, 가을의 한기가 스며든 듯했다. 목덜미와 팔의 털이 곤두서자, 노튼은 그 이유가 한기 때문이라고 속으로 되뇌었다. 그러나 가슴 속에서 쿵쿵대는 심장은 완전히 다른 말을 하고 있었다.

내쉬의 몸무게가 실리자 계단이 삐걱대는 소리를 냈고, 내쉬가 나직하게 투덜대는 소리가 노튼의 귀에 들어왔다. 노튼은 총을 들지 않은 손으로 그의 어깨를 눌렀다. 자기 몸무게가 실릴 때도 삐걱 소리가 나자, 그녀는 신발을 벗을까 고민하다가 어차피 이런 집에서는 별 소용 없다는 사실을 깨달았다. 이렇게 오래된 건물의 바닥은 발을 옮길 때마다 신음하게 마련이니까.

그들은 소리를 최대한 줄이기 위해 천천히, 매 걸음 조심해서 계단을 올랐다. 노튼은 난간을 짚은 손가락에 축축한 것이 닿자 걸음을 멈추고 손가락을 코앞에 댔다. 혈액에서 나는 구리 냄새가 분명했다. 지금까지 셀 수 없이 많이 맡아본 냄새지만, 횟수가 쌓인다고 익숙해지는 것은 아니었다.

내쉬도 걸음을 멈추고 그림자에 감싸인 얼굴로 그녀를 돌아보았다.

노튼은 손가락을 들어 보이며 속삭였다.

"피."

내쉬는 자기 손을 내려다보았다. 노튼은 그가 바지에 손을 문질러 닦고 다시 층계를 오르는 모습을 물끄러미 바라보았다.

손바닥에 땀이 차고, 손에 든 글록이 조금씩 무겁게 느껴졌다.

계단을 끝까지 올라오자 계단실 밖 양쪽으로 복도가 뻗어 있었다, 바로 앞쪽에는 욕실이 있었다. 내쉬는 몸을 숙이고 총을 내민 채 욕실로 들어가 아무도 없는지 확인했다.

노튼은 벽에 등을 붙이고 복도를 겨눈 채, 내쉬가 계단실로 돌아올 때까지 기다렸다.

바닥 받침목에 일렬로 늘어선 붙박이 LED등이 빛을 뿜고, 그 불빛에 의지해 왼쪽으로 늘어선 닫힌 문 세 개와 오른쪽 복도 끝의 이중문을 확인할 수 있었다. 벽에는 다양한 크기와 형태의 가족사진이 걸려 있었다. 노튼은 이중문이 주 침실로 이어지고 나머지 문들은 손님방과 카네기의 방으로 이어질 것이라 추측했다.

"어디로 가죠?" 그녀는 작은 소리로 물었다.

"주 침실." 복도를 따라 걸음을 옮기며 내쉬가 대답했다.

88
샘 포터

둘째 날

오후 5:33

포터는 3층 층계참에 올라가기 직전에 걸음을 멈추었다. 폭 2미터, 너비 1미터 남짓의 비좁은 공간이 먼지와 패스트푸드 포장지로 가득했다. 벽은 라임 빛 녹색으로 칠해져 있었다.

목소리가 들렸다.

방망이를 손에 든 채로, 그는 마지막 남은 몇 단을 오르며 손전등 불빛을 이리저리 휘둘러 짙어지는 어둠을 갈랐다.

"아직 안 지친 건가요, 샘?"

목소리에 이어 갈라지는 잡음이 들리다가 다시 정적이 찾아왔다.

"어디 있나, 비숍?" 포터가 대답했다. 의도한 것보다 새된 목소리가 콘크리트 벽에 부딪쳐 울렸다.

"몸 상태가 영 아니라는 건 알지만 힘 좀 내봐요. 지팡이 짚은 할머니도 그거보단 빠르던데."

"개자식."

"이렇게 운동하면 좀 나아질지도 모르죠. 그 뱃살이 빠질 수도 있잖아요." 다시 잡음.

걸음을 옮겨 층계참에 도착하자 무전기가 눈에 띄었다. 고무 안

테나가 달린 검은색 소형 모토로라가 계단 맨 아랫단에 기대어 있었다.

비숍의 목소리가 다시 울리자 작은 붉은색 LED가 그의 목소리에 맞춰 점멸했다. "시간 보내는 데는 너서리 라임*이 딱이죠. 준비됐나요, 샘?"

샘은 무전기를 손에 들었다. 비숍의 사근사근한 목소리가 운율에 맞추어 잡음과 함께 울렸다.

"'거위야 거위야 숫거위야, 내가 어디로 갔을까? 우리 여주인의 집에서 오르락내리락했단다. 거기서 기도를 올리지 않는 노인을 찾아 왼쪽 다리를 잡아 계단 아래로 던졌단다.' 이 너서리 라임이 무슨 뜻인지 생각해본 적 있나요, 샘? 사실 아이들이 듣기에 어두운 내용인데도 그대로 읊어주잖아요. 우리 어머니는 함께 층계를 오르내릴 때마다 이 시를 읊곤 하셨어요."

포터는 무전기에 달린 송신 버튼을 누르고 입가에 댔다. "금방 간다, 이 미친 개자식아."

"샘!" 비숍의 목소리가 잡음과 함께 울렸다. "마침내 도착했네요. 슬슬 걱정되기 시작하던 참이었어요."

"어디 있나, 비숍?"

"근처에 있어요, 샘. 당신을 좀 더 기다려주고 싶었는데. 결국 퍼즐을 맞출 거라고 확신하고 있었거든요. 그 작은 사회 부적응자 집단에서 똑똑이 역할을 맡은 게 바로 당신이잖아요. 내가 약간 유도하긴 했지만, 결국 성공했네요. 정말 자랑스러워요."

"안구는 찾았다. 에머리는 아직 살아 있나?"

* nursery rhyme. 운율을 맞춘 자장가나 동요를 가리킨다. '마더구스(거위 아줌마)의 노래'에서 시작되어 동요 외에도 설화시와 우화시, 유머러스한 노래 등을 뜻하게 되었다.

비숍은 한숨을 쉬었다. "포장할 시간이 없어서 정말 죄송하게 됐어요. 당신이 여기 도착하기 전에 쥐가 간식을 발견하고 물고 사라져버리면 어쩌나 걱정되더군요. 딱히 그걸 막을 방법도 없었고요. 당신이 먼저 도착해줘서 정말 기뻐요."

쥐 생각은 미처 하지 못했다. 포터는 안구에 뭔가 덮어뒀어야 한다는 사실을 깨달았다. "지금 어디지?"

비숍은 쿡쿡 웃었다. "아, 유감스럽지만 아직 좀 더 걸어야 할 것 같네요. 그런 상처를 안고 층계를 오르는 게 쉽지는 않겠죠. 그건 정말 미안하게 됐어요. 심각한 상처를 입히고 싶지는 않았는데, 때론 임기응변이 필요하니 어쩔 수 없었죠. 그때는 당신과 당신 친구들이 나를 몰아붙인 상황이었으니까요." 그는 잠시 말을 멈추었다가, 이윽고 다시 입을 열었다. "속도를 내야 할 거예요, 샘. 시간이 얼마 남지 않았어요. 상처가 있든 없든 앞으로 남은 계단이 한가득인데."

포터는 다시 층계를 오르기 시작했다. 잠깐이라도 서 있으면 다리가 저리기 시작했다. 그는 근육에 힘을 실어 움직이라는 명령을 내리고, 뒤이어 찾아오는 고통을 참으려 이를 악물었다. 걸음을 옮길 때마다 허벅지에 다시 식칼이 박혀서 근육과 지방층을 찢어발기는 느낌이 엄습했다. "대화라도 하게 해줘. 내게 그 정도 빚은 지지 않았나. 적어도 에머리가 살아 있다는 정도는 알게 해줘."

잠시 잡음만이 울리다가, 이내 비숍의 목소리가 울렸다. "애석하게도 에머리는 지금 전화를 받을 수가 없네요."

포터는 4층 모퉁이를 지나 계속 걸음을 옮겼다. 허파가 타는 듯했다.

"그래서, 그건 다 읽었나요?" 비숍이 물었다.

"뭘 읽어?"

"뭔지 알잖아요."

"자네의 비밀일기 말인가?"

"날 조롱하려 하지 말아요, 샘. 절대 조롱하면 안 돼요. 조롱은 그 자체로도 사악한 행동이고, 그중에서도 내가 상당히 안 좋아하는 죄악이거든요."

샘은 수술복 어깻죽지로 이마를 훔쳤다. "마지막에 자네 어머니가 자네를 조롱하던데. 그건 마음에 들었나 보군."

"다 읽었군요."

"그래, 다 읽었지."

"우리 어머니는 무슨 일을 당해도 마땅한, 사악한 마녀 같은 여자였어요." 비숍이 말했다.

"자네 어머니라는 사람, 대단한 색녀인 모양이던데. 모두를 가지고 놀았잖아. 예쁜 여자들은 항상 미쳐 있지."

"지금 뭘 하려는 건지는 알겠지만, 딱히 소용 없을 거예요. 그러니까 잽을 날리는 짓은 그만둬요."

"그래서 결국 돌아오지 않은 건가? 자네를 그렇게 두고 갔다고?"

무전기에서 달각거리는 소리가 울렸다. 비숍이 송신 버튼을 빠르게 연속으로 누르는 것처럼, 신경증 경련을 일으키는 것처럼 들렸다. "성냥 기억나죠? 나는 탤벗의 부하들이 집 안에 있는 동안 집을 통째로 태워버렸어요. 낯선 남자와 스미스 씨가 가솔린을 뿌리며 세운 계획을 따르기로 한 거죠. 소방서 사람들이 아동복지과에 연락했고, 그쪽에서 나를 거주치료센터라는 곳으로 데려가더군요. 거기서 2주를 보낸 다음에 첫 입양 가족에게 넘어갔어요. 내가 불을 질렀다는 건 아무도 알지 못했죠. 어머니가 돌아왔더라도 나는 몰랐을 거예요."

"보아하니 그 카터라는 여자와 함께 석양을 향해 떠나면서, 델마와 루이스풍 판타지에 골칫덩어리 아들을 끼워주고 싶지 않았던 모양인데. 애초에 데려갈 생각이 없었던 게지."

"없는 쪽이 나았어요."

"입양되었으니까? 그럴지도 모르겠군. 자네가 적은 내용의 절반만이라도 사실이라면 자네는 제대로 맛이 간 가정에서 자라난 셈이니."

"나쁜 말은 안 돼요, 샘. 욕은 안 돼."

"그렇지. 악을 말하지 말라고 했던가. 미안하게 됐네. 자네의 친애하는 부친이 멋대로 세운 규칙을 어기다니 참 고약한 일을 저질렀군."

5층.

"자네 어머니는 그날 자네 아버지가 죽기를 원했어. 미리 계획했던 거야. 자네 아버지와 볼 장 다 봤기 때문이겠지. 그 금발 남자와 떡을 치던 게 어느 쪽인가? 자네 어머니야, 카터 부인이야? 아니면 둘 다? 젠장, 자네가 구석에 서서 자기 막대기를 조물딱거리며 노는 동안 그 친구는 미녀 둘을 끼고 즐긴 건가."

"나쁜 말은 안 돼요, 샘."

"빌어먹을, 비숍, 젠장은 나쁜 말이 아니라고."

비숍이 숨을 들이쉬는 소리가 들렸다. "모든 종류의 욕설은 연약한 정신을 드러내는 일이에요. 그리고 나는 당신의 정신이 연약하지 않다는 사실을 잘 알고 있어요. 벌써 당신 아내를 쏜 남자에게 복수할 계획을 세워뒀겠죠. 그 남자 이름이 뭐였죠? 캠벨이던가?

차분하게 용서하는 얼굴로 걸어 나오기는 했지만, 당신 눈에서 분노가, 증오의 불길이 타오르는 모습을 똑똑히 봤거든요."

"모든 사람이 복수에 미쳐 날뛰는 건 아니야."

비숍은 키득거리며 웃었다. "당신을 그 남자와 같은 방에 가두고, 당신이 뭘 하든 아무 후환이 없으리라 확신하게 해준다면? 그래도 그 남자를 해치지 않을 건가요? 미간에 총알을 박지 않을 거예요? 칼을 쥐고 목에서 사타구니까지 단칼에 긋고 피 흘리며 죽어가는 모습을 지켜보지 않을 건가요? 자신을 속이지 말아요, 샘. 우리 모두 그런 사람인 거예요."

"하지만 그 생각에 휘둘려 행동하지는 않지."

"행동하는 사람도 있고, 덕분에 세상이 더 나은 곳이 됐죠."

포터는 실실 웃었다. "만약 자네가 그렇게 줄기차게 보채는 꼬마 호색꾼이 아니었다면, 어머니도 자네를 두고 가지 않았을지도 모르지. 어쩌면 세 사람의 작은 계획에 자네를 끼워줬을지도 몰라. 새아버지와 두 어머니와 함께 살면서, 그들이 금고에 숨겨놓은 빌어먹을 물건을 함께 즐길 수 있었을지도 모르잖나."

비숍은 얕게 웃었다. "51번가 경찰서 친구들이 오늘 캠벨의 유치장을 열어놓을 계획을 꾸몄을지도 몰라요. 당신이 슬쩍 들어가서 개인적인 잡담을 나눌 수 있게요. 놈이 아침에 서까래에 대롱대롱 매달린 채 발견된다 해도 누가 신경 쓰겠어요? 그런 자의 죽음을 애도할 사람이 있을 리 없죠. 게다가 당신에게 그 정도 권리는 있잖아요?"

"그자의 진짜 이름이 뭐였나? 금발 남자."

잡음과 함께 그의 목소리가 들렸다. "프랭클린 커비."

"자네 어머니와 카터 부인은 그동안 프랭클린 커비와 함께 도주

할 계획을 모의했던 거로군."

"그렇죠."

"자네 아버지는 계획에 대해 몰랐고."

비숍은 아무 말도 하지 않았다.

"그런데 자네 어머니와 카터 부인은 어디서 커비를 알게 된 거야?" 포터는 계속 말을 걸었다. 커비나 카터 부부, 비숍의 부모에 대해서는 관심 없지만, 비숍이 계속 말하도록 유도하면 더 이상 에머리를 해치지 못할 것이다. 지금 필요한 일은 에머리를 해치지 못하게 하는 것이었다.

비숍이 다시 송신 버튼을 눌러댔다. 다섯 번, 열 번. "커비는 사이먼 카터와 함께 영업부에서 일하던 동료였어요. 돈을 빼돌리는 일을 담당했겠죠. 두 사람이 공모해서 돈을 나누고 서류는 아무도 그들을 추적하지 못하게 하려고 협박용으로 가지고 있었을 거예요."

"고작 수백만 달러를 위해서 사업을 주저앉힐 정보가 새어나갈 위험을 감수하지는 않을 거다?"

"바로 그거죠."

"하지만 커비는 사이먼까지 배신했어. 자네 어머니의 도움으로. 자기 파트너도 배신했고. 그렇게 간단하게 죽여버리다니."

"사이먼 카터는 아내를 학대하던 사람이었어요. 부인은 탈출구를 발견하고 기회를 잡은 것뿐이죠. 어머니는 그녀를 돕기로 했고, 낯선 남자는 부수적인 피해일 뿐이었어요."

포터는 다리를 타고 내려가는 온기를 느끼고 내려다보았다. 봉합한 자리에서 피가 흐르고 있었다. 그는 허벅지를 누르며 다시 계단을 오르기 시작했다. "탤벗의 이름을 밴에서 보고 연결고리를 알게 된 건가?"

침묵.

"비숍?"

"아버지는 제게 모든 상황에 대비해 체계적인 계획을 세운 후 접근하라고 가르쳤어요. 열여섯 살이 되었을 때 전 이미 가짜 신분증을 잔뜩 마련해뒀죠. 입양 시스템에 들어가면 그런 걸 얻기가 아주 쉽거든요. 보육원은 그야말로 미래의 범죄자 집합소였어요. 하지만 제 손은 깨끗하게 유지했죠. 싸움과 약물은 피했어요. 제가 집중한 목표는 하나뿐이었죠. 언젠가 탤벗의 회사에서 일하는 것. 저는 참을성이 뛰어나요. 인턴으로 시작해서 열심히 올라갔죠. 특히 컴퓨터를 잘 다뤘는데, 아마 천부적인 재능이었던 것 같아요. 얼마 걸리지 않아 IT부서로 들어갔죠. 저는 사이먼 카터의 발자취를 추적했어요. 꽤나 간편하게 만들어져 있더군요. 훔친 파일의 사본을 죄다 개인 서버에 저장해놨더라고요. 가짜 고객의 이름 아래, 그들의 코앞에 두고 간 거죠. 2년도 되지 않아 저는 그 사람이 짜 맞춘 모든 내용과 그 이상의 자료를 얻게 됐어요. 사이먼 카터는 이 도시에 존재하는 범죄자 수십 명의 정보를 거의 20년 분량이나 모아놨어요. 범죄에 대한 세부사항뿐만 아니라 그들 사이에 오간 금액까지, 1달러 단위로 남겨놓았어요. 정말로 나쁜 놈들이죠, 샘. 도박에서 성노예 매매까지 온갖 분야에 걸쳐 있더라고요. 그들 모두 연결되어 있어요. 모두 협력해서 도시의 지하에 살아 숨 쉬는 악 그 자체를 유지하는 거예요. 나는 낮에는 탤벗의 부하로 일하고, 밤이면 이 모든 조각들을 짜맞추며 시간을 보냈죠."

"열여섯 살부터 혼자 살기 시작했다는 건가?"

"웨스트사이드의 빈집에서 살았죠. 입양 시스템을 오가며 알게 된 아이들 다섯 명과 함께 지냈어요. 어디든 고아원보다는 낫죠.

내 말 함부로 끊지 말아요, 샘. 무례한 짓이잖아요."

"미안."

비숍은 말을 이었다. "그 모든 범죄자들이, 한 명 한 명이, 마치 커다란 거미줄처럼 연결되어 있는 거예요. 그리고 그 한가운데에 모든 것에 손대고 있는 단 한 명의 남자가 있죠."

"탤벗."

"아버지를 겨누고 방아쇠를 당긴 사람은 커비의 파트너일지 모르지만, 이 모든 사람들이 그 총구 뒤에 서 있었어요." 비숍이 준엄하게 선언했다. "물론, 가장 중요한 사람은 탤벗이고요."

"몇 명이나 죽였지?" 포터는 9층 모퉁이를 돌며 숨이 턱에 닿은 채로 물었다.

"이제 내가 순수하다는 말은 할 수 없겠죠, 샘. 그래도 나는 필요한 일을 한 거예요."

"넌 무고한 사람들을 죽였어."

"무고한 사람 같은 건 없어요."

"에머리와 대화하게 해줘." 포터가 다시 부탁했다.

10층.

"저기, 재밌는 거 하나 듣고 싶어요?"

"물론이지."

머리 위에서, 포터의 손에 들린 작은 무전기에서 동시에 비명이 울렸다. 고통에 피가 끓어오르는 듯한 비통한 외침이었다. 듣고 있는 포터까지 살갗 아래가 아렸다.

"서두르는 게 좋을 것 같네요, 샘. 싹둑싹둑."

89
클레어 노튼

둘째 날

오후 5:34

문은 잠겨 있었다.

내쉬는 다른 결과를 원하기라도 하는 것처럼 문고리를 다시 돌려보고 짜증 섞인 얼굴로 뒤를 돌아보았다.

노튼은 문에 귀를 대보았다.

아무것도 들리지 않았다.

내쉬는 그녀에게 물러서라고 손짓한 다음 문 앞으로 나서서 손가락 세 개를 들어 보였다.

노튼은 곧바로 무릎을 꿇고 앉아 문 쪽으로 총을 겨누고 팔꿈치를 고정했다.

내쉬는 손가락 하나를, 이어 다른 하나를 내렸다. 셋에서 그는 몸무게를 실어 문으로 돌진했다. 문틀이 쩍 하는 소리를 내며 떨어진 탓에 그는 방 안으로 구를 뻔했다.

노튼은 여전히 자세를 낮춘 채로 총을 겨누고 안으로 들어갔다.

기둥 네 개가 달린 커다란 침대가 화려한 천장 아래 웅장하게 자리 잡고 있었다. 왼쪽에는 커다란 소파로 분할된 공간에 책이 가득한 선반과 책상이 놓였고 구석에는 벽난로가 타고 있었다. 모퉁이를 돌자 다른 복도로 이어졌다.

내쉬가 조심스레 그쪽으로 향했고, 노튼이 뒤를 따랐다.

소파 옆 바닥에 여자가 쓰러져 있었다. 아래층에 있던 가정부와 마찬가지로 묶이고 재갈이 물려 있었다.

내쉬는 커다란 옷장으로 가서 옷을 밀치며 숨어 있는 사람이 없는지 확인했다. 노튼은 모퉁이까지 걸음을 옮겼다. 흰 대리석이 깔린 커다란 욕실이 이어졌다. 화려한 공간이지만 숨을 곳은 없어 보였다. 유리로 만든 샤워실은 비어 있었다. 한쪽에는 수납장이 있고, 그 안에는 두꺼운 수건과 작은 호텔 하나를 채울 수 있을 정도로 많은 양의 샴푸, 헤어컨디셔너, 세면용품 들이 있었다. 사람이 숨을 곳은 없었다.

그녀가 침실로 돌아오니 내쉬가 침대 아래를 확인하고 있었다.

노튼은 여자 옆에 무릎을 꿇고 앉아 재갈을 풀어주었다. "범인이 아직 여기 있나요?"

"아…… 아닐 것 같아요." 여자는 떨리는 목소리로 말했다. "아, 세상에! 그가 남편을 데려간 것 같아요!" 그녀는 끔찍하게 몸을 떨면서 억지로 일어나 앉으려 했다. 내쉬는 그녀가 일어나 앉도록 도와준 다음, 묶은 줄을 풀고, 침대 옆 의자에 앉혔다.

"딸은 어디 있죠?" 내쉬가 물었다.

"카네기는 아직 안 왔어요. 그 애는……." 그녀는 목을 빼고 벽난로 위에서 째각거리는 작은 탁상시계를 보려 했다. "몇 시나 됐죠? 너무 어둡네요. 전혀 안 보여요."

"5시 30분쯤이에요."

"5시가 지났다고요?"

멀리서 사이렌 소리가 들렸다.

노튼은 침대 옆에 있는 커다란 창으로 가서 커튼을 젖혔다. 그러나 아무것도 보이지 않았다. "부인, 범인이 떠난 지 얼마나 지났죠?"

내쉬가 결박을 풀어 주자, 그녀는 관자놀이를 문질렀다. "2시가 조금 지나서, 남편이 회의에 참석하기 전에 옷을 갈아입으려고 들렀어요. 그자가 뒤이어 왔고요. 길어야 10분 차이였을 거예요."

"그리고 무슨 일이 벌어졌죠?"

"나도 정확히는 모르겠어요. 모든 일이 너무 빨리 일어나서. 저기 소파에서 책을 읽고 있었는데, 누가 침실 문을 두드렸어요. 저는 미란다인 줄로만 알았죠. 남편은 자기가 문을 열겠다고 했어요. 뒤이어 커다란 쾅 소리가 들렸고, 자리에서 일어나 무슨 일이 벌어졌는지 살피려는데 어떤 남자가 방 안으로 뛰어 들어오더니 절 들이받았어요. 전 소파에 쓰러졌고요. 그때 머리를 부딪혔는지 잠시 정신을 잃었고, 정신이 들었을 때 손은 묶여 있고 그 남자가 내 발을 묶고 있었어요. 비명을 질렀지만 그는 절 보고 웃기만 하더라고요. 그러더니 제 오후를 망친 것에 대해 사과했어요. 제 남편과 한두 마디 나누면 된다면서요. 그러고는 제 입에 재갈을 물렸어요. 남편은 바로 저기 쓰러져 있었고요." 그녀는 복도 쪽을 가리켰다. "몸을 움직이기는 했는데, 굼떠 보였어요. 일어나려고 했던 것 같아요. 남자가 다시 남편의 목에 주사를 찔렀는데, 마취제 같은 게 아니었나 싶어요. 남편이 정신을 잃었거든요. 그러더니 제게도 다시 사과하고 팔에 주사를 찔렀어요. 다시 정신을 차렸을 땐 벽난로의 불이 거의 꺼져 있었어요. 한참을 기절해 있었던 모양이에요. 그리고 여러분이 왔고요."

노튼은 휴대전화에 비숍의 사진을 띄운 다음 보여주었다. "이 사람입니까?"

그녀는 고개를 끄덕였다. "남편을 해치려는 걸까요?"

내쉬는 조명 스위치를 찾아내 불을 켰고, 다음 순간 그러지 말았으면 좋았을걸 생각했다.

피로 휘갈겨 쓴 '악을 행하지 말라'는 글씨가 침실 벽을 가득 메우고 있었다.

90
샘 포터

둘째 날

오후 5:40

썩는 냄새가 11층에 도착한 포터의 목구멍을 가득 메웠다. 문에 발린 바랜 녹색 페인트에 신선한 피로 휘갈긴 글씨가 보였다. '악을 말하지 말라.' 발치의 먼지 속에 인간의 혀 하나와 피 묻은 펜치가 구르고 있었다.

그가 있는 층이 분명했다.

포터는 무전기를 주머니에 넣은 다음 손전등을 끄고 야구방망이를 단단히 쥐었다. 육중한 금속 문을 밀치고 안으로 들어갔다. 낮은 자세로, 민첩하게. 다리의 통증은 무시했다.

수많은 촛불이 복도를 밝히고 있었다.

키가 6센티미터쯤 되는 작고 흰 양초가 왼쪽 벽을 따라 서 있었다. 촛불의 행렬은 복도를 따라 10미터쯤 이어지다가 모퉁이 너머로 사라졌다.

포터는 주머니에서 휴대전화를 꺼냈다. 여전히 신호는 잡히지 않았다. 그는 휴대전화를 다시 주머니에 넣고 양손으로 방망이를 이리저리 돌렸다.

건즈앤로지스의 노래가 허공에 울리기 시작했다.

정글에 온 걸 환영하네

우린 하루하루 즐겁게 살아가지

포터는 귀를 막으려다 방망이를 떨어트릴 뻔했다. 그는 방망이를 손끝으로 잡은 채 머리 양쪽을 양손으로 눌렀다. 그는 평소 음악을 크게 듣지 않았다. 지금은 흡사 콘서트장의 첫 줄에 앉은 것 같았다. 스피커는 보이지 않았지만 음악은 분명 앞에서 나오고 있었다. 바로 앞, 모퉁이 너머에서.

그는 복도를 따라 걸었다.

어떻게 가능한 일인지 몰라도 음악은 점점 커졌다. 포터는 베이스 소리에 따라 흔들리는 촛불을 향해 욕을 했다.

모퉁이를 돌면서 포터는 결국 귀에서 손을 떼고 방망이를 양손으로 쥐었다. 그는 방망이를 내민 채, 피흘리는 다리를 질질 끌면서 모퉁이에서 뛰쳐나갔다. 그는 로비로 보이는 공간으로, 한때 이곳에 존재했던 사업체의 잔해가 나뒹구는 널찍한 방으로 들어섰다.

방 한가운데에 낡은 책상 하나가 있고, 그 주변을 양초가 둘러쌌다. 책상 위에는 족히 20년은 본 기억이 없는 낡아빠진 전축이 놓여 있었다. 검은 플라스틱 표면은 먼지와 페인트로 뒤덮였고, 카세트 삽입구 하나는 덮개가 날아갔으며, 튜너 보호용 유리에는 금이 너무 많이 가서 숫자를 읽을 수도 없었다. 음악에 맞춰 LED등이 붉은색, 녹색, 노란색, 푸른색으로 번쩍이며 오갔다. 위쪽에서 뻗어나간 전선은 책상 주변을 구불구불 돌아서, 세 개의 열려 있는 엘리베이터 기둥 한쪽 옆에 쌓인 커다란 대형 스피커 네 개에 연결되어 있었다. 전축 앞에 테이프로 붙여 놓은 쪽지가 눈에 띄었다. '채

널을 97.9에서 돌리면 지붕에서 던져버리겠다. -로컬 49 노동조합의 친구들.' 그 아래에 누군가 덧붙여놓았다. '클래식 록이여 영원하라.'

전자 기기들은 포터의 오른쪽에서 웅웅대며 돌아가는 붉은색 브릭스 & 스트래튼 발전기에 연결되어 있었다. 그는 전원을 내렸다. 발전기는 꿀럭이더니 움직임을 멈췄고, 음악도 꺼졌다.

"건즈앤로지스가 마음에 안 드나 봐요?" 주머니 속 무전기에서 비숍의 목소리가 울렸다.

포터는 무전기를 꺼내 송신 버튼을 눌렀다. "빌어먹을, 너 지금 어디야?"

"카터 부인이 새로운 삶에서 어떤 이름이 되었는지 말하는 걸 잊었네요."

"뭐라고?"

"리자 카터는 우리 아버지와 같은 날 세상을 떠났지만, 새로운 삶에 어울리는 새로운 신원을 얻어서 다시 태어났어요. 그 여자의 새 이름을 알고 싶지 않나요? 아는 이름일 것 같은데."

무전기에서 들리는 잡음 섞인 소리 말고도 어딘가에서 그의 진짜 목소리가 울리고 있었다. 가까운 곳에서, 메아리처럼. 그러나 목소리가 나는 곳을 정확하게 알 수는 없었다. 귀가 아직도 울리고 있었다.

엘리베이터를 둘러싸고 있는 문이 양쪽으로 두 개씩 모두 네 개가 있었다. 책상을 둘러싸고 있는 촛불 때문에 문 너머의 어둠이 보이지 않았다. 그러나 시선은 느껴졌다.

"그날 이후 카터 부인이 어떤 이름을 가졌는지 알고 싶지 않아요?"

포터는 제일 가까운 문으로 뛰어 들어갔다. 방망이를 높이 쳐들며 휘두를 기세로.

"그러지 말아요."

포터는 얼어붙었다.

그림자 하나가 방을 가로질러 다가오다, 어스름 속에서 벗어나며 앤슨 비숍의 형상을 취했다. 그가 밀고 나온 바퀴 달린 사무용 의자에 아서 탤벗이 앉아 있었다. 덕트 테이프로 의자에 단단히 고정되고, 손과 발과 몸통은 묶여 있었다. 눈에는 붕대가 대충 감겼고 입에서는 피가 흘렀다.

앤슨 비숍은 탤벗 뒤에서 그의 목에 칼을 들이대고 서 있었다.

"잘 있었나요, 샘."

포터는 조심스레 그를 향해 걸음을 옮겼다. 눈으로는 텅 비어 보이는 공간을 훑으면서. "아이는 어디 있지?"

"총 가지고 왔어요, 샘? 총은 복도에 두고 와줬으면 하는데요."

"이것뿐이야." 그는 방망이를 들어 보였다.

"그걸로 기분이 나아진다면 들고 있어도 좋아요. 하지만 거기서 멈춰요. 더 가까이 올 필요는 없으니."

탤벗은 의자에 앉은 채 목구멍으로 물 넘어가는 듯한 신음 소리를 내더니 머리를 한쪽으로 떨어뜨렸다.

멀리서 사이렌 소리가 들리기 시작했다. "내가 병원으로 데려갈게. 죽일 것까진 없잖아."

"우리 모두 어차피 죽어요, 샘. 가끔 더 나은 죽음을 맞이하는 사람이 있을 뿐이죠. 내 말 맞죠, 아티?" 탤벗의 목에 댄 칼을 슬쩍 누르자 가늘게 한 줄기 피가 흘렀다. 탤벗은 반응을 보이지 않았다.

쇼크에 빠진 듯했다. 비숍은 다시 포터 쪽을 돌아보며 얼굴을 찌푸렸다. "그 다리는 치료를 받는 게 좋겠는데요. 계단을 올라오느라 너무 무리한 모양이네요."

포터는 아래를 내려다보고 바지가 온통 피에 젖어 있다는 사실을 깨달았다. 봉합이 완전히 벌어진 모양이었다. 손으로 상처를 누르자 손가락 사이로 피가 스몄다. 머리가 멍해졌다. 방망이가 왼손에서 미끄러져 바닥으로 떨어졌다. "난 괜찮아."

"당신은 정말 훌륭한 형사예요, 샘. 그건 알아두세요. 당신이 퍼즐을 맞출 거라고 생각했어요. 게다가 다른 사람을 위해 자신을 희생하기까지 하잖아요? 본받을 만한 행동이죠. 요즘은 찾아보기 힘든 고결한 마음이에요."

포터는 크게 숨을 들이쉬며, 눈 속에서 춤추는 하얀 점들을 무시하고 똑바로 서 있으려 애썼다. 사이렌 소리가 가까워졌다. "곧 지원팀이 도착할 거야. 아직 옳은 일을 할 기회가 남아 있어. 에머리가 어디 있는지 알려주고 탤벗을 놓아줘. 여길 떠나. 나는 어차피 이런 상태니까 널 쫓아갈 수 없어."

비숍은 바퀴 의자를 열려 있는 첫 번째 엘리베이터 기둥으로 밀고 갔다. 그 입가에 웃음이 떠올라 있었다. "놓아주라고 했죠?"

"아냐! 안 돼!" 포터는 그를 향해 달려가려 했다.

비숍은 칼을 쥔 손을 포터 쪽으로 쳐들었다. "그만! 더 오지 말아요."

포터는 멈췄다.

탤벗의 피가 칼끝에서 뚝뚝 떨어져 그의 팔을 타고 흘렀다. 의자가 1미터만 더 굴러가면 11층에 지하층까지 더해진 높이에서 추락하고 말 것이다. 포터는 높이를 계산해보려 했지만 집중할 수 없었다. 30미터? 40미터? 사실 상관 없었다. 죽기엔 충분할 테니까.

"에머리야 이해가 되지만, 이 개자식은 왜 보호하려 하는 거죠? 당신도 곧 서류를 보게 될 거예요, 샘. 지금쯤이면 노튼과 졸개들이 서류를 찾아냈을 테니까요. 이 남자는 30년 동안 이 도시에서 일어난 모든 지저분한 일에 손을 댔어요. 당신은 살인과 부패를 막기 위해 살지만 이자는 그런 걸 만드는 걸 삶의 목적으로 삼았죠. 그로 인해 얼마나 많은 사람이 목숨을 잃었을까요? 이 주머니를 채우기 위해 앞으로 얼마나 많은 사람이 목숨을 잃을까요?"

밖에서 헬리콥터 소리가 들렸다. 옥상에 착륙하는 모양이었다. 비숍도 그 소리를 들었는지, 눈을 빛내며 위를 바라보고 다시 포터를 응시했다. "당신 친구들이 도착한 모양이네요."

"옥상에서 내려올 거야. SWAT 팀은 이미 계단을 올라오고 있을 테고. 시간이 없어, 비숍. 다 끝났어." 눈앞이 흐릿해지고, 다리가 떨렸다. 그는 정신을 붙잡으려 애썼다. "탤벗에게서 떨어져서 무릎 꿇고 앉아."

비숍은 천천히 원을 그리며 의자를 몰았다. "이 사람이 없으면 세상이 조금 더 나은 곳이 되지 않을까요? 아버지라면 그런 걸 원하셨을 텐데."

"커비의 파트너는 어떤 식으로 연관되어 있었지?" 포터는 시간을 벌기 위해 용을 썼다. "자네 아버지를 쏜 사람."

"뭐라고요?"

"커비는 자네 어머니와 카터 부인을 데리고 도주하려 했지. 하지만 자네가 낯선 남자라고 불렀던 그 사람은 어떻게 됐지?" 포터는 이제 서 있는 것조차 힘들었다. 온몸이 너무 무거웠다. 잠들고 싶었다. 하지만 비숍이 계속 말하게 만들어야 했다. 지원이 도착할 때까지 시간을 벌어야 했다. 시간을…….

"그 사람 이름은 펠튼 브릭스였어요. 여기 이 사람을 위해 일했죠." 비숍은 탤벗을 다시 한 바퀴 돌렸다. "일종의 보안 전문가였겠죠. 아티에게 그 남자에 대해 물어봤는데, 대답은 안 하고 자기 눈에 대해서만 주절대더라고요. '안 보여! 안 보여!' 뭐 이런 식으로. 결국 입을 다물게 할 수밖에 없었어요. 당신도 이미 봤겠지만."

"그 남자도 연루돼 있었나?"

"우리 아버지를 향해 방아쇠를 당기기 전까지는 그날 거기 있던 사람 중 유일하게 무고한 사람이 아니었을까 싶어요. 그냥 자기 일을 하던 거였으니까. 커비가 연루되어 있다는 사실은 몰랐을 테고, 커비가 자길 죽일 거라고는 짐작조차 못했겠죠."

의자에 앉은 탤벗의 몸이 크게 움찔하더니 머리가 젖혀졌다. 온몸의 근육이 수축하면서 손가락이 기괴한 모양으로 뻗었다.

"쇼크에 빠지는 모양이야. 나한테 넘기면 병원으로 데려갈게."

비숍은 웃었다. "당신 친구들이 금방 도착할 텐데요, 뭘. 하지만 내가 진짜로 걱정하는 건 당신이에요. 괜찮아요? 얼굴이 너무 창백해요, 샘."

괜찮지 않았다. 그의 눈앞에는 비숍이 두 명 서 있고, 팔에는 감각이 없었다. 야구방망이를 들고, 눈앞의 남자에게 달려들어 정신을 잃을 때까지 후려치고 싶었다. 머리가 피투성이 곤죽이 될 때까지 내려치고 싶었다. 그러나 지금은 집중하지 않으면 두 다리로 서 있기도 힘들었다. 아니, 의식을 잃지 않으려고 집중해야 했다. "그래서 카터 부인의 새 이름이 뭔가?"

순간 비숍의 표정이 밝아졌다. "아, 그래요! 너무 흥분해서 잠시 잊고 있었네요. 물어봐줘서 고마워요, 샘."

탤벗의 움직임이 멎었다.

비숍은 말을 이었다. "어머니는 성함을 에밀리 제러드로 바꿨어요. 알아내는 데 몇 년 걸렸죠. 하지만 애석하게도 그 신원은 사라졌어요. 죽어버렸거나, 전산망에 잡히지 않은 채 살아가는 방법을 어머니가 터득한 거겠죠. 추적을 시도했는데, 그 이름이 아예 나오지 않더라고요. 신용 기록도, 토지 매매도, 아무것도. 애초에 그 신원을 사용하기는 했는지조차 확신할 수 없어요. 하지만 카터 부인은 새로운 신원을 사용했죠. 숨으려고 노력하지도 않았어요. 아마 당신도 아는 사람일 거예요. 요 며칠 사이 들었을 테니까. 카트리나 코너스."

포터의 머릿속이 뿌옇게 흐려졌다. 생각을 할 수는 있었지만, 너무 느렸다. 들은 적이 있었다. 아는 이름이었다. 하지만 생각이 나지 않았다. 잠깐.

"에머리의 어머니?"

비숍의 얼굴에 웃음이 번졌고, 그는 다시 탤벗을 팽이처럼 돌렸다. "저한테 그 여자에 대한 정보를 수집하라고 하셨잖아요. 이미 아는 내용을 털어놓고 싶어서 근질근질했다고요. 하지만 그러면 영 재미가 없으니까."

"하지만 어떻게?"

"사이먼 카터는 해외 계좌로 1400만 달러가 넘는 돈을 옮겼어요. 어머니와 카터 부인은 한동안 그 돈을 가지고 살았겠죠. 그뿐 아니라 부동산도 구매했어요. 아주 많은 양의 부동산을. 탤벗이 언젠가 원할 거라고 생각한 물건만 골라서요. 마침내 그가 호반의 창고 부지를 원하며 접근하자, 그녀는 그를 유혹했어요. 그 결과물이 에머리죠. 에머리가 한 살이 되자 그녀는 모든 부동산을 딸 명의로 돌리고, 탤벗에게 자신의 정체를 털어놓았어요. 자신의 남편이 훔친 서류도 전부 가지고 있었고, 탤벗이 사후에 자신의 모든 합법적 재산을 에머리에게 양도하는 데 동의하지 않으면 그걸 언론사에 넘기겠다고 협박했죠. 얼마 지나지 않아 탤벗은 유언장을 바꿨고요."

"그런 걸 어떻게 알아냈지? 두 여자가 어디로 사라졌는지 모른다고 했잖아."

"건터 허버트가 협조적이었거든요. 일주일 전에 즐거운 대화를 나누었죠."

"탤벗의 CFO?"

"그래요."

"그럼 탤벗이 죽으면……."

"에머리는 수십억 달러를 상속받고 그가 연루된 모든 범죄 행위는 무너지죠."

포터는 탤벗을 보았다. 그의 몸이 다시 꿈틀대고 있었다. 고개를 양쪽으로 까닥이며, 입에서는 목구멍을 긁어대는 거친 신음 소리를 내고 있었다. "죽이면 안 돼."

"그래요?" 비숍은 이렇게 대꾸하고 의자를 밀었다.

탤벗이 앉은 의자가 열려 있는 엘리베이터 기둥을 향해 미끄러져 나아갔다. 포터는 의자를 잡으려 몸을 던졌다. 다리에 아직 남아 있는 온 힘을 다했다. 그는 콘크리트 바닥에 거칠게 넘어지며 손을 뻗었다. 손가락이 차가운 강철을 스치며 굴러 떨어지는 의자의 바퀴 하나를 잡았다. 바퀴는 그의 손에서 아주 잠시 머물다 빠져나가서 암흑 속으로 사라졌다.

저 멀리 아래에서 탤벗의 몸이 충돌하는 소리가 들렸고, 비명이 이어졌다. 바로 옆 엘리베이터 기둥에서, 방 한가운데에 있는 기둥에서, 오른쪽으로 몇 미터밖에 떨어지지 않은 곳에서, 재갈 속에서 울리는 비명. 젊은 여성의 비명이었다.

에머리.

흐릿해지는 시야의 한구석에서, 비숍이 차분하게 세 번째 엘리베이터 기둥으로 향했다. 그는 문가에 등을 대고 섰다. 포터는 그가 마지막으로 손을 흔드는 모습을 지켜볼 수밖에 없었다. "잘 있어요, 샘. 그동안 즐거웠어요." 그는 이렇게 말하고 어둠 속으로 뒷걸음질해 사라졌다.

포터는 의식을 잃었다. 세상이 어둠 속에 잠겼다.

91
샘 포터

둘째 날

오후 5:58

"샘? 선배? 내 말 들려요? 정신이 드나 봐요!"

클레어였다.

클레어 베어.

다섯 마리 꼬마 곰이 무서운 소리를 들었다네. 한 마리가 도망쳐서 네 마리가 남았네.

비숍은 어디로 간 거지?

"물러서요, 형사님."

밝은 빛이 보였다.

존재할 수 있는 가장 밝은 빛.

"형사님?"

딸각 소리와 함께 빛이 사라졌고, 포터는 눈을 깜빡였다. 머리가 쿵쿵 쑤셔댔다. "여기가 어디지?"

노튼이 의사를 밀치고 들어왔다. "1층이에요. 건물 바로 밖요. 헬리콥터 바구니에 실어서 땅으로 내렸어요. 그 무거운 엉덩이를 여기까지 업고 내려올 수는 없잖아요."

"비숍이 탤벗을 죽였어."

노튼이 포터의 눈가에 흘러내린 머리카락을 쓸어 넘겨주었다.

"우리도 알아요. 저기 좀 봐요."

포터는 그녀의 손가락을 따라갔다.

내쉬가 회전문 옆의 유리문을 열고 나와서 문을 잡았다. 이어 구급대원들이 소녀가 누워 있는 들것을 밀고 나왔다. 소녀의 머리 위에 링거가 매달려 있었다. 머리와 손목에는 흰 붕대가 감겼다.

"저 아이는……?"

"괜찮을 거예요." 노튼이 말했다. "엘리베이터 기둥 아래에서 발견했어요. 병원에서 쓰는 철제 침대에 수갑을 채워놨더군요. 탈수 증세가 심하고 수갑 때문에 손목에 상처를 입기는 했지만, 손을 잃지는 않을 거래요. 귀 말고는 건드리지 않았어요. 그냥 거기 둔 것뿐. 건설 노동자들이 이 건물을 그렇게 들락거렸는데 누구도 저 아이가 그 아래 있는 줄 몰랐다네요. 위쪽에서만 작업을 했다고요."

포터는 입술을 핥았다. 정말로 목이 말랐다. "비숍이 다른 엘리베이터 기둥으로 뛰어내렸는데. 놈은 죽었나?"

노튼은 숨을 깊이 들이쉬었다 천천히 내쉬었다. "뛰어내린 게 아녜요. 라펠을 걸고 내려간 거죠. 엘리베이터 기둥 바로 안에 있는 공사용 발판에 밧줄과 장비를 준비해두었어요. 그걸로 지하까지 내려간 거죠. 가보니 벽에 구멍이 뚫려 있고, 그 구멍은 우리가 멀리팩스 건물에서 찾아낸 것과 마찬가지로 지하 미로로 연결되어 있었어요. 놈은 도망쳤어요, 선배. 시에 기록이 남아 있는 모든 지하 터널에 병력을 배치해놨지만, 아무래도 찾을 수 있을 것 같지 않네요. 경찰 병력의 절반이 건물에 투입되어 위아래로 진입하는 와중에, 놈은 우리를 지나쳐 지하로 숨어버린 거죠."

"형사님?" 구급대원이 끼어들었다. "이분을 병원으로 옮겨야 합니다. 피를 너무 많이 흘렸어요."

노튼은 구급대원을 노려본 다음 웃으며 포터를 내려다보았다. "고생 많았어요, 선배. 에머리도 찾았고, 4MK의 신원도 확보했으니까. 그 자식도 언젠가는 실수할 테고, 그럼 우리가 찾아낼 거예요. 오늘 밤이면 온 세상 사람들이 놈의 얼굴을 알게 될 거라고요. 이젠 숨을 수 없을걸요."

포터는 노튼의 손을 지그시 누르고 에머리가 구급차에 실리는 모습을 바라보았다. 그는 눈을 감았다. 자고 싶다는 생각밖에 들지 않았다.

92
샘 포터

셋째 날

오전 8:24

다시 눈을 뜬 포터를 맞이한 것은 병실의 풍경이었다. 예전에 있던 병실과 똑같아 보였다. 몇 시나 됐을까? 그는 시계나 휴대전화를 찾아 주변을 둘러보았지만 아무것도 보이지 않았다. 창문으로 들어온 햇살이 담요를 따뜻하게 데웠다. 정말로 밤새 꼬박 잠들어 있었단 말인가?

"간호사 호출 버튼은 어디 붙어 있는 거야?" 그는 시트를 뒤집어쓴 채로 호출 버튼을 찾아 사방을 뒤적였지만, 결국 링거 줄을 머리에 두르는 데 성공했을 뿐이었다.

"이거 1분도 자리를 비울 수가 없잖아." 내쉬가 자판기 커피잔과 쫀득이 한 봉지를 들고 들어왔다. "어디 기사라도 써볼까. '연쇄살인마의 손에서 도망친 형사, 병상에서 목을 매 자살하다' 헤드라인 어때?"

"난 도망치지 않았어. 놈이 나를 죽이려 하지도 않았고." 쉰 목소리가 흘러나왔다.

내쉬는 침대 옆 탁자에서 종이컵을 하나 들어서 건넸다. "자, 이걸 써봐. 간호사가 몇 분 전에 가져왔어."

"이게 뭔가?"

"얼음 조각."

포터는 컵을 입가로 기울이다가 얼음물을 턱과 가슴팍에 쏟았다.

"몇 분보다는 조금 더 됐나 봐. 녹아버렸네."

내쉬는 침대 아래에서 호출기를 꺼내어 눌렀다. "더 달라고 할게."

포터는 시트를 들추고 새로 붕대를 감은 다리를 살폈다. 팔에도 찰과상을 입은 모양이었다. 그는 내쉬에게 탤벗이 어떻게 됐느냐고 물었다.

"왓슨인지 비숍인지 그 이름도 모를 자식이 우리한테 선물을 남겼어."

포터는 눈썹을 올렸지만 대꾸하지 않았다.

"비숍의 아파트에서 서류함을 찾았는데, 그 안에 시카고 지역과 주변에서 벌어진 스물세 건의 독자적인 범죄에 대해 구속수사를 신청하기에 충분한 자료가 들어 있었어. 게다가 그 모든 사건의 공통분모가 뭐였을 것 같나?"

"탤벗인가?"

"탤벗이지."

"비숍이 말해줬어."

내쉬는 코웃음을 쳤다. "일주일 전까지만 해도 다음 시장이 될 인물이라고들 했는데 말이야."

"이런 일이 벌어지지 않았더라면 그렇게 됐을지도 모르지."

"아직 한 가지 마음에 걸리는 게 있는데. 비숍이 대체 어떻게 이 모든 짓을 벌일 자금을 조달한 걸까? 키트너한테 버스 앞으로 뛰어들라고 30만 달러를 줬잖아. 어디서 그런 돈이 생긴 걸까?"

"고양이 아래에서 발견했나 보지."

"고양이?" 내쉬는 얼굴을 찌푸렸다.

"자네도 그 일기장을 읽어야 해."

내쉬는 커피를 홀짝였다. "그냥 영화로 나올 때까지 기다릴래."

포터는 쫀득이를 흘낏했다. "저거 하나 먹어도 되나?"

클레어 노튼이 문가에서 고개를 내밀었다. "이런 얼어죽을. 전에 그 병실을 또 쓰는 거예요?"

"어이, 클레어 베어."

그녀는 성큼성큼 걸어와서 그의 몸에 팔을 둘렀다. "나쁜 사람 같으니. 다시는 도망치지 못하게 침대에 수갑을 채워놓을까 생각 중이에요."

내쉬는 환하게 웃었다. "이 친구가 싫다면 내가 자원하지."

노튼은 빈 얼음 컵을 내쉬에게 던졌다. "변태 같으니!"

"당당한 변태신사라고. 증명서도 있어."

그녀는 포터를 돌아보았다. "손님이 찾아왔어요. 만날 수 있겠어요?"

그는 어깨를 으쓱했다. "자네들 둘을 감당할 수 있다면 세상에 뭔들 못하겠어?"

노튼은 그의 시트를 정리해주며 웃었다. "아무 데도 가지 말아요. 금방 돌아올 테니까." 그녀는 밖으로 나갔다가 잠시 후 10대 소녀가 탄 휠체어를 밀면서 들어왔다. 머리와 손목에는 붕대가 감겨 있고 피부는 시체처럼 창백했지만, 그래도 알아보지 못할 리가 없었다.

"안녕, 에머리." 포터가 나직하게 말했다.

"안녕하세요."

포터는 다른 이들을 돌아보며 말했다. "잠시 둘만 있게 해주겠어?"

노튼은 내쉬의 손을 붙들고 문 쪽으로 당겼다. "가서 아침거리 좀 사올게요."

내쉬는 에머리와 포터를 향해 미소 지어 보였다. "내가 마음에 드는 모양이야."

그들이 나가고 문이 닫히자, 포터는 에머리 쪽으로 시선을 돌렸다. 지금까지 겪은 온갖 일을 고려하면 상당히 괜찮아 보였다. 지금까지 본 몇 장의 사진에 비해 살이 많이 빠진 것 같았다. 얼굴은 핼쑥했고, 앞으로 10년 정도는 그 자리에 존재하지 않아야 마땅할 주름살이 몇 개 새겨져 있었다. 물론 포터는 그 대부분이 탈수에 의한 것이며, 시간이 지나면 사라지리라는 걸 알았다. 그러나 눈빛은 달랐다. 열다섯 살 소녀의 눈빛이 아니었다. 훨씬 나이 든 사람, 봐서는 안 될 것들을 본 사람의 눈빛이었다. "그래." 그가 말했다.

"그렇죠."

그는 탁자 쪽을 손짓해 보였다. "뭔가 대접하고 싶은데 이젠 얼음조각도 남지 않았구나. 병실이 다 그렇지만 물자가 부족해."

에머리는 휠체어에 달린 링거를 가리켜 보였다. "도시락 가져왔으니까 괜찮아요. 어쨌든 고맙습니다."

포터는 자세를 바꿔 일어나 앉으려 했지만, 순간 눈 앞이 핑그르르 돌았다. "이런."

"진통제인가요?"

그는 갈라진 입술을 핥았다. "이번에는 진짜 센 걸로 준 모양이야."

에머리는 손목을 들어 보였다. "이거 때문에 저한테도 강한 진통제를 줬어요. 귀도 그렇고요. 오늘 아침에는 투약을 조절해달라고 했어요. 형사님을 만나러 오고 싶었거든요."

포터는 고개를 숙였다. "더 빨리 찾아내지 못해서 미안해, 에머리. 나는……."

그러나 그녀는 고개를 젓고 그의 팔에 손을 올렸다. "자책하지 마세요. 저를 찾아내셨잖아요. 노튼 형사님이 지난 며칠 동안 저를 위해 뭘 해주셨는지 전부 말해주셨어요. 어떻게 감사 인사를 해야 할지도 모르겠는걸요."

에머리는 그의 시선을 따라 붕대를 감은 손목을 내려다보았다. "어젯밤에 수술을 받았어요. 신경에 손상이 있고 주상골이 골절됐대요. 그러니까, 엄지손가락 아래 있는 작은 뼈 말이에요. 그래도 전반적으로는 괜찮을 거래요. 감각이 몇 군데 없을 수도 있지만, 손가락은 전부 정상적으로 움직일 거고, 아무 문제도 없을 거라고 했어요." 그녀는 시연하듯 손가락을 움직이다가 고통이 덮쳐오는지 얼굴을 찌푸렸다.

"귀는 어때?" 포터는 자신이 왜 그런 질문을 던졌는지 알지 못했다. 평소라면 피해자가 먼저 언급하기 전에는 화제에 올리지 않았을 텐데. 그는 진통제 탓으로 돌리기로 했다.

"새 귀를 자라나게 해줄 것 같아요."

"뭐라고?"

"오늘 아침에 의사를 만났는데, 제 갈비뼈에서 빼낸 연골을 사용해서 팔에서 새 귀를 자라게 해줄 수 있다고 했어요." 에머리가 설명했다. "석 달 정도 걸리지만, 원래 귀와 구별할 수 없을 거래요."

포터는 다시 베개에 머리를 묻었다. "정말로 센 진통제를 줬나 봐. 방금 의사들이 네 팔에서 귀를 키울 거라는 소리가 들린 것 같은데."

에머리는 키득거리며 웃었다. 정말로 듣기 좋은 소리였다.

포터는 그녀를 물끄러미 바라보았다. 있어서는 안 되는 경험을 담은 눈을, 그 뒤에 웅크리고 있는 소녀를. 그리고 그는 에머리가 괜찮으리라는 사실을 깨달았다. "너희 어머니에 대해서 이야기할 수 있을까? 최근 너희 어머니에 대해 아주 많은 이야기를 들었단다. 서로 아는 내용을 교환해보는 건 어떨까."

에머리는 웃었다. "좋아요."

에필로그

이틀 후

“젠장.” 내쉬는 발을 들어 신발에 들러붙은 개똥을 멍하니 바라보았다.

“조심하라고 미리 말해줄걸.” 포터는 열쇠를 찾아 주머니를 헤집었다. “이 동네 명물이야. 이젠 현관에 개똥이 없으면 집에 돌아온 기분이 안 든다니까.”

밤이 내려오자 불빛이 도시를 환하게 밝혔다. 포터는 태양이 사라진 후 밀려드는 한기를 기꺼운 마음으로 받아들였다. 상쾌한 공기가 생의 기쁨을 알려주는 것만 같았다.

두 사람은 포터의 아파트 밖에 서 있었다. 의사들은 꼬박 이틀 동안 그를 붙들고 봉합이 제대로 붙었는지를 확인한 다음에야 퇴원을 허락했다. 지난번에 수술을 받자마자 탈출해 계단을 10층이나 올라 연쇄살인범을 쫓아간 일 때문에 신뢰 관계가 손상된 모양이었다. 감염된 것은 아닐까 걱정했지만, 이제 걱정할 시간은 지났고 상처는 빠르게 아물고 있었다.

“집까지 데려다주지 않아도 되는데. 혼자서도 어떻게든 왔을 거야.”

내쉬는 손을 저었다. "노튼이 나한테 얼마나 잔소리를 할지 알기나 해?"

"나를 믿지 못하는 거겠지."

"그것도 있고." 내쉬는 보도 끝까지 나가서 콘크리트 가장자리에 대고 개똥을 긁어냈다.

병원을 떠나기 직전에, 51번가 경찰서의 바움허트 형사가 전화를 걸어왔다. 헤더를 죽인 캠벨이 어떻게 수를 썼는지 보석금을 마련했다는 이야기였다.

"그 빌어먹을 개자식이 어떻게 50만 달러를 마련했을까?" 내쉬가 물었다.

"보석 보증인을 통하면 10퍼센트만 변통하면 되지." 포터가 지적했다.

"편의점 강도나 하면서 사는 자식이 그 돈을 댈 수 있었겠어?"

"마약 거래를 했거나 신세 갚을 지인이 있었겠지. 무슨 상관이야. 바움허트는 유죄가 확실하다고 했어. 잡혀 들어갈 거야. 그날이 오늘이 아닐 뿐."

내쉬는 어깨를 으쓱했다. "재판정에 모습을 보인다면 말이지만."

"자네 정말 도움이 안 되는군."

"미안."

그들은 로비로 들어섰고, 포터는 우편함을 열었다. 우편물이 가득 차 있었다.

"마지막으로 우편함을 확인한 게 언제야?"

"며칠 전." 그는 난잡하게 쌓인 우편물을 뒤적여서 다음 주 〈TV 가이드〉를 꺼내고, 나머지 우편물을 안으로 밀어넣은 다음 작은 우편함을 닫았다. 그리고 그는 계단으로 몸을 돌렸지만, 내쉬가 그의 어깨를 붙들고 엘리베이터를 가리켰다. "절대 안 돼. 체중 관리는 다음 주부터 하라고. 운동도 안 되고, 계단은 절대 안 돼! 의사의 명령이야."

"아무래도 집을 1층으로 옮겨야겠어. 비숍 때문에 계단하고 엘리베이터가 싫어져서." 포터가 말했다.

내쉬는 엘리베이터 호출 버튼을 눌렀다. 문이 열리고 두 사람은 안으로 들어섰다.

"놈에게 연결되는 단서는 못 찾았어?" 포터는 전담반 사무실 출입금지 명령과 함께, 의사의 허락을 받을 때까지 수사에 끼어들지 말라는 엄명을 받았다. 그러나 억제할 수가 없었다. 비숍이 밖에서 자유롭게 활보하고 있다는 사실을 생각하면 가슴이 옭죄어왔다.

"지난 며칠 동안 천 건이 넘는 증언이 들어왔지만 확실한 건 하나도 없었어. 가깝게는 호변의 하드록 카페부터 멀리는 파리까지, 온갖 곳에 출몰했더군. 일리노이 주 파리가 아니라 프랑스 파리 말이야. CSI에서는 그 자식의 아파트를 이 잡듯 훑었는데, 실제로 살지도 않았던 것 같대. 그냥 우리가 발견하도록 연출했을 뿐이라는 거지. 놈이 실제로 집이라고 여기는 장소가 어디일지 누가 알겠어."

"어릴 적 살던 장소는? 일기에 나온 곳 말야. 어딘지 찾아봤어?"

"클로즈가 연못 또는 작은 호수 근처에 있으면서 지난 20년 동안 전소된 기록이 있는 주택을 찾아 전국 단위로 뒤지고 있는데, 아직 아무것도 나오지 않았어. 공인회계사는 등록제니까 회계사 자격증을 가진 사이먼 카터라는 남자를 찾기도 했는데, 그쪽 역시 결과가 없었고. 전국에 등록되어 있는 플리머스 더스터의 목록까지 뽑아봤는데, 4천 건이 넘었고. 어디서 시작해야 할지도 모르겠더군. 어차피 막다른 골목으로 통할 테고. 탤벗 소유의 다양한 사업체의 고용 기록도 증거로 신청했는데, 카터나 펠턴 브릭스나 프랭클린 커비라는 이름은 등장하지 않았어. 슬슬 그 일기장이 주의를 분산시키기 위한 개소리라는 생각도 든단 말이야. 어제 연방수사국에서 왔었어. 시커먼 양복에 그보다 더 시커먼 자아를 장착한 자들이 넷이나 들이닥쳤다고. 우리 사무실을 점거하고 싶은 모양이라, 대신 복도 건너편 방에 넣어줬지."

포터는 얼굴을 찌푸렸다. "그 이상한 냄새 나는 방?"

"그래. 썩어도 FBI잖아? 그 냄새의 정체를 밝혀줄지도 모르지."

4층에서 엘리베이터 문이 열렸고, 그들은 복도를 따라 포터의 집 앞까지 걸어갔다.

포터는 자물쇠에 열쇠를 꽂았다. "나는 그 일기장이야말로 놈이 자신의 모습을 드러내는 유일한 창이라고 생각해. 자신이 어떤 식으로 존재하게 되었는가를 알려주고 싶은 거지."

"글쎄, 나는 놈이 앞으로 어떤 짓을 벌일지에만 신경이 쓰이는데."

두 사람은 안으로 들어왔고, 포터는 조명을 켰다. 문득 비숍에게 찔려 쓰러져 있던 바닥으로 눈길이 갔다. "누가 청소했어?"

"어제 노튼 형사가 다녀갔어. 자네를 사건 현장으로 돌려 보내고 싶지는 않았는데, 노튼이 짧은 제비를 뽑았지 뭐야. 나라면 그냥 그 위에다 양탄자나 화분이나 놓고 끝냈을 텐데. 혈흔이 있으면 분위기가 살거든. 내 아파트를 한번 봐야 하는데."

"고맙다고 전해줘."

"그래서, 얼마나 있다 복귀할 예정이야?"

"일주일, 아니면 이주일." 그는 냉장고를 열고 맥주 한 병을 꺼냈다. "한잔하겠어?"

"됐어. 나는 아직 근무 중이야." 그는 문을 향해 몸을 돌렸다. "내일 다시 들를게. 괜찮지?"

"굳이 올 필요 없어. 괜찮을 거야."

내쉬는 웃으며 고개를 끄덕였다. "분명 괜찮겠지. 잘 자라고, 샘."

"잘 자게, 브라이언."

내쉬가 나가자, 포터는 문을 잠그고 맥주병을 땄다. 얼음처럼 차가운 맥주에는 모든 것을 조금 더 나아 보이게 만드는 마법의 성분이 있었다.

작은 탁자 위에서 헤더의 사진이 그를 바라보았다. 그는 사진으로 걸어가 그녀의 뺨을 손가락으로 쓸었다. "보고 싶어, 여보." 그는 새 휴대전화를 꺼내 들고 그녀의 음성사서함으로 전화를 걸다가, 도중에 꺼버렸다. "잘 자, 예쁜이."

그는 맥주를 다 마시고 병을 식탁에 놓은 다음, 침실로 향했다.

처음에 그는 침대 옆에 놓인 작고 하얀 상자를 알아보지 못했다. 그리고 본 다음에는 자신의 상상이라 생각했다. 그러나 상자는 실제로 존재했다. 검은 리본으로 묶인 작고 하얀 상자가 헤더의 쪽지 옆에 놓여 있었다. 순간 그는 총을 찾아 손을 뻗었으나, 아직 돌려받지 못했다는 사실을 깨달았다.

포터는 침대를 빙 돌아 움직여서, 떨리는 손을 진정시키려 애쓰며 상자를 집었다. 장갑을 껴야 한다는 사실은 알고 있었지만 지금은 알 바 아니었다. 리본을 당겨서 매듭을 풀었다. 리본은 그대로 바닥으로 흘러내렸다. 그는 뚜껑을 열고 안을 확인했다.

인간의 귀 하나가 탈지면 위에 놓여 있었다. 귓불은 피어싱으로 가득했다. 다이아몬드 여섯 개에 작은 고리 네 개. 수술실에서 절제한 것처럼 매끈하게 잘려 있었다. 솜에는 피가 말라붙은 갈색 흔적이 있었다.

FILTER

귓바퀴를 따라 새긴 검은 문신이 보였다.

51번가 경찰서에서 타레크가 지적한 바로 그 문신이었다.

상자 뚜껑 안쪽에는 앤슨 비숍이 쓴 쪽지가 테이프로 붙어 있었다.

샘.

내가 보내는 작은 선물이에요.

그 자식이 지른 비명을 들려주지 못해 정말 유감이네요.

당신도 나한테 작은 친절을 하나 베풀어주는 건 어떨까요?

친구 사이에 오가는 정이라는 게 있잖아요.

우리 어머니를 찾는 일을 도와줘요.

어머니와 아들로 얼굴을 맞대고 이야기를 나눌 때가 된 것 같아요.

–B

네 번째 원숭이 모중석스릴러클럽 049

1판 1쇄 인쇄 2020년 1월 21일 **1판 1쇄 발행** 2020년 2월 14일

지은이 J. D. 바커
옮긴이 조호근
펴낸이 고세규
편집 이승희 **디자인** 정윤수
홍보 한수련 **마케팅** 고은미
발행처 김영사
주소 경기도 파주시 문발로 197(문발동) 우편번호10881
등록 1979년 5월 17일(제406-2003-036호)
구입 문의 전화 031)955-3100 **팩스** 031)955-3111
편집부 전화 02)3668-3292 **팩스** 02)745-4827 **전자우편** literature@gimmyoung.com
비채 카페 cafe.naver.com/vichebooks **인스타그램** @drviche **카카오톡** @비채책
트위터 @vichebook **페이스북** facebook.com/vichebook
ISBN 978-89-349-8686-7 03840 책값은 뒤표지에 있습니다.

비채는 김영사의 문학 브랜드입니다.
이 도서의 국립중앙도서관 출판시도서목록(CIP)은 서지정보유통지원시스템 홈페이지(http://seoji.nl.go.kr)와 국가자료공동목록시스템(http://www.nl.go.kr/kolisnet)에서 이용하실 수 있습니다. (CIP제어번호: CIP2020002210)